साधना आर्य

साधना आर्य राजनीतिशास्त्र और महिला अध्ययन की अध्यापक रही हैं। इंडियन काउंसिल ऑफ़ सोशल साइंस रिसर्च की सीनियर फ़ेलो रही हैं। उनकी प्रमुख पुस्तकें हैं—'विमेन, जेंडर इक्वलिटी एंड द स्टेट' और 'गेनिंग ग्राउंड : द चेंजिंग कॉन्टूर्स ऑफ़ फ़ेमिनिस्ट ऑर्गेनाइज़िंग इन पोस्ट 1990'ज इन इंडिया'। उन्होंने कई पुस्तकों का सम्पादन भी किया है, जिनमें प्रमुख हैं—'नारीवादी राजनीति : संघर्ष एवं मुद्दे', 'स्त्री अध्ययन : एक परिचय', 'भारत में महिला आन्दोलन : विमर्श और चुनौतियाँ', 'पॉवर्टी, जेंडर एंड माइग्रेशन'।

ई-मेल : sadhnaarya@hotmail.com

लता सिंह

लता सिंह जवाहरलाल नेहरू विश्वविद्यालय के सेंटर फ़ॉर विमेंस स्टडीज़ में एसोसिएट प्रोफ़ेसर हैं। वे ब्रिटिश अकादमी की विज़िटिंग फ़ेलो, इंडियन इंस्टिट्यूट ऑफ़ एडवांस्ड स्टडी, शिमला और नेहरू मेमोरियल म्यूज़ियम एंड लाइब्रेरी की फ़ेलो रही हैं। उनकी प्रमुख पुस्तकें हैं—'रेज़िंग द कर्टेन : रिकास्टिंग विमेन परफ़ॉर्मर्स इन इंडिया', 'पॉपुलर ट्रांसलेशंस ऑफ़ नेशनलिज़्म : बिहार 1920-22'; 'थिएटर इन कोलोनियल इंडिया : प्ले-हाउस ऑफ़ पावर', 'कोलोनियल एंड कंटेम्परारी बिहार एंड झारखंड'। 'परफ़ॉर्मिंग आर्ट्स इन इंडिया : परफ़ॉर्मेंसेस ऑफ़ वायलेंस' उनकी सम्पादित पुस्तकें हैं। वे 'इंडियन हिस्टोरिकल रिव्यू : जेंडर इन कोलोनियल इंडिया' की अतिथि सम्पादक रही हैं।

ई-मेल : lata_singh@hotmail.com

भारत में महिला आन्दोलन
विमर्श और चुनौतियाँ

सम्पादन
साधना आर्य
लता सिंह

अनुवाद
मीनाक्षी कपूर
निधि अग्रवाल
सुभाष गाताडे

राधाकृष्ण पेपरबैक्स

राधाकृष्ण पेपरबैक्स में
पहला संस्करण : 2023

राधाकृष्ण पेपरबैक्स : उत्कृष्ट साहित्य के जनसुलभ संस्करण

राधाकृष्ण प्रकाशन प्रा. लि.
जी-17, जगतपुरी, दिल्ली-110 051
द्वारा प्रकाशित

शाखाएँ : अशोक राजपथ, साइंस कॉलेज के सामने, पटना-800 006
पहली मंजिल, दरबारी बिल्डिंग, महात्मा गांधी मार्ग, प्रयागराज-211 001

वेबसाइट : www.radhakrishnaprakashan.com
ई-मेल : info@radhakrishnaprakashan.com

बी.के. ऑफसेट
नवीन शाहदरा, दिल्ली-110 032
द्वारा मुद्रित

मूल्य : ₹399

BHARAT MEIN MAHILA ANDOLAN
Vimarsh Aur Chunautiyan
Edited by Sadhna Arya & Lata Singh

ISBN : 978-93-91950-30-9

सभी संघर्षरत महिलाओं के लिए

क्रम

किताब के बारे में

साधना आर्य, लता सिंह

अनुवाद : सुभाष गाताडे

सत्तर के दशक में महिला आन्दोलन की शुरुआत के बाद भारत की महिलाओं के आन्दोलनों ने लम्बी दूरी तय की है—न केवल महिलाओं के मुद्दों को उजागर करके और उनके मुद्दों पर बने मौन को तोड़कर बल्कि अलग-अलग तबकों की महिलाओं द्वारा छेड़े गए संघर्षों की विशिष्टताओं को समझने के साथ-साथ पितृसत्ताओं के बारे में जटिलताओं/संश्लिष्टताओं और उनके अन्तर्सम्बन्धों के बारे में हमारी समझदारी को भी उन्होंने गहरा किया है। परिवार, विवाह, समुदाय, जाति, यौनिकता और श्रम को नए सिरे से परिभाषित करने और महिलाओं पर होने वाली हिंसा और उत्पीड़न के जटिल और अन्तर्सम्बन्धित रूपों को रेखांकित करते हुए महिलाओं के मुद्दों की गहरी समझदारी भी उसने प्रस्तुत की है।

सामाजिक बदलाव के लिए जारी किसी भी आन्दोलन को, जिन राजनीतिक सन्दर्भों में वह सक्रिय होता है और वह किस तरह उसके सामने खड़ी चुनौतियों के सामने विकसित हो रहा है, उसे समझना होता है। इसके साथ ही मुद्दों के बारे में उसकी समझदारी और उन्हें सम्बोधित करने के लिए उसके द्वारा प्रयुक्त रणनीतियों की भी पड़ताल करनी होती है। यह प्रस्तावना महिलाओं के आन्दोलनों के सिलसिले की उस पृष्ठभूमि में लिखी जा रही है जब वे पितृसत्ता की जटिलताओं से जूझ रही हैं तथा अलग-अलग स्थानों पर अभूतपूर्व संघर्ष छेड़े हुए हैं। इस सबने महिला आन्दोलनों के मुद्दों की विशिष्टता को समझने तथा उन्हें व्यापक संघर्षों के साथ एकीकृत करने के लिए प्रेरित किया है। चार दशकों से अधिक के इस लम्बे समय में इन आन्दोलनों ने महिलाओं की अधिक सहभागिता और नेतृत्व को देखा है जहाँ महिला आन्दोलन न केवल, अपने अधिकारों की माँग करने तथा महिलाओं के लिए समानता की आवाज़ बुलन्द करने में राज्य के साथ निरन्तर संवाद में रहे हैं, बल्कि वे महिलाओं के लिए न्याय को सुनिश्चित करने में राज्य की एजेंसियों से जवाबदेही की भी माँग करते रहे हैं। इस अन्तराल में समाज के हाशिये पर पड़ी महिलाओं, जैसे अलग-अलग धर्मों, जाति, वर्ग और अन्य समूहों की स्त्रियाँ, विभिन्न विकलांगताओं और विभिन्न यौनिक रुझानों वाली महिलाओं के सामाजिक समावेशन को लेकर राजनीतिक बहस में भी बढ़ोतरी हुई है, इन बहसों में

जेंडर के अलावा अधीनीकरण के विविध सामाजिक आधारों पर ज़ोर दिया गया जिससे जेंडर की श्रेणी की जटिलता के बारे में समझ बनी है। सत्तर और अस्सी के दशक के आन्दोलन, एकता की अवधारणा और वैश्विक बहनापे की धारणा पर टिके थे, वहीं उन्हें इस बात का भी एहसास था कि कोई एकीकृत महिला आन्दोलन नहीं हो सकता तथा उसमें विभिन्न धाराएँ हमेशा होंगी। उसी के साथ, उसने न केवल विभिन्न महिला आन्दोलनों और संगठनों के साथ बल्कि सामाजिक बदलाव के लिए जारी अन्य संघर्षों और आन्दोलनों के अनुभवों का आदान-प्रदान करने, रणनीतियों को विकसित करने और गठबन्धन बनाने तथा एकजुटता क़ायम करने पर ज़ोर दिया।

बदलती सामाजिक, आर्थिक और राजनीतिक हक़ीक़त, मुक्त-बाज़ार अर्थव्यवस्था, बढ़ती धार्मिक रूढ़िवादिता और साम्प्रदायिक ध्रुवीकरण तथा पहचान आधारित राजनीति आदि सभी ने महिला आन्दोलनों पर ज़बरदस्त दबाव बनाया है। कल्याणकारी राज्य की अवनति और बाज़ार शक्तियों का दबाव, स्थानीय समुदायों की प्रचंड ग़रीबी, पर्यावरण की तबाही के चलते जनता के जीवनयापन के मुद्दे और ज़मीन, जंगल, पानी आदि उत्पादक संसाधनों को लेकर जनता के मिल्कियत के अधिकारों पर हमले और इन सभी का महिलाओं पर ख़ासकर भूमिहीन ग्रामीण और आदिवासी महिलाओं पर प्रभाव, ये सभी गम्भीर सरोकार हैं और इन मुद्दों पर तमाम क़िस्म के आन्दोलन खड़े हुए हैं।

महिला आन्दोलनों के एक अंग के रूप में, स्त्री अध्ययन ने भी विगत चालीस वर्षों में काफ़ी प्रगति की है। उसने महिला मुद्दों को लेकर उठ रही नई बहसों और उनकी जटिलताओं को पकड़ने की कोशिश की है, सामने खड़े मुद्दों को लेकर नई समझदारी उजागर की है, हमारे संघर्षों में अनछुए रह गए या हाशिये पर डाल दिए गए मुद्दों पर ध्यान दिलाया है और हमारे परिप्रेक्ष्यों को विस्तारित करने और गहरा करने में सहायता दी है। महिला मुद्दों, उनके अनुभवों, संघर्षों और उनके सामने खड़ी चुनौतियों को लेकर अकादमिक सामग्री अब प्रचुर मात्रा में उपलब्ध है।

नारीवादी शोध और अध्ययन ने सामाजिक विज्ञानों में प्रचलित शब्दों, अवधारणाओं और पद्धतियों की आलोचनात्मक समीक्षा पेश की है और यह सकारात्मक बात है कि विश्वविद्यालयों के अलग अनुशासनों के पाठ्यक्रमों में उसे स्थान मिला है। लेकिन यह देखने में आ रहा है कि इसे लेकर हिन्दी में सामग्री का गहरा अभाव है। आज की पीढ़ी के विद्यार्थियों और अध्यापकों तक पहुँचने के लिए यह ज़रूरी है कि नए ज्ञान और सूचनाओं का सरलीकरण किया जाए और उसे सरल और सुगम पाठ्यसामग्री में तब्दील किया जाए। दिल्ली में भी प्रमुख केन्द्रीय और राज्य विश्वविद्यालयों में हिन्दी माध्यम से पढ़ने वाले तमाम छात्र हैं और अच्छी किताबों का अभाव अध्यापकों और विद्यार्थियों के लिए एक गम्भीर मसला है। पिछले चालीस सालों में विकसित समृद्ध संसाधन को हिन्दी में (या अन्य क्षेत्रीय भाषाओं में) उपलब्ध किया जाए या हिन्दी में मौलिक लेखन को प्रोत्साहित किया जाए, की दिशा में पर्याप्त कोशिशें नहीं हुई हैं।

प्रस्तुत किताब इसी कमी को पूरा करना चाहती है और महिलाओं के आन्दोलनों और अध्ययन के सामने खड़े तमाम मुद्दों और बहसों को समेटने की कोशिश

करती है। इस किताब की योजना ख़ासकर हिन्दी माध्यम से पढ़ रहे स्नातक और स्नातकोत्तर छात्रों के मद्देनज़र बनाई गई है जो अलग-अलग मुख्यधारा के पाठ् यक्रमों में स्त्री अध्ययन के विषयों को पढ़ रहे हैं या स्त्री अध्ययन के पाठ्यक्रम पर अपने आपको केन्द्रित किए हुए हैं। इस किताब में सत्रह अध्याय हैं। किताब में जिन विषयों को चिन्हित किया गया है वे नारीवादी संघर्षों के सामने खड़ी वर्तमान बहसों और सरोकारों को समेटते हैं। इस बात का भी ध्यान रखा गया है कि समेटे गए विषय स्नातक और स्नातकोत्तर स्तर पर अलग-अलग पाठ् यक्रमों की ज़रूरतों को भी पूरा करे।

इस संकलन की शुरुआत पितृसत्ताओं की विकसित होती समझदारी से पाठक को अवगत कराने से होती है। पहले अध्याय में, जिसका शीर्षक है 'पितृसत्ता को समझने का प्रयास' में सुरंजिता रे बताती हैं कि जहाँ जेंडर असमानता और भेदभाव का रोज़मर्रा का अनुभव पितृसत्ता की अवधारणा को नया अर्थ प्रदान करता है, वहीं जटिलताओं, विविधताओं और गतिशीलता के चलते पितृसत्ता की सटीक व्याख्या मुश्किल दिखती है। पितृसत्ता को समझने के नारीवादी सिद्धान्तों के विभिन्न आयामों और पहुँच को सुगम करने का एक तरीक़ा है उन्हें व्यापक दार्शनिक और राजनीतिक परिप्रेक्ष्य में अवस्थित किया जाए जिन्हें हम मोटे तौर पर उदारवादी, मार्क्सवादी, समाजवादी और रेडिकल कहकर वर्गीकृत करते हैं, जबकि नारीवादी सैद्धान्तिकी और व्यवहार उत्पीड़नों के अन्तर्गुंथन की समझदारी के गहराने के साथ और विकसित हो रहा है।

सुरंजिता रे का पेपर चुनिन्दा नारीवादी सिद्धान्तों के ज़रिये पितृसत्ता को समझने की कोशिश करता है जो समाज में महिलाओं की असमानताओं, श्रेणीबद्धताओं, भेदभावों और बहिष्करण के अनुभवों से निकलकर आए हैं। उनका कहना है कि आज के नारीवादी आन्दोलनों को अपने पूर्ववर्ती नारीवादी सिद्धान्तों से ताक़त ग्रहण करनी चाहिए क्योंकि वे सभी एक-दूसरे के साथ संवादरत रहते हैं। चुनौती यह दिखती है कि पितृसत्ता को लेकर एक मज़बूत और सुसंगत समझदारी बनाई जाए जो जेंडर सम्बन्धों के बदलते स्वरूप को स्पष्ट कर सके और 'पोस्ट फ़ेमिनिज़्म' अर्थात् उत्तर नारीवाद के मिथक की पड़ताल कर सके जहाँ दावा यह किया जाता है कि समाज अब पितृसत्तात्मक नहीं रहा क्योंकि यौनिक उत्पीड़न के अधिक प्रकट रूप अब कम दिखते हैं। साथ-ही-साथ नारीवाद के तीसरी लहर की इंटरसेक्शनैलिटी/अन्तरस्तरीयता को आगे बढ़ाने की ज़रूरत है, ताकि अभाव, हाशियाकरण, उत्पीड़न, अधीनता और असमावेश को सत्ता संरचनाओं के सन्दर्भ में समझा जा सके।

भारतीय सन्दर्भ में जाति, परिवार और नातेदारी की संरचनाओं को समझे बिना पितृसत्ता की जटिलताओं को समझा नहीं जा सकता। पिछले दो दशकों में जाति और पितृसत्ता के अन्तर्गुंथन को समझने के गम्भीर प्रयास हुए हैं। वी. गीता अपने महत्त्वपूर्ण आलेख 'परिवार, नातेदारी, जेंडर, जाति' में बताती हैं कि सभी वर्गों और जातियों की भारतीय महिलाओं की स्थिति, दरअसल अलग-अलग अन्तर्भेदी स्थानों और संरचनाओं से गढ़ती जाती है : एक तरफ़ परिवार, सम्बन्धों का तानाबाना, जाति और धार्मिक

समुदाय, श्रमिक प्रणाली और राज्य और दूसरी तरफ़ घरबार, आस-पड़ोस, कार्यस्थल और सांस्कृतिक और धार्मिक दायरे, जो मिलकर उनकी भूमिकाओं, अधिकारों और विशेषाधिकारी या उनकी कमी को तय करते हैं। इसलिए यह सही होगा कि अलग-अलग तरीक़े से उनकी समझदारी बनाने तथा उनका विश्लेषण करने के बजाय उन्हें अन्तर्सम्बन्धित समझा जाए। उनके कथन का सार यही है कि जाति किस तरह से आज भी भारतीय जीवन के एक सशक्त संगठनकारी सिद्धान्त के रूप में क़ायम है और किस तरह वह परिवारों और रिश्तों के तानेबाने को संश्लिष्ट तरीक़ों से बनाए रखती है। आख़िर क्या वजह है कि यह कुटिल व्यवस्था आज भी बनी हुई है? कैसे जाति के अन्दर विवाह—एक पारिवारिक नियम के रूप में—नागरिक एवं सामाजिक चरित्र हासिल कर लेता है, जिसकी परिणति स्त्रियों को लेकर नैतिक और यौनिक पहरेदारी में होती है। जाति व्यवस्था के अन्दर स्त्रियों के यौनिक आचरण पर सख़्त नियंत्रण जातियों द्वारा स्त्रियों की प्रजनन सम्बन्धी क्षमता को नियंत्रित करने की इच्छा और चिन्ता से उपजता है। घर, नातेदारी और जाति आदि के दायरे न केवल प्रभावी तरीक़े से यह निश्चित करते हैं कि इनमें से हर एक किस तरह कार्य करेगा, लेकिन उन तरीक़ों से भी, जो मिलकर और अन्तर्गुंथित रूप से पितृसत्तात्मक व्यवस्थाओं द्वारा इन सामाजिक संरचनाओं को जीवित रखते हैं।

वी. गीता उत्पीड़न की संरचना के तौर पर जाति की सैद्धान्तिकी को और जाति तथा जेंडर के बीच के रिश्ते को, फुले से लेकर ई.वी. रामस्वामी नायकर और डॉ. आंबेडकर की रचनाओं से जोड़ती हैं और पितृसत्ता को एक सामाजिक संरचना के तौर पर जाति के साथ अवस्थित करने के लिए समकालीन नारीवादी लेखन की पड़ताल करती हैं। इस तरह, स्त्रियों की प्रजनन सम्बन्धी क्षमता और उसकी यौनिकता को नियंत्रित करने के अलावा, स्त्रीधर्म की विचारधारात्मक ताक़त तथा क़ानून और व्यवहार ऐसी दंडात्मक प्रणाली को सामने लाता है जहाँ जाति और नातेदारी ने जिन सीमाओं को तय किया है उनका उल्लंघन करनेवालों को सज़ा मिलती है।

इसी तरह, जातिगत प्रणाली में जो निम्न स्तर पर समझे जाते हैं, उनकी ज़िन्दगियाँ परम्परा के नाम पर श्रम, बँधुआ होने और सेवा से परिभाषित होती हैं। ऐसा इसलिए है क्योंकि भूमिहीन होने और वर्चस्वशाली जातियों पर निर्भर रहने के चलते, ख़ासकर किसान समाजों के सन्दर्भ में श्रम ही उनके जीवनयापन का एकमात्र सहारा होता है, जहाँ महिलाओं को खेतों में काम करना पड़ता है और किसानी परिवार का भी प्रबन्धन करना पड़ता है। इन कथित निम्न जाति और पूर्व अछूत समुदायों के सदस्य जब ऊँची आर्थिक हैसियत पा लेते हैं, तब भी उनका सामाजिक अवमूल्यन जारी रहता है।

स्त्रियों के श्रम और काम के बीच की जटिलता को अगले चार आलेखों में समझने की कोशिश की गई है जो स्त्रियों के श्रम, जाति, जेंडर और यौनिकता के इर्द-गिर्द खड़े असुविधाजनक और जटिल प्रश्नों को उठाते हैं। सुजाता गोठोसकर अपने आलेख 'स्त्री का काम जो एक पहेली है', में महिलाएँ जिन विविध स्थितियों, जीवन और जीवनयापन के हालात में काम करती हैं उनकी पड़ताल करती हैं। लम्बे दौर में, भारत और दुनिया के

स्तर पर भी अधिकाधिक स्त्रियाँ अपने जीवनयापन के लिए विविधतापूर्ण क्षेत्रों में काम कर रही हैं तथा उनके सामने अधिक अवसर भी उपलब्ध हैं। लेकिन घर के अन्दर श्रम के लैंगिक विभाजन, प्रजनन और देखभाल सम्बन्धी अवैतनिक श्रम और कामगारों में उनका दोयम दर्जा और परिणामस्वरूप स्त्रियों के श्रम के निरन्तर अवमूल्यन तथा भारत में स्त्रियों के रोज़गार में निरन्तर जारी अवनति के मुद्दे अभी भी बने हुए हैं।

भारत पर केन्द्रित करते हुए गोठोसकर अलग-अलग क्षेत्रों में—जैसे उद्योग, कृषि, मैन्युफ़ैक्चरिंग उद्योग, सेवा क्षेत्र, सार्वजनिक और निजी क्षेत्र और औपचारिक तथा अनौपचारिक क्षेत्र—स्त्रियों के रोज़गार की प्रवृत्तियों पर बात करती हैं। वह महिला प्रवासी श्रमिकों के सवालों पर भी ग़ौर करती हैं, जिन्हें अनौपचारिक अर्थव्यवस्था के अधिकतर कामगारों की तरह, श्रमिक क़ानूनों का कोई संरक्षण प्राप्त नहीं होता।

अन्त में, वह मालिकों और राज्य की बढ़ती हुई ताक़त, जो आने वाले दिनों में और बढ़ने वाली है—जैसा कि श्रमिक क़ानूनों में हो रहे बदलाव बताते हैं—के सन्दर्भ में औपचारिक और अनौपचारिक क्षेत्रों में जारी सामूहिकीकरण और संगठनीकरण की विभिन्न प्रक्रियाओं पर ग़ौर करती हैं। कोविड-19 महामारी के नाम पर, काम के घंटे 8 से 12 तक बढ़ाए जा रहे हैं। समकालीन समय की चुनौतियों की चर्चा करते हुए वह रेखांकित करती हैं कि कामगार संगठनों का भविष्य बहुविध स्तरों पर होना चाहिए और किसी उद्योग के स्वरूप के आधार पर उसे विविध रणनीतियाँ बनानी चाहिए। मौजूदा आर्थिक और स्वास्थ्य संकटों के सन्दर्भ में, जो लम्बे समय तक जारी रहनेवाला है, गोठोसकर दोहरी माँग बुलन्द करने की बात करती हैं : 'बुनियादी सुविधाओं का अधिकार' और 'सार्वत्रिक बुनियादी आय का अधिकार'। दोनों अधिकारों को व्यक्तिगत अधिकार के तौर पर क़ानूनी जामा पहनाना चाहिए ना कि परिवार के स्तर पर।

रंजना पाढ़ी अपने आलेख 'पूर्वी भारत में महिला श्रम और प्रतिरोध आन्दोलन' में वैश्विक अर्थव्यवस्था में आर्थिक पुनर्रचना और कॉरपोरेट हितों को बढ़ावा देने पर और महिला श्रम पर उसके प्रभाव पर ग़ौर करती हैं, जो उनके मुताबिक़ उन सवालों को उठाता है जो महिला उत्पीड़न की तरह ही पुराने हैं। वह कहती हैं कि भारत के विगत तीन दशकों की नव-उदारवादी नीति से आर्थिक जीवन के बहुत कम पहलू इस तरह प्रभावित हुए हैं जैसे कि महिलाओं का श्रम। मौजूदा राजनीतिक अर्थव्यवस्था किसी तरह गुज़र-बसर करने वाले श्रम में परम्परागत तौर पर लिप्त समुदायों की महिलाओं के सामने तीन प्रमुख चुनौतियाँ पेश करती हैं। सबसे पहले, राज्य तथा पूँजी दोनों वर्तमान जीवन के तरीक़ों पर एक निरन्तर हमला जारी रखे हुए है जिसकी परिणति लोगों के अपने उत्पादक संसाधनों और परिसम्पत्तियों से तीखे और दमनकारी अलगाव में होती है। दूसरे, प्राकृतिक संसाधनों और ज़मीन की प्रचंड लूट, जिसे विकास और औद्योगिकीकरण के तौर पर पेश किया जाता है, बलप्रयोग और दमन पर टिकी है जहाँ राज्य अपनी ही जनता के ख़िलाफ़ अर्द्धसैनिक बलों और सुरक्षा बलों को तैनात करता है। साथ ही यह अलग-अलग ग़ैर राज्य कारकों के माध्यम से सहमति निर्मित करने और जोड़-तोड़ पर टिकी होती है। तीसरे, संचयन की ये प्रक्रियाएँ समुदायों के बीच विभाजनों को तेज़

करती हैं, ख़ासकर वे आदिवासी-दलित संघर्षों और अल्पसंख्यक धार्मिक समूहों पर हमलों को बढ़ाती हैं।

मुख्यत: पूर्वी भारत में स्त्रियों के श्रम और प्रतिरोध के सन्दर्भ में लिखते हुए पाढ़ी बताती हैं कि इन समाजों में घर उत्पादन और उपभोग दोनों की इकाई होते हैं। इस तरह वे उत्पादक श्रम और घरेलू श्रम के बीच की विभाजक रेखा को मिटा देते हैं, जो औद्योगिक अर्थव्यवस्थाओं की विशिष्टता होती है। उसी तरह, एक बड़ी खाई इन महिलाओं को नकदी अर्थव्यवस्था में काम करने वाली औरतों से अलग करती है, जहाँ ये औरतें, जो एक हद तक अपनी आर्थिक आज़ादी को—जिसमें घरेलू श्रम से आज़ादी भी शामिल है—'खरीद' लेती हैं। गुज़र-बसर करने लायक़ अर्थव्यवस्था में महिलाओं के अनुभव की ये विशिष्टताएँ दरअसल और अधिक शोध और राजनीतिक अभियानों को ज़रूरी बनाती हैं।

पाढ़ी कहती हैं कि स्त्रियों का पुनरुत्पादक श्रम, श्रम का लैंगिक विभाजन और जाति आधारित श्रम मार्क्सवादी और नारीवादी विश्लेषण के दायरे से बाहर रहे हैं। हालाँकि गुज़र-बसर करने लायक़ अर्थव्यवस्था में सक्रिय महिलाएँ अक्सर प्रतिरोध की अग्रिम क़तारों में रहती हैं, लेकिन ये आन्दोलन समकालीन भारतीय समाज के नारीवादी विश्लेषणों में शायद ही कहीं जगह पाते हैं। महिलाएँ अन्न उत्पादक हैं, पालन-पोषण करती हैं, देखभाल करती हैं। लेकिन जीवन निर्वाह तक सीमित अर्थव्यवस्था में ज़मीन और प्राकृतिक संसाधनों तक अपने उत्पादक श्रम के आधार पर उनके सम्बन्ध को समझने के लिए एक फ्रेमवर्क, उपकरण और राजनीतिक कल्पनाशीलता की साफ़ कमी दिखती है।

नारीवादी विमर्श में जाति का प्रश्न लम्बे समय तक अदृश्य रहा है। हालाँकि हाल के वर्षों में, नारीवादी विदुषियों ने मुख्यधारा के नारीवादी और समाजविज्ञान लेखन की इस खाई को भरने की कोशिश की है, जिसके तहत स्त्रियों के जीवन के अनुभवों में जाति के प्रतिच्छेदन (intersection) के मामले को अनदेखा किया जाता रहा है। अनघा तांबे और मीना गोपाल, जेंडर और जाति के इर्द-गिर्द की बहसों को यौनिकता, श्रम (घरेलू, यौनिक तथा भुगतानशुदा श्रम), जाति व्यवस्था में निहित लांछन और अस्पृश्यता के साथ जोड़कर सामने लाती हैं।

अनघा तांबे अपने आलेख 'यौनकर्म पर विमर्श : जाति, कलंक और यौनिक श्रम' में भारत में यौनकर्म/सेक्स वर्क के बारे में नारीवादी चर्चा को जाति, कलंक/लांछन और यौनिक श्रम के साथ जोड़कर देखती हैं। नारीवादी उन्मूलनवादी और नारीवादी सेक्स वर्क/यौनकर्म के हिमायतियों के बीच की असहमतियाँ दरअसल 'ऊँची जाति' के नारीवादियों और दलित नारीवादियों के बीच मौजूद तनाव को प्रतिबिम्बित करती हैं जहाँ दलित बहुजन स्त्रियों के ख़ास/अलग अनुभवों को नहीं पहचाना जाता है। तांबे कुछ असुविधाजनक प्रश्नों को भी उठाती हैं, जैसे यौनकर्म में यौनिकता का सवाल, क्या यौनकर्म सारत: यौनिक हिंसा है या वह एक तरह से वैवाहिक शुचिता के विषमलिंगी आदर्शीकरण को भेदने वाला है।

यौनकर्मियों के आन्दोलनों और उनकी लामबन्दियों ने यौनकर्म की बहस को एक नई दिशा दी है। तांबे इस प्रतिरोध के इतिहास को 1957 से देखती हैं और उन क़ानूनी प्रणालियों का विश्लेषण करती हैं जो इस दौरान उभरी हैं। वह इस बात पर भी ग़ौर करती हैं कि किस तरह इन प्रणालियों में और उनके बाहर यौनकर्म को नए सिरे से ढाला गया है। वह नाच विरोधी आन्दोलन की ऐतिहासिक जटिलता के सन्दर्भ में समाज सुधार और राष्ट्रवाद की चर्चा करती हैं। महाराष्ट्र के सत्यशोधक आन्दोलन और तमिलनाडु के आत्मसम्मान आन्दोलन ने इस बात को रेखांकित किया है कि देवदासी प्रथा और लावणी जैसी लोकप्रिय सांस्कृतिक प्रस्तुतियाँ किस तरह ब्राह्मणवादी व्यवस्था में ढाली गई थी और स्वीकृत थी और वे किस तरह घरेलू दायरे के बाहर दलित और निम्न जाति की स्त्रियों की यौनिकता को परिभाषित करती थीं और उनका शोषण करती थीं और उन्हें सम्मान तथा इज़्ज़त से वंचित करते हुए उनके समुदायों को अपमानित करती थीं। इस तरह वह इस ज़रूरत क़ो रेखांकित करती हैं कि जाति को वर्णनात्मक श्रेणी के बजाय एक विश्लेषणात्मक श्रेणी के तौर पर समझा जाए ताकि यह समझा जा सके कि किस तरह जाति यौनकर्म को पैदा करती है और यौनकर्म में भी जाति श्रम विभाजन का काम करती है, जैसे कि देवदासी प्रथा में। वह इस तर्क को आगे बढ़ाती हैं कि जाति के दायरे में दलित और निम्न जाति की स्त्रियों के ग़ैरघरेलू यौन श्रम को पूँजीवाद के अन्दर होने वाले यौनकर्म के तहत मुक्त यौनिक श्रम के बराबर नहीं रखा जा सकता।

लांछित श्रम के नए श्रम बाज़ारों के अध्ययनों—जिसमें यौनकर्म से लेकर हाथ से मल उठाना और कूड़ा बीनना जैसे काम शामिल किए जा सकते हैं—में महिला श्रम के जटिल स्वरूप को रेखांकित किया है। इसलिए यौनकर्म में यौनिक श्रम की जटिलताओं को जाति द्वारा परिभाषित यौनिक श्रम के लेन्स से देखना होगा। इस लांछित श्रम की नए सेक्स बाज़ारों में ठेका श्रम उपलब्धता और इसके साथ शादी में यौनिक श्रम के सन्दर्भ में भी पड़ताल करनी होगी। इनमें से कुछ प्रश्न मीना गोपाल के पर्चे 'श्रम, जाति, यौनिकता से नारीवाद का संवाद' का फ़ोकस हैं।

मीना गोपाल जाति और यौनिक श्रम के मुद्दे पर महिलाओं के आन्दोलन की नारीवादियों तथा विदुषियों द्वारा समय-समय पर ली गई पोजिशन्स और उनमें आ रहे बदलावों पर ग़ौर करती हैं। यह समझ जाति, यौनिकता और श्रम की संरचनाओं के फ्रेमवर्क में है, जहाँ निम्न जाति की स्त्रियों की यौनिकता और श्रम पर नियंत्रण को ऊँची जाति के विशेषाधिकार के जारी रखने के तौर पर देखा जाता है। गोपाल महिलाओं के अनुभवों का सर्वेक्षण करती हैं जो उनके काम के पारम्परिक सूत्रीकरणों जैसे जाति आधारित पेशों—दाई, हाथ से मल उठाने वाली, बार बाला—आदि से शुरू होकर समय-समय पर पेशों में आ रहे बदलावों पर ग़ौर करती हैं। वह कहती हैं कि इन सभी उदाहरणों में, शारीरिक/यौनिकीकृत श्रम, लांछन और भेदभाव आदि लगातार जेंडर पर आधारित संवादों पर हावी रहता है।

आलेख के अन्त में वह यौन श्रम के इर्द-गिर्द स्त्रियों के संगठनों की नई कोशिशों की चर्चा करती हैं। वह उन नारीवादी प्रयासों की ओर संकेत करती हैं जो इतिहास के

पन्नों से चंद महिलाओं के स्वरों को सामने लाते हैं और इस बात को भी उठाती हैं कि समाज सुधारकों द्वारा महिलाओं की नुमाइंदगी के प्रयास जिसके तहत उन्हें जीवन की शोषणकारी स्थितियों से बाहर लाने का मक़सद था, वे उन महिलाओं की जटिल ज़िन्दगियों और उनके अस्तित्वों को ठीक से प्रतिबिम्बित नहीं करते हैं। अन्य स्रोतों द्वारा इस मसले पर भी ग़ौर किया गया है कि सांस्कृतिक श्रम के कुछ जाति आधारित रूप जो स्त्रियों की यौनिकता को भी गढ़ते हैं, सांस्कृतिक और राजनीतिक संघर्षों को छेड़ने का ज़रिया भी बनते हैं। हाशिये की आवाज़ों से हासिल ज्ञान—जो ऐतिहासिक शोधों, चरित्रों और साक्षात्कारों के माध्यम से उजागर हुआ, उसने भेदभाव के ख़िलाफ़ नारीवादी संघर्षों को एकीकृत करने में सहायता प्रदान की है। यौनकर्म/वेश्या व्यवसाय में लगी स्त्रियों की नई और उदितमान आवाज़ों ने देश के अलग-अलग भागों में शुरू हुए संवादों में एक नए संश्लिष्ट स्वर को जोड़ा है। विभिन्नताओं के बीच उभरते ये संवाद तुरन्त कोई समाधान की कोशिश नहीं कर रहे हैं बल्कि विविधतापूर्ण इतिहासों और समकालीन हक़ीक़तों की अधिक गहरी समझदारी क़ायम करना चाहते हैं।

लता सिंह का आलेख 'महिला और अभिनय' औपनिवेशिक और स्वाधीन भारत में महिला कलाकारों को आगे रखकर जेंडर की श्रेणी की जटिलता को जाति, वर्ग, यौनिकता और निजी/सार्वजनिक प्रतिमानों के साथ समझने की कोशिश करता है। महिला कलाकारों ने जेंडरीकृत सीमाओं को कई स्तरों पर—सामाजिक/भौतिक/मानकीय—लाँघा। औपनिवेशिक आधुनिकता और मध्यवर्गीय प्रतिष्ठा के विमर्श ने उनके तथा वेश्याओं के बीच एक अस्पष्ट सीमारेखा बनाकर महिला कलाकारों पर लांछन लगाया और उनका अपराधीकरण किया। यह एक तरह से उनकी कला को हड़पने, सांस्कृतिक विस्थापन और साथ-ही-साथ उन पर लांछन लगाने और उनके हाशियाकरण की गाथा है। महिला कलाकार किसी समरूप श्रेणी का निर्माण नहीं करती हैं : उनके भिन्न सामाजिक और सांस्कृतिक स्थानों के चलते उनकी भूमिकाएँ, उनकी कर्ताशक्ति/एजेंसी, मुद्दे और सरोकार और ज़िन्दगियों में काफ़ी फ़रक़ होता है।

महिला कलाकार को एक तरह से महत्त्वपूर्ण केन्द्र बिन्दु की तरह से देखा जा सकता है जहाँ से शादी, परिवार, घरेलूपन, स्त्रियों के लिए मध्यवर्गीय प्रतिष्ठा की चाहत को समझा जा सकता है। यौनिक चुनाव, कर्ताशक्ति/एजेंसी और स्वायत्तता से परे जाकर यौनिकता का प्रश्न जटिल है। यह श्रमिक इतिहास लेखन में सांस्कृतिक श्रम का एक नया आयाम ज़ोड़ता है जो कला और काम के द्विविध/बाइनरी की जटिलता को सामने लाता है। जाति के सवाल को सम्बोधित किए बिना महिला कलाकारों के प्रश्न को सम्बोधित नहीं किया जा सकता है। पितृसत्ता की जटिलता कला की दुनिया में स्त्रियों की ज़िन्दगियों के उन सन्दर्भों को निर्धारित करती है जो जातिविशिष्ट हैं। आज के वक़्त में वर्ग, जाति और पितृसत्तात्मक पूर्वग्रह के चलते लोकप्रिय कार्यक्रमों के महिला कलाकारों को अभिजात सांस्कृतिक दायरे की महिला कलाकारों की तुलना में अश्लील और छिपी 'वेश्या' और 'ढीले चरित्रवाली' स्त्री के तौर में देखा जाता रहा है।

यह आलेख राजनीतिक प्रतिरोध, सांस्कृतिक सृजन और जेंडर प्रश्न के बीच के रिश्ते को भी रेखांकित करता है। सत्तर के दशक से उदितमान महिलाओं के आन्दोलन और उभरती नारीवादी चेतना के साथ स्त्रियाँ अपने सांस्कृतिक दायरे तथा इतिहास को खोज रही हैं, न केवल विपत्ति में फँसी महिलाएँ उनका फ़ोकस हैं, बल्कि वे भारत में अपनी ज़िन्दगियों के सकारात्मक पहलुओं को भी—ख़ासकर उत्सव मनाने और सृजनात्मकता के अपने रूपों को—रेखांकित कर रही हैं। अपने कलात्मक परिवेश में अपने ख़ुद के लिए वैकल्पिक रूपों को तलाशने के लिए जेंडर एक अधिक सचेत शब्द के तौर पर सामने आया है। प्रस्तुति की एक नई भाषा बनने की प्रक्रिया में है।

अगले तीन अध्याय महिलाओं द्वारा झेली जानेवाली हिंसा के विभिन्न रूपों पर केन्द्रित हैं। साधना आर्य और शशि खुराना का आलेख 'भारत में महिलाओं पर हिंसा : व्यापकता और क़ानून' महिलाओं को रोज़मर्रा की ज़िन्दगी में झेलनी पड़ती घरेलू हिंसा, इज़्ज़त के नाम पर हत्याएँ और लिंग निर्धारण परीक्षणों के ज़रिये लड़कियों की समाप्ति पर केन्द्रित हैं। इन तीनों क़िस्म की हिंसा के आपसी सम्बन्ध की भी वह पड़ताल करता है—जिनकी अपनी विशिष्टता भी हो सकती है—लेकिन वे हिंसाएँ घर के कथित सुरक्षित दायरे में तथा परिवार और विवाह की संस्था में घटित होती हैं। और साथ-साथ सार्वजनिक जीवन की हिंसा पर उनके प्रभाव, सार्वजनिक दायरों का उनके लिए अधिकाधिक असुरक्षित हो जाना, और इस तरह उनकी ज़िन्दगियों पर बढ़ते नियंत्रण की इसमें बात की गई है। मुख्यत: परिवार और घर में घटित होने वाली इस हिंसा को लेकर क़ानून बनाने की माँगों पर भी आलेख में विचार किया गया है। परिवार और विवाह की संस्थाओं की पवित्रता/शुचिता की स्थिति जहाँ स्त्रियों की पत्नीनुमा और मातानुमा भूमिकाओं पर ज़ोर दिया जाता है, वह आज भी शिकायत निवारण संस्थाओं, जैसे—पुलिस, अदालत, पुलिस थानों में मौजूद महिला सेल और राज्य आयोग तथा राष्ट्रीय महिला आयोग जैसी संस्थाओं में सक्रिय काउंसिलरों के परिप्रेक्ष्यों और कार्यप्रणाली को प्रभावित करती हैं।

अस्सी के दशक के मध्य से दक्षिणपंथी ताक़तों के उभार ने अन्तरसामुदायिक/अन्तरधर्मीय विवाहों पर अधिक निगरानी और ऐसा रास्ता अख़्तियार करने वाले युगलों पर हिंसा के कहर में योगदान दिया है। साम्प्रदायिक नफ़रत की राजनीति के चलते अन्तरधर्मीय विवाहों के मामले में समुदायों पर काल्पनिक ख़तरे के नाम पर हिंसा को प्रेरित किया है और जिसकी परिणति स्त्रियों पर समुदायों के—ख़ासकर समुदाय के पुरुषों के द्वारा—अधिक नियंत्रण में हुई है। स्त्रियों की गतिशीलता और यौनिकता पर सख़्त और अक्सर हिंसक पहरेदारी तथा शुचिता और परिवार एवं समुदाय की 'इज़्ज़त' की धारणाओं पर अमल से यह बात सुनिश्चित हो जाती है कि महिलाएँ घर और परिवार के अन्दर की हिंसा के अधीन हो जाती हैं। 'हमारी' स्त्रियों की सुरक्षा के नाम पर हिन्दू दक्षिणपंथी समूहों ने यह झूठा प्रचार फैलाया है कि कुछ मुस्लिम संगठन मुस्लिम युवाओं को पैसा देते हैं ताकि वह ग़ैरमुस्लिम लड़कियों को अपने जाल में फँसाएँ, उनसे शादी करें और मुसलमानों की आबादी को बढ़ाए। 'लव जिहाद' नाम से सम्बोधित इस विचार को कुछ राज्यों में प्रभावी ढंग से इस्तेमाल किया गया है और हाल के समयों में अध्यादेश

लाए गए हैं ताकि अन्तरधर्मीय शादियों को रोकने के लिए क़ानूनी मंजूरी मिले और अपनी पसन्द से शादी करने के स्त्रियों की एजेंसी/कर्ताशक्ति को नियंत्रित रखा जाए।

कल्पना कन्नबीरन और रितु मेनन का आलेख 'मथुरा से मनोरमा' स्त्रियों के ख़िलाफ़ बढ़ती हिंसा का और उसके रूपों के भयानक असर का अधिक समग्र विश्लेषण प्रस्तुत करता है और महिलाओं के आन्दोलनों द्वारा उससे निपटने के लिए अपनाई गई रणनीतियों की भी समीक्षा करता है। आलेख में हिरासत में बलात्कार; बदले में सामूहिक बलात्कार; पॉवर रेप; ऊँची जाति के पुरुषों द्वारा निम्न जाति की स्त्रियों पर बलात्कार; इज़्ज़त के नाम पर हत्याएँ; नस्लीय और साम्प्रदायिक यौनिक हिंसा; दहेज़ के नाम पर हत्याएँ; हथियारबन्द संघर्ष की स्थितियों में महिलाओं के ख़िलाफ़ हिंसा; आर्थिक हिंसा; गर्भावस्था में मादा भ्रूण को नष्ट करना; राज्य द्वारा यौनिक हिंसा आदि पर ग़ौर किया गया है। आलेख में इस बात पर भी विचार किया गया है कि विगत तीन दशकों के दौरान किस तरह महिला समूहों को इस अबाध हिंसा के ख़िलाफ़ मुहिम चलानी पड़ी है। जिस कालखंड की यहाँ समीक्षा की जा रही है, उस दौरान महिलाओं के ख़िलाफ़ जातिगत और साम्प्रदायिक हिंसा, राज्य और सैनिक बलों द्वारा हिंसा काफ़ी पाशवी रूप में और अधिक तीव्रता के साथ जारी रही है। आदिवासी स्त्रियों की स्थिति की तरफ़ भी ध्यान आकर्षित कराया गया है जहाँ उनके अधिकारों के न्यूनीकरण की स्थिति दिखती है—जिसे एक तरफ़ समुदाय के अन्दर तथा दूसरी तरफ़ राज्य द्वारा तथा वर्चस्वशाली ग़ैरआदिवासी समुदायों द्वारा अंजाम दिया जाता है। पेपर में इस बात का वर्णन किया गया है कि कुछ दशकों की लामबन्दी और प्रतिरोध के बाद किस तरह स्त्रियों के ख़िलाफ़ हिंसा में समाज की तथा राज्य की एजेंसियों की संलिप्तता के मुद्दे जब आन्दोलन के सामने आए हैं तब जेंडर आधारित हिंसा को लेकर समझदारी में बदलाव आया है और किस तरह अवधारणा के स्तर पर भी प्रगति हुई है। आलेख में स्त्रियों के ख़िलाफ़ हिंसा को लेकर चली नारीवादी मुहिमों पर गहराई से ग़ौर किया गया है, जो क़ानूनी सिद्धान्तों और न्यायशास्त्र के विकास के साथ—ऐसे मुद्दे जिन्हें महिला समूहों ने अदालत के सामने लाया है—नज़दीकी से जुड़ी हैं। यह एक ऐसा दीर्घकालीन काम रहा है जिसे महिला संगठनों को ही करना पड़ा है।

उमा चक्रवर्ती का आलेख 'घर से देश की सीमा तक : औरतों पर हिंसा, दंडमुक्ति और विरोध' हिंसा की उस परिधि की पड़ताल करता है जिसका शिकार भारत की महिलाओं को ऐतिहासिक तौर पर होना पड़ा है, तथा उन पहलुओं पर भी ग़ौर करता है जो अब उजागर हो रहे हैं। वह चार दायरों/क्षेत्रों पर अपने आपको केन्द्रित करती हैं जिसमें महिलाओं के ख़िलाफ़ हिंसा, ख़ासकर यौनिक हिंसा, को अवस्थित किया जाना चाहिए। वह उन विशिष्ट लक्षणों को भी रेखांकित करती हैं जो इन चारों क्षेत्रों में व्याप्त दंडविमुक्ति (impunity) की ओर ध्यान खींचते हैं। वह चार क्षेत्र हैं : सबसे प्रथम, घर जहाँ हिंसा परिवार के आत्मीय दायरे में सामने आती है; दूसरे, सड़क और खेत, जहाँ जाति और वर्गीय सत्ता उत्पीड़कों को ताक़त प्रदान करती है; तीन, गाँव और वे इलाक़े जहाँ साम्प्रदायिक और लक्षित हिंसा को अंजाम दिया जाता है, अक्सर प्रशासकीय और

राज्य की संलिप्तता से, ख़ासकर हाल के दशकों में; और चार, सीमावर्ती इलाक़े जहाँ विशेष क़ानूनों के तहत दंडविमुक्ति क़ायम की जाती है, जिसे राज्य की सुरक्षा के नाम पर अशान्त आबादी को नियंत्रित रखने के लिए बनाया है।

जाति, समुदाय, राज्य द्वारा प्रायोजित यौनिक हिंसा आदि के दर्ज मामलों के विश्लेषण के ज़रिये चक्रवर्ती दंडविमुक्ति किस तरह ज़मीनी स्तर पर काम करती है, की पड़ताल करती हैं। वह बताती हैं कि किस तरह राज्य का हर अंग : प्रशासन, पुलिस, चिकित्सा प्रतिष्ठान, स्थानीय मीडिया, राजनीतिक पार्टियाँ और यहाँ तक कि चुने हुए प्रतिनिधि भी न्याय की सम्भावना को ख़तम करने के चक्कर में रहते हैं। और इसके ज़रिये चक्रवर्ती यौनिक हिंसा की शिकार महिलाओं के लिए न्याय दिलाने के रास्ते में संस्थागत बाधाओं पर प्रश्न उठाती हैं। वह विश्लेषण करती हैं कि किस तरह ये स्त्रियों के ख़िलाफ़ हिंसा को अदृश्य करती हैं और सामान्यीकृत करती हैं। वह इस बात की भी चर्चा करती हैं कि इस क़िस्म की हिंसा को लेकर महिला आन्दोलनों ने किस तरह क़दम उठाए हैं।

चक्रवर्ती कहती हैं कि हालाँकि सभी उम्र की महिलाएँ अत्यधिक साहस और राजनीतिक प्रतिबद्धता का परिचय दे रही हैं ऐसे समाज के निर्माण के लिए, जिसमें वे रहना चाहेंगी, लेकिन साथ-ही-साथ उन पर भयानक हिंसा भी जारी है, ख़ासकर ऐसी महिलाओं के ख़िलाफ़ जो सार्वजनिक दायरे में हैं। चूँकि मुल्क में महिलाओं का जीवन और सम्मान के अधिकार की सुरक्षा शासकों की प्राथमिकता नहीं है इसलिए दंडविमुक्ति, महिलाओं के ख़िलाफ़ रोज़मर्रा की हिंसा को ढक देती है। महिला आन्दोलनों के लिए शिकायत निवारण और जवाबदेही के ढाँचों को बदलना और न्याय सुनिश्चित करना बड़ी चुनौती है।

विगत तीन दशकों में, नई क़िस्म के नारीवादी एक्टिविज़्म ने अलग-अलग सामाजिक स्थिति वाली महिलाओं के द्वारा झेले जाने वाले उत्पीड़न—जो उनकी सत्ता और विशेष अधिकारों के होने या ना होने से जुड़े हैं—के अनुभवों के मुद्दों को उठाया है। अगले लेख स्त्री की उस सार्वभौमिक श्रेणी पर सवाल उठाते हैं जो नारी संघर्षों के एजेंडे और अभियानों के केन्द्र में रही है। इन लेखों में अलग-अलग सामाजिक सन्दर्भों से आने वाली महिलाओं के दमन की विशिष्टताओं और समानताओं के इर्द-गिर्द बनी नई समझ और संगठनात्मक प्रयासों पर ध्यान दिलाया गया है।

टी. सौजन्या का आलेख 'दलित नारीवाद—सक्रियता और लेखन के चश्मे से' दलित महिला कार्यकर्ताओं और लेखकों के विचारों का इस्तेमाल करते हुए दलित नारीवाद के सैद्धान्तिक सूत्रीकरण का विश्लेषण करता है। कई दलित महिलाओं ने अपने लेखन और अपनी आत्मकथाओं के ज़रिये जातिगत विषमताओं और श्रेणीबद्ध पितृसत्ताओं की आलोचना की है। 1990 के दशक के मंडल विरोधी आन्दोलन के राजनीतिक सन्दर्भ जिसने जेंडर राजनीति में जाति के प्रश्न को उभारा, नारीवाद में आए रेडिकल बदलाव का सूचक था। दलित स्त्रियों ने मुख्यधारा के नारीवाद द्वारा ऊँची जाति व मध्यवर्गीय स्त्रियों पर विशिष्ट फ़ोकस पर सवाल उठाया। दलित नारीवाद ने जाति, वर्ग और जेंडर संरचनाओं को प्रतिच्छेदित करते हुए दलित स्त्रियों के उत्पीड़न

को समझने का एक सैद्धान्तिक फ्रेमवर्क पेश किया। यह आलेख चुंदूर और खैरलांजी की जाति हिंसा की दो घटनाओं की चर्चा करते हुए जाति और जेंडर के आपसी उलझाव की जटिलताओं को सामने लाता है। मुख्यधारा के नारीवादी संगठनों में दलित स्त्रियों का हाशियाकरण और दलित आन्दोलन में पुरुष वर्चस्व को देखते हुए दलित महिलाओं ने अपने मुद्दों के लिए दलित स्त्रियों को लामबन्द करने की ज़रूरत को महसूस किया। नेशनल फ़ेडरेशन ऑफ दलित वूमेन और कई अन्य दलित महिला संगठनों को इसी सन्दर्भ में देखा जाना चाहिए।

इस पर्चे में दलित राजनीति की भी समीक्षा की गई है जो दलित नारीवाद को दलित राजनीति और आन्दोलन के व्यापक सरोकारों के प्रति ख़तरे के तौर पर देखती है, न कि सैद्धान्तिक और विचारधारात्मक सूत्रीकरण के विस्तारित रूप में। दलित स्त्री लेखिकाएँ इस बात पर सवाल उठा रही हैं कि दलित जातियों की पितृसत्ता ऊँची जाति की पितृसत्ता से अलग है और दलित स्त्रियाँ पितृसत्ता के 'कमज़ोर रूपों' का सामना करती हैं और अधिक समतामूलक पारिवारिक संरचनाओं में रहती हैं। उनका लेखन उन अन्तर्विरोधों को रेखांकित करने की कोशिश करता है कि किस तरह एक तरफ़ दलित पुरुष ऊँची जाति के पुरुषों के सामने शक्तिहीन होते हैं और दूसरी तरफ़ वे दलित स्त्रियों पर सत्ता और प्रभुत्व क़ायम रखते हैं। अपने पारम्परिक रूप में दलित संस्कृति ऊँची जाति की संस्कृति की वैकल्पिक संस्कृति नहीं हैं बल्कि उसी संस्कृति का हिस्सा है। पितृसत्तात्मक उत्पीड़न और घरेलू हिंसा दोनों दरअसल दलित परिवारों के आम लक्षण हैं।

अनिता घई का पर्चा 'विकलांगता के साथ जी रही महिलाएँ : भारतीय नारीवाद द्वारा बहिष्कृत एजेंडा' भारत में विकलांगता के आम परिदृश्य पर और नारीवादी आन्दोलन के गतिविज्ञान पर नज़र डालता है। पर्चा इस बात को भी रेखांकित करता है कि विकलांगता के क्षेत्र में सक्रिय कार्यकर्ता मध्यवर्गीय और पुरुष केन्द्रित सरोकारों के प्रभाव में रहते हैं। वे उन जटिल अवधारणात्मक और सांस्कृतिक कारकों पर ग़ौर नहीं करते जो उनके जीवन को प्रभावित करते हैं। प्रभुत्वशाली विकलांगता अधिकार समूहों द्वारा विकलांग स्त्रियों और विकलांग ग़रीबों के मुद्दों की आम तौर पर उपेक्षा की गई है। घई का मानना है कि अधिकारों की हिमायत एक तरह से सतही होती है जो छूट के तौर पर अधिकार माँगती है, जिसके पीछे कोई विचारधारा नहीं होती या विकलांग की पहचान पर फ़ोकस नहीं होता। पर्चे में इस बात को उजागर किया है कि महिला आन्दोलन में विकलांग महिलाएँ अदृश्य रहती हैं। विकलांग महिलाओं को नारीवादी आन्दोलन के एक महत्त्वपूर्ण हिस्से के रूप में नहीं समझा गया। विकलांगता को समझने में नारीवादियों के पास सैद्धान्तिक और व्यावहारिक संसाधनों की कमी है और विकलांग महिलाओं के अनुभवात्मक हक़ीक़तों की उपेक्षा की जाती है। वहीं सरकारी नीति परोपकारी प्रतिमान को प्रतिबिम्बित करती है। घई के अनुसार राज्य ने अपनी ज़िम्मेदारियों का परित्याग किया है और विकलांग इनसानों के लिए वह स्वैच्छिक क्षेत्र पर निर्भर है।

घई इस बात को भा रेखांकित करती हैं कि विकलांगता एक सांस्कृतिक गढ़ंत (construct) है जो राजनीति और सत्ता (हीनता) के सवाल से जुड़ा है। विकलांग

महिलाएँ, अपनी विकलांगता की स्थिति और पितृसत्तात्मक ढाँचे के कारण समाज में हाशियाकृत अवस्था में रहती हैं तथा सामाजिक-सांस्कृतिक पहचानें जाति, वर्ग और स्थान के हिसाब से उन्हें अलग श्रेणी में गढ़ती हैं। घई का आलेख इस बात को उभारता है कि विकलांगता के मुद्दे न केवल शरीर, नारीत्व, यौनिकता और भिन्नता की जड़मूल सांस्कृतिक धारणाओं का पुनर्मूल्यांकन करने के लिए मजबूर करेंगे बल्कि वे नारीवादी चिन्तन की प्रणालियों पर भी पुनर्विचार को ज़रूरी बनाएँगे। उनका कहना है कि नारीवादी विकलांगता अभ्यास (praxis) महिलाओं को अपनी शारीरिक भिन्नताओं और अपने लिए अपने नारीत्व को परिभाषित करने के अधिकार की हिमायत करेगा ना कि उन पर यह दबाव डालेगा कि वे अपने शरीरों को सामाजिक व्याख्याओं और अपेक्षाओं के अनुरूप बनाएँ।

ग़ज़ाला जमील और ख़ौला ज़ैनब के आलेख 'मुस्लिम महिला अधिकार आन्दोलन का एक वृत्तान्त' में यह कहा गया है कि भारत में महिला अधिकार आन्दोलन की चर्चाओं में मुस्लिम महिलाओं के संघर्षों और मुस्लिम स्त्री कार्यकर्ताओं की शख़्सियत (पर्सनहुड) और उनकी एजेंसी को बाहर रखा गया है। प्रस्तुत आलेख इस अन्तराल को स्पष्ट करने की कोशिश करता है और मुस्लिम महिलाओं की स्थिति, उनका दर्जा और उनकी एजेंसी को किस तरह हमेशा घिसी-पिटी धारणाओं में ही समेटा गया है और उन पर मौन बरता गया है, उसकी चर्चा करता है। उत्पीड़क धर्म और धार्मिक निजी क़ानून में उन्हें फँसा हुआ मानते हुए, जब भी मुस्लिम महिलाओं के अधिकारों की बात होती है तो उन्हें सिर्फ़ उनके निजी क़ानूनों से ही तथा समान नागरिक संहिता की माँग से ही जोड़ा जाता है। लेखिकाएँ सवाल करती हैं कि अगर ग़ैरमुस्लिम स्त्रियों के जीवन में पितृसत्ताओं के अलग-अलग प्रतिबिम्बनों को उनके धर्म की बात किए बिना किया जाता है तो आख़िर ऐसा क्यों होता है कि जब-जब मुस्लिम महिलाओं की बात होती है तो यही समझा जाता है कि उनके सभी समस्याओं की जड़ उनकी आस्था में ही निहित है?

इस आलेख में इस बात को भी उजागर किया गया है कि मुस्लिम महिलाओं के अधिकारों पर कभी भी कोई सार्थक संवाद नहीं होता है बल्कि इस सारी बहस को साम्प्रदायिक राष्ट्रवादी एजेंडा के साथ नत्थी कर दिया जाता है—जहाँ न्यायपालिका, राज्य, हिन्दू दक्षिणपंथ और उलेमा सभी ने उग्र क़िस्म का रुख़ अपनाया—और इस तरह मुल्क में मुस्लिम महिलाओं के संघर्ष को सीमित किया। लेखिकाएँ मुस्लिम महिलाओं के प्रश्न को न सम्बोधित करने के लिए स्वायत्त महिलाओं के आन्दोलन की भी आलोचना करती हैं। वे इस बात को रेखांकित करती हैं कि मुस्लिम महिलाओं की ज़िन्दगियों को समझने के लिए विश्लेषणात्मक औज़ार के तौर पर जेंडर को इस्तेमाल करना नाकाफ़ी होगा। उनके मुताबिक़ मुस्लिम स्त्रियों की राजनीतिक चेतना काफ़ी व्यापक और संश्लिष्ट रही है और ज़रूरत इस बात की है कि हम उस प्रश्न को 'इंटरसेक्शनैलिटी' के ढाँचे में समझने की कोशिश करें। साम्प्रदायिक हिंसा और हिन्दुत्व विचारधारा इस विचार को जटिल बना देते हैं कि पितृसत्ता के साथ सभी महिलाओं का एक जैसा रिश्ता है। मुस्लिम स्त्रियाँ न केवल जेंडरीकृत, साम्प्रदायिक संस्थागत हिंसा के ख़िलाफ़ और भेदभाव के

विरुद्ध एक कठिन लड़ाई लड़ रही हैं बल्कि वे उस साम्प्रदायिक हिंसा के ख़िलाफ़ भी संघर्षरत हैं जिसने उनके अपने मुद्दों और दावों को लेकर जारी बहसों में उनकी अपनी आवाज़ को छीन लिया। वे इस बात को भी रेखांकित करती हैं कि मुस्लिम महिलाओं का समकालीन संघर्ष वह मुक़ाम है जब वे तमाम चुनौतियों के बावजूद अपनी बात को मज़बूती से रख सकी हैं। समकालीन दौर में भारत में मुस्लिम महिलाओं का नारीवाद उनके चुनावों, उनकी प्रस्तुतियों और आत्मप्रकटीकरणों से चिन्हित होता है जिन्हें पहले से अस्तित्वमान किन्हीं श्रेणियों में या साँचे में ढाला नहीं जा सकता है।

चयनिका शाह का आलेख 'क्वीयर नारीवादी सोच और संघर्ष' नारीवाद की उस समझ को प्रस्तुत करता है जिसके केन्द्र में यौनिकता है। क्वीयर उन लोगों की पहचान बन गई है, जो जेंडर और यौनिकता के सामाजिक हाशिये पर रहते हैं। जेंडर और यौनिकता के स्थापित मानकों को चुनौती देने और उनका प्रतिरोध करने का वह राजनीतिक नाम बन गया है। उसने नारीवाद में यौनिकता की समझदारी की तहों में बढ़ोतरी की है और नारीवाद की समझदारी को गहरा तथा मज़बूत किया है। पितृसत्तात्मक समाज की बुनियाद है अनिवार्य विषमलैंगिकता, जो हर व्यक्ति की कामनाओं को एक साँचे में ढालती है। नारीवाद के शुरुआती चरण में समलैंगिकता के मसले पर एक होमोफोबिया देखा जा सकता था। चिकित्साशास्त्रियों द्वारा इसे एक मानसिक बीमारी कहा जाता था और धारा 377 थी जिसके तहत यौनिक गतिविधियों को 'प्रकृति की व्यवस्था के विरुद्ध' ग़ैरक़ानूनी घोषित किया गया था। अस्सी के दशक में नारीवादी स्वास्थ्य आन्दोलन में यौनिकता को लेकर बहस चलने लगी, जिसने इसके इर्द-गिर्द समझदारी को मज़बूत करने में योगदान दिया और उसे नई दिशा प्रदान की। 90 के दशक में एड्स के विरोध में प्रतिरोध के तहत आम लोगों में यौनिकता के मुद्दे पर चर्चा शुरू करने का अवसर मिला। वैश्वीकरण के दौर में बढ़ते संचार ने भी इसके इर्द-गिर्द विचारों के फैलाने में सहायता प्रदान की। लोग न केवल एक-दूसरे के संघर्षों से जुड़े बल्कि उससे प्रभावित भी हुए। समलैंगिक लोगों के या उसके इर्द-गिर्द सक्रिय लोगों के समूहों, संगठनों और संस्थाओं का निर्माण हुआ। इसी लम्बे संघर्ष का नतीजा था कि सर्वोच्च न्यायालय ने 2018 में दिए अपने फ़ैसले में धारा 377 को असंवैधानिक घोषित किया 'क्योंकि वह एक ही लिंग के दो समवयस्क लोगों में आपसी सहमति के आधार पर क़ायम यौन सम्बन्ध का भी अपराधीकरण करता है।'

हालाँकि 1990 की शुरुआत में एक दूसरा सवाल क्वीयर नारीवाद के इर्द-गिर्द उभरती समझदारी को प्रभावित करने लगा। वह प्रश्न था कि आख़िर स्त्री किसे कहा जाए? वे लोग जो जेंडर बाइनरी में अपना स्थान नहीं पाते हैं उन्हें मुख्यधारा के समाज से बाहर कर दिया जाता है। उनके अधिकारों का सवाल भी क्वीयर संघर्षों का हिस्सा बना है। वे सभी जो जन्म के आधारित जेंडर से इतर अपने आपको पहचानते हैं वे ट्रांसजेंडर समूह का हिस्सा समझे जाते हैं। ट्रांसजेंडर लोग दो अन्य बातों को चुनौती दे रहे हैं। एक यह है कि जेंडर पहचान स्थायी नहीं है बल्कि बदलती रहती है। दूसरे, जेंडर शरीर की संरचना से निर्धारित नहीं होता है। इसने परिवार, क़ानून और चिकित्सा विज्ञान में एक

मज़बूत संघर्ष को बढ़ावा दिया। इस संघर्ष को 2014 के सर्वोच्च न्यायालय के फ़ैसले ने मज़बूती दी जिसे 'नाल्सा' (NALSA) निर्णय के नाम से जाना जाता है। पहली दफा जेंडर की जीवित सचाइयों पर ग़ौर किया गया और ट्रांस लोगों के अधिकारों की सुरक्षा का जिम्मा सरकार और समाज पर डाला गया।

शाह का पेपर इस बात पर ज़ोर देता है कि किस तरह क्वीयर नारीवाद के तहत जेंडर और यौनिकता की नई समझदारी आज के वक़्त में अदृश्य की गई ज़िन्दगियों पर निरन्तर जारी हिंसा के विरोध में समर्थन प्रदान करती है और उसे एक सन्दर्भ देती है। वह समाज की मान्यताओं, नियमों और ढाँचों पर प्रश्न खड़ा करती है। वह वर्चस्वशाली प्रवृत्ति पर सोचने के लिए लोगों को प्रेरित करती है जिसके तहत हरेक को समरूप समझा जाता है और वह विविधताओं के स्वीकार तथा उसकी सृजनात्मक सम्भावनाओं को भी स्वीकारती है।

लड़कियों की शिक्षा भी एक ऐसा क्षेत्र रही है जिस पर नारीवादी एक्टिविस्टों के द्वारा पर्याप्त ध्यान नहीं दिया गया है। हालाँकि आज़ादी के बाद से स्कूलों में लड़कियों की संख्या में बढ़ोतरी हुई है और लड़कियों की साक्षरता दर भी बढ़ी है लेकिन शिक्षा के सभी स्तरों पर लड़कियों की असमान पहुँच के मुद्दे अभी भी क़ायम हैं। साधना सक्सेना स्कूलों में लड़कियों की निरन्तर असमान सहभागिता के मुद्दे को उठाती हैं। हाशियाकृत समुदायों के लिए—और ख़ासकर उनकी लड़कियों के लिए—शिक्षा की पहुँच को अधिकाधिक सुगम बनाने के बावजूद, सार्वजनिक संस्थाओं की अवनति और पेशेगत पाठ्यक्रम के बढ़ते ख़र्चे ने शिक्षा व्यवस्था में नई ग़ैरबराबरियों को जन्म दिया है। उनका आलेख 'क्या समानता और न्याय शिक्षा की चिन्ता है?' शिक्षा के क्षेत्र में सरकार की प्रतिपूरक योजनाओं की और समानता और न्याय के परिप्रेक्ष्य के तहत लड़कियों के लिए शिक्षा के अवसरों के सन्दर्भों की बारीक़ी से समीक्षा करती है। उनका कहना है कि समान शैक्षिक अवसर का सिद्धान्त, जो 60 के दशक में राज्य की प्रतिबद्धता के तौर पर सामने आया था, उसे वर्ष 1986 में शिक्षा पर राष्ट्रीय नीति के आगमन के साथ छोड़ दिया गया, जिसने अधीन समुदायों के लिए बहुस्तरीय, असमान शिक्षा-प्रणाली को जन्म दिया। वह कहती हैं कि भारतीय समाज जो पितृसत्तात्मक है तथा जो वर्ग, जाति, धर्म और नस्लीयता जैसे अक्षों पर भी विभाजित है, ऐसी पृष्ठभूमि में ऐसे वंचित तबकों की लड़कियों को औपचारिक शिक्षा के दायरे में लाने के लिए, यह बेहद ज़रूरी है कि प्रतिपूरक नीतियाँ हों। लेकिन यह भी महत्त्वपूर्ण है कि ऐसी नीतियाँ सभी लड़कियों के लिए समानता और न्याय के व्यापक उद्देश्यों की क़ीमत पर न हो। वह रेखांकित करती हैं कि विगत छह दशकों में, शिक्षा के लिए समान अवसर और हाशिये पर पड़े समाजों के लिए प्रतिपूरक योजनाओं को श्रेणीबद्ध और असमान शिक्षा व्यवस्था ने प्रतिस्थापित किया है जिसने गुणवत्तावाली शिक्षा और सभी लड़कियों की शिक्षा में सहभागिता जैसे मुद्दों से लोगों का ध्यान बाँट दिया है।

मैत्रेयी चौधरी के आलेख 'भारत में मीडिया और जेंडर मीडिया' में स्त्रियों की अतिदृश्यता के मसले को तीन सन्दर्भों में उठाया है : महिलाओं के आन्दोलन, भारत

के आर्थिक सुधार और मीडिया के लोगों की ज़िन्दगियों में अभूतपूर्व पहुँच। उनके मुताबिक़ महिलाओं की इस दृश्यता को बाज़ार, मीडिया और कम्यूनिकेशन रिसर्च के पेशेवर संगठनों के आपसी नेटवर्क के वांछित प्रभाव के तौर पर देखा जा सकता है जो वैश्विक पूँजीवाद के विचारधारात्मक उत्पादन और प्रसार का केन्द्रीय स्थान है। इसलिए इस दृश्यता की अन्तर्वस्तु और निर्माण की पड़ताल ज़रूरी है।

आधुनिक विज्ञापन जगत में, जेंडर सम्भवत: वह सामाजिक संसाधन है जिसका भरपूर प्रयोग किया जाता है। नारीवाद के दायरे से विचारों को समाहित करते हुए, नव-उदारवादी अर्थव्यवस्था के तहत वैश्वीकृत दुनिया में लोकप्रिय संस्कृति के वर्चस्वशाली विचार के तौर पर 'चॉइस', 'स्वतंत्र इच्छा' और 'आज़ादी' को पेश किया जाता है। छवियों का नया प्रवाह तथा नई कामनाओं का विचार और सुस्पष्ट उपभोग—जो मीडिया में नज़र आता है—उसे स्वाभाविक तथा स्वत:स्फूर्त समझा जाता है और व्यक्तिगत एजेंसी पर अमल के तौर पर देखा जाता है। लेकिन इन छवियों का प्रवाह न मुक्त प्रवाही होता है और न ही संयोग होता है। स्त्री आन्दोलन द्वारा उठाए गए मुद्दों को हड़पते हुए व्यापार के लिए नए सामाजिक हिस्सों को निशाना बनाया जाता है।

चौधरी इस बात को भी रेखांकित करती हैं कि बदलती जेंडर छवियाँ भारत के सार्वजनिक विमर्श में एक अहम बदलाव का संकेत देती हैं, जो एक तरह से विकास की उस दृष्टि में आए परिवर्तन के अनुरूप है—जहाँ पहले समानता और स्वावलम्बन पर ज़ोर रहता था वह अब वृद्धि पर ज़ोर में रूपान्तरित हुआ है। एक तरह से इसमें नए भारतीय मध्यवर्ग और उसकी जीवनशैली तथा उसकी आकांक्षाएँ दिखती हैं। कामगार वर्ग की महिलाओं के बजाय अच्छी ज़िन्दगी की उपभोक्ता महिलाओं पर फ़ोकस ने ग़रीब जनता की पूरी दुनिया को ही हमारी आँखों से ओझल कर दिया है।

साधना आर्य का आलेख 'भारत के नारीवादी आन्दोलन' 1990 के दशक में भारत में महिला आन्दोलन की चर्चा करता है, जहाँ 1970 और 1980 के दशक एक पृष्ठभूमि का काम करते हैं। 1970 का दशक जिसने एक जीवन्त महिला आन्दोलन के उभार को देखा, जहाँ महिलाओं के सरोकारों की नए ढंग से प्रस्तुति हुई थी, जिसने जेंडर आधारित उत्पीड़न की संरचनाओं को प्रश्नांकित किया। सत्तर के दशक में ही कई नए महिला संगठन बने जबकि कुछ पुराने संगठन पुनर्जीवित हुए। इन संगठनों ने स्त्रियों के जेंडर उत्पीड़न, श्रम के यौनिक विभाजन और पुरुषों पर महिलाओं की आर्थिक निर्भरता के मसले को उठाया। धर्म, जाति,वर्ग की संरचनाओं और महिलाओं के उत्पीड़न के बीच के रिश्तों का विश्लेषण करने और उनके बीच सम्बन्ध क़ायम करने की कोशिशें चलीं। इसी दौर में मार्क्सवादी श्रेणियों के विश्लेषण के सामने चुनौती रखी गई जो महिलाओं के श्रम और काम के मसले के प्रति अनभिज्ञ थे। स्वायत्त महिला समूहों का उभार एक तरह से राजनीतिक पार्टियों, जन आन्दोलनों, क्रान्तिकारी आन्दोलनों, ट्रेड यूनियन और अन्य संगठनों के साथ काम करने को लेकर उभरे मोहभंग और निराशा का परिणाम था जिन्होंने स्त्री प्रश्न की विशिष्टता को पहचानने से इनकार किया। स्वायत्त महिला समूहों ने माँग की कि स्त्रियों के पितृसत्तात्मक उत्पीड़न को वर्गीय उत्पीड़न से अलग देखना

चाहिए। स्वायत्त महिला समूह और वामपंथी पार्टियों से सम्बद्ध महिला समूह—जो 70 और 80 के दशक में उभरे—वे भारत के महिलाओं के आन्दोलन की दो प्रमुख धाराओं का निर्माण करते हैं। हालाँकि दोनों धाराओं का मक़सद सामाजिक सम्बन्धों को रेडिकल ढंग से बदलने और उनके जनतांत्रिकीकरण का रहा है, परन्तु पितृसत्ता, नारीवाद और स्वायत्तता, रणनीतियों का निर्माण, ग्रासरूट आन्दोलनों के साथ सम्बन्ध क़ायम करना जैसे मसलों पर दोनों के बीच मतभेद रहे हैं।

यह लेख इस बात की भी चर्चा करता है कि किस तरह परिवार और विवाह की आलोचना, दहेज, घरेलू हिंसा, महिलाओं के स्वास्थ्य, सेक्स निर्धारण परीक्षण और महिलाओं के लिए सम्पत्ति तथा अन्य अधिकार महिला आन्दोलन के अभियानों के केन्द्रबिन्दु बने। महिला उत्पीड़न की अन्य धुरियाँ और वे कैसे एक-दूसरे से जुड़ती और एक-दूसरे को काटती हैं, का मसला महिला आन्दोलन की दोनों धाराओं में लम्बे समय तक न अन्वेषित हो सका और न ही उसे सम्बोधित किया जा सका। अस्सी के दशक के कालखंड में बढ़ती धार्मिक और साम्पद्रायिक ताक़तों ने इस बात को रेखांकित किया कि किस तरह स्त्रियाँ धार्मिक पहचानों, परम्पराओं और संस्कृतिओं में बँटी हुई हैं। जाति और पितृसत्ता की संरचना में जड़मूल रोज़मर्रा की हिंसा, जिसका सबसे बड़ा शिकार दलित स्त्रियों को होना पड़ रहा था, उसने नारी आन्दोलनों की सैद्धान्तिकी और व्यवहार में जाति, वर्ग और जेंडर की धुरी पर दलित स्त्रियों के भोगे हुए यथार्थ को समाहित करने की ज़रूरत को रेखांकित किया। अस्सी के दशक के मध्य तक अन्य हाशियाकृत समुदाय, यौनिकताएँ और विकलांगताओं में सक्रिय कार्यकर्ताओं ने रफ़्ता-रफ़्ता उन वर्चस्वशाली सामाजिक धारणाओं को प्रश्नांकित करना शुरू किया जिन्होंने स्त्रियों की एक समान श्रेणी को गढ़ा था और यह दावा किया कि यह श्रेणी महिलाओं के उत्पीड़न के बहुविध धुरियों और उनके ज़िन्दगियों के अनुभवों का प्रतिनिधित्व नहीं करती। जेंडर, जाति, यौनिक रुख़/रुझान और विकलांगता के सन्दर्भ में यौनिकता, विवाह, परिवार और समुदाय को लेकर बहसों में अब बदलाव आने लगा है। जाति और यौनिक श्रम, जाति और श्रम और श्रम के तौर पर यौनकर्म आदि मसलों पर बहसें शुरू हुई हैं। जेंडरीकृत हिंसा जो पहले सामाजिक और क़ानूनी तौर पर स्वीकृत विषमलिंगी विवाहों और परिवारों के सन्दर्भ में उठती रही है, उस पर भी अब प्रश्न उठने लगे हैं।

महिलाओं पर जाति आधारित हिंसा, सामाजिक तौर पर अस्वीकृत यौनिक रुझान के चलते हिंसा, साम्प्रदायिक झगड़ों के चलते 'अन्य' कहकर महिलाओं के ख़िलाफ़ की जाने वाली हिंसा, विवाह और परिवार के सामान्य ढाँचे में न समा सकनेवाली महिलाओं के ख़िलाफ़ हिंसा, वेश्या व्यवसाय में सक्रिय स्त्रियों या अपनी विकलांगताओं के चलते महिलाओं को झेलनी पड़ती हिंसा आदि तमाम बातें जो पहले नारीवादी राजनीति के सिद्धान्त और व्यवहार में शामिल नहीं हो सकी थीं, वे भी सम्बोधित हो रही हैं। राज्य दमन के उपकरण के तौर पर महिलाओं के ख़िलाफ़ यौनिक हिंसा भी विगत तीन दशकों में एक गम्भीर मुद्दा बनी है और जिसने बहुविध क़िस्म के प्रतिरोध को भी जन्म दिया है।

प्रस्तुत पेपर यह भी बताता है कि विभिन्न महिला समूहों के अन्दर तथा उनमें आपस में आज भी समझ और दृष्टिकोणों को लेकर तनाव और मतभेद बने हुए हैं। बुनियादी समझदारी यही बनी हुई है कि हमेशा ही विविध नारीवादी स्वर रहे हैं और उन्हें समझने तथा उनसे संवाद क़ायम करने की प्रक्रिया चलती रही है। स्त्रियों का आन्दोलन कभी भी एक संसज्जित स्वर नहीं रहा है और इसी वजह से हमेशा आन्दोलन नहीं बल्कि आन्दोलनों की बात होती रही है। साधना आर्य इस बात को रेखांकित करती हैं कि समकालीन भारतीय समाज के नारीवादी विश्लेषण में ग़रीबों और हाशियाकृत लोगों, ग्रामीण और आदिवासी समुदायों—जिनकी ज़मीनों, जीवनयापन के साधनों और प्राकृतिक संसाधनों को कॉरपोरेट समूहों और पूँजीपतियों द्वारा राज्य से साँठगाँठ करके योजनाबद्ध तरीक़े से लूटा गया है—पर और ध्यान दिए जाने की ज़रूरत है।

प्रस्तुत किताब विभिन्न नारीवादी बहसों और विमर्शों तथा संघर्षों—निश्चित ही इनमें से कोई निर्णायक नहीं है—की एक झलक प्रदान करती है। ये ऐसी यात्राएँ हैं जहाँ विचारों का गहन आदान-प्रदान हुआ है, नए मुद्दों को उठाया जा रहा है और समझदारी और गहरी हो रही है। परन्तु अभी भी लगातार आत्म-परीक्षण की ज़रूरत है ताकि समाज के सभी हिस्सों की महिलाओं के मुद्दे नारीवादी राजनीति का हिस्सा बनें और सत्ता, विशेषाधिकारों, प्रतिनिधित्व और नेतृत्व के सवाल नारीवादी विमर्शों के केन्द्र में रहें। पिछले दो दशकों से आन्दोलन के अन्दर से और बाहर से आई समालोचनाओं ने नारीवादी दायरों में बहुत तीव्र और तनावपूर्ण बहसों को आगे बढ़ाया है। नारीवादी आन्दोलन की यह मज़बूती रही है कि इन आलोचनाओं को दरकिनार न करते हुए उन्हें सामने से समझने की कोशिश की जाए और अपने अनुभवों की जटिलताओं को अपनी राजनीति का हिस्सा बनाएँ। इस सबके साथ बदलती सामाजिक-आर्थिक और राजनीतिक हक़ीक़तों, कल्याणकारी राज्यों की अवनति, मुक्त बाज़ार अर्थव्यवस्था, स्त्रियों पर बढ़ती हिंसा, बढ़ती धार्मिक रूढ़िवादिता, साम्प्रदायिक ध्रुवीकरण और पहचान आधारित राजनीति और बढ़ते दमनकारी राज्य की गम्भीर चुनौतियाँ भी बनी हुई हैं।

पितृसत्ता को समझने का प्रयास

सुरंजिता रे

अनुवाद : मीनाक्षी कपूर

बीसवीं शताब्दी की शुरुआत में सिगमंड फ्राएड ने दावा किया था कि 'शारीरिक संरचना भाग्य है।' उस समय ऐसा माना जाता था कि महिलाओं का जीव विज्ञान उनके मनोविज्ञान और उसी तरह उनकी क्षमताओं और भूमिकाओं को परिभाषित करता है। तब से इस विचार को चुनौती दी गई है, इसे पलटा गया है, इसे उधेड़ा गया है, इसकी पुनर्कल्पना की गई है। और साथ ही इसे लिंग, जेंडर, सत्ता और प्रभुत्व से उनके सम्बन्ध की निरन्तर विकसित होती समझ के साथ जोड़कर देखा गया है। पितृसत्ता लिंग से नहीं बल्कि जेंडर, जो कि एक सामाजिक कल्पना (social construct) है, से उत्पन्न होती है। वी. गीता यह तर्क देती हैं कि जहाँ लिंग नर या मादा जननांगों के आधार पर निर्धारित होता है, जेंडर लिंग की सचाई को अर्थ प्रदान करता है।[1] 'जबकि इसके उलट, जब लिंग के साथ कुछ ख़ास अर्थ जोड़ दिए जाते हैं, तभी लिंग के अन्तर को महत्त्व मिलता है।'[2] हालाँकि जेंडर, असमानता और भेदभाव के रोज़मर्रा के अनुभव पितृसत्ता के विचार को अर्थ प्रदान करते हैं, पितृसत्ता की जटिलताओं और इसके नित बदलते विविध रूपों के कारण इसे एक संक्षिप्त रूप में परिभाषित करना मुश्किल है। यह लेख कुछ विशेष नारीवादी विचारों की मदद से पितृसत्ता को समझने का प्रयास करता है, जो समाज में मौजूद लिंग आधारित वर्गीकरण, असमानताओं और भेदभाव के महिलाओं के अनुभवों से उपजे हैं।

पितृसत्ता क्या है?

पितृसत्ता का सीधा अर्थ है एक पुरुष-प्रधान परिवार में पिता की प्रभुता। पारम्परिक सोच पितृसत्ता को जीव विज्ञान द्वारा निर्धारित तथ्य के तौर पर स्वीकार करती है। बच्चे पैदा कर पाना जो एक जीव-वैज्ञानिक घटक है, महिलाओं की मातृत्व की ज़िम्मेदारियों की सामाजिक स्थिति निर्धारित करता है। इन ज़िम्मेदारियों में स्वयं को परिवार को समर्पित कर बच्चों का पालन-पोषण करना, उन्हें पढ़ाना और बड़ा करना सम्मिलित है। एक सामाजिक कल्पना के तौर पर, पितृसत्ता जेंडर के रूढ़िवादी विचारों को बार-बार स्थापित

कर पुरुषों को महिलाओं की लैंगिकता, उनके श्रम, उनकी उत्पादकता, उनकी प्रजनन क्षमता और उनकी आवाजाही पर नियंत्रण प्रदान करती है। यह नियंत्रण ऐतिहासिक तौर पर विकसित हुआ है। इसे इसका संस्थानीकरण और वैधता कई विचारधाराओं, सामाजिक प्रथाओं, ढाँचों और संस्थानों जैसे कि विवाह, धर्म, वर्ग, जाति, प्रजाति, नस्ल, शिक्षा, मीडिया, क़ानून, राज्य और समाज से प्राप्त हुई है।

पितृसत्तात्मक समाजों में बलात्कार, लैंगिक उत्पीड़न और दुर्व्यवहार, महिला भ्रूणों की हत्या, 'डायनों' की हत्या, सती प्रथा, दहेज़ के लिए हत्याएँ, पत्नी की मार-पिटाई, 'इज़्ज़त' को बचाने के लिए हत्या, महिला असाक्षरता की ऊँची दर, कुपोषण और अल्प-पोषण के अनुभव आम हैं।[3] इन अभाव, दमन, शोषण और हिंसा की वैव्यस्थित प्रक्रियाओं से महिलाओं को आर्थिक रूप से शोषित, सामाजिक तौर पर दबाकर और राजनीतिक रूप से निष्क्रिय रखा जाता है। ज्ञान की ये पितृसत्तात्मक संरचनाएँ एक ऐसी विचारधारा को आगे बढ़ाती हैं जो परिवार, शैक्षिक संस्थानों, राजनीतिक संस्कृति और समाज में पुरुष प्रभुत्व को सुदृढ़ करती हैं।

पितृसत्ता के पहले पाठ परिवार में ही पढ़ाए जाते हैं। बेटे के जन्म को बेटी के जन्म की तुलना में प्राथमिकता दी जाती है क्योंकि बेटे को परिवार का उत्तराधिकारी माना जाता है। छोटी उम्र से ही बेटे आक्रामक और हावी होना सीख जाते हैं जबकि बेटियाँ प्यार करने वाली, अपने आस-पास के लोगों का ध्यान रखने वाली और आज्ञाकारी बनना सीखती हैं। वर्जीनिया वुल्फ़ पूँजीपति (bourgeois) घरों में पितृसत्ता के अनुभव को पिता और बेटियों के बीच के टकराव के माध्यम से व्यक्त करने वाली पहली व्यक्ति थीं। जहाँ बेटियों को पढ़ाया नहीं जाता था और आजीविका कमाने का कोई भी अवसर उन्हें उपलब्ध नहीं कराया जाता था। पिता के पास आर्थिक शक्ति और प्रभुत्व होता था। बेटों को सार्वजनिक जीवन के लिए तैयार किया जाता था और बेटियों को चाकरी के काम सिखाए जाते थे। महिलाओं से यह अपेक्षा की जाती थी कि वे अपने बच्चों और परिवार के अन्य सदस्यों का ख़याल रखेंगी। गर्डा लर्नर यह मानती हैं कि परिवार एक वर्गीकरण को जन्म देता है जो न केवल एक राज्य/समाज की व्यवस्था का प्रतिबिम्ब होता है बल्कि वह उस व्यवस्था को लगातार मज़बूती भी प्रदान करता है।[4] अतः परिवार पितृसत्तात्मक मूल्यों को आगे ले जाने में महत्त्वपूर्ण भूमिका अदा करता है।

'निजी-सार्वजनिक के विभाजन' की पारम्परिक धारणा, जिसने निजी क्षेत्र में परिवार और निजी सम्बन्धों और सार्वजनिक क्षेत्र में राजनीति का स्थान निर्धारित किया, ने यह सुझाया कि लैंगिक असमानता प्राकृतिक है, न कि राजनीतिक। जहाँ राजनीतिक क्षेत्र पुरुषों के लिए संरक्षित था, निजी क्षेत्र महिलाओं के लिए 'बचाकर रखा' गया था। गृहिणी और माँ के रूप में, महिलाएँ राजनीति से बाहर रखी गई थीं। पितृसत्ता की सूक्ष्म अभिव्यक्तियाँ पौराणिक कथाओं में भी मिलती हैं। इनमें महिलाओं की त्यागमयी, स्वार्थरहित, पवित्र छवि को विशिष्ट रूप से दर्शाया जाता है। साथ ही धार्मिक रीतियाँ भी महिलाओं की विश्वसनीय पत्नी और निष्ठावान माँ की भूमिकाओं

की प्रमुखता पर ज़ोर देती हैं।[5] जर्मेन ग्रीर तर्क देती हैं कि "पितृसत्तात्मक मूल्य और विचार जो समाज की संस्कृति, दर्शन, नैतिकता और धर्म में पैठ जमाए बैठे हैं, उनकी वजह से महिलाएँ एक निष्क्रिय लैंगिक भूमिका की अभ्यासी हैं। इसके कारण उनकी वास्तविक लैंगिकता और उनके व्यक्तित्व का सक्रिय और साहसी पहलू सामने नहीं आता[6]। वुल्फ़ फ़ासिस्टवादी राजनीतिक दमन को पितृसत्ता के अन्तर्निहित उत्पीड़न से जोड़ती हैं। उन्होंने समझाया कि 'हमारे पीछे पितृसत्तात्मक व्यवस्था है : निजी घर, अपनी शून्यता, अपनी अनैतिकता, अपने पाखंड और अपने जीहज़ूरियापन के साथ। और हमारे सामने सार्वजनिक दुनिया है, एक व्यावसायिक व्यवस्था, अपनी राज करने की तीव्र इच्छा, अपनी ईर्ष्या, अपने झगड़ालूपन और अपने लालच के साथ।'[7] क्योंकि पूँजीवादी अर्थव्यवस्थाओं में पुरुष उत्पादन के साधनों पर स्वामित्व और नियंत्रण रखते हैं, महिलाएँ दासता की शिकार हुई हैं। उनके तर्क में यह निहित था कि मौजूदा पूँजीवादी ढाँचा पितृसत्तात्मक व्यवस्था को जारी रखता है। उनका मानना था कि महिलाओं को यदि समान अवसर मिलें तो वे 'पितृसत्तात्मक तंत्र की शिकार' होने के बजाय 'पूँजीवादी तंत्र की उस्ताद' हो जाएँगी।

हालाँकि "नारीवाद को भौतिक और वैचारिक स्तर पर महिलाओं के परिवार, कार्यस्थल और समाज में उनके श्रम, उनकी प्रजनन क्षमता और लैंगिकता पर पितृसत्तात्मक नियंत्रण, शोषण और उत्पीड़न पर जागरूकता; और मौजूदा हालात को बदलने के लिए महिलाओं और पुरुषों द्वारा उठाए गए क़दमों के रूप में देखा जाता था।"[8]। नारीवादियों ने पितृसत्ता को समझने के लिए अलग-अलग पद्धतियों का इस्तेमाल किया और इससे जूझने के लिए भिन्न-भिन्न नीतियाँ भी अपनाईं। नारीवादी संघर्ष जो बहुपरतीय उत्पीड़न की एक संयुक्त समझ के साथ विकसित हुए थे, नारीवादी 'पुरुष बनाम स्त्रियाँ' की रूढ़िवादी समझ का विरोध करते हैं। वे पितृसत्ता को लेकर बने एक रेखीय मत को, जो इसे एक कार्य-कारण सम्बन्ध के तौर पर देखता है, को चुनौती देते हैं।

पितृसत्ता के स्रोत, गुणों, प्रकृति, संरचना और लगातार बने रहने की प्रवृत्ति के साथ इस पर एक व्यापक समझ बनाने के लिए नारीवाद के विभिन्न दृष्टिकोणों पर बल देना आवश्यक है। पितृसत्ता को नारीवादी सिद्धान्त के विभिन्न आयामों और पद्धतियों की मदद से समझने का एक मार्ग यह है कि इन पद्धतियों को व्यापक दार्शनिक और राजनीतिक दृष्टिकोणों के बीच में रखकर देखा जाए। ये दृष्टिकोण मुख्यतः उदारवादी, मार्क्सवादी, समाजवादी और रेडिकल सुधारवादी दृष्टिकोणों के रूप में वर्गीकृत हैं। नारीवादी विचार और उनका इस्तेमाल लगातार उत्पीड़न की इंटरसेक्शनलिटी* की एक गहरी समझ के साथ विकसित होता रहा है।[9]

---

* इंटरसेक्शनलिटी विभिन्न प्रकार के भेदभावों (जैसे नस्लवाद, जातिवाद, सेक्सिज़्म) के आपस में टकराने, एक-दूसरे में मिलने, एक साथ घटने का एक जटिल तरीक़ा है, जिसमें ये सब भेदभाव एक पर एक कर जुड़ते जाते हैं।

पितृसत्ता को समझने की पद्धतियाँ

उदार नारीवाद : उदार नारीवाद का दार्शनिक आधार व्यक्तिवाद के सिद्धान्त में निहित है। 1840 और 1850 में संयुक्त राज्य अमरीका और यूनाइटेड किंगडम (ब्रिटेन) में बहुत से महिला अभियानों ने महिलाओं के लिए मताधिकार की माँग की। 1848 के प्रसिद्ध सेनेका फाल्स सम्मेलन से महिला अधिकार आन्दोलन का जन्म हुआ और इसने, अन्य अधिकारों के साथ-साथ, मत देने के अधिकार की माँग की। अमरीका के संविधान में महिलाओं को चुनाव में वोट देने का अधिकार 1920 में प्राप्त हुआ। हालाँकि ब्रिटेन में 1918 में ही महिलाओं को वोट देने का अधिकार मिल गया था, परन्तु एक दशक तक महिलाएँ पुरुषों के बराबर मत देने के अधिकार का इस्तेमाल नहीं कर पाईं।

मेरी वूलस्टोनक्राफ़्ट की 'विंडिकेशन ऑफ़ द राइट्स ऑफ़ विमेन' (1792) आधुनिक नारीवाद का पहला व्याख्यान है जिसने महिलाओं के लिए मताधिकार का अभियान चलाया। हालाँकि उन्होंने 'पितृसत्ता' शब्द का इस्तेमाल नहीं किया, पर उन्होंने सामाजिक सम्बन्धों में 'पुरुषों के उत्पीड़न' होने की बात कही। उन्होंने यह दावा किया कि यदि महिलाओं को उनके अपने आप में विवेकपूर्ण प्राणी होने के नाते शिक्षा दी जाती है तो राजनीतिक और सामाजिक जीवन में लिंग का अन्तर अपना महत्त्व खो देगा। जॉन स्टुअर्ट मिल और हैरीयट टेलर ने यह प्रस्ताव दिया कि महिलाओं को पुरुषों को प्राप्त नागरिकता, राजनीतिक अधिकार और स्वतंत्रताएँ भी दी जानी चाहिए। उदार नारीवादियों ने स्वतंत्रता और समानता के उभरते लोकतांत्रिक मूल्यों और महिलाओं पर पुरुषों के आधिपत्य के प्रचलन के बीच के बेमेल को उजागर किया। उन्होंने शिक्षा, रोज़गार और सम्पत्ति के अधिकारों में समान अधिकारों और अवसरों के लिए आन्दोलन किया।

उदार नारीवाद दरअसल सुधारवादी है। यह वास्तव में समाज के पितृसत्ता के ढाँचे को चुनौती नहीं देता। समाज द्वारा संरचित असमानताएँ इसके निशाने पर नहीं आतीं। इसीलिए महिलाओं के विरुद्ध भेदभाव को मिटाने और उनके लिए अवसर बढ़ाने और उनके अधिकारों को लेकर जनमानस में चेतना विकसित करने वाले उदारवादी सुधारों को सभी नारीवादियों का समान समर्थन प्राप्त नहीं हुआ।[10] सिल्विया वॉल्बी का मत है कि—

> "हालाँकि नारीवाद की पहली लहर एक विशाल, बहुआयामी, चिरायु और काफ़ी असरकारी घटना थी, महिलाएँ पितृसत्ता के उत्पीड़न और हिंसा के लिहाज़ से असुरक्षित ही रहीं। महिलाओं को रोज़गार का समान अधिकार और काम के स्थान पर समान आय के क़ानूनी अधिकार मिलने के बावजूद लिंग-आधारित आय का अन्तर बना हुआ है और महिलाओं का कम आय वाले कामों में अधिक पाया जाना भी ज्यों का त्यों है। विश्व भर में संसद, विधानसभा, फ़ौज और अन्य ऐसी संस्थाओं में महिलाएँ पुरुषों की तुलना में काफ़ी कम दिखती हैं। 1960 और 1970 के दशकों में मताधिकार और शिक्षा के अधिकार के बावजूद, महिलाओं

के साथ भेदभाव और उनका उत्पीड़न चलता रहा क्योंकि संरचित और सामाजिक—मान्यता प्राप्त जेंडर पर आधारित अधीनता को निशाना नहीं बनाया गया था।"

बेट्टी फ्रीदन ने 'स्त्रीत्व मिथक' शब्द को गढ़ा जो इस अवधारणा पर टिका है कि महिलाओं को घरेलू जीवन में सुरक्षा और सन्तुष्टि तलाशनी चाहिए, उनका कहना है कि इस सांस्कृतिक मिथक के चलते महिलाओं का अपना अस्तित्व उनके परिवार के अस्तित्व में खो जाता है।[11] वह इस विचार और प्रचलित धारणाओं का विरोध करती हैं कि महिलाओं में ऊँची शिक्षा, रोज़गार, राजनीति और सार्वजनिक जीवन की कोई इच्छा नहीं होती है। उन्होंने इस बात की पड़ताल की कि अपनी परम्परागत भूमिकाओं के परे महिलाएँ सार्वजनिक जीवन में हिस्सा लेने को अपनी निजी सफलताओं के रूप में देखती हैं।

यह माना गया है कि महिलाओं की परेशानी कहीं न कहीं शक्ति के उन उत्पीड़नकारी सम्बन्धों में निहित है जो राजनीतिक और क़ानूनी अधिकारों के पारम्परिक उदारवादी मुद्दों से बढ़कर हैं। इसीलिए 1960 में नारीवाद की दूसरी पीढ़ी 'नारीवाद की दूसरी लहर' का उदय हुआ। इसने इस बात को स्वीकार किया कि केवल राजनीतिक और क़ानूनी अधिकार महिलाओं की दासता का अन्त नहीं कर सकते। राजनीतिक अधिकारों की जगह अब महिलाओं की स्वतंत्रता पर ज़ोर दिया गया। दूसरी लहर के नारीवादियों ने रूढ़िवादी समाज की दमनकारी प्रकृति की आलोचना की और सिर्फ़ राजनीतिक और क़ानूनी अधिकारों की बजाय मौलिक सामाजिक बदलावों की माँग की। उन्होंने महिलाओं के सार्वजनिक और निजी जीवन के टकराव और जुड़ाव पर ज़ोर दिया। ऐसा उन्होंने लैंगिक शोषण, लिंग-आधारित श्रम के विभाजन और महिलाओं की आर्थिक दासता के बीच सम्बन्ध स्थापित करके किया।

मार्क्सवादी नारीवाद : मार्क्सवादी नारीवादियों का मानना है कि महिलाओं की दासता और वर्गों का विभाजन दोनों ऐतिहासिक रूप से निजी सम्पत्ति के साथ विकसित हुए हैं। फ्रेडरिक एंगेल्स ने कहा कि पूँजीवाद के उत्थान के साथ महिलाओं का घर का काम पुरुष के उत्पादक श्रम की तुलना में महत्त्वहीन हो गया। इस तरह मातृक प्रभुत्व का स्थान पैतृक और पितृवंशीय प्रभुत्व ने ले लिया। पूँजीपति परिवार ने परिवार के बड़े पुरुष का प्रभुत्व स्थापित किया और इस तरह पितृसत्ता और पूँजीवाद को आपस में जोड़ दिया। महिलाएँ न केवल दबाई जाती थीं, वश में रखी जाती थीं, अपमानित होती थीं और दासता का जीवन जीती थीं, बल्कि वे केवल बच्चे पैदा करने की मशीन बनकर रह गई थीं। मार्क्सवादी नारीवादियों का तर्क है कि केवल महिलाओं का जीव विज्ञान ही पितृसत्ता के लिए ज़िम्मेदार नहीं है बल्कि निजी सम्पत्ति का उत्तराधिकार में प्राप्त होना, एक-पत्नीक विवाह, महिलाओं की लैंगिकता पर नियंत्रण, पुरुषों का आर्थिक और राजनीतिक प्रभुत्व और श्रम का उत्पादक व अनुत्पादक श्रम में विभाजन भी इसके लिए ज़िम्मेदार है। पूँजीवाद के उत्थान ने महिलाओं को गृहस्थ क्षेत्र में ही सीमित कर

दिया और इस तरह पुरुषों को सार्वजनिक उत्पादन प्रक्रिया में होने का विशेषाधिकार दे दिया। उनका मानना है कि वर्ग पर आधारित शोषण की जड़ें लैंगिक उत्पीड़न से गहरी हैं और नारी मुक्ति को श्रम का पुनर्मूल्यांकन करना चाहिए। इसी प्रकार महिला उत्थान के लिए एक सामाजिक क्रान्ति की ज़रूरत है, जो पूँजीवाद को उखाड़ फेंके और समाजवाद को स्थापित करे।

परन्तु समाजवादी नारीवादी पारम्परिक मार्क्सवादी नारीवादियों की आलोचना करते हैं। वे उनकी पितृसत्ता को केवल आर्थिक कारकों के माध्यम से समझने का विरोध यह कहते हुए करते हैं कि महिलाओं का अधीनीकरण पूँजीवाद के आने से पहले और समाजवादी व्यवस्थाओं में भी होता आया है।[12]। बहुत से नारीवादियों का मत है कि पूँजीवाद के पतन के साथ पितृसत्ता का अन्त नहीं होगा। वे पितृसत्ता की स्थापना के लिए एक ऐसी ऐतिहासिक घटना जिस पर पूरी ज़िम्मेदारी डाली जा सके, तलाशने को सही नहीं मानते।[13]। वे यह पूछते हैं कि क्या पितृसत्ता का जन्म पूँजीवाद से पहले की व्यवस्था में हुआ था[14]। यहाँ तक कि वे मार्क्सवादी नारीवादियों पर आरोप लगाते हैं कि वे 'लिंग अंधता' से पीड़ित हैं और महिलाओं को केवल पूँजीवाद की मौजूदा आलोचनाओं में एक और आलोचना की तरह जोड़ रहे हैं।[15] बाद के नारीवादियों ने समाज के भौतिक आधार की धारणा को आगे बढ़ाते हुए इसमें प्रजनन और लैंगिकता और महिला श्रमिकों के लिंग-आधारित शोषण को भी शामिल किया।

हालाँकि पहले के मार्क्सवादी नारीवादियों ने पूँजीपति महिलाओं और श्रमिक वर्ग की महिलाओं के बीच अन्तर नहीं किया। इस अन्तर के समर्थक नारीवादियों ने ऐसा करने के लिए यह तर्क दिया कि पूँजीपति महिलाएँ श्रमिक महिलाओं का शोषण करती हैं। सभी महिलाएँ एक ही वर्ग से नहीं आतीं, न ही एक ही तरह से दबाई जाती हैं। बहुत से नारीवादियों ने पितृसत्ता की सँकरी परिभाषा, जो महिलाओं के उत्पीड़न की एक सर्वव्यापी, न बदलने वाली, अनैतिहासिक और मुख्यत: जीव वैज्ञानिक कल्पना से जनित है, का विरोध किया।[16] पितृसत्ता में निहित बहुलता शक्ति सम्बन्धों के विविध अभिलक्षणों और लिंग, वर्ग, जाति और वंश के बीच की इंटरसेक्शनलिटी को दर्शाती है।

समाजवादी नारीवाद : मार्क्सवादी नारीवादियों से अलग हटकर समाजवादी नारीवादी एक आर्थिक तथ्य के तौर पर श्रम के उत्पादक और अनुत्पादक लिंग विभाजन से आगे जाकर श्रम के लैंगिक विभाजन के महत्त्व को स्वीकारते हैं। वे कहते हैं कि पुरुष महिलाओं को वेतन वाले श्रम से वंचित रखने और प्रजननात्मक श्रम तक सीमित रखने के लिए संगठित होते हैं। इसीलिए बच्चे पैदा करने और बच्चों के पालन-पोषण के बीच का सम्बन्ध सांस्कृतिक है न कि जीव वैज्ञानिक।

अधिकतर समाजवादी नारीवादी इस बात से सहमत हैं कि महिलाओं का घर के काम और मातृत्व के गृहस्थ क्षेत्र के अन्दर ही सीमित रहना पूँजीवाद के आर्थिक लक्ष्यों को पूरा करने के काम आता है। महिलाएँ पुरुषों को घर के कामों और बच्चों के पालन-पोषण के कामों से मुक्त कर देती हैं। इस तरह वे उन्हें उत्पादक रोज़गार पर ध्यान देने में मदद

करती हैं। उन्होंने पूँजीवादी समाजों में महिलाओं के घरेलू श्रम के अवमूल्यन पर प्रकाश डाला। साथ ही इस बात पर भी ध्यान आकर्षित किया कि इस अवैतनिक घरेलू श्रम से पुरुष किस तरह से लाभान्वित हुए और किस तरह इसने पूँजीवादी अर्थव्यवस्थाओं के विकास में योगदान दिया। हाइडी हार्टमान का तर्क है कि पितृसत्ता और पूँजीवाद दोनों सामाजिक ढाँचे एक-दूसरे से स्वतंत्र तो काम करते ही हैं, वे एक-दूसरे के साथ मिलकर भी काम करते हैं। ऐसा इसीलिए है क्योंकि जिस भौतिक आधार पर इन दोनों ढाँचों की बुनियाद टिकी है वह है पुरुषों का महिलाओं के श्रम पर नियंत्रण[17]।

जूलिएट मिशेल का मानना है कि जेंडर सम्बन्ध एक बड़ी संरचना का हिस्सा हैं। पितृसत्ता, पिता के विचारधारात्मक शासन के तौर पर, रक्त सम्बन्धों से आगे बढ़ती है न कि प्रभुत्व से।[18]। पितृसत्ता का उद्‌गम प्रजनन के सामाजिक सम्बन्धों में है। पौरुष और स्त्रीत्व जीव विज्ञान से निर्धारित नहीं होते। वे लम्बी ऐतिहासिक परिक्रियाओं का परिणाम हैं। महिलाएँ चार सामाजिक कार्य पूर्ण करती हैं : (क) वे श्रमिक संख्या का हिस्सा हैं और उत्पादन में सक्रिय हैं, (ख) वे बच्चों को जन्म देती हैं और इस तरह मानव जाति को आगे बढ़ाती हैं, (ग) वे बच्चों के समाजीकरण के लिए ज़िम्मेवार होती हैं, और (घ) वे सम्भोग की वस्तु होती हैं। (वही)। इसीलिए महिलाओं को दासता से मुक्ति तभी मिल सकती है जब वे इन सभी क्षेत्रों के कार्यों से मुक्त हों। ऐसा ज़रूरी नहीं कि यह तब हो जब समाजवाद पूँजीवाद की जगह ले ले।[19]

ज़िलाह आइंस्टाइन पितृसत्ता को 'शक्ति के एक लैंगिक तंत्र' के रूप में परिभाषित करती हैं 'जिसमें पुरुष के पास अधिक शक्ति, श्रेष्ठता और आर्थिक विशेषाधिकार हैं।'[20] उनका तर्क है कि पितृसत्ता जीव वैज्ञानिक विशिष्टीकरण का नतीजा नहीं है। यह जीव वैज्ञानिक अन्तरों की सैद्धान्तिक और राजनीतिक व्याख्या है। जहाँ अपने पहले के लेखों में आइंस्टाइन पूँजीवाद और पितृसत्ता के एक-दूसरे से जुड़ने के प्रभावों पर ज़ोर देती हैं, उनके बाद के लेख पूँजीवाद और पितृसत्ता के टकराव और उनके बीच के तनाव को स्वीकारते हैं।[21]

पितृसत्ता की जेंडर सम्बन्धों की जटिलता पर आधारित कल्पना के अलावा, वॉल्बी पितृसत्ता और पूँजीवाद के उन सूक्ष्म आपसी सम्बन्धों को भी देखती हैं जो जेंडर-आधारित उत्पीड़न को बल देते हैं। उनका तर्क है कि उत्पादन के सम्बन्ध यह स्पष्ट तौर पर बताते हैं कि क्यों महिलाओं का श्रम आर्थिक मूल्य के क्षेत्र से बाहर रखा गया।[22] महिलाओं का घरेलू श्रम पितृसत्तात्मक उत्पादन के केन्द्र में है जहाँ पति पत्नी के श्रम पर अपना अधिकार रखता है। इसीलिए महिलाओं के साथ परिवार के बाहर होने वाला उत्पीड़न परिवार के अन्दर होने वाले उत्पीड़न से ही उत्पन्न होता है।[23] ये उत्पीड़न पूँजीवादी अर्थव्यवस्थाओं, जहाँ महिलाओं की श्रम तक समान पहुँच और वेतन नहीं मिलता, में दोहराए जाते हैं। वह राज्य जो महिलाओं को अवैतनिक घरेलू कामकाज तक सीमित रखता है, पितृसत्ता के व्यवस्थापन और संरक्षण का स्थल बन जाता है। हालाँकि पितृसत्ता पूँजीवाद से पहले से मौजूद थी और विभिन्न राजनीतिक-आर्थिक व्यवस्थाओं के दौरान बनी रही। [24] पितृसत्ता और पूँजीवाद मज़बूती से एक-दूसरे से जुड़े हुए हैं और एक-दूसरे

को बल देने वाली उत्पीड़क व्यवस्थाएँ हैं। पूँजीवाद में महिलाओं की अधीनता उनका श्रमिकों के तौर पर आर्थिक शोषण और माँ, उपभोक्ता और घरेलू मज़दूरों के रूप में उनके पितृसत्तात्मक उत्पीड़न का नतीजा है।[25] अत: पूँजीवाद एक विशेष प्रकार के परिवार से लाभान्वित होता है जो यह सुनिश्चित करता है कि श्रमिक शक्ति का सस्ता पुनरुत्पादन किया जा सके और महिलाओं की एक रिज़र्व फ़ौज बनी रहे।

मारिया मीस महिलाओं के काम को 'छिपे हुए काम' का नाम देती हैं। श्रम का लिंग के आधार पर असमान विभाजन जब एक बार हिंसा के बलबूते पर स्थापित हो जाता है, तो इसे परिवार और राज्य और इनकी शक्तिशाली सैद्धान्तिक व्यवस्थाएँ बनाए रखती हैं। मार्क्सवादी नारीवादियों से अलग समाजवादी नारीवादी वर्ग आधारित राजनीति के अलावा लिंग आधारित राजनीति को भी महत्त्व देते हैं। इस तरह वे पितृसत्ता को समझने के लिए उत्पादन के सम्बन्धों और प्रजनन के सम्बन्धों को देखते हैं। वे इस तथ्य को स्वीकारते हैं कि पितृसत्ता की सैद्धान्तिक और सांस्कृतिक जड़ें समाजवाद के परे जाती हैं। समाजवादी नारीवाद समाज की मूलभूत संरचनात्मक व्यवस्थाओं को बदलने का लक्ष्य रखता है ताकि वर्ग, जेंडर, लैंगिकता, और नस्ल जैसे अन्तरसंसाधनों के समान वितरण में रोड़ा न बनें।[26]

रेडिकल नारीवाद : रेडिकल नारीवादियों ने एक पद्धतिबद्ध सिद्धान्त का विकास किया जिसने लैंगिक उत्पीड़न को पितृसत्ता की जड़ के रूप में देखा। वे एंगल्ज़ की आलोचना करते हैं क्योंकि उनका मानना है कि महिलाएँ पहली किसान थीं जिन्होंने पहली बार बहुतायत में अनाज उगाया था। इसीलिए वे मानते हैं कि महिलाओं की सम्पदा पर नियंत्रण पाने के लिए पुरुषों द्वारा महिलाओं का लैंगिक शोषण वर्ग आधारित समाज के बनने से पहले शुरू हुआ होगा। यहाँ तक कि लैंगिक शोषण निजी सम्पत्ति के आने से भी पहले आया होगा। लैंगिक रिश्ते राजनीतिक कृत्य हैं जो पुरुष और स्त्री के शक्ति सम्बन्धों के सूचक होते हैं। रेडिकल नारीवादी निजी और राजनीतिक क्षेत्रों के विभाजन और इस विचार पर कि परिवार निजी और ग़ैर राजनीतिक है, पर सवाल उठाते हैं। वे तर्क देते हैं कि महिलाओं का सबसे अधिक शोषण परिवार में ही होता है। 'निजी-सार्वजनिक का विभाजन' महिलाओं के शोषण को मान्यता देता है। वे स्त्रीत्व और पौरुष, जो एक-दूसरे से बिलकुल भिन्न और जीव वैज्ञानिक श्रेणियाँ हैं, की धारणा पर ही सवाल उठाते हैं।

सिमोन द बउआ तर्क देती हैं कि 'जहाँ लिंग का अन्तर पुरुष और स्त्री के जीव वैज्ञानिक अन्तरों से जुड़ा हुआ है, जेंडर के अन्तर सामाजिक और यहाँ तक कि राजनीतिक तौर पर भी पौरुष और स्त्रीत्व की घिसी-पिटी विषम धारणाओं के माध्यम से थोपे जाते हैं।'[27] महिलाएँ जन्म नहीं लेतीं, वे बनाई जाती हैं। उनका मानना था कि बेहतर गर्भपात के अधिकार, गर्भ निरोध के तरीक़ों की उपलब्धता और एकपत्निक विवाह का अन्त महिलाओं का अपने शरीर पर अधिकार और नियंत्रण बढ़ाएगा। यह आवश्यक है कि निजी क्षेत्र को भी न्याय, समानता और स्वतंत्रता के उन्हीं मापदंडों पर आँका जाए जो सार्वजनिक क्षेत्र में ज़रूरी माने जाते हैं।

केट मिलेट का कहना है कि पितृसत्ता सब जगह मौजूद है और यह हमारी संस्कृति की सबसे व्यापक विचारधारा है।[28] सामाजिक तौर-तरीक़े जो हानिरहित मालूम होते हैं, उनका इस्तेमाल उत्पीड़न के औज़ारों के रूप में किया जाता है। पुरुष प्रभुत्व को एक जन्माधिकार समझना 'आन्तरिक उपनिवेशीकरण' का एक बहुत ही निपुण रूप है। यह किसी भी अन्य पृथक्करण के प्रकार से अधिक मज़बूत, किसी भी अन्य वर्गीकरण से अधिक कड़ा, अपरिवर्तनशील और चिरस्थायी है।[29] उनका मानना है कि महिलाएँ पुरुषों को प्रसन्न रखने, उनकी ख़ुशामद करने, उनका मनोरंजन करने और उन्हें तृप्त करने के लिए तैयार की जाती थीं। या तो वे पुरुषों द्वारा रूमानी प्रेम के माध्यम से भावनात्मक तौर पर बहलाई-फुसलाई जाती थीं, या फिर पुरुषों द्वारा बल का इस्तेमाल कर बलात्कार के माध्यम से यह सुनिश्चित किया जाता था कि वे आज्ञा का पालन करें। जब तक लैंगिकता की महिलाओं की इच्छा अनुसार पुनर्कल्पना और निर्माण नहीं किया जाता, वे पुरुषों के अधीन बनी रहेंगी। उन्होंने यह प्रस्ताव दिया कि महिला-चेतना बढ़ाने की प्रक्रिया के माध्यम से पितृसत्ता को चुनौती दी जानी चाहिए। महिला मुक्ति को एक ऐसा क्रान्तिकारी बदलाव चाहिए जो पुरुष और स्त्री के बीच के अन्तरों को ख़त्म कर दे।

शलमिथ फ़ायरस्टोन इस विचार से असहमति जताती हैं कि पितृसत्ता प्राकृतिक या अनिवार्य है। वे इस बात पर ज़ोर देती हैं कि इसकी जड़ें जीव विज्ञान में हैं जो एक जैविक परिवार में सीधे-सीधे श्रम के विभाजन को जन्म देती हैं।[30] एक जैविक परिवार में महिलाओं के बच्चों को जन्म देने के उत्तरदायित्व के कारण बच्चों की देखभाल की ज़िम्मेवारी भी उन पर आती है। महिलाओं के उत्पीड़न का आधार उनकी प्रजनन क्षमता में निहित है जिसे ऐतिहासिक रूप से पुरुषों ने नियंत्रित किया है। वे तर्क देती हैं कि प्रजनन की जैविक वास्तविकता श्रम के मूलभूत विभाजन और समाज में पुरुष प्रभुत्व का आधार है। कैथरिन मैक किन्नोन कहती हैं कि "नारीवाद के लिए जो लैंगिकता है वही मार्क्सवाद के लिए श्रम है : यानी वो जो सबसे ज़्यादा अपना है फिर भी जो सबसे ज़्यादा औरों द्वारा छीना जाता है।"[31] रेडिकल नारीवादी व्यक्तिगत पहचान को पुनः परिभाषित करने का लक्ष्य रखते हैं, एक ऐसी परिभाषा जो पौरुष के शिकंजे से आज़ाद हो। साथ ही वे राजनीतिक शक्ति को पुनर्स्थापित करने, मनुष्य के व्यवहार का पुनः आकलन और पारम्परिक मूल्यों को चुनौती देने का लक्ष्य भी रखते हैं। ताकि महिलाएँ न सिर्फ़ अपने शरीर बल्कि अपने जीवन पर अपना नियंत्रण रख पाएँ।

परन्तु बहुत से नारीवादी रेडिकल नारीवाद की बच्चों को जन्म देने की जैविक और सामाजिक ज़िम्मेदारी की सोच पर सवाल उठाते हैं, क्योंकि यह सिर्फ़ उन महिलाओं पर केन्द्रित है जो बच्चे पैदा करती हैं। श्रम का जेंडर पर आधारित विभाजन केवल जैविक अन्तरों से निर्धारित नहीं होता। बहुत से उग्र नारीवादी उत्पीड़न के अन्य सूक्ष्म और परतदार प्रकारों को नज़रअन्दाज़ करते हैं जो उतने ही महत्त्वपूर्ण हैं जितना कि जेंडर के अन्तरों पर आधारित उत्पीड़न। जेंडर असमानता के कारण के रूप में लैंगिकता पर अत्यधिक ज़ोर देने के लिए रेडिकल नारीवादियों की आलोचना हुई है।[32] बहुत से नारीवादी यह सवाल उठाते हैं कि क्या लैंगिक अन्तर सहज रूप से प्राकृतिक है या वे पितृसत्तात्मक

संरचना से उपजे हैं।[33] जूडिथ बटलर ने लिंग को जेंडर के नतीजे के रूप में प्रस्तुत कर लिंग-जेंडर के अन्तर को ही पलटकर रख दिया। उन्होंने कहा कि "लैंगिक अन्तर एक तरह का वैधता प्रदान करने का ज़रिया है जो बाद में अविवादित जैविकता का इस्तेमाल कर सामाजिक भूमिकाएँ निर्धारित करता है।"[34]

मार्क्सवादी नारीवादियों ने रेडिकल नारीवादियों द्वारा पितृसत्ता के ऐतिहासिक, आर्थिक और भौतिक आधारों को नज़रअन्दाज़ करने की आलोचना की। ऐलिसन जग्गर रेडिकल नारीवादियों द्वारा पितृसत्ता और इसकी व्यवस्थाओं के उद्‌गम के कारणों को नज़रअन्दाज़ करने की आलोचना करती हैं। उनका कहना है कि इन कारणों को समझने के लिए मनुष्य के व्यवहार और समाज को समझने की आवश्यकता है। उदारवादी नारीवादी रेडिकल नारीवादियों के 'निजी राजनीतिक है' के दावे के विरुद्ध चेतावनी देते हैं क्योंकि वे निजी क्षेत्र, जो सार्वजनिक चुनाव और निजी स्वतंत्रता का क्षेत्र भी है, को राजनीतिक बनाने में ख़तरा महसूस करते हैं। वहीं दूसरी ओर रेडिकल नारीवादी व्यक्तिवाद को जेंडर राजनीति का आधार बनाने का इसीलिए विरोध करते हैं क्योंकि इसके कारण महिलाओं के लिए एक सार्वजनिक जेंडर आधारित पहचान के आधार पर सामूहिक रूप से सोचना और क़दम उठाना मुश्किल हो जाता है।

जहाँ 'समतावादी नारीवादी' महिलाओं को जेंडर के अन्तर से मुक्ति दिलाकर जेंडर समानता लाना चाहते हैं, वहीं 'अन्तर के समर्थक नारीवादी' समानता की धारणा को ही पथ से भटका हुआ और अवांछनीय मानते हैं। 'अन्तर के समर्थक नारीवादी' मानते हैं कि उदारवादी व्यक्तिवाद लैंगिक रिश्तों को अराजनीतिक बना देता है। साथ ही 'समान व्यवहार' को महिलाओं के साथ पुरुषों की तरह का व्यवहार करने के रूप में भी समझा जा सकता है। समान अधिकारों की माँग महिलाओं को केवल मौजूदा अवसरों से लाभ लेने के लिए तैयार करेगी। यह माँग शायद केवल विकसित देशों की श्वेत, मध्यवर्गीय महिलाओं के काम आएगी और विकासशील देशों की अश्वेत, कृषक और श्रमिक महिलाओं के मुद्दों को निशाना नहीं बनाएगी।[35] जैसे-जैसे महिलाओं के उत्पीड़न की समझ विकसित हुई, पितृसत्ता के साथ जेंडर के अलावा जाति, नस्ल, लैंगिकताओं, धार्मिक और प्रजातीय पहचानों और विकलांगताओं के परस्पर प्रभाव को समझने के लिए इन्हें भी इस समझ में शामिल किया गया। इसीलिए नारीवादी आन्दोलनों ने पितृसत्तात्मक प्रभुत्व के सैद्धान्तिक और भौतिक दोनों आयामों पर सवाल उठाए।

1980 के दशक से जो नई नारीवादी प्रथाएँ उभरी हैं जैसे कि उत्तर औपनिवेशिक नारीवाद, अश्वेत नारीवाद, मनोविश्लेषणात्मक नारीवाद, पर्यावरणीय नारीवाद, उत्तर आधुनिक नारीवाद और समलैंगिक नारीवाद, वे पारम्परिक 'सार्वजनिक-निजी' विभाजन को चुनौती देती हैं। वे साथ ही यह भी मत रखती हैं कि पितृसत्ता का प्रभाव केवल सार्वजनिक जीवन, राजनीति और अर्थव्यवस्था के चेतन और प्रत्यक्ष रिश्तों पर ही नहीं पड़ा है बल्कि सामाजिक, सांस्कृतिक, निजी, मानसिक, व्यावहारिक और लैंगिक जीवन के सभी अचेतन और अप्रत्यक्ष पहलुओं पर भी पड़ा है।

उत्तर औपनिवेशिक नारीवाद का समर्थन करने वालों में 'पाश्चात्य नारीवाद' कोफ़्त पैदा करता है। वे विकासशील देशों में महिला आन्दोलनों का उद्गम ढूँढ़ते हैं। ये महिला आन्दोलन उनके औपनिवेशिक इतिहास से जुड़े हुए हैं। उनकी 'स्वदेशी नारीवाद' की माँग यह दावा करती है कि महिलाओं के मुद्दे यहाँ की ऐतिहासिक परिस्थितियों और मूल्यों, जिन्हें पश्चिमी नारीवादियों ने नज़रअन्दाज़ किया है, के कारण विशिष्ट हैं। वे यह तर्क देते हैं कि महिलाओं के मुद्दों पर जागरूकता, साम्राज्यवाद विरोधी स्वतंत्रता संघर्षों के दौरान राष्ट्रीय पहचानों के एकीकरण और निरूपण के परिप्रेक्ष्य में विकसित हुई।[36] बहुत से नारीवादी कहते हैं कि 1970 के दशक से चलते आए महिला आन्दोलनों में जो महिलाओं के मुद्दे उठाए गए वे महिलाओं के उत्पीड़न की विशिष्टता से निकले हैं। साथ ही ये मुद्दे उस सम्बन्ध से निकले हैं जो इस विशिष्टता और कुछ ख़ास परिस्थितियों में होने वाले उत्पीड़न के अन्य प्रकारों के बीच है।[37]

अश्वेत नारीवादी उदारवादी, मार्क्सवादी, समाजवादी और रेडिकल नारीवादियों की, नस्ल को महिला उत्पीड़न की एक श्रेणी के तौर पर नज़रन्दाज़ करने के लिए आलोचना करते हैं। वे लिंगवाद और नस्लवाद को परस्पर जुड़े हुए उत्पीड़न की व्यवस्थाओं के रूप में देखते हैं। वे उन परेशानियों पर प्रकाश डालते हैं जिनका सामना अश्वेत महिलाएँ प्रतिकूल जेंडर, नस्ली और आर्थिक परिस्थितियों के कारण करती हैं। वे तर्क देते हैं कि महिलाएँ केवल एक ही तरह का उत्पीड़न नहीं झेलतीं। बल्कि अश्वेत महिलाएँ ख़ास तौर पर उत्पीड़न और अधीनता को लेकर ज़्यादा असुरक्षित होती हैं क्योंकि वे श्वेत महिलाओं और पुरुषों, दोनों का नस्लवाद झेलती हैं।[38] वे इस धारणा पर सवाल उठाते हैं कि जेंडर अधीनता का प्राथमिक प्रकार है। यह धारणा इस विचार को बढ़ावा देती है कि वर्ग, लैंगिकता और नस्ल से जुड़ा उत्पीड़न, पितृसत्तात्मक प्रभुत्व का ही विस्तृत स्वरूप है। इसीलिए वे रेडिकल नारीवादियों के इस विचार का विरोध करते हैं कि लिंगवाद का उन्मूलन नस्लवाद के उन्मूलन की कुंजी है।

अश्वेत नारीवादी ऐसा नहीं मानते कि पितृसत्ता 'पुरुष बनाम महिला' की तर्ज़ पर विभाजित है। अश्वेत महिलाएँ अभाव, उत्पीड़न, शोषण, बहिष्करण और प्रभावहीनता की बहुतेरी प्रक्रियाओं के कारण असुरक्षित होती हैं। ये प्रक्रियाएँ श्वेत महिलाओं और अश्वेत पुरुषों दोनों के अन्याय और घृणा के कारण बनी रही है। बेल हुक्स पितृसत्ता की उस सर्वव्यापी और सँकरी समझ पर सवाल उठाती हैं जो इसे पुरुषों और स्त्रियों के बीच के बुनियादी टकराव के रूप में देखती है। 'पितृसत्ता संस्थागत लिंगवाद' (sexism) है और पुरुष और महिलाओं दोनों को लिंगवादी विचारों और कृत्यों को छोड़ना होगा।[39] वे कहती हैं कि ऐसा आवश्यक नहीं है कि परिवार हमेशा उत्पीड़न का स्थल होता है और यह बात ख़ास तौर पर अफ्रीकन, अमरीकन महिलाओं के लिए ठीक बैठती है। बल्कि, पुरुष प्रमुख परिवार अश्वेत महिलाओं को श्वेत श्रेष्ठता से सुरक्षा प्रदान करते हैं। इसी तरह अश्वेत महिलाओं के लिए कार्य का क्षेत्र उन्हें कम स्वच्छंदता प्रदान करता है। वे इस तर्क का विरोध करते हैं कि महिलाओं के उत्पीड़न के सामूहिक अनुभव इस बात की सम्भावना ख़त्म कर देते हैं कि वे एक-दूसरे का उत्पीड़न करेंगी। ऊँची जाति की

आर्थिक तौर पर सम्पन्न महिलाएँ आर्थिक रूप से कमज़ोर महिलाओं, जो निरपवाद रूप से नीची जाति या सुविधाहीन नस्ली समुदायों से आती हैं, को प्रताड़ित कर सकती हैं। इसीलिए वर्ग, जाति, नस्ल, वर्ण, विकलांगता, लैंगिकता और जेंडर के परस्पर कटाव व मिलान का विश्लेषण आवश्यक है। सबसे अधिक अन्तरंग रिश्तों में भी शक्ति, प्रभुत्व और नियंत्रण के मुद्दे देखे जा सकते हैं। इसीलिए ऐसा ज़रूरी नहीं कि क़ानूनी और राजनीतिक सुधारों से महिलाओं का उद्धार हो सके। विविध पृष्ठभूमियों से आई महिलाओं की विशिष्ट ज़रूरतों को मध्यम और उच्च वर्गीय महिलाओं द्वारा चलाए गए अभियान न तो कभी मान्यता देते हैं न ही उन पर कभी ग़ौर फ़रमाते हैं। इसीलिए यह ज़रूरी हो जाता है कि अधीनस्थ (subaltern) महिलाओं के संघर्षों की सुनवाई हो।

भारत में 1990 के मध्य से दलित नारीवादियों ने नारीवादी अभियानों के ब्राह्मणवाद और दलित राजनीति की पितृसत्तात्मक प्रथाओं को चुनौती दी है। बहुत सी स्वायत्त दलित नारीवादी संस्थाओं ने इस बात पर बल दिया है कि क्योंकि नारीवादी अभियान जाति और पितृसत्ता के बीच की कड़ी को नहीं देख पाए इसीलिए दलित महिलाओं के मुद्दों पर कम आवाज़ उठती है। वर्ग, जाति, विकलांगता, नस्ल, वर्ण, धर्म और प्रदेश की विविधताओं के चलते महिलाओं का अधीनीकरण भिन्न-भिन्न प्रकार से होता है। सांस्कृतिक पहचान, अन्तर, अनेकता और विविधता महत्त्वपूर्ण हैं। पूरे भारतवर्ष में मौजूद परिवार, वर्ग, जाति, सम्पत्ति से जुड़े अधिकारों, संस्कृति और आदर्शों की संरचनाओं में मौजूद भिन्नता महिलाओं के स्तर पर असर डालती है। भारत में जाति व्यवस्था असमान, प्रभुत्व वाले, आधिपत्य वाले और वर्गीकरण पर आधारित सामाजिक रिश्तों को ठीक ठहराने के लिए पितृसत्तात्मक मूल्यों के ध्वज को फहराए रखती है। जाति प्रथा और अन्तर्जातीय विवाह महिलाओं के श्रम और लैंगिकता पर नियंत्रण बनाए रखते हैं जो जाति और नस्ल की शुद्धता से सीधे-सीधे जुड़े हैं। जाति न केवल श्रम के सामाजिक विभाजन बल्कि उसके लैंगिक विभाजन को भी निर्धारित करती है। अनुलोम और प्रतिलोम विवाह अपनी परिभाषा मात्र से ही महिलाओं को नीचा दिखाते हैं। सैद्धान्तिक रूप से, जाति-शुद्धता का विचार, महिलाओं की अधीनता और उनकी लैंगिकता और आवाजाही के नियंत्रण के माध्यम से पितृवंशीय उत्तराधिकार को बनाए रखता है। महिलाओं और शूद्रों को पवित्र धागे (जनेऊ) की प्रथा की मनाही, एक स्त्री और शूद्र की हत्या के लिए समान दंड और धार्मिक अधिकारों पर रोक ये दर्शाते हैं कि जाति और जेंडर कितना एक-दूसरे से जुड़े हुए हैं।[40]

गोपाल गुरु कहते हैं कि दलित औरतों की भिन्न तरीक़े से बात कहने की ज़रूरत इसलिए है क्योंकि जाति व्यवस्था दलित और जनजातीय औरतों को यौनिक हिंसा का ज़्यादा शिकार बनाती है। इन महिलाओं के अलग अनुभवों की बात करते हुए दलित एक्टिविस्ट यह तर्क देते हैं कि ग़ैर-दलित, मध्यवर्गीय और शहरी महिला एक्टिविस्टों ने जाति के सवाल को ठीक प्रकार से सम्बोधित नहीं किया है। किसान आन्दोलनों के द्वारा बताई गई 'नैतिक अर्थव्यवस्था' दलित खेतिहर मज़दूरों जीने की बहुत ख़राब स्थितियों का हल प्रदान नहीं करती है। हालाँकि वे शुरुआती किसान आन्दोलनों की

नारीवादी हिस्सेदारी को स्वीकार करते हैं वे मुख्य रूप से ऊँची जाति की प्रभुत्वशाली आवाज़ों, जो कि भूमि जोत वर्गों का प्रतिनिधित्व करती हैं, से दबी हुई दलित आवाज़ों के ख़िलाफ़ संघर्ष के सवाल को उठाते हैं। वे कहते हैं कि सामाजिक स्थिति वास्तविकता के अनुभव को निर्धारित करती है। इसीलिए ग़ैर दलित महिलाओं द्वारा दलित महिलाओं का प्रतिनिधित्व कम जायज़ और कम सही लगता है।[41] शर्मिला रेगे ने अश्वेत और पिछड़े राष्ट्रों के नारीवादियों, जिन्होंने 1970 के दशक के लिंग और वर्ग के वाद-विवाद पर सवाल उठाए, द्वारा नारीवादी विश्लेषण के केन्द्र में लाई गई 'अन्तर' की श्रेणी के महत्त्व पर बल दिया।[42]

'अन्तर' के ढाँचे में जेंडर और जाति के सम्बन्ध और दलित महिलाओं के उनकी जाति और जेंडर के कारण उत्पीड़न को समझना ज़रूरी है। इसीलिए दलित नारीवादी दृष्टिकोण, जो समाज द्वारा निर्मित जाति, वर्ग और नस्ल के भीतर के निजी अनुभवों को महत्त्व देता है, को बन्धनों से मुक्ति दिलाने वाले दृष्टिकोण के रूप में देखा जाता है।[43] परन्तु, क्योंकि 'दलित महिलाएँ' अपने आप में एक समरूपी समूह नहीं है, दलित दृष्टिकोण पर भी प्रश्न उठाने और इसमें सुधार लाने की सम्भावना है। दलित महिलाओं के उत्पीड़न और लैंगिक शोषण और अत्याचार के अपने सामूहिक अनुभव के बावजूद, इन समूहों के भीतर मौजूद वर्गीकृत, विविध, परिवर्तनशील शक्ति-सम्बन्ध आवश्यक हैं। इसी तरह हालाँकि एकजुटता (solidarity) अभियान, ख़ास तौर पर खेतिहर और श्रमिक महिलाओं के लिए, लोकतांत्रिक तरीक़े से विकसित हुए हैं। इनमें क्रान्तिकारी सम्भावनाएँ और बुनियादी विरोधाभास है और ये हमेशा पूरी तरह से समावेशी नहीं होते। इसीलिए, यह समझना आवश्यक है कि अधीनस्थ समुदाय शक्ति की संरचनाओं के साथ किस तरह से दो-चार होते हैं।[44]

एक जाति और वर्ग के भीतर भी पितृसत्ता धर्मों और प्रदेशों की विविधताओं के साथ भिन्न हो जाती है। ये विभिन्नताएँ उत्पीड़क सामाजिक प्रथाओं को मान्यता देती हैं। सभी मुख्य धर्म उच्च जाति और वर्ग के पुरुषों द्वारा समझे और नियंत्रित किए जाते हैं। परिवार, विवाह, तलाक़ और उत्तराधिकार से जुड़े नियम और क़ानून धर्म से निर्धारित होते हैं। धर्म पितृसत्तात्मक नियंत्रण से जुड़ा है जो महिलाओं के विरुद्ध पक्षपाती है। पर्दा की प्रथा, घर से बाहर निकलने को लेकर रोक-टोक, निजी और सार्वजनिक के बीच का अलगाव, ये सभी जेंडर से जुड़े हैं। पुरुष प्रभुत्व वाले संस्थान जैसे गिरजाघर और राज्य भी महिलाओं की प्रजनन क्षमता को लेकर क़ानून बनाते हैं। महिलाओं को यह निर्णय लेने का अधिकार नहीं होता कि वे माँ बनना चाहती हैं या नहीं, वे कब माँ बनना चाहती हैं, कितने बच्चे चाहती हैं, वे गर्भ निरोध का इस्तेमाल कर सकती हैं या नहीं, या गर्भपात करा सकती हैं या नहीं, और इसी तरह के अन्य कई निर्णय।[45] मातृत्व की विचारधारा महिलाओं को अधीनस्थ बनाती है और पितृसत्ता को आगे बढ़ाती है। यह न केवल महिलाओं को माँ बनने के लिए मजबूर करती है बल्कि मातृत्व की परिस्थितियाँ भी निर्धारित करती है।[46]

उमा चक्रवर्ती का तर्क है कि नारीवादी शोधकर्ताओं के लिए अब यह मुद्दा नहीं रहा कि पुराने समय में महिलाओं का स्तर ऊँचा था या नीचा, बल्कि अब समाज में

उनके अधीनीकरण का विशिष्ट प्रकार और आधार उनके लिए मुद्दा है।[47] मनु के क़ानून यह मानते हैं कि क्योंकि महिलाएँ अपनी प्रकृति से विश्वासघाती होती हैं, उन्हें पुरुषों पर निर्भर होना चाहिए। पति की हर समय भगवान की तरह पूजा होनी चाहिए। यह धारणा यह सूचित करती है कि पुरुष भगवान है, स्वामी है, मालिक है या अन्नदाता है और शूद्र और महिलाएँ उनके दास हैं। यह धारणा इस विचार को मान्यता देती है कि महिलाएँ आत्मनिर्भर नहीं होनी चाहिए। बेटी के रूप में वे अपने पिता की निगरानी में होनी चाहिए, एक पत्नी के रूप में अपने पति की और एक विधवा के रूप में अपने बेटे की।[48] महिलाओं की लैंगिकता को प्रजनन की एक नियंत्रित संरचना में मातृत्व, जिसे समाज में मान्यता प्राप्त है, की ओर मोड़ दिया जाता था।[49]

चक्रवर्ती कहती हैं कि नियंत्रण की प्रक्रिया तीन स्तरों पर काम करती थी।[50] पहला ज़रिया था स्त्रीधर्म या पतिव्रताधर्म, जो महिलाओं को स्त्रीपन की आदर्श कल्पना पर खरा उतरने को प्रेरित करता था, के माध्यम से महिलाओं द्वारा पितृसत्ता का आन्तरिकीकरण। दूसरा ज़रिया था ब्राह्मणीय सामाजिक नियमावली द्वारा नियत क़ानून, रीति-रिवाज़ और परम्पराएँ। ये नियम शुद्धता और वफ़ादारी को महिलाओं के परम आदर्श कर्तव्य के रूप में दर्शाकर उन पर सैद्धान्तिक नियंत्रण को पुख़्ता करते थे। महिलाओं की शुद्धता और जाति की शुद्धता के बीच का सम्बन्ध ब्राह्मणीय पितृसत्ता के केन्द्र में था और इसके लिए महत्त्वपूर्ण भी था। महिलाओं की बहुत ध्यान से रखवाली की जाती थी और निम्न जाति के पुरुषों को उच्च जाति की महिलाओं के साथ लैंगिक सम्बन्ध बनाने से रोका जाता था। चक्रवर्ती का मानना है कि पितृसत्ता परोपकारी पैतृकता की ऐसी पद्धति रही है जिसमें 'आज्ञाकारी' महिलाओं को कुछ विशेषाधिकार और सुरक्षा दी जाती थी। यह उनकी अधीनता को अदृश्य कर देती थी और पितृसत्ता में उनकी सहभागिता भी सुनिश्चित करती थी। तीसरा ज़रिया स्वयं राज्य था जो महिलाओं पर पितृसत्तात्मक नियंत्रण को न केवल विचारधारात्मक स्तर पर बल्कि एक वास्तविकता के रूप में बढ़ावा देता था।

क्योंकि जेंडर आधारित उत्पीड़न अक्सर जाति, वर्ग, समुदाय, प्रजाति और धर्म आधारित उत्पीड़न से जुड़ा होता है, इसलिए यह आवश्यक है कि विविध, असमान और भिन्न-भिन्न पितृसत्ताओं की संकल्पना की जाए। सामाजिक और सांस्कृतिक मानदंड, समाज में मौजूद परम्पराएँ और प्रथाएँ जो पितृसत्ता को बढ़ावा देती हैं, पुरुषों और महिलाओं दोनों द्वारा आत्मसात् कर ली जाती हैं। इसके कारण अधीनीकरण की प्रक्रिया के प्रति उनकी असुरक्षा बढ़ जाती है। न तो सभी पुरुष इससे लाभान्वित होते हैं और न ही सभी महिलाएँ अपने अधीनीकरण का विरोध करती हैं। पितृसत्ता को ऐसे आन्तरिकीकरण से बल मिलता है। बहुत सी महिलाएँ अपनी अधीनस्थता को सहमति देती हैं। परिवार, गिरजाघर, और शिक्षण संस्थानों के माध्यम से पुरुष उन्हीं महिलाओं की सहमति प्राप्त करते हैं जिनका वे शोषण करते हैं। और प्रत्येक संस्थान महिलाओं की अधीनस्थता को न्यायसंगत ठहराता है और आगे बढ़ाता है।[51] परन्तु सभी महिलाएँ इसकी सहमति नहीं देती। महिलाएँ पितृसत्ता का विरोध करती हैं। कई पुरुष अक्सर इन अभियानों का हिस्सा बनते हैं। महिलाओं के सवालों को सामने लाने और विकसित करने में पुरुषों

ने जो भूमिका निभाई है उसके कारण 'पुरुष प्रमुख उत्पीड़क है' के विचार पर सवाल उठे हैं और पितृसत्ता को एक तंत्र के रूप में देखने की ज़रूरत महसूस की गई है।[52]

मनोविश्लेषक नारीवादी जेंडर के अन्तर के अनुभव का चेतन स्तर से परे जाकर विश्लेषण करते हैं। वे अचेतन पर ध्यान केन्द्रित करते हैं जहाँ लिंग आधारित इच्छाएँ और अर्थ जन्म लेते हैं और निर्मित होते हैं। वे उन छुपे हुए आयामों का पता लगाते हैं जो निजी और सामाजिक रिश्तों में काम करते हैं। और वे अचेतन आयाम भी जो यह निर्धारित करते हैं कि हम इस दुनिया में कैसे सोचते, महसूस करते और व्यवहार करते हैं। मनोविश्लेषक नारीवादी यह तर्क देते हैं कि पुरुषों का महिलाओं पर प्रभुत्व और महिलाओं का अधीनता को लेकर नाम का विरोध उनकी मानसिकता में निहित है। फ्रॉयडीयन मनोविश्लेषक पितृसत्ता में महिलाओं के उत्पीड़न को एक ऐसी प्रक्रिया के रूप में देखते हैं जो पुरुषों और महिलाओं दोनों में उत्पन्न होती है और केवल सुधार से ही बदली जा सकती है।

पर्यावरणीय नारीवादी मानते हैं कि पर्यावरण का विनाश और पूँजीवादी विकास पितृसत्तात्मक परियोजनाएँ हैं। मारिया मीस और वंदना शिवा प्रकृति के दोहन और महिलाओं के शोषण के बीच समरूपता देखते हैं। वे उन्हें एक-दूसरे से जुड़ी हुई प्रक्रियाओं के रूप में देखते हैं जो पितृसत्तात्मक परम्परा में एक-दूसरे को बढ़ावा देती हैं। वे महिलाओं के व्यवहार और मूल्यों को पुरुषों से भिन्न और कुछ मामलों में उनसे बेहतर प्रस्तुत करते हैं। सूज़न ग्रिफ़िन कहती हैं कि केवल महिलाओं के मूल्य ही इस दुनिया को पर्यावरणीय आपदा से बचा सकते हैं। और महिलाएँ और प्रकृति दोनों शोषण, दुरुपयोग और द्वेष की शिकार हुई हैं।[53]

समलैंगिक नारीवादी मुख्यतः समलैंगिक लोगों के प्रति प्रबल घृणा (homophobia) के विरुद्ध संघर्ष करते हैं जो उतना ही महत्त्वपूर्ण संघर्ष है जितना कि पितृसत्ता के ख़िलाफ़ संघर्ष। वे विषमलैंगिकता और पुरुष प्रधानता के विचार को सामान्य माने जाने को चुनौती देते हैं। उनका कहना है कि समाज को जेंडर और शक्ति की एक वैकल्पिक समझ की आवश्यकता है। समलैंगिक नारीवाद और सांस्कृतिक नारीवाद दो तरह के नारीवादी विभाजन हैं जो महिलाओं द्वारा सोचे गए एक ऐसे विश्व के सृजन की वकालत करते हैं जो महिलाओं के आपसी रिश्तों की समझ से निकला है। वे मानते हैं कि क्योंकि पितृसत्ता पुरुषों की अन्य पुरुषों के साथ बन्धुता के माध्यम से संगठित है, महिलाओं के बीच में एकता ही महिलाओं की स्वतंत्रता का एकमात्र ज़रिया है। समलैंगिकता पितृसत्तात्मक लैंगिकता का आन्तरिक अस्वीकरण है। यह महिला-नियंत्रित महिला लैंगिकता का एक ऐसा रूप है जो महिलाओं की ज़रूरतों और इच्छाओं को पूरा करता है।[54]

उत्तर आधुनिक नारीवादी दावा करते हैं कि असल में इस दुनिया में एक अचल/पुख़्ता महिला पहचान जैसा कुछ नहीं है। वे जेंडर और पितृसत्ता के सभी सर्वव्यापी दावों का खंडन करते हैं। नैन्सी फ्रेज़र और लिंडा निकल्सन तर्क देती हैं कि यदि नारीवाद एक अधिक ऐतिहासिक ग़ैर-सर्वव्यापी, ग़ैर-पदार्थवादी कल्पना का अनुसरण करें जो महिलाओं के बीच के सभी अन्तरों (समलैंगिक, विकलांग, खेतिहर व श्रमिक

महिलाएँ, अश्वेत महिलाएँ) पर ध्यान दे तो नारीवाद उत्तर आधुनिकतावाद के अनुरूप बन पाएगा।[55]। उत्तर आधुनिक नारीवादी लिंग की इस आम धारणा पर सवाल उठाते हैं कि यह एक साफ़-सुथरा जीव वैज्ञानिक विभाजन है। इसके पीछे उनका कारण यह है कि जैविक मातृत्व के गुण उन महिलाओं पर लागू नहीं होते जो बच्चों को जन्म देने में अक्षम हैं। इसीलिए असल में इस दुनिया में अचल जीव वैज्ञानिक/सांस्कृतिक विभाजन नहीं बल्कि 'जीव विज्ञान-संस्कृति सातत्य' (continuum) मौजूद है। साथ ही पुरुष और महिला की श्रेणियाँ कमोबेश इच्छा निर्धारित हैं और लिंग और जेंडर की अवधारणाएँ निराशजनक रूप से एक-दूसरे से गुँथी हुई हैं।[56]

विचारधाराओं और राजनीतिक दृष्टिकोणों में अन्तर के बावजूद नारीवादी जेंडरों के बीच के विभिन्न असमान और वर्गीकृत सम्बन्धों के विरुद्ध अपने संघर्ष में एक साथ हैं। वे इन सम्बन्धों को अब अपनी जीव वैज्ञानिक नियति नहीं मानते। विभिन्न दृष्टिकोणों के लिए महत्त्व रखने वाली विचारधारा के तौर पर नारीवाद विविध मुद्दों की एक पूरी शृंखला पर काम करता है, जैसे कि महिलाओं के लिए मताधिकार, समान क़ानूनी अधिकार, शिक्षा का अधिकार, परिवार में शक्ति का विभाजन, पक्षपाती निजी क़ानून, श्रम का लैंगिक विभाजन, असमान वेतन, उत्पादक संसाधनों तक उनकी पहुँच, सम्पत्ति के अधिकार, निर्णय लेने में भागीदारी का अधिकार, स्वास्थ्य का अधिकार, प्रजनन सम्बन्धी अधिकार, गर्भपात को क़ानूनी मान्यता, घरेलू हिंसा, महिलाओं के विरुद्ध हिंसा, बलात्कार, लैंगिक हिंसा और अत्याचार की समाप्ति, घर और काम के स्थान पर उनकी सुरक्षा और आत्मसम्मान, और मीडिया में महिलाओं का ख़राब चित्रण।

हालाँकि नारीवादी संघर्षों के इतिहास ने जेंडर और पितृसत्ता को जाति, वर्ग, समुदाय और नस्ल के सन्दर्भ में पुनर्परिभाषित करने में ख़ासी सफलता हासिल की है, नए नारीवादी यह चिन्ता जताते हैं कि पितृसत्ता एक विचार के तौर पर अति सरलीकरण के ख़तरे से जूझ रही है। इसे अक्सर लिंगवाद के एक और नाम के रूप में इस्तेमाल किया जाता है। कुछ नारीवादी यह कहते हैं कि महिलाओं को नियंत्रित करने के लिए लैंगिक हिंसा सिर्फ़ पितृसत्ता में उपजा एक जुल्म नहीं है, बल्कि लैंगिक हिंसा पितृसत्ता के मूल में है और पितृसत्ता को बनाए रखती है।

बहुत से शोधकर्ता तर्क देते हैं कि सार्वजनिक वाद-विवाद में पितृसत्ता की वापसी इसीलिए नहीं हुई है कि नारीवाद नई ऊर्जा के साथ वापस आया है, बल्कि इसीलिए है क्योंकि असमानता नहीं मिटी है। बीयट्रिक्स कैम्बल कहती हैं कि 1990 के दशक और 2000 के दशक के शुरुआती सालों में तीव्र वैश्वीकरण, जो बाज़ार अर्थव्यवस्था और अति व्यक्तिवाद की संस्कृति को विशेष रूप से आगे बढ़ाता है, के साथ-साथ उत्पीड़न के सबसे ख़राब प्रकार भी सामने आए हैं।[57]। नव-उदारवादी सुधार महिलाओं की स्थिति बदलने में नाकाम रहे हैं। हालाँकि कुछ महिलाओं को समान अवसरों का लाभ उठाने का मौक़ा मिला है और उन्हें एक रोल मॉडल और आइकॉन की तरह प्रस्तुत किया गया है, परन्तु श्रम के लैंगिक विभाजन के ढाँचागत कारणों का उन्मूलन नहीं हुआ है। मेक्सिको और अन्य जगहों में श्रमिक महिलाओं के काम करने की पशुतुल्य परिस्थितियाँ,

भारत में गर्भपात द्वारा ख़त्म किए गए महिला भ्रूणों की बड़ी संख्या और सब जगह 'नव-उदारवादी पितृसत्ता' का नया दौर आया है। यहाँ तक कि वैश्वीकरण को जेंडर समानता के युग के रूप में दिखाना पुरुषों द्वारा हथियाए गए विशेषाधिकारों को बख़ूबी ढक देता है। वह कहती हैं कि यह धारणा कि नैतिक और आर्थिक तरक़्क़ी असमानता को ख़त्म कर देगी और चुनाव और स्वतंत्रता को ले आएगी, यह पितृसत्ता के बारे में बात करना और मुश्किल कर देती है। स्वतंत्रता और चुनाव के नाम पर महिलाओं के शरीर का वस्तुकरण और अश्लील विवरण महिलाओं की अधीनता और उत्पीड़न को बनाए रखता है। बलात्कार की मात्र पुरुष कामेच्छा की अधिकता के रूप में ग़लत व्याख्या और लैंगिक तौर पर सक्रिय (sexually active) महिलाओं की सांस्कृतिक और धार्मिक बेइज़्ज़ती अभी भी बनी हुई है। दशकों के सुधारों के बावजूद भी पौरुष और स्त्रीत्व की धारणाएँ नहीं बदली हैं। हालाँकि ये धारणाएँ अब उतनी अचल नहीं रहीं, परन्तु उन्हें अभी भी ध्रुवीकृत श्रेणियों के रूप में देखा जाता है।

इसीलिए पितृसत्ता और इसकी बहुलता ने नारीवादी संघर्ष को भी महिलाओं के लिए समानता, सम्मान, अधिकार और अपने जीवन और शरीर को घर और बाहर नियंत्रित करने की स्वतंत्रता पाने के लिए विविध बना दिया है। नारीवाद का इतिहास मुख्यतः चार लहरों में विभाजित किया जा सकता है। पहली लहर थी 19वीं और 20वीं शताब्दी की शुरुआत के क़ानूनी अधिकारों, ख़ासकर मताधिकार के लिए अभियान। इस अभियान ने बराबरी के अनुबन्ध, सम्पत्ति के अधिकार, शिक्षा में सुधार और महिलाओं के लिए मत देने के अधिकार पर ध्यान केन्द्रित किया।

दूसरी लहर 1960 व 1970 के दशकों में आई जिसमें अधिक उग्र सुधारवादी महिला मुक्ति का अभियान चला। लिंग और जेंडर को क्रमशः जीव वैज्ञानिक और सामाजिक कल्पानाओं के तौर पर अलग किया गया। नारीवादी शोधकर्ताओं ने विषमलैंगिकता के मानदंड और महिलाओं की माँ और पत्नी की भूमिकाओं पर सवाल उठाए। समानता, पक्षपात, लैंगिकता और प्रजनन के अधिकारों के मुद्दे सामने लाए गए। इसने घरेलू हिंसा, लैंगिक अत्याचार और बलात्कार का विरोध किया और समान क़ानूनी, नागरिक और सामाजिक अधिकारों के लिए अभियान चलाया। लिंग सकारात्मक नारीवादियों ने महिलाओं के लिए बराबरी लाने के लिए लैंगिक स्वतंत्रता के ज़रूरी होने की बात की। पहली लहर से अलग, दूसरी लहर ने महिलाओं के संघर्षों और उत्पीड़न को वर्ग-संघर्ष और पूँजीवाद के साथ जोड़ा। 'निजी राजनीतिक है' का नारा इस बात का सूचक हो गया कि सामाजिक और राजनीतिक असमानताएँ आपस में पेचीदा तरीक़े से जुड़ी हुई हैं।

परन्तु जैसे-जैसे महिलाओं की शिक्षा तक पहुँच बढ़ी और उनका अपने शरीर पर नियंत्रण बढ़ा, नस्ल, वर्ण, जाति, वर्ग, लिंग और राष्ट्रीयता पर आधारित उत्पीड़न की परतों का संज्ञान लेना आवश्यक हो गया। इसीलिए 1990 के दशक में दूसरी लहर पर प्रतिक्रिया के रूप में नारीवाद की तीसरी लहर आई जिसने व्यक्तिवाद, विविधता और नस्ल, वर्ग, जाति, धर्म और लिंग पर आधारित उत्पीड़न की इंटरसेक्शनलिटी पर ध्यान केन्द्रित किया। तीसरी लहर ने सार्वभौमिक बहनापे की धारणा का विरोध किया और

उत्पीड़न और शोषण के निजी अनुभवों पर ध्यान दिया। नारीवाद अतः सिर्फ़ महिलाओं के संघर्षों तक सीमित नहीं रहा है, बल्कि नस्ल, वर्ग, जाति, धर्म और लिंग पर आधारित उत्पीड़न और दमन की एक विशाल चेतना का हिस्सा हो गया है। नारीवादी विचारक उन परम्परागत व्यवस्थाओं को चुनौती देने लगे जो महिलाओं की क़ीमत पर पुरुषों का, अश्वेतों की क़ीमत पर श्वेतों का, अल्पवयस्कों की क़ीमत पर वयस्कों का समर्थन करती हैं। उनका समावेशीकरण को अंगीकार करने का संघर्ष लगातार चलता आ रहा है।[58]

21वीं सदी में आई नारीवाद की चौथी लहर ने विभिन्न सामाजिक और आर्थिक तबकों की महिलाओं को एक साथ ला खड़ा किया ताकि वे लैंगिक अत्याचार और प्रताड़ना के अपने सामूहिक अनुभव प्रकट कर सकें। शरीर के आकार, रंग, डील-डौल के आधार पर किसी व्यक्ति (ख़ासकर महिलाओं) की बॉडी शेमिंग (body shaming), लैंगिक दमन और बलात्कार अब निजी नहीं सामूहिक हो गए थे। पूरे विश्व में लैंगिक हिंसा के अनुभवों को सह चुके लोगों ने अपने अनुभव 2006 में संयुक्त राज्य अमरीका में शुरू हुए #MeToo अभियान के माध्यम से सोशल मीडिया पर साझा किए। अपनी शक्ति और ओहदे का दुरुपयोग करने वाले लोगों के विरुद्ध और लैंगिक उत्पीड़न और हमलों के मामलों में न्याय की माँग के लिए महिलाओं में चेतना जगाकर उन्हें संगठित करना ज़रूरी था। इसने भिन्न वर्गों, जातियों, नस्लों और संस्कृतियों की महिलाओं को एक साथ ला दिया, जिन्होंने 'शक्तिशाली पुरुषों' पर बलात्कार और लैंगिक हमलों के आरोप लगाए।

एकजुटता का अभियान पूरे विश्व में फैल गया जिसने भिन्न उद्यमों जैसे राजनीति, व्यापार, अकादमी, उच्च शिक्षा, मीडिया और मनोरंजन जगत के शक्तिशाली पुरुषों की महिलाओं से पक्षपात और उन्हें लैंगिक, शारीरिक और मानसिक तौर पर सताने की निन्दा की। इस अभियान से लैंगिक अत्याचार, हिंसा, प्रताड़ना, बलात्कार, महिलाओं की उनके शरीर के आधार पर बेइज़्ज़ती और उनके काम के स्थान पर पक्षपात के मुद्दों को, जो महिला अभियानों के केन्द्र में थे, विश्व भर में मुख्यधारा के मीडिया से बेमिसाल तवज्जो दिलाई।

चौथी लहर जेंडर के दोहरेपन से आगे निकल गई और इसने महिलाओं के सशक्तीकरण के लिए राजनीति और व्यापार में महिलाओं की हिस्सेदारी पर ध्यान दिया। महिलाओं को उनके रोज़मर्रा के जीवन में सशक्त करने के संघर्ष ने नारीवाद को फिर से जन-संवाद के क्षेत्र में जगह दिलाई। चौथी लहर ने तीसरी लहर के इंटर्सेक्शनलिटी के विचार को आगे ले जाते हुए इसका उपयोग शक्ति संरचनाओं के सन्दर्भ में अभाव, अधिकारहीनता, दमन, अधीनता और बहिष्करण को समझने के लिए किया।

आज के नारीवादी अभियानों को उनसे पहले के नारीवादी विचारों से ताक़त लेनी होगी क्योंकि वे सब एक-दूसरे से ही जनित हैं और एक-दूसरे की पितृसत्ता की समझ को और पुख़्ता, सूक्ष्म और परतदार बनाते हैं। यहाँ तक कि नारीवाद तब तक चलेगा जब तक पितृसत्ता चलेगी। हमारे सामने चुनौती यह है कि किस तरह पितृसत्ता की एक व्यवहारपूर्ण और स्पष्ट समझ बनाई जाए। ऐसी समझ जो जेंडर सम्बन्धों के बदलते

स्वरूप पर तो प्रकाश डाले ही साथ ही 'उत्तर नारीवाद के भ्रम' को भी कुरेदे जिस समाज पितृसत्तात्मक नहीं रहा। यह भ्रम इसीलिए है क्योंकि इस समाज में भी लिंगवादी उत्पीड़न ख़त्म नहीं हुआ, बस इसके ज़्यादा ज़ाहिर और जाने-पहचाने प्रकार यहाँ कम दिखाई देते हैं।

सन्दर्भ

1. V. Geetha, 2002: 10.
2. Ibid.
3. Also see Kamla Bhasin, 1993: 13.
4. Gerda Lerner, 1986: 127; also see Kamla Bhasin, 1993: 10.
5. Neera Desai and Maithreyi Krishnaraj, 2004: 299.
6. Cited in Andrew Heywood, 2003: 258-259.
7. Virginia Woolf, 1938: 74.
8. Kamla Bhasin and Nighat Said Khan, 1999: 3.
9. Also see Sadhna Arya, Nivedita Menon, Jinne Lokanita, 2001; Suranjita Ray, 2001: 49-54; 2008.
10. Nancy Mandell, 1995: 8.
11. Betty Friedan, 1963.
12. Nancy Mandell, 1995: 10.
13. Gerda Lerner, 1986.
14. Rosalind Coward, 1983.
15. Heidi Hartmann, 1979.
16. Michele Barrett and Mary McIntosh, 1980: 15; Sheila Rowbotham, 1981, in Sylvia Walby, 1986: 30.
17. Heidi Hartmann, 1979: 11.
18. Juliet Mitchell, 1975: 412.
19. Also see Andrew Heywood, 2003: 257-258.
20. Zillah Eisenstein 1979:17; 2000.
21. Sylvia Walby, 1986: 31.
22. ibid, 4.
23. ibid, 38.
24. Nancy Mandell, 1995: 11.
25. ibid, 13.
26. Ibid, 9.
27. Simone de Beauvoir, 1970: 258.
28. Kate Millet, 1970.
29. Ibid.
30. Shulamith Firestone, 1970.
31. Catherine A. Mackinnon, 1982: 1.
32. Also see Sylvia Walby, 1986: 25-27.
33. Rosalind Coward, 1983.
34. Judith Butler and Jon Scott, 1992: 7;Also see John, 2004.
35. Also see Andrew Heywood, 2003: 254

36. Kumari Jayawardena, 1986: 2; also see Vina Mazumdar, 1994: 42-54; Suma Chitnis in Chaudhuri, 2004; Maitrayee Chaudhuri, 2004: xvi.
37. Also see Gail Omvedt, 2004: 180.
38. Nancy Mandell, 1995: 18.
39. Bell Hooks, 1984.
40. Also see A.S. Altekar ,1962: 204,317, 326 cited in Desai and Krishnaraj, 2004: 304; also see Anupama Rao, 2003: 1- 47.
41. Gopal Guru, 1995: 2549; 2003: 81-83.
42. Sharmila Rege, 2004: 213.
43. ibid, 222.
44. Mary E. John, 2004: 66.
45. Also see Kamla Bhasin, 1993: 6.
46. ibid, 8.
47. Uma Chakravarti, 2006: 25.
48. ibid, 75.
49. ibid, 69.
50. Uma Chakravarti, in Manoranjan Mohanty, 2004: 285.
51. Nancy Mandell, 1995: 16.
52. See also Maitrayee Chaudhuri, 2004: xxii-xxiii.
53. Susan Griffin, 1984.
54. Adrienne Rich in Nancy Mandell, 1995: 14.
55. Linda, J. Nicholson, 1990: 34.
56. Andrew Heywood, 2003: 248.
57. Beatrix Campbell, 2013.
58. Also see Alison Jaggar and Paula S. Rothenberg, 1984; also see Nancy Mandell, 1995: 4-5.

सन्दर्भ ग्रंथ

1. Arya, Sadhna, Nivedita Menon, Jinne Lokanita, (eds). *Nariwadi Rajniti : Sangharsh Evam Mudde,* Hindi Medium Implementation Directorate, University of Delhi, 2001.
2. Barret, Michele and Mary McIntosh, *The 'Family Wage' : Some Problems for Socialists and Feminists, Capital and Class,* No-11, Summer, 51-72, 1980.
3. Bhasin, Kamla, *What is Patriarchy?*, Kali for Women, New Delhi, 1993.
4. Bhasin, Kamla and Nighat Said Khan, *Some Questions on feminism and its Relevance in south Asia,* Kali for Women, New Delhi, 1999.
5. Butler, Judith and Jon Scott (eds). *Feminists Theorize the Political,* Routledge, London, 1992.
6. Chakravarti, Uma, 'Conceptualising Brahmanical Patriarchy in Early India : Gender, Caste, Class and State' in Manoranjan Mohanty, (ed). *Class, Caste, Gender,* Sage Publications, New Delhi, 2004.
7. Chakravarti, Uma, *Gendering Caste Through a Feminist Lens,* Stree, Calcutta, 2006.
8. Chakravarti, Uma, *Jati Samaj men Pitrisatta,* (Translation of Uma Chakravarti's *Gendering Caste through a Feminist Lens),* Granthshilpi Prakashan, Delhi, 2011

9. Chaudhuri, Maitrayee, Introduction in Maitrayee Chaudhuri (ed). *Feminism in India,* Kali for Women and Women Unlimited, New Delhi, 2004.
10. Campbell, Beatrix, *End of Equality : The Only Ways is Women's Liberation Manifestoes for the 21st Century,* London, New York, Seagull Books, 2013.
11. Chitnis, Suma, '*Feminism: Indian Ethos and Indian Convictions*' in *Maitrayee Chaudhuri,* (ed). *Feminism in India,* Kali for Women and Women Unlimited, New Delhi, 2004.
12. Coward, Rosalind, *Patriarchal Precedents : Sexuality and Social Relations,* London; Boston, Routledge & Kegan Paul, 1983.
13. Desai, Neera and Maithreyi Krishnaraj, 'An Overview of the Status of Women in India' in Manoranjan Mohanty, (ed). *Class, Caste, Gender,* Sage Publications, New Delhi, 2004.
14. De Beavour, Simone, *The Second Sex,* Batnam, New York, 1970.
15. Eisenstein, Zillah, *Capitalist Patriarchy and the Case for Socialist Feminism,* Monthly Review Press, 1979.
16. Eisenstein, Zillah, '*The Radical Future of Liberal Feminism in Bonnie',* G. smith (ed). *Global Feminisms Since 1945 : Writing Histories,* Routledge, London, 2000.
17. Engels, Fredrich, *The Origin of the Family, Private Property and the State,* Progress Publishers, Moscow, 1948.
18. Firestone, Shulamith, *The Dialectic of Sex : The Case for Feminist Revolution,* Willium Marrow, New York, 1970.
19. Friedan, Betty, *The Feminine Mystique,* Penguin Books, Harmondsworth, 1963.
20. Guru, Gopal, 'Dalit Women Talk Differently' in Anupama Rao, (ed). *Gender and Caste,* Kali for Women and Women Unlimited, New Delhi, 2003.
21. Griffin, Susan, *Woman and Nature. The Roaring Inside Her,* Women's Press, London, 1984.
22. Hartmann, Heidi, 'The Unhappy Marriage of Marxism and Feminism : Towards a More progressive Union', *Capital and Class,* no. 8. Summer, 1979.
23. Heywood, Andrew, *Political Ideologies : An Introduction,* Palgrave Macmillan, New York, 2003.
24. Hooks, Bell, *Feminist Theory : From Margin to Center,* South End Press, United States,1984.
25. Jaggar, Alison M, *Feminist Politics and Human Nature,* Harvester Press, 1983.
26. Jaggar, Alison and Paula S. Rothenberg, *Feminist Frameworks,* McGraw Hill, New York, 1984.
27. Kumari, Jayawardena, *Feminism and Nationalism in the Third World,* Zed Books Limited, London, 1986.
28. John, Mary E., 'Feminism in India and the West : Recasting a Relationship' in Maitrayee Chaudhuri, (ed). *Feminism in India,* Kali for Women and Women Unlimited, New Delhi, 2004.
29. Lerner, Gerda, *The Creation of Patriarchy,* Oxford University Press, Oxford and New York, 1986.
30. MacKinnan, Catherine A., 'Feminism, Marxism and State : An Agenda for Theory' in Nannel O. Keohane, Michelle Z. Rosaldo and Barbara C. Gelpi

(eds.), *Feminist Theory : A Critique of Ideology,* Brighton, Harvester Press, 1982.

31. Mandell, Nancy, (ed). *Feminist Issues : Race, Class and Sexuality,* Prentice Hall, Canada, 1995.
32. Mazumdar, Vina, 'Women's Studies and the Women's Movement in India : An Overview', in Women's Studies Quarterly Vol.22, No.3/4, *Women's Studies : A World View,* The Feminist Press, City University of New York, 1994.
33. Millett, Kate, *Sexual Politics,* Avon Books, New York, 1970.
34. Mitchell, Juliet, *Women's Estate,* New York, Pantheon, 1971.
35. Nicholson, Linda, J., (ed). *Feminism/ Postmodernism,* Routledge, New York and London, 1990.
36. Omvedt, Gail, 'Women's Movement : Some Ideological Debates' in Maitrayee Chaudhuri, (ed). *Feminism in India,* Kali for Women and Women Unlimited, New Delhi, 2004.
37. Rao, Anupama, 'Introduction. Caste, Gender and Indian Feminism' in Anupama Rao, (ed). *Gender and Caste*, Kali for Women and Women Unlimited, New Delhi, 2003.
38. Ray, Suranjita, 'Feminist Theories : A Comparative Perspective' in *Nariwadi Rajniti : Sangharsh Evam Mudde,* Sadhna Arya, Nivedita Menon, Jinne Lokanita (eds). Hindi Medium Implementation Directorate, University of Delhi, 2001.
39. Ray, Suranjita, 'Understanding Patriarchy' B.A. Programme Foundation Course on "Human Rights, Gender and Environment" at www.du.ac.in, uploaded in 2008.
40. Rege, Sharmila, 'Dalit Women Talk Differently : A Critique of Difference and Towards a Dalit Feminist Standpoint Position' in Maitrayee Chaudhuri, (ed). *Feminism in India,* Kali for Women and Women Unlimited, New Delhi, 2004.
41. Rowbotham, Sheila, 'The Trouble With 'Patriarchy' in No Turning Back : Writings from the Women's liberation Movement 1975-80', (ed.) *Feminist Anthology Collective,* The Women's Press, London, 1981.
42. V. Geetha, *Gender-Theorising Feminism,* Stree, Calcutta, 2002.
43. Walby, Sylvia, *Patriarchy at Work,* Polity Press, Cambridge in association with Basil Blackwell, Oxford, 1986.
44. Woolf, Virginia, *Three Guineas,* Hogarth Press, London, 1938.

परिवार, नातेदारी, जेंडर और जाति

वी. गीता

अनुवाद : निधि अग्रवाल

भारतीय औरतों की स्थिति चाहे वे किसी भी वर्ग या जाति की हों, कई आपस में जुड़ने वाली स्थितियों और संरचनाओं से निर्धारित होती है : एक ओर परिवार, सम्बन्धी, नेटवर्क, जाति और धार्मिक समुदाय, श्रम व्यवस्थाएँ और राज्य और दूसरी ओर घर, मोहल्ला, कार्यस्थल और सांस्कृतिक तथा धार्मिक स्थल, सब मिलकर उनकी भूमिकाओं, अधिकारों और विशेषाधिकारों के होने या न होने को परिभाषित करते हैं। इसलिए इन्हें आपस में जुड़े हुए देखना बेहतर होगा न कि समझ और विश्लेषण की पृथक श्रेणियों के रूप में। इस लेख में मैं परीक्षण करूँगी कि जाति और जेंडर कैसे एक-दूसरे को ढाँचे में बाँधते हैं, लेकिन इसको समझने के लिए मैं परिवार, घर और सम्बन्धों के जुड़ाव को भी देखना चाहूँगी। यह इसलिए क्योंकि हम घरों के अन्दर होने वाली हिंसा के मामलों में परिवार की अहम भूमिका को देखते हैं और बाहर होने वाली हिंसा में जाति और वर्ग को, जबकि ये सब आपस में जटिल तरीक़ों से जुड़े हुए हैं। इसके अतिरिक्त, भारत में नातेदारी-जाति-जेंडर व्यवस्था के ख़िलाफ़ संघर्ष किस प्रकार से विकसित हुआ है, उसके पहलुओं पर भी मैं नज़र डालूँगी।

भारत में परिवार का कोई निर्धारित ढाँचा नहीं है। वास्तव में परिवारों में सदस्यों की संख्या अलग-अलग होती है और देश के अलग-अलग हिस्सों में परिवारों का ढाँचा अलग होता है। इसके अलावा, ग़ैर-जैविक परिवार भी होते हैं, जैसे कि ट्रांसजेंडर समुदायों के अन्तर्गत देखा जाता है कि वे पारिवारिक नेटवर्क बनाते हैं जो उन्हें सहारा देते हैं। ऐतिहासिक रूप से भी ऐसे समूह रहे हैं जो परिवार का विकल्प प्रदान करते हैं, जैसे कि मठवासियों की व्यवस्था और धार्मिक तथा पंथों से जुड़े समुदाय।

पारस्परिक—और सामान्य—समझ के अनुसार, परिवार एक आदर्श सामाजिक इकाई है, जो स्थिरता और सामंजस्य प्रदान करती है, जिसमें परिवार का एक मुखिया होता है जो अपने श्रम और कमाई के माध्यम से परिवार की ज़रूरतें पूरी करता है, जो आम तौर पर पुरुष होता है, एक औरत होती है जो बाक़ी सबकी देखरेख करती है, जिसमें बूढ़े लोग शामिल हैं, और बच्चों की देखरेख और पालन-पोषण तो करती ही है। बेशक, यह आदर्श इस रूप में कहीं भी नहीं पाया जाता, लेकिन यह ज़रूर दर्शाता है कि एक परिवार, या कोई भी परिवार कैसा होना चाहिए। परिवार पर कुछ

आलोचनात्मक दृष्टिकोण यह तर्क देते हैं कि एकल पीढ़ी परिवार का मॉडल केवल उन देशों में पाया जा सकता है जहाँ पूँजीवाद सफल रहा हो और बाक़ी सब जगहों पर, परिवार बहुत अलग होते हैं, और इसलिए यह बात करना ज़्यादा ज़रूरी है कि एक सामाजिक और ऐतिहासिक सन्दर्भ में परिवार कैसे काम करता है, बजाय इसके कि उसे केवल उसके सैद्धान्तिक रूप में समझने की कोशिश की जाए। भारतीय सन्दर्भ में, परिवारों को वास्तविक घर की व्यवस्था के रूप में देखा गया है, जिससे कि हम समझ सकें कि जटिल रिश्तों—सम्बन्धियों और जाति तथा धार्मिक समुदायों—के सन्दर्भ में परिवार कैसे काम करते हैं।

इसे ध्यान में रखते हुए, अगर हम विभिन्न प्रकार के घरों का परीक्षण करते हैं, तो हमें ज़रूर कुछ आम पहलू देखने को मिलेंगे : जैसे कि औरतों और पुरुषों के बीच संसाधनों, विशेषकर ज़मीन, के बँटवारे और औरतों तथा पुरुषों के कामों को दिए जाने वाले महत्त्व को लेकर मौलिक असमानताएँ मौजूद हैं। पारिवारिक ज़मीन व अन्य संसाधनों पर आम तौर पर औरतों के मुक़ाबले, घर के पुरुषों का ज़्यादा दावा रहता है : लड़कियों के मुक़ाबले लड़कों को बेहतर पोषण दिया जाता है, और इसी तरह शिक्षा के लिए अलग से रखा गया पैसा, सम्भवत: लड़कों की शिक्षा, ख़ासकर उच्च शिक्षा, पर ख़र्च किया जाएगा। इसी प्रकार श्रम के सन्दर्भ में भी : औरतों द्वारा घर के अन्दर या बाहर किए जाने वाले काम को महत्त्वपूर्ण काम का दर्जा कम ही दिया जाता है, चाहे वे पैसा भी कमाकर ला रही हों। बल्कि उसे पुरुषों द्वारा किए गए श्रम से निम्न या पूरक श्रम माना जाता है—और फिर यही कारण बन जाता है कि औरतों को काम पर रखने वाले उन्हें कम वेतन देते हैं। यह तथ्य कृषि श्रम के साथ-साथ औरतों द्वारा किए जाने वाले हर काम के लिए लागू होता है।

घर जटिल सामाजिक और सांस्कृतिक नियमों से बँधा होता है, जिन्हें परम्परा और धर्म दोनों की स्वीकृति प्राप्त है। यह नियम पुरुषों और औरतों की भूमिकाओं को परिभाषित करते हैं और वैधता देते हैं, और यदि कोई इन निर्धारित व्यवहारों को बदलने की कोशिश करे, तो उसे सज़ा भी, हालाँकि कुछ प्रकार के अपवादों को मान्यता और छूट दी गई है। अत:, औरत जिससे अपेक्षा है कि वह ममतापूर्ण और पोषक हो, उसे कभी-कभी ग़ुस्सा करने की इजाज़त है। जैसे कि ऐसा अक्सर भूत चढ़ने की स्थितियों में होता है और होने दिया जाता है, जब औरतें क्रोधित देवी का रूप लेकर कई सामाजिक नियमों के विरुद्ध इच्छाओं की पूर्ति की माँग करती हैं—जैसे कि वे शराब, सिगरेट, बहुत सारे खाने की माँग करती हैं, जो उन्हें आम तौर पर लेने की इजाज़त नहीं है। लेकिन अन्तत: देवी को वश में कर लिया जाता है और औरत फिर से बलिदान करने वाली माँ और पत्नी की भूमिका में वापस आ जाती है। पुरुषों को भी ऐसे मामलों में नियम तोड़ने की 'अनुमति' है : कुछ धार्मिक अनुष्ठानों के समय वे 'महिला' पुजारी बन जाते हैं, जैसे कि बेंगलुरु शहर में द्रौपदी अम्माँ उत्सव के दौरान, उस समय के लिए वे शपथपूर्वक 'पुरुषत्व' के चिह्नों को त्याग देते हैं : वे मांस खाना, दारू पीना और सम्भोग करना छोड़ देते हैं। लेकिन ऐसा करते हुए वे इन सबकी मौजूदगी की

पुष्टि ही करते हैं, क्योंकि पुरुषत्व ख़त्म नहीं होता, उसे केवल कुछ समय के लिए निरस्त कर दिया जाता है।

दूसरी ओर, जन्म से महिला (biological) पैदा हुई लड़की द्वारा 'पुरुषत्व' अपनाने के प्रयासों, या जन्म से लड़का पैदा हुए व्यक्ति द्वारा 'नारीत्व' अपनाने को बर्दाश्त नहीं किया जाता। क्वीयर लोगों की आत्मकथाएँ दर्शाती हैं कि किस प्रकार पुरुष द्वारा नारीत्व अपनाने पर उसे सामाजिक व्यवस्था के लिए ख़तरे की तरह देखा जाता है, क्योंकि वह पुरुषत्व के निर्धारित नियमों को चुनौती देता है और उनसे भटकने की हिम्मत करता है। इसी प्रकार, जो लड़कियाँ पुरुष बनना चाहती हैं, उन्हें अहंकारी समझा जाता है और माना जाता है कि इन्हें शारीरिक रूप से दंडित किया जाना ज़रूरी है। इसी तरह असामान्य यौनिक प्रवृत्ति वाले लोगों को भी गम्भीर सज़ाएँ दी जाती हैं। समलैंगिक, द्विलैंगिक और क्वीयर यौनिकताओं को खुले तरीक़े से नागरिक जीवन जीने की इजाज़त नहीं दी जाती। इसके अतिरिक्त, हिंसा, पैतृक सम्पत्ति से वंचित करना और स्नेह न देने जैसी सज़ाओं के माध्यम से नियमों का पालन न करने वाले लोगों को सामाजिक रूप से 'स्वीकार्य' व्यवहारों के दायरे में लाने की कोशिश की जाती है, या फिर वे आत्महत्या करने के लिए मजबूर हो जाते हैं।

घर-परिवार चाहे लचीला और उदार हो, या प्रतिबन्धक और ज़बरदस्ती करने वाला, वह नातेदारी के नेटवर्क में निहित है। नातेदारों के साथ जुड़ाव, एक ओर ख़ून और कुल के रिश्तों और दूसरी ओर विवाह के रिश्तों के आधार पर लोगों को बाँधते हैं। इसलिए कुछ संस्कृतियों में, केवल ख़ून के सम्बन्धों और रिश्तों को अहमियत दी जाती है, जैसे कि भाई और बहनें तथा उनके बच्चे। कुछ और जगहों पर, रक्त और कुल के सम्बन्धों को व्यापक रूप से समझा जाता है और उन्हें बड़े सामाजिक समूहों पर लागू किया जाता है, जिसमें इन समूहों के सभी सदस्य एक ही वंश से होते हैं।

शादी के रिश्तों से जन्म लेने वाले सम्बन्ध भी विभिन्न प्रकार के होते हैं। शादी के रिश्ते बेमेल परिवारों को साथ ला सकते हैं या फिर इससे बिलकुल उलटा, ऐसे परिवारों के बीच ऊँच-नीच का रिश्ता भी स्थापित कर सकते हैं। इसके अलावा, सम्बन्ध आधारित विवाह के रिश्ते विविध प्रकार के हो सकते हैं और यहाँ हम दो मुख्य प्रकार की सम्बन्ध आधारित विवाह प्रथाओं का परीक्षण करेंगे : उत्तरी और उत्तर-पश्चिमी भारत में, लोगों को अपनी रिश्तेदारी, बिरादरी/गोत्र में यहाँ तक कि कभी-कभी अपने गाँव के सदस्य से विवाह करना भी निषिद्ध है। जहाँ तक औरतों का सवाल है, उनकी शादी दूर-दराज़ के घरों या गाँवों में कर दी जाती है। अपने घर से दूर होने के कारण और ससुराल में किसी अजनबी के साथ रहने के कारण वे पुरुष नियंत्रण और रौब का पात्र बन जाती हैं। कम उम्र की बहू को हर किसी के आदेश का पालन करना पड़ता है और उसे अपने पति या परिवार के अन्य पुरुष रिश्तेदारों के हाथों यौनिक हिंसा और शोषण का भी ख़तरा रहता है। उसको इस बात का भी अहसास होता है कि उसका पति आसानी से इस शोषण के ख़िलाफ़ खड़ा नहीं हो सकता क्योंकि वो ख़ुद भी, आर्थिक और सामाजिक कारणों से, परिवार और सम्बन्धियों पर आश्रित है।

द्रविड़ दक्षिण में, विवाह के दायरे छोटे होते हैं, क्योंकि वहाँ चाचा-मामा-मौसी-बुआ के बच्चों से शादी करने की प्रथा है। लेकिन सभी चाचा-मामा-मौसी-बुआ के बच्चों से शादी नहीं की जा सकती। पिता की बहन के बच्चों, या माँ के भाई के बच्चों की आपस में शादी हो सकती है; लेकिन पिता के भाई के बच्चों या माँ की बहन के बच्चों के बीच शादी नहीं हो सकती। एक और प्रथा है—जो पहले के मुक़ाबले अब ज़्यादा देखने को मिलती है—जहाँ लड़की अपने मामा से शादी करती है। अतः, अक्सर लोग अपने जन्म के गाँव में ही शादी करते हैं, या फिर ज़्यादा से ज़्यादा पड़ोस के गाँव में। ये प्रथाएँ सुनिश्चित करती हैं कि विवाह दो ऐसे परिवारों के बीच में हो, जो पहले से एक-दूसरे से परिचित हैं और अक्सर बचपन में जिन चाचा-मामा-मौसी-बुआ के बच्चों के साथ खेले-कूदे हों, उन्हीं से शादी हो जाए। इसका मतलब स्वाभाविक रूप से बहू शादी वाले परिवार से अपरिचित नहीं होती और इसके अलावा, उसका मायका बहुत ही नज़दीक होता है, तो यदि उसे अपने पति के घर में कोई परेशानी है, तो वो उनसे आसानी से सम्पर्क कर सकती है। दूसरी ओर, पहचान होने के कारण पारिवारिक हिंसा पर पर्दा भी डाला जा सकता है, जिसके कारण कम उम्र की बहू को चुप्पी साधनी पड़ सकती है।

लेकिन, शादी के हर प्रारूप में पुरुष के सम्पत्ति के अधिकार की पुष्टि की जाती है और उसे बढ़ावा दिया जाता है। पुरुषों को दी गई शक्ति का पालन किया जाता है, औरत की निर्भरता और साथ ही प्रजनन पर उसका नियंत्रण न होने को रेखांकित करते हुए, अन्ततः उसके वैवाहिक और सामाजिक जीवन को उसके सम्बन्धियों तथा कुल के नेटवर्क के अन्दर नियंत्रित रखा जाता है।

जैसे कि ज़मीन पर उन सबका साझा स्वामित्व होना। इसमें यह सोच रहती है कि जो रक्त और वंश और ज़मीन की वजह से एक-दूसरे से जुड़े हैं उससे आपसी नाते और मज़बूत होते हैं और इसमें कई बार पूरा गाँव या कई गाँव भी शामिल हो जाते हैं। अन्य समय और स्थानों पर, जहाँ ज़मीन छोटे-छोटे हिस्सों में बँटी होती है, या फिर ज़मीन के स्वामित्व को लेकर झगड़ा है, वहाँ रिश्तेदारों के साथ सम्बन्धों में खिंचाव पैदा हो सकता है, क्योंकि परिवार इन सम्बन्धों की सीमाएँ रिश्तेदारों के स्वामित्व में आने वाली ज़मीन के आधार पर परिभाषित और पुनर्परिभाषित करते हैं। ऐसे मामलों में भी, रिश्तेदारी की घनिष्ठता बरक़रार रह सकती है—सम्पत्ति के झगड़ों के बावजूद, अनुष्ठानों और धार्मिक कार्यों के लिए भाई-भाई और परिवार एक साथ आ सकते हैं, या फिर वैवाहिक सम्बन्धों के माध्यम से मुद्दों का समाधान निकालने का प्रयास कर सकते हैं।

सम्पत्ति, परिवार और सम्बन्धियों के साथ रिश्ते जटिल तरीक़ों से एक-दूसरे से जुड़े होते हैं। भारतीय सन्दर्भ में, पिता के कुल से बनने वाले परिवार का ही नियम बन गया है, हालाँकि पहले समय में विविध प्रकार के पारिवारिक और रिश्तेदारी की प्रणालियाँ मौजूद थीं। इन पितृवंशीय परिवारों, जैसा कि इन्हें कहा जाता है, में पारम्परिक रूप से सम्पत्ति सबसे बड़े बेटे को दी जाती है, और बाक़ी बच्चों को परिवार के धन और ज़मीन में से हिस्से दिए जाते हैं। नियम है कि लड़कियों को उनके हिस्से की सम्पत्ति नहीं दी जाती, उन मामलों को छोड़कर जहाँ पारिवारिक सम्पत्ति में उनके दावे के लिए

कोई विशिष्ट क़ानून मौजूद हो—ऐसे क़ानून भारत के कुछ राज्यों में मौजूद हैं। पिछले समय में, जब लड़कियों को सम्पत्ति विरासत में नहीं दी जाती थी, तब भी उन्हें धन में से कुछ हिस्सा, शादी के समय स्त्रीधन, जेवरों और बर्तनों के रूप में दिया जाता था (कुछ मामलों में, उन्हें ज़मीन भी दी जाती थी, जिसे तमिल सन्दर्भ में मंजकान्नी कहा जाता है)। लड़कियों को शादी के समय दिए जाने वाले उपहारों को वजह बताते हुए यह तर्क दिया जाता है कि उन्हें सम्पत्ति में हिस्सा देने की ज़रूरत नहीं है।

सम्पत्ति की इन व्यवस्थाओं के महत्त्वपूर्ण सामाजिक और मनोवैज्ञानिक परिणाम होते थे और अभी भी होते हैं। पहला, लड़के परिवार में हिस्से की भावना के साथ बड़े होते हैं, और स्वाभाविक रूप से स्वीकारा जाता है कि वे पारिवारिक मामलों में ज़िम्मेदारी और सत्ता रखेंगे। लड़कों को बहुत कम उम्र से ही पता होता है कि सम्बन्धियों (rishtedari) के बीच उन्हें मूल्यवान समझा जाता है। वे सम्बन्धियों के सहयोग को महत्त्व देना सीख जाते हैं और समय के साथ समझने लगते हैं कि उनके अपने भविष्य के लिए यह सहयोग कितना महत्त्वपूर्ण है—क्योंकि इसकी मदद से उच्च शिक्षा, जीविका का निर्माण, व्यापार शुरू किया जा सकता है। इसके विपरीत, जो लड़के 'लड़का' बनना पसन्द नहीं करते, इसलिए क्योंकि या तो वो लड़की बनने की चाहत रखते हैं या क्योंकि वे विषमलैंगिक चाह नहीं रखते उन्हें अपने सम्बन्धियों के कोप का शिकार बनना पड़ता है। उन्हें कभी-कभी जाति से बाहर कर दिया जाता है, यहाँ तक कि उनकी हत्या तक कर दी जाती है।

लड़कों से अलग, लड़कियों को यह बताकर पाला जाता है, और अक्सर वे भी यही मानती हैं, कि उनकी जगह 'कहीं और' है, जिस परिवार में उनकी शादी की जाएगी, वहाँ। इसलिए उन्हें ख़ुद को 'सम्पत्तिहीन' समझने के लिए प्रोत्साहित किया जाता है, जिन्हें शादी पर उनके पिता और भाई द्वारा 'उपहार' देकर विदा किया जाएगा। इसके अतिरिक्त, उन्हें भी 'उपहार' माना जाता है—जो कि योग्य पुरुष को शादी में दिया जाएगा। इसलिए लड़कियाँ सुरक्षित और असुरक्षित दोनों अनुभूतियों के साथ बड़ी होती हैं।

पितृवंशीय सम्पत्ति और जेंडर व्यवस्था का एक महत्त्वपूर्ण मानसिक और भावनात्मक सम्बन्ध है भाई-बहन का रिश्ता। चूँकि पुरुष उत्तराधिकारी अकेले ही विरासत प्राप्त करते हैं, वे ख़ुद को उन लोगों का रक्षक मानते हैं, जिन्हें इस व्यवस्था में कुछ नहीं मिलता, ख़ासकर उनकी बहनें। दूसरी ओर, बहनें अपने भाइयों के प्रति कृतज्ञ भाव रखती हैं, भौतिक और भावनात्मक, दोनों स्तरों पर। इस रिश्ते को रिवाज़ों द्वारा पवित्र—रक्षा बन्धन के माध्यम से—और भौतिक प्रथाओं द्वारा बरक़रार रखा गया, जैसे कि समय-समय पर भाई विवाहित बहन और उसके बच्चों को उपहार देता है। लेकिन इसका एक पहलू यह भी है : भाई और बहन एक-दूसरे के लिए जो असीम प्यार महसूस करते हैं उसमें बहन की इज़्ज़त बचाने की धारणा भी निहित है, जिसे दोनों स्वीकार करते हैं। एक भाई अपनी बहन की शुद्धता और पवित्रता की रक्षा करना अपनी मौलिक ज़िम्मेदारी समझता है, और वह इसे अपना सद्गुण समझती है कि उसका इतना ख़याल रखने वाला भाई है और इसलिए अक्सर उसकी उम्मीदों पर खरा रहना चाहती है।

यहाँ याद रखना ज़रूरी है कि पितृवंशीय सम्बन्धों और सम्पत्ति व्यवस्थाओं के सामाजिक और भावनात्मक पहलू, विशेषकर जिस प्रकार वे पुरुषों और औरतों की भूमिकाओं और ज़िम्मेदारियों को परिभाषित करते हैं, एक आम बात बन चुके हैं और वे ऐसे नियम बन चुके हैं जो सभी सामाजिक समूहों के लिए वैध हैं। अतः, जिन वर्गों में सम्पत्ति नहीं है, वे भी इनसे बँधे नज़र आते हैं—मतलब कि ऐसी स्थितियों में भी जहाँ औरतें अपने मायके पर भौतिक रूप से निर्भर नहीं हैं, क्योंकि कई मामलों में, ऐसे संसाधन वहाँ मौजूद ही नहीं हैं, लेकिन फिर भी वे अपने मायके को ही अपना आश्रय मानती हैं और भाइयों को उनकी सुरक्षा करने वाला। ऐसे मामलों में हमें रक्त-सम्बन्धों का ढाँचागत महत्त्व देखने को मिलता है। यह पारिवारिक और सामाजिक जीवन के रूप में मौजूद है और औरतों की स्थिति निर्धारित करने में यह अत्यन्त महत्त्वपूर्ण है।

नातेदारी के नेटवर्क का महत्त्व ऐसा है कि वे और जिन संस्थानों में निहित हैं, वे पारिवारिक और नागरिक, दोनों अर्थों में औरतों के लिए बहुत ही अहम हैं और उनका औरतों पर गहरा प्रभाव है। उदाहरण के लिए, जब औरतें घरेलू हिंसा या वंचना का अनुभव करती हैं, या स्वतंत्र यौनिक और वैवाहिक चुनाव करना चाहती हैं, तो वे अपने इन अधिकारों को प्राप्त करने की आशा तक नहीं कर सकतीं। अक्सर उन्हें स्थानीय प्रथाओं के दबाव का सामना करना पड़ता है। इसके पीछे पुरुष शक्ति उन्हें फुसलाने और धमकाने, दोनों का काम करती है। परिवार न्यायालय, सामुदायिक पंचायतें, धार्मिक रीतियाँ, जिन्हें पुरुषों द्वारा परिभाषित किया और बनाया रखा जाता है, अक्सर वे ही निर्णायक होते हैं।

जाति व्यवस्था

नातेदारी के नेटवर्कों द्वारा सामाजिक सामंजस्य और शक्ति का प्रयोग इनके व्यापक सन्दर्भ : जाति व्यवस्था से जुड़ा हुआ है, जिसके अन्तर्गत ये काम करते हैं। जाति भारतीय जीवन की व्यवस्था का महत्त्वपूर्ण सिद्धान्त है और यह जटिल तरीक़ों से परिवार और रिश्तेदारी संरचनाओं को बनाकर रखती है। जाति व्यवस्था की शक्ति और क्षमता के पीछे यह तीन कारण हैं :

पहला कारण है अछूत प्रथा का चलन, जो व्यवस्था को आगे बढ़ने और उसके खुलने की क्षमता को सीमित करता है। जिन्हें अछूत माना जाता है उन्हें कलंकित या उनका दमन करने के लिए जाति विशेष की पहचानों का घमंड के साथ प्रदर्शन किया जाता है। दूसरा कारण है कि जाति व्यवस्था रिश्तेदारी आधारित सम्पत्ति नेटवर्क के आधार पर पनपती है, और उसे प्रभावित करती है। ऐतिहासिक रूप से उच्च माने जाने वाली जातियों के पास ही ज़मीन का स्वामित्व रहा है, उनके पास ही सीखने के स्रोतों और पूँजी तक पहुँच रही है, व्यापार करने के अवसर रहे हैं, उन्होंने व्यापारिक नेटवर्क बनाए हैं और उनके पास उत्पाद तथा सेवाओं के उत्पादन के लिए पैसा रहा है। लेकिन ये संसाधन जाति के हर सदस्य या हर जाति के पास उपलब्ध नहीं होते, बल्कि इन्हें

एक जाति समूह के अन्तर्गत शक्तिशाली रिश्तेदारी नेटवर्क के अन्तर्गत ही पीढ़ी-दर-पीढ़ी बढ़ाया जाता है, और फिर वे अपने समूह के कुछ कम भाग्यशाली लोगों के लिए परोपकारी नेता की भूमिका निभाते हैं।

ऐसा ही श्रम के साथ भी होता है : जो जातियाँ अनुक्रम में सबसे नीचे हैं उनकी ज़िन्दगियाँ श्रम और सेवा से परिभाषित होती हैं, जो कि वे प्रथाओं, ग़ुलामी या सिर्फ़ इसलिए कि वे भूमिहीन हैं और शक्तिशाली जातियों पर निर्भर हैं, की वजह से करते हैं। यह श्रम वो सिर्फ़ ज़िन्दा रहने के लिए करते हैं। इसके अतिरिक्त, जो लोग कौशल और सेवाएँ प्रदान करने में लगे हुए हैं, कारीगरों से लेकर जादूगरों के समुदायों तक, निचले दर्जे के पुजारियों से लेकर सफ़ाई कर्मचारियों तक, चाहे वे कितना ही महान तकनीकी कौशल और अनुभव आधारित ज्ञान क्यों न हासिल कर लें, उन्हें कभी भी सामाजिक महत्त्व के समूहों में नहीं गिना जाता; बल्कि उनके 'जन्म' स्तर के अनुसार उनकी दर्जाबन्दी की जाती है, और जाति व्यवस्था के निचले दर्जों पर रखा जाता है, और अछूत कहलाने वालों को इस व्यवस्था के बाहर। यहाँ तक कि जब इन तथाकथित निचली जातियों और अछूत जातियों के सदस्य उच्च आर्थिक स्तर प्राप्त कर लेते हैं, तब भी उनका सामाजिक अवमूल्यन जारी रहता है।

फिर भी आम सोच में जाति को कभी भी बाधक नहीं माना जाता, सिवाय उन भूमिहीन सेवा देने वाली जातियों के जो कि सबसे निचले स्तर पर हैं और जो उच्च जातिंयों के संरक्षण पर निर्भर रहती हैं और वे जो कि अछूत कहलाती हैं। अन्य लोगों के लिए, हालाँकि उन्हें भी श्रेणीबद्ध ढाँचों में रखा गया है, जातिगत पहचान समर्थकारी हो सकती है, आर्थिक और सामाजिक दोनों मायनों में। जहाँ तक ब्राह्मणों का सवाल है, वे ज्ञान और बुद्धिमत्ता के सन्दर्भ में अपनी 'श्रेष्ठता' को अपना अधिकार मान लेते हैं, हालाँकि ऐतिहासिक रूप से उन्हें चुनौतियाँ दी गई हैं। और दूसरी जातियाँ, जैसे कि व्यापारिक जातियाँ, वे अपने युवाओं को अपने व्यापार का ही प्रशिक्षण देती हैं। इसके पीछे सोच यह है कि अपने समुदाय के अन्तर्गत ही अपने सम्बन्धों को दृढ़ किया जाए। जिन वर्गों के पास ज़मीन का स्वामित्व है वे सम्पत्ति पर अपना नियंत्रण बनाए रखना चाहते हैं और जब वह सम्भव न हो, और जब उनके बच्चे और उत्तराधिकारी बाहर चले जाते हैं, वे एक बार फिर स्थानीय स्तर पर अपने सामाजिक अधिकार को स्थापित करने की कोशिश करते हैं—निचली जातियों को सामाजिक अधिकारों से वंचित रखकर।

इस समझ को, जैसे कि मानव अधिकार कार्यकर्ता डॉ. बालगोपाल ने एक बार कहा था, जाति एक उत्पादन सम्बन्ध है, जो कि व्यक्ति की जाति से तय होता है। चाहे किसी के पास संसाधनों तक पहुँच हो, या फिर वह अपने श्रम की शक्ति पर निर्भर हो, या अपने व्यापार के उपकरणों पर। उसे बदला जा सकता है, चुनौती दी जा सकती है, पार किया जा सकता है, लेकिन इसकी इजाज़त जाति व्यवस्था के अन्दर नहीं दी गई है, इसके लिए संघर्ष करना पड़ेगा।

अन्त:जातीय विवाह (endogamy)

क्या है जो ऐसी भ्रष्ट प्रणाली को क़ायम रखता है? वह है जाति अन्त:जातीय। विवाह और विरासत के नियम दो तरह से काम करते हैं : वे सुनिश्चित करते हैं कि संसाधनों तक पहुँच शक्तिशाली रिश्तेदारी नेटवर्क के नियंत्रण में उच्च जातियों के अन्तर्गत ही सीमित रहे। दूसरा, यह नियम जाति अन्त:जातीय, जहाँ विवाह एक ही जाति के सदस्यों में होते हैं, की परम्परा के माध्यम से जातियों के मिश्रण को भी रोकते हैं। इस तरह से, सम्पत्ति के रिश्ते बने रहते हैं और संसाधनों तक पहुँच पर पहरेदारी रखी जाती है। रिश्तेदारी के नियम जो पुरुषों को औरतों और कम उम्र के पुरुषों का नियंत्रण सौंपते हैं (जिसमें यौनिक नियंत्रण भी शामिल है) तथा जाति नियम, जो निर्धारित करते हैं कि कौन किससे शादी कर सकता है, अन्त:जातीय की प्रथा को ख़त्म करने के प्रयासों में आड़े आते हैं। इस प्रकार एक पारिवारिक नियम एक क़ानूनी और सामाजिक चरित्र इख़्तियार कर लेता है।

अन्त:जातीय का बोझ ज़्यादातर औरतों को उठाना पड़ता है, क्योंकि जाति व्यवस्था के बाहर शादी करने या यौन रिश्ता बनाने के परिणाम, पुरुषों के मुक़ाबले, उनके लिए ज़्यादा हिंसक होते हैं। और यह हर जाति की औरतों के साथ होता है। हालाँकि जैसे-जैसे जाति व्यवस्था में नीचे की ओर बढ़ते हैं, इन नियमों की कठोरता कम होती जाती है। लेकिन दूसरी ओर, निचली जाति की जो औरतें तथाकथित उच्च जाति के पुरुषों के साथ सम्बन्ध रखती हैं, उनके लिए उन जातियों के शक्तिशाली लोगों के हाथों ख़तरे और भी ज़्यादा बढ़ जाते हैं।

जहाँ तक पुरुषों का सवाल है, उच्च जाति के पुरुष अन्य जातियों की औरतों के साथ शारीरिक हिंसा कर सकते हैं और करते हैं। उनमें से किसी को अपनी उप-पत्नी बना लेते हैं, लेकिन उन्हें कोई सज़ा नहीं मिलती—हो सकता है कि उन्हें कुछ समय के लिए शर्मिंदगी या अपमान उठाना पड़े, लेकिन आम तौर पर उनकी ऐयाशी को उनके पुरुषत्व की निशानी माना जाता है, यहाँ तक कि उनकी जाति स्तर के कारण उन्हें इसका अधिकार दिया जाता है। निचली जाति, विशेषकर दलितों को यह अधिकार प्राप्त नहीं है कि वे किसी उच्च जाति की औरत के साथ किसी भी प्रकार का भावनात्मक, वैवाहिक या यौनिक रिश्ता बना सकें। क्योंकि उच्च जाति की औरतों को 'शुद्ध' माना जाता है, उनकी पवित्रता बनी रहनी चाहिए, और उनकी पवित्रता को दी गई किसी भी चुनौती, विशेषकर निचली जाति या दलित पुरुष द्वारा, को जाति व्यवस्था को चुनौती देने के समान समझा जाता है।

यह हमें औरतों की नैतिक और यौनिक चौकीदारी के सवाल पर ले आता है। औरतों के यौनिक व्यवहार पर जाति के कड़े नियंत्रण के पीछे औरतों की प्रजनन क्षमता को नियंत्रण में रखने की इच्छा और चिन्ता है। औरतों को केवल अपनी जाति के बच्चे पैदा करने की इजाज़त है, जिससे कि वे सिर्फ़ शारीरिक रूप से जाति व्यवस्था को ही नहीं, बल्कि अपनी नैतिक ज़िम्मेदारी के माध्यम से जाति की विचारधारा को भी आगे बढ़ाएँ। अगर कोई औरत किसी और जाति के पुरुष के साथ विवाह करने या यौन

सम्बन्ध के कारण गर्भवती होने की हिम्मत करती है, तो माना जाता है कि उसने अपनी जाति की पहचान को दाँव पर लगा दिया—कि उसने अपनी कोख में एक 'पराया मनुष्य' पाल रखा है और जाति व्यवस्था के आधार को हिला दिया है! यहाँ एक और तर्क काम करता है : किसी जाति में पैदा हुए बच्चों को ही उस जाति के संसाधनों की विरासत मिल सकती है।

संसाधनों तक पहुँच, जाति पहचान, जेंडर भूमिकाओं और रिश्तेदारी प्रणालियों को जोड़ने वाली जटिल कड़ियों के विषय पर कई वाद-विवाद हो चुके हैं। पश्चिमी और दक्षिण भारत में, उन्नीसवीं सदी के मध्य से जिन जाति-विरोधी आन्दोलनों ने जाति व्यवस्था के तर्क को चुनौती दी, उन्होंने जाति और जेंडर के रिश्ते पर महत्त्वपूर्ण बहसों को हवा दी। नारीवादी इतिहासकारों ने तब से इस विषय पर कई सिद्धान्त बनाए, जिसके लिए उन्होंने ऐतिहासिक सबूतों और तर्कों का सहारा लिया। इनमें से प्रत्येक पर बारी-बारी से विचार करते हैं।

महात्मा ज्योतिराव फुले (1927-1980) जो महाराष्ट्र में रहते और काम करते थे, जाति-विरोधी आन्दोलन के अग्रणी थे। वे जाति व्यवस्था को निहित रूप से अन्यायपूर्ण मानते थे जो कि ब्राह्मण जाति के धूर्त प्रभुत्व और सामाजिक शक्ति के अधीन काम करती है। इसके परिणामस्वरूप, केवल ग़ैर-ब्राह्मण, शूद्र और अतिशूद्र ही नहीं, औरतों को भी प्रताड़ित किया गया। फुले ने ध्यान दिलाया कि ब्राह्मणों को जो सामाजिक और शास्त्रीय अधिकार प्राप्त थे, उनके आधार पर ब्राह्मणों को हिन्दू समाज में शक्ति मिली। और चूँकि शूद्र, अतिशूद्र और औरतों को शास्त्रों के ज्ञान से वंचित रखा गया और मानदंडों तथा नियमों का पालन करने के लिए मजबूर किया गया, वे हमेशा ब्राह्मणों के अधीन रहे, अत: उनसे इस समझ की उम्मीद नहीं की जा सकती थी कि उन्हें क्या सता रहा है। इसीलिए, वे ज़ोर देते थे कि औरतें, शूद्र और अतिशूद्र साझे हितों वाला एक वर्ग हैं। उनका तर्क था कि जिस प्रकार ब्राह्मण शूद्र और अतिशूद्रों को बेगार श्रम और अज्ञानता का जीवन जीने के लिए मजबूर करते हैं, उसी तरह उन्होंने औरतों को भी अज्ञान और उनके पतियों की यौनिक दासता के लिए मजबूर किया।

फुले जाति व्यवस्था क़ायम रखने के लिए औरतों की अधीनता को केन्द्रीय पहलू मानते थे। इस सन्दर्भ में उन्होंने जाति समाज के तीन पहलुओं की पहचान की : (क) उच्च जाति की औरतों पर विधवापन थोपना जबकि उनके पति किसी के साथ भी यौन सम्बन्ध बनाने के लिए स्वतंत्र हैं; (ख) किसी भी औरत को ज्ञान प्राप्त करने की इजाज़त न देना, जिससे कि वे पारिवारिक रिश्तों में उन्हें दिए जाने वाले स्तर पर सवाल न उठा सकें; (ग) पुरुषों को विशेषाधिकार प्राप्त वर्ग का दर्जा देना जो अपनी शर्तों पर सामाजिक नैतिकता को लागू कर सकते हैं।

औरतों की आज़ादी पर उनके विचारों को उनके द्वारा किए गए कामों से समझा जा सकता है, जिसे 'औरतों के सवाल' के रूप में जाना जाता है। जब पंडिता रमाबाई, एक मुखर—ब्राह्मण—समाज सुधारक, ने लम्बे समय तक औरतों के मुद्दों पर हिन्दू समाज के साथ संघर्ष करने के बाद, ईसाई धर्म को अपनाया, तो उन्हें ब्राह्मण पुरुषों के

हाथों आलोचना और बदनामी का शिकार बनाया गया। दूसरी ओर, फुले ने उनके धर्म परिवर्तन के चुनाव का समर्थन किया और एक आक्षेप भरा लेख लिखा, जिसमें एक ब्राह्मण और शूद्र के बीच काल्पनिक बात हो रही है। ब्राह्मण रमाबाई के धर्म परिवर्तन की बुद्धिमत्ता को मानने को तैयार नहीं है, जबकि शूद्र उनकी खुलकर प्रशंसा कर रहा है : "...इंग्लैंड जाने से उन्हें हिन्दू और ईसाई धर्मों की तुलना करने का मौक़ा मिला। इससे वे हिन्दू धर्म के अनुचित हठ और सरासर पक्षपात को समझ पाईं जिसने उन्हें हिन्दू धर्म के बदले ईसाई धर्म अपनाने के लिए प्रेरित किया।"

शूद्र आगे कहता है—

> "अगर शूद्र और अतिशूद्रों को आपकी औरतों की तरह शिक्षा के अवसर मिल जाएँ तो आप सब आर्य ब्राह्मणों को अपनी पंडिताई छोड़नी पड़ जाएगी।" (फुले, 2002 : 206-209)।

महत्त्वपूर्ण है कि फुले ने मौक़ा आने पर शूद्र पुरुषों को फटकार भी लगाई। ताराबाई शिंदे, 19वीं सदी की एक लेखिका, जो फुले के दृष्टिकोण से परिचित थीं, ने पुरुषों की मनमानी और अधिकारों पर एक विवादभरा लेख लिखा, जिसका शीर्षक था—स्त्री-पुरुष तुलना। यह लेख एक ब्राह्मण विधवा पर उसके बच्चे की हत्या के आरोप पर चले मुक़दमे के जवाब में लिखा गया। मुक़दमे ने काफ़ी ध्यान आकर्षित किया और प्रेस में विधवाओं, महिला यौनिकता और कपट के बारे में काफ़ी विद्वेषपूर्ण लेख लिखे गए। ताराबाई ने पुरुषों के दोगलेपन और दोहरे यौनिक मापदंडों पर करारा प्रहार किया। उनके व्यंग्यभरे, अटल और अपमानजनक तरीक़े से न सिर्फ़ ब्राह्मण, बल्कि ब्राह्मण सुधारक भी क्रोधित हो गए, जिनमें से कुछ फुले के साथ भी काम करते थे। फुले ने ताराबाई के तर्कों का बचाव करने की चुनौती ली और एक शक्तिशाली लेख लिखा, जिसमें न केवल ताराबाई के कुछ तर्क दोहराए, बल्कि पुरुषों के विशेषाधिकारों और सत्ता पर अपने विरोध को भी व्यक्त किया।

"...धरती पर हर जगह लालची अमीर पुरुष (औरतें नहीं) अपने शक्तिहीन मनुष्य भाइयों में ग़लती ढूँढ़ते हैं और सेना के बल पर उनके क्षेत्रों को हथिया लेते हैं। जब तक यह युद्ध चलता है तब तक सभी व्यापार, जैसे कि कृषि और व्यापार और फैक्ट्रियाँ बन्द हो जाती हैं और दुख का अँधेरा छा जाता है।...जब दोनों तरफ़ की बड़ी-बड़ी सेनाएँ किसी एक के स्वार्थ के कारण हो रहे युद्ध लड़ती हैं, हज़ारों सिपाही अपना मूल्यवान जीवन खो बैठते हैं और हज़ारों औरतें विधवा हो जाती हैं और फिर उन्हें अपना बाक़ी जीवन ख़तरों और दुख के साथ व्यतीत करना पड़ता है।" (फुले : 220-21)

फुले ने पुरुषों की आक्रामकता को न केवल सेनाओं द्वारा युद्ध लड़े जाने से जोड़ा बल्कि औपनिवेशी अधीनता और दासता जैसी शोषण करने वाली व्यवस्थाओं से भी।

"...अगर हम उन यूरोपीय और अमरीकी पुरुषों के बारे में सोचें जो ब्राह्मणों की ही तरह धर्म का दृढ़ता से पालन करते हैं, उन्होंने कैसे अफ्रीका में ग़रीब, अनजान और कमज़ोर लोगों के बच्चों का अपहरण किया और उन्हें अपने देशों या अन्य विदेशों में

पशुओं या चिड़ियों की तरह बेच डाला, जिससे कि उन्हें दास बनाया जा सके और कैसे इन बच्चों को ख़रीदने वाले धार्मिक लोगों ने इन बच्चों के साथ दुर्व्यवहार किया; तब हमें पुरुषों की क्रूर करतूतों का अहसास होगा और यह हमें कँपकँपा देगा।" (उक्त, 221-22)।

फुले की जाति व्यवस्था के अन्तर्गत पुरुषों की शक्ति की समझ ने न केवल ऊपर दिए गए तर्कों को बढ़ावा दिया, बल्कि इनके आधार पर कई अभियान भी चलाए गए जो जाति व्यवस्था के तर्क को चुनौती देते थे। पहला, उन्होंने ब्राह्मण विधवापन की समस्या को सम्बोधित करते हुए ब्राह्मण विधवाओं के पुनर्विवाह की सिफ़ारिश की। इस प्रकार उन्होंने उन क़ानूनों को सीधी चुनौती दी जो यहाँ तक कि बाल विधवाओं तक के एक पतिव्रत स्तर को सुरक्षित रखने के लिए बनाए गए थे, और उनका उद्देश्य था कि जाति सम्मान बना रहे। दूसरा, उन्होंने उन युवा ब्राह्मण विधवाओं द्वारा त्यक्त शिशुओं के लिए एक घर स्थापित किया, जो ग़ैरक़ानूनी यौनिक रिश्तों को स्वीकार करने से डरती थीं, जिनके कारण ये अवांछित गर्भधारण हुए। इन दोनों क़दमों ने जाति समाज द्वारा ज़बर्दस्ती जातिगत विवाह करवाने के लिए बनाए गए नियमों का तिरस्कार करते हुए पुरुषों और औरतों से शान्तिपूर्वक आग्रह किया कि वे ऐसे नियमों का पालन करना छोड़ दें जो उन्हें केवल अपनी जाति के अन्दर, दुखी और विवशतापूर्ण वैवाहिक तथा यौनिक रिश्तों में बँधने के लिए मजबूर करते हैं।

फुले ने विवाह समारोह का भी पुनर्निर्माण किया जिनमें उनकी और उनके आन्दोलन की सोच निहित थी। उन्होंने इसमें अनुष्ठानों की कोई जगह नहीं रखी, और नागरिक शपथ लेने पर ज़ोर दिया जिसमें दूल्हे को शादी में कोई विशेषाधिकार न मिले, बल्कि वह औरत की शिक्षा, आपसी सम्मान और स्वतंत्रता का ख़याल रखे। अन्ततः, फुले ने महर लड़कियों (अछूत मानी जाने वाली जाति) की शिक्षा का बीड़ा उठाया, जिससे कि जाति व्यवस्था का सबसे निचला और पीड़ित वर्ग अपनी स्वतंत्रता और गरिमा के अधिकार का दावा करने के लिए सशक्त बन सके। फुले के लिए, जाति असमानताओं में जेंडर भेदभाव निहित था और उन्होंने इसके ख़िलाफ़ संघर्ष को एक जाति-मुक्त सामाजिक व्यवस्था बनाने के अपने संघर्ष में केन्द्रीयता दी।

फुले की जाति और जेंडर के जुड़ाव की प्रेरक समझ एकदम नई थी। लेकिन वे अपने असामान्य तर्क के निहितार्थों पर काम करने के लिए जीवित नहीं रहे। यह काम दक्षिण भारत के एक क्रोधी कट्टरपंथी ने किया जिसने जाति को एक सामाजिक श्रेणी और जेंडर के वास्तविक अनुभवों तथा सामाजिक नियमों के बीच के जुड़ावों को उजागर किया।

ई.वी. रामास्वामी (1879-1973), मूर्तिभंजक आत्मसम्मान आन्दोलन के संस्थापक, पुरुषत्व और नारीत्व की स्थापित धारणाओं की आलोचना करते थे और उनका तर्क था कि बच्चे को जन्म देने और शुरुआती महीनों में शिशु का पोषण करने के अलावा, औरतों और पुरुषों के बीच में कोई अन्तर नहीं है—न भावनाओं के स्तर पर, और न ही तर्कसंगत विचारों के क्षेत्र में। लेकिन फिर भी औरतों को अधीनस्थ माना जाता है, जिन्हें केवल यौन आकर्षण और बच्चे पैदा करने की क्षमता के लिए महत्त्व दिया जाता

है। पेरियार ने तर्क दिया कि एक बार पुरुष सम्पत्ति पर अपना अधिकार स्थापित कर लेता है, उसके बाद वह किसी औरत को पत्नी बनाकर अपने घर में लाता है। यह उसे अपनी सम्पत्ति की रक्षा करने और अपनी सन्तान की ज़रूरत पूरी करने के लिए एक औरत की सेवाएँ सुनिश्चित करने, और उसके साथ अनन्य यौन रिश्ता बनाने की सत्ता देता है। पत्नी की पवित्रता एक नियम बन गई, और मातृत्व एक आदर्श और सद्गुण। इन भूमिकाओं और नियति के लिए प्रशंसित, औरतों ने भी ख़ुद को प्रमुखतः अपनी यौन क्षमता और माता के रूप में महत्त्व देना सीख लिया। इससे उनकी विश्व की समझ सीमित हो गई, उन्हें अज्ञानता में धकेल दिया और उन्हें यह सोचने से रोका कि वे भी स्वतंत्रता के योग्य हो सकती हैं।

पेरियार का कहना था कि जाति समाज में मातृत्व का एक और विशेष पहलू है : बच्चों की चाहत जिससे कि उसे व्यक्ति का नाम और सम्पत्ति विरासत में दी जा सके। क्योंकि, बेशक, बच्चों की इस चाहत को उचित ठहराने के लिए बहुत सारे धार्मिक कारण मौजूद थे :

> "जब यह नियम बन गया कि लोग अपनी सम्पत्ति की रखवाली के लिए बच्चे पैदा करना चाहते थे, तब जिन ब्राह्मणों ने अमीरों को ग़रीबों के हाथों लुटने से बचाने के लिए स्वर्ग और नरक की कल्पनाओं का आविष्कार किया था, और इसलिए कि उसमें से कुछ धन वे अपने लिए इकट्ठा कर सकें, उन्होंने तर्क देना शुरू किया कि पुरुष को बेटा होना ज़रूरी है जो उसकी मृत्यु के बाद उसका नाम बनाए रखेगा और हर वर्ष उसकी अन्त्येष्टि क्रियाएँ करेगा।" (विदुथालाई, 11.10.48)।

इसके अतिरिक्त पेरियार का कहना था कि निजी सम्पत्ति और जाति के सन्दर्भ में महिला यौनिकता की पवित्रता और वैधता शादी के माध्यम से नियमित की गई थी। क्योंकि इसके माध्यम से औरतों के पारिवारिक और प्रजनन श्रम को नियमित और अनुशासनशील किया जा सकता था, हालाँकि यह उन्हें अपनी पसन्द का जीवन जीने की चाहत और अधिकारों से वंचित करता था। किसी भी जाति या वर्ग में, शादी करना औरत के लिए उसके पति की सम्पत्ति और दास बनने जैसा ही होता है। इस सन्दर्भ में, पेरियार ने सामाजिक व्यवस्था में निचले दर्जे की जातियों पर थोपे गए सेवा के कामों को औरतों की अधीनता से जोड़ा है : "...जिस तरह ब्राह्मणवाद काम करने वाले अधिकतर लोगों को शूद्रता में धकेलता है, उसी तरह उसने औरतों को विवाह की दासता में धकेल दिया है। इस हद तक कि औरत एक पवित्र और आदर्श पत्नी होने को अपने जीवन का मापदंड बना लेती है, और इसके लिए वह अपनी दासता को स्वीकारते हुए उसका आनन्द उठाने लगती हैं।" (विदुथालाई, 28.6.73)

बाद के नारीवादियों की तरह ही, पेरियार अच्छे से समझते थे कि पुरुषों की सत्ता स्थापित करने के लिए प्रजनन के रिश्तों, विशेषकर जो मापदंड, विचार और प्रथाएँ उन्हें क़ायम रखने में मदद करती हैं, के साथ-साथ पुरुषों की संसाधनों और राजनीतिक सत्ता तक पहुँच ज़िम्मेदार है। उनका मानना था कि प्रजनन के क्षेत्र में उनके लिए तय की गई भूमिका निभाने से इनकार करके और अपने लिए स्वयं बौद्धिक तथा यौनिक चुनाव करते हुए ही औरतें इस दमनकारी सामाजिक और आर्थिक व्यवस्था से मुक्त हो सकती हैं।

पेरियार की जेंडर की आलोचना केवल व्याख्यात्मक नहीं थी—असल में, यह बदलाव को अनिवार्य मानती थी और औरतों को प्रेम, विवाह और मातृत्व के प्रति उनके नज़रिये को दोबारा सोचने के लिए बढ़ावा दिया गया। वे आसानी से अपने चुनाव कर सकें, इसके लिए पेरियार और उनके अनुयायियों ने विवाह क़ानूनों में बदलाव, तलाक़ के समर्थन और औरतों के लिए गर्भ-निरोधक तक़नीकों के लिए आवाज़ उठाई और औरतों के शिक्षा और रोज़गार के अधिकार का समर्थन किया।

फुले द्वारा औरतों, शूद्रों और अति-शूद्रों के पक्ष में ब्राह्मणवाद के ख़िलाफ़ संघर्ष के लगभग 50 वर्ष बाद, डॉ. अम्बेडकर ने जाति और जेंडर के प्रश्न को दोबारा उठाया और जिसे आज हम जाति पितृसत्ता से जानतें हैं, वो कैसे काम करती है, उसके तर्क दिए।

डॉ. अम्बेडकर जाति व्यवस्था के इतने लम्बे समय से चले आने से निराश थे। प्राच्यवादियों (Orientalist) तथा भारतीय विचारकों के इस विषय पर दिए गए विभिन्न तर्कों को समझने के बाद, उन्होंने अपने तर्क दिए। उनका मानना था कि जाति एक श्रेणी मात्र नहीं है, बल्कि जातियाँ एक-दूसरे से उनके सम्बन्धों पर आधारित हैं, और जाति ऐतिहासिक रूप से एक बँधे हुए समूह के रूप में काम करती है, जिसके शुद्धता और अशुद्धता के कड़े नियम हैं और इसने ऐसे नियम बनाए जिनका अन्य समूहों ने भी अनुसरण करना शुरू कर दिया। इसलिए, "ब्राह्मणों ने अपने आपको एक जाति बनाते हुए, अन्य लोगों को ग़ैर-ब्राह्मण बना दिया...अपने आपको एक श्रेणी में बाँध कर उन्होंने दूसरों को बाहर कर दिया।" इसके बाद, विभिन्न प्रतिबन्धों और सज़ाओं के माध्यम से जाति पहचानों को चलाया गया जो जाति व्यवस्था पर सवाल उठाते थे उन्हें सज़ा दी जाती थी, उनको जाति से बाहर कर दिया जाता था, और यह स्पष्ट कर दिया जाता था कि उन्हें किसी अन्य जाति समूह में शामिल नहीं किया जाएगा क्योंकि, "जातियाँ बन्द इकाइयाँ होती हैं और उनकी यह साज़िश" बाहर निकाले गए लोगों को अक्सर एक नई जाति बनाने के लिए मजबूर कर देती थी। (अम्बेडकर, 1989 : 20-21)।

क्या था जो ज़ातिवाद की सीमाओं को क़ायम रखे हुए था? दूसरे शब्दों में, जाति अपनी 'पवित्रता' कैसे सुनिश्चित करती है? अम्बेडकर का जवाब था, 'जातिगत विवाह' से : किसी जाति का सदस्य बने रहने के लिए पुरुष या महिला को उस जाति में शादी करनी होती है। इस सामाजिक नियम का इतना बल था कि इस अवैध चाहत को प्रबन्धित करने के लिए विस्तृत रिवाज़ और अनुष्ठान बनाए गए। अगर किसी जाति में कोई समस्या पैदा होती, जो कि अक्सर होता था, क्योंकि पुरुषों की महिलाओं से अधिक

या महिलाओं की पुरुषों से अधिक संख्या हो जाने पर उनके लिए उचित वर मिलने की समस्या तो पैदा होनी ही थी। ऐसी स्थिति में, निरंकुश चाहत ख़तरनाक साबित हो सकती थी, क्योंकि फिर वह अपनी सन्तुष्टि इस समूह की सीमाओं से बाहर खोजती। यह सुनिश्चित करने के लिए कि ऐसा न हो, जाति समाज ने निम्नलिखित क़दम उठाए : (क) उसने औरतों को अपने पति की अन्तिम संस्कार की चिता में जल जाने के लिए भेज दिया; (ख) उन पर ज़बरदस्ती विधवापन थोपा गया, जबकि पुरुषों के लिए यह नियम नहीं था; (ग) सुझाव दिया गया कि पुरुष तपस्वी और ब्रह्मचारी बन जाएँ; और (घ) अपनी उम्र की लड़कियाँ मिलने की समस्या हल करने के लिए सुझाव दिया गया कि पुरुष अपने से कम उम्र की लड़कियों से शादी करें।

डॉ. अम्बेडकर का मानना था कि यह प्रथाएँ जाति इतिहास के शुरुआती दौर में जन्मीं, लेकिन बहुत जल्द ये उच्चतम जाति, या जो जाति अपना अलग वर्चस्व स्थापित करना चाहती थी, उससे आगे फैल गईं। इस हद तक कि यह आदर्श के रूप में "हिन्दू विचारधारा में इस तरह समा गईं" जब तक कि इन्होंने विश्वास का रूप नहीं ले लिया। अम्बेडकर आगे कहते हैं :

> "एक तरह से, हिन्दू समाज में सती प्रथा, विधवापन थोपे जाने और बालिका वधू जैसी प्रथाओं का पालन जाति के स्तर पर निर्भर करता है। लेकिन इन प्रथाओं का पालन दो जातियों के बीच की दूरी पर निर्भर करता है। जो जातियाँ ब्राह्मणों के नज़दीक हैं, वे इन तीनों प्रथाओं की नक़ल करती हैं और इनका कड़ा पालन करती हैं। जो जातियाँ थोड़ी दूर हैं, वे विधवापन थोपे जाने और बालिका वधू की नक़ल करती हैं; जो थोड़ा और दूर हैं, वे केवल बालिका वधू का पालन करती हैं और सबसे दूर वाली जातियाँ केवल जाति सिद्धान्त पर विश्वास करने की नक़ल करती हैं।" (उक्त, पृ. 20)।

डॉ. अम्बेडकर की हिन्दू समाज में जाति और जेंडर नियमों की गुत्थी की समझ और उनका विश्वास कि यह गुत्थी इस व्यवस्था को क़ायम रखने में केन्द्रीय भूमिका रखती है, ने जाति समाज के सन्दर्भ में पितृसत्ता की एक अत्यन्त नवीन व्याख्या और विश्लेषण पेश किया। फुले और पेरियार की तरह उन्होंने भी अपने तर्कों पर काम किया, और स्वतंत्र भारत के क़ानून मंत्री होने के नाते, क़ानूनों में उन बदलावों को शामिल करने का मुश्किल बीड़ा उठाया, जो जाति व्यवस्था का अन्त कर सकें। उन्होंने ग़ैर-जातिगत विवाहों, औरतों के सम्पत्ति के अधिकार और तलाक़, विरासत तथा बच्चों की संरक्षकता में पुरुषों को दिए गए विशेषाधिकारों को ख़त्म करने के लिए क़ानूनी मान्यता की माँग की। उनके हिन्दू कोड बिल, जिसमें महिला स्वतंत्रता और जाति सीमाओं को तोड़ने की स्कीम शामिल थी, पर संसद में विवादास्पद बहस हुई और अन्ततः उसे पूरी तरह पारित नहीं किया गया। हालाँकि बाद में, उसके कुछ अंश हिन्दू विवाह, तलाक़, रखरखाव भत्ते और बच्चों के अभिग्रहण क़ानून का आधार बने।

डॉ. अम्बेडकर उनकी संहिता को इस तरह तोड़े जाने से ख़ुश नहीं थे : वे एक व्यापक क़ानून बनाना चाहते थे जो भविष्य के सुधारकों के लिए मापदंड का काम करता—इसके बदले उन्हें ऐसे मिले-जुले क़ानून प्राप्त हुए, जिनकी राजनीतिक और नैतिक मंशा में स्पष्टता नहीं थी। हिन्दू जाति समाज द्वारा सुधार के विरोध ने उन्हें दुखी कर दिया, और उन्होंने क़ानून मंत्री के पद से इस्तीफ़ा दे दिया। आज उनकी विरासत को ज़ोरदार दलित आन्दोलन, महिला कार्यकर्ता और विचारक आगे बढ़ा रहे हैं, जिन्होंने उनके लेखन को फिर से पढ़ना शुरू किया है।

इतिहासकार उमा चक्रवर्ती ने इन ऐतिहासिक तर्कों को व्यवस्थित तरीक़े से पेश किया है। उनके लेख, जिसका शीर्षक है 'कन्सेप्चुअलाइजिंग ब्रह्मानिकल पेट्रिआर्की इन अर्ली इंडिया', जो गर्दा लेर्नर की दि क्रिएशन ऑफ़ पेट्रिआर्की से प्रेरित है, में उन्होंने तर्क दिया है कि भारतीय सन्दर्भ में पितृसत्ता को अन्य सामाजिक ढाँचों, जैसे जाति के साथ उसका रिश्ता और एक ऐतिहासिक सन्दर्भ में रखकर देखना ज़रूरी है (चक्रवर्ती, 1995)। गर्दा के औरतों की यौनिकता पर पुरातन समाज के नियंत्रण के विषय पर लेख से प्रेरणा लेते हुए, उन्होंने तर्क दिया कि जाति समाज पुराने और ज़्यादा समतावादी सामाजिक रूप का अनुसरण करता है—जैसे कि, शिकार और खाना इकट्ठा करने वाले समाज, जो जाति समाज द्वारा औरतों के प्रजनन श्रम को मूल्यवान समझते थे और औरतों की प्रजनन क्षमता का आदर करते थे। धीरे-धीरे जब श्रेणीबद्ध जाति और सम्पत्ति व्यवस्था पनपने लगी, महिलाओं के प्रति सामाजिक दृष्टिकोण बदलने लगा। क्योंकि, अब, इन नई सामाजिक व्यवस्थाओं में, सब औरतें उत्पादन में शामिल नहीं थीं। अमीर या ज़मीन धारण करने वाले परिवारों की महिलाओं का श्रम घर के कामों तक सीमित कर दिया गया था। उन्हें केवल माँ बनने की इजाज़त थी। इसी समय, औरतों की यौनिकता, जिसका पहले आदर किया जाता था और जो डर भी पैदा करती थी, उसे अब अनियंत्रित ऊर्जा की नज़र से देखा जाने लगा, जिसे नियंत्रित करना और उसके लिए पति होना ज़रूरी था।

नियंत्रण और पति देने की इस प्रक्रिया को बढ़ाने के लिए, सामाजिक व्यवस्था के अन्तर्गत महिलाओं की गतिशीलता पर रुकावटें लगाई गईं। औरतों को "द्वार माना जाता है—जाति व्यवस्था के अन्दर घुसने का द्वार। निचली जाति का पुरुष, जिसकी यौनिकता उच्च जाति की पवित्रता के लिए ख़तरा है, को उच्च जाति की औरतों के साथ यौनिक सम्बन्ध बनाने से रोकना ज़रूरी है, इसलिए औरतों पर गहरा पहरा रखना ज़रूरी है।" औरतों पर पहरा रखने के लिए उनकी यौनिकता को "जाति पवित्रता सुनिश्चित करने वाले, नियंत्रित प्रजनन ढाँचे के अन्तर्गत वैध मातृत्व और पितृवंशीय विरासत" के रास्ते पर मोड़ना ज़रूरी था।

उमा आगे कहती हैं कि औरतों का नियंत्रण सुनिश्चित करने के लिए उसके पति, राजा के क़ानून और पुजारी के हुक्म उन पर ज़बरदस्ती थोपे गए, जिससे वे ख़ुद अपनी नैतिकता की पहरेदार बनने के लिए तैयार हो गईं। उसकी सहमति प्राप्त करने के लिए सद्गुणों की सूची तैयार की गई, जिसे औरत ख़ुद अपनाने लगी। क्योंकि यह

माना जाता था कि अगर औरत अपने 'धर्म' का पालन नहीं करती, जो कि उसकी पवित्रता का समरूप था, तो उसकी अनियंत्रित प्रकृति या स्त्री स्वभाव उनके जीवन पर हावी होने लगेगा और यह सामाजिक व्यवस्था की स्थिरता के लिए ख़तरनाक साबित हो सकता है।

एक अन्य इतिहासकार जिन्होंने जाति-जेंडर के जुड़ाव पर काम किया है, वे हैं प्रेम चौधरी। हरियाणा किसान-जाट समाज के 100 वर्षों के बदलाव (19वीं सदी के अन्तिम दशक से शुरू करते हुए) पर किए गए प्रतिष्ठित अध्ययन में, उन्होंने बताया है कि जाट समाज की रिश्तेदारी की प्रथाएँ—करेवा (जिसके अन्तर्गत एक विधवा अपने मृत पति के भाई से विवाह करती है) जैसी परम्पराओं; औरतों की इज़्ज़त को पारिवारिक और जाति की इज़्ज़त का केन्द्रबिन्दु मानने वाली जेंडर विचारधाराएँ; और सम्पत्ति तथा श्रम के रिश्ते, जिनमें औरतों के श्रम की ज़रूरत तो है, पर उसका अवमूल्यन भी किया जाता है—का समर्थन करती हैं, और इनकी मिलीभगत से एक विशिष्ट पितृसत्ता का जन्म हुआ है (चौधरी, 1994)। औरतों की प्रजनन क्षमता और उसकी यौनिकता का नियंत्रण करने के अलावा, जाट किसान समाज ने एक नई दंडात्मक प्रणाली भी स्थापित की। स्त्रीधर्म न केवल अनिवार्य था, बल्कि उसे स्थानीय क़ानून से इजाज़त थी कि उसका पालन न किए जाने पर मृत्यु दंड भी दिया जा सकता है।

इस 'किसानी' पितृसत्ता के विशिष्ट पहलू भी महिला श्रम से जुड़े थे। औरतों की श्रमिकों के रूप में हमेशा ज़रूरत रही है, और आज भी है। परिवार के खेतों में पुरुषों के साथ काम करना, घर-परिवार को सँभालना। लेकिन एक श्रमिक के रूप में उन्हें पूरी तरह से मान्यता कभी नहीं दी गई, और इसलिए उनके काम के सामाजिक मूल्य को भी कभी स्वीकार नहीं किया गया। जबकि पुरुषों की कमाई और धन उनके लिए सामाजिक सुख का कारण बन जाता है, लेकिन औरतों के श्रम का कोई सामाजिक मूल्य नहीं होता। प्रेम चौधरी ध्यान दिलाती हैं कि किस प्रकार आज बनने वाले जाटों के नए मकानों में भी औरतों की अन्दरूनी दुनिया—रसोई और उनके कमरे—अँधेरे से भरे होते हैं, जिनमें हवा के आने-जाने का भी कोई रास्ता नहीं होता।

जाति और जेंडर के रिश्ते को समझने के अन्य प्रयास भी हुए हैं। दलित नारीवादियों ने जाति पितृसत्ता के विशिष्ट पहलुओं को परखा है जो न केवल दलित औरतों का दमन करते हैं, बल्कि दलित पुरुषों को भी कलंकित और निचले दर्जे पर रखते हैं। दलितों के शोषण का एक प्रमुख पहलू रहा है दलित पुरुषों की बेइज़्ज़ती—उनके श्रम पर अपनी सत्ता क़ायम रखते हुए, उच्च जाति के पुरुष उन्हें उनकी मर्दानगी पर ताना देते हैं, और दावा करते हैं कि वे अपनी औरतों की कभी सुरक्षा नहीं कर पाएँगे, जो उच्च जाति के पुरुषों के लिए हमेशा 'उपलब्ध' रहेंगी। इस प्रकार के प्रतीकात्मक 'निर्बलीकरण' के कारण, दलित पुरुष लैंगिक रूप से घिरा हुआ महसूस करने लगते हैं। इसको समझने के लिए, दलित नारीवादियों ने तर्क दिया है कि केवल 'दलित पितृसत्ता' को बेनक़ाब करना काफ़ी नहीं होगा, बल्कि जाति के जेंडर आधारित तर्क और जाति आधारित जेंडर व्यवस्थाओं को भी समझना ज़रूरी है।

जहाँ तक दलित औरतों का सवाल है, उनका शोषण तीन स्तरों पर होता है—श्रमिकों के रूप में, कलंकित लेकिन सम्भोग की वस्तु के रूप में, और अन्ततः उनके तथाकथित अछूत स्तर के कारण। दलित औरतों की स्थिति का विश्लेषण करते हुए, दलित नारीवादियों ने उन तरीक़ों पर ध्यान आकर्षित किया है जो उच्च जाति की औरतें अपनी जाति पितृसत्ता को क़ायम रखने के लिए नियमित तौर पर अपनाती हैं, और किस प्रकार भारतीय सन्दर्भ में नारीवाद के लिए ज़रूरी है कि वह जाति-विरोधी आन्दोलनों के आदर्शों और तर्कों के आधार पर, एक ओर जेंडर और जाति, तथा दूसरी ओर जाति और अछूत प्रक्रिया के खेल को समझे।

घर-परिवार, सम्बन्धियों के नेटवर्क और जातियों के दायरे एक-दूसरे को बनाए रखते हैं, न केवल उनकी अपनी गतिविधियों के माध्यम से, बल्कि वे किस प्रकार पितृसत्तात्मक व्यवस्थाओं के साथ मिलकर काम करते हैं, उनसे भी। दूसरे शब्दों में, औरतों का दमन इनमें से प्रत्येक के लिए केन्द्रीय भूमिका निभाता है। इसके विपरीत, यह कहा जा सकता है कि जो स्वतंत्रता औरतें अपने लिए माँग रही हैं, वह इन ढाँचों को अस्थिर करने की शक्ति रखती है। लेकिन कई औरतों के लिए चुनाव दमन या असम्भव स्वतंत्रता के बीच नहीं है—वे मौजूदा ढाँचों के अन्तर्गत नियमों को तोड़कर, बदलकर, अपनी जगह बनाकर ले-दे कर, अपने फ़ायदे के लिए उनका इस्तेमाल करती हैं। कुछ औरतें पितृसत्तात्मक ढाँचों को बढ़ाने में भूमिका निभाते हुए करती हैं, और कुछ उनको तोड़कर, उन्हें चुनौती देकर।

सन्दर्भ ग्रंथ

1. Agrawal, Bina, *A Field of One's Own,* Cambridge, MA: Cambridge University Press, 1998.
2. Ambedkar, B.R., *Dr Babasaheb Ambedkar, Writings and Speeches,* Vol. 1, compiled by Vasant Moon, Bombay : Education Department, Government of Maharashtra, 1989.
3. Chakravarti, Uma, 'Conceptualising Brahminical Patriarchy in Early India : Gender, Caste, Class and State', *EPW* 28, 14: 579-85 1993.
4. Chowdhry, Prem, *The Veiled Women : Shifting Gender Equations in Rural Haryana 1880-1990,* Oxford University Press, Delhi, 1994.
5. Dube, Leela, *Women and Kinship : Comparative Perspectives on Gender in South and South-East Asia,* Vistaar, Delhi, 1997.
6. Geetha V., and S. V. Rajadurai, *Towards a Non-Brahmin Millennium : from Iyothee Thass to Periyar,* Samya, Kolkata, 1998.
7. O' Hanolan, Rosalind, (ed), *A Comparison Between Men and Women : Tarabai Shinde and the Critique of Gender Relations in Colonial India,* Oxford University Press, Delhi, 1994.
8. Phule, Jotirao, *Selected Writings,* edited with annotations and introduction by G. P. Deshpande, LeftWord, Delhi, 2002.

स्त्री का काम जो एक पहेली है

सुजाता गोठोसकर
अनुवाद : सुभाष गाताडे

प्रस्तावना

नीलम, उम्र 42 साल, जो ग्रामीण महाराष्ट्र के अपने घर के खेत में काम करती है और धान उगाती है, अधिकतर सिर्फ़ अपने परिवार के खाने लायक़। खेत उसके ससुर के नाम पर है। वह रोज़मर्रा की जलावन की लकड़ी इकट्ठा करने के लिए जंगल भी जाती है।

रेशमा, उम्र 29 साल, जो कपड़े की एक फ़ैक्टरी में दैनिक मज़दूरी के आधार पर काम करने जाती है और उसे 250 रुपए प्रतिदिन मिलते हैं। अगर वह 12 घंटे से अधिक काम करती है तो वह थोड़ी अतिरिक्त आमदनी कर पाती है जो उसे अपने ख़र्चे पूरे करने के लिए और घर भेजने के लिए ज़रूरी होता है। वह कर्नाटक के ग्रामीण इलाक़े की रहनेवाली है, लेकिन पिछले ग्यारह सालों से बेंगलूरु के औद्योगिक उपनगरों में काम कर रही है।

सलमा, उम्र 55, दिल्ली में घरेलू कामगार के तौर पर काम करती है। वह प्रवासी मज़दूर है और पश्चिम बंगाल से बेहद मायूसी की स्थिति में दिल्ली आई है, क्योंकि उसके पास और उसके परिवार के पास न ज़मीन है और न ही कोई रोज़गार।

सिमरन घर से काम करती है। उसे स्कूल जानेवाले अपने तीन बच्चों का लालन-पालन करना होता है और सास-ससुर की देखभाल करनी होती है, जो लम्बे समय से बीमार चल रहे हैं। घड़ी के फीतों की काट-छाँट (trimming watch straps) करने का काम वह घर में करती है। त्योहारों के वक़्त, वह राखी भी बनाती है और कृत्रिम गहने भी तैयार करती है। उसके बच्चे रात में उसकी काम में मदद करते हैं। उसे जो मज़दूरी मिलती है वह बेहद मामूली होती है, लेकिन उसके घरेलू ख़र्चों के लिए बहुत महत्त्वपूर्ण होती है।

ऐसी तमाम परिस्थितियाँ होती हैं। जितनी तरह की स्त्रियाँ इनमें काम करती हैं उन्हीं की ज़िन्दगी और जीवनयापन के हालात की तरह। विगत कई वर्षों और दशकों से, अधिकाधिक ऐसी स्त्रियाँ सामने आ रही हैं जो न केवल भारत में बल्कि वैश्विक स्तर पर जीने के लिए विविध क्षेत्रों में काम कर रही हैं, जहाँ उनके सामने

पहले से अधिक विकल्प दिख रहे हैं। लेकिन ऐसे कुछ मुद्दे हैं जो लम्बे समय तक बने रहते हैं।

इस ग्रह पर रहनेवाले अधिकतर लोगों के लिए, काम उनकी ज़िन्दगियों का सबसे महत्त्वपूर्ण पहलू होता है। ऐतिहासिक तौर पर देखें तो काम विभिन्न तरीक़ों से और दिशाओं में बढ़ा है। हम अक्सर इस बात का एहसास नहीं कर पाते कि मज़दूरी या तनख़्वाह के लिए काम करना, यह मानवीय सभ्यता में बहुत हाल की परिघटना है, मुश्किल से कुछ सौ साल पुरानी। यह काम जिसमें लोग शामिल रहते हैं, ये गतिविधियाँ, काम, भूमिकाएँ, रिश्ते आदि की अलग-अलग चरणों में अलग विशिष्टताएँ रहती हैं तथा उनकी अन्तर्वस्तु भी भिन्न रहती है। मिसाल के तौर पर, कहा जाता है कि मानवीय इतिहास के शिकार करने और अनाज संग्रहण के दौर में,पुरुष बड़े जानवरों के शिकार का अधिकतर काम करते थे जबकि स्त्रियाँ अधिकतर संग्रहण का काम करती थीं, जिससे अधिकतर भोजन प्राप्त होता था। बच्चों के लालन-पालन का काम भी अधिकतर स्त्रियाँ करती थीं, लेकिन पुरुष भी कुछ संग्रहण करते थे और बच्चों की देखभाल करते थे। वे स्त्रियाँ जो शिकार करती थीं, उन्हें अलग निगाहों से नहीं देखा जाता था। 'भुगतान प्राप्त काम' या 'रोज़गार' जैसी संकल्पना भी नहीं थीं।

पूँजीवाद के आगमन के पहले, आज जिसे हम 'उत्पादक' और 'पुनरुत्पादक'/ 'प्रजनन', 'देखरेख' का काम या सामाजिक पुनर्उत्पादन का काम कहते हैं इनमें कोई ख़ास फ़रक़ नहीं था। दोनों स्थूल रूप में घर के अन्दर या उसके इर्द-गिर्द स्थित काम थे। दोनों एक तरह से उत्पादक और पुनर्उत्पादन का स्थान थे। अधिकतर उत्पादन छोटी जिंस का उत्पादन था और उत्पादन के साधनों पर अधिकतर लोगों का एक हद तक नियंत्रण था।

पूँजीवाद के आगमन के बाद, अधिकतर लोग उत्पादन के साधनों पर नियंत्रण खोते गए। सापेक्षतः सस्ते उत्पादों का बड़े पैमाने पर उत्पादन बाज़ार पर हावी होता गया। उत्पादन के साधनों पर पूरी तरह या सापेक्षतः नियंत्रण खोने के बाद, श्रम का एक बाज़ार निर्मित होता गया, जहाँ कामगार फ़ैक्टरियों में या खदानों में या बाग़ानों में काम करने के लिए मायूस दिखे। यही थी 'उत्पादन' और 'पुनर्उत्पादन' के दो दायरों के बीच अलगाव की शुरुआत। धीरे-धीरे काम के दायरों का विस्तार होता गया और घर/देखभाल का काम/और बाहर के काम में श्रम का विभाजन बढ़ता गया। भारत के सन्दर्भ में, मामला जटिल था, जहाँ जाति का कारक भी था, जो एक तरह से तय करता था कि कौन पेशा आपके लिए सुगम है और कौन ऐसा पेशा है जो आपको करना ही पड़ सकता है। जिस तरह की अर्थव्यवस्था को आज हम जानते हैं और उसके साथ जिस क़िस्म की आर्थिक गतिविधियाँ जुड़ी होती हैं, वैसी स्थिति 18वीं सदी में ही अस्तित्व में आई।

सरोकार और बहस के मुद्दे

स्त्रियों के काम के अलग-अलग पहलुओं पर बहुत सारी चर्चाएँ और बहस-मुबाहिसे चले हैं। कुछ ऐसे मुद्दे हैं जो महिलाओं की कुशलता और महिला के काम पर हावी होते दिखते हैं, वे इस प्रकार हैं :

देखभाल का काम

घर के बाहर रोज़गार एवं काम में स्त्रियों की बढ़ती भूमिका और ज़िम्मेदारियों के बाद भी घर के अन्दर श्रम के जेंडर विभाजन में अनुरूप बदलाव नहीं दिखा है। इस हक़ीक़त के बावजूद कि दुनिया के पैमाने पर स्त्रियाँ अर्थव्यवस्था का महत्त्वपूर्ण भाग रही हैं, वे आज भी घरेलू अवैतनिक प्रजनन या देखभाल के श्रम के बड़े हिस्से को अंजाम देती हैं।[1] एक उदाहरण पर ग़ौर करें, वर्ष 2019-20 के आर्थिक सर्वेक्षण के मुताबिक़, 52.3 फ़ीसदी युवतियाँ वर्ष 2017-18 में घरेलू गतिविधियों में शामिल थीं। 30 वर्ष से 59 वर्ष के उम्र समूह में, उन महिलाओं का अनुपात जो घरेलू ज़िम्मेदारियों पर केन्द्रित था वह वर्ष 2004-05 के 46 फ़ीसदी से वर्ष 2017-18 के 65.4 फ़ीसदी तक पहुँचा।[2]

भारत में तथा वैश्विक स्तर पर सम्पन्न समय उपयोग सर्वेक्षण (टाइम यूज सर्वे) दिखाते हैं कि जहाँ अधिकतर मुल्कों में श्रम बल में स्त्रियों की सहभागिता पुरुषों की तुलना में काफ़ी कम है। जबकि महिलाएँ जितने घंटे काम में लगाती हैं वह आँकड़ा पुरुषों द्वारा प्रयुक्त घंटों से काफ़ी ज़्यादा है।[3] समय उपयोग अध्ययन न केवल यह बताते हैं कि समूची दुनिया में महिलाएँ पुरुषों की तुलना में अधिक समय काम करती हैं, वे इस बात को भी रेखांकित करते हैं कि स्त्रियों के काम और 'देखभाल के सभी कामों' की तीव्रता अधिक होती है। वे हमें यह देखने में भी सक्षम बनाते हैं कि हम सेवाओं के सामाजिक प्रावधान को प्रदान करने या उन्हें वापस लेने तथा घर के अन्दर निहित काम तथा जीवन की गुणवत्ता के बीच के अन्तर्सम्बन्ध को देखें। वह 'उत्पादक' और 'अनुत्पादक' के बीच के सम्बन्ध को भी—पुरुष एक में प्रभावशाली होते हैं और महिलाएँ दूसरे में प्रभावी होती हैं—स्पष्ट करते हैं। स्त्रियों की स्वायत्तता, गरिमा, हिंसा से मुक्ति आदि पर इनके निहितार्थों का हम आकलन कर सकते हैं।

स्त्रियों के श्रम का अवमूल्यन

'उत्पादक' और 'अनुत्पादक' काम का विभाजन दरअसल स्त्रियों के काम की अदृश्यता और अस्वीकार्यता को मज़बूत करता है और इस तरह घर के अन्दर तथा बाहर उनके श्रम के अवमूल्यन को सम्भव बनाता है। यह इस वजह से मुमकिन होता है कि घर के अन्दर स्त्री के अवैतनिक श्रम और सवेतन कामगार के तौर पर उसकी अधीनता की स्थिति के बीच रिश्ता है। यह दोषपूर्ण चक्र जो घर के अन्दर तथा कार्यस्थल पर स्त्री के दोयम दर्जे को जारी रखता है वह सभी दायरों में स्त्रियों के लिए शोषणकारी परिस्थितियों का निर्माण करता है।

इसका नतीजा यही होता है कि पुरुषों की तुलना में स्त्रियों को बहुत छोटे काम के अवसरों और दायरों तक सीमित रखा जाता है। इसके चलते यह धारणा मज़बूत होती है कि स्त्रियाँ 'श्रम की घटिया/हीन वाहक' हैं तथा 'हीन श्रम की वाहक'[4] हैं, जो स्त्रियों के काम के सन्दर्भ में अधिक भेदभाव को जन्म देता है क्योंकि स्त्रियों के काम के 'अकुशल' होने की मुहर लगती है, महज़ इसलिए कि स्त्रियाँ उसे अंजाम दे रही हैं। यह एक अहम कारण है कि स्त्रियों और पुरुषों के वेतन में ज़बरदस्त अन्तराल है।[5]

monster.com का सर्वेक्षण बताता है कि जिन महिलाओं का सर्वेक्षण किया गया उनमें से 60 फ़ीसदी महिलाएँ मानती थीं कि वे भेदभाव का शिकार हुई हैं। एक क्षेत्र सम्बन्धी विश्लेषण बताता है कि इन्फॉर्मेशन टेक्नोलॉजी/इन्फॉर्मेशन टेक्नोलॉजी एनेबल्ड सर्विसेस/IT/ITES/में वेतन का अन्तराल पुरुषों के हक़ में 26 फ़ीसदी था, मैन्युफ़ैक्चरिंग में 24 फ़ीसदी था, स्वास्थ्य सेवा और देखभाल की सेवाओं में यह 21 फ़ीसदी था। सिर्फ़ वित्तीय क्षेत्र में, बैंकिंग और बीमा में वेतन में यह अन्तराल—2 फ़ीसदी तक घटा था।[6]

वेतन में भेदभाव

अज़ीम प्रेमजी यूनिवर्सिटी (APU) द्वारा किए गए अध्ययन के मुताबिक़, अगर समग्रता में देखें तो स्त्रियाँ पुरुषों की आय की तुलना में 65 फ़ीसदी कमाती हैं। जेंडर के आधार पर वेतन का अन्तराल काफ़ी बदलता है। काम के स्वरूप और कामगार के शिक्षा के स्तर के आधार पर पुरुषों की तुलना में स्त्रियाँ 35 से 85 फ़ीसदी कमाती हैं। हालाँकि समय के साथ विषमताएँ कम हुई हैं, लेकिन वे बनी हुई हैं। अगर हम संगठित मैन्युफ़ैक्चरिंग क्षेत्र को देखें यह अन्तराल ईसवी 2000 में 35 फ़ीसदी था तो वर्ष 2013 तक आते-आते वह 45 फ़ीसदी हो गया है। यह असमानता अपना-अपना काम करनेवाली महिला मज़दूरों में सबसे अधिक है और उच्च शिक्षा प्राप्त और नियमित कर्मचारियों में सबसे कम है।[7]

वेतन के अन्तर के साथ-साथ स्त्रियों और पुरुषों के रोज़गार या काम के इलाक़े भी स्थूल रूप में अलग-थलग हैं। मिसाल के तौर पर, दुनिया के कई हिस्सों में, ख़ासकर भारत में, हैवी इंजीनियरिंग और ऑटो सेक्टर के सापेक्षत: बेहतर तनख़्वाह वाले औद्योगिक रोज़गारों पर पूरी तरह पुरुषों का क़ब्ज़ा है। स्त्रियाँ इनमें कहीं भी दिखाई नहीं देतीं। दूसरी तरफ़, कपड़ा उद्योग में वही कार्यबल का बहुलांश होती हैं, जो सबसे शोषित क्षेत्र है। कपड़ा उद्योग में भी पुरुष बेहतर पद पर रहते हैं और उन्हें बेहतर तनख़्वाह भी मिलती है क्योंकि वे मास्टर कटर जैसे कुशलता की माँग करनेवाली नौकरियाँ में रहते हैं। इसके विपरीत, जिन क्षेत्रों में और उद्योगों में महिलाओं का संकेन्द्रण होता है वे एक समयावधि के बाद कम वेतन के इलाक़े या सेक्टर में तब्दील होते हैं।

स्त्रियों की कुशलताएँ

जैसा कि कई नारीवादी विद्वानों ने बताया है कि कुशलताएँ सामाजिक तौर पर तटस्थ नहीं होतीं, वह इस बात से भी प्रमाणित होता है कि महिलाएँ जिन कुछ कुशलताओं को पुरुषों की तुलना में अधिक उत्पादक तरीक़े से अंजाम देती हैं उनका किस तरह कम मूल्यांकन किया जाता है। इस पर भी बात हो चुकी है कि कुशलताओं का सोपानक्रम—जिसके तहत कामों को 'महिलाओं का काम' और 'पुरुषों का काम' कहा जाता है, वे न केवल उत्पादन प्रणाली को प्रतिबिम्बित करते हैं बल्कि उस पितृसत्तात्मक प्रणाली की भी अभिव्यक्ति होते हैं जो कारीगरी की पहचान को पुरुषत्व या स्त्रीत्व से जोड़ती है। अगर हम संयुक्त राज्य अमेरिका के पेशागत अलगाव/पृथक्करण का ऐतिहासिक आकलन करें तो वह बताता है कि किन्हीं विशिष्ट भूमिकाओं में स्त्री कामगारों के प्रवेश

से उस पेशे के सामाजिक ओहदे पर विपरीत प्रभाव पड़ा। मिसाल के तौर पर, महिला कर्मचारियों के प्रवेश के बाद मुंशीगिरी/क्लर्क के काम को कम वेतन पाने वाले कार्यभारों और प्रबन्धकीय स्तर के कार्यभारों में विभाजित किया गया, जो फिर ग़ैरआनुपातिक ढंग से जेंडर के आधार पर अलग-थलग दिखे।[8]

कुशलता और महिला के काम के बीच का रिश्ता जटिल है और वह समाज की तमाम संस्थाओं को लाँघता दिखता है और यह बहुत आसान नहीं होता कि इनमें से किन कारकों को प्राथमिक माना जाएगा या उनके बीच के कार्यकारण सम्बन्ध को रेखांकित किया जाएगा।

होम स्वीट होम

एक स्तर पर परिवार होता है, जहाँ स्थूल रूप में बेटे को वरीयता और पुरुष सदस्यों को अहमियत मिलती है। अक्सर जब संसाधन सीमित होते हैं, तब महिला सदस्यों की कीमत पर पुरुष सदस्यों की ज़रूरतें, हित और भविष्य को ही सुरक्षित किया जाता है। इस तरह पोषण, स्वास्थ्य की देखभाल, शिक्षा, उच्च शिक्षा, कुशलता का प्रशिक्षण, फ़ुरसत तक पहुँच और मनोरंजन आदि परिवार के लड़कों के लिए आसानी से सुगम होते हैं और अक्सर लड़कियों के लिए इससे इनकार किया जाता है। इसके अलावा लड़कियों के सन्दर्भ में उनकी सुरक्षा और उनकी शुचिता की बात एक अतिरिक्त वजह तथा बहाने के रूप में पेश की जाती है, जो चिन्ता लड़कों के सन्दर्भ में नहीं होती। इस तरह लड़कियों, महिलाओं एवं ट्रांस जनों की सुरक्षा का मसला किसी भी सरकार की प्राथमिकता में नहीं होता ना लोगों के लिए अहम होता है। सड़कों पर, शिक्षा संस्थानों या कार्यस्थलों पर सुरक्षा की कमी के बहाने को उन्हें इन दायरों से वंचित करने के लिए किया जाता है। हालाँकि व्यक्तिगत स्त्रियों और महिला आन्दोलन के निरन्तर संघर्ष के चलते कुछ दशकों पहले की तुलना में स्थितियों में बदलाव ज़रूर आए हैं, लेकिन अगर सापेक्ष तौर पर देखें तो, ये बदलाव बहुत प्रभावशाली नहीं हैं।

इसके चलते शिक्षा संस्थान भी मिसाल के तौर पर जेंडर समानता को अहमियत नहीं देते और स्त्रियों के लिए टॉयलेट या पर्याप्त होस्टल की सुविधाओं का इन्तज़ाम नहीं करते। स्त्रियों के रोज़गार या काम की सम्भावनाओं पर इसका सीधा असर पड़ता है।

दोषपूर्ण चक्र

यह एक दोषपूर्ण चक्र का निर्माण करता है। कुशलताएँ हासिल करने से महिलाओं को वंचित किया जाता है और जो कुशलताएँ उनके पास हैं उनका श्रम बाज़ार में अवमूल्यन किया जाता है। उन्हें निम्न कुशल श्रम का कोष समझा जाता है। इसके चलते श्रम बाज़ार में उनकी स्थिति अधिक नाज़ुक होती है और फिर यह धारणा बनती है कि महिलाओं को सहायता देनी होगी क्योंकि वे अपने श्रम से ख़ुद का जीवनयापन नहीं कर पाती हैं। इसका मतलब स्त्रियों के लिए सबसे सुविधाजनक 'पेशा' शादी ही हो सकता है क्योंकि वह उनके जीवनयापन को सुनिश्चित करता है और इस पेशे के लिए किसी

अन्य 'कुशलता प्रशिक्षण' की ज़रूरत नहीं होती क्योंकि उसके लिए ज़रूरी कुशलताएँ एक पितृसत्तात्मक परिवार और समाज में बड़े होते हुए अपने आप ही बिलकुल मुफ़्त हासिल होती हैं।

स्त्रियों के लिए जो 'नौकरियाँ' उपलब्ध होती हैं वे होती हैं 'आँगनबाड़ी' या 'आशा' कार्यकर्ता, जहाँ न केवल महिलाओं को कामगार के तौर पर नहीं पहचाना जाता है, न कामगारों को मिलने वाला दर्जा, तनख़्वाह का स्तर या काम की वैसी परिस्थितियाँ प्रदान की जाती हैं। इस काम में लगी महिलाएँ महज़ 'महिला सामाजिक कार्यकर्ता' होती हैं, 'पार्ट टाइम महिला कामगार' होती हैं जिन्हें तनख़्वाह देने की आवश्यकता नहीं होती क्योंकि उनके श्रम का योगदान समुदाय के अन्दर तथा समुदाय की महिला होने का विस्तार ही होता है।

एपीयू द्वारा किए गए अध्ययन के मुताबिक़, सभी सेवा क्षेत्रों में मिलाकर महिलाओं का अनुपात 16 फ़ीसदी है जबकि घरेलू कामगारों का वह 60 फ़ीसदी है। मैन्युफ़ैक्चरिंग क्षेत्र में महिलाओं का अनुपात महज़ 22 फ़ीसदी है। महिला कामगारों का बहुलांश कुछ उद्योगों में ही केन्द्रित है जैसे टेक्सटाइल्स और गारमेंट्स, टोबैको, शिक्षा, स्वास्थ्य और घरेलू सेवाएँ।[9]

यह माना जाता है कि महिलाओं के लिए कुशलता प्रशिक्षण की आवश्यकता नहीं होती और न ही महिलाओं के लिए ज़रूरत होती है उत्पादन के साधनों तक सुगमता की। भारत में महिलाओं के एक बहुत छोटे हिस्से के पास ज़मीन की मिल्कियत है। कृषि में काम करनेवाली 13 फ़ीसदी से कम महिलाएँ उस ज़मीन की मालिक होती हैं, जिस पर वह काम करती हैं।[10] इसके चलते, खेती में निवेश के लिए क़र्ज़ा लेने की अगर बात हो या निर्णय प्रक्रिया में भाग लेने का मसला हो या राज्य की कम फैली हुई विस्तारण सेवाओं की बात हो, महिलाएँ हमेशा ही ज़बरदस्त घाटे में रहती हैं।

तमाम समुदायों में चली आ रही दहेज-प्रथा का मायने अक्सर यही होता है कि बेटियों को पैसा या गहने दिए जाते हैं, जिन पर आम तौर पर पति का या सास-ससुर का नियंत्रण होता है, जबकि दुकान या ज़मीन जैसी सम्पत्ति लड़कों को दी जाती है। जबकि लड़की के पास अचल सम्पत्ति होती है, वहीं लड़कों के पास चल सम्पत्ति होती है और उत्पादन के साधन भी होते हैं। कारण यही दिया जाता है कि लड़का माता-पिता की देखभाल करेगा जबकि लड़कियाँ अपने ससुराल जाएँगी। पराया धन! इसके चलते ऐसी परिस्थिति तैयार हो जाती है कि लड़की अक्सर शादी करने के लिए मजबूर हो जाती है, भले ही वह चाहती न हो। शादी होने के बाद, अपनी ससुराल में उसका कोई असर नहीं होता भले ही वह अपने माता-पिता की मदद करना चाहे। यह ऐसे कई दोषपूर्ण चक्र हैं जो एक-दूसरे को निर्मित करते रहते हैं और अविरत बनाए रखते हैं। परिवार, शिक्षा संस्थान में विभिन्न स्तरों पर, कार्यस्थल पर, व्यापक समाज में, परिवार की पितृसत्ता स्थिर रहती है, अपने आपको मज़बूत करती रहती है, और पुनर्निर्मित करती रहती है।

काम, श्रम और अर्थव्यवस्था

आज के सन्दर्भ में जब कोई किसी मुल्क की अर्थव्यवस्था पर या वैश्विक अर्थव्यवस्था पर ग़ौर करता है, तब वह कृषि, उद्योग और सेवाओं की बात करता है। दूसरा आयाम होता है, बिना भुगतान किया, अनपहचाना और बेहिसाब काम जो भले ही किसी मुल्क के सकल घरेलू उत्पाद के जोड़ने में सीधे 'योगदान' न दे, बल्कि जो नागरिकों की बेहतरी और कल्याण में योगदान करता है। इसमें शामिल होता है घरेलू काम—खाना बनाना, सफ़ाई करना, कपड़े धोना, कपड़े बुनना, रफू करना, देखभाल का काम और गुज़र-बसर की बिना भुगतान की गतिविधियाँ, जैसे ईंधन और पानी इकट्ठा करना, घर के इस्तेमाल के लिए अनाज पैदा करना और जिन्हें आम तौर पर स्त्रियों द्वारा ही अंजाम दिया जाता है।

इधर हाल की रिपोर्टें रेखांकित करती हैं कि भारत में महिलाओं के रोज़गार में निरन्तर कमी आती गई है। वर्ष 2017-18 में सम्पन्न सामयिक/आवधिक श्रम बल सर्वेक्षण बताता है कि काम लायक़ उम्र की महज़ 23 फ़ीसदी महिलाएँ रोज़गारशुदा हैं वर्ष 2011-12 में यह आँकड़ा 31 फ़ीसदी था तो वर्ष 2004-05 में यह आँकड़ा 43 फ़ीसदी था। अध्ययन बताते हैं कि शिक्षा, उम्र और आय के सभी स्तरों पर स्त्रियाँ रोज़गार छोड़ रही हैं। लेकिन कामकाजी उम्र की ग्रामीण महिलाओं ने सबसे अधिक नुक़सान उठाया है—वर्ष 2004-05 में जहाँ यह संख्या 49 फ़ीसदी थी, 2011-12 तक आते-आते यह संख्या 36 फ़ीसदी तक पहुँची तो वर्ष 2017-18 में यही संख्या 25 फ़ीसदी तक पहुँची।[11]

अन्तरराष्ट्रीय श्रम संगठन के अन्तरराष्ट्रीय डेटाबेस, ILOSTAT को देखें तो 131 मुल्कों की फ़ेहरिस्त में भारत का स्थान 121 पर आता है।[12] भारत में सवेतन काम से महिलाओं के अधिक अपवर्जन/बहिष्कार के पीछे कई सम्भावित कारणों की चर्चा होती है। भारत उन मुल्कों में शुमार है जहाँ लम्बे समय से काम में महिला सहभागिता दर न्यूनतम चल रही है, और यह सिलसिला वर्तमान पतन/अवनति के पहले से ही दिख रहा है। जैसा कि हम पहले ही चर्चा कर चुके हैं, इसका एक कारण है घर के अन्दर पूरी तरह विषम श्रम का जेंडर विभाजन और घर की तथा देखभाल के काम की अधिकाधिक ज़िम्मेदारी महिलाओं पर ही होना। इस तरह हाल के समय में महिलाओं के रोज़गार दर की अवनति बुनियादी तौर पर सवैतनिक काम से अवैतनिक काम की तरह उनके परिवर्तन से जुड़ी है।[13]

भारत में, ख़ासकर ग्रामीण इलाक़ों में, स्त्री अनुकूल श्रम केन्द्रित कामों में कम बढ़ोतरी हुई है। भारतीय अर्थव्यवस्था के मैन्युफ़ैक्चरिंग उद्योग में परिवर्तन के अभाव और मैन्युफ़ैक्चरिंग सेक्टर में स्त्रियों का कम सहभाग, इसके चलते खेती के बाहर सवेतन काम पाने की स्त्रियों की उम्मीदों को झटका लगा है।[14] खेती के बढ़ते यांत्रिकीकरण से खेती से विस्थापन और बढ़ती पूँजीगत तीव्रता के चलते ग़ैर-खेती क्षेत्र में अवसरों की कमी, इन दोनों का सम्मिलित असर हुआ है।[15] इसके अलावा कृषिगत काम (और कुछ अनौपचारिक क्षेत्र का काम) के चलते स्त्रियों को इतना लचीलापन हासिल होता

है कि वे काम तथा घर के देखरेख की ज़िम्मेदारियों को भी सँभाल सकें, जो अन्य काम (अगर उपलब्ध हों तो) के सन्दर्भ में सम्भव नहीं दिखता। एक पितृसत्तात्मक समाज में जहाँ पुरुषों और स्त्रियों के बीच घरेलू ज़िम्मेदारियों का बहुत कम साझापन दिखता है, ग़ैरकृषिगत कामों में लचीलेपन की कमी एक तरह से घर के बाहर स्त्रियों के जाने तथा रोज़गार पाने के रास्ते में एक बड़ा अवरोध बनती दिखती है।[16] इस वजह से हम देखते हैं कि स्कूली शिक्षा प्राप्त युवतियाँ अनौपचारिक मैन्युफ़ैक्चरिंग अर्थव्यवस्था में काम स्वीकारने के बजाय घरेलू कामगार के तौर पर काम करना स्वीकार रही हैं।[17]

जैसा कि इसके पहले रेखांकित किया जा चुका है, 21वीं सदी में भी, महिलाओं की शिक्षा, प्रशिक्षण और स्वायत्तता को न परिवारों द्वारा, न ही शैक्षिक संस्थानों द्वारा न अभियोक्ताओं द्वारा और न ही व्यापक समाज द्वारा प्रधानता दी जाती है। जीने की एक शैली या जीवनयापन के साधन के तौर पर विवाह की बात दरअसल शुरुआत से ही लड़कियों के लिए उपलब्ध चॉइसेस/पसन्द या उनकी अनुपलब्धता के सिलसिले में चलती रहती है। इस तरह, जब हम स्त्रियों के काम को देखते हैं, हमें यह ध्यान रखना होता है कि महिलाएँ कितना काम कर रही हैं और उसके बाद ही हमें स्त्रियों के रोज़गार से उसे जोड़ना होता है। जबकि हमें यह देखने की ज़रूरत है कि आख़िर क्यों महिलाओं को दूर रखा गया है या वे ख़ुद ही सवैतनिक काम से अलग रही हैं, हमें यह भी देखने की ज़रूरत है कि महिलाएँ जब सवैतनिक काम से बाहर होती हैं तो क्या करती हैं।

अर्थव्यवस्था और कार्यबल

साल-दर-साल भारत के सकल घरेलू उत्पाद में कृषि का हिस्सा पचास के दशक के 55.3 फ़ीसदी से 21वीं सदी की पहली दहाई में 21.8 फ़ीसदी तक पहुँचा है। यह इसी वजह से हुआ है कि आनेवाली सरकारों ने कृषि की तथा कृषि सम्बन्धित गतिविधियों में शामिल भारत के बहुसंख्यक कार्यबल की जानबूझकर उपेक्षा की। कृषि और सम्बन्धित गतिविधियों में 'रोज़गार' का हिस्सा वर्ष 2009-10 के 62.8 फ़ीसदी से 2015 के 47 फ़ीसदी तक पहुँचा है। हमें चाहिए कि हम अलग-अलग क्षेत्रों को—कृषि, मैन्युफ़ैक्चरिंग और सेवाओं को—एक-दूसरे के साथ गतिमान अन्तर्सम्बन्धों में देखें।

कृषि

खेती में सक्रिय महिलाओं के लिए चित्र अधिक जटिल है। 1990 के दशक में कृषि के निरन्तर नारीकरण की प्रक्रिया चली थी जब स्त्रियों की तुलना में पुरुष खेती से बाहर निकल रहे थे। इसे हम भोजन की सुरक्षा में स्त्रियों के योगदान के नज़रिये से अधिक सकारात्मक ढंग से देख सकते हैं। इसके बावजूद कहना ज़रूरी है कि कृषि में काम करनेवाली महिलाओं में से चौदह फ़ीसदी से कम उस ज़मीन की मालिक होती हैं, जिस पर वह काम करती हैं। क़र्ज़ा लेने से लेकर विस्तारण सेवाओं से लाभ उठाने तक या फ़सल के बारे में तथा ज़मीन के इस्तेमाल के बारे में निर्णय लेने तक इसके व्यापक प्रभाव होते हैं। इसके साथ ही, हाल में यह चित्र भी उभरता दिखता है कि खेती में बढ़ते

यांत्रिकीकरण और फ़सलों के स्वरूप में आ रहे बदलावों के चलते खेती में महिलाओं का रोज़गार कम हो रहा है। इसके साथ ही, खेती में घटते रोज़गार के साथ-साथ यह भी देखने में आ रहा है कि मैन्युफ़ैक्चरिंग क्षेत्र में स्त्रियों के लिए रोज़गार के अवसर बढ़ नहीं रहे हैं।[18]

मैन्युफ़ैक्चरिंग उद्योग

ब्रिटिश औद्योगिकीकरण के सहायक के तौर पर भारत में उद्योग सबसे पहले औपनिवेशिक पृष्ठभूमि में विकसित हुआ और सम्भव है कि इतिहास की इस विशिष्टता की कुछ निशानियाँ साथ में लेकर ही आगे बढ़ेगा। भारत का जब औद्योगिकीकरण हो रहा था, तब विकसित अर्थव्यवस्थाओं के अधिकतर उद्योग सापेक्षत: बड़े आकार के थे और एक हद तक उन्हें औपचारिक शक्ल मिल चुकी थी। यह माना जाता था कि समय के साथ, भारत और अन्य विकासशील मुल्क विकास के उसी रास्ते का अनुगमन करेंगे। हालाँकि, भारत और अन्य विकसित मुल्कों में औपचारिक अर्थव्यवस्था का हिस्सा छोटा था और अनौपचारिक अर्थव्यवस्था का हिस्सा बड़ा था।

सकल रोज़गार के तौर पर, उद्योग काफ़ी धीमी रफ़्तार से आगे बढ़ रहे हैं—अस्सी के दशक के 14 फ़ीसदी से 18 फ़ीसदी तक। हालाँकि अलग-अलग क्षेत्रों में अनौपचारिक अर्थव्यवस्था के आकार के बारे में अलग-अलग आकलन उपलब्ध हैं। कहा जाता है कि उद्योगों में रोज़गार पाए 93 फ़ीसदी कामगार कथित अनौपचारिक या असंगठित क्षेत्र से जुड़े हैं। बेहद विस्तृत अर्जुन सेनगुप्ता रिपोर्ट में आकलन किया गया था कि 'अनौपचारिक कामगारों का विश्व' (जिसमें संगठित और असंगठित क्षेत्र दोनों शामिल हैं) वह कुल श्रम बल का 92 फ़ीसदी है, अर्थात् वर्ष 2004-05 में 457 मिलियन कामगार इसमें शामिल रहे हैं।[19] महिलाओं में यह अनुपात 96 फ़ीसदी तक बढ़ता दिखता है।[20]

बड़े उद्योगों का हिस्सा, जहाँ सौ कामगारों से अधिक लोग काम करते हैं, मैन्युफ़ैक्चरिंग क्षेत्र के रोज़गार में 1911 में 5 फ़ीसदी था, जो 1971 तक आते-आते 33 फ़ीसदी हो गया, 1981 में 31 फ़ीसदी तो वर्ष 1991 में वह 29 फ़ीसदी तक घट गया। वर्ष 2019 का आर्थिक सर्वेक्षण बताता है कि बड़े फर्मों का हिस्सा 10.2 फ़ीसदी तक घट गया है।[21] महिलाएँ इसका बहुत मामूली हिस्सा हैं।[22] उद्योग और टेलीकम्युनिकेशन तथा वित्त क्षेत्र जैसे सेवा क्षेत्र में सार्वजनिक क्षेत्र की तबाही के साथ, औपचारिक अर्थव्यवस्था में स्त्रियों का रोज़गार और कम हुआ है।

रोज़गार, बेरोज़गारी, अनियत रोज़गार और जेंडर

विगत तीन दशकों में, सकल घरेलू उत्पाद की विकास की तुलना में रोज़गार में बढ़ोतरी का अनुपात काफ़ी कम हुआ है। सत्तर और अस्सी के दशक में, जब सकल घरेलू उत्पाद में बढ़ोतरी 3-4 फ़ीसदी थी, रोज़गार में बढ़ोतरी लगभग 2 फ़ीसदी थी। हालाँकि, वह अब 0.1 फ़ीसदी से कम है। दरअसल वर्ष 2013 से 2015 के दरमियान, सकल रोज़गार 7 मिलियन से कम हुआ है। युवाओं और जिन्होंने ऊँची शिक्षा हासिल है, उनमें

बेरोज़गारी 16 फ़ीसदी है। देश में यह रोज़गार स्थिति की नई विशिष्टता है, जहाँ प्रगट बेरोज़गारी 6 फ़ीसदी है।[23]

सेन्टर फॉर मॉनिटरिंग द इंडियन इकोनॉमी (सीएमआईई) द्वारा हाल में किए गए घरेलू सर्वेक्षण तथा समय-समय पर किए जाने वाले श्रम बल सर्वेक्षण बताते हैं कि पुरुषों की तुलना में महिलाओं में बेरोज़गारी अधिक है, जो इस बात को भी रेखांकित करते हैं कि युवा, शिक्षित महिलाओं में बेरोज़गारी की दर अधिक है।[24] अस्सी के दशक की शुरुआत में जहाँ एक करोड़ रुपए की वास्तविक अचल पूँजी (2015 की कीमतों में) से संगठित मैन्युफ़ैक्चरिंग क्षेत्र में लगभग 90 नौकरियाँ दी जा सकती थीं, वर्ष 2010 आते-आते यह संख्या दस तक पहुँच गई थी। इसके अलावा बढ़ती पूँजीगत तीव्रता अब हर मैन्युफ़ैक्चरिंग उद्योग की ख़ासियत है, भले ही वह सापेक्षतः अधिक पूँजीगत तीव्र हो या श्रमगत तीव्र हो।[25]

संगठित क्षेत्र की अधिकतर नई भरती अनिश्चित रोज़गारों में अस्थायी कामगारों के रूप में हो रही है। विगत दो दशकों में ठेका मज़दूरों की संख्या बेहद तेज़ी के साथ 30 फ़ीसदी बढ़ी है। तनख़्वाहें भी काफ़ी कम रही हैं। एपीयू द्वारा किए गए विभिन्न सर्वेक्षणों का हालिया विश्लेषण यही बताता है कि 82 फ़ीसदी पुरुष कामगार और 92 फ़ीसदी महिला कामगार प्रति माह दस हज़ार रुपए से कम कमाते हैं।[26] इस तरह औपचारिक अर्थव्यवस्था ऐसे कामगारों को रोज़गार देती है जिन्हें मिलने वाला वेतन और काम की परिस्थितियाँ अनौपचारिक अर्थव्यवस्था के कामगारों से काफ़ी अलग नहीं थीं। विगत तीन दशकों में उत्पादकता छह गुना बढ़ी है और वेतन 1.5 गुना बढ़े हैं।[27] इससे पूरे मुल्क में ग़ैरबराबरी में ज़बरदस्त बढ़ोतरी हुई है। ऑक्सफैम की रिपोर्ट के मुताबिक़, भारतीय आबादी के ऊपरी दस फ़ीसदी के पास कुल राष्ट्रीय सम्पदा का 77 फ़ीसदी है। वर्ष 2017 में निर्मित सम्पदा का 73 फ़ीसदी सबसे धनी एक फ़ीसदी के पास पहुँचा, जबकि 67 मिलियन भारतीय जो आबादी के सबसे ग़रीब 50 फ़ीसदी तबके का हिस्सा हैं उनकी सम्पदा में महत एक फ़ीसदी की ही बढ़ोतरी हुई। लखपतियों, करोड़पतियों की संख्या कई गुना बढ़ी है, जबकि समाज के हाशिये के तबकों के बारे में ग़ैरबराबरी बनी हुई है।[28]

महिलाएँ सापेक्षतः अधिक संख्या में सार्वजनिक क्षेत्र में तैनात की जाती थी, जिस क्षेत्र पर अब ज़बरदस्त हमले हो रहे हैं। यह उन तमाम कारणों में से एक हो सकता है कि संगठित औद्योगिक क्षेत्र में स्त्रियों की सहभागिता घट रही है।

बॉक्स[29]

श्रम बल को इस ढंग से परिभाषित किया जाता है कि काम की उम्र के लोग जो या तो सवेतन रोज़गार में हैं या वह ऐसे रोज़गार की तलाश में हैं। इसमें उन लोगों का समावेश नहीं है जो शिक्षा संस्थानों में काम करते हैं, जो बिना वेतन के घरेलू काम करते हैं या किसी अन्य वजह से सवेतन काम नहीं करना चाहते।

कार्यबल में वे लोग शामिल होते हैं जो किसी भी क़िस्म के सवेतन रोज़गार जिसमें स्वरोज़गार, कैजुअल/आकस्मिक रोज़गार, वेतनभोगी काम तथा बिना भुगतान का काम जो मालों के उत्पादन और बाज़ार में बेची जानेवाली सेवाओं के लिए किया जाता है।

भारतीय अर्थव्यवस्था में, अधिकतर कार्यबल के पास पूरे साल के लिए नियमित काम नहीं होता। इसके चलते रोज़गार को दो तरीक़े से मापने का रिवाज है। 'प्रधान अवस्था' का मतलब होता है कि कोई भी व्यक्ति जिसे साल में कम-से-कम छह माह के लिए रोज़गार मिलता है। 'सहायक अवस्था' का मतलब होताा है व्यक्ति के रोज़गार की स्थिति जो साल में एक माह से छह माह तक रहती है।

बॉक्स[30]

अर्थव्यवस्था में रोज़गार के विस्तार को निर्धारित करने के लिए दो अहम पैमाने होते हैं श्रम बल सहभागिता दर/लेबर फोर्स पार्टिसिपेशन LFPR/ और बेरोज़गारी की दर/अनएम्लॉयमेंट रेट UR/लेबर फोर्स पार्टिसिपेशन रेट/LFPR का मतलब होता है काम के उम्र के लोगों का वह प्रतिशत जो काम कर रहे हैं या काम चाहते हैं। अनएम्लॉयमेंट रेट UR/का अर्थ होता है श्रम बल का वह प्रतिशत जो रोज़गार चाहता है लेकिन उसके पास नहीं है। अन्ततः मज़दूर आबादी अनुपात/वर्कर पॉपुलेशन रेशो WPR/ काम के उम्र के लोगों का वह अनुपात होता है जो काम करता है। राष्ट्रीय सैम्पल सर्वे/एनएसएस/ और एलबी द्वारा संचालित घरेलू सर्वेक्षणों से हम इन महत्त्वपूर्ण अनुपातों का आकलन करते हैं। रोज़गार में लगे लोगों की वास्तविक संख्या निकालने के लिए सैम्पल सर्वेक्षणों द्वारा सामने आए लेबर फोर्स पार्टिसिपेशन रेट LFPR और अनएम्लॉयमेंट रेट UR को देखा जाता है और जनगणना द्वारा अनुमानित की गई काम के उम्र की आबादी के आकलनों पर उनको लागू किया जाता है।

अनौपचारिक मैन्युफ़ैक्चरिंग क्षेत्र

अनौपचारिक रोज़गार की कुछ ख़ास विशिष्टताएँ होती हैं। असुरक्षित रोज़गार, बहुत कम तनख़्वाह, काम के लम्बे घंटे, ख़राब और अक्सर असुरक्षित काम की स्थितियाँ, सामाजिक सुरक्षा का अभाव और जिनके संगठन के अधिकार और सामूहिक सौदेबाजी के अधिकार की स्वीकार्यता नहीं होती। ये होते हैं छोटे और मध्यम दर्जे के उद्योग के कामगार, कुछ क़िस्म के स्वरोज़गारशुदा कामगार, फेरीवाले और बेचनेवाले, ठेका मज़दूर, घरेलू कामगार, सभी क़िस्म के खुदरा व्यापार के मज़दूर, निर्माण मज़दूर, यौनकर्मी आदि। इसमें बड़े उद्योग में काम करनेवाले, ठेका और छोटी अवधि के कामगार भी शामिल होते हैं जिनके पास रोज़गार की सुरक्षा नहीं होती।

अनौपचारिक मैन्युफ़ैक्चरिंग फर्म में मैन्युफ़ैक्चरिंग रोज़गार का लगभग 75 फ़ीसदी सक्रिय रहता है, जिनमें फूड प्रोसेसिंग, टेक्सटाइल्स और गारमेंट उद्योगों में सबसे अधिक लोगों को रोज़गार मिला है। औपचारिक उद्योग की तुलना में अनौपचारिक मैन्युफ़ैक्चरिंग क्षेत्र में उत्पादन के सम्बन्ध और अधिशेष दोहन की प्रणालियाँ अधिक जटिल हैं। इसके अलावा, सवेतन कामगारों, बिना वेतन के काम करते घरेलू कामगारों के साथ-साथ स्वरोज़गारशुदा लोगों का अच्छा-ख़ासा हिस्सा है।

भारत के अनौपचारिक मैन्युफ़ैक्चरिंग क्षेत्र में बहुत बड़ी संख्या में बहुत छोटी फर्म हैं जो बड़ी औद्योगिक पूँजी तथा व्यापारिक एवं वित्तीय पूँजी के साथ बेहद असमान विनिमय रिश्ते में उलझी हैं। अनौपचारिकता इन पहलुओं से चिन्हित की जा सकती है : (क) क़ानूनी स्थिति, (ख) बाज़ार में सहभागिता, और (ग) काम में नियुक्त कामगारों की संख्या।[31] अनौपचारिक मैन्युफ़ैक्चरिंग क्षेत्र की तमाम फर्मों को देखें तो, इनमें से 85 फ़ीसदी अपने ख़ुद के उद्यम हैं, जिसमें किसी अन्य सवेतन श्रमिक को नियुक्त नहीं किया गया है; दस फ़ीसदी 6 से कम मज़दूरों को काम पर रखा है और सिर्फ़ पाँच फ़ीसदी ने 6 से 19 कामगारों को नियुक्त किया है। उद्यमों का बहुत छोटा हिस्सा 50 से 1,000 मज़दूरों को रोज़गार पर रखा है। इन उद्यमों को श्रेणीबद्ध करने के अन्य तरीक़े भी हैं, जिनमें फ़िलहाल हम नहीं जाएँगे।[32]

अनौपचारिक मैन्युफ़ैक्चरिंग रोज़गार के कामगारों का अच्छा-ख़ासा हिस्सा अवैतनिक पारिवारिक सदस्यों का होता है; इनमें से 52 फ़ीसदी को 'काम करनेवाले मालिक' कहा जाता है, 24 फ़ीसदी कामगारों का अधिकतर अवैतनिक परिवार सदस्यों का (जिनमें अधिकतर महिलाएँ और कभी-कभी परिवार के बहुत छोटे सदस्य शामिल होते हैं) होता है और सिर्फ़ 24 फ़ीसदी काम पर लगाए हुए मज़दूरों का होता है। इस तरह अनौपचारिक मैन्युफ़ैक्चरिंग क्षेत्र के 76 फ़ीसदी कामगार दिहाड़ी मज़दूर की श्रेणी—अर्थात् पूँजीगत सम्बन्ध के रिश्ते—के बाहर होता है। हम जिसे 'कुटीर उद्योग' कहते हैं, उसका वह हिस्सा होता है। अनौपचारिक मैन्युफ़ैक्चरिंग इकाइयों का 73 फ़ीसदी घर के दायरे में ही स्थित होता है। ग्रामीण क्षेत्र में मध्यस्थों/दलालों की अधिक अहमियत होती है, जो फर्म के आकार के बढ़ने के साथ घटती जाती है।[33]

अनौपचारिक मैन्युफ़ैक्चरिंग क्षेत्र का वेतन बहुत ही कम होता है। कामगारों के बड़े हिस्से को आय के विभिन्न स्रोत—ग्रामीण क्षेत्र में और शहरी इलाक़े में—ढूँढ़ने पड़ते हैं। स्थूल रूप में देखें तो मैन्युफ़ैक्चरिंग उद्योग की विशिष्टता होती है उत्पादन का विखंडन/खंडीकरण जो ठेकेदारों और उप ठेकेदारों के तानेबाने से गठित होता है और अक्सर इस बात को चिन्हित करना मुश्किल होता है कि नियोजक या खरीदार कौन हैं, जिसमें बड़ी बहुद्देशीय कम्पनियाँ भी शामिल होती हैं। पूँजी उत्पादन को परिचित दोहरी प्रणाली में संगठित करती है तथा अपने शोषण के प्रति श्रमिकों के प्रतिरोध को छिन्न-भिन्न करते हुए कामगार आबादी के बिखराव को सम्भव बनाती है। इसी के साथ-साथ यहाँ मध्यस्थों की अधिकाधिक अहमियत होती है तो असमान

विनिमय के माध्यम से अधिशेष दोहन के रास्ते सुगम करती हैं।[34] महिला कामगारों का घर आधारित काम एक अहम मुद्दा है, लेकिन यह परिघटना महज़ घर आधारित कामगारों तक सीमित नहीं है।

पूँजी के विकास के क्लासिकीय मॉडल और भारतीय सन्दर्भ में वह जिस तरह सामने प्रकट हो रहा है इनके बीच समानताएँ भी हैं और फ़रक़ भी है। आज अनौपचारिक मैन्युफ़ैक्चरिंग क्षेत्र जिस तरह वैश्विक जिंस/वस्तु शृंखला में सन्निविष्ट हो गया है, ऐसी स्थिति यूरोपीय घरेलू उद्योग में अस्तित्व में नहीं थी। यूरोप में पूँजी के विकास के सन्दर्भ में, स्वामित्वहरण का मामला औपनिवेशिक लूट के सन्दर्भ में अधिक मौजूद था। आज के सन्दर्भ में देखें तो जिन मुल्कों की चर्चा चल रही है वहाँ तथा वैश्विक स्तर पर भी आदिवासी और किसान ही शोषित हो रहे हैं।

भूमंडलीकरण, उदारीकरण और ट्रेड यूनियनों के विनाश के विगत दो दशकों में मैन्युफ़ैक्चरिंग क्षेत्र में श्रम तीव्रता में रफ़्ता-रफ़्ता अवनति/अधोगति देखने में आ रही है। फ़ैक्टरी मालिकों के हक़ में श्रमिक क़ानूनों को ढीले बनाने के बावजूद—जिसके चलते श्रमिक न केवल सस्ते हुए हैं बल्कि उन्हें आसानी से निकाला भी जा सकता है—यही देखने में आया है कि कुल कार्यबल में संगठित मैन्युफ़ैक्चरिंग कामगारों का हिस्सा बढ़ा नहीं है। अगर हम पारम्परिक आर्थिक सिद्धान्त पर ग़ौर करें तो श्रमिकों के इस दमन के चलते फ़ैक्टरी मालिकों को इस बात के लिए तैयार होना चाहिए था कि वे मशीनों को नहीं बल्कि सस्ते श्रमिकों को शामिल करें। लेकिन उन्होंने बिलकुल उलटा किया है।

इसके चलते कृषि से विस्थापित मज़दूर असंगठित क्षेत्र की बहुत निम्न उत्पादकतावाली गतिविधियों में ढकेले गए हैं, जहाँ बुनियादी सीमाएँ हैं। इनमें से कई अपने परिवार के श्रम को कृषि और असंगठित ग़ैरकृषिगत गतिविधियों में बाँट सकते हैं, और इस तरह विभिन्न क़िस्म की कम आय के आधार पर किसी तरह गुज़र-बसर कर सकते हैं।

अगर हम वर्ष 2011 की जनगणना के आँकड़ों को देखें तो भारत में रोज़गार प्राप्त चार लोगों में से एक व्यक्ति 'हाशिये का मज़दूर' है अर्थात् ऐसा व्यक्ति जिसे साल में छह माह से कम समय के लिए रोज़गार मिलता है। उदारीकरण के दो दशकों के दौरान (1991-2011) कार्यबल में शामिल आधे से अधिक लोग 'हाशिये के मज़दूर' थे। इसका मतलब था, अर्थव्यवस्था में 16 करोड़ 70 लाख नौकरियाँ जुड़ीं, लेकिन इनमें से 9 करोड़ 10 लाख नौकरियाँ हाशिये के मज़दूरों की थीं। वर्ष 1991 में अर्थव्यवस्था के उदारीकरण के 22 साल बाद, भारत में निर्मित छह करोड़ दस लाख नौकरियों में से, 92 फ़ीसदी अनौपचारिक काम थे। नेशनल सैम्पल सर्वे ऑफ़िस/एनएसएसओ/के 2011-12 के आँकड़े—जो इस मामले में सबसे ताज़े आँकड़े हैं, जिनका प्रकाशन 2014 में हुआ है,[35] के इंडियास्पेंड द्वारा किए गए विश्लेषण से यह जानकारी सामने आई है।

महिला प्रवासी मज़दूर

अर्थव्यवस्था के इन क्षेत्रों के बीच का महत्त्वपूर्ण सम्बन्ध है प्रवासी मज़दूरों की श्रेणी। कोविड-19 महामारी के चलते पैदा अव्यवस्था के सन्दर्भ में, श्रम बाज़ार की आर्थिक, सामाजिक और राजनीतिक संरचना की कई फाल्ट लाइंस/दरारें सामने आई हैं। महामारी के बाद केन्द्र सरकार द्वारा लागू किया गया दमनकारी लॉकडाउन, जिसके चलते सभी आर्थिक गतिविधियाँ ठप हो गईं, जिसने देश के अलग-अलग भागों से लाखों मज़दूरों को गाँव, नगर या शहर में अपने 'घरों' की दिशा में लौटने के लिए मजबूर किया—जहाँ से वे स्थानान्तरित हुए थे—कइयों को कई सौ किलोमीटर अपने बच्चों के साथ पैदल चलना पड़ा। कई सारे असफल प्रयास हुए ताकि इन प्रवासी मज़दूरों की वास्तविक संख्या को जाना जाए और यह भी पता किया जाए कि वे किन क्षेत्रों में काम कर रहे हैं। यह महिला प्रवासी कामगारों के बारे में अधिक ज़रूरी है। आम तौर पर स्त्रियों के स्थानान्तरण को शादी और परिवार के स्थानान्तरण के साथ जोड़कर देखा जाता है, कई अन्य तरीक़ों पर ग़ौर नहीं किया जा सका है। कुछ अन्य तरीक़ों और उनके प्रभावों का दस्तावेज़ीकरण किया जा चुका है, जैसे कि गन्ना काटने के लिए जानेवाली प्रवासी महिलाओं के स्वास्थ्य और बेहतरी पर पड़नेवाला विपरीत असर।[36] लेकिन वह नियम नहीं है बल्कि अपवाद है। एक पहलू हमेशा ही स्पष्ट रहा है। ये प्रवासी मज़दूर जो अर्थव्यवस्था की रीढ़ थे, जिन्होंने सड़कें, महामार्ग, घर, दफ़्तरों का निर्माण किया, जिन्होंने कम ख़र्चीली चीज़ें शहरों और नगरों में बेचीं, जिन्होंने विशेषाधिकार प्राप्त लोगों की ज़िन्दगी को अधिक सुकूनदेह बनाया, वे दोहरे घाटे में रहे और दोहरे तरीक़े से नागरिकता से वंचित किए गए। अनौपचारिक अर्थव्यवस्था में सक्रिय तमाम मज़दूरों की तरह, श्रमिकों को कुछ सुरक्षा प्रदान करनेवाले श्रम क़ानूनों में[37] उनके लिए कोई स्थान नहीं था। दूसरे, प्रवासी होने के नाते, राजनेताओं की भी उनके प्रति न ज़िम्मेदारी थी और न ही कोई जवाबदेही, न उनके रिहाइश के इलाक़े में और न ही उनके कार्यस्थल वाले क्षेत्र में। इस तरह न केवल मज़दूर के तौर पर उनके अधिकारों का उल्लंघन किया जाता है, उनके मानवाधिकार और नागरिकता अधिकार भी बुरी तरह दमित किए जाते हैं।

सेवा क्षेत्र

वर्ष 2004 के बाद से सेवा क्षेत्र में रोज़गार 23.4 फ़ीसदी से 30.2 फ़ीसदी तक बढ़ गया है। विगत कुछ दशक पहले की तुलना में आज सेवा क्षेत्र में कई अधिक विभिन्न क़िस्म के पेशे समाहित होते हैं। SWI 2018, APU 38 के मुताबिक़, शहरी इलाक़े के महिला मज़दूरों में, अधिकतर स्त्रियाँ सेल्स, सेवा, मैन्युफ़ैक्चरिंग, खदान काम और निर्माण क्षेत्र में ही सवेतन कामगार के तौर पर सक्रिय थीं। सेल्स पर्सन के तौर पर काम करनेवाली महिलाओं की इस श्रेणी में बहुतायत थी। निजी क़िस्म की सेवाओं में हेयर ड्रेसर, निजी देखभाल, हाउसकीपिंग और रेस्तराँ की सेवाओं तथा यात्रा एवं पर्यटन सम्बन्धित काम

अधिक हावी थे। एक बड़ी बढ़ोतरी (पाँच गुना) हेयर ड्रेसर्स और ब्यूटिशियन की संख्या में देखी गई, जिनकी तादाद 2011 में ढाई लाख के क़रीब थी, जिसमें स्त्री-पुरुष अनुपात वर्ष 1993 के 10.6 फ़ीसदी से वर्ष 2011 के 47.3 फ़ीसदी तक पहुँचा था। इसी क़िस्म की प्रवृत्तियाँ उन महिलाओं के मामले में उजागर हो रही थीं, जो घर तथा व्यक्तिगत देखभाल के अर्द्धकुशल कामों में सक्रिय थीं। जैसे, दरबान, बावर्ची, खाद्य प्रबन्धक, बच्चों की देखभाल का काम, गवर्नेंस, ट्यूशन पढ़ाना और अन्य शैक्षिक सेवाएँ। वही स्थिति रेस्तराँ और कैफेटेरिया के कामगार, कैटरिंग सेवाएँ और हॉस्टल तथा बोर्डिंग हाउस में काम करनेवाली स्त्रियों के मामले में थीं। साथ-ही-साथ 'गिग इकोनॉमी' की भी बढ़ती मौजूदगी है, जहाँ गिग इकोनॉमी के कामगारों और स्वरोज़गारशुदा लोगों के बीच की विभाजक रेखा बहुत ही पतली दिखती है और इस सेक्टर में काम करनेवाले तमाम क़िस्म के लोग अपने 'नियोक्ताओं' के सामने—जो अक्सर बड़ी कॉर्पोरेशन्स होती हैं—अपने आपको बहुत नाज़ुक स्थिति में पाते हैं।

ग्रामीण इलाक़ों को देखें तो अध्यापन के काम में स्त्रियों का रोज़गार—प्राइमरी तथा सेकंडरी स्तर दोनों स्तर पर—इस समय में दोगुना हुआ और इसका आँकड़ा वर्ष 2011 में बीस लाख महिला कर्मचारियों तक पहुँचा। शहरी इलाक़ों की तरह, स्त्रियाँ सापेक्षतः अधिक मात्रा में प्राइमरी अध्यापकों की श्रेणी में मिलती हैं न कि सेकंडरी शिक्षा के अध्यापकों के तौर पर। वर्ष 1993 से 2011 के दरमियान प्राइमरी अध्यापन में स्त्री-पुरुष अनुपात 23.5 फ़ीसदी से 51.3 फ़ीसदी तक पहुँचा तथा 13.6 फ़ीसदी से 33.3 फ़ीसदी तक पहुँचा। स्कूल में दाख़िले की दर बढ़ाने और शैक्षिक गुणवत्ता को सुधारने की सरकार की फ्लैगशिप योजनाओं के अमल के चलते शिक्षकों की माँग बढ़ी, लेकिन उनकी बड़ी संख्या ठेके पर थी और सरकार के नियमित कर्मचारियों में शुमार नहीं थीं। कुछ अध्यापक शिक्षामित्र जैसी योजनाओं का हिस्सा थे जिनकी रूपरेखा इस तरह बनाई गई थी कि अध्यापकों को, अधिकतर महिलाओं को कम वेतन के अध्यापक के तौर पर रखा जाए जिनके नाममात्र के अधिकार हों।

स्वास्थ्य में महिला पेशेवरों की संख्या में भी ज़बरदस्त बढ़ोतरी देखी गई। वर्ष 2011 तक आते-आते उनकी संख्या 2.88 लाख तक पहुँची थी। एक बार फिर, काम की मात्रा और गुणवत्ता पर इसके महत्त्वपूर्ण परिणाम हुए। स्वास्थ्य के क्षेत्र के लिए गठित कई सार्वजनिक कार्यक्रमों—जैसे राष्ट्रीय ग्रामीण स्वास्थ्य मिशन (एनआरएचएम) जो 'आशा' स्वास्थ्य कार्यकर्ताओं पर निर्भर था—में कई सारी नौकरियाँ निर्मित हुईं। लेकिन इन्हें 'वालेंटियर/स्वैच्छिक' घोषित किया गया जिन्हें वेतन नहीं दिया जाता था बल्कि एक सीमित राशि (स्टाइपेंड) दी जाती थी, जो न्यूनतम वेतन से काफ़ी कम थी। इन्हें अक्सर स्कीम-वर्कर अर्थात् योजनाकर्मी के नाम से जाना जाता है और इनको उन सब अधिकारों से वंचित रखा जाता है जो कि कामगारों को मिलने चाहिए, जैसे कि न्यूनतम मज़दूरी, स्वस्थ्य और सुरक्षा प्रावधान, रोज़गार की सुरक्षा इत्यादि।

विगत डेढ़ दशक में, महात्मा गांधी राष्ट्रीय ग्रामीण रोज़गार गारंटी अधिनियम (मनरेगा MANREGA) के चलते ग्रामीण इलाक़ों में पुरुषों और स्त्रियों दोनों के लिए

खेती के बाहर के क्षेत्र में सबसे बड़ा नियोक्ता निर्माण क्षेत्र रहा है। वर्ष 2004 से 2011 की कालावधि के दौरान लगभग 58 लाख महिला कामगार ग्रामीण निर्माण क्षेत्र में जुड़े, जिनमें से 50 फ़ीसदी सार्वजनिक निर्माण क्षेत्र में थे। ईंट के भट्ठों में तथा थोक बाज़ारों में भी सिर पर बोझा ढोने वाले (हेड लोडर) के रूप में महिला कामगारों की तादाद में इस दौरान बढ़ोतरी देखी गई। कोविड-19 की वर्तमान महामारी के सन्दर्भ में, भयानक ग़रीबी और अभूतपूर्व भूख से बचने के लिए, शहरी-ग्रामीण प्रवासी श्रमिकों के लिए मनरेगा बहुत अहम रहा है।

मनरेगा के चलते यह मुमकिन हुआ है कि महिलाएँ ग्रामीण इलाक़ों में निर्माण क्षेत्र में काम में जुड़े, भले ही अकुशल गतिविधियों में, जबकि सार्वजनिक स्वास्थ्य और शिक्षा सेवाओं में कम वेतनों पर महिला कामगारों की तैनाती का अर्थ था कथित तौर पर उच्च कुशलता वाली गतिविधियों में बढ़ोतरी, जिनमें हालाँकि तनख़्वाह कम मिलती थी। मगर मध्यम दर्जे की कुशलता की माँग करनेवाले पेशों के बड़े मध्यम हिस्से में, जिसमें ग़ैरकृषिगत कामों में सक्रिय महिला कामगारों का बड़ा हिस्सा काम करता है, उसमें व्यवसायगत पृथक्करण का वही पैटर्न चलता रहा है, जिसमें विगत दो दशकों के दौरान बेहद मामूली बदलाव आए हैं।[39]

महिलाओं के काम के अधिकतर विवरणों में यौनकर्मियों का उल्लेख तक नहीं होता है। दरअसल नेशनल सैम्पल सर्वे ऑफ़िस के वर्गीकरण यौनकर्मियों को भिखारियों और आवारागर्दों के साथ श्रेणीबद्ध करते हैं। अर्थव्यवस्था की चर्चा करते हुए महिलाओं का काम, घरेलू काम, देखभाल का काम, जीवन निर्वाह के काम, यौनकर्म आदि के महत्त्वपूर्ण पहलुओं पर बात भी नहीं होती, जबकि यही वे गतिविधियाँ हैं जो समाज और अर्थव्यवस्था को बनाए रखती हैं।

यह हमें काम के दूसरे पहलू की तरफ़ ले जाता है, जिसे देश के सकल घरेलू उत्पाद में शामिल नहीं किया जाता और जो देश के किसी नीति निर्माण का हिस्सा नहीं होता, भले ही वह उसके टिके रहने और बेहतरी के लिए बेहद अहम हो। वह महिलाओं के काम और ज़िन्दगी का सबसे बड़ा हिस्सा होता है।

स्त्री का काम—या तो बिना भुगतान या बिना पहचान या दोनों को समेटता हुआ

जैसा कि हम पहले के अध्याय में देख चुके हैं, भारत तथा वैश्विक स्तर पर जो टाइम यूज सर्वे (समय उपयोग पर सर्वेक्षण) हुए हैं, वह यही बताते हैं कि जबकि अधिकतर मुल्कों में पुरुषों की तुलना में श्रमिक बल में स्त्रियों की सहभागिता काफ़ी कम है, स्त्रियाँ काम में जितने घंटे ख़र्च करती हैं वह पुरुषों की तुलना में काफ़ी ज़्यादा होता है।

मालूम हो कि टाइम यूज सर्वे (समय उपयोग पर सर्वेक्षण) की अवधारणा और ज़रूरत नारीवादियों तथा नारीवादी अर्थशास्त्रियों द्वारा श्रमिक बल डाटा प्रणाली की आलोचना के मद्देनज़र पैदा हुई। जेंडर के आधार पर अलग-थलग किए गए स्त्रियों के काम के विभिन्न आयामों के बारे में जिनकी पहले उपेक्षा की गई थी उनके बारे में वे

चिन्तित थीं। इसके अलावा, भारत जैसे मुल्कों के सन्दर्भ में, लोगों की गतिविधियाँ—ख़ासकर स्त्रियों की गतिविधियाँ, बहुत अधिक जटिल होती हैं। भुगतान किए हुए और अवैतनिक कामों में हमेशा ही कोई साफ़ विभाजन नहीं होता, ऐसा अक्सर होता है कि विभिन्न क़िस्म का काम एक साथ होता है और इस काम से उस काम की तरफ़ यात्रा चलती भी रहती है; ऐसी गतिविधियाँ होती हैं जिन्हें श्रम बल की डाटा प्रणाली ठीक से ग्रहण नहीं कर सकती।

ऐसी कई लघु स्तरीय कोशिशें चली हैं जिसके तहत अलग-अलग स्थानों पर अलग-अलग गतिविधियों के लिए पुरुषों और स्त्रियों के लिए काम के आवंटन का अध्ययन हुआ है। इस सन्दर्भ में केन्द्रीय सांख्यिकी संगठन (सीएसओ) द्वारा वर्ष 1998-99 में देश के छह अलग-अलग इलाक़ों की नुमाइन्दगी करते छह राज्यों के टाइम यूज सर्वे (समय उपयोग पर सर्वेक्षण) के व्यापक अध्ययन को हाथ में लिया गया था। इसे एक पायलट/अग्रणी अध्ययन के तौर पर लिया गया था, लेकिन अन्ततः मामला यहीं तक सीमित रह गया। लेकिन इस अध्ययन की एक समस्या यह थी कि उसमें 'उत्पादक' गतिविधियों का वरीयता दी गई थी और जब 'अनुत्पादक' गतिविधियों की सूचना सामने आती थी, उस पर ग़ौर नहीं किया जाता था या सिर्फ़ एक ही गतिविधि को रेकॉर्ड किया जाता भले ही स्त्रियाँ उसी समय दो या तीन गतिविधियाँ कर रही होतीं। मिसाल के तौर पर अगर बच्चों की देखभाल और एक साथ घर आधारित काम की सूचना मिलती तो घर आधारित काम को रेकॉर्ड किया जाता। यह इस वजह से होता है क्योंकि आपको 24 घंटे की गतिविधियों को रेकॉर्ड करना होता है और जो काम की तीव्रता का ध्यान नहीं रख सकता।

समय उपयोग अध्ययन (टाइम यूज स्टडी)

1. यही बताता है कि समूची दुनिया में स्त्रियाँ काम के लिए अधिक घंटे देती हैं
2. यही उजागर करता है कि स्त्रियों के काम और 'देखभाल' के सभी कामों की तीव्रता अधिक होती है।
3. यह अध्ययन हमें सक्षम बनाता है कि हम सेवाओं की सामाजिक आपूर्ति या उनकी वापसी तथा घर के अन्दर के काम तथा जीवन की गुणवत्ता के बीच के रिश्ते को देख सकें।
4. 'उत्पादक' और 'अनुत्पादक' काम के बीच के रिश्ते के बारे में—जहाँ पुरुष एक में प्रभावी होते हैं और स्त्रियाँ दूसरे में प्रभावी होती हैं—वह साफ़ बताता है।
5. स्त्रियों की स्वायत्तता, गरिमा, हिंसा से आज़ादी आदि पर उपरिलिखित चार के प्रभाव को भी उजागर करता है।
6. श्रम के मूल्य सिद्धान्त और 'देखभाल के काम' के साथ उसके रिश्ते पर भी वह रोशनी डालता है।

लेकिन समय उपयोग अध्ययन भी महिलाओं के एक क़िस्म के काम—जिसे यौनकर्म कहा जाता है—पर ग़ौर नहीं करता, जैसा कि एनएसएसओ की योजना में या काम के हिसाब-किताब की अन्य प्रणालियों में उसे काम नहीं समझा जाता। स्त्रियों के

काम का एक दूसरा पहलू है जो इस प्रणाली में शामिल नहीं होता वह होता है जाति के साथ काम का रिश्ता।

रणनीतियाँ और संगठन

विगत कुछ दशकों में स्त्रियों और पुरुषों द्वारा विभिन्न क़िस्म की ऐतिहासिक और अभिनव सांगठनिक और प्रतिरोध रणनीतियों को ईजाद किया गया है और विकसित भी किया गया है।

कृषिगत राजनीतिक अर्थव्यवस्था में, आज़ादी के पहले और तत्काल बाद भी ज़मीन को लेकर तथा मज़दूरी को लेकर और कृषि उत्पादों की जीवनयापन योग्य क़ीमतों को लेकर संघर्ष चले हैं, जहाँ महिलाओं ने बड़े पैमाने पर हिस्सेदारी की है और जिनमें कई बार अपनी ज़िन्दगियों को भी जोखिम में डाला है। चालीस के दशक के उत्तरार्द्ध में तिभागा आन्दोलन[40], या चालीस के दशक के मध्य में तथा 50 के दशक के पूर्वार्द्ध तक पूर्ववर्ती आन्ध्र प्रदेश में चला तेलंगाना आन्दोलन।[41]

ये उसके ज़बरदस्त उदाहरण दिखते हैं। हाल के समय में विभिन्न किसान संगठन रहे हैं, कहीं यूपी में उनकी अगुआई टिकैत जैसों ने की है तो कहीं महाराष्ट्र में शेतकरी संगठन ने की है। बिलकुल हाल में जल-जंगल-ज़मीन के मसले पर पूरे देश में आन्दोलन चले हैं। इन तमाम आन्दोलनों का सबसे महत्त्वपूर्ण नतीजा यही रहा है कि कई सारे प्रगतिशील विधेयक सामने आए हैं—जैसे भूमि अधिग्रहण अधिनियम, जंगल अधिकार अधिनियम, पीईएसए, मनरेगा आदि। हालाँकि इन विधेयकों के ज़रिये कई तबकों को ठोस अधिकार मिले हैं, ऐसी कोशिशें भी चली हैं कि इन विधान सम्बन्धी प्रावधानों को और हल्का किया जाए। खदान कार्य और अन्य परियोजनाओं से हुए विस्थापन के ख़िलाफ़, विशाल कॉरपोरेट टॉलर (जालदार जहाज़) द्वारा नदियों और समुद्रों पर अधिकारों के अतिक्रमण के ख़िलाफ़ संघर्ष आज भी जारी हैं।

हालाँकि कृषि के परिदृश्य को देखते हुए एक सवाल यही उठता है कि किसानों की बहुसंख्या के लिए स्थिति अच्छी नहीं है। यह बात महिला किसानों और महिला खेत कामगारों के सन्दर्भ में भी अधिक सही है। सिंचन सुविधाओं तथा अन्य विस्तार गतिविधियों के अभाव के सन्दर्भ में उपलब्ध ज़मीन के छोटे-छोटे टुकड़े, वर्तमान की तुलना में कोई बेहतर ज़िन्दगी नहीं प्रदान करते और आबोहवा/जलवायु में बदलावों के साथ—जो सबसे ग़रीब तबकों पर अनिवार्य तौर पर विपरीत असल डालेंगे—यही सम्भावना बनती है कि स्थिति अधिक बदतर होगी। बहुस्तरीय शोषण, जिसमें सूदखोर पूँजी की लूट भी शामिल है, जहाँ लिये गए क़र्ज़ों पर ज़बरदस्त ऊँचे दर पर सूद चुकाना पड़ता है, इसके चलते, समृद्धि और सम्मान की ज़िन्दगी छोड़ भी दें तो, ठीक से गुज़ारा भी मुमकिन नहीं होता। इस स्थिति के क्या विकल्प हैं?

हमें ऐसे प्रयोगों पर ग़ौर करना पड़ेगा जो कामयाब हुए हैं और जो असफल हुए हैं। इसमें विभिन्न क़िस्म के और स्तरों के कोऑपरेटिव और सामूहिकीकरण के प्रयोग हो सकते हैं, और बारीक़ी से देखना पड़ सकता है कि हम इनसे क्या नतीजे निकालते

हैं। हाल में समूह और सामूहिक खेती के प्रयोग चले हैं जिन्हें तेलंगाना और केरल में चलाया जा रहा है और दक्षिण एशिया के अन्य हिस्सों में भी वैसे ही प्रयोग चले हैं।

ट्रेड यूनियन मज़दूरों के संगठन रहे, जिन्होंने आपसी एकता क़ायम करने तथा एक-दूसरे के साथ एकजुटता प्रदर्शित करने के लिए अपने आपको संगठित किया। मक़सद यह भी था कि उस नियोक्ता/मालिक के ख़िलाफ़ भी एकताबद्ध हुआ जाए जिसका उत्पादन के साधनों तथा मज़दूरों के गुज़र-बसर के साधनों पर भी नियंत्रण होता है। एक-दूसरे के साथ एकजुटता तथा मालिक/नियोक्ता के सामने सौदेबाजी की ताक़त में इज़ाफ़ा सबसे अहम था। अठारह या उससे अधिक काम के घंटों से लेकर आठ घंटा काम के दिन पर पहुँचने की यात्रा बहुत लम्बी थी, लेकिन सबसे महत्त्वपूर्ण थी, ख़ासकर महिला कामगारों के लिए। वैश्विक स्तर पर तथा भारत में भी ट्रेड यूनियनें कामगारों के लिए तमाम सारे अधिकार हासिल करने में कामयाब हुईं, जिसके चलते कामगारों के कुछ हिस्सों के लिए—जो उनके छोटे हिस्से से काफ़ी अधिक था—एक हद तक मानवीय अस्तित्व सम्भव हो सका। भारत में ट्रेड यूनियनें, अपने संघर्षों के ज़रिये, ख़ासकर पचास के दशक से सत्तर के दशक तक, ऐसे क़ानून लागू करने में सफल रहे जो समग्र मज़दूर वर्ग के लिए प्रमुख जीतों के तौर पर देखा गया। वे चौवालीस क़ानून जिन्हें अब बुरी तरह तोड़ने की बात हो रही है, वे इन्हीं संघर्षों का नतीजा थे। ऐसे विशिष्ट क्षेत्र/सेक्टर सम्बन्धी क़ानून भी बने जो कामगारों के अधिकारों की दिशा में अहम क़दम थे। ये थे बीड़ी एंड सिगार वर्कर्स कंडिशन ऑफ़ एम्लायमेंट एक्ट, 1966; बीड़ी वर्कर्स वेलफेयर फंड एक्ट, 1976; महाराष्ट्र माथाड़ी, हमाल एंड अदर मैन्युअल वर्कर्स (रेगुलेशन ऑफ़ एम्लॉयमेंट एंड वेलफेयर) एक्ट, 1969।

समय के साथ अलग-अलग क्षेत्रों की महिला कामगारों ने अपनी ट्रेड यूनियनें बनाई हैं। विगत चार दशकों से अधिक समय से सेल्फ़ एम्लॉइड वूमेन्स एसोसिएशन (SEWA) ने विभिन्न तबकों की महिलाओं को ट्रेड यूनियनों और कोऑपरेटिवों में संगठित किया है। विगत कुछ दशकों से यौनकर्मी, घरेलू कामगार, सड़कों के विक्रेता और फेरीवाले, आँगनबाड़ी कामगार, आशा (अनौपचारिक/स्वैच्छिक स्वास्थ्य कार्यकर्ता) कूड़ा बीननेवाले जैसे कई अन्य पेशों में सक्रिय कामगारों के संगठन का काम चला है।

हालाँकि अब समय बदल गया है और आज सौदेबाजी की ताक़त साफ़ तौर पर माालिक/नियोक्ता के पास है। अब हम सौदेबाजी की ताक़त को किस तरह नए सिरे से कल्पित करते हैं, इसे देखने की ज़रूरत है। ऐसे तमाम क़िस्म के संघर्ष चले हैं जिसका हिस्सा मज़दूर रहे हैं। मुम्बई-थाने-पुणे इलाक़े के 'कामयाब' संघर्ष, सत्तर के दशक से अस्सी के दशक के मध्य तक, बुनियादी तौर पर मज़दूरों और ट्रेड यूनियनों की सौदेबाजी की अधिक ताक़त पर आधारित थे। उत्पादन और इसलिए मुनाफ़े के लिए मुम्बई-थाने-पुणे इलाक़े के कामगारों पर प्रबन्धन बड़े पैमाने पर निर्भर था। मज़दूरों का बड़ा हिस्सा स्थायी था; कुछ अस्थायी और ठेका मज़दूर भी स्थायी कामगारों की यूनियन का हिस्सा थे। अस्सी के दशक के मध्य तक आते-आते प्रबन्धन ने अपनी रणनीतियाँ बदलीं। अधिकतर प्रबन्धनों ने ग्रामीण इलाक़ों में और मुल्क के ग़ैरऔद्योगिकीकृत

राज्यों में अपनी फ़ैक्टरियाँ क़ायम कीं। उन्होंने काम को ठेके पर देने का सिलसिला भी आगे बढ़ाया। उन्होंने ठेका मज़दूरों को नौकरी पर रखा, जिसमें कई बार प्रबन्धन द्वारा समर्थित यूनियनों ने भी उनका साथ दिया। अस्सी के दशक में ही टेक्सटाइल मज़दूरों की ऐतिहासिक मुम्बई हड़ताल हुई और उसकी पराजय भी सामने आई। 1990 के दशक से हम लोगों ने देखा कि यूनियन के चार्टर के बरअक्स ख़ुद प्रबन्धन भी अपना ख़ुद का माँगपत्र रखने लगा। बिजनेस इंडिया ने इसे 'लड़ाकू प्रबन्धन' का उदय कहा। इसके बाद यूनियन केन्द्रित आन्दोलन नीचे की तरफ़ जाने लगा। आज की तारीख में दुनिया के अधिकतर हिस्सों में यही स्थिति है, फ़रक़ बस इतना ही है कि कामगारों और उनकी यूनियनों के अशक्तिकरण का दायरा भिन्न है। आने वाले समय में, नियोक्ता और राज्य की सत्ता का मज़बूतीकरण और दिखाई देगा, जैसा कि देश के विभिन्न राज्यों में श्रम क़ानूनों में बदलाव दिख रहे हैं, जिनकी सर्वाधिक मार मज़दूरों पर है। कोविड-19 महामारी के आवरण में, काम के घंटे 8 से 12 घंटे तक किए गए हैं। एक राज्य में तो अतिरिक्त चार घंटों पर ओवरटाइम की तनख़्वाह भी नहीं मिलती।

यह दिख रहा है कि मज़दूर संगठनों का भविष्य विभिन्न स्तरों पर चिन्हित करना होगा जिसमें उद्योग के स्वरूप पर आधारित बहुविध रणनीतियों का इस्तेमाल होगा, कि क्या वह 'ग्राहक' उत्पाद है या 'उद्योग' उत्पाद है, टेक्नोलॉजी के स्तर, बाज़ार और कई सारे अन्य कारक आदि पर ग़ौर करना होगा।

अस्तित्वमान ट्रेड यूनियनों ने एक छाते के तहत एक साथ सम्मिलित होने को एक रणनीति के तौर पर इस्तेमाल किया है। जुझारू और अभिनव पुणे नगर की यूनियनों ने एक ढीले-ढाले अलबत्ता एक मज़बूत फ़ेडरेशन का निर्माण किया है। वे अब इस कोशिश में हैं कि विभिन्न फ़ैक्टरियों और उद्योगों से आगे चलकर एक ही ठेका कामगार यूनियन बनाई जाए। लेकिन यह भी एक ऊँचे स्तर की सौदेबाजी की ताक़त का पूर्वानुमान करता है। वे यह भी सोच रहे हैं कि जिंस/वस्तुओं के बाज़ार के ग्राहक की तरह अपने आपको मज़बूत किया जाए। दुनिया के अलग-अलग मुल्कों में अलग-अलग तरह की रणनीतियों पर प्रयोग हो रहा है जिन्हें देखे जाने की ज़रूरत है। कामगारों के अलग-अलग क़िस्म के कोऑपरेटिव भी इनमें महत्त्वपूर्ण हैं।

कथित सेवा क्षेत्र में आने वाली गतिविधियाँ और व्यवसाय काफ़ी व्यापक दायरे का हिस्सा हैं। इसमें सबसे भिन्न/मुख़्तलिफ़ क़िस्म के कामगार शामिल हैं—जैसे आँगनबाड़ी कार्यकर्ता और घरेलू कामगारों से लेकर कॉल सेन्टर में काम करनेवाले कामगार, यौनकर्मी से लेकर नर्सेस तक, अध्यापक से परिवहन कर्मचारियों तक। अगर हम इन क्षेत्रों में सक्रिय कुछ एक महिलाओं को देखें, जैसे हम घरेलू कामगारों को देखें, जहाँ पुरुष कामगारों को भारतीय मज़दूर संघ ने बहुत पहले पचास और साठ के दशक में ही ट्रेड यूनियनों में संगठित किया है। भारतीय मज़दूर संघ तब जनसंघ से सम्बद्ध था, जो भाजपा का शुरुआती संस्करण था। महिला घरेलू कामगारों का संगठन इस मामले में सापेक्षत: नया है—जो सत्तर के दशक के उत्तरार्द्ध में और अस्सी के दशक के पूर्वार्द्ध में शुरू हुआ। लेकिन इस क्षेत्र में ट्रेड यूनियनों का व्यापक तानाबाना अभी

हाल का—ईसवी 2000 के आसपास का है। यही वह समय है जब घरेलू कामगारों के अधिकारों को लेकर वैश्विक स्तर पर, यहाँ तक कि अन्तरराष्ट्रीय श्रम संगठन में भी, बहस-मुबाहिसे तेज़ हो रहे थे, जिसमें इस बात पर विचार हो रहा था कि संगठित होने के अपने प्रयासों में महिला कामगारों को किन चुनौतियों का सामना करना पड़ता है। इनमें से कुछ चुनौतियाँ अनौपचारिक क्षेत्र के कामगारों में काफ़ी समान दिखती हैं जैसे असुरक्षित और अनिश्चित रोज़गार, सामाजिक सुरक्षा का अभाव, यौन प्रताड़ना की अधिक सम्भावना आदि। लेकिन कुछ चुनौतियाँ अधिक विशिष्ट थीं जैसे महिला मज़दूरों का अपने नियोक्ता के साथ पेचीदा सम्बन्ध। कोरिया जैसे मुल्कों में घरेलू कामगारों ने अपने आपको कोऑपरेटिव में भी संगठित किया है। वह अपने आपको हाउस मैनेजर अर्थात् घर प्रबन्धक कहते हैं। हम ऐसी कुछ कोशिशों को देख सकते हैं।

आँगनबाड़ी कार्यकर्ताओं, नर्सों तथा अस्थायी और ठेका अध्यापकों, आदि के सन्दर्भ में हम सामाजिक आन्दोलन यूनियनवाद की कुछ अवधारणाओं पर सोच सकते हैं, जहाँ सेवाओं के 'लाभान्वितों' के साथ मज़दूर जुड़ सकते हैं और उन्हें संगठित कर सकते हैं। जैसे कि बच्चों के माता-पिता, समुदाय और निवासियों के संगठन। याद रहे कि कुछ साल पहले अमेरिका के कई शहरों में स्कूल अध्यापकों ने ऐसा किया था। हम अलग-अलग मुल्कों में इस श्रेणी की महिला कामगारों द्वारा प्रयुक्त अन्य रणनीतियों और संगठनों पर भी ग़ौर कर सकते हैं।

अन्त में हम उस काम पर भी निगाह डालनी चाहिए जिसे स्त्रियाँ करती हैं—जिसका या तो भुगतान नहीं किया जाता या अगर किया भी जाता है तो उसे काम की तरह स्वीकारा नहीं जाता। यह वह काम होता है जिसे मुख्यत: स्त्रियाँ ही अंजाम देती हैं क्योंकि वे एक गहरे नारीद्वेषी और पितृसत्तात्मक समाज में पैदा हुई होती हैं।

मुल्क के बड़े हिस्से में और अन्य स्थानों पर यह बात सर्वमान्य है कि लड़कियों और स्त्रियों का इस तरह पालन-पोषण किया जाता है कि वे शादी को जीवनयापन के साधन और अपनी नियति के तौर पर देखती हैं। इसके चलते घरेलू काम, देखभाल का काम,पुरुष की यौनेच्छा को पूरा करना आदि काम ये सब जीवनयापन के सन्दर्भ में स्त्रियों के आवश्यक कर्तव्य होते हैं। अपने भविष्य को 'सुरक्षित' करने के लिए यह सब उनके अनौपचारिक प्रशिक्षण का हिस्सा होता है। अपनी रोज़ी-रोटी के लिए वह जो कुछ भी करे, ख़ासकर ग़रीब, दलित, आदिवासी स्त्री, घरेलू काम और देखभाल का काम स्त्रियों की ज़िन्दगी का स्थायी हिस्सा होता है, कम-से-कम आज के समय में, भले ही स्त्रियों की अलग-अलग स्थिति की वजह से इसके दायरे और तीव्रता में फ़रक़ दिखाई दे।

घर के अन्दर के जेंडरगत श्रम विभाजन को लेकर महिला आन्दोलन की हमेशा से ही ज़बरदस्त तीखी आलोचना सामने आई है। इसकी एक रणनीति थी जो ऐतिहासिक तौर पर महत्त्वपूर्ण हो सकती है। वह थी घर काम के लिए तनख़्वाह की माँग करनेवाली मुहिम। इस मुहिम के बारे में बहुत कुछ लिखा जा चुका है और साथ-ही-साथ नारीवादी आन्दोलन में इसी के बहाने चली गतिशील बहसों पर भी रोशनी डाली गई है। इस मुहिम में यह माँग उठाई गई कि घर का काम काम है और जो स्त्रियाँ इसे अंजाम देती हैं, तो

उन्हें मेहनताना मिलना चाहिए। इस माँग को श्रम के जेंडर विभाजन की आलोचना के तौर पर भी देखा गया और कहा गया कि एक बार घरेलू श्रम का मूल्यांकन हो जाए तो फिर श्रम के जेंडर विभाजन में तब्दीली आ सकती है। वे नारीवादी जिन्होंने इस मुहिम की आलोचना की, उन्होंने इसे समाज में उपस्थित जेंडर विभाजन को अधिक मज़बूत करने के तौर देखा और उन सम्भावित मुद्दों को रेखांकित किया, जो उसे लागू करने के चलते उपस्थित हो सकते हैं। इनमें एक मुद्दा यह भी था कि इससे राज्य को घर के अन्दर झाँकने के लिए अधिक अधिकार मिल जाएँगे।

यह पहले से प्रस्तुत उस दलील को भी मज़बूत करेगा जिसके तहत यह कहा जाता है कि लड़कियों और महिलाओं का इस ढंग से समाजीकरण होता है कि स्त्रियों की आज़ादी और स्वायत्तता के बारे में परिवार, शैक्षिक संस्थान, नियोक्ता और राज्य की सामान्य उदासीनता को देखते हुए, वे शादी को ही अपने लिए एकमात्र व्यवहार्य विकल्प के तौर पर देखती हैं। नारीवादियों और स्त्री आन्दोलन ने अधिकतर समुदायों और समाजों में स्त्रियों के लिए अवसर, स्त्रियों का काम, स्त्रियों की स्वायत्तता और शादी की अनिवार्यता के बीच के अन्तर्सम्बन्ध को बेपर्द किया है।

इस उलझन से निकलने का एक सम्भावित रास्ता, मौजूदा आर्थिक और स्वास्थ्य संकटों के सन्दर्भ में जो काफ़ी लम्बे समय तक बने रहनेवाले हैं, यह हो सकता है कि हम 'बुनियादी सेवाओं के अधिकार' और 'सार्विक बुनियादी आय/यूनिवर्सल बेसिक इनकम/' के अधिकार की बात करें। इन दोनों को ही व्यक्तिगत अधिकार के तौर पर न ही घर के स्तर पर क़ानून में ढालना होगा, जिस तरह मनरेगा का विस्तार और उसकी पहुँच को विस्तारित करना होगा ताकि वह परिवारों को नहीं व्यक्तियों के लिए सुगम हो। हालाँकि ये क़दम आनेवाले समय में अहम होंगे, एक दूरगामी नीति के तौर पर भी, वे महत्त्वपूर्ण हैं और आगे की दृष्टि रखते हैं।

वह इस बात को सुनिश्चित करेगा कि स्त्रियों और पुरुषों दोनों के लिए अधिक सवेतन काम मिल सके और स्वास्थ्य सेवा, शिक्षा, सार्वजनिक आवास, सार्वजनिक परिवहन, पानी और सैनिटेशन जैसी सेवाएँ बेहतर रूप में और सस्ते दर में मिल सकें। यह न केवल महामारी जैसी आपदाओं के विनाशकारी प्रभावों से बचाता बल्कि इस बात को सुनिश्चित करता कि बेहतर जीवन और जीवनयापन के बेहतर अवसर सिर्फ़ महिलाओं के लिए ही उपलब्ध न हों।

सन्दर्भ

1. ILOs 'Care work and care jobs – jobs for the future of decent work', ILO, Geneva, 2018.
2. 'Economic Survey 2019-20, Volume 2', Government of India, Ministry of Finance, Department of Economic Affairs, New Delhi, 2020.
3. Hirway, Indira and Sunny Jose, 'Understanding women's work using Time-use statistics : The case of India', *Feminist Economics,* October, 2011. https://www.researchgate.

net/publication/254285022_Understanding_Women's_Work_Using_Time-Use_Statistics_The_Case_of_India.

4. Elson, Diane and Pearson Ruth, 'Nimble fingers make cheap workers : an analysis of women's employment in third world export manufacturing', *Feminist Review,* September 1982, London.
5. Bhattacharyya, Rica, 'Indian women earn 19 percent less than men, a survey said', *Economic Times,* 7th March, 2019.
6. Bhattacharyya, Rica, 'Indian women earn 19 percent less than men, a survey said', *Economic Times,* 7th March, 2019
7. Azim Premji University, Centre for Sustainable Employment, 'State of Working India – 2018, Bengaluru', 2018, p. 21.
8. Tandon, Ambika and Aayush Rathi, (Ed). Elonnai Hickok and Rakhi Sehgal, Research Assistance by Divya Kushwaha, 'A Gendered Future of Work Perspectives' from the Indian Labour Force Working Paper, December, 2018 By The Centre for Internet and Society, India https://cis-india.org
9. APU, SWI, 2018, p. 21.
10. Raman, Shreya, '73.2% of rural women workers are farmers, but own 12.8% land holdings', IndiaSpend, 9th September, 2019. https://www.indiaspend.com/73-2-of-rural-women-workers-are-farmers-but-own-12-8-land-holdings/#:~:text=Like%20Kadale%2C%20many%20women%20farmers,only%2012.8%25%20of%20land%20holdings.
11. Gopalkrishnan, Amulya, 'Where have all the working women gone?', TNN, 4th September 2019. https://timesofindia.indiatimes.com/india/where-have-all-the-working-women-gone/articleshow/70969192.cms
12. APU, SWI, 2018, p. 47.
13. Ghosh, Jayati, 'Women's work in India', International Development Economic Associates, IDEAs Blogs, 10th September, 2018.
14. Lahoti, Rahul and Hema Swaminathan,'Economic growth and female labour force participation in India', Semantic Scholar, 2013. https://pdfs.semanticscholar.org/dbd4/0401a0f668902d1c-5cbe5d29f81d2f54f3dd.pdf?_ga=2.159265402.1754442952.1594170301-262743498.1594170301
15. Mehrotra, Santosh and Jajati K. Parida, 'Why is the labour force participation of women declining in India?', World Development, Vol. 98, issue C, 360-380, Eco papers, 2017 https://econpapers.repec.org/article/eeewdevel/v_3a98_3ay_3a2017_3ai_3ac_3ap_3a360-380.htm
16. APU, 2018, p. 47.
17. Gothoskar, Sujata, 'Initiatives in Organising Strategy in the Informal Economy _ Case Study of Domestic Workers Organising', Committee for Asian Women (CAW), Bangkok, 2005.
18. Chandrashekhar, CP and J. Ghosh, 'Latest employment trends from the NSSO', *Business Line,* 12th July, 2011.
19. National Commission for Enterprises in the unorganized sector, 'Report on conditions of work and promotion of livelihoods in the unorganized sector', New Delhi, 2007.

20. Mohapatra, Kamala Kanta, 'Women workers in informal sector in India – understanding the occupational vulnerabilities. *International Journal of Humanities and Social Science,* Vol. 2, No. 21, November 2012, p. 198.
21. Khan, Shariq, 'Indian economy dominated by 'Dwarfs', hurting job creation, Economic Survey 2019 reveals', Economic Times, 4th July, 2019.
22. Srinivas, Arjun and Samarth Bansal, 'Gender gap in Indian formal sector worse than global average, LinkedIn data shows', Hindustan Times, 14th November, 2018.
23. Tripathi, Bhasker, 'GDP Grew 6.8% Annually In 5 Years To 2015, Jobs 0.6%: New Report Contradicts PM's Adviser's, IndiaSpend, 4th October, 2018.
24. APU, SWI, 2019, p. 17.
25. APU, SWI, 2019, pp. 19, 65, 71.
26. APU, SWI, 2018, p. 18.
27. APU, SWI, 2018, p.18.
28. https://www.oxfam.org/en/india-extreme-inequality-numbers.
29. APU, SWI, 2018, p. 37.
30. APU, SWI, 2018, p. 37.
31. Basole, Amit and Deepankar Basu, 'Relations of production and modes of surplus extraction in India : Part II – Informal industries', *Economic and Political Weekly,* Vol. XLVI, no. 15, 9th April, 2011.
32. Basole, Amit and Deepankar Basu, ibid
33. Basole, Amit and Deepankar Basu, ibid
34. Basole, Amit and Deepankar Basu, ibid
35. Salve, Prachi, '90% Of Jobs Created Over Two Decades Post-Liberalisation Were Informal' *IndiaSpend,* 9th May, 2019.
36. Kasabe, Nanda, 'Maharashtra cane-cutters 'forced' to remove uterus, govt sets up probe panel', Financial Express, 12th July, 2019.
37. While India used to boast of a battery of laws that existed to protect workers, over the years, these have been considerably weakened and made almost inapplicable to the majority of workers in the informal economy as well as to contract, casual etc. workers in the formal economy. More recently, all these laws, which number over 40, are sought to be converted into 4 codes, one of which has already been passed in the Parliament and others are underway as on July 2020.
38. APU, SWI 2018, p. 123
39. APU, SWI, 2018, pp. 123-4
40. Custers, Peter, 'Women's role in Tebhaga movement', *Economic and Political Weekly,* Vol 21, issue no. 43, 25th October, 1986.
41. K., Lalita.; Vasantha Kannabiran; Rama Melkote, S. Maheshwari, Uma.; Tharu, J. Susie; Shatrugna, Veena, 'We were making history : life stories of women in the Telangana People's struggle', Zed Books, 1989.

यौन कर्म पर विमर्श : जाति, कलंक और यौनिक श्रम

अनघा तांबे

अनुवाद : निधि अग्रवाल

यौनकर्म नारीवादियों के लिए सबसे ज़्यादा समस्याप्रद मुद्दा रहा है, जो उनके बीच महिला यौनिकता, श्रम और एजेंसी पर मौजूद टकराव को उजागर करता है (सुन्दर राजन, 2003)। यौनकर्म के इर्द-गिर्द जो समस्याएँ हैं वे एक ओर यौनकर्म और यौनकर्म के लिए देह व्यापार का विरोध करने वाले नारीवादियों और दूसरी ओर यौनकर्मियों के लिए यौनकर्म अधिकार माँगने वाले एक्टिविस्टों के बीच विरोधाभास के कारण हैं। लेकिन, भारत में इस समस्या का एक और अति-महत्त्वपूर्ण पहलू उभरकर आया है। नारीवादी उन्मूलनवादियों और नारीवादी यौनकर्म अधिवक्ताओं के मतभेद में एक और महत्त्वपूर्ण टकराव है, वह है 'उच्च जाति' नारीवादियों और दलित नारीवादियों के बीच इस बात पर मतभेद कि सभी महिलाओं के अनुभव एक समान होते हैं, एक ऐसी सोच जो कि दलित बहुजन औरतों के भेदभावपूर्ण अनुभवों को नकारती है। इसके कारण अत्यन्त ज़रूरी हो गया है कि वेश्यावृत्ति/यौनकर्म में जाति की भूमिका को परखा जाए। यह अध्याय भारत में यौनकर्म पर नारीवादी विमर्श को जाति, कलंक और यौनिक श्रम के सवालों के आधार पर परखने का प्रयास करेगा।

1970 के दशक के नारीवादी आन्दोलनों में यौनकर्म के सवाल पर शर्मनाक चुप्पी बनी रही, जब तक कि 1990 के दशक में यौनकर्मियों ने ख़ुद सामने आकर वेश्यावृत्ति को बदलकर यौनकर्म का नाम दिए जाने और अपने लिए श्रमिक-नागरिक अधिकारों की माँग नहीं की। भारत में महिला आन्दोलन ने यौन हिंसा पर अभियान चलाने के बावजूद, इस मुद्दे को यौनकर्मी औरतों के सन्दर्भ में कभी नहीं उठाया। ऐसा इसलिए क्योंकि नारीवादी राजनीति में हाल तक एक-पत्नीक विवाह के अन्तर्गत मध्यवर्गीय महिलाओं का विषय ही प्रमुख बना रहा था। लेकिन, 1990 के दशक में जाति और यौनिकता की राजनीति उभरने के बाद,जिसमें यौनकर्मी आन्दोलन भी शामिल है, यह नारीवादी धारणा धुँधली पड़ गई कि वेश्यावृत्ति पितृसत्तात्मक यौन हिंसा और औरतों के यौनिक दमन का परिणाम है। और महिला आन्दोलन में शामिल समजातीय औरतों की श्रेणी, जिससे यौनकर्मियों को बाहर रखा गया था, पर सवाल उठने लगे और उसे चुनौती दी

जाने लगी। और नारीवादियों के बीच यौनकर्म पर मतभेदों को विमर्श और एकजुटता के माध्यम से सम्बोधित करने के प्रयास किए जाने लगे।

यौनकर्म का सवाल : अधिकार, यौनिकता और श्रम के मुद्दे

नारीवाद में वेश्यावृत्ति/यौनकर्म की कोई एक केन्द्रीय समझ नहीं है। एक ओर इसे प्रतिमानात्मक यौनिक शोषण और महिलाओं के दमन की जड़ के रूप में अमानवीय माना जाता है, और दूसरी ओर इसे यौनकर्म माना जाता है, जो कि किसी भी अन्य काम के समान है। लेकिन उसे प्रधान सामाजिक नैतिकता के आधार पर कलंकित या आपराधिक बना दिया जाता है। पहली सोच के आधार पर उन्मूलन की माँग की जाती है, जबकि दूसरे तर्क के आधार पर यौनकर्म को वैध स्तर दिलाने के लिए जन वकालत की जाती है। इन दोनों तर्कों के आधार पर यौनकर्म की समझ में पहला फ़र्क़ है अधिकार/एजेंसी का, मतलब कि यौनकर्म में शामिल औरतों की एक निर्धारित, हालाँकि सीमित, सामाजिक अपेक्षाओं और अवसरों की रूपरेखा के अन्तर्गत काम करने की क्षमता; दूसरा, यौनिकता का फ़र्क़, मतलब कि यौनकर्म में यौन इच्छा का उत्तेजन और विनियमन; और तीसरा, श्रम का, मतलब कि, यौन आनन्द जैसी वस्तु का उत्पादन जिसका एक सामाजिक मूल्य है।

यौनकर्म में शामिल औरतों के एजेंसी के सवाल को इस प्रकार व्यक्त किया जाता है, कि क्या यौनकर्म करने के लिए औरतों को मजबूर किया जाता है या फिर औरतें इसे अपनी इच्छा से भी करती हैं? इसने औरतों के यौनकर्म में प्रवेश को आकर्षण का रूप दे दिया है बजाय इसके कि यौनकर्म करते समय उनके जीवन को समझने की कोशिश की जाती, जिससे कि मजबूरी के पहलू को परखा जा सकता। आम तौर पर यही माना जाता है कि औरतों को यौनकर्म करने के लिए हिंसा और छल के द्वारा मजबूर किया जाता है, और उनको यौन दासी और पीड़िता के रूप में दर्शाने वाले वर्णन भी प्रचलित हैं। मोबाइल और सड़कों पर किए जाने वाले यौनकर्म के प्रबल सबूतों के बावजूद, वेश्यागृह में बन्दी बनी औरतों का चित्रण ही सामने आता है, जो कि देह व्यापार और वेश्यालय की अति-वास्तविकता को जन्म देता है। वेश्यावृत्ति को आम तौर पर क़ानून के अन्तर्गत, और भारत में, 'अनैतिक तस्करी' के समान देखा जाता है। इस धारणा के आधार पर, आज तक यौनकर्म को केवल देह व्यापार की नज़र से देखा गया है, जो कि यौनकर्म को आजीविका के विकल्प के रूप में स्वीकार नहीं करती। देह व्यापार की समझ को भी केवल वेश्यावृत्ति के सन्दर्भ में उपयोग किया जाता है, जबकि यौन बाज़ारों के अतिरिक्त उनके द्वारा अन्य मजबूरी के श्रम करने पर इस धारणा को लागू नहीं किया जाता। लेकिन, भारत के यौनकर्मियों के पहले देशव्यापी सर्वेक्षण से उभरकर आया कि ज़्यादातर यौनकर्मियों को पहले भी असंगठित श्रम बाज़ारों में अनियमित वेतन, अनियमित रोज़गार, गरिमा की कमी, और हिंसा का अनुभव हो चुका है, जिसने उन्हें यौनकर्म की ओर धकेल दिया (साहनी और शंकर, 2013)। बल्कि, यौनकर्म उनके लिए ग़रीबी और वंचना के जीवन में एक आर्थिक रणनीति बन के उभरा है। लेकिन देह

व्यापार-विरोधी कार्यवाही के कारण जीवनयापन के लिए यौनकर्म करना उनके लिए और मुश्किल व ख़तरनाक हो जाता है। छापा मारने, उनको मुक्त करवाने और उनका पुनर्वास करने के उद्योग उन्हें पुलिस और ग़ैर-सरकारी संस्थाओं के हाथों और अधिक शोषण व हिंसा का पात्र बना देता है, उन्हें बेहद कम आमदनी वाले काम करने के लिए मजबूर कर देता है, और कुटिल आवास गृहों में बन्दी बनाकर छोड़ देता है। और इसके परिणामस्वरूप, यौनकर्मी इस प्रशासन से बचने के लिए पुलिस के साथ-साथ वेश्यालय की घरवालियों पर निर्भर होते चले जाते हैं।

इसलिए यौनकर्म अधिवक्ता यौनकर्म में चुनाव को मान्यता देने की माँग करते हैं, चाहे वह सीमित ही क्यों न हो, ठीक वैसे ही जैसे कि अन्य कम वेतन वाले, असुरक्षित, शोषक, असंगठित कार्यक्षेत्र में काम करने के चुनाव की स्वतंत्रता होती है (यौनकर्मियों का घोषणा-पत्र)। यह दिलचस्प है कि इस माँग पर उन्मूलन पक्षीय लोग स्वतंत्र और जबरन वेश्यावृत्ति के बीच अन्तर करके, और वयस्क तथा बाल वेश्यावृत्ति में अन्तर करके जवाब देते हैं। लेकिन इसका यह मतलब नहीं है कि वयस्क औरतों द्वारा यौनकर्म को मान्यता मिल गई, बल्कि यह योग्य और अयोग्य यौनकर्मियों के बीच एक कपटी विरोधाभास खड़ा कर देता है। जिन्हें देह व्यापार का पीड़ित माना जाता है, उन्हें सरकारी सुरक्षा और कल्याण के योग्य समझ जाता है, जबकि जो अपनी इच्छा से यौनकर्म करने का दावा करते हैं उन्हें अयोग्य माना जाता है तथा उन्हें और ज़्यादा शोषित किया जाता है। इसके अलावा, बाल श्रम और बाल विवाह जैसी कड़वी सचाइयों को नकारते हुए, बाल व्यापार के मुद्दे को बाक़ी मुद्दों से अलग करके लक्ष्य बना दिया जाता है, जिसका अक्सर युवा लड़कियाँ ज़्यादा शिकार बनती हैं। भारत जैसे तीसरी दुनिया के देशों में, जहाँ भौतिक वंचना एक वास्तविकता है, वहाँ सहमति की कमी को आर्थिक तंगी के कारण यौनकर्म में धकेले जाने के तर्क में स्थापित करके, यौनकर्मियों को पूरी तरह से अधिकारहीन और शोषित लोगों के रूप में प्रस्तुत किया जाता है।

यौनकर्म में यौनिकता के प्रश्न पर अक्सर दो सिरों से विमर्श किया जाता है, एक कि यौनकर्म असल में यौन हिंसा है या वैवाहिक शुद्धता के विषमनियामक आदर्श को पलटने का प्रयास। यौनकर्म पर प्रमुख दृष्टिकोण इसे औरतों के यौन शोषण के रूप में परिभाषित करता है जिसके अन्तर्गत पुरुष के यौनिक दमन का सामान्यीकरण किया जाता है। औरतों के शरीर का वस्तुकरण जो कि पुरुषों के लिए उपलब्ध उत्पाद है और उसे बाज़ार में बेचा जा सकता है, यौनिक दासता जो औरतों के साथ होने वाले शोषण को सही ठहराती है। महत्त्वपूर्ण है कि यौनकर्म को अक्सर विवाह की तुलना में देखा जाता है, या तो उसे पलटने के उद्देश्य से, या फिर विवाह के साथ उसके भौतिक और विवादी सम्बन्ध के कारण (कोटीस्वरण, 2011)। कुछ यौनकर्म अधिवक्ता इसे यौन आनन्द और इच्छाओं को सीमित करने वाले एक-पत्नीक वैवाहिक सम्बन्धों के आदर्श को चुनौती की नज़र से देखते हैं। यौनकर्मियों के समूह अक्सर पीड़िता की छाप का सख़्ती से विरोध करते हैं, और दावा करते हैं कि वे पत्नियों के मुक़ाबले ज़्यादा स्वतंत्र हैं; उन्हें अपनी यौनिकता पर पत्नियों के मुक़ाबले ज़्यादा नियंत्रण प्राप्त है, क्योंकि पत्नियों को अपने पतियों की यौनिक दासता

करनी पड़ती है, पत्नियों के मुक़ाबले उन्हें अपने बच्चों पर ज़्यादा अधिकार है, क्योंकि पत्नियाँ पुरुष और उसका वंश चलाने के लिए बच्चे पैदा करती हैं, और उन्हें पत्नियों के मुक़ाबले अपनी भौतिक ज़िन्दगी पर भी ज़्यादा नियंत्रण प्राप्त है, क्योंकि वे अपनी कमाई से अपने परिवारों को पालते हैं, जबकि पत्नियाँ दूसरों पर निर्भर होती हैं। दूसरी ओर, विवाह के साथ जुड़ावों को भी अलग-अलग नज़रियों से रेखांकित किया जाता है। आम समझ के आधार पर यही धारणा प्रचलित है कि औरतों को यौनकर्म करने के लिए किसी ग़ैर-परिवार सदस्य या अनजान व्यक्ति द्वारा या फिर विकृत और परेशान परिवारों द्वारा बेचा जाता है। इसके मुक़ाबले, कई ऐसे पारिवारिक रिश्ते देखे जा सकते हैं, वास्तविक और काल्पनिक, जो औरतों द्वारा यौनकर्म किए जाने की व्यवस्था और इसमें सहयोग करते हैं, क्योंकि विवाहित औरतें भी यौनकर्म करती हैं और यौनकर्मी विवाह भी करते हैं या अपने 'ग्राहकों' के साथ विवाह जैसे रिश्ते बनाते हैं। लेकिन इससे भी महत्त्वपूर्ण है कि विवाह को एक प्रकार के यौनकर्म की तरह भी देखा जाता है; औरतें पुरुषों की यौन सेवा करने के लिए वचनबद्ध होती हैं, या तो जीवन भर के शादी के अनुबन्ध में एक पुरुष की सेवा में (विवाह में बलात्कार को कोई मान्यता नहीं है) या फिर यौनकर्म के ज़रिये कई पुरुषों के लिए टुकड़ा दर मज़दूरी पर। मार्क्सवादी नारीवादियों ने विशेषकर यौनकर्म की आलोचना को उनके घर एवं परिवार की व्यापक आलोचना से जोड़ा जिसे वे महिलाओं के उत्पादनशील, प्रजननशील और यौनिक श्रम का शोषण मानते हैं।

और आख़िर में, यौनकर्म में श्रम का सवाल है कि क्या यौनकर्म एक वैध काम है, और यौनकर्म में किस प्रकार का श्रम शामिल है? इस पर बहुत ज़्यादा अध्ययन नहीं हुआ है, केवल इतना स्थापित किया जा सका है कि यौनकर्म का चुनाव किसी भी अन्य शोषक और अपमानजनक काम के चुनाव के समान है। माँग है कि यौनकर्म को अपवाद न माना जाए, और उसके पीछे तर्क यह है कि केवल यौनकर्म में ही सेक्स और काम का मिश्रण नहीं होता। सेक्स का अनुभव ऐसे काम की तरह है, जिसे करना ज़रूरी है, एक नियामक विवाह में पत्नी भी इसे काम की तरह ही करती है। इसके अतिरिक्त, महिलाएँ और जो भी काम करती हैं उसमें उनके साथ यौन शोषण के रूप में लिंग-भेद भी किया जाता है और सेक्स की माँग भी की जाती है (कोटीस्वरन, 2011)। इसलिए अनौपचारिक श्रम बाज़ार में अन्य प्रकार के जेंडर आधारित तथा लिंग-भेद वाले कामों के साथ यौनकर्म भी एक प्रकार का काम ही है। यह अन्य किसी भी ग़ैरसम्मानजनक, ग़ैररचनात्मक, और विरक्त काम से अलग नहीं है। यह 'चौराहे के रहस्य' के रूप में, अन्य प्रकार के दिहाड़ी श्रम के साथ बिना किसी दिखावट के मौजूद रहता है और साथ ही एक आमदनी पैदा करने वाला ग़ैरअपवादी या साधारण काम है (शाह, 2014)। ग़रीब ग्रामीण क्षेत्रों से पलायन करके आई औरतें, बहुआयामी शहरी जगहों, जैसे कि सड़कों और नाकों पर, रोज़ विभिन्न प्रकार के काम के विकल्प अपनाती हैं, जिनमें सेक्स बेचना भी शामिल है, और इन सभी कामों का आपस में जुड़ाव रहता है।

इसलिए जो सवाल नारीवादियों को परेशान करता है, वह यह है कि यौनकर्म केवल यौनकर्मियों का ही काम क्यों समझा जाता है? यौनकर्म के प्रति विभिन्न प्रकार

के दृष्टिकोण मौजूद हैं—जीवित रहने की एक रणनीति और आजीविका के एक विकल्प से लेकर, आनुभविक दृष्टि से देखा जाने वाला काम, वैध या अवैध, या फिर एक वास्तविक रूप से वैध काम जिसका एक सामाजिक मूल्य है। कुछ लोग इसे 'धन्धा' मानते हैं, स्व-रोज़गार जिसमें यौनकर्मी अपने शरीर के विभिन्न अंगों के लिए स्वतंत्र अनुबन्ध करते हैं। 'योनि' को बेचना या किराये पर देना जैसे कि कोई अपने दिमाग़ या हाथों को बेचता या किराये पर देता है। यौनकर्म के मनोरंजक या उपचारात्मक पहलुओं को भी रेखांकित किया जाता है। यौनकर्मियों की माँग रही है कि यौनकर्म को रोज़गार के श्रम विभाग में शामिल किया जाना चाहिए। इसकी वैधता को साबित करने के लिए इसके सामाजिक मूल्य की ओर ध्यान आकर्षित किया जाता है जिसके अन्तर्गत इसे महिला का प्रजननशील श्रम माना जाता है, जैसे कि वैतनिक घरेलू काम या महिलाओं द्वारा देखरेख का काम करना। इसमें उनके यौनिक और भावनात्मक श्रम को सामाजिक जीवन के मनोरंजन और पुन: पूर्ति के लिए वर्गीकृत तरीक़े से आयोजित किया गया है, जो कि मुनाफ़े और दौलत के लिए पितृसत्तात्मक पूँजीवाद की वैश्विक संरचनाओं द्वारा निर्धारित किया जाता है (तांबे, 2008)। यह अवधारणा केवल विवाह के अन्दर यौनिक श्रम को ही नहीं, बल्कि यौनकर्म को भी मानव जीवन के प्रजनन के स्थल के रूप में रेखांकित करती है। इसे शारीरिक काम से जुड़े अन्य व्यवसायों की कड़ी में ही देखा जाता है (जैसे कि ब्यूटीशियन, देखरेख करने वाले, फिटनेस प्रशिक्षक, घर का काम करने वाले आदि), जिसमें देखरेख, सजना-सँवरना, आमोद, अनुशासन या दूसरे लोगों के शरीर का उपचार करना, जहाँ शरीर या उसके किसी अंग पर काम किया जाता है, और इस काम को करने में शरीर के साथ अन्तरंग सम्पर्क बनाना होता है (वॉलकोविट्ज, 2006)।

नारीवादियों के बीच यौनकर्म के सवाल पर इन मतभेदों पर सन्तुलन बनाने के लिए बीच का रास्ता ढूँढ़ने के कई प्रयास किए गए। क़ानूनी सन्दर्भ में, यह बीच का रास्ता है यौनकर्म के उन्मूलन के बजाय, उसे ग़ैर-अपराधीकरण करने की माँग करना। ज़रूरी है कि बचाव और पुनर्वास उद्योग द्वारा की जाने वाली हिंसा को स्वीकारा जाए, या फिर यौनकर्म को क़ानूनी वैधता दी जाए, जिससे कि यौन बेचने से जुड़ा कलंक हट जाए। एकजुटता के स्तर पर इसका मतलब है, यौनकर्मियों को सहयोग देना, यौनकर्म को नहीं, मतलब कि, यौनकर्म में शामिल व्यक्तिगत औरतों के अधिकारों का अनुमोदन करना। हमने ग़ौर किया है कि हालाँकि उन्मूलनवादी और यौनकर्म अधिवक्ता यौनकर्म की समझ पर एक-दूसरे से असहमत हैं, लेकिन वे यौनकर्म के प्रति कड़ा रुख़ रखने वाली सरकार और पितृसत्ता को समझते हुए, यौनकर्मियों के साथ काम करने की रणनीतियाँ आपस में साझा करते हैं। इसलिए, ज़मीनी स्तर पर काम करने वाली इन संस्थाओं के कार्यक्रम एक जैसे प्रतीत हो सकते हैं, जैसे कि एड्स नियंत्रण कार्यक्रम, रात्रि आश्रय या यौनकर्मियों के बच्चों के लिए कार्यक्रम, या फिर पुलिस की प्रताड़ना के ख़िलाफ़ या सरकारी दस्तावेज़ बनवाने के लिए संघर्ष। लेकिन यह बीच के रास्ते वाली रणनीति पर्याप्त नहीं है, क्योंकि यह नारीवादियों के लिए, क़ानूनी नज़रिये से,

और सबसे महत्त्वपूर्ण, यौनकर्मियों के संगठनों के लिए यौनिक श्रम के सवाल का हल निकालने में मदद नहीं करती।

यौनकर्मियों का विरोध : संगठन, क़ानूनी मामले और साक्ष्य

'यौनकर्म विमर्श' को गति देने का काम यौनकर्मी आन्दोलनों ने किया है, जिन्हें भारत में यौनकर्मियों के समूहों के द्वारा पहचान मिली, जो कि एड्स नियंत्रण प्रयासों के सन्दर्भ में उभरकर आए। यह अधिकार आधारित संस्थाएँ पहले की दानशील संस्थाओं से अलग हैं, क्योंकि पुरानी संस्थाएँ उन्हें पीड़ित की नज़र से देखती थीं, जिन्हें सुधारकर उनका कल्याण किया जाना था। एड्स के डर के साथ, यौनकर्मियों जिन्हें असंयमित असुरक्षित विषमलिंगी यौन सम्बन्धों का प्रतीक माना जाता है, उन्हें ख़तरनाक बीमारी के वाहक के रूप में देखा जाने लगा। लेकिन, जब एड्स नियंत्रण में आ गया, तो इन यौनकर्मियों को 'कोंडोम प्रशिक्षक' की नई भूमिका मिल गई (मॉककिल, 2019)। वे एड्स नियंत्रण के सरकारी कार्यक्रम में सहभागी बन गए और हमजोली शिक्षक की भूमिका में सुरक्षित यौन सम्बन्ध व्यवहार के विषय में जागरूकता फैलाने, और यौनकर्मियों के समुदायों को अन्य कल्याणकारी सेवाएँ उपलब्ध कराने का काम करने लगे। उन्हें अधिकारधारी स्वायत्त महिलाओं के रूप में देखा जाने लगा, जो इतनी सशक्त हो चुकी थीं कि वे अपने जीवन पर कुछ नियंत्रण लागू करके सुरक्षित यौन सम्बन्ध प्रक्रियाएँ अपना सकती थीं। एड्स अनुदान राशि के अन्तर्देशीय स्वरूप ने यौनकर्मियों को एक समुदाय के रूप में एकत्रित होने के लिए जगह उपलब्ध करवाई, जिसके माध्यम से उन्हें अपने और अपने परिवारों की जीवन एवं कार्य की परिस्थितियाँ बेहतर बनाने, ख़ुद को नैतिक अछूत की दृष्टि से हटकर एक स्वीकार्य यौनिक श्रेणी में शामिल करवाने, और एड्स के डर में निशाना बनाए गए अन्य यौनिक अल्पसंख्यकों के साथ सम्बन्ध बनाकर यौनिक कलंक और अवैधता के ख़िलाफ़ संघर्ष करने का मौक़ा मिला। इस प्रक्रिया में सबसे पहले की, और वैश्विक स्तर पर मान्यता प्राप्त करने वाली कुछ संस्थाएँ हैं : सोनागाछी की दरबार महिला समन्वय कमिटी, जो कि कलकत्ता में स्थित एशिया का सबसे बड़ा वेश्याओं का मोहल्ला कहलाता है, और सांगली, महाराष्ट्र के एक छोटे व्यापारिक शहर में वेश्या अन्याय/एड्स मुक्ति परिषद, और भारत के अन्य क़स्बों तथा शहरों के कई अन्य समूह व संस्थाएँ। लेकिन यौनकर्मियों के लिए की जाने वाली हमजोली शिक्षा की ये सार्वजनिक स्वास्थ्य प्रक्रियाएँ उनकी देखरेख करने, उन पर नज़र रखने और अनुशासित करने का भी काम करती हैं (घोष, 2017)। जो यौनकर्मी संवैधानिक अधिकार प्राप्त नागरिक बनकर रहना चाहते हैं, वे केवल एक श्रेणी भर बनकर रह जाते हैं, वो भी एड्स नियंत्रण कार्यक्रमों के लिए। हालाँकि वे राजनीतिक प्रजा बने रहते हैं और संवैधानिक अधिकारों के बजाय, सरकार से सार्वजनिक कल्याण का दावा करते रहते हैं। इसलिए, एड्स से जुड़े कार्यक्रमों का कुछ सकारात्मक प्रभाव सम्भव है जो कि यौनकर्मियों को अधिकार आधारित रूपरेखा में बदलाव का एजेंट बना देती है। लेकिन बहुत ही सीमित तरीक़े से इसने यौनकर्मियों को केवल नैतिक कलंक मिटाने भर की समानता का दावा करने की

जगह दी, सत्ता और भौतिक संसाधनों के दोबारा बँटवारे की नहीं, जिसके माध्यम से वे यौनकर्मियों के हाशिएकरण को चुनौती दे सकते थे।

इसलिए यौनकर्मी समूहों ने एच.आई.वी. रोकथाम गतिविधियों के दौरान बनाए गए संगठनों को बचाने का प्रयास किया। हम देख सकते हैं कि किस प्रकार यौनकर्मियों की संस्थाएँ, जो पहले उन्हें नियामक यौनिकता के प्रधान विचारों द्वारा हाशियाकृत और कलंकित यौनिक अल्पसंख्यकों के रूप में देखती थीं, उनकी जगह अब यौनकर्मियों की यूनियनों ने ले ली है जो उन्हें पितृसत्तात्मक पूँजीवाद द्वारा अन्य श्रमिकों की ही तरह शोषित कार्मिकों के रूप में संगठित करती हैं। नई सहस्राब्दी में, एड्स कार्यक्रमों के अनुदान बन्द हो गए, विशेषकर इसलिए क्योंकि यौनकर्मियों की संस्थाओं ने 'यौनकर्म विरोधी शपथ' लेने से मना कर दिया, जिसे यू.एस.ए. ने अनुदान जारी रखने के लिए शर्त बना दिया था। इस सन्दर्भ में, यौनकर्मियों की नई यूनियनें सामने आने लगीं, क्योंकि मुख्यधारा मज़दूर यूनियनों ने काम की जगह और घर, सार्वजनिक और निजी के बीच के अन्तर को चुनौती देते हुए, महिला श्रमिकों के मुद्दों को सम्बोधित करने से मना कर दिया; और दूसरी ओर असंगठित कार्यक्षेत्र की महिला श्रमिक संस्थाओं ने भी यौनकर्मियों को शामिल करने से इनकार कर दिया। कर्नाटक यौनकर्मी यूनियन, बेंगलुरु भारत की पहली यौनकर्मी यूनियन है, जिसके बाद दरबार महिला समन्वय कमिटी की बिनोदिनी श्रमिक यूनियन बनी, जिसने उन्हें मनोरंजन श्रमिकों की पहचान दी। इन यूनियनों ने यौनकर्म पर लिपटा हुआ ग़ैरक़ानूनी काम का नकाब हटाने और नए मज़दूर यूनियन प्रयासों के तहत श्रमिकों के रूप में पंजीकरण किए जाने की माँग की है, जिससे कि उनके साथ उचित व्यवहार किया जाए, काम करने की मानवीय स्थितियाँ प्राप्त हों और उनके भौतिक तथा सामाजिक कल्याण को बढ़ावा मिले। हालाँकि श्रमिक-नागरिक माने जाने की यह माँग दर्शाती है कि वितरण सम्बन्धी मुद्दे समस्याओं से मुक्त नहीं हैं (सुखतान्कर, 2012)। इन यूनियनों के सामने एक बड़ी चुनौती है इन यौनकर्मियों की जटिल वास्तविकताएँ, जिन्हें सरकार की हिंसा और उत्पीड़न का सामना करने के लिए घरवालियों के साथ सहयोग करना पड़ता है। प्रबन्धन के साथ श्रमिकों के काम करने की यह मुश्किल स्थिति पारम्परिक मज़दूर यूनियनों के लिए अभूतपूर्व स्थिति है। यौनकर्मियों को इसका सामना करना पड़ता है क्योंकि सामाजिक कलंक और उन्हें दंडित करने वाले क़ानूनों के कारण यौन बाज़ार ख़ुद भी संकट में पड़ जाता है। दूसरा, यूनियनों का कहना है कि वे ग़ैर-सरकारी संस्थाओं द्वारा डाली गई आदत को नहीं तोड़ पाते, जिनसे सेवाओं की उम्मीद की जाती है, और इसीलिए उन्हें पूरी नागरिकता प्राप्त करने के लिए संगठन की शक्ति बनाने में समस्याओं का सामना करना पड़ता है। इस चुनौती का सामना करने के लिए यूनियनों ने एक मिली-जुली रणनीति बनाई है, जहाँ वे एड्स नियंत्रण के अनुदान के साथ ग़ैर-सरकारी संस्था की भूमिका निभाते हुए, श्रमिक-नागरिक के अधिकारों के लिए यूनियन के रूप में संघर्ष भी करते हैं, और साथ ही सरकारी कल्याण योजनाओं का लाभ लेने के लिए समुदाय आधारित संस्थाओं का भी रूप लेते हैं। लेकिन, यह रास्ता काफ़ी कठिन है जो विरोधाभासों और जटिलताओं से भरा है, और यौनकर्म की

कठिन भौतिक वास्तविकताओं को और मुश्किल बना देता है। यौनकर्मी यूनियनों के लिए दूसरी बड़ी चुनौती है यौनकर्मियों की विभिन्न श्रेणियाँ, क्योंकि यौन उद्योग में बहुत ज़्यादा वर्गीकरण मौजूद है। अतः, महिला यौनकर्मियों के लिए यह अलगावपूर्ण काम है, जबकि पुरुष और ट्रांसजेंडर यौनकर्मियों के लिए यौनकर्म और यौन सम्बन्धों के बीच का अन्तर धुँधला पड़ जाता है, हालाँकि इसमें उनके साथ हिंसा भी होती है। इसी प्रकार, वेश्यालय में काम करने वाले यौनकर्मियों और घूम-घूम कर काम करने वाले यौनकर्मियों, और उससे भी ज़्यादा, बार बालाओं के अनुभवों में भी बहुत ज़्यादा अन्तर है। और इन सबको श्रमिकों के रूप में एक जगह पर लाना मुश्किल है।

इस प्रकार की संगठन आधारित कार्यवाही के परे, यौनकर्मियों के विरोधों की विभिन्नता भी अत्यन्त रुचिकर है। आम तौर पर पीड़ित माने जाने वाले यौनकर्मियों की छवि को चुनौती देते, विभिन्न वर्गों के रोज़मर्रा के संघर्षों को बयाँ करने वाले कई गीत और मौखिक परम्पराएँ, प्रिंट मीडिया में छापे गए पत्र, और उनके लेख तथा वक्तव्य, ख़ासकर औपनिवेशी बंगाल के समय के, मौजूद हैं (बैनर्जी, 1998)। हालाँकि कुछ महिला कलाकारों या देवदासियों की आत्मकथाएँ और लेख उपलब्ध हैं जो पैसे के बदले यौन सम्बन्ध बनाने या ग़ैर-वैवाहिक यौनिक श्रम का सबूत पेश करते हैं (उदाहरण के लिए बिनोदिनी दासी के 20वीं सदी की शुरुआत में दिए गए बयान जो बंगाली भाषा में हैं—माई स्टोरी माई लाइफ़ एज़ एन ऐक्ट्रेस या फिर मुवालूर राममिरथम्मल का तमिल उपन्यास वेब ऑफ़ डीसीट); लेकिन यौनकर्मियों के रूप में खुलकर बात करने वाली महिलाएँ दुर्लभ हैं। ऐसी ही एक दुर्लभ आत्मकथा है नलिनी जमीला की आत्मकथा जो मलयालम भाषा में लिखी गई है। यह पहली कहानी है जिसे ख़ुद को यौनकर्मी बताने वाली महिला द्वारा लिखी गई है, और इसका शीर्षक है 'आई, अ सेक्स वर्कर'। यह बयान असाधारण है, क्योंकि इसे दो बार लिखा गया, पहले एक पुरुष कार्यकर्ता द्वारा जिसे जमीला ने प्रकाशित होने के 6 महीने बाद अस्वीकृत कर दिया और फिर उसे बाद में कुछ महिला कार्यकर्ताओं और बुद्धिजीवियों के साथ मिलकर लिखा गया। इस प्रकार अपने बारे में लिखे जाने पर असन्तुष्टि होने, यौनकर्मियों की विभिन्न अभिव्यक्तियों से जूझने को दर्शाता है, जो उन्हें या तो एड्स को रोकने के लिए चलाए जा रहे सार्वजनिक कार्यक्रमों में बदलाव के एजेंट के रूप में पेश करती हैं या यौनकर्मियों के आन्दोलनों द्वारा अधिकार धारण करने वाले एजेंट के रूप में। जमीला की आत्मकथा को उसके द्वारा एक हाशियाकृत नागरिक के नाते राजनीतिक अधिकार प्राप्त करने के प्रयास के रूप में देखा जाना चाहिए (मोकिल, 2019)। उसकी आत्मकथा हमें कई तरह की चुनौतियाँ देती है—एक तो वह यौनकर्मियों को अभाव और क्षय का प्रतीक बनाकर पेश करने को झुठलाती है, और सबसे महत्त्वपूर्ण है कि वो ख़ुद को श्रमिक, परिवार पर सवाल उठाने वाली और बिना पश्चात्ताप के यौनकर्म करने वाली औरत कहती है (देविका, 2006)। वह पारिवारिक क्षेत्र पर सवाल उठाती है, एक गृहिणी और यौनकर्मी के बीच स्वायत्तता का अन्तर करके नहीं, बल्कि पत्नी-माँ और यौनकर्मी, दोनों के रूप में ख़ुद की पहचान करके; एक अनौपचारिक श्रमिक, सामाजिक कार्यकर्ता और यौनकर्मी, सब कुछ एक

साथ। वह दोनों में अन्तर किए बिना, अपने 'सार्वजनिक जीवन' में घरेलुता की बात करती है, और विवाह के रिश्तों में जाने और बाहर आने तथा यौनकर्म की बात करती है। अपने पारिवारिक जीवन के बारे में विस्तार से बताती है, और विवाह में यौन हिंसा तथा यौनकर्म में यौन आनन्द को उजागर करती है। वह बताती है कि कैसे शुरू में वह यौनकर्म को पुरुषों द्वारा महिलाओं का इस्तेमाल किए जाने के रूप में देखती थी, जैसा कि पति भी करते हैं। इसी प्रकार, वह विभिन्न प्रकार के श्रम के बारे में बात करती है, उत्पादक, प्रजननशील और यौनिक, विशेषकर विविध अनौपचारिक श्रम जैसे कि घरेलू काम, या 'सभ्य' कृषि या फ़ैक्टरी मज़दूरी, और यौनकर्म भी, और इन दोनों प्रकार के कामों में यौनिक एवं भौतिक शोषण तथा कमज़ोरियों को रेखांकित करती है। यौनकर्म की इस 'साधारणता' का दावा ही है जो प्रमुख घरेलू स्त्रीयता को चुनौती देता है और यौनकर्मियों की राजनीतिक एजेंसी को बल देता है।

एक अन्य महत्त्वपूर्ण क्षण जब यौनकर्मियों की एजेंसी को संगठन के बाहर, लेकिन उसके सहयोग से, व्यक्त किया गया, वह था हुस्ना बाई की 1957 की याचिका, जिसमें उसने भी खुलकर ख़ुद को 'वेश्या' कहते हुए उस समय हाल में लागू किए गए अनैतिक तस्करी अधिनियम, 1957 को चुनौती दी (दे. 2018)। हुस्ना बाई का तर्क था कि अनैतिक तस्करी अधिनियम संविधान की धारा 19 के अन्तर्गत उसके द्वारा अपना व्यवसाय करने के मौलिक अधिकार का पालन करने का उल्लंघन करता है। इसे भारत के कई हिस्सों में यौनकर्मियों की देवदासियों, कलाकारों या व्यावसायिक नर्तकियों के रूप में बनी संस्थाओं के सन्दर्भ में देखना ज़रूरी है, जो भौगोलिक स्तर पर सीमित इलाक़ों में रहते हैं और एक-दूसरे से रिश्तेदारी व जाति के रिश्तों से जुड़े हुए हैं। इसने उन्हें संगठनों और व्यक्तिगत स्तर पर अपने अधिकारों के लिए संघर्ष करने का आत्मविश्वास और सहयोग दिया। लेकिन हुस्ना बाई की याचिका इससे पहले चलती आई यौनकर्मियों की क़ानूनी कार्यवाहियों से अलग थी, जो पहले या तो क़ानून से छिपते थे, या पुलिस को घूस देकर जाँच-पड़ताल को टाल देते थे, या व्यक्तिगत स्तर पर क़ानून से बचने के तरीक़े निकालते थे, जैसे कि वेश्या के रूप में व्यक्तिगत वर्गीकरण न करवाकर कलाकार या देवदासी के रूप में वर्गीकरण करवाना। लेकिन हुस्ना बाई 'वेश्या' के रूप में सामने आईं, एक श्रमिक नागरिक, और उन्होंने अपने पूरे वर्ग के लिए आर्थिक अधिकारों और स्वतंत्रता की माँग की, तथा सरकार के कथानक—कि वेश्यावृत्ति अनुत्पादक रोज़गार है, उसे नकार दिया। उन्होंने तर्क दिया कि अनैतिक तस्करी अधिनियम उन्हें अपना व्यवसाय चलाने से प्रतिबन्धित करता है और सार्वजनिक शालीनता, नैतिकता और सार्वजनिक स्वास्थ्य के नाम पर, उन पर अकारण और ग़ैरक़ानूनी प्रतिबन्ध लगाता है। भले ही हुस्ना बाई का मुक़दमा सफल नहीं रहा, लेकिन उसने आगे के लिए मुक़दमे दायर करने और सामूहिक क़ानूनी संघर्षों के लिए रास्ता दिखा दिया।

इसलिए ज़रूरी है कि हमें यौनकर्मियों के आन्दोलनों को केवल एड्स के सन्दर्भ में स्थापित अधिकार आधारित संस्थाओं के रूप में मानचित्रण किए जाने की अपर्याप्तता को पहचानना होगा। यौनकर्मियों का अन्याय के ख़िलाफ़ संघर्ष का लम्बा इतिहास रहा

है जिसमें उन्होंने नागरिक, राजनीतिक और सामाजिक अधिकारों के लिए संघर्ष किया है और कलंक तथा औपचारिक एवं अनौपचारिक कार्यक्षेत्रों में भेदभावपूर्ण क़ानूनों का विरोध किया है। लेकिन यौनकर्मियों के आन्दोलनों के वैध काम के रूप में जनवकालत के कथानक ने यौनकर्मियों की एजेंसी का रूपांकन किया है; और विश्व भर के यौनकर्मी संगठनों द्वारा किए जा रहे विभिन्न प्रकार के कामों को उन्मूलनवाद की एक ही श्रेणी में डालकर ख़ारिज व अस्वीकार कर दिया है। यौनकर्मी संगठनों की विरासत में से एक है कि उन्होंने समाजवादी नारीवादी संगठनों के साथ मिलकर यौनकर्मियों, गृहिणियों और कामकाजी महिलाओं की भौतिक स्थितियों की निरन्तरता को रेखांकित किया है। 1970 के दशक में उभरे इंग्लिश कलेक्टिव ऑफ़ दि प्रॉस्टिट्यूट्स के साथ फ्रांस, यू.एस.ए., ऑस्ट्रेलिया आदि में शुरू हुए ऐसे ही संगठनों में यौनकर्मी पूँजीवाद के अन्तर्गत ग़रीबी के विरोध में संगठित हुए, और उन्होंने माँग की कि आज तक उनसे पत्नियाँ या प्रेमिका होने के नाते जो काम निःशुल्क करवाए जाते रहे, उनके लिए उन्हें भुगतान किया जाना चाहिए। इस प्रकार, यौनकर्मी महिलाओं की आर्थिक स्वतंत्रता, सामाजिक कल्याण लाभ में वृद्धि, काम के लिए बेहतर वेतन, और घरेलू काम के लिए वेतन के संघर्ष का हिस्सा बने, जिससे कि औरतों को ग़रीबी हटाने के लिए, पैसे के लिए यौन सम्बन्ध बनाने को मजबूर न होना पड़े। यौनकर्मियों के संगठनों ने एक और मुद्दा उठाया जो था ग़ैर-घरेलू यौन सम्बन्धों का, जैसे कि देवदासियों के सन्दर्भ में जिनका जातिगत शोषण हो रहा था, और उन्हें जाति व्यवस्था की 'निचली जातियों' के रूप में संगठित किया गया। इन आन्दोलनों को, जैसे कि 1980 के दशक का महाराष्ट्र का देवदासी उन्मूलन आन्दोलन, वेश्यावृत्ति उन्मूलन आन्दोलन के साथ जोड़ना, यौनकर्मियों की इन विविध/वैश्विक संघर्षों के माध्यम से सम्बोधित की जाने वाली जटिल एवं प्रासंगिक वास्तविकताओं को नकारता है।

यौनकर्म का पुनर्निर्माण

20वीं सदी की शुरुआत में नृत्य-विरोधी आन्दोलन, यौनकर्म के पुनर्निर्माण का एक ऐतिहासिक समय था। इस आन्दोलन ने औरतों की नृत्य और संगीत की पारम्परिक प्रथाओं का उन्मूलन करने का प्रयास किया, और उन्हें अशिष्ट और बदनाम 'नाचनेवाली' का दर्जा देकर, 'केवल वेश्यावृत्ति' तक सीमित कर दिया। यह औपनिवेशी भारत में सार्वजनिक और निजी जगहों की पुनर्व्यवस्था की व्यापक प्रक्रिया का एक हिस्सा था। घर बनाम बाहर, सांस्कृतिक बनाम भौतिक, पूरब बनाम पश्चिम, महिला बनाम पुरुष की कई अन्तर्विभाजक पहचानों के माध्यम से, यौनिकता के नए मानदंड स्थापित होने लगे, जिसमें औरतों और परिवार को राष्ट्र निर्माण की प्रक्रिया में, भारतीय समाज के वाहक के रूप में स्थापित कर दिया गया (वैद और सांगरी, 1989)। सामाजिक सुधार आन्दोलन के ज़ोर पर सम्मानजनक गृहिणी के साथ एकरस परिवार को प्रतिष्ठित करते हुए, नई यौनिक नैतिकता विकसित हो रही थी, और इस प्रक्रिया में कई मौजूद पारिवारिक और ग़ैर-पारिवारिक यौनिक सम्बन्धों को अनैतिक और असम्मानजनक बताते

हुए, अवैध बना दिया गया। अलग-अलग 'ग़ैर-पत्नी' पहचानों या विवाह के बाहर के रिश्तों में रह रही औरतों की श्रेणियों को पुनर्गठित करके 'वेश्या' की एक व्यापक श्रेणी स्थापित कर दी गई—इसमें देवदासियों से लेकर, तवायफ़ और सांस्कृतिक कलाकार, उपस्त्रियाँ और 'अस्थायी पत्नियाँ' या विवाह से निकली हुई महिलाएँ, और प्रवासी व घुमन्तू महिला श्रमिक—सब शामिल थे। धार्मिक पुजारियों और सार्वजनिक रूप से नृत्य और संगीत के कामुक प्रदर्शन की सांस्कृतिक गतिविधियों में शामिल औरतों को अवैध धार्मिक-सांस्कृतिक दुनिया में खदेड़ दिया गया। ये औरतें प्रदर्शन कलाओं से बहिष्कृत हो गईं, जिन्हें बाद में राष्ट्रीय शास्त्रीय कलाओं के रूप में पुनर्जीवित किया गया, और उन्हें सर्वहारा यौन श्रम की ओर धकेल दिया गया जिसके कारण उन्हें अपनी प्रथागत आजीविकाओं को खोना पड़ा। किसी औरत के अकेले या परिवार की मर्ज़ी के बिना देश या विदेश में प्रवास करने को अनैतिकता के प्रति उनके मोह के रूप में पेश किया जाने लगा और माना जाता था कि यह औरतें अंशकालिक रूप से वेश्यावृत्ति करती हैं। यहाँ तक कि अपने संरक्षकों के साथ परिवार जैसी व्यवस्था में रहने वाली औरतों को भी व्यभिचारी वेश्याओं के रूप में कलंकित किया जाता था, जिन्हें विवाह का क़ानूनी संरक्षण उपलब्ध नहीं था।

नए उभरते औपनिवेशी शहरों में यौनकर्म को पुनर्स्थापित किया गया, विशेषकर सेना छावनी क्षेत्रों में, जहाँ एकल प्रवासी पुरुष, मज़दूर, सैनिक और बाबुओं के रूप में नए ग्राहक मौजूद थे (बैनर्जी, 1998)। इसे विभिन्न प्रकार के नियमों के अन्तर्गत सम्बोधित किया जाने लगा। 19वीं शताब्दी के अन्त में, भारत में औपनिवेशी सरकार ने सार्वजनिक स्वास्थ्य प्रणाली के अन्तर्गत वेश्यावृत्ति का प्रबन्धन करने का प्रयास किया, जिससे कि सेना के लिए वेश्या मोहल्लों के माध्यम से उनकी यौन सेवाएँ सुरक्षित और सुनिश्चित रूप से उपलब्ध हो सकें; और साथ ही उनकी निगरानी और उन पर जाँच रखी जा सके कि सेना में यौन रोग न फैले। इस समय में मुख्य रूप से उन्मूलनवादी हस्तक्षेप ही देखे गए थे, न सिर्फ़ औपनिवेशी सरकार द्वारा, बल्कि मध्यवर्गीय राष्ट्रवादियों के नृत्य-विरोधी अभियान जैसे सामाजिक कल्याण प्रयासों के माध्यम से भी। इन अभियानों में आधुनिक शिक्षित मध्यवर्गीय औरतों ने बढ़-चढ़ कर भाग लिया, जो पर्याप्त रूप से घरेलू और शालीन थीं, जो कि उनकी सम्मानता को रेखांकित करता था और समतावादी होने के साथ-साथ उनके पास एजेंसी भी थी कि वे नए राष्ट्र के निर्माण के लिए सामाजिक शुद्धता और नैतिक स्वच्छता का बीड़ा उठा सकती थीं। और इस तरह वेश्यावृत्ति में शामिल औरतों की मुक्ति के लिए देह व्यापार पर प्रतिबन्ध लगाना नए संविधान के अन्तर्गत स्वतंत्रता के विचार के लिए केन्द्रीय अवधारणा बन गई। और नए स्वतंत्र भारत राष्ट्र ने धारा 23 के अन्तर्गत मौलिक अधिकार के रूप में देह व्यापार को प्रतिबन्धित कर दिया, जिसका उद्देश्य था औरतों के शोषण का अन्त करना और उन्हें 'सम्मान के साथ उपयोगी नागरिकों के रूप में गरिमापूर्ण जगह देना' (दे. 2018)।

कुछ नारीवादी कथानक औपनिवेश पूर्व इतिहास की विभेदक सामाजिक-सांस्कृतिक व्यवस्थाओं पर ज़ोर देते हैं, जिसमें ग़ैर-घरेलू औरतों जैसे कि तवायफ़ें और देवदासियाँ

शामिल थीं। और इन जगहों का सुनहरे इतिहास के रूप में रूमानीकरण किया जाता है, जहाँ औरतों को यौनिक और भौतिक स्वतंत्रता प्राप्त थी, जिसे औपनिवेशी हस्तक्षेप ने मिटा दिया। लेकिन हमें समझना होगा कि हालाँकि ये जगहें विषम पितृसत्तात्मक शुद्धता के आदर्श के पार थीं, लेकिन वे विभिन्न जातियों के बीच विविध और पदानुक्रमित यौन प्रथाएँ स्थापित करने वाली ब्राह्मणवादी पितृसत्ता के अन्तर्गत निहित/बाधित थीं। जहाँ उच्च जाति की औरतों की यौनिकता पत्नीयता की शुद्धता के आदर्श द्वारा बाधित की गई थी, वहीं देवदासियों और तवायफ़ों की स्थापित सामाजिक-यौनिक प्रथाओं के माध्यम से निचली जातियों की औरतें ग़ैर-पत्नी के रूप में उपलब्ध कराई गई थीं।

इसके बावजूद, जहाँ नृत्य-विरोधी आन्दोलन का समाज सुधार और राष्ट्रीयता के साथ ऐतिहासिक उलझाव हम समझने में सफल हो पाए, वहीं शुद्धतावादी व उन्मूलनवादी होने के नाते नए यौन प्रतिबन्ध और अधीनता पैदा करने वाले आन्दोलनों के रूप में इसकी निन्दा की गई है; इसके जाति-विरोधी आन्दोलनों के क्षेत्र में प्रभावों पर चर्चा नहीं की गई है। इन आन्दोलनों, जैसे कि महाराष्ट्र का सत्यशोधक आन्दोलन, और तमिलनाडु का आत्मसम्मान आन्दोलन, ने ध्यान आकर्षित किया कि किस प्रकार देवदासी प्रथा या लावणी नृत्य के प्रचलित सांस्कृतिक प्रदर्शन ब्राह्मणवादी व्यवस्था की संरचना में निहित और स्वीकृतिप्राप्त थे, और वे घरेलू क्षेत्र के बाहर दलित तथा निचली जातियों की औरतों की यौनिकता को परिभाषित और शोषित करते थे, तथा उनके समुदायों को सम्मान और गरिमा से वंचित करते हुए उन्हें कलंकित करते थे। कुछ नारीवादी आलोचक इन जाति-विरोधी आन्दोलनों में ग़ैर-ब्राह्मण पुरुषों के नपुंसीकरण के डर को रेखांकित करते हैं, क्योंकि इनमें मातृसत्तात्मक सम्पत्ति व्यवस्था मौजूद थी और उनके समुदायों की औरतों को तुलना में ज़्यादा यौनिक स्वतंत्रता प्राप्त थी। इन आन्दोलनों को इन ग़ैर-ब्राह्मण पुरुषों के पितृसत्तात्मक नैतिक अभियान के रूप में देखा गया जो औरतों पर अपनी जाति की इज़्ज़त का भार डालते थे। लेकिन, देवदासी-उन्मूलन आन्दोलन के इस जाति-विरोधी विचार को स्वच्छतावादी मध्यवर्गीय सामाजिक सुधार आन्दोलन के साथ में जोड़कर देखने वाले उच्च जाति के पुरुषों द्वारा निचली जातियों की औरतों के यौनिक श्रम के विनियोजन में जाति की प्रमुख भूमिका पर चुप हैं।

आंबेडकर के देवदासी प्रथा और लावणी नृत्य के विश्लेषण में इस मुद्दे को छेड़ा गया था। आंबेडकर ने पट्ठे बापूराव, एक प्रसिद्ध ब्राह्मण शाहिर या लावणी संगीतकार, से दान लेने से इनकार कर दिया था क्योंकि वे पावला बाई, एक प्रसिद्ध नर्तकी के कामोत्तेजक लावणी नृत्य के प्रदर्शन से कमाए हुए पैसे थे। उन्होंने कमातीपुरा की दलित औरतों से अपील की कि वे वेश्यावृत्ति के अपमानजनक जीवन, जिसमें उन्हें धकेला जाता है, को छोड़कर नए राजनीतिक समुदाय का हिस्सा बनें और एक 'साधारण' विवाहित जीवन जियें (रेगे, 2013)। इसे इस सन्दर्भ में समझना होगा कि निचली जातियों की औरतों का वेश्यावृत्ति/यौनकर्म में प्रवेश देवदासी जैसी धार्मिक प्रथाओं द्वारा व्यवस्थित किया जाता था जो उनकी यौनिक स्वच्छंदता का समर्थन करती थी। यौन हिंसा के दर्जाबन्द स्वरूप के माध्यम से दर्जाबन्द जाति व्यवस्था के भेदकारी नियमों को वैधता मिलती है।

इसके कारण निचली जाति की औरतों को ग़ैर-घरेलू यौनिक श्रम करने के लिए मजबूर होना पड़ता है, जबकि उच्च जाति की औरतों की यौनिकता को घरेलू क्षेत्र में नियंत्रित रखा जाता है। और इसलिए विवाह, एक पितृसत्तात्मक संस्था के बजाय, वेश्यावृत्ति में शामिल इस समुदाय की औरतों के लिए एक क्रान्तिकारी विकल्प है, जिसके माध्यम से वे उनको दिए जाने वाले निम्न दर्जे को नकारकर अपने स्वाभिमान का दावा कर सकती हैं। यौनकर्म की आलोचना की इसी विरासत के आधार पर वर्तमान दलित नारीवादी यौनकर्म पर अपनी समझ को स्थापित करते हैं।

यौनकर्म पर पुनर्विचार : जाति, कलंक और यौनिक श्रम की गुत्थी सुलझाना

भारत में व्यापक स्तर पर माना जाता है कि वेश्यावृत्ति में शामिल औरतें निचली जातियों से आती हैं, विशेषकर दलित समुदाय से। इसके पीछे उनकी ग़रीबी और अशिक्षा को कारण माना जाता है। यौन उद्योग के नए बाज़ार, जैसे कि बार नर्तकियाँ भी निचली जातियों से आती हैं, जो वंशागत रूप से यौनिकृत मनोरंजन करती आई हैं (दलवाई, 2019)। यौनकर्म पर लिखे गए कई लेख इस काम में जाति-आधारित प्रथाओं के बारे में बात करते हैं, जैसे कि 'धार्मिक वेश्यावृत्ति' या 'दासता का रिवाज़' जहाँ दलित बहुजन औरतों को यौनकर्म के लिए रखा जाता है। लेकिन यौनिक श्रम की ये जाति आधारित प्रथाएँ यौनकर्म के तहत समा जाती हैं, और इन्हें यौनकर्म से अलग नहीं समझा जाता, जिससे इन प्रथाओं में यौनकर्म की विशिष्ट व्यवस्था खो जाती है। इसलिए ज़रूरी है कि जाति को एक विवरणात्मक श्रेणी से आगे एक विश्लेषणात्मक श्रेणी के रूप में उसकी व्यापकता को समझा जाए, और परीक्षण किया जाए कि किस प्रकार जाति यौनकर्म को जन्म देती है। यौनकर्म पर दलित नारीवादी तर्क नारीवादी समझ को चुनौती देता है, जो जाति को यौनकर्म के लिए प्रासंगिक मानते हैं। यौनकर्म का केवल एक अतिरिक्त पहलू, और दावा करता है कि जाति जेंडर के पहलुओं के साथ मिलकर यौनकर्म की संरचना करती है।

जाति को यौनकर्म की पारिवारिक आर्थिक के रूप में संस्थापक पहलू की तरह से देखा जाता है, जैसे कि बेड़िया समुदाय के लिए, जो कि उत्तर भारत की एक ग़ैर-अनुसूचित जनजाति है (अग्रवाल, 2008)। हालाँकि परिवार और यौनकर्म को अलग समझा जाता है, बेड़िया समुदाय में यौनकर्म परिवार और रिश्तेदारी की प्रथाओं के माध्यम से संयोजित होता है, जिसमें बहनों और बेटियों पर ज़िम्मेदारी होती है कि वे कभी विवाह नहीं करेंगी और यौनकर्म करेंगी, उनके भाई और पिता निष्क्रिय दलाल का काम करते हैं, और इन पुरुषों की पत्नियाँ 'शुद्ध' सामाजिक समूहों से आती हैं जिन्हें घर का काम सँभालना होता है। बेड़िया समुदाय के बीच यौनकर्म के रोज़मर्रा संचालन के लिए जाति नियम और जाति परिषद होते हैं।

दलवाई (2019) ने भाटू समुदाय की वंशागत नर्तकियों के यौनिक कर्म में जाति का पूँजी के रूप में परीक्षण किया। 'जाति पूँजी' को प्रथागत जाति अनिवार्य व्यवसायों से जुड़ी सांस्कृतिक प्रथाओं, ज्ञान और व्यवहार के रूप में परिभाषित किया जाता है, जो

कि कुछ जातियों को कुछ नए आधुनिक व्यवसायों में पारंगत होने की इजाज़त देते हैं। बार-नृत्य के सन्दर्भ में, इसकी पहचान नृत्य के पारम्परिक कौशल और नेटवर्क, रिझाने की कला, अन्तरंगता को सँभाल पाने आदि के रूप में की जाती है, जो कि पारम्परिक रूप से नर्तकी का व्यवसाय करने वाली औरतों को डांस बार की नई आवश्यकताओं में ढलने में मदद करती है। अस्वच्छ, निचले स्तर के जाति आधारित व्यवसाय, जैसे कि कामोत्तेजक मनोरंजन ने निचली जातियों की कई पीढ़ियों को ऐतिहासिक अपमान और शोषण का पात्र बनाया; लेकिन जाति पूँजी इनके माध्यम से निकलकर चाहत की नई आर्थिक व्यवस्था में शामिल हो गई है, जिसके माध्यम से सत्ता, स्तर और धन प्राप्त किया जा सकता है। यौन बाज़ारों के ये नए अवसर, बार-नर्तकियों जैसी निचली जातियों की 'बुरी औरतों' को मिली नई व्यावसायिक और वर्ग की गतिशीलता ही प्रभावशाली वर्गों के लिए ख़तरा बन जाती है। और इसने 'जाति प्रशासन' का रूप ले लिया मतलब कि उच्च जाति द्वारा निचली जाति की 'बुरी औरतों' को मिली नई गतिशीलता को सीमित करना।

यौनकर्म में श्रम के विभाजन में भी जाति की भूमिका रहती है, जैसा कि देवदासी प्रथा में देखा जा सकता है। स्थानीय देवदासी प्रथाएँ, जैसे कि जोगतिनें व्यवस्था करती हैं कि गाँव के उच्च जाति पुरुषों को दलित और निचली जाति की जोगतिनों के यौनिक श्रम पर हक़ है, जिसके लिए उनकी रोज़मर्रा के ग्रामीण जीवन में स्वच्छंद सम्भोगी के रूप में निन्दा की जाती है (तांबे, 2014)। यह यौनिक श्रम इन देवदासियों के सांस्कृतिक और धार्मिक श्रम के साथ गुँथा होता है, क्योंकि उनकी ग़ैर-घरेलू यौनिकता उन्हें कुछ धार्मिक क्रियाएँ करने की इजाज़त देती है जिसमें वे देवी और उसकी शक्ति का अवतार धारण करती हैं, और कुछ धार्मिक मौक़ों पर धार्मिक नृत्य और संगीत प्रदर्शन करने का भी। यह देवदासी पत्नी बनाम वेश्या का विभाजन नहीं करती, *क्योंकि उसे जुलवा यानी धार्मिक रूप से मान्यता प्राप्त शादी जैसे सम्बन्ध के साथ पवित्र या सच्चरित्र होने की इजाज़त है।* ऐसी अपरम्परागत प्रतीत होने वाली यौनिक और पारिवारिक व्यवस्थाओं को दर्जाबन्द जाति व्यवस्था की भेदकारी प्रथाओं के रूप में देखना ज़रूरी है, जो कि विभिन्न जातियों के लिए सम्भोग और वंशावली के भेदकारी नियमों के माध्यम से काम करती हैं और जाति व जेंडर की भिन्नताओं को जन्म देती हैं (रेगे, 2013)। इसी प्रकार, लावणी नर्तकियों जैसे प्रचलित सांस्कृतिक प्रदर्शन करने वालों के सन्दर्भ में भी जाति आधारित श्रम के साथ श्रम के यौनिक बँटवारे, और यौनिक श्रम के बँटवारे के मिश्रण को देखा जा सकता है। यौनिक श्रमिक को विवाह के अन्तर्गत पूरी तरह से प्रजननकारी श्रम के रूप में और विवाह के बाहर अशुद्ध कामुक श्रम के रूप में देखा जाता है, जिसे जेंडर और जाति की दर्जाबन्दी निर्धारित करती है। ऐतिहासिक रूप से, सार्वजनिक कामोत्तेजक मनोरंजन की प्रथाओं ने निचली जातियों की यौनिकता को व्यभिचारी, अतृप्त और स्वच्छंद सम्भोगी का रूप दिया है जिसके कारण वे उच्च जाति के पुरुषों के लिए हमेशा उपलब्ध मानी जाती हैं, जबकि उच्च जाति की औरतों की यौनिकता को विवाह के अन्तर्गत एकांगी शुद्धता का आदर्श बनाकर नियंत्रित किया जाता है (रेगे, 1996)।

हालाँकि इन जाति आधारित प्रथाओं के सांस्कृतिक और धार्मिक महत्त्व पर ज़ोर देना ज़रूरी है, बजाय इसके कि निचली जाति की औरतों की ग़ैर-घरेलू यौनिकता को यौनकर्म के अन्तर्गत सीमित कर दिया जाए। सार्वजनिक स्वास्थ्य, विकास या देह-व्यापार पर होने वाले विमर्श मठम्मा जैसी देवदासियों को केवल यौनिक वस्तु के रूप में दर्शाते हैं, न कि धार्मिक औरतों के रूप में (आनंदी, 2013)। यह दलित या जाति-भ्रष्ट (Outcaste) धार्मिक औरतें मन्दिरों या धार्मिक स्थलों की पुजारिनों के रूप में गाँवों की धार्मिक सांस्कृतिक व्यवस्था में केन्द्रीय भूमिका रखती हैं, जो दक्षिण भारत के हिस्सों में, जातिगत और जाति-भ्रष्ट सांस्कृतिक जगत के बीच जुड़ाव बनाए रखती हैं। इन प्रथाओं की धार्मिक हथकंडों और जीवन की रणनीतियाँ बनाने की क्षमताओं को पूरी तरह से नहीं समझा गया है, और इन्हें अन्धविश्वास तथा जाति-भ्रष्ट लोगों की तर्कहीनता माना जाता है (विजयश्री, 2010)।

इस प्रकार, दर्जाबन्द व्यवस्था के रूप में जाति न केवल श्रम के बँटवारे का संचालन करती है, बल्कि यह श्रमिकों को भी बाँटती है, जो कलंकित अपमानजनक श्रम का मूर्त रूप लेते हैं। कलंक की भौतिकता को पारम्परिक जातिगत श्रम छोड़कर, और पूँजीवाद के मज़दूरी के अनुबन्ध में प्रवेश करके त्यागा जा सकता है। औरतों की यौनिकता के नियमन के आधार पर जाति का अनुमान लगाया जाता है, जिसके लिए सम्भोग और वंशावली के भेदकारी नियम लागू किए जाते हैं (रेगे)। जाति व्यवस्था के अन्तर्गत, दलित और निचली जातियों का ग़ैर-घरेलू यौनिक श्रम पूँजीवाद के अन्तर्गत यौनकर्मी के स्वैच्छिक यौनिक श्रम के बराबर नहीं है। यौनकर्म से लेकर मैला ढोने और कचड़ा उठाने जैसे कलंकित श्रम के नए बाज़ारों पर किए गए अध्ययनों ने इस काम की जटिल प्रकृति को उजागर किया है। और इसलिए, यौनकर्म में यौनिक श्रम की बारीक़ियों को कलंकित जाति-निर्धारित यौनिक श्रम के साथ नए यौन बाज़ारों में अनुबन्धित श्रम, और साथ ही विवाह के अन्तर्गत यौनिक श्रम के नज़रियों से देखना ज़रूरी है। और यह यौनकर्मियों के नारीवादी संघर्ष में कलंक और शोषण के ख़िलाफ़ संघर्ष में मदद कर सकता है (जॉन, 2017)।

सन्दर्भ ग्रंथ

Agrawal, A. (2008). *Chaste Wives and Prostitute Sisters: Patriarchy and Prostitution among Bedias of India.* New Delhi: Routledge.

Anandhi, S. (2013). The Mathamma. *Economic and Political Weekly,* 48 (18).

Banerjee, S. (1998) *Dangerous Outcast: Prostitution in Nineteenth Century Bengal.* Calcutta: Seagull Books.

Dalwai, S. (2019). *Bans and Bargirls: Performing Caste in Mumbai's Dance Bars.* New Delhi: Women Unlimited.

De, R. (2018). The Case of Honest Prostitute: Sex, Work and Freedom in the Indian Constitution. in *A People's Constitution: The Everyday Life of Law in the Indian Republic.* New Jersey: Princeton University Press.

Devika, J. (2006). Housewife, Sex Worker and Reformer. Vol. 41, Issues No. 17.

Ghosh, S. (2017). *The Gendered Proletariat: Sex Work, Workers' Movement and Agency.* New Delhi: Oxford University Press.

John, M. (2017). Reflections on Feminism and Marxism: the Woman Question. *Economic and Political Weekly,* 52 (50).

Kotiswaran, P. (2011). *Sex Work.* New Delhi: Women Unlimited.

Mokkil, N. (2019). To Claim the Day: The Sex Wroker as Subject in the Times of AIDS in: *Unruly Figures: Queerness, Sex Work and the Politics of Sexuality in Kerala.* Seattle: University of Washington Press.

Rao, A. (2012). Stigma and Labour: Remembering Dalit Marxism. *Seminar* (633).

Rege, S. (1995). The Hegemonic Appropriation of Sexuality: The Case of the Lavani Performers of Maharashtra. *Contributions to Indian Sociology,* 29 (1 and 2).

Rege, S. (2013). *Against the Madness of Manu: B. R. Ambedkar's Writing on Brahmanical Patriarchy.* New Delhi: Navyana Publishing

Sahni, R. and Shankar, K. (2013). Sex Work and its Linkages with Informal Labour Markets in India: Findings from the First Pan-India Survey of Female Sex Workers. IDS Working Paper, (416).

Shah, S. (2014). *Street Corner Secrets: Sex Work, and Migration in the City of Mumbai.* New Delhi: Orient Black Swan.

Sukhthankar, A. (2012). Queering Approaches to Sex, Gender and Labour in India: Examining Paths to Sex Worker Unionism. in Loomba, A. and R. Lukose, *South Asian Feminisms.* Durham and London: Duke University Press.

Sunder Rajan, R. (2003). The Prostitution Question (s): Female Agency, Sexuality and Work. in *The Scandal of the State: Women, Law and Citizenship in Post-colonial India.* Durham and London: Duke University Press

Tambe, A. (2008). Different Issues, Different Voices: Organization of Women in Prostitution in India. in Sahni, R. and K. Shankar, eds. *Prostitution and Beyond.* New Delhi: Sage Publications.

Tambe, A. (2016). Devadasi and/or Prostitute: Analyzing Jogtin Prostitute in Post-colonial Rural Maharashtra. in Chakravarti U. ed. *Thinking Gender, Doing Gender: Feminist Scholarship and Practice Today.* New Delhi: Orient Blackswan.

Vaid, S. and Sangari, K. (1989). *Recasting Women: Essays in Colonial History.* New Delhi: Kali for Women.

Vijaisri, P. (2010), In Pursuit of the Virgin Whore: Writing Caste/Outcaste Histories. *Economic and Political Weekly,* 45 (44 and 45).

Wolkowitz, C. (2006). *Bodies at Work.* London: Sage Publications.

श्रम, जाति और यौनिकता से नारीवाद का संवाद

मीना गोपाल
अनुवाद : सुभाष गाताडे

प्रस्तावना

प्रस्तुत आलेख में जाति और यौन श्रम के मुद्दे पर समय-समय पर स्त्री आन्दोलन की नारीवादियों और अकादमिकों द्वारा ली गई पोजिशन्स और उनमें आ रहे बदलावों पर नज़र डाली गई है। यह लेख जाति, यौनिकता और श्रम की संरचना के फ्रेमवर्क में ही पेश किया जा रहा है, जहाँ यौनिकता तथा निम्न जाति की स्त्रियों के श्रम पर नियंत्रण को ऊँची जातियों के विशेषाधिकार को बनाए रखने के तौर पर देखा जाता है। इस विचार की रोशनी में स्त्री आन्दोलन में उभर रहे श्रम के प्रश्न को समझने की इस आलेख में कोशिश की जा रही है। यह वह समय है जब दलित नारीवादी जाति के अपने जीवन के अनुभवों पर ग़ौर कर रहे हैं। इस दौरान अन्य अध्ययनकर्ता भी यौन श्रम में सक्रिय महिलाओं के समूहों और समुदायों के बारे में अध्ययन को सामने ला रहे हैं तथा विविध क़िस्म की संस्थाबद्ध यौन कलाओं और प्रस्तुतियों को कलंक से मुक्ति दिलाने के लिए समाज सुधार के प्रयासों को भी उजागर कर रहे हैं। इस पर्चे के अन्त में यौन श्रम के इर्द-गिर्द संगठित हो रही महिलाओं की नई कोशिशों पर भी रोशनी डाली गई है।

मार्च 2005, महाराष्ट्र सरकार ने डांस बार में नाचने वाली महिलाओं पर पाबन्दी लगा दी। सबसे पहले यह पाबन्दी मुम्बई शहर छोड़कर बाक़ी राज्य में लगाई गई और बाद में इस पाबन्दी में मुम्बई के डांस बार भी शामिल किए गए। इस फ़ैसले ने रातोरात 75,000 महिलाओं को बेरोज़गार बना दिया। इस पाबन्दी को जायज़ ठहराने के लिए तत्कालीन उप मुख्यमंत्री और गृहमंत्री आर.आर. पाटील ने यह बात कही थी कि डांस बार के चलते युवा नैतिक तौर पर भ्रष्ट हो रहे हैं और वे अपने पिता की 'मेहनत से कमाई गई दौलत को बर्बाद कर रहे हैं और यहाँ तक कि आपराधिक गतिविधियों में भी शामिल हो रहे हैं।[1]

स्त्री आन्दोलन इस मसले पर दो हिस्सों में बँट गया। एक धारा ने सरकार के इस फ़ैसले का यह कहते हुए समर्थन किया कि डांस बार के मालिकों द्वारा तथा वहाँ

पहुँचने वाले ग्राहकों द्वारा—जो महिलाओं का डांस देखने के लिए पैसे देते हैं—महिला डांसरों का शोषण होता है, तो दूसरी धारा ने यह कहते हुए विरोध किया कि यह फ़ैसला महिलाओं के काम के अधिकार का उल्लंघन करता है। इन पोजिशन्स के समर्थन में कई अध्ययन भी किए गए जिन्हें मुम्बई के उच्च न्यायालय के सामने भी पेश किया गया। अदालत ने इस पाबन्दी को असंवैधानिक घोषित किया।[2] उच्च न्यायालय के इस फ़ैसले को चुनौती देते हुए सरकार ने सर्वोच्च न्यायालय में अपील की जिसने उच्च न्यायालय के फ़ैसले को ही सही ठहराया।

जैसे-जैसे पाबन्दी के इर्द-गिर्द बहस आगे बढ़ती गई, यौनिकता, श्रम और जाति के बीच के 'तनावपूर्ण सम्बन्ध' का मसला फिर उभरकर सामने आया। और यह बहस नारीवादियों द्वारा अपनाई गई विविध पोजिशन्स, समाजवादी और कम्यूनिस्ट पार्टी से जुड़े महिला संगठनों, स्वायत्त नारीवादियों और दलित-बहुजन नारीवादी समूहों के बीच भी पहुँची।[3] कोलकाता में स्त्री आन्दोलनों के सातवें राष्ट्रीय सम्मेलन के दौरान और 'जाति आधारित पहचानों, भेदभावों, संघर्षों और चुनौतियों' पर केन्द्रित समूह चर्चा सत्रों के दौरान नारीवादियों के बीच जाति और यौनिकता के बीच के इस तनावपूर्ण रिश्ते पर बात आगे बढ़ी। अब फ़रक़ यह भी आया था कि यौनकर्म में तथा वेश्या व्यवसाय में शामिल स्त्रियाँ भी इस बहस में शामिल होती गई।[4] यौनिकता और श्रम की बहस से आगे बढ़ते हुए, इस पूरी चर्चा में जाति की अनिवार्य उपस्थिति से तमाम दलित बहुजन कार्यकर्ता क्षुब्ध और आहत होते दिखे, जिसमें उनका कहना था कि महिला आन्दोलन के एक हिस्से द्वारा बार डांसर्स का किया गया समर्थन—भले ही वह जीविका की रक्षा के लिए किया गया हो, वह निम्न जातियों की स्त्रियों के जाति आधारित यौन शोषण को नई मज़बूती प्रदान करता है।[5] कुछ अध्ययनकर्ताओं ने स्त्रियों को निशाना बनाने और उन्हें अनुशासित करने की राज्य की भूमिका पर अपने आपको केन्द्रित किया, जिन्होंने अपनी जातिगत पृष्ठभूमि के चलते और पेशागत कुशलताओं के आधार पर ग्रामीण इलाक़ों में जातिगत शोषण से मुक्ति हेतु आगे बढ़ने की कोशिश की थी।[6] मिसाल के तौर पर, राज्य ने इस पाबन्दी के ज़रिये उन्हीं महिलाओं को निशाना बनाया, जिन्होंने उन्हीं जातिगत आचारों की बाध्यता को लाँघने की कोशिश की थी, और शहरों में जीविका चलाने के लिए अवसर तलाशने की कोशिश की थी।

जाति, श्रम और कलंक

हाल के वर्षों में नारीवादी विदुषियों ने मुख्यधारा के नारीवादी और समाज विज्ञान सम्बन्धी लेखन के उस अन्तराल को भरने की कोशिश की है जिसके तहत स्त्रियों के जीवन के अनुभवों में जाति के अन्तर्गुंथन/इंटरसेक्शन की अब तक अनदेखी की गई थी। सभी स्त्रियाँ, फिर वे किसी भी जाति की हों, उन्हें यही समझा गया था कि वे स्त्री के तौर पर साझा उत्पीड़न झेल रही हैं। और अगर कहीं जाति को देखा गया, तो यही कहा जाता रहा कि जहाँ ऊँची जाति की महिलाओं को अलगाव और सती जैसी घातक प्रथाओं को झेलना पड़ा था, वहीं निम्न जाति की महिलाओं पर गतिशीलता को लेकर या विधवा

पुनर्विवाह के तौर पर कोई बन्धन नहीं थे। यह सरलीकृत नज़रिया एक तरह से निम्न जातियों द्वारा ऐतिहासिक तौर पर झेली गई अधीनता की स्थिति पर ग़ौर नहीं करता है, जहाँ दलित स्त्रियों को तीन गुना उत्पीड़न को झेलना पड़ता है और जहाँ ग़ैर बराबरी को हिंसक ढंग से मज़बूती देते हुए ढाँचागत उत्पीड़न की हिमायत की जाती थी।[7]

जाति व्यवस्था के सोपानक्रम और बहिष्करण की अन्तर्वस्तु अस्पृश्यता की अवधारणा में स्थित होती है। यह इस विचारधारा की ताक़त है जो जातियों के बीच के भौतिक सम्बन्धों में व्याप्त होती है ताकि वे दासता की प्रणाली के ज़रिये श्रम के साधनों पर अपना नियंत्रण क़ायम कर लें। इसी का नतीजा होता है कि कुछ जातियाँ श्रमिक जातियाँ बनी रहती हैं जबकि कुछ ऐसे विशेषाधिकार प्राप्त तबके भी होते हैं जो इन जातियों की सेवा हासिल कर लेते हैं। इस तरह से, सामाजिक-आर्थिक सम्बन्धों की ग़ैर बराबरी को वैधता हासिल होती है, जहाँ निम्न जातियों की ज़मीन या अन्य संसाधनों के प्रति नाममात्र या नहीं के बराबर पहुँच होती है, जबकि ऊँची जातियाँ निम्न जातियों को यह इजाज़त नहीं देतीं कि वे अपने मलिन पेशों को छोड़ दें। यह हक़ीक़त तब अधिक कठोरता से सामने आती है जब हम श्रम और जेंडर को मिलाकर देखते हैं। उनके शरीरों पर सख़्त नियंत्रण के ज़रिये और उनके सामाजिक चिह्नों के साथ महिलाएँ जाति व्यवस्था का प्रवेश द्वार बन जाती हैं।

जाति व्यवस्था को जारी रखने में महिलाओं की संलिप्तता अन्त:जातीय (endogamous) शादियों के माध्यम से सम्पन्न होती है, जो जाति विभाजनों को मज़बूत बनाते हैं और श्रम तथा भूमि पर ग़ैरबराबरीपूर्ण नियंत्रण क़ायम रखते हैं। अगर हम श्रम और जाति की बात करें तो अस्पृश्यता की अवधारणा ने सबसे दासोचित मलिन/ गन्दे और अशुद्ध पेशों में दलित जातियों के अनिवार्य श्रम और उनकी स्थायी ग़ुलामी को सुनिश्चित किया है। यह विचारधारा उत्पादन के सामाजिक सम्बन्धों में जड़ जमाई रहती है और वह उनकी न्यूनता को रेखांकित करती है। यह बिना कारण नहीं है कि अधिकतर जाति विरोधी संघर्षों का फ़ोकस जाति आधारित श्रम का विरोध और उनकी समाप्ति पर रहा है, जबकि वर्गीय आन्दोलनों ने सिर्फ़ भूमि सुधारों पर ज़ोर दिया है।[8]

श्रम का यौन विभाजन निम्न जाति की महिलाओं के लिए बेहद कपटपूर्ण तरीक़े से संचालित होता है। जहाँ ऊँची जाति की महिलाओं को उनके जातिगत ओहदे को स्थापित करने के लिए श्रम से बाहर किया जाता है, वहीं निम्न जाति की स्त्रियाँ ऊँची जाति के घरों में जाति द्वारा परिभाषित घरेलू काम को करने के लिए मजबूर होती हैं। वह दासता जिसके तहत घरेलू श्रम को अंजाम दिया जाता है, वह शायद ग्रामीण की तुलना में शहरी होती है और हाशिये की जातियों से सम्बद्ध महिलाओं के लिए शहर में काम के क्या विकल्प उपलब्ध हैं, इसे जानने के सन्दर्भ में यह फ़रक़ अहम होता है। अगर फेरी लगाने का काम न करना हो या निर्माण स्थल पर मज़दूरी न करनी हो तो ये महिलाएँ शहर में क्या काम करना चाहेंगी? वह एक तरह से सेवा कार्य के इर्द-गिर्द केन्द्रित होता है। शहरी भारत में, यौनकर्म भले ही वह समस्याग्रस्त मामला हो, लेकिन वह ग्रामीण इलाक़ों में उपस्थित मन्दिरों के वेश्या व्यवसाय या जातिगत वेश्या व्यवसाय

की तुलना में उतना लांछनास्पद कार्य नहीं होता है। शहर की यह यात्रा और इस वजह से निम्न जाति की महिलाओं के यौन श्रम के साथ सम्बन्धों में जो बदलाव आ रहे हैं, इस मुद्दे की और गहराई से पड़ताल करने की ज़रूरत है।[9]

घरेलू श्रम जो श्रम के सभी लैंगिक विभाजन में, हमेशा ही सबसे नीचा समझा जाता है वह निहायत ही ज़रूरी है। घरेलू श्रम का जो सबसे निकृष्ट और शोषणात्मक स्वरूप है और हाशिये की महिलाओं के साथ उसका क्या सम्बन्ध है, इसकी चर्चा संगारी[10] ने की है। मालूम हो कि घरेलू श्रम चूँकि बाज़ार के दायरे के बाहर स्थित होता है और विनिमय के दायरे में उसके मूल्य को पहचाना नहीं जा सकता, वह शादी में प्रचलित अधिकार और कर्तव्यों, सेवा और पालन-पोषण पर आधारित मूल्यांकन की प्रणाली में समाहित होता है, जो घर में स्थापित दीर्घकालीन व्यक्तिगत सम्बन्धों—जिन्हें पैसे और समय से नापा नहीं जा सकता—में प्रतिबिम्बित होता है। प्यार, आपसी देखभाल और लैंगिकता आदि पर आधारित इन निजी रिश्तों को पितृसत्ता शोषणकारी सम्बन्धों में बदल देती है।

घरेलू श्रम एक तरह से 'बुरी' महिलाओं के सामाजिक प्रजनन का भी स्थान होता है, अगर हम यह देखें कि उनके अपने श्रम का किस तरह और कैसे दोहन होता है। अपने इस निम्न स्तर का माने जाने के बावजूद घरेलू श्रम पर उस तरह लांछन नहीं लगता। हाशिये पर पड़ी महिलाओं का एक तरह से ख़ास क़िस्म के श्रम के कामों की तरफ़ निर्वासन, उनके हाशियाकरण और फिर कलंकीकरण को नई मज़बूती देता है। परित्यक्त महिलाओं, बेसहारा महिलाओं, विधवाओं, वेश्याओं, श्रमिक महिलाओं, घरेलू काम के लिए रखी गई स्त्रियाँ, प्रवासी ग्रामीण महिलाएँ, इसी प्रकार के पेशों से जुड़ी निम्न जाति की महिलाएँ जो जेंडरीकृत भी होती हैं और जिन्हें और निम्न और तुच्छ माना बनाया जाता है, इन सभी के बीच एक रिश्ते को स्थापित किया जा सकता है। यह सब एक तरह से विभाजित श्रमिक बल का निर्माण करता है, जो पारिवारिक और सामाजिक पितृसत्ताओं से—जो ऐसी स्त्रियों के शोषण पर टिका होता है—प्रभावित रहता है। इस तरह सभी महिलाएँ ऊँची जाति/वर्ग की विचारधारा से तथा घरों के अन्दर मौजूद ग़ैर बराबर सम्बन्धों से अशक्त बनी रहती हैं, तथा सबसे ख़राब परिस्थितियों में मज़दूरी करने के लिए मजबूर होती हैं, जहाँ उनके पास बहुत सीमित विकल्प उपलब्ध होते हैं क्योंकि उन्हें अपने परिवारों से निकाला जा चुका होता है तथा वहाँ उनके लौटने की भी कोई सम्भावना नहीं होती। मिसाल के तौर पर, ऐसी स्त्रियाँ जो पितृसत्तात्मक और जातिगत विचारधाराओं को नहीं मानतीं और घर के नियमों से नहीं बँधी रहती हैं। उनके जीवनयापन की बहुत कम सम्भावनाएँ होती हैं और जिन पर बेसहारा होने का ख़तरा भी मँडराता रहता है।

श्रम का यह विभाजन तथा वर्ग विभेदीकरण इस वजह से अधिक पेचीदा हो जाता है कि प्रजनन करने वाली और प्रजनन न करनेवाली लैंगिकता के द्विविध विरोध/बाइनरी अपोजिशन की संरचना गढ़ी जाती है, जिसके तहत अच्छी बीवियाँ और 'अन्य' जैसे विधवाएँ और वेश्याएँ, शामिल की जाती हैं, जो शादी के पारम्परिक बन्धनों से बाहर होती हैं। यह धारणा एक तरह से उनके श्रम और सेवाओं के सामूहिक हस्तगतकरण

को सुगम करती है। दलित और अन्य लांछित स्त्रियाँ फिर एक सार्वजनिक श्रमिक की भूमिका तक पहुँचती हैं जहाँ उनके जिनके श्रम का अवमूल्यन होता है। हालाँकि वह सामाजिक प्रजनन के लिए अक्सर आवश्यक होता है। निम्न जाति और ऊँची जाति की स्त्रियों पर घरों के अन्दर जो नियंत्रण क़ायम किया जाता है उसमें भी ज़बरदस्त फ़रक़ होता है। ऊँची जाति की स्त्रियाँ घरों तक सीमित रहती हैं, लेकिन वे सामाजिक ओहदे के अन्य बन्धनों में भी जकड़ी रहती हैं। निम्न जाति की स्त्रियों की लैंगिकता को उल्लंघनीय समझा जाता है और उन्हें उच्छृंखल (promiscuous) समझा जाता है। इस तरह यह समझना मुश्किल नहीं है कि क्यों डांस बार की महिला डांसर्स (निम्न वर्गीय) निम्न जाति की स्त्रियों के नाचने पर पाबन्दी लगा दी गई जबकि फ़िल्म अभिनेत्रियाँ और मॉडल्स, उच्च वर्ग, उच्च जाति की स्त्रियाँ, वे पर्दे पर या मंचों पर नाचती रहीं! इस प्रकार महिलाओं को ही लांछन झेलना पड़ता है जबकि जो उन्हें 'इस्तेमाल' करना चाहते हैं वे उससे छुटकारा पा लेते हैं।

हालाँकि अन्य सभी तरीक़े जिनके माध्यम से जाति की निरन्तरता बनी रहती है वे आंशिक तौर पर खंडित हो चुके हैं या बदल चुके हैं। जैसे पारम्परिक पेशों में आ रहे बदलाव या अपने रिहाइश के मूल स्थान से दूर की यात्रा आदि, लेकिन विवाह एकमात्र ऐसा मामला है जो बिलकुल नहीं बदला है और वह जाति को बनाए रखने और उसका पुनरुत्पादन करने में अहम भूमिका निभाता है। जातिप्रथा को समाप्त करने और महिला उत्पीड़न को ख़तम करने के एक तरीक़े के तौर पर विवाह की आलोचना का काम नारीवादियों ने भी काफ़ी आधे-अधूरे ढंग से किया है। दलित आन्दोलन के अन्दर अम्बेडकर जैसे नेताओं ने अन्तर्जातीय शादी के माध्यम से जाति की जकड़ को तोड़ने के लिए अन्तर्जातीय विवाहों को प्रस्तावित किया। लेकिन उपमहाद्वीप में आज भी स्थिति यह है कि अन्तर्जातीय सम्बन्धों का मतलब है ऊँची जातियों की, उनके समुदायों और परिवारों की सामाजिक सत्ता का ध्वस्त होना और जिसका बहुत विरोध हुआ है। अन्तर्जातीय विवाह में बने रहने के लिए तैयार युगलों को इज़्ज़त की रक्षा के नाम पर बुरी तरह दौड़ाया गया है और मारा गया है। समाज द्वारा ऐसी शादियाँ प्रतिबन्धित कामनाओं के खाने में शुमार होती हैं, जिनमें न केवल प्रतिलोम शादियाँ शामिल हैं जहाँ निम्न जाति के पुरुष ऊँची जाति की स्त्रियों से शादी करते हैं, लेकिन समलिंगी स्त्री कामनाओं की अभिव्यक्ति में भी वह स्पष्ट होता है। हम लोगों ने समलिंगी स्त्रियों द्वारा की गई आत्महत्याओं की ख़बरें देखी हैं जो अपनी ज़िन्दगी इसलिए समाप्त करती हैं क्योंकि एक युगल के तौर पर ज़िन्दगी जीने के लिए आवश्यक सामाजिक दायरा अनुपलब्ध होता है, जो न केवल जाति पितृसत्ता से बल्कि केवल विषमलिंगी सम्बन्ध की सामाजिक स्वीकार्यता से सीमित होता है।

महिलाओं पर हिंसा और अत्याचारों के ख़िलाफ़ नारी आन्दोलन का संघर्ष, मिसाल के तौर पर किसी मथुरा के लिए जो एक आदिवासी स्त्री थी या भँवरी देवी जो एक दलित थी या किसी शाहबानो के लिए, जो एक मुस्लिम महिला थी, सभी हाशिये पर पड़ी पहचानों पर केन्द्रित थे। इसके बावजूद, 'स्त्री की यह सर्वसमावेशी श्रेणी, एक तरह

से उन तमाम विविधताओं को जो स्त्रियों पूरी ज़िन्दगी जीती हैं, ढकती दिखती है। दलित नारीवादियों और जाति पर काम करनेवाले विद्वानों को लगता है कि महिला आन्दोलन ने जाति और दलितों के उत्पीड़न, ख़ासकर दलित स्त्रियों के उत्पीड़न को सम्बोधित करने के लिए पर्याप्त कोशिशें नहीं की हैं। इतना ही नहीं, उसने अन्य विविधताओं की तरह दलित स्त्री के स्थान को यथेष्ट रूप से समस्या के रूप में पेश नहीं किया है। इससे यह परिस्थिति बनी है कि हम पीछे हटें और सुनने के लिए तैयार हों और विशेषाधिकार प्राप्त जातियों की नारीवादी, सवर्ण नारीवादी, जिसमें हम ख़ुद को भी शामिल करते हैं, आत्म आलोचनात्मक संवाद के लिए तैयार हों। इसके अलावा, पितृसत्ता की तरह जाति अपने आपको बाइनरी (binary) के तौर पर प्रस्तुत नहीं करती है, बल्कि उत्पीड़न की अन्य संरचनाओं की तरह उनसे सामंजस्य बिठाते हुए नए-नए रूपों में प्रस्तुत होती रहती है।

जातिगत श्रम में उलझा जीवन

जाति को समझने की ज़रूरत की राजनीति शुरू होती है दलित आवाज़ों को, दलित अधिकारों के लिए उठे आन्दोलनों को सुनने के बाद और इस ग़लत अवधारणा को पहचानने के बाद कि जाति की राजनीति ही सिर्फ़ दलितों की ही ज़िम्मेदारी नहीं है। जाति के साथ अन्तर्क्रिया, ख़ासकर भेदभाव और असमावेश का अनुभव, हम जैसे लोगों के लिए, जो ऊँची जाति से ताल्लुक़ रखते हैं, हमारे, अपने जीवन के अनुभव के हिस्से के तौर पर घटित नहीं होता। आम तौर पर यह समझ रहती है कि सामाजिक और सार्वजनिक दायरे जातिविहीन थे या समूचा विश्लेषण ऊँची जाति की पहचान से हावी रहता है।[11] इसके विपरीत दलितों को हमेशा उनकी जातीय पहचान की याद दिलाई जाती है या उससे पहचाना जाता है।

कुमुद पावडे अन्त:स्फोट में लिखती हैं—

> नतीजा यही होता है कि हालाँकि मैं अपनी जाति भूलना चाहती हूँ, उसे भूलना असम्भव होता है। और फिर मैं एक बात याद करती हूँ जिसे मैंने कहीं सुना था : जो जन्म से प्राप्त होती है और जिससे मृत्यु से भी मुक्त नहीं हुआ जा सकता—वह है जाति।[12]

अब हम दाई, हाथ से मल उठानेवाली और बार बाला के अपनी कहानियों के माध्यम से[13] जाति आधारित पेशों के पारम्परिक सूत्रीकरण की रोशनी में महिलाओं के अनुभवों को समझने की कोशिश करेंगे तथा इस बात की भी पड़ताल करेंगे कि समय के साथ इनमें कैसे अन्तर आए हैं। इन सभी उदाहरणों में, शारीरिक/लैंगिक श्रम, लांछन और भेदभाव जेंडरीकृत अन्तरक्रियाओं में व्याप्त रहता है।

मिडवाइफ़ या दाई

एक दाई के तौर पर दलित कामगार स्त्री का जीवन, गाँव के लैंगिक श्रम विभाजन का ही हिस्सा होता है और वह काफ़ी हद तक अस्पष्ट होता है।[14] उससे अन्य स्त्रियाँ बचती

हैं भले ही वे जानती हों कि बच्चे को जन्म देते वक़्त किस क़िस्म की सहायता देनी होती है। एक हद तक उन महिलाओं के प्रति सम्मान की भावना से जो कथित तौर पर इस काम को अपना काम समझती हैं और दूसरे इस काम की जोखिमता से। लेकिन इसे हम अपवित्र करने वाले शारीरिक पदार्थों के सामाजिक पृथक्करण के तौर पर भी देख सकते हैं, जहाँ इस लांछित श्रम को दलितों पर थोपा जाता है। शिशु के जन्म में, जो सबसे लांछित तत्त्व हैं वही सबसे प्रभावी हो सकते हैं : जैसे कि नाल को काटने को एक क़िस्म का बलिदान कहा जाता है, एक नए व्यक्ति की स्थापना के लिए जीवन स्रोत से उसको अलगाना। दलित स्त्रियाँ भले ही गन्दगी से निपट रही हों, लेकिन वे इस धारणा को ख़ारिज करेंगी कि उनका काम दूषित करनेवाला है। साथ-ही-साथ वे मजदूरी की माँग करने, काम को सुरक्षित करने और उस दायरे को बनाए रखने में जिनमें उनके काम की अहमियत हो, सवर्ण हिन्दू गढ़ंतों का इस्तेमाल करेंगी। यही वह तरीक़ा रहा है जिसके ज़रिये दलित स्त्रियों ने लांछन की विचारधारा से निपटने का काम किया, जिसे अपनाना बिना स्वतंत्र आय के सदस्यों के लिए एक बहुत नाज़ुक विकल्प था। जाति आधारित प्रेशों का ज़ोरदार ढंग से विरोध करने की दलित एक्टिविस्टों की साझा रणनीतियों से यह एक दिलचस्प बदलाव था। इस मामले में, परिवारों की यह इच्छा, कि उनकी महिलाएँ इस कठिन काम को छोड़ दें, एक तरह से आर्थिक निर्भरता से बचने की स्त्रियों की अपनी आकांक्षा, उनकी अपनी कुशलताओं का विकास तथा पुरुषों द्वारा उनके श्रम पर नियंत्रण की कोशिश से साफ़-साफ़ टकराती है। आधुनिकीकरण की उदार विचारधाराओं में लांछन की जड़ें व्यक्तियों में ही निहित मानी गई हैं, इस मामले में स्त्रियों और उनके श्रम में, न कि उन जटिल सामाजिक सम्बन्धों में जिससे कलंक/लांछन की निर्मिति होती है।[15]

समुदाय की अपनी भूमिका के अलावा, जहाँ-जहाँ राज्य ने दाई के तौर पर उनके काम का पुनर्गठन करने के लिए या उन्हें प्रशिक्षण देने के लिए हस्तक्षेप किया है, उसने स्वच्छता की धारणा पर अपने आपको केन्द्रित करके, जो उनकी अस्पृश्यता को रेखांकित करता है, एक तरह से सामाजिक सोपानक्रम में उनकी निम्न स्थिति को और औपचारिक शक्ल प्रदान की है। दूसरी तरफ़, संस्थागत ढाँचे में राज्य उन्हें तनख़्वाह प्राप्त कामगार के तौर पर नहीं देखता बल्कि प्रशिक्षार्थी के तौर पर देखता है और उनकी सामाजिक स्थिति में बदलाव के बिना उन्हें गाँव की दाई की भूमिका निभाने के लिए कहता है। राज्य सत्ता यह उम्मीद नहीं करती कि स्वास्थ्य व्यवस्था में उनकी दोयम स्थिति को लेकर ये स्त्रियाँ अपने विरोध को प्रकट करती रहें, जो अपने आप में अशोभनीय होगा। उसके मुताबिक़ उन्हें चाहिए कि वे अपनी दिखावे और अनियंत्रित नागरिकता का प्रदर्शन करने के बजाय राष्ट्रीय प्रगति की दिशा में राज्य सत्ता की कोशिशों से क़दम से क़दम मिलाकर चलें। इस मामले में, ग्रामीण समुदाय में एक दाई के श्रम के साथ जुड़ा लांछन और सम्मान का स्तर, किसी बार बाला या यौनकर्मी के श्रम से बिलकुल भिन्न होगा।

हाथ से मल उठाने वाले

हाथ से मल उठाना, जाति व्यवस्था—अस्पृश्यता, शुद्धता-अशुद्धता, धर्म और कर्म[16]—द्वारा प्रणित विचारधारा की सबसे ख़राब अभिव्यक्ति है। यह एक बेहद जेंडरीकृत पेशा है, और उसका स्थान घरेलू सेवाओं में श्रम के लैंगिक विभाजन के तहत स्त्रियाँ जिन कामों को करती हैं, उसमें शुमार होता है। यह नोट करना दिलचस्प है कि गांधीवादी विचारधारा ने इस श्रम विभाजन को मज़बूती दी, और समाज को साफ़ करने में भंगी द्वारा निभाई गई सुरक्षात्मक भूमिका का महिमामंडन किया। उसके मुताबिक़ यह एक तरह से वही काम था जो एक माँ अपनी सन्तान के सन्दर्भ में अंजाम देती है। यह एक तरह से स्त्री द्वारा मातृगत देखभाल और पोषण की भूमिका के सारभूतीकरण (essentialisation) की नारीवादी आलोचना की रेडिकल धार को कुंद करना भी था। मालूम हो कि मुल्क में हाथ से मल उठाने के काम में लगे लोगों में महिलाओं का ही बहुतायत है, जो अधिक नियमित तौर पर और मेहनत के काम करती हैं। हाथ से मल उठाने के इस काम में और चमड़े के काम में—जिसमें मरे जानवरों की खाल उतारने के लिए चमड़े की फ़ैक्टरियों में दलितों को ही नियुक्त किया जाता है—हम एक समानता भी देख सकते हैं, जिसमें जोखिम की स्थितियों में दलित स्त्रियाँ सबसे ख़तरे भरा काम करती हैं जब वे रासायनिक प्रक्रियायन के लिए गड्ढों में उतरती हैं।[17]

हाथ से मल उठाने की निरन्तर मौजूदगी और जातिभेद के साथ उसके सम्बन्ध की जड़ें अपर्याप्त सैनिटेशन की सुविधाओं में देखी जा सकती हैं जिसकी तरफ़ शहरी मध्यवर्ग बहुत कम ध्यान देता है। अक्सर यह तबका अकुशल स्थानीय निकायों से साँठगाँठ करता दिखता है, जो सार्वजनिक टॉयलेटों और सैनिटरी सुविधाओं के निर्माण पर ज़ोर देने के बजाय पानी की आपूर्ति करने पर ज़ोर देते हैं, जिससे वोट मिल सकें। जबकि हर शहरी अवरचना का तकनीकी सुधार होता रहता है, सैनिटेशन का मामला हमेशा ही पिछड़ता रहा है। दूषित करने के नाम पर मल से बचना और अपने आपको उससे दूर रखना, यह एक ऐसा विशेषाधिकार है जिसे ऊँची जातियों ने हथियाया है, जैसा कि वह सभी अन्य दैहिक द्रव्यों के साथ करते हैं, फिर चाहे वह गर्भनाल हो, ख़ून हो या थूक हो। फिर उन जातियों के बिना जो इस दूषित करनेवाले काम को वैसे भी करती हैं और कौन इसे करेगा?[18] अत्यधिक अवमानना और छुआछूत के बोध का आत्मसातीकरण एक तरह से हाथ से मल उठानेवाले लोगों की चेतना और भौतिक यथार्थ का हिस्सा बन जाता है। स्त्रियाँ यह उम्मीद करती हैं कि उनकी बेटियाँ जिन घरों में जाएँ वहाँ उन्हें यह काम न करना पड़े, और इस वजह से सिर्फ़ अपनी बहुओं को इस काम के लिए ले जाती हैं। दूषित मानवीय मल की सफ़ाई और अन्य जातियों के लोगों द्वारा उससे बचने के बीच के अन्तर्सम्बन्ध के चलते ये जातियाँ और इस काम में धँसती जाती हैं और कपड़े और बर्तन की सफ़ाई जैसे अन्य घरेलू सेवा कार्यों से भी बाहर हो जाती हैं।

बार डांसर

आधिकारिक तौर पर डिनोटिफ़ाइड समुदाय में शुमार, उत्तर भारत का बेड़िया समुदाय पूरी तरह अपने परिवार की अविवाहित स्त्रियों के यौनिक श्रम पर निर्भर रहता है। महिलाएँ कभी-कभी यौनिक श्रम को अपने घरों में ही करती हैं, जो काफ़ी कम होता है, या फिर नगरों या क़स्बों में जाती हैं और उनके परिवार उनकी आय पर ज़िन्दगी बिताते रहते हैं।[19] मुम्बई के डांस बार में, एक अध्ययन के मुताबिक़ पता चलता है कि 42 फ़ीसदी स्त्रियाँ बेड़िया जैसे समुदायों से आती हैं जहाँ महिलाएँ परिवार की अर्थव्यवस्था चलाने के लिए पारम्परिक तौर पर अर्थार्जन करती हैं। वे या तो यौनिक श्रम करती हैं या पुरुषों के लिए नाचती हैं।[20] परिवार की अर्थव्यवस्था की देखभाल के लिए स्त्रियों पर निर्भरता के चलते यह समुदाय, किसी अन्य कुशलता या पेशे में लड़कियों को प्रशिक्षित करने या शिक्षा देने के अवसर प्रदान नहीं करता है। न ही राज्य ऐसे कोई ठोस क़दम उठाता है ताकि उन्हें उनके जाति आधारित पेशे से अन्य कोई विकल्प प्रदान किया जाए। इन समुदायों की कई बार बालाओं ने कहा कि वे सिर्फ़ नाचती हैं, यौनकर्म नहीं करती हैं। उनके कुछ नियमित ग्राहक हैं जो उनकी आय का मुख्य स्रोत हैं, जिनका वे बार में विशेष ध्यान रखती हैं। इन बार बालाओं ने बताया कि इन ग्राहकों के साथ वे ऐसा सम्बन्ध बना लेती हैं जिसके चलते वे मोलभाव भी कर लेती हैं और अपने काम को सिर्फ़ नाचने तक सीमित रख पाती हैं।[21] मुम्बई के डांस बार में काम करने वाली महिलाओं के लगभग चौथाई सदस्यों ने इस बात का उल्लेख किया कि डांस बार में काम करने के पहले उन्होंने असंगठित क्षेत्र में अन्य काम किए हैं, जैसे घरेलू काम, सेल्स का काम, छोटी फ़ैक्टरियों में काम, कूड़ा बीनना यहाँ तक कि स्टेज पर शो या मुजरों में गाना। और इस तरह उन्होंने यही संकेत दिया कि उन्हें कहीं से ख़रीद-बिक्री करके नहीं लाया गया है, जैसी कि आम धारणा है। ऐसा भी उदाहरण सामने आया जहाँ यह पता चला कि डांस बार में काम करने आने के पहले एक महिला यौनकर्म कर रही थी। तीन-चौथाई बार बालाएँ अपने परिवारों में अर्थार्जन करनेवाली एकमात्र सदस्य थीं, जो मुम्बई शहर में अपने ऊपर निर्भर परिवारजनों का ख़र्चा उठाती थीं या जिन गाँवों से वे आई थीं, वहाँ अपनी सन्तानों या अपने नाते-रिश्तेदारों की ज़िम्मेदारी सँभालती थीं।[22]

सभी अध्ययन यही बताते हैं कि जातिगत पेशे स्त्रियों के लिए अलग-अलग तरह के अवसरों का निर्माण करते हैं। मिसाल के तौर पर, एक दाई अपनी प्रसव की कुशलता को इस्तेमाल करना चाहेगी, तो सैनिटेशन काम में लगी रही स्त्री इस बात की कोशिश करेगी कि समाज के लिए इस ज़रूरी काम को पूरा करने के लिए टेक्नोलॉजी का किस तरह इस्तेमाल हो सके, जबकि एक बार बाला नाचने की अपनी कला के ज़रिये स्वरोज़गार की कोशिश करेगी और अपने परिवार की देखभाल करना चाहेगी। बहस का मुद्दा यह है कि क्या ये उदाहरण भेदभाव और अधीनीकरण की गहराई में धँसी संरचनाओं में कुछ बदलाव लाने का संकेत देते हैं? जाति आधारित श्रम और उसमें स्त्रियाँ किस

तरह दरारें पैदा कर सकती हैं इस परिप्रेक्ष्य के तहत क्या जाति आधारित बहिष्करणों और भेदभावों को सम्बोधित करने के लिए एक फ्रेमवर्क की संकल्पना की जा सकती है? ये ऐसे प्रश्न हैं जो उस गतिरोध से आगे का रास्ता दिखा सकते हैं जो दो विपरीत पोजिशन्स से निर्मित हुआ है। एक तरफ़ जिसमें जाति आधारित श्रम के उन्मूलन की बात होती है क्योंकि उनमें लांछन लगा होता है, और दूसरी तरफ़ यह समझदारी होती है जिसमें ऐसे किसी पर भी लांछन लग सकता है जो ऐसे श्रम में लगा है, जो जाति विशेष से जुड़ा हो। दिलचस्प बात है कि श्रम के उपरिलिखित सभी उदाहरणों में, शरीर ही दाँव पर लगा है, और उसे ही अपने ख़िलाफ़ गवाही देनी होती है। एक तरह से देखें तो यही बात अस्पृश्यता के बारे में लागू होती है, जो शरीर को ही अपने ख़िलाफ़ गवाह बनाती है। बार बालाओं या यौनकर्मियों के लिए—जो दलित हैं—यह बात और भी बुरी होती है, जिन्हें दोहरे तरीक़े से—वे जो हैं और वे जो करती हैं—अपने स्वत्व से वंचित किया जाता है। अपनी शारीरिक गरिमा और सचाई के प्रति उनके अधिकार से इनकार किया जाता है।

हाथ से मल उठानेवाली और दाई के सन्दर्भ में, शरीर जो करता है, वह उनकी जाति के चलते और बेहद कठिन क़िस्म के श्रम के प्रति हमारे रुख़ के चलते आसानी से मूल्य में तब्दील नहीं होता, जबकि बार बालाओं और यौनकर्मी के मामले में उनकी शारीरिक क्रियाएँ आसानी से मूल्य में तब्दील होती हैं, जबकि वे तब भी कलंकित रहती हैं। उनकी इस गुस्ताखी को कोई एक तरह से देखे तो यह कोई पसन्द नहीं करता कि वे अपनी यौनिकता को 'बेचने' का साहस कर रही हैं न जबकि अन्य मामलों में, जहाँ भले ही वे अपनी कुशलता को स्वाभिमान से प्रदर्शित करें, उन पर शायद ही सवाल उठते हैं। एक उदाहरण में लांछन प्रदत्त होता है, जबकि अन्य मामलों में, यह लांछन प्रसार के दायरे में ढकेला जाता है, जो भले ही सामाजिक स्वीकार्यता हासिल न करे, वह कुछ मौद्रिक मूल्य हासिल करता है और यह बात चुभनेवाली होती है।

कला प्रस्तुतियों में जाति आधारित यौन श्रम

जाति आधारित श्रम के दायरे से आगे बढ़ते हुए इतिहास के कुछ उदाहरणों से कला प्रस्तुतियों में जाति आधारित यौन श्रम की चर्चा उन बहस-मुबाहिसों पर रोशनी डाल सकती है जहाँ प्रतिद्वंद्वी आवाज़ें यौनिक श्रम के प्रश्न को न केवल नारी आन्दोलन के केन्द्र में बल्कि समाज के केन्द्र में रख रही हैं। अब तक नारी आन्दोलन ने यौनिक श्रम को वेश्या व्यवसाय के सन्दर्भ में देखा है, जिसे हम महिलाओं के यौनिक शोषण के तौर पर देख सकते हैं। हालाँकि विगत सालों में ऐसी कई अन्य आवाज़ें सामने आई हैं। और 'वेश्या व्यवसाय का प्रश्न' जो एक तरह से "उन समसामयिक बहसों पर केन्द्रित है जो वेश्या व्यवसाय में शामिल महिलाओं के इर्द-गिर्द चल रही हैं, अब अहम हो चला है क्योंकि इसने नारीवादियों में और नारीवादियों तथा यौनकर्मियों में एक विभाजन को पैदा किया है। इस बहस में इस क्षेत्र के अन्य लोग भी, जो भारत में तथा अन्य स्थानों पर हैं, वह भी जुड़े हैं।"[23] सुन्दर राजन इस बात पर उचित ज़ोर देती हैं कि वेश्या व्यवसाय

का प्रश्न, जो इस मामले में डांस बार पर पाबन्दी और यौनिक श्रम के सन्दर्भ चल रही बहस के सन्दर्भ में उठा है, इसने नारीवाद के कई अनसुलझे मुद्दों को उजागर किया है। जैसे नारीवादियों और 'उत्पीड़न के शिकार' स्त्री के बीच का सम्बन्ध; एक दबी हुई औरत की एजेंसी को उसकी पसन्दगी, स्वायत्तता, कामना और उसकी आवाज़ के सन्दर्भ में देखना; स्त्री के काम और स्त्री की यौनिकता की अवधारणा और इनमें सार्वजनिक तथा निजी दायरे।[24]

जाति आधारित यौन श्रम के इतिहास को हम सरसरी निगाह से देखें तो पता चलता है कि स्त्रियाँ वहाँ कैसे-कैसे पहुँचीं और जेंडर आधारित श्रम में उनका विशिष्ट अनुभव क्या रहा है। नारीवादी कोशिशों से इतिहास में दर्ज इन कुछ महिलाओं की आवाज़ें उजागर हुई हैं।[25] ये अध्ययन इस बात को प्रमाणित करते हैं कि यह कोई ज़रूरी नहीं कि वे समाज सुधारक जो जीवन की शोषणकारी स्थितियों से उनकी आज़ादी चाहते थे, उन्होंने इन महिलाओं का जो चित्रण किया है वह उनकी जीवन की बारीक़ियों और उन महिलाओं के अस्तित्व को सही ढंग से प्रतिबिम्बित करता हो। अन्य स्रोतों ने उन तरीक़ों पर भी ग़ौर किया है जिसके तहत जाति आधारित सांस्कृतिक श्रम के कुछ रूप जो स्त्रियों की यौनिकता को भी गढ़ते हैं वे सांस्कृतिक और राजनीतिक संघषों को छेड़ने का ज़रिया भी बनते हैं।[26]

कोल्हाटी जाति की लावणी

ऐतिहासिक तौर पर कोल्हाटी जाति की स्त्रियों की कला के तौर पर लावणी, महाराष्ट्र में पेशवा राज के दौरान निम्न जातियों की स्त्रियों की यौनिकता को स्वेच्छाचारी प्रमाणित करने के राज्य के हस्तक्षेप के ज़रिये उभरी, जहाँ निम्न जाति की स्त्रियों की यौनिकता और उनके श्रम दोनों को समाहित किया गया। हालाँकि लावणी की कला का उदय पहली ईसवी सदी और सातवीं सदी के दरमियान हुआ, तेरहवीं सदी में वह विनियम के दायरे में पहुँची जहाँ 'स्पष्ट मक़सद था सम्पत्तिशाली लोगों को उनके पैसे देने के लिए उत्तेजित करना' जहाँ कला का नियंत्रण अदाकारों के पास था।[27] हालाँकि 17वीं और 18वीं सदी में पेशवा राज्य ने सुनियोजित तरीक़े से कामुक/शृंगारिक लावणी के निर्माण को बढ़ावा दिया जो फिर एक तरह से निम्न जाति की स्त्रियों की यौनिकता के गढ़ंत (construction) का साधन बन गया। आर्थिक दुर्दशा तथा यौनिक श्रम में महिलाओं के प्रवेश का सम्बन्ध स्पष्ट था, जब अठारहवीं सदी के अन्त में आए अकाल ने निम्न जाति की स्त्रियों को कंगाल बनाया और पेशवा राज्य ने ग़ुलामों के व्यापार में सचेत भूमिका निभाई। शूद्र और अतिशूद्र जाति की स्त्रियों पर व्यभिचार के आरोप लगाए गए और उन्हें यौन ग़ुलामी के लिए बटीक के तौर पर रखा गया, जबकि सिर्फ़ शूद्र जाति की स्त्रियाँ जिन पर ऐसे आरोप नहीं लगाए गए थे वे कुनबिन या देहाती ग़ुलाम बनीं। कामुक लावणी जैसे 'अँधेरे के लिए लावणी'—जिनमें रचयिता मुख्यत: ब्राह्मण थे—उन्होंने निम्न जाति की स्त्रियों की अतृप्त कामनाओं को गढ़ा जिन्हें वेश्या के तौर पर चित्रित किया गया जबकि विरह की पीड़ा पत्नी के स्वर में प्रकट की गई।[28]

उन्नीसवीं सदी के मध्य तक आते-आते या उसके उत्तरार्द्ध में मध्यवर्ग के उभार में एक सुरुचिसम्पन्न मराठी थियेटर का आगमन देखने को मिला जिसने एक हद तक अश्लील लावणी को प्रतिस्थापित किया। चूँकि ऊँची जाति की स्त्रियों को थिएटर की मनाही थी, थिएटर में पहली स्त्री अदाकारा लावणी तमाशा में काम करनेवाली निम्न जाति की स्त्रियाँ ही थीं। इन महिलाओं ने थिएटर कम्पनियाँ शुरू कीं, और संगीत बारी/बाड़ी इसी थिएटर से निकली थी। इसके केन्द्र में कोल्हाटी जाति की स्त्रियाँ ही थीं, जो अपने परिवार के लिए पैसा कमाती थीं, जहाँ नाचना और वेश्या व्यवसाय उनका जाति आधारित पेशा था। संगीत बारियों के विपरीत ढोलकी फड तमाशा थे जिन्हें तमाशा का अधिक सम्मानजनक रूप समझा जाता था। संगीत बारी की कोल्हाटी स्त्रियाँ अपनी सृजनशीलता तथा अपने यौनिक श्रम से अलग-थलग नए सिरे से यौनिक अन्दाज़ में प्रस्तुत थीं जिन्हें अब ठेकेदारों द्वारा नियंत्रित किया जाता था। इसके साथ ही ये स्त्रियाँ सबसे अधिक बोली लगाने वाले पुरुष संरक्षक के लिए यौनिक तौर पर सबसे अधिक वांछनीय के तौर पर प्रस्तुत की जातीं।[29]

बाद में जब तमाशा मंडलियाँ—जिन्होंने लावणी को एक लोक कला के तौर पर ज़िन्दा रखा था—समाप्ति की ओर बढ़ीं, तब मराठी सिनेमा ने तमाशा की इस कला का इस्तेमाल प्रभाव ज़माने के लिए किया और इस तरह इस कला रूप को पुनर्जीवित किया। सिनेमा ने कोल्हाटी स्त्रियों को भी दूर रखा जबकि उन्होंने फ़िल्म में नाची को गढ़ा जो अत्यधिक लैंगीकृत था और जिसकी यौनिकता को निचोड़ा जाना था और दमित किया जाना था। इन सभी बदलावों के बीच कोल्हाटी स्त्रियों ने अपने यौनिक श्रम पर किस तरह अमल किया? नाची के लिए—जो दिन में निजी श्रोता समूहों के लिए कार्यक्रम देते थे और रात में थिएटर की जनता के सामने पेश होते थे। उन्हें दिन में 14 से 16 घंटा खड़ा रहना पड़ता था, यह बेहद कठिन श्रम था। यह पुरुष वर्चस्व वाली जाति पंचायत थी जो यह तय करती थी कि स्त्रियाँ व्यवसाय करें और उनका श्रम परिवार के लिए है, वह शादी करने से उसे प्रतिबन्धित करती थी और जिसकी देखभाल एक मालिक करता था। कोल्हाटी स्त्रियों की अपनी ज़िन्दगियाँ अलग-अलग लोगों द्वारा—सत्यशोधक समाज से लेकर अम्बेडकरी जलसों द्वारा, यहाँ तक संयुक्त महाराष्ट्र आन्दोलन द्वारा अपने उद्देश्य को आगे बढ़ाने के सन्दर्भ में—उनकी कला को समाहित किए जाने वाले प्रयासों से, बिलकुल अलग-थलग थीं। उनमें कुछ सुधार की कमज़ोर कोशिशें अवश्य चलीं लेकिन उनका फ़ोकस कला पर था न कि उन स्त्रियों पर जो वास्तविक कलाकार थीं।[30]

तमिलनाडु की ईसाई वेल्लालार जाति की देवदासियाँ

लावणी के विपरीत जिसमें सुधार नहीं हो सका बल्कि उसको महज़ अपनाया गया, दक्षिण भारत की देवदासी परम्पराओं में सुधार के आन्दोलनों ने कला को बचाने की और अदाकारों को उन्नत करने की कोशिश की है। व्यवहार में हालाँकि, महिला प्रस्तुतिकारों के प्रति सामाजिक सरोकार के बजाय, कला ने अधिक ऊँचे दर्जे की

सौन्दर्यात्मक वैधता हासिल की। इन बहस-मुबाहिसों में दिलचस्प थीं वे आवाज़ें जो उन महिलाओं की थीं जिन्होंने सुधार का रास्ता अपनाया था। मिसाल के तौर पर, मुवालूर रामामिर्थाम्माल को देख सकते हैं, जो इस प्रथा के ख़ात्मे की पक्षधर थी जबकि उन देवदासियों की आर्थिक सुरक्षा की भी गारंटी करना चाह रही थी, जिन्हें अन्यथा कंगालीभरा जीवन झेलना पड़ता।

देवदासी उन्मूलन अभियान के इर्द-गिर्द चली बहसों में, देवदासियों को या तो एक तरह 'दुश्चरित्र स्त्रियों' के तौर पर या कला और संस्कृति के रक्षक तथा संरक्षक के तौर पर प्रस्तुत किया गया, जबकि देवदासियों की अपनी आवाज़ों पर किसी ने ग़ौर नहीं किया। देवदासी उन्मूलन को लेकर चली बहसों में देवदासियों के चित्रण और देवदासियाँ और उनकी अपनी आवाज़ के बीच के अन्तराल का चित्रण एक देवदासी द्वारा लिखे गए उपन्यास में ही मिलता है, जो बाद में कांग्रेस कार्यकर्ता बनी और आगे चलकर ई. वी. पेरियार के आत्मसम्मान आन्दोलन की अनुयायी बनी। इस उपन्यास में देवदासियों की अलग-अलग आवाज़ें मिलती हैं : कुछ मुक्त 'दासी', कुछ जो अभी भी प्रथा में सक्रिय हैं, और कुछ सुधार के रास्ते पर चल पड़ीं।[31] उन दिनों जारी बहसों की तुलना में इस उपन्यास में सबसे विलक्षण यही बात है कि उसमें देवदासियों को किसी ख़ास साँचे में ढला नहीं दिखाया गया है, जहाँ अलग-अलग आवाज़ें मिलती हैं जो अपने ख़ास सामाजिक सन्दर्भ और स्थान से उभरती दिखती हैं; कुछ अपनी परिस्थिति के नियंत्रण में दिखती हैं, तो कुछ पीड़िता के तौर पर सामने आती हैं।[32] इनमें से कुछ आवाज़ें देवदासी प्रथा को एक आर्थिक प्रणाली के तौर पर प्रस्तुत करती हैं जहाँ संगीत और डांस की कुशलता आर्थिक लाभ के उपकरण मात्र हैं, जबकि अन्य जो ग़रीबी में ही फँसी हैं और जिनके पास कोई अन्य कुशलता या प्रतिभा नहीं है वे इस प्रणाली से मुक्ति चाहती हैं तथा शादी करके परिवार बसाना चाहती हैं। इस उपन्यास के विपरीत, देवदासी उन्मूलन की असंख्य आवाज़ों में ही वे प्रगतिशील भी थे जो देवदासी प्रथा की समाप्ति चाहते थे, जिनमें से अग्रणी थीं 'वूमेन्स इंडिया एसोसिएशन' की डॉ. मुथुलक्ष्मी रेड्डी, जिन्होंने इसके लिए असेम्बली में बिल भी पेश किया, और जिन्होंने अपनी पूरी ज़िन्दगी ऐसी मासूम लड़कियों के सम्मान की रक्षा के लिए गुज़ार दीं, जो साध्वी पत्नियाँ, स्नेहिल माताएँ और उपयोगी नागरिक बन सकती थीं, जो एक तरह से हिन्दू स्त्रीत्व की आत्मछवि को ही प्रतिबिम्बित करता था। डॉ. मुथुलक्ष्मी रेड्डी का जीवन और कार्य काफ़ी दिलचस्प है क्योंकि उन्होंने मन्दिरों में समर्पित की जानेवाली लड़कियों के मुद्दे को कई कोणों से देखा। सबसे प्रथम, उनके बिल ने लड़कियों के मन्दिरों में समर्पण का विरोध किया, बहरहाल उनका प्रस्ताव नए आपराधिक क़ानूनों के साथ उठाए जा रहे सामान्य वेश्या व्यवसाय विरोधी क़दमों से सामंजस्य नहीं रखता था। दूसरी अहम बात, उन्होंने बाल यौन दुर्व्यवहार के कोण से इस मसले को देखा और लड़कियों को झेलनी पड़ती इस पीड़ा को समझा। तीसरी बात, उन्होंने क़ानून की बात और उसकी सत्ता पर ज़ोर दिया, जो उनके मुताबिक़ व्यक्तिगत पसन्दगियों और इतिहासों से अलग था तथा जो कथित सार्वजनिक हित

के नाम पर नैतिकता के प्रश्न को तय करता था। और यहाँ, उनके लिए क़ानून और नैतिकता का मसला आपस में घुलता-मिलता है, और इसके चलते वह कभी-कभी बेहद रूढ़िवादी दिखती हैं, लेकिन शिक्षा के मसले पर अपने काम के सन्दर्भ में, दलित लड़कियों के साथ काम को लेकर, महिला पुलिस की अपनी माँग के सन्दर्भ में वह काफ़ी आधुनिक दिखती हैं।

जिन लोगों ने बिल का विरोध किया उनमें रूढ़िवादियों की तरफ़ से एस. सत्यमूर्ति नामक कांग्रेसी भी शामिल थे, जिनका विरोध दरअसल हिन्दू संस्कृति की रक्षा के बहाने से था। लेकिन उनका मुख्य विरोध ग़ैरब्राह्मणों के उस दावे पर था, जो इस तर्क को आगे बढ़ाते हुए मन्दिर के पुजारी के तौर पर ग़ैरब्राह्मणों की हिमायत कर रहे थे। दिलचस्प था कि एक तीसरी धारा भी थी जो उन्मूलन के समर्थन में थी। वह थी ईसाई वेल्लालार और सेनगुंडारों की जाति पंचायतें, जिन्होंने देवदासी प्रथा की अपनी जाति के अपमान के तौर पर भर्त्सना की थी, जो देवदासियों को अपनी जाति के प्रगति में बाधक समझते थे, यहाँ तक कि उन्होंने अपने आपको उन देवदासियों से भी अलग किया था जो जाति का नाम लेती थी।[33] अन्ततः ऐसी देवदासियाँ भी थीं जो नहीं चाहती थीं कि अपने पेशे पर 'महज़' वेश्या व्यवसाय का लांछन लगाया जाए, जो एक आध्यात्मिक और सौन्दर्यात्मक वंशावली की बात करती थीं और जो इस बात पर ज़ोर देती थीं कि अगर लांछन लगाने का सिलसिला आगे बढ़े तो उन्होंने सम्पत्ति तथा शिक्षा के जिन अधिकारों को हासिल किया है वे ख़तरे में पड़ सकते हैं।

बीसवीं सदी की शुरुआत में देवदासी प्रथा के उन्मूलन के लिए उठी बहुविध आवाज़ों की तुलना में (जो एक तरह से हमारी 21वीं सदी के दिनों में डांस बार पर लगी पाबन्दी के बाद उठी बहसों और विवादों से काफ़ी मिलती-जुलती थी), दिलचस्प बात यह थी देवदासियों की आवाज़ को एक पूर्व देवदासी—जो देवदासी प्रथा के तहत एक विद्रोहिणी थी और महिला अधिकारों के लिए निरन्तर संघर्षरत रही—द्वारा लिखे गए उपन्यास से ज़ुबाँ मिली थी। हिन्दू मन्दिरों की जकड़ से इस प्रथा को निकालने के लिए उसने मन्दिरों से जुड़ी 'दासियों' के आपसी सहमति के आधार पर अन्तर्जातीय विवाहों की न केवल हिमायत की बल्कि ऐसे आयोजन भी किए।[34] ग़ौरतलब है, कि यह भी उन अनसुनी आवाज़ों से अलग नहीं है जिन्हें आज भी अपनी बात को प्रस्तुत करने के लिए नारीवादी कोशिशों की ज़रूरत होती है।

सबसे अहम बात यह है कि उपन्यास की शुरुआत में 'देवदासियों की केन्द्रीयता' अन्त तक आते-आते स्त्रियों की केन्द्रीयता में तब्दील होती है, जहाँ 'दासियाँ' भी अब स्त्रियों का हिस्सा हैं।... 'और किस तरह विविध क़िस्म की आवाज़ें बदले हुए सन्दर्भ में तब्दील होती हैं।'[35] यहाँ कई अन्य मुद्दे भी दाँव पर लगे हैं, जो नारीवादी और जाति विरोधी राजनीति के लिए महत्त्वपूर्ण हैं—जैसे किताब का हिन्दूविरोधी और ब्राह्मणवाद विरोधी रुख़, और दासी के कलंकीकरण की एक तरह से ब्राह्मणवादी चाल के तौर पर प्रस्तुति, जहाँ जाति आधारित यौनिक श्रम या यौनिक ग़ुलामी ही दाँव पर लगी है और उसके दूसरे छोर पर सुधरा हुआ दाम्पत्य है।

बेड़िया समुदाय की नर्तकी

अन्तत: बेड़िया समुदाय की स्त्रियों के जीवन पर आधारित अध्ययन, जिसका ज़िक्र पहले हो चुका है, बताता है कि अविवाहित महिलाएँ अपने यौनकर्म के ज़रिये परिवार की देखभाल करती हैं। ये महिलाएँ अपने भाइयों या माता-पिताओं और उनके परिवारों को सहायता करती हैं। भाइयों की पत्नियाँ यौनिक श्रम के विनिमय में शामिल नहीं होतीं और न ही जीवनयापन के लिए कहीं जाती हैं। बहनों के बच्चे फिर अपनी माताओं के साथ या उनके मामाओं के साथ या उनके परिवार में पलते हैं। अच्छी स्त्री की धारणा यहाँ पर यही होती है कि वह स्त्री जो नि:स्वार्थ भाव से अपने जन्म के रिश्तेदारों के लिए सहायता प्रदान करती है। अच्छी माँ होना एक विचारधारा के तौर पर क़तई महत्त्वपूर्ण नहीं है। यह विचारधारा अविवाहित स्त्री के यौनिक श्रम पर परिवार की अर्थव्यवस्था बनाए रखती है। भारतीय उपमहाद्वीप के उत्तर-पश्चिमी हिस्से की कलन्दर और कंजर जैसी जातियों में स्त्रियों को कभी-कभी ज़मींदार या गाँव के पटवारी के साथ हमबिस्तर होना पड़ता है ताकि अनाज, चारा और अन्य ज़रूरी सामान मिल सके, लेकिन यह बात पति और पत्नी के परस्पर सम्बन्ध में कहीं उल्लिखित नहीं होती।[36]

इस हक़ीक़त को मद्देनज़र रखते हुए कि चूँकि बेड़िया समुदाय की स्त्रियों का जीवन परिवार की अर्थव्यवस्था के साथ अभिन्न रूप से जुड़ा रहता है, हम पाते हैं कि समुदाय के 'पारम्परिक' श्रम में बहनों और बेटियों का अनैच्छिक समाजीकरण हो जाता है। दूसरी जगहों पर प्रवास यह तय करने में अहमियत रखता है कि स्त्रियाँ और उनके परिवार यौनिक श्रम के इस्तेमाल को कैसे अंजाम देंगे और प्रवास करनेवाली महिलाएँ वेश्या व्यवसाय के अलावा और कौन विकल्प तलाशती हैं ताकि अपने सपनों को पूरा किया जा सके और परिवारों का ख़र्चा उठाया जा सके।[37] इन अन्य विकल्पों में शामिल होता है डांस बार, स्टेज शो या मुजरा आदि। बेड़िया समुदाय के बीच से होने वाला यह स्त्री केन्द्रित देशान्तर इस धारणा को भी ख़ारिज करता है कि मानवतस्करी एकतरफ़ा होती है।

इस तरह जहाँ राज्य (लावणी), धर्म (देवदासी) और परिवार (बेड़िया स्त्रियाँ) जैसी बड़ी संरचनाएँ स्त्रियों की यौनिकता गढ़ती हैं, ऐसा नहीं होता कि इस संरचनात्मक और विचारधारात्मक ढाँचे में स्त्रियाँ अपनी पोजिशन को समझ नहीं पातीं या उन्होंने अपनी ख़ुद की पोजिशन को साफ़ नहीं किया हो।

मतभिन्नताओं के बावजूद संवाद की ओर

अब यह बात स्पष्ट हो चुकी है कि हाशिये पर पड़ी आवाज़ों से—इतिहास की शोध जीवनियाँ और साक्षात्कारों के माध्यम से—उजागर हुए ज्ञान ने भेदभाव के ख़िलाफ़ भारतीय नारीवादी संघर्षों को इकट्ठा करने में मदद पहुँचाई है। इस प्रकार के शोधों ने नारीवादी राजनीति को दिशा दी है। भारतीय सन्दर्भ में शर्मिला रेगे ने एक दलित नारीवादी नज़रिये को आगे बढ़ाया है ताकि 90 के दशक से अस्मिता के लिए संघर्षरत

दलित नारीवादियों की स्वतंत्र और स्वायत्त दावेदारी को ठीक से अवस्थित किया जा सके। अपनी भिन्नता को रेखांकित करने के पीछे उनकी यह समझदारी रही है कि वह मुख्यधारा के नारीवादी आन्दोलन के प्रति तथा पुरुष वर्चस्व वाले दलित आन्दोलन के प्रति अपनी असहमति को रेखांकित कर दें।[38] दलित नारीवादियों और नारीवादी समूहों की इन विविध धाराओं द्वारा एजेंसी की दावेदारी के प्रति स्वायत्त नारी आन्दोलन ने भी अपनी प्रतिक्रिया प्रकट की है।

ऐसी नारीवादियों के लिए, जो हाशिये से उठती नई-नई चुनौतियों से निरन्तर रूबरू होती रहती हैं, दलित नारीवादी नज़रिये की यह अभिव्यक्ति एक तरह से 'नारीवाद' की विभिन्न छटाओं की ही प्रस्तुति है, जो बार बालाओं के सन्दर्भ में उठते विवाद के चलते और मौजूँ हो जाती हैं। जैसे कि रेगे बताती हैं—

> "एक दलित नारीवादी नज़रिये का स्वीकार का मतलब 80 के दशक में नारीवादी के तौर पर हम लोगों ने जो 'आवाज़' हासिल की थी उसे कभी खोना, या कभी उसे संशोधित करना है, जिसके तहत व्यक्तिगत नारीवादियों को विरोधात्मक और सामूहिक कर्ता में रूपान्तरित किया गया हो।"[39]

आगे की चर्चा दरअसल इस बात को उजागर करती है कि मतभेदों के बावजूद चर्चा को किस तरह जारी रखा जा सकता है। इस चर्चा में मैंने फोरम अगेन्स्ट ऑपरेशन ऑफ़ वूमेन (FAOW)—जो एक स्वायत्त नारी समूह है—के सदस्य के तौर पर, संगठन के अन्दर तथा अन्य संगठनों के साथ, जारी बहस-मुबाहिसों तथा संवाद में अपनी सहभागिता के अनुभवों पर ज़ोर दिया है, जो मतभिन्नताओं के बावजूद चर्चा को आगे जारी रखने की प्रक्रिया को उजागर करते हैं। यह बहस-मुबाहिसा आज भी जारी है। बार बालाओं के मुद्दे को लेकर, पश्चिमी भारत के नारीवादियों में, ख़ासकर मुम्बई शहर के नारीवादियों में जो मतभेद उत्पन्न हुए, उसके मद्देनज़र अलग-अलग धाराओं के नारीवादियों ने साथ मिलकर बातचीत को जारी रखने की कोशिश की है। इसमें शामिल था फोरम अगेन्स्ट ऑपरेशन ऑफ़ वूमेन, जो सबसे पुराने नारीवादी सामूहिकों में गिना जाता है; समाजवादी महिला सभा, जो समाजवादी नारीवादियों का एक समूह है और कई दलित नारीवादी लेखक और कार्यकर्ता। वर्ष 2009 में ये नारीवादी दो दफ़ा मुम्बई में मिले और जिन्होंने अपने-अपने इतिहासों से आगे जाकर सघन चर्चा की।[40] कोलकाता में आयोजित महिला आन्दोलनों के सातवें राष्ट्रीय सम्मेलन, 2006, के बाद के काल में यह कोशिश आगे बढ़ी जब देश के अलग-अलग इलाक़ों में सक्रिय समूहों ने मतभेदों से परे जाकर आपसी संवाद शुरू करने का प्रस्ताव रखा।

मुम्बई में हुई चर्चाओं में इस बात की स्वीकृति थी कि कौन किस जगह से आ रहा है, उसके उत्पीड़न या विशेषाधिकार का क्या इतिहास है, ताकि हरेक के सफ़र की यह आत्मीय समझदारी राजनीतिक हक़ीक़त की बारीक़ियों को समझने में एक-दूसरे की मदद कर सके। चूँकि कुछ स्थान दुनिया के बारे में जानकारी देने में बेहतर होते हैं इसके चलते यही समझा गया कि अन्य लोगों के इतिहासों, संघर्षों और संवादों पर

निगाह डालकर हमारी समझदारी के अन्तर्विरोधों को उजागर किया जा सकेगा और उस पर जमी रहस्यवाद की चादरों को भी हटाया जा सकेगा। अन्तिम उद्देश्य यही रहा है कि अपने ख़ुद के विशेषाधिकार के प्रति आत्मपरीक्षण करते हुए संवाद और गठजोड़ निर्माण की रणनीति विकसित की जाए। बहस-मुबाहिसे में शामिल समूहों ने अभियानों में साझा कार्रवाइयों पर ज़ोर देने की कोशिश की है, जबकि उनकी आपसी चर्चाएँ जारी रही हैं। इस दौरान एक महत्त्वपूर्ण विचार विनिमय इस बात पर हुआ है कि न केवल जाति के लेन्स से यौनिकता को देखा जाए बल्कि विषमलिंगी सम्बन्धों के ही सामान्य होने की अवधारणा को चुनौती देने वाले क्विअर नारीवादी परिप्रेक्ष्य से भी उस पर ग़ौर किया जाए। एक-दूसरे स्तर पर देखें तो दलित सामूहिकों के अन्तर मौजूद पितृसत्तावादी वर्चस्व को लेकर दलित नारीवादियों की निराशाओं और चिन्ताओं, उपजातियों के बीच मौजूद भिन्नताएँ और दलित सामूहिकों के अन्दर दक्षिणपंथी वर्चस्व की प्रवृत्ति, ये भी महत्त्वपूर्ण मुद्दे रहे।

निचोड़ के तौर पर देखें तो ये संवाद जिनमें 'अपने को उजागर करती चर्चाएँ भी शामिल थीं' वे उस आपसी विश्वास का ही नतीजा थे जो लम्बे समय से विकसित हुआ है। अहम बात यह उभरी है कि समाधान ढूँढ़ने पर ज़ोर न दिया जाए बल्कि विविध इतिहासों और समसामयिक यथार्थ के बारे में अधिक समझदारी हासिल की जाए। अक्सर अपमानों और क्रूरता के कुछ इतिहासों को समकालीन प्रस्थान बिन्दु से चुनौती देने के बजाय चुपचाप स्वीकारना होता है जैसा कि महाराष्ट्र के मध्यवर्गीय दलित नारीवादियों के सन्दर्भ में हुआ जब उन्होंने देवदासी प्रथा की पूरी भर्त्सना की जिसने उनकी नानियों/दादियों को ग़ुलामी में ढकेला था।

दूसरे समय में, हम इन नए विन्यासों से अपने आपको दूर नहीं कर सकते हैं, जैसे कि पश्चिम भारत के देवदासी समुदाय की स्त्रियाँ यौनकर्मी के तौर पर अपनी सामूहिकता क़ायम करती हैं, ताकि उनके काम की जगहों पर पुलिस के अत्याचारों और छापों का विरोध किया जा सके। श्वेत नारीवादियों और कलर्ड फ़ेमिनिस्टों के सन्दर्भ में, व्याट (Wyatt) नोट करती हैं कि विभिन्न नस्लीय इतिहासों में बँटी हुई महिलाओं के बीच, जहाँ ग़ुलामी, ज़मीन चोरी और नस्लवाद का सिलसिला चला है, आपसी विश्वास को प्रदत्त नहीं माना जा सकता। अपने भोगे हुए यथार्थ और भौतिक अस्तित्वों के बीच निरन्तर और लगातार अधिक बढ़ते अनुभवों के आदान-प्रदान से ही यह सम्भव हो सकता है।[41] यहाँ भी वैसी ही चीज़ें देखी जा सकती हैं, भले ही भिन्नताओं में जाति, वर्ग, पीढ़ी, इलाक़ा और पेशा शामिल हो।

यौनकर्म/वेश्या व्यवसाय में लगी महिलाओं की नई और उभरती आवाज़ों ने एक तरह से देश के अलग-अलग हिस्सों में चल रहे संवादों में एक पेचीदा आयाम जोड़ा है। यौनकर्मियों की आवाज़ों के उभार की ऐतिहासिक यात्रा जैसी भी रही हो, निस्सन्देह इस मामले में 90 के दशक में पहली आवाज़ें उठीं जब एचआईवी एड्स निवारण गतिविधियों के इर्द-गिर्द संगठन बनने लगे।[42] ये सक्रियताएँ जो महाराष्ट्र में 'वेम्प'(VAMP वेश्या अन्याय मुक्ति परिषद) के नाम से शुरू हुईं या पश्चिम बंगाल में

डीएमएससी (दरबार महिला समन्वय समिति) के नाम से शुरू हुईं, जो महिला आन्दोलन द्वारा स्वीकार ना किए जाने से स्वतंत्र रूप से खड़ी हुईं। लेकिन महिला आन्दोलन के बीच बनी इन बाधाओं को तोड़ने की ज़रूरत यौनकर्मियों के संगठनों, यौनकर्मियों के साथ सक्रिय कार्यकर्ताओं तथा महिला आन्दोलन के अन्दर सक्रिय कुछ कार्यकर्ताओं ने भी महसूस की। यह ज़रूरत तथा उससे हुई गोलबन्दी की परिणति पहली बार तब दिखाई दी जब भारत में स्वायत्त महिला आन्दोलनों के सातवें राष्ट्रीय सम्मेलन में वेश्या व्यवसाय/यौनकर्म में लगी महिलाओं के मुद्दे को सम्बोधित करने के लिए एक सत्र का आयोजन किया गया।[43]

इस सन्दर्भ में महिला संगठनों, यौनकर्मियों के समूहों और यौनकर्मियों के साथ सक्रिय समूहों के साथ सम्मेलन में एक सत्र की योजना बनी। महिला संगठनों के बीच भी इस मसले पर अलग-अलग पोजिशन्स थीं जैसे मुम्बई के फोरम अगेन्स्ट ऑपरेशन ऑफ़ वूमेन; (FAOW) का मानना था कि यह एक काम है और वह स्वीकारता है कि यौनकर्मी स्वायत्तता और मर्ज़ी के मसले को सम्बोधित करती हैं जबकि केरल के स्त्री वेदी, इस मामले में दृढ़ थे कि वेश्या व्यवसाय पितृसत्तात्मक शोषण और ताक़त के दुरुपयोग के बिना अन्य कुछ नहीं है तथा भावनाओं का व्यापार नहीं किया जा सकता। दिल्ली की जागोरी के मुताबिक़ यौनकर्मियों के समूहों ने सीमाओं को विस्तारित किया है और महिला संगठनों की इस मसले पर समझदारी को प्रश्नांकित करने की आवश्यकता है। यौनकर्म का निरपराधीकरण करने की भी उनकी माँग थी।

यौनकर्मियों के अधिकार समूहों में से, सांगली, महाराष्ट्र के VAMP का कहना था कि परिवारों की विवाहित स्त्रियों की तुलना में यौनकर्मी अधिक सशक्तीकृत होती हैं। उनका मानना था कि वे काम नहीं करती हैं बल्कि धन्धा करती हैं और उन्होंने यौनकर्म के निरपराधीकरण करने की तथा नागरिक के तौर पर अधिकार प्रदान करने की माँग की। कोलकाता के संलाप का कहना था कि वह वेश्या व्यवसाय को हिंसा और शोषण मानते हैं और उन्होंने हिंसा से ग्रस्त कुछ केस स्टडीज़ भी प्रस्तुत किए। उनका कहना था कि वह काम नहीं हो सकता बल्कि स्त्रियों के शरीरों का वस्तुकरण ही हो सकता है।

नलिनी जमीला, केरल की यौनकर्मी, जिनकी आत्मकथा काफ़ी चर्चित हुई है,[44] उन्होंने बातचीत में हस्तक्षेप करते हुए चर्चा को फिर अपने मूल विषय पर—काम पर—लाने की कोशिश की। उनका कहना था कि उनका फ़ोकस यौनकर्मी के तौर पर सम्मान हासिल करने पर नहीं है, बल्कि उनकी जैसी स्त्रियों को ग़रीब मेहनतकश स्त्रियों के समूह में स्थित करने पर है। इस तरह वह एक वेश्या के जीवन को पतनशील और पापों से भरे होने की वर्चस्वशाली धारणा को चुनौती देना चाहती हैं तथा उसे अन्य कठिन, शोषणकारी और अपमानित करनेवाले अन्य साधारण कामों की श्रेणी में शुमार करना चाहती हैं। उन्होंने यह भी कहा कि यौनकर्म से मस्ती और भावनात्मक ख़ुशी के पहलू में बढ़ोतरी होती है।

अब ऐसी आवाज़ें विभिन्न स्थानों से, मीडिया, फ़िल्म के आख्यानों, आत्मकथाओं से उभरती दिख रही हैं जो रफ़्ता-रफ़्ता अपनी बात कह रही हैं, जहाँ वे यौनकर्म को एक

ऐसे काम के तौर पर देख रही हैं जिसे बिलकुल अचेतन ढंग से अंजाम दिया जा रहा हो, और इस तरह यौन सम्बन्ध के इर्द-गिर्द की अलग क़िस्म की आभा को विखंडित करती दिख रही हैं। चुनौती यही दिख रही है कि उन पैमानों को कैसे तय किया जाए जिसके तहत जाति आधारित यौन श्रम पर ग़ौर किया जा सके क्योंकि वह महज़ श्रम और काम का संगठन नहीं है बल्कि जेंडरीकृत जाति के संगठन का भी मामला है। सम्मेलन के दौरान चले सत्र में कुछ समूहों को लगा कि अगर वेश्या व्यवसाय या यौन पर्यटन को काम के तौर पर वैधता प्रदान की गई तो यौनकर्मियों की तादाद में बढ़ोतरी होगी। इसके जवाब में नलिनी ने कहा कि यौनकर्म आसान नहीं होता, और इसलिए यह चिन्ता करने की ज़रूरत नहीं कि महिलाएँ इसमें कूद पड़ेंगी।

आख़िर में, जो सबसे कमज़ोर अलबत्ता दृढ़ आवाज़ है, वह है बार बालाओं की, जिन्होंने दावा किया कि डांस बार में उनके काम पर पाबन्दी लगने के बाद से कई महिलाएँ यौनकर्म के धन्धे में पहुँच गईं, जो आज की तारीख़ अनियंत्रित और बेहद ख़राब स्थितियों में चुपचाप चल रहा है। हालाँकि इस संवाद में विभिन्न क़िस्म के तर्क सामने आए, इसके बावजूद इसे नारीवादी समझदारी के तहत एक आगे का क़दम माना गया क्योंकि यह पहली दफ़ा था कि यौनकर्मियों के समूह और यौनकर्मी ख़ुद भारत के महिला आन्दोलन के सम्मेलन में शामिल हुए थे।

इसके बावजूद कहना पड़ेगा कि परस्पर विरोधी मुद्दे बने रहे। एक तरफ़ यौनकर्मी इस बात पर ज़ोर दे रहे थे कि राज्य द्वारा की जाने वाली पुनर्वास की कोशिशें दरअसल उस कलंक को समाप्त नहीं करतीं जो उनके अलगाव की वजह है और वेश्या व्यवसाय/यौनकर्म में लगी महिलाओं को झेलनी पड़ती हिंसा का कारण है। दूसरी तरफ़ यौनकर्मियों के अधिकारों के लिए सक्रिय समूह इस बात पर एकमत थे कि उन्हें महिला संगठनों की सलाह नहीं समर्थन चाहिए। सम्मेलन में उभरती इन आवाज़ों का दस्तावेज़ीकरण, जो अब तक हाशिये पर रहा या अनसुनी आवाज़ों को ज़ुबां दे रहा है, एक तरह से नारीवादियों के रिसर्च संसाधन का महत्त्वपूर्ण हिस्सा बनता है, ताकि वे संवाद और सक्रियता के सिलसिले को आगे बढ़ा सकें।

सन्दर्भ

1. 'Its curtains for dance bars outside city : Deputy CM says they are corrupting the youth', *Times of India*, Mumbai Edition, 31 March, 2005, p. 1.
2. Research Centre for Women's Studies, SNDT Women's University and Forum Against Oppression of Women, Background and Working Conditions of Women Working in Dance Bars in Mumbai, RCWS, SNDT Women's University, Mumbai, 2005; Research Centre for Women's Studies, SNDT Women's University and Forum Against Oppression of Women, After the Ban : Women Working in Dance Bars of Mumbai, RCWS, SNDT Women's University, Mumbai, 2006; Women working in dance bars of Mumbai, Prayas, Tata Institute of Social Sciences, Mumbai, 2005.
3. Pramila, Nilkanth Kunda, 'Dance Bar Ban Debate : a MaFuAa (Marx-Phule-Ambedkarite) Stand Point', Dalit Bahujan Mahila Vicharmanch Publication,

Mumbai, n.d.; Flavia Agnes, 'Bar dancers and the issue of livelihood,' Asian Age, Mumbai Edition, 14 June, 2005, p. 6; 'Please pass the ban, governor : Activists (of Dance Bar Virodhi Manch)', Indian Express, Mumbai Newsline, 23 June, 2005, p. 2. Also see Meena Gopal, 'Caste, Labour and Sexuality : The Troubled Connection', Current Sociology, 60(1) : (2012) 222-38.

4. Unpublished Draft Report of the Session on Caste-based identities, discriminations, struggles and challenges, Coorsdinated by Saheli, and Sama, New Delhi, Rapporteured by Saheli, Sama and CADAM, Delhi; 7th National Conference of Women's Movements, 10 September 2006, Kolkata.
5. Pramila, Nilkanth Kunda, 'Dance Bar Ban Debate : a MaFuAa (Marx-Phule-Ambedkarite) Stand Poin't, Dalit Bahujan Mahila Vicharmanch Publication, Mumbai.
6. Dalwai, Sameena, 'Caste and the Bar Dancer,' *Economic and Political Weekly,* Vol. 48, no. 48, November 30, 2013, pp. 131-32; Maya Pandit, 'Gendered Subaltern Sexuality and the State,' Economic and Political Weekly, Vol. 48, no. 32, August 10, 2013, pp. 33-38
7. Chakravarti, Uma, *Gendering Caste; Through a Feminist Lens,* Stree, Kolkata : 2003; Padma Velaskar, *Dalit Women's Subordination,* Sugava Publication, Mumbai : 1998; Sharmila Rege 'Towards a Dalit Feminist Standpoint' in Anupama Rao (ed.) *Gender and Caste,* Kali for Women, Delhi : 1998
8. Velaskar : 1998
9. Velaskar : 1998
10. Sangari, Kumkum, 'Amenities of Domestic Life: Questions on Labour', *Social Scientist,* Vol. 21, nos. 9-11, September-November 1993.
11. Joint Action Committee, 'Negotiating Gender and Caste : A Struggle in Hyderabad Central University', *Economic and Political Weekly,* October 28, 2000, pp. (WS-45-WS48) 3845-3848.
12. Cited in Chakravarti : 2003, p. 6
13. Pandian, M.S.S., 'On a Dalit Woman's Testimonio', in Anupama Rao (ed.) *Gender and Caste, Issues in Contemporary Feminism,* Kali for Women, New Delhi, 2003, pp.129-135; Sharmila Rege, *Writing Caste/ Writing Gender : Narrating Dalit Women's Testimonies,* Zubaan, New Delhi, 2006. Urmila Pawar, *The Weave of my Life : A Dalit Woman's Memoirs,* Translated by Maya Pandit, Columbia University Press, 2009; Baby Kamble, *The Prisons We Broke,* Translated by Maya Pandit, Orient Blackswan, Delhi, 2008. These narratives today bring the lived experiences of women from marginal communities into mainstream literary oeuvre.
14. Pinto, Sarah, 'More than a Dai', Seminar, no. 558, February 2006, Delhi.
15. Pinto, Sarah, 2006.
16. Ramaswamy, Gita, *India Stinking : Manual Scavengers in Andhra Pradesh and their Work,* Navayana Publishing, Chennai, 2005.
17. Nihila, Millie, 'Workers in Tanneries: the example of Dindigul in Tamil Nadu', Economic and Political Weekly, Vol. 34, no 16-17, April 17 – April 30, 1999.
18. Ramaswamy, Gita, *India Stinking,* 2005.
19. Agrawal, Anuja, *Chaste Wives and Prostitute Sisters : Patriarchy and Prostitution among the Bedias of India,* Routledge, New Delhi, 2008.

20. Research Centre for Women's Studies, SNDT Women's University and Forum Against Oppression of Women, Background and Working Conditions of Women Working in Dance Bars in Mumbai, RCWS, SNDT Women's University, Mumbai, 2005.
21. Forum Against Oppression of Women, 'Feminist Contributions from the Margins : Shifting Conceptions of Work and Performance of the Bar Dancers of Mumbai', Economic and Political Weekly, Review of Women's Studies, October 30, 2010, Vol. 45, no. 44, pp. 48-55.
22. Research Centre for Women's Studies, 2005.
23. Rajan, Rajeswari Sunder, 'The Prostitution Question(s): Female Agency, Sexuality and Work' in *The Scandal of the State : Women, Law, and Citizenship in Postcolonial India,* Permanent Black, Delhi, 2003, p. 117.
24. Rajan, Rajeswari Sunder, pp.117-18.
25. Anandhi, S., 'Representing Dasis : 'Dasigal Mosavalai' as a Radical Text', *Economic and Political Weekly,* Annual Number, March 1991, pp. 739-746; Kalpana Kannabiran and Vasant Kannabiran, Muvalur Ramamirthammal's *Web of Deceit : Devadasi Reform in Colonial India,* Kali for Women, New Delhi, 2003.
26. Rege, Sharmila, 'The hegemonic appropriation of sexuality : The case of the lavani performers of Maharashtra', in Patricia Uberoi (ed.) *Social Reform Sexuality and the State,* Sage, New Delhi, 1996.
27. Rege, Sharmila, 1996, pp. 23-24.
28. Rege, Sharmila, 1996, pp. 25-28.
29. Rege, Sharmila, 1996, pp. 29-30.
30. Rege, Sharmila, 1996, pp. 31-37.
31. Anandhi, S., 'Representing Devadasis : 'Dasigal Mosavalai' as a Radical Text', *Economic and Political Weekly,* Annual Number, March 1991, pp.739-746.
32. Anandhi, S., March 1991, p. 745.
33. Anandhi, S., March 1991, pp. 740-41.
34. Anandhi, S., March 1991, pp. 741-43.
35. Anandhi, S., March 1991, pp. 745-46.
36. Agrawal, Anuja, *Chaste Wives and Prostitute Sisters: Patriarchy and Prostitution among the Bedias,* Permanent Black, New Delhi, 2007; Anuja Agrawal, 'Family, Migration and Prostitution: The Case of the Bedia Community of North India' in A. Agrawal (ed.) *Migrant Women and Work, Women and Migration in Asia,* Vol. 4, Sage, New Delhi, 2006, pp.177-194.
37. Agrawal, Anuja, 2007; Anuja Agrawal, 2006.
38. Rege , Sharmila, 'A Dalit Feminist Standpoint', in Anupama Rao (ed.) *Gender and Caste, Issues in Contemporary Indian Feminism,* Kali for Women, New Delhi, 2003, pp. 90-101.
39. Rege, Sharmila, 2003, pp. 99
40. *जेंडर और जाति :* एक संवाद, मई 2009 में मुम्बई में सम्पन्न दो दिवसीय राज्य स्तरीय बैठक की मसविदा रिपोर्ट। इसके पहले नारीवादियों के बीच आपस में जारी चर्चाओं के हिस्से के तौर पर फरवरी 2009 में मुम्बई में एक दिवसीय शहर स्तर की मीटिंग हुई थी। फोरम अगेन्स्ट ऑपरेशन ऑफ़ वूमेन, मुम्बई, भारत का सबसे पुराने स्वायत्त नारीवादी समूहों में

से एक है जिसकी शुरुआत 1980 के दशक में बलात्कार के ख़िलाफ़ चली मुहिम से हुई। समाजवादी महिला सभा, समाजवादी पार्टी से सम्बद्ध महिला संगठन है।

41. Wyatt, J, 'Standpoint theory, discourse ethics and partial identification,' *SIGNS : Journal of Women in Culture and Society,* Vol. no. Spring 2004, pp. 890-903.
42. Sangram-Vamp and Point of View, Are We Not Women? Women in Prostitution, Feminist Activists, and Sex Workers Rights Groups in Dialogue, Point of View/ Sangram, 2008.
43. Report of the Sex Workers' Session at the 7th National Conference of the Autonomous Women's Movements in India, Kolkata, September 2006.
44. Jameela, Nalini, *The Autobiography of a Sex Worker,* translated and with a foreword by J. Devika, Westland Books, Chennai : 2007.

निर्वाह अर्थव्यवस्था पर हमला : पूर्वी भारत में महिला श्रम और प्रतिरोध आन्दोलन*

रंजना पाढ़ी

अनुवाद : मीनाक्षी कपूर

1945 में रचित गोपीनाथ मोहंती का उपन्यास 'परजा' एक आदिवासी खेतिहर मज़दूर, सुकरु जानी और उसकी बेटियों जिली और बिली और बेटों मंडिया और टिकरा की कहानी के माध्यम से हमारे लिए आधुनिक भारत में आर्थिक बदलाव के आगमन का एक जीवन्त विवरण प्रस्तुत करता है।[1] यह एक परिवार के अनुभवों के ज़रिये कोरापुट अविभाजित ज़िले के एक गाँव की जीवनशैली और समुदाय के धीमे परन्तु लगातार होते विनाश की मर्मस्पशी कहानी दिखाता है। एक जंगल, जो सुकरु मानता था कि उसका और उसके लोगों का है, की सीमा लाँघकर उसमें प्रवेश करने का जुर्माना अदा करने के लिए उसे अपनी ज़मीन एक साहूकार के पास गिरवी रखनी पड़ी। उसे अपनी गुज़ारे लायक़ खेती की ज़िन्दगी जिससे वह सन्तुष्ट था, छोड़कर अपने छोटे बेटे के साथ साहूकार के यहाँ एक गोटी, बँधुआ मज़दूर, बनना पड़ा। पर इस सबके बावजूद वह अपना उधार चुकाने में अक्षम रहा और यह उपन्यास उसके इस सफ़र की दुख भरी कहानी बयान करता है।

पिछले कुछ सालों की घटनाओं के चलते न केवल मोहंती की यह क़िताब शाश्वत प्रतीत होती है बल्कि भविष्यदर्शी भी। एक तरह आधी सदी से भी अधिक समय से पहले लिखी हुई सुकरु की यह कहानी, मौत और विनाश के आगमन की पूर्वसूचना देती है। यह वह समय है जब भारत सरकार वही ज़मीन जिस पर उसके परिवार ने खेती की थी, को एक प्राइवेट कम्पनी को बॉक्साइट के खनन के लिए किराए पर दे देती है और इसका भीषण स्थानीय विरोध होता है। 'परजा' के खेतिहर समुदाय, जो कभी झाड़ियों के पीछे से यह देख रहे थे कि किस तरह बाहर से आए वर्दी पहने फ़ॉरेस्ट गार्ड जंगल में ऊपर-नीचे पैर पटक कर चल रहे थे; उन्होंने दिसम्बर 2004 में रायगढ़ ज़िले के काशीपुर के इलाक़े में, जो पहले उपन्यास के कोरापुट इलाक़े का हिस्सा था, अर्धसैनिक बलों और फ़ौजों के फ़्लैग मार्च के सामने खड़े होने का साहस जुटाया था।

---

* *मंथली रिव्यू* : खंड 69, अंक 05 (अक्तूबर 2017)

मोहंती ने और भी चीज़ें पहले से देख ली थीं। आज खनन से उजड़े इलाक़े और कम्पनी के द्वारा जहाँ-तहाँ खड़े किए गए निर्माणों के बीच में चलते हुए, ऐसा मुमकिन है कि युवा लड़कियाँ सर पर मिट्टी के ढेर उठाए, आपस में खिलखिलाती मिल जाएँ। ये लड़कियाँ हमें परजा के उस समय की याद दिलाएँगी जब जिली और बिली सड़क निर्माण के दौरान काफ़ी घंटों तक मज़दूरी करती थीं। इस उपन्यास को पढ़ने वाले शायद उस दृश्य को भी याद करेंगे जब सुकरु अदालत में हाज़िर होता है, उदास, हारा हुआ और अपने दोनों वकीलों और गवाहों, जो उसने सोचा था उसके पक्ष में गवाही देंगे, परन्तु जिन्हें दुष्ट साहूकार ने ख़रीद लिया था, के धोखे का शिकार हुआ। सब उम्मीद ख़त्म होती देखने पर, सुकरु न्याय के देवता, धर्मु की ओर रुख़ करता है।

आज हम उन लोगों में वही हैरानी देखते हैं जो यह समझने का प्रयास कर रहे हैं कि उनका बॉक्साइट खनन को लेकर जोशपूर्ण विरोध भी कम्पनियों को काशीपुर में आने से रोक क्यों नहीं पाया। इस राज्य-प्रायोजित भूमि अधिग्रहण के ख़िलाफ़ लड़ाई में, दबे हुए लोगों ने फिर एक बार अपने आपको उन शक्तियों की एक पूरी श्रृंखला के सामने खड़ा पाया है जो उनके सामूहिक बल से कहीं अधिक ताक़तवर है। इन लोगों का अस्तित्व हमेशा मुश्किलों से भरा रहा है, जो कमरतोड़ श्रम पर निर्भर है, परन्तु यह श्रम उनके पारम्परिक जीवन की एक अभिन्न पहचान भी है। यह अस्तित्व और उनका अपनी ज़मीन से क़रीबी रिश्ता आज बुरी तरह से टूट गया है। उससे भी शोकजनक बात यह है कि, उनके नातेदारी और समुदाय के सम्बन्ध जो उन्हें भुखमरी से बचाए रखते थे और उनकी आजीविका कमाने की रोज़ की मशक़्क़त को थोड़ा आसान कर देते थे, वे भी अब इस तरह टूट गए हैं कि फिर जुड़ नहीं सकते हैं। बाक़ी जगहों की तरह, आधुनिक भारत में भी, पूँजीवाद केवल मुनाफ़ा नहीं है, यह मुनाफ़े पर आधारित, उन सब चीज़ों का विनाश है जो इसके रास्ते में आती हैं, ख़ासकर सामाजिक रिश्ते।

भारत में आर्थिक जीवन के कुछ ही क्षेत्र ऐसे हैं जो नव-उदारवाद नीति के पिछले 25 सालों में इतना बदले हैं जितना की महिलाओं का श्रम। एक वैश्विक अर्थव्यवस्था में आर्थिक पुन:संरचना और कॉरपोरेट सरोकारों को बढ़ावे की नीति भारत के पूर्व में स्थित राज्य, ओड़िशा को अधिक से अधिक खनन कम्पनियों और स्टील के बड़े बहु निगमों से जोड़ रही है। जहाँ ओड़िशा, झारखंड और छत्तीसगढ़ का अधिकतर इलाक़ा अभी भी अपर्याप्त रूप से विकसित है, ऐसे में उन लोगों की दुर्दशा को समझना ज़रूरी हो जाता है जो इन राज्यों की निर्वाह अर्थव्यवस्थाओं में रह रहे हैं और जहाँ घरेलू और विदेशी दोनों तरह के कॉरपोरेट निवेशकर्ताओं को राज्य सरकारों के रूप में एक मित्र और समर्थक मिल गया है। राज्य द्वारा इस हमले ने आदिवासी, दलित और अन्य पिछड़ी जातियों और समुदायों, जिनकी आजीविका ख़तरे में आ गई है, की महिलाओं के संघर्षों को और बढ़ा दिया है। निर्वाह अर्थव्यवस्था पर निर्भर लोगों द्वारा जिए गए अनुभवों ने 'विकास' के आधिकारिक भ्रम का खुलासा कर दिया है और ओड़िशा में नव-उदारवादी आक्रमण के विरुद्ध निरन्तर चलते आ रहे विरोध में महिलाओं ने महत्त्वपूर्ण भूमिका निभाई है।

बदलता ओड़िशा

ओड़िशा मोटे तौर पर एक खेतिहर समाज है और इसकी लगभग 60 प्रतिशत आबादी कृषि में काम करती है। 2011 की जनगणना के अनुसार 22.8 प्रतिशत अनुसूचित जनजाति (ST) और 17.1 प्रतिशत अनुसूचित जाति (SC), उन पिछड़े समूहों से आती हैं जिनके विकास के लिए भारतीय सरकार को सकारात्मक क़दम उठाने चाहिए। और बहुत से ज़िलों में SC और ST की आबादी एक साथ मिलकर 70 प्रतिशत तक पहुँची है। इस राज्य में देश के कुछ बहुमूल्य खनिज भंडार भी हैं, जिनमें लगभग 60 प्रतिशत बॉक्साइट, 98.4 प्रतिशत क्रोमाइट, 91.8 प्रतिशत निक्कल, 32.9 प्रतिशत कच्ची लौह धातु और 24.8 प्रतिशत कोयला शामिल है। सीमान्त और भूमि के छोटे टुकड़े यहाँ की कुल धारित भूमि का क्रमश: 72.2 प्रतिशत व 19.7 प्रतिशत है, जो कुल जोती गई ज़मीन का 39.6 प्रतिशत और 30.9 प्रतिशत है।[2] ओड़िशा के लोग—चाहे वह भारत की आज़ादी के पहले हो या बाद में, हमेशा दयनीय ग़रीबी में ही रहे हैं। इसीलिए आदिवासी, दलित और छोटे और सीमान्त खेतिहर किसान खनन और औद्योगिक परियोजनाओं के ख़िलाफ़ किसी भी विरोध की रीढ़ की हड्डी बन सामने आते हैं।

यहाँ मैं उन महिलाओं की कठिनाइयों पर ध्यान केन्द्रित करूँगी जो थोड़ी-बहुत व्यापारिक खेती तो करती हैं परन्तु मुख्यत: जीविका कृषि या वन उत्पादों पर निर्भर हैं। ये महिलाएँ वन उत्पाद और अन्य छोटी-मोटी चीज़ें जैसे नारियल, केले, या हल्दी बेचने बाज़ार जाती हैं, जिन्हें बेचकर वो फिर तेल, नमक, कपड़े और अन्य ज़रूरत का सामान बाज़ार से ख़रीद पाती हैं। पिछले कुछ सालों में इस सूची में कुछ अन्य उपभोग्य वस्तुएँ जुड़ने से यह लम्बी हो गई है। फिर भी इन समुदायों में जीविका कृषि उत्पादन और उपभोग का मुख्य ज़रिया है। और उनके अनुभव हमें उस द्वन्द्व का पुनराकलन करने को विवश करते हैं जो जीविका श्रम को तेज़ी से बढ़ते वैश्विक पूँजीवाद के सामने मुक़ाबले में ला खड़ा करता है।

वैसे तो पिछले कुछ सालों में सामाजिक और आर्थिक विरोधाभास बढ़े हैं, परन्तु खनन कम्पनियों और स्टील प्लांटों के विरुद्ध संघर्ष मुख्य रूप से आत्मरक्षात्मक ही रहा है। इसमें दलित और आदिवासी मज़दूर सिर्फ़ इतनी ही माँग करते हैं कि उन्हें उनके उसी हाल पर छोड़ दिया जाए, जिस तरह से वे आधुनिक भारत के बनने के पहले लम्बे समय से रहते आए हैं।

आधिकारिक तौर पर ओड़िशा की 40 प्रतिशत से अधिक आबादी ग़रीबी रेखा के नीचे रहती है, परन्तु ग़रीबी की असली दर इससे कहीं अधिक है। ओड़िशा, विश्व बैंक और संयुक्त राष्ट्र की रिपोर्टों के अनुसार घातक खाद्य असुरक्षा के क्षेत्र में आता है, जिसमें कंधमाल, मलकानगिरी, गजपति और रायगढ़ विशिष्ट तौर पर नज़र आते हैं। कालाहाँडी ज़िले में भुखमरी से होने वाली मौतों की बढ़ती संख्या जानी-मानी है। ये इलाक़े, जितने खनिजों से भरे हैं यहाँ के लोग उतने ही भूख और ग़रीबी के जाल में फँसे हैं। साथ ही ये व्यापार के नियमों में ढील और निवेश के मुख्य निशाने पर हैं। अन्तरराष्ट्रीय सहायता के इस्तेमाल से कालाहाँडी-बोलनगिर-कोरापुट (KBK) इलाक़े में 'विकास'

के मूल के तौर पर पहले एक सड़क बनाई गई। उसके बाद, विकास के नाम पर राज्य और पूँजीवाद ने यहाँ के दरवाज़े बड़े पैमाने पर खनिजों के खनन के लिए खोल दिए।

पूँजी संग्रहण और पितृसत्ता

> पूँजीवादी पितृसत्ता के कारण हम अपने असली उद्गम को भूल रहे हैं और उसकी जगह पैसा, पूँजीवाद, मशीनें और निवेश ले रहे हैं। इसीलिए हमें अपने आपको यह सरल सत्य याद दिलाने की ज़रूरत है कि जीवन नारी से उत्पन्न होता है और भोजन भूमि से।[3]

आज की राजनीतिक अर्थव्यवस्था पारम्परिक रूप से गुज़ारे के लिए करने वाले समुदायों की महिलाओं के लिए तीन मुख्य चुनौतियाँ रखती हैं। पहली, सरकार और पूँजीवाद उनकी मौजूदा जीवनशैली पर लगातार धावा बोल रहे हैं, जिसके कारण इन लोगों का उनके उत्पादन के संसाधनों और सम्पत्ति से ज़बरन और दुखद अलगाव हो रहा है। ये समुदाय हमेशा से एक आत्मनिर्भर अर्थव्यवस्था पर आश्रित रहे हैं, और वैतनिक श्रम की दुनिया से अलग रहे हैं। दूसरी चुनौती हैं प्राकृतिक संसाधनों और भूमि की बड़े पैमाने पर लूट, जिसे विकास और औद्योगीकरण के रूप में प्रस्तुत किया जाता है, और राज्य और इसकी प्रशासनिक मशीनरी, एक ढुलमुल न्यायतंत्र के साथ मिलकर, इस लूट में मदद करती है। विकास का यह प्रतिमान काफ़ी हद तक ज़ोर-ज़बरदस्ती और दबाव पर निर्भर करता है, जिसमें राज्य अपने ही लोगों के विरुद्ध अर्ध सैनिक बलों और फ़ौज का इस्तेमाल करता है। साथ ही यह ग़ैर-राज्यिक एक्टरों, जिसमें मीडिया और विकास और फ़ंडिंग एजेंसियाँ, 'कॉरपोरेट सामाजिक उत्तरदायित्व' (coprorate social responsibility) के प्रयास और शैक्षणिक समुदाय और प्रबुद्ध वर्ग के कुछ सेक्शन भी शामिल हैं, द्वारा छल-कपट और सहमति के झूठे तौर पर गढ़े जाने पर भी निर्भर करता है। तीसरी चुनौती यह है कि संग्रहण की ऐसी प्रक्रियाएँ समुदायों के बीच के विभाजन को अधिक सुस्पष्ट कर देती हैं। इससे ख़ास तौर पर आदिवासी-दलित द्वन्द्व भड़कते हैं और अल्पसंख्यक धार्मिक समूहों पर हमले बढ़ते हैं। इस प्रकार शोषित और अधिकारों से वंचित वर्गों के अपने संसाधनों और अधिकारों के लिए संघर्षों ने उनके विरोध करने की सम्भावना को और कमज़ोर किया है।

आज निर्वाह अर्थव्यवस्था में अक्सर महिलाएँ विरोध में अग्रिम भूमिका निभा रही हैं। वे उन समाजों में अभियानों का मार्गदर्शन कर रही हैं, जिन्हें पूँजीवाद मिटाता जा रहा है। इसके बावजूद इन अभियानों का वर्णन समकालीन भारतीय समाज के नारीवादी विश्लेषणों में शायद ही कभी नज़र आता है। ऐसे अध्ययन को विस्थापन के विरुद्ध अभियानों की अगुवाई करने की महिलाओं की क्षमता को सामने रखना चाहिए। और यह और भी ज़रूरी इसीलिए है क्योंकि ऐसा वे अपने परिवारों और समुदायों में पितृसत्ता के विरुद्ध संघर्ष करने के साथ-साथ करती हैं। साथ ही जुड़ाव के उस अभाव पर भी ध्यान देने की शीघ्र आवश्यकता है जो हम, अपनी आजीविका को पूँजीवादी प्रगति से बचाने

के महिलाओं के संघर्षों की सचाई और भारत में मुख्यधारा के नारीवादी आन्दोलन में पूँजीवाद की आलोचना की कमी के बीच देखते हैं। इन दोनों के बीच जुड़ाव का अभाव पितृसत्ता का शिकंजा उन लोगों पर और कड़ा कर देता है जो जाति और वर्ग का प्रभुत्व सहते हैं। इसीलिए इस अध्याय का अगला भाग न केवल इन महिलाओं की तकलीफ़ों और चुनौतियों को सामने रखता है, बल्कि विस्थापन और शोषण के विरुद्ध संघर्षों में जुड़ी महिलाओं के व्यक्तिगत बयानों और इंटरव्यू के ज़रिये उन लोगों का ध्यान उनके संघर्षों की तरफ़ दिलाता है जो इन महिलाओं से बेहतर परिस्थितियों में जी रहे हैं। इन्हें सुनना इसीलिए और ज़रूरी हो जाता है क्योंकि इनके अपने समुदाय में भी ये महिलाएँ अधिकार हीन हैं और वहाँ भी इनकी आवाज़ शायद ही सुनी जाती है।

'हम भूमि को अपने पोते-पोतियों के लिए बचा रहे हैं'

रायगढ़ ज़िले की काशीपुर तहसील का कुचेपदर गाँव कभी खनन-विरोधी आन्दोलन का केन्द्र था। दो कम्पनियाँ—नोर्स्क हाइड्रो व ऐल्कान, ने अपने देशों, नॉर्वे और कनाडा में समुदायों के विरोध के चलते ऐल्युमिनियम संघ से हाथ खींच लिये। परन्तु पिछले सालों में मुम्बई-स्थित बहुराष्ट्रीय आदित्य बिरला के प्रबन्धन में बॉक्साइट खनन और रिफ़ाइनरी का काम फिर से शुरू हुआ है और नई इकाइयों का निर्माण आगे बढ़ा है। इस नए बदलावों के बावजूद भी गाँव की महिलाओं की पारम्परिक दिनचर्या अपरिवर्तित प्रतीत होती है। अपनी माँ और दादी की तरह वे भी घर से सुबह 4 बजे निकल जाती हैं और दोपहर 2 बजे वापस आती हैं और इस तरह लम्बे घंटों तक काम करती हैं। इस दौरान वे केवल थोड़ा-सा मंडिया पेजो (दलिया) खाती हैं जो वे अपने साथ ही लेकर चलती हैं। वे पहाड़ियों में कड़ा परिश्रम करती हैं, और उनमें से हरेक पूरे साल के लिए जलाऊ लकड़ी इकट्ठा करती हैं। वे सूअरों को पालकर और साल में तीन या चार सूअर बेचकर 1000-1200 कमाती हैं।

इन सब तकलीफ़ों, जो उन्हें विरासत में मिली हैं, के बावजूद भी, महिलाएँ खनन कम्पनियों के उनके इलाक़े में आने के सख़्त ख़िलाफ़ हैं। वे यह अच्छे से जानती हैं कि खनन कम्पनियों के आने से वे सब कुछ खो देंगी, उनकी सादी परन्तु स्थायी आजीविका से लेकर उनके समुदाय के रिश्ते और रिवाज़ सब कुछ। अंबाई, जो काशीपुर में बॉक्साइट खनन के विरोध की अगुवाई करती आ रही हैं, इस क्षेत्र में जिस तरह का आर्थिक विकास थोपा जा रहा है उस पर और उसके सामाजिक प्रभावों पर अपनी राय बड़े साफ़ तरीक़े से रखती हैं : "हम माँओं को दिन-रात काम करना पड़ता है, अगर हम काम न करें तो हमारा अस्तित्व ख़त्म हो जाएगा। हम मर जाएँगे। हमारे पास हमारे काम के अलावा और कुछ नहीं है। भूमि हमारे लिए सबसे ज़रूरी है। जब तक हमारे पास भूमि होगी हमारे बच्चे और उनके बच्चे जिएँगे। पर अब हम आश्वस्त नहीं हैं।" वे उतना अनाज और वन-उत्पाद इकट्ठा करके रख सकते हैं जो उन्हें एक साल से कुछ कम समय तक के लिए पर्याप्त होता है। जब वर्षा ऋतु आती है तो जीवन रुक जाता है। अगस्त और सितम्बर में बहुत से परिवार आम की गुठलियाँ, जंगली जड़ें और

जानवरों के कंकाल खाने को मजबूर हो जाते हैं। गुठलियों में एक फफूँदी लगती है जो ज़हरीली होती है और जिसे खाने से अक्सर मौत हो जाती है। 2001 में इससे कम-से-कम पच्चीस लोगों की मौत हो गई थी।[4] गुज़ारे की अर्थव्यवस्था में यह रोज़ का भोजन इकट्ठा और संरक्षित करने का परिश्रम, कठिन और अभाव के समय के लिए तैयारी, और संकट का सामना करना ही है जो आपसी सहयोग, भाईचारे के रिश्ते और भूमि के साथ सम्बन्ध को इतना ज़रूरी बनाता है।

बड़ी खनन कम्पनियों के आगमन से इन सदियों से चली आ रही परस्पर निर्भरता व आदान-प्रदान के रिश्तों पर हमला हुआ है। कुछ परिवारों के कम्पनियों के एजेंटों और बिचौलियों के दबाव और समझाने-बुझाने से उनके झाँसे में आकर अपनी भूमि कम्पनी द्वारा सुझाए मुआवज़े के एवज़ में बेच देने के कारण, परिवारों और समुदायों में दरार पड़ गई। वे एक-दूसरे से अलग होने और एक-दूसरे पर शक़ करने लगे। कम्पनी और उसके आदमियों ने ऐसा रिश्वत, झूठ और धोखे का सहारा लेकर किया है। उदाहरण के तौर पर पुरुष सदस्यों को शराब भेंट कर और रोज़गार के झूठे वादे कर भूमि की बिक्री के लिए उनकी सहमति लेना एक आम तरीक़ा बन गया है। इसी तरह, पुलिस द्वारा लगातार सताए जाने के डर से बहुत से पुरुष आन्दोलन का हिस्सा बनने से बचते हैं।

केन्द्रीय रिज़र्व पुलिस बल के एजेंटों द्वारा निरीक्षित निर्माण का काम अधिकतर प्रवासी मज़दूरों द्वारा किया जाता है पर कुछ स्थानीय लोग भी इसमें होते हैं। बहुत से ठेकेदार बाहर से आते हैं। जैसा कि भगबन माँझी, बॉक्साइट खनन के विरुद्ध आन्दोलन के नेताओं में से एक, बताते हैं : "यहाँ किसी के पास ऐसा काम नहीं है जो लम्बा चले और कुछ ख़ास महत्त्व का हो। हम तभी काम आते हैं जब बारिश के मौसम में दिहाड़ी मज़दूरों की कमी हो जाती है। 2008 से लगभग 100 लोगों को महात्मा गांधी राष्ट्रीय ग्रामीण रोज़गार गारंटी अधिनियम (मनरेगा - MANREGA) के अन्तर्गत उनके द्वारा किए गए काम का वेतन नहीं मिला है। जब अफ़सरों को बार-बार अर्ज़ी देकर कुछ नहीं हुआ, तो इन लोगों ने BDO के कार्यालय को घेर लिया और ज़िला कलेक्टर से भी अपने वेतन की माँग की पर सब बेकार गया।"[5]

स्थानीय लोग साफ़ तौर पर देख सकते हैं कि कम्पनियाँ सिर्फ़ अपनी योजनाओं और मुनाफ़े की चिन्ता करती हैं। और सरकार की विकास परियोजनाएँ हमेशा से उन्हें बिना कुछ लाभ पहुँचाए जो थोड़ा-बहुत उनके पास था वो भी छीनने के लिए बनी थी। अंबाई यह बहुत सरल तरीक़े से व्यक्त करती हैं : "हम इस बात पर हैरान होते रहते हैं कि सरकार यहाँ हो रही ज़ोर-ज़बरदस्ती, गिरफ़्तारियों, शराब, धन, झूठ और धोखे के दुरुपयोग पर ध्यान क्यों नहीं दे रही है? इन सबका इस्तेमाल करके ही कम्पनी यहाँ स्थापित होती जा रही है। हमारे इलाक़े में विकास लाने के बड़े-बड़े वादों का क्या हुआ? हमारे पास जो थोड़ा-बहुत था वो भी अब हमसे छीना जा रहा है। जीवन और कठिन हो गया है। हर परिवार में अशान्ति और टकराव है। हम इस बात का अनुमान नहीं लगा सकते कि हमारे बच्चों के बच्चे यह सब झेलकर जीवित रह पाएँगे या नहीं?

"अगर कम्पनी हमारी उम्मीदों पर खरी नहीं उतर पाई है, तो इसमें कोई आश्चर्य नहीं है। पर उन सब लोगों का क्या हुआ जो कम्पनी के विरुद्ध थे? पैसा सब नष्ट कर देता है। मैं यह नहीं कह रही कि सभी धोखेबाज़ी करते हैं। कुछ हमारे जैसे भी हैं जो पैसा नहीं चाहते थे। पर हमारी संख्या कम है। चिलिका और गोपालपुर में आन्दोलन कम्पनी को रोक पाने में सफल रहा तो यहाँ क्यों नहीं? मैं अपनी भूमि या अपने परिवार के लिए नहीं लड़ रही थी। यह लड़ाई पूरे काशीपुर के लिए थी। पर जब कम्पनी यहाँ आई तो हम सब एक-दूसरे से अलग हो गए। कोई दूसरे की बात नहीं सुनता। हर परिवार में दुःख छाया हुआ है। हम कम्पनी का विरोध करते हुए साथ थे पर अब हम सब बँट चुके हैं।"[6]

माओवादी संगठनों पर अत्याचार से लेकर समुदाय के बीच दरार पैदा करने तक, राज्य और आदित्य बिरला ने लगातार गन्दे खेल खेले। कॉरपोरेट रणनीतियों ने लोगों को बाँटने के लिए हमारी बैठकें रोकीं, समानान्तर समितियाँ बनाईं, केन्द्रीय पुलिस बल का इस्तेमाल किया, असमान वेतन दिए और फ़र्ज़ी जन सुनवाइयाँ भी करीं या ऐसी जन सुनवाइयाँ करीं जो उनकी कम्पनी में काम करने वाले मज़दूरों ने आयोजित करी थी। जहाँ पुलिस और मीडिया विरोध प्रदर्शन में भाग लेने वाले सभी लोगों को 'माओवादी' करार दे देती है, गाँव वालों को एक-दूसरे से दूर करने और उन्हें एक संगठित मोर्चे के तौर पर सामने आने से रोकने के लिए ऊपर बताए गए हथकंडों का इस्तेमाल किया जाता है। गाँव के ख़बरियों को छोटी-मोटी रकम देकर उनसे उनके पड़ोसियों की गतिविधियों पर नज़र रखवाई जाती है। और यह रकम तब बढ़ जाती है जब वे जन सुनवाई में ख़लल डालने या सामूहिक फ़ैसले रोकने में सफल होते हैं। पर कॉरपोरेट प्रबन्धकर्ता जल्द ही इन ख़बरियों को ठोकर मार देते हैं। जैसे ही विरोध प्रदर्शन रुकने लगता है उनको महीनावार दी जाने वाली रकम भी बन्द हो जाती है।[7]

निर्वाह योग्य उत्पादन और अपने श्रम को पहचान दिलाने के संघर्ष में भाग लेते हुए, ओड़िशा की महिलाएँ पुलिस, मीडिया और राज्य के प्रशासन की विभाजन की चालों, जिनमें झूठ, रिश्वत, झूठे समाचार और उन पर निगरानी शामिल हैं, से जूझती रही हैं।

'यहाँ भूमिहीन भी खाने के लिए पर्याप्त भोजन जुटा पाते हैं'

एक दशक के विलम्ब के बाद, 2017 में दक्षिण कोरियाई स्टील बहुराष्ट्रीय कम्पनी पोसको की ओड़िशा में आने वाली एक बड़ी परियोजना को लोगों के लगातार और लोकप्रिय विरोध ने वहाँ से बाहर खदेड़ दिया। अपनी ख़ुद की लोहे की खदानों और बन्दरगाह के साथ इस परियोजना की कुल उत्पादक क्षमता 120 लाख मीट्रिक टन प्रति वर्ष होने वाली थी। बहुत सी कम्पनियों ने भी सरकार के खंडाधार पहाड़ियों में मौजूद 6000 लाख मीट्रिक टन की मात्रा की उच्चतम दर्ज़े की लौह धातु को एक विदेशी कम्पनी को सौंपने के फ़ैसले, जो 1991 से तब तक भारत का सबसे बड़ा विदेशी प्रत्यक्ष निवेश होने वाला था, का विरोध किया।[8] खनन घोटालों की एक श्रृंखला के बाद खान और खनिज (विकास और विनियमन) अधिनियम में 2015 में संशोधन किया गया,

जिसके बाद पोसको को लौह खनिज पर बोली लगाने वालों की एक लम्बी क़तार में खड़ा होना पड़ा।

प्रस्तावित कारख़ाने और बन्दरगाह की ज़मीन उपजाऊ है, और खेती से भरपूर है। छोटे भूमि के टुकड़ों पर पान की खेती में लगभग 22,000 लोग जुड़े हैं, और यह खेती यहाँ भूमि के मालिक किसानों और भूमिहीन मज़दूरों को स्थायी आमदनी प्रदान करती है। इसके अलावा पास की ग्राम पंचायतों के मछुआरा समुदाय के 20,000 से 25,000 लोग भी पोसको परियोजना के आने पर अपनी आजीविका खो देते। इसी तरह पोसको परियोजना के खनन के क्षेत्र, केओंझर के लगभग बत्तीस और सुन्दरगढ़ के चौरासी गाँवों के निवासी, जिनमें अधिकतर अनुसूचित जनजाति से हैं, पास के जंगलों के उत्पादों पर अपने भोजन और आजीविका के लिए निर्भर हैं। वन अधिकार अधिनियम जो ऐसे समूहों को बचाने के लिए बनाया गया है, का इन गाँवों में पालन नहीं हुआ है, न ही कोई पुनर्वास और पुनर्वासस्थापन कार्यक्रम की घोषणा हुई है। और अगर ऐसा हुआ भी है तो इन संघर्ष करने वाले लोगों में से अधिकतर भूमिहीन मज़दूर हैं, जिनके पास न बेचने के लिए कोई ज़मीन है न ही कोई मुआवज़ा पाने का ज़रिया।

लोग अपने जीवनयापन के लिए कड़े परिश्रम और समुद्र और वनों पर निर्भर हैं। जीविका खेती यहाँ उत्पादन और उपभोग का मुख्य साधन है जिसमें भूमिहीन भी शामिल हैं, जो कुजंग और अन्य छोटे नगरों में विक्रेता, फ़ेरी वाले या रसोइये के तौर पर काम करते हैं। बाक़ी साल भर धान, पान, काजू और भिन्न तरह के फलों की खेती और वन उत्पाद इकट्ठा करते हैं। काफ़ी लोग मवेशी पालते हैं और बकरी और उसके दूध की बिक्री भी यहाँ आम है। ओड़िशा में वन और समुद्र का विशिष्ट मेल और भूजल का ऊँचा स्तर जो पान की खेती के लिए आवश्यक है, यहाँ कई तरह की वस्तुओं की खेती सम्भव करता है जिसमें पपीता, सहजन, कद्दू, भिंडी, केले, कुंदरू और कई तरह के साग शामिल हैं। मछुआरा समुदायों की महिलाएँ मछली को छाँटने, सुखाने और नमक लगाकर संरक्षित करने का काम करती हैं।

पोसको के जाने से पहले जैसा कि एक महिला ने कहा था—

> "जब तक हम पख़ाल भात और साग खा सकते हैं, हम पोसको के विरुद्ध अपनी लड़ाई जारी रखेंगे। और पान की बेलें हमारे लिए आमदनी का ज़रिया हैं। यहाँ कोई बेरोज़गार नहीं है, भूमिहीनों को भी यहाँ खाने को पर्याप्त मिलता है। उन्हें पख़ाल भात और साग खाने को मिलता है। यदि सरकार ने इस जगह को जेल बना दिया है तो हम इस जेल में ख़ुश हैं। कम-से-कम हमारे पेट तो भरे हुए हैं। पर अगर सरकार पोसको को यहाँ लाती है तो हम भुखमरी से मर जाएँगे।"[9]

इस दौरान, बदगबपुर शरणार्थी शिविर के लोग, जो आयोजित विकास से पहले ही विस्थापित हो चुके थे, अपने गाँवों में लगभग दस साल बाद वापस आए। जहाँ मुख्यधारा की मीडिया और राज्य सरकार ने उन्हें पोसको के पक्ष का बताया, पोसको

विरोधी आन्दोलन ने उनकी वापसी पर उन्हें दोस्तों की तरह गले लगा लिया। सरकार की बीस रुपए रोज़ाना की ख़ैरात पर दस साल निर्भर रहते हुए, इन गाँव वालों को न तो उनकी भूमि, पेड़ों और मवेशियों का मुआवज़ा दिया गया, जिसका उनसे वादा किया गया था, और न ही कोई विधिवत नौकरी। वे अपने धान के खेतों और पान की बेलों वाले भूमि के टुकड़ों के लिए तरसते रहे। अन्त में पताना गाँव में वापस आने के बाद उन्होंने अपनी पान की बेलों का उत्पादन और अपनी पारम्परिक आजीविका अन्य की गतिविधियाँ वापस शुरू कीं। समय के साथ, दोनों शिविरों के निवासियों, जो वापस आए थे और जो पोसको का विरोध कर रहे थे, ने जाना कि न तो कम्पनी और न ही सरकार के पास उन्हें देने के लिए कुछ था।

इन सभी समुदायों में महिलाएँ उत्पादन प्रक्रिया में काफ़ी हद तक सम्मिलित होती हैं, चाहे खेती के माध्यम से, मत्स्य पालन, वन उत्पादन के संग्रहण, या यहाँ तक कि मज़दूरी के ज़रिये। ये आम महिलाएँ हैं जो अन्यथा अपनी आजीविका को पकड़े रहने और अपने बच्चों को पूँजीवाद और राज्य के लालच से बचाने की कोशिश में अधिकतर अदृश्य होती हैं। अपने अधिकारों को खोने से रोकने के अपने संघर्ष में, पूँजीवाद और निर्वाह के लगातार टकराव में, ये महिलाएँ अपना वह राजनीतिक विरोध और कड़ा परिश्रम देखती हैं, जिससे वे अपने वर्तमान और भविष्य को बचा सकती हैं।

'हम भारी मन से वहाँ से निकले थे'

विकास, आधुनिकता और प्रगति के सारे नारों के बावजूद भारत में नव-उदारवाद पिछड़ी और कट्टरवादी शक्तियों की एकता पर निर्भर रहा है। यह एक ऐसी प्रक्रिया है जिसे शासन करने वाले वर्गों ने, चुनावी फ़ायदों और राजनीतिक गठबन्धनों के हिसाब से, कभी नज़रअन्दाज़ किया है या कभी इसका साथ दिया है। 2008 में ओड़िशा में कंधमाल ज़िले में एक अत्यन्त निन्दनीय ईसाई-विरोधी हत्याकांड में 50,000 से अधिक लोग बेघर हो गए थे, 5,000 घर जला दिए गए थे, कम-से-कम 400 गिरजाघर, प्रार्थना स्थल और अन्य संस्थानों को नुक़सान पहुँचाया गया, जला दिया गया या ध्वंस कर दिया गया। बहुत सी बच्चियों और महिलाओं का लैंगिक उत्पीड़न किया गया और 38 लोग मारे गए। आतंकवादी हिन्दू संगठन, बजरंग दल और इसके साथियों को इस हिंसा को अंजाम देने का ज़िम्मेवार ठहराया गया, परन्तु राज्य और स्थानीय प्रशासन, जो स्वयं हिन्दू अन्धराष्ट्रवादियों द्वारा चलाया जा रहा था, ने इस पर कोई ध्यान नहीं दिया।

कंधमाल के आदिवासी और दलित ईसाइयों पर इस अत्याचार ने हज़ारों लोगों के जीवन और आजीविका को ख़त्म कर दिया। मार्च 2011 में इस इलाक़े का दौरा करने वाले दल का हिस्सा होने के नाते मैंने बहुत सी महिलाओं से उनके अनुभवों के बारे में बात की।[10] लगभग सभी ने उनके निर्वाह के लिए मौजूद विकल्पों के घटने की बात सामने रखी। कंधमाल की औपचारिक तस्वीर भले ही मनरेगा की सफलता की कहानी की हो, अधिकतर लोगों से जब इस क़ानून के बारे में पूछा गया तो उनका जवाब नकारात्मक था। कुछ ने ईसाई होने के कारण होने वाले भेदभाव का ज़िक्र किया, और बहुतों ने

बताया कि उन्हें मनरेगा रोज़गार कार्ड या ग़रीबी रेखा के नीचे (BPL) के लोगों के लिए उपलब्ध राशन कार्ड नहीं मिले थे। और जब उनके पास ये कार्ड थे भी, तब भी इन कार्डों पर जो काम उन्हें दिया जाता था वो माटी का काम था—खुदाई, समतलीकरण, सर पर मिट्टी के ढेर ढोना—जिसके लिए न तो वो प्रशिक्षित थे न ही आदी।

हिंसा से पहले इनमें से बहुत सी महिलाओं के अपने छोटे ज़मीन के टुकड़े थे जिस पर वे खेती करती थीं, और अन्य काम जैसे भाड़े की मज़दूरी करके इससे होने वाली आमदनी में कुछ बढ़ावा कर लेती थीं। एक महिला ने कहा, वह हर फ़सल की ऋतु में हल्दी उगाकर 100,000 रुपए तक कमा लेती थी। दूसरी महिला ने बताया कि उन्होंने सब्ज़ियाँ उगा और बेचकर एक साल में 70,000 रुपए तक कमाए हैं। इसके अलावा, उनके पास बकरियाँ, मुर्ग़ियाँ और बहुत सा धान तो था ही।

इस गाँव में एक छोटा सा बनिया समुदाय भी था, जो गुटका, सूखी मछली, और नमक बेचता था। हमलों से पहले, कुछ पत्तों के दोने बनाकर बेचते थे, कुछ सब्ज़ियाँ उगाते थे, कुछ खेत जोतते थे, कुछ वन उत्पाद इकट्ठा करते थे और कुछ पत्थर तोड़ने का काम करते थे। जहाँ डर और सदमे के कारण कुछ लोग काम ढूँढ़ने नहीं जा रहे थे, बहुतों ने बताया कि उन्हें काम के लिए नहीं बुलाया जा रहा था। पास के शहरों में दिहाड़ी मज़दूर का काम कर महिलाएँ 80 रुपए रोज़ाना और पुरुष 110 रुपए कमा लेते थे। महिलाओं को एक महीने में औसतन एक हफ़्ते का काम मिलता था।

एक ग़ैर सरकारी संस्था (NGO) के कर्मचारी ने हमारे दल को बताया कि किस तरह तेरह महिलाओं ने अपनी खेती की भूमि खो दी। क्योंकि वे ज़मीन का असली पट्टा, या ज़मीन के स्वामित्व का क़ानूनी दस्तावेज़, जो पचहत्तर साल पहले बना था, नहीं ला पाईं सरकार ने उनकी ज़मीन ज़ब्त कर ली और वन अधिकार क़ानून के अन्तर्गत आदिवासी सदस्यों को दे दी। जिन्होंने हिंसा में अपनी नौकरी और BPL कार्ड खोए थे, उन्हें वे तभी वापस बनाकर दिए गए यदि उनके नाम सरकारी काग़ज़ों में दर्ज थे। अन्त्योदय कार्ड, जो सरकार की खाद्य अनुदान योजना का हिस्सा थे, से उन्हें 35 किलो चावल 2 रुपए प्रति किलो के दाम पर मिल सकता था। इस दौरान, सरकार ने उन सभी महिलाओं, जिनके पति हिंसा में मारे गए थे, को रोज़गार का आश्वासन दिया परन्तु इनमें से किसी भी योजना पर अमल नहीं हुआ।[11]

इन सबके अलावा, 27 स्वयं सहायता समूह (SHG) भी हैं जिनमें से इक्कीस को 50,000 रुपए प्रति SHG का उधार दिया गया था। इसमें 5,000 रुपए ऊपर से और थे जो उन्हें उनके 'अच्छे' प्रदर्शन के बाद दिए जाने थे। ऐसे स्वयं सहायता समूह सूक्ष्म उधार (micro credit) उपलब्ध कराने के लिए बैंकों से जुड़े होते हैं। साम्प्रदायिक दंगों से जो विघ्न पड़ा उसके कारण बहुत सी महिलाएँ अपने उधार नहीं चुका पाईं। भारतीय स्टेट बैंक ने उनके खाते बन्द कर दिए और उनकी बचत की रकम को और 5,000 रुपए की सरकारी मदद को उधार के निमित्त व्यवस्थित कर दिया।

बहुत से पुरुष और युवा लड़के यह क्षेत्र छोड़कर काम की तलाश में केरल, तमिलनाडु, दिल्ली और अन्य स्थानों पर चले गए हैं। पूरे-पूरे परिवार पलायन कर गए

हैं, परन्तु ऐसे परिवारों की कुल संख्या का कोई आँकड़ा उपलब्ध नहीं है। ख़ास तौर पर दलित और आदिवासी खेतिहर जिनके पास ज़मीन के छोटे टुकड़े थे, बड़े पैमाने पर कंधमाल से निकल गए। जैसा कि एक दलित जो हिंसा में बच गया था और अस्पताल में था, ने कहा—

> "अपनी फ़सलों को पीछे छोड़कर जाते हुए हमारे मन भारी थे। हमने उन्हें कभी पीछे नहीं छोड़ा। हमने सालों से अपनी भूमि और फ़सलों की बड़े ध्यान से देखभाल की है। जब हम उस साल बीज बो रहे थे, हमें नहीं मालूम था कि हमें अपनी फ़सलों को हमेशा के लिए छोड़कर जाना पड़ेगा। हम इस बात को याद करके कई रातों को सो नहीं पाए। उन्होंने हमारी फ़सलों पर भी क़ब्ज़ा कर लिया।"[12]

कंधमाल के हत्याकांड और उसके बाद जीविका कृषि करने वाले खेतिहर लोगों के वहाँ से निकल जाने में कॉरपोरेटों का हाथ ढूँढ़ पाना मुश्किल नहीं है। दक्षिणपंथी धार्मिक सोच के उत्थान और नव-उदारवाद द्वारा संसाधनों पर क़ब्ज़ा और उन संसाधनों के आक्रामक उपयोग का शक्तिशाली मिश्रण, ओड़िशा और उसके पार के पिछड़े और अधिकारहीन बहुसंख्यक समाज के लोगों के आपसी अन्तरों को और तीक्ष्ण करने और एक संगठित विरोध को कमज़ोर करने का अच्छा ज़रिया था।[13] स्वयं सहायता समूह के माध्यम से ग़रीब महिलाओं का हिन्दुत्व शक्तियों द्वारा ईसाई परिवारों पर हमला करने के लिए इस्तेमाल सरकार द्वारा महिला सशक्तीकरण के लिए उपलब्ध संसाधनों के साम्प्रदायिक हिंसा और नफ़रत फैलाने के लिए दुरुपयोग की ओर इशारा करता है।[14] कॉरपोरेट शक्तियों के आगमन और दक्षिणपंथी हमलों की दोहरी मार—जो न केवल ओड़िशा बल्कि पूरे भारत और विश्व पर पड़ी है, ने खेतिहर और मज़दूरों के अधिकारों के हनन को तीव्रता दी है।

जैसा सिल्विया फ़ेडरीची ने लिखा था, प्रारम्भिक और प्राथमिक संग्रहण केवल उन मज़दूरों और पूँजी का संग्रहण नहीं था जिसका दुरुपयोग किया जा सके, वह मज़दूर वर्ग के उन अन्तरों और विभाजनों का संग्रहण भी था जिनमें जेंडर, वंश और आयु का अनुक्रम भी शामिल था। इसने वर्ग शासन को स्थापित करते हुए आधुनिक मज़दूर वर्ग की रचना की।[15]

एक नई रूपरेखा की ओर

आदिवासियों, जिन्होंने पहाड़ों और वनों की रक्षा की है, या खेतिहरों-भोजन उगाने वालों, के श्रम से मिलता-जुलता संघर्ष महिला श्रमिकों का है। ये संघर्ष इस आधुनिक बाज़ार अर्थव्यवस्था में अपना स्थान तलाश रहे हैं। इन इलाक़ों में उनका संघर्ष ऐसे सवाल खड़े करता है जो उतने ही पुराने हैं जितने कि महिलाओं के दमन से जुड़े सवाल। वे भोजन उगाती हैं, परिवार के सदस्यों की देखभाल और भरण-पोषण करती हैं, तब भी निर्वाह अर्थव्यवस्था में महिलाओं के उनके उत्पादक श्रम पर आधारित भूमि और प्राकृतिक

संसाधनों से सम्बन्ध को लेकर एक रूपरेखा, राजनीतिक समाज और तकनीकों की बहुत साफ़ कमी दिखती है।

हालाँकि भारत में पूँजीवादी आधुनिकता की परियोजना ने अपने फ़ायदे के लिए श्रम करने वाले लोगों के पूरे-पूरे समुदायों का सफ़ाया कर दिया है, फिर भी यह मुद्दा भारतीय श्रम और जेंडर अध्ययनों की निगाह से मोटे तौर पर ग़ायब रहा है। भारत और अन्य देशों के 1990 के दशक में बाज़ार अर्थव्यवस्था की तरफ़ मुड़ने पर महिला अध्ययनों का ध्यान खेती और खेतिहर श्रम में लगी महिलाओं से हटा है। ये महिलाएँ पहले विकासशील देशों में ग्रामीण महिलाओं की स्थिति समझने के लिए ज़रूरी समझी जाती थीं। पिछले करीब डेढ़ दशकों से इस प्रवृति में तेज़ी ही आई है क्योंकि भारतीय नारीवादी विद्वानों ने दलित और जनजातीय महिलाओं की स्थितियों के साथ विश्लेषणात्मक या राजनीतिक सम्बन्ध बनाए बिना केवल जेंडर/महिला की श्रेणी को ही आगे रखा है। साथ-ही-साथ, दलित और मार्क्सवादी रेडिकल शोध भी पितृसत्ता को सामाजिक और आर्थिक विश्लेषण के एक वर्ग के रूप में दमन के तंत्रों की निचली पंक्ति में देखता आया है।

शायद इन सबमें सबसे बड़ी रुकावट तब आई जब मध्य और उच्च वर्गीय नारीवादियों ने नव-उदारवादी 'उद्यम' के क़दमों, जिसमें महिलाओं से उम्मीद की गई थी कि वे ख़ुद के प्रयासों से और राज्य और अन्तरराष्ट्रीय मदद से स्वयं को ग़रीबी से बाहर ले आएँगी, का समर्थन करके मज़दूर वर्ग और खेतिहर संघर्षों के साथ किसी भी अन्तरवर्गीय एकता के रास्ते बन्द कर दिए। बांग्लादेश के ग्रामीण बैंक जैसी परियोजनाओं ने देश में मौजूद अन्यंत ग़रीबी और असमानता के स्तर में सुधार लाने में शायद ही कुछ योगदान दिया है। बल्कि इसके उलट श्रमिक और उपभोक्ता के रूप में इन ग़रीब महिलाओं को वैश्विक पूँजीवाद के चक्कर में डाल दिया है। इसीलिए हाल के वर्षों में मुख्यधारा के महिला आन्दोलनों में पूँजीवादी विकास की आलोचना को लेकर एक डरावनी चुप्पी देखी गई है। ऐसा मालूम होता है कि राजनीतिक सीमाएँ सिर्फ़ भूख और ग़रीबी को हल करने के लिए जारी NGO 'परियोजनाओं' के स्तर पर सिमट गई हैं।

इसके बावजूद कि महिलाओं के उत्पादक श्रम, श्रम के लैंगिक विभाजन और जाति-आधारित श्रम का अध्ययन भारत के पिछड़े समूहों के नारीवादी और मार्क्सवादी विश्लेषण में महत्त्वपूर्ण योगदान दे सकता है, यह मोटे तौर इन अध्ययनों के कार्यक्षेत्र से बाहर रहा है। जिसने 'अधीनस्थ' समूहों की पहचानों के ऐसे सिद्धान्तों को बल दिया है जो अधिकतर लोगों के लिए रहस्यमयी और समझ के परे रहते हैं। भूमि, और श्रम प्रथाओं के सम्बन्ध को एक व्यापक साँचे में देखकर उस पर अध्ययन की आवश्यकता है जो न केवल राजनैतिक अर्थव्यवस्था बल्कि सांस्कृतिक, धार्मिक और सामाजिक शक्तियों को भी इसमें शामिल करे।

निर्वाह अर्थव्यवस्थाओं में महिलाओं के श्रम का जायज़ा लेने के मौजूदा तरीक़ों की वैधता पर सवाल करना इस अध्ययन का एक मुख्य भाग होना चाहिए। रौना कुओक्कानेन का कहना है कि निर्वाह अर्थव्यवस्थाओं को 'पिछड़ी' और 'प्राचीन' कहकर ख़ारिज कर देना पूँजीवादी संग्रहण में केवल उनके शोषण और ख़ात्मे को बल देता है।[16] उन

महिलाओं को पहचान दिलाना जो जीविका उत्पादन में भाग लेती है तभी सम्भव है जब कृषि को भी एक नए तरीक़े से देखा जाए। उदाहरण के तौर पर, ओड़िशा, छत्तीसगढ़ और झारखंड में भूमि हथियाने का एक अध्ययन महिलाओं के उन अनुभवों को सामने लाएगा जिनकी इस लेख में चर्चा की गई है। यह अध्ययन छत्तीसगढ़ से 2000 के दशक के मध्य में महिलाओं और बच्चों के बड़े पैमाने पर अपने गाँव छोड़ने और ओड़िशा में कंधमाल से लेकर उत्तर प्रदेश, केरल, तमिलनाडु और अन्य राज्यों से दलित और आदिवासी परिवारों के पलायन को उजागर करेगा।

भारत और अन्य जगहों के नारीवादी शोधकर्ताओं ने परिवार, समुदाय और समाज में महिलाओं के श्रम को आगे रखकर मार्क्सवादी सिद्धान्तों की आलोचना की है और उन्हें और प्रचुर भी बनाया है। परन्तु जीविका पर आधारित समाजों में महिलाओं के जीवन और संघर्ष ऐसे अध्ययन की प्रतीक्षा कर रहे हैं। इन समाजों में घर उत्पादन और उपभोग की इकाई है। यह उत्पादक श्रम और घरेलू श्रम के कमज़ोर विभाजन, जो औद्योगिक अर्थव्यवस्थाओं की एक विशेषता है, को ख़त्म कर देता है। इसी तरह एक गहरी खाई इन महिलाओं को नक़द आधारित अर्थव्यवस्थाओं में शामिल उन महिलाओं, जो कुछ हद तक आर्थिक स्वतंत्रता, जिसमें घरेलू काम भी शामिल है, को 'ख़रीद' पाती हैं, से अलग करती है। इन्हें और निर्वाह अर्थव्यवस्थाओं में शामिल महिलाओं के अनुभवों के अन्य विशिष्ट गुणों को समझने के लिए एक नए, समर्पित अध्ययन और राजनीतिक पक्ष समर्थन की आवश्यकता है।

सन्दर्भ

1. यह लेख टाटा इंस्टिट्यूट ऑफ़ सोशल साइंसेस, मुम्बई में फ़रवरी को आयोजित महिला और श्रम कॉन्फ्रेन्स में प्रस्तुत शोध पत्र से रूपान्तरित है।
2. ...Directorate of Economics and Statistics, Odisha, Agricultural Census 2010–11, http://desorissa.nic.in
3. Thomsen Veronika Benholdt and Maria Mies, *The Subsistence Perspective,* Zed, London, 1999, 80. Mies first developed many ideas around women's role in subsistence economies in Patriarchy and Accumulation on a World Scale Zed, London, 1986.
4. 'Four Die of Mango Kernel Poisoning in Orissa,' Indo-Asian News Service, September 18, 2002, http://infochangeindia.org.
5. Majhi, Bhagaban, interview with the author, November 20, 2012.
6. Ambai, interview with the author, November 22, 2012.
7. Debaranjan, Sarangi, interview with the author, November 20, 2012. ये प्रथाएँ 2008 से इस इंटरव्यू के एक साल बाद तक चलती रहीं और निर्माण कार्य लगभग पूरा होने के बाद ही रुकीं।
8. लगभग 1200 करोड़ डॉलर की लागत वाला पोसको-इंडिया प्रोजेक्ट भारत में अब तक का सबसे बड़ा विदेशी प्रत्यक्ष निवेश था जो 12,000 एकड़ ज़मीन पर चलने वाला था। International Human Rights Clinic, ESCR-Net, The Price of Steel : Human

Rights and Forced Evictions in the POSCO-India Project (New York : NYU School of Law, 2013), 1, available at http://escr-net.org.

9. Kotokia, Jemma, interview with the author, November 7, 2011. मैं 'विमेन अगेन्स्ट सेक्सुअल वायलेंस एंड स्टेट रेप्रेशन' के दल के हिस्से के तौर पर वहाँ थी।
10. मैं मार्च तक इन तीन महिला संस्थाओं के दल के हिस्से के तौर पर वहाँ थी। 'फ़ोरम अगेन्स्ट ऑपरेशन ऑफ़ विमेन', 'आवाज़-ए-नि:स्वान', मुम्बई से और 'नेशनल अलाइंस ऑफ़ विमेन ऑर्गनाइज़ेशन', भुवनेश्वर से।
11. Interview with team, March 26, 2011.
12. Interview with the author, October 10, 2008. भूमिहीन भी पलायन कर गए हैं क्योंकि हिन्दू दक्षिणपंथियों द्वारा डराना-धमकाना लगातार चलता रहा।
13. Teltumbde, Anand, *Khairlanji : A Strange and Bitter Crop,* Navayana, New Delhi, 2008
14. एक स्थानीय NGO के अनुसार, जाति और धर्म के आधार पर बने SHGs के माध्यम से ईसाई विरोधी भावना को फैलाया गया था। कंधमाल में हिंसा से पहले, SHGs को दुर्गा वाहिनी, एक हिन्दू दक्षिणपंथी महिला मोर्चे के लिए इस्तेमाल किया गया था।
15. मार्क्स के प्रारम्भिक संग्रहण का चिर-परिचित अध्ययन सोलहवीं और सत्रहवीं शताब्दी के यूरोप में राज्य द्वारा प्रायोजित डर के अभियानों को नज़रअन्दाज़ करता है। ये अभियान, जैसा कि उस समय के मज़दूर वर्ग को निशाना बनाने के प्रयासों से प्रतीत होता है, यूरोपियन खेतिहर वर्ग की हार का मुख्य कारण थे। Sylvia Federici, *Caliban and the Witch*, Autonomedia, New York, 2009, 65-66 देखें
16. Kuokkanen, Rauna, "Indigenous Economies, Theories of Subsistence, and Women : Exploring the Social Economy Model for Indigenous Governance,' *American Indian Quarterly* 35, no. 2 (2011) : 215–40.

मथुरा से मनोरमा तक*

कल्पना कन्नबीरन, रितु मेनन

अनुवाद : मीनाक्षी कपूर

1

बलात्कार का मुद्दा विश्व स्तर पर महिला आन्दोलन के केन्द्र में रहा है। इस मुद्दे पर विरोध प्रदर्शन, अभियानों और क़ानूनी सुधार की माँग के लिए जनमत तैयार करने के उद्देश्य से जागरूकता, विश्लेषण और ऐक्टिविज़्म बढ़ा है। जैसे-जैसे महिलाओं और नारीवादियों ने महिलाओं के शरीर पर इस अतिक्रमण के शारीरिक, सामाजिक, भावनात्मक, आपराधिक और जेंडर सम्बन्धित पहलुओं का अध्ययन करना शुरू किया, इसका पूर्ण अर्थ समझ में आने लगा। इसका सुसन ब्राउनमिलर का प्रतिष्ठित विश्लेषण, अगेन्स्ट आवर विल; मेन, विमेन एंड रेप एक मुख्य उदाहरण है। पर जैसे-जैसे इस अपराध की पेचीदा और विशिष्ट प्रकृति सामने आने लगी, और अधिक जटिल और विवादास्पद दृष्टिकोण मान्यता प्राप्त करने लगे। रेडिकल नारीवादियों की सोच थी कि पुरुषों और महिलाओं के बीच का शारीरिक अन्तर बलात्कार को एक अनूठा पुरुष कृत्य बनाता है। पुरुष महिलाओं का बलात्कार करते हैं क्योंकि वे ऐसा कर सकते हैं। पुरुषों द्वारा महिलाओं पर लैंगिक (sexual) प्रभुत्व इस सोच का मूल बिन्दु है। बलात्कार या बलात्कार की आशंका महिलाओं को पुरुषों के वश में, उनके डर में और उनके नियंत्रण में रखती है। उदार नारीवादियों का मत इस काफ़ी हद तक जीव वैज्ञानिक वर्णन से भिन्न था। उन्होंने बलात्कार को एक ऐसे अपराध के तौर पर देखा जो सामाजिक मान्यता, पुरुष सत्ता और विशेषाधिकार और असमान लैंगिक रिश्तों के कारण सम्भव हो पाया। उन्होंने क़ानूनी सुधार में यक़ीन रखते हुए, एक ऐसी प्रभावशाली क़ानूनी प्रणाली की पैरवी की, जो महिला पीड़ितों को सब क़ानूनी बाधाएँ पार हो जाने के बाद ही सही, पर न्याय देगी। वहीं दूसरी ओर, मार्क्सवादी नारीवादियों ने बलात्कार और अन्य प्रकार की महिला विरोधी हिंसा को भौतिक और आर्थिक सन्दर्भ में देखते हुए विभिन्न सामाजिक वर्गों के आपसी सम्बन्धों को महिला उत्पीड़न की हमारी समझ में जोड़ा। अन्त में,

* An abridged version of Kalpana Kannabiran & Ritu Menon, *From Mathura to Manorama: Resisting Violence against Women in India,* Women Unlimited and International Centre for Ethnic Studies, 2007

समाजवादी नारीवादियों ने सुझाया कि सामाजिक वर्ग, पुरुष सत्ता और संरचनात्मक व्यवस्था में निहित (systemic) हिंसा की एक तफ़सीली परख ही महिलाओं पर होने वाले विभिन्न प्रकार के अत्याचारों के लिए एक उपयुक्त स्पष्टीकरण दे सकती है। दूसरे शब्दों में कहा जाए तो उन्होंने महिलाओं के आर्थिक शोषण और हिंसा के बीच, हिंसा और लिंग भेद के बीच; प्रजननीय पीड़ा और पुरुष द्वारा हिंसा, और अन्य मुद्दे, और हाल-फ़िलहाल में, नस्ल, वर्ग और लिंग; या जाति, वर्ग और लिंग और हिंसा के बीच की कड़ी को समझने पर ज़ोर दिया।[1]

1980 के फोरम अगेन्स्ट रेप के विरोध और 2004 के मणिपुरी महिलाओं के इम्फाल में प्रदर्शन के बीच के बीस सालों में, भारत के महिला कार्यकर्ताओं और बुद्धिजीवियों को न केवल महिलाओं के ख़िलाफ़ तेज़ी से बढ़ती हिंसा और उसके जटिल रूपों से दो-चार होना पड़ा, बल्कि अपनी ख़ुद की नीतियों और संगठनों का भी गम्भीर आकलन करना पड़ा। आन्दोलन के भीतर सबको बाँधने वाला कोई एक सूत्र नहीं था और न ही कोई एक सैद्धान्तिक विश्लेषण या राजनीतिक विचारधारा। वामपंथी विचारधारा से प्रेरित, परन्तु राजनीतिक दलों से वास्ता न रखने वाली महिलाएँ, राजनीतिक दलों से सम्बद्ध महिला समूहों के साथ ख़ास मुद्दों पर जुड़ती हैं, पर जब बात कार्यनीतियों या विश्लेषण की आती है तो वे अलग राह लेती हैं। इसी तरह रेडिकल नारीवादी या समलैंगिक (lesbian) नारीवादी, मोटे तौर पर, अन्य समूहों के साथ कार्यनीतियों को लेकर भले ही सहमत हों, पर विश्लेषण और विचारधारा को लेकर उनकी राय अलग है। पर इसके बावजूद, पिछले तीन दशकों में स्वायत्त महिला आन्दोलन में साफ़ तौर पर ऐसी सहमति ज़रूर बनी है, जो महिलाओं के विरुद्ध होने वाली हिंसा को किसी भी तरह से सही ठहराने का विरोध करती है। और हिंसा के मुद्दे की जटिलता को, उसके भिन्न आयामों—कभी पारिवारिक, कभी विषमलैंगिक, कभी समलैंगिकता के भय में निहित, कभी साम्प्रदायिक, कभी जातिवाद में निहित, कभी वैयक्तिक, कभी सामूहिक, के साथ स्वीकारता है। यह एकमत इस तथ्य को भी मानता है कि हिंसा पितृसत्ता की शक्ति के प्रदर्शन का एक लगातार बढ़ता हुआ तथा इंटरसेक्शनल[2] साधन है। जैसे-जैसे महिला समूह (क) अन्य सामाजिक अभियानों, जो सामाजिक और आर्थिक न्याय के मुद्दों पर काम कर रहे थे, से जुड़े, और (ख) उन्होंने पाया कि ऐसा कड़ा परिश्रम करने वाली मज़दूर औरतें बड़ी संख्या में उनके साथ मिलकर अपने अधिकारों के लिए लड़ रही हैं। उन्होंने देखा कि इन जटिल, परस्पर टकराते हिंसा के क्षेत्रों ने महिला आन्दोलनों के एकजुट होने के तरीक़ों को महत्त्वपूर्ण रूप से बदला है, और साथ ही उनके काम के दायरे को भी बढ़ाया है।

साथ-ही-साथ, महिला आन्दोलनों ने हिंसा के भिन्न प्रकारों की एक पूरी शृंखला, जो मथुरा और रमीज़ा बी के बाद के सालों में उभरी है, पर ध्यान देने की गुहार लगाई गई है। इस शृंखला में बदले के लिए सामूहिक बलात्कार, प्रभुत्व जताने के लिए बलात्कार, ऊँची जाति के पुरुषों द्वारा नीची जाति की महिलाओं से बलात्कार, अपनी 'इज़्ज़त' को बचाने के लिए हत्या, देश में धीरे-धीरे फैलते दहेज़ के लिए हत्याओं का चलन, आर्म्ड कॉनफ़्लिक्ट के हालात में महिलाओं के साथ हिंसा, आर्थिक हिंसा, जन्म से

पहले महिला भ्रूणों की हत्या, सरकार द्वारा यौनिक हिंसा, और कई अन्य प्रकार शामिल हैं। इसके कारण महिला आन्दोलन कुछ अहम निष्कर्षों तक पहुँचे हैं। इस निष्कर्षों पर हम, महिलाओं के एकजुट होने और विरोध के पिछले 25 सालों में आए बदलाव का संक्षिप्त चित्रण करने के बाद विस्तार से चर्चा करेंगे।

2

महिलाओं पर हिंसा के ख़िलाफ़, जो शुरुआती राष्ट्रीय अभियान हुए वे दहेज़ से जुड़ी हत्याओं और हिरासत में होने वाले बलात्कार के मुद्दों पर केन्द्रित थे। इन्होंने विभिन्न कार्यनीतियों, जिनमें मीडिया द्वारा इनका खुलासा, जनहित याचिका, विरोध और प्रदर्शन, और क़ानून बदलने चाहिए के लिए पुरज़ोर जनमत तैयार करना शामिल था, को जोड़ते हुए, इन दोनों मुद्दों पर लगातार लोगों का ध्यान दिलाया। गांधी और शाह इसको 'राजनीतिकरण की प्रक्रिया' की तरह बखान करते हैं; ऐसा माना जाता है कि राजनीतिक विरोध के विभिन्न रूपों जैसे नुक्कड़ प्रदर्शन, सरकार विरोधी नारों और धरनों, के इस्तेमाल ने इन 'सामाजिक' मुद्दों को राजनीतिक मुद्दों में, और 'निजी' को सार्वजनिक मुद्दों में बदल दिया। ऐसा करके उन्होंने सरकार और समाज से महिलाओं पर होने वाले अत्याचारों के लिए जवाबदेही माँगी।[3] वे पोस्टर प्रदर्शनी, नुक्कड़ नाटक, गीत और ऑडियो-विज़ुअल कार्यक्रमों के माध्यम से इस मुद्दे पर व्यापक स्तरीय समझ बढ़ाने में लगे रहे।[4]

ये सभी रणनीतियाँ अपने-अपने स्तर पर सफल रहीं, और पिछले दो दशकों में इन सभी पर विश्लेषकों और कार्यकर्ताओं ने गम्भीर पुनर्विचार किया। जहाँ तक क़ानून प्रणाली का सवाल है, दहेज़ निषेध (संशोधन) अधिनियम, 1984 को एक ऐतिहासिक और बड़ी जीत के रूप में देखा जा सकता है। ये न सिर्फ़ एक जीत थी, बल्कि, इसने एक तरह के संगठन, प्रचार और कार्यनीति के प्रभावकारी होने की पुष्टि की। दूसरे शब्दों में कहा जाए तो, लक्ष्य और साधन एक-दूसरे को बल दे रहे थे।

इसी तरह, भारतीय दंड संहिता (आईपीसी), दंड प्रक्रिया संहिता (सीआरपीसी) तथा भारतीय साक्ष्य अधिनियम (आईईए) में बहुत से नए सेक्शनों के जुड़ने से इन क़ानूनों में बलात्कार के प्रावधानों में काफ़ी सुधार आया। इन सेक्शनों में पीड़ित का नाम गुप्त रखने के महत्त्व को मान्यता, हिरासती बलात्कार का अपराधीकरण, इस बात का स्वीकरण कि एक अलग हो चुकी पत्नी के साथ जबरन सम्भोग भी बलात्कार है, जैसे सुधार शामिल थे। साक्ष्यों को लेकर सबसे बड़ी तब्दीली यह आई कि 'जब तक दोषी साबित न हो तब तक बेगुनाह' का सिद्धान्त जो आपराधिक न्याय का आधार है, उसे बलात्कार मुक़दमों के लिए पलटा गया। साक्ष्य अधिनियम में एक नया सेक्शन 114 अ डाला गया, जिसके अनुसार यदि एक महिला कहती है कि उसने सम्भोग की अनुमति नहीं दी थी, तो अदालत इसे सच मानेगी और अभियुक्त को साबित करना होगा कि वो दुर्व्यवहार का दोषी नहीं है। इसके अलावा, 1980 के दशक की शुरुआत में, अपराध के सबूत इकट्ठा करने के जटिल मुद्दे को भी महिला पीड़ित के हक़ में

निपटाया गया; अब उसके दिए ब्योरे पर बिना किसी अन्य सबूत के भरोसा किया जा सकता था।[5] इसके साथ-साथ यह भी एक बड़ा सुधार था कि, पहली बार, सेक्शन 376 आई.पी.सी. में बलात्कार के लिए न्यूनतम दंड स्पष्ट रूप से बताया गया; हिरासती बलात्कार, सामूहिक बलात्कार, गर्भवती महिला से बलात्कार और दस साल से छोटी उम्र की बच्चियों से बलात्कार के मामलों में, दस साल का कठोर कारावास; और अन्य मामलों में सात साल का कारावास। सेक्शन 376 (2) (अ) (ब) व (स) में 'हिरासत' के अर्थ में, संरक्षक, पुलिस अफ़सर, नौकरशाह, अस्पताल, जेल, किशोर बच्चों के सुधारगृह, महिलाओं और बच्चों के लिए बने संस्थानों के प्रबन्धक और कर्मचारियों को शामिल किया गया। इनमें से किसी भी अपराध के लिए अधिकतम दंड आजीवन कारावास तक जा सकता था। उस समय क़ानून में दो मुख्य कमियाँ पाई गईं : वैवाहिक बलात्कार को इन संशोधनों में शामिल करने में असफलता; और घरेलू हिंसा पर एक विस्तृत क़ानून न बना पाना। 90 के दशक की शुरुआत में, इस बात का आकलन करने के लिए कि बलात्कार और दहेज़ क़ानून कितने प्रभावी थे, बम्बई में आयोजित की गई महिला समूहों की एक बैठक ने एक और महत्त्वपूर्ण त्रुटि पर ध्यान दिलाया : मौजूदा क़ानूनों में नाबालिग और बच्चों, और वयस्कों से बलात्कार में अन्तर का न होना।

इस समीक्षा बैठक ने दहेज़ निषेध अधिनियम व बलात्कार क़ानून के नए संशोधनों के अधीन हुए फ़ौजदारी मुक़दमों और सरकार द्वारा की गई गिरफ़्तारियों और सज़ा देने पर लगभग दस साल विचार किया। बुनियादी तौर पर, इस बैठक में यह एकमत बना कि दोनों क़ानून खेदजनक ढंग से अपर्याप्त और अप्रभावी रहे हैं। इसका एक मुख्य कारण है महिलाओं के ख़िलाफ़ होने वाले अपराधों पर उपलब्ध क़ानूनों में व्याप्त स्त्री-द्वेष और सन्देह, जिसकी गूँज अदालतों में सुनाई देती है। नारीवादी वकील, फ़्लाविया ऐग्नेस के अनुसार, "प्रक्रियाएँ लम्बी और ख़ौफ़नाक ही बनी रहीं, जाँच की मशीनरी ढीली और भ्रष्ट, पीड़ितों की जिरह अपमानजनक और उन्हें नीचा दिखाने वाली, और अपेक्षा के उलट, आँकड़ों ने बताया कि रिपोर्ट होने वाले मामलों में वृद्धि आने के बावजूद अपराधों में सज़ा की दर निराशाजनक ही बनी हुई थी।"[6]

दहेज़ के लिए हुई हत्याओं के मामले में भी, सीआरपीसी में, मुख्यतः सेक्शन 498 अ में दहेज़ से जुड़ी हिंसा और उत्पीड़न को लेकर किए गए कई संशोधनों के बावजूद पुलिस और अदालतों से न्याय माँगने का अनुभव काफ़ी ख़राब रहा है। प्रक्रियाओं और क़ानूनों का लगातार नज़रअन्दाज़ किया जाना और उनकी अवहेलना होना एक मुद्दा था। परन्तु इन क़ानूनी बदलावों को यदि क़ानूनों की अक्सर होने वाली अवहेलना से अलग करके भी देखा जाए, तो भी, महिला समूहों, नारीवादी वकीलों, कार्यकर्ताओं और बुद्धिजीवियों को ये मानना पड़ा कि सिर्फ़ क़ानूनी बदलाव न्याय की गारंटी के लिए पर्याप्त नहीं है। अगर और बारीक़ी से देखा जाए तो, दहेज़ से जुड़ी हत्याओं के बने रहने के लिए सामाजिक और पारिवारिक दबाव, और तलाक़शुदा या पति से अलग रहने वाली महिलाओं के विरुद्ध सांस्कृतिक पूर्वग्रह ज़िम्मेदार थे। साथ ही यह तथ्य भी कि महिलाएँ अक्सर अपने पति उसके परिवार के उसके प्रति अपमानजनक बर्ताव के

बावजूद उन पर आर्थिक रूप से निर्भर होती हैं। 'दहेज़ हत्याओं' की जाँच, जल्द ही घरेलू हिंसा, और महिलाओं के उनके पुश्तैनी हक़ों, चाहे वो उनके पैदाइशी घर में हो या वैवाहिक परिवार में, के सिलसिले में उनकी प्रतिकूल स्थिति की ब्योरेवार जाँच-पड़ताल में तब्दील हो गई।[7] इन हिंसाओं का सबसे बुरा रूप है जन्म से पहले महिला भ्रूणों का सफ़ाया, एक प्रथा जिसका चलन पिछले दशक में ख़तरनाक तरीक़े से बढ़ा है, और जिसका विनाशकारी प्रभाव पूरे देश के लिंग अनुपात पर पड़ा है। लिंग चुनाव और महिला भ्रूण हत्या को रोकने में क़ानून, और केन्द्र और राज्य स्तरीय विधि निर्माण की असफलता साफ़ तौर पर ज़ाहिर है।

फिर क्यों इस आन्दोलन का हर अभियान, मुख्यत: वह जो महिलाओं के ख़िलाफ़ होने वाली हिंसा की समस्या से जूझ रहा था, ने क़ानूनी बदलाव की माँग की? क़ानूनी प्रणाली की हमारी कठोर आलोचना के बावजूद और इसके भीतर मौजूद पितृसत्ता को जानते हुए भी, हम क्यों नए क़ानूनों को लाने का प्रयास करते आ रहे हैं? अभियान से जुड़े बहुत आशावादी लोग भी यह नहीं मानते कि अकेले क़ानून सामाजिक भेदभाव और रीति-रिवाजों को बदल सकते हैं, या कि राज्य एक निष्पक्ष न्याय देने वाली संस्था है। इसके उलट, जैसा कि गांधी और शाह ने यह विचार सामने रखा है, "अधिकतर महिला समूह क़ानूनी सुधार को एक विस्तृत कार्यनीति के तौर पर देखते हैं, जिसके इस्तेमाल से महिलाओं की समाज में गौण स्थिति को चुनौती देने, उनके मुद्दों को सामाजिक पहचान और मान्यता दिलाने, और कुछ अल्पकालिक समाधान पाने के लिए प्रयास किया जाता है।"[8] और तो और, एक कार्यनीति के तौर पर क़ानूनी अभियान इस आन्दोलन के राजनीतिक व्यवहार का हिस्सा बन गया। इसने घरेलू हिंसा और दहेज़ हत्या जैसे 'निजी' मुद्दों को क़ानूनी दायरे में शामिल करवाकर महिला अधिकारों को नए सिरे से परिभाषित किया। महिला आन्दोलनों ने कई बार क़ानून के विपरीत 'वैकल्पिक' न्याय दिया है, और इस प्रक्रिया में क़ानूनी प्रणाली की कमज़ोरियाँ और उसके महिला-विरोधी पूर्वग्रहों को उजागर किया है। पुदकोत्ताई, तमिलनाडु में मुस्लिम महिलाओं के लिए एक मस्जिद बनाने के प्रयास में हमें इस बात का एक स्पष्ट उदाहरण मिलता है। जब विधिवत और परम्परागत दोनों अदालतों ने उनके विरुद्ध मत रखा तो महिलाओं ने एकजुट होकर मुस्लिम महिलाओं की एक जमात बनाई, जिसने घरेलू हिंसा के मामले सुने और महिला पीड़ितों को तुरन्त सहायता और समाधान दिलाया। शुरुआत में इस योजना का विरोध हुआ परन्तु थोड़े ही समय में वहाँ का समुदाय भी ये मानने लगा कि अब पहले की तुलना में बेहतर न्याय दिया जा रहा था।[9]

महिला समूहों द्वारा बलात्कार और दहेज़ हत्या के मसलों पर किए गए ज़मीनी काम, जिसमें क़ानूनी मदद, सलाह और संरक्षण शामिल हैं, ने महिला विरोधी हिंसा को क़रीब से जाँचने का एक अवसर प्रदान किया। उदाहरणत:, दहेज़ हत्याएँ एक बड़ी समस्या की एक छोटी सी झलक थीं। इस बड़ी ऐसी समस्या के अद्भुत स्वरूप के मूल में, घरेलू हिंसा, मारपीट, शारीरिक और मानसिक हिंसा की एक पूरी श्रृंखला शामिल थी। स्कॉलरों और इंटरनेशनल सेंटर फ़ॉर रिसर्च ऑन विमेन द्वारा किए गए विस्तृत एवं सूक्ष्म अध्ययन,

और नेशनल फ़ैमिली हेल्थ सर्वे (एनएफएचएस) (पहली व दूसरी बारी) के परिणाम, मुस्लिम महिला सर्वेक्षण और नेशनल सैम्पल सर्वे संगठन, और सहायत्रिका, केरल का एक समलैंगिक महिला संगठन, इन सबने हिंसा के प्रसार और फैलाव को आयु, वर्ग, जाति, स्थान और लैंगिक रुझान से जुड़ा हुआ पाया। उन्होंने हिंसा के पैमाने और इसके भिन्न प्रकारों—मानसिक, शारीरिक, मौखिक, मनोवैज्ञानिक, छिटपुट, नियमित, आदि का सर्वेक्षण में उत्तर देने वालों की शिक्षा, रोज़गार और वैवाहिक स्थिति के साथ परस्पर सम्बन्ध निकाला।[10] इन सभी अध्ययनों का एक डरावना निष्कर्ष ये था कि महिलाएँ स्वयं हिंसा को स्वीकार कर लेती हैं और उनकी दासता और अधीनता का आन्तरिकीकरण हो चुका है। एनएफएचएस द्वारा किए गए सर्वेक्षण में 50 प्रतिशत के क़रीब महिलाओं का नज़रिया था कि जो हिंसा उनके साथ हुई वे उसी के ही लायक़ हैं। महिला वकीलों के एक संगठन, लॉयर्स कलेक्टिव ने इस पर एक व्यापक क़ानून का प्रस्ताव दिया, पर इस बार फ़ौजदारी और ग़ैर-फ़ौजदारी समाधानों के मिलाप पर ज़ोर दिया गया। घरेलू हिंसा को सिर्फ़ पति-पत्नी के बीच की हिंसा के समानार्थक नहीं समझा गया, और पहली बार, घरेलू रिश्तों में अविवाहित बेटियों, विधवाओं, बहनों, सासों और सभी निर्भर महिलाओं को शामिल किया गया, कोई ऐसा रिश्ता 'जो विवाह से मिलता-जुलता हो' को भी इस बिल में डाला गया। इस क़ानून के प्रावधानों ने महिलाओं को उनके आवास, निर्वाह, उसके बच्चों के पास उसके रहने के अधिकार की गारंटी दी। इन प्रावधानों के उल्लंघन को आपराधिक उल्लंघन माना गया। यह बिल 2005 में पारित हुआ।

3

महिलाओं के विरुद्ध होने वाली हिंसा के मुद्दों पर हुए नारीवादी अभियान, ऐसे क़ानूनी सिद्धान्तों और समझ का विकास करने में भी प्रयासरत थे, जो महिला समूहों द्वारा अदालतों तक लाए जा रहे मामलों से निबटने में सक्षम हों। मथुरा, महाराष्ट्र से और रमीज़ा बी, आन्ध्र प्रदेश से, दो ऐसे मामले थे जिन्होंने हिरासती यौनिक हिंसा के मुद्दे को महिला और मानवाधिकार अभियानों के केन्द्र में जगह दिलाई। दोनों ने ऐसे सवाल उठाए जिनका औचित्य आज भी बना हुआ है। इनमें सबसे महत्त्वपूर्ण मुद्दा यह था कि आपराधिक न्याय-तंत्र पितृसत्तात्मक सोच को उन्हीं तर्कों से मज़बूती प्रदान कर रहा था जिनके कारण महिलाएँ लम्बे समय से हिंसा का शिकार होती आई हैं। उदाहरण के लिए नारीवादी और मानवाधिकार कार्यकर्ता यह जानकर चकित थे कि जिस तथ्य से यह सिद्ध किया जाता था कि एक औरत का बलात्कार हुआ है या नहीं, वह अदालत के समक्ष साक्ष्यों का एक 'निष्पक्ष' आकलन नहीं बल्कि एक औरत के लैंगिक सम्बन्धों के इतिहास (sexual history) का ब्योरा था। न्यायाधीश मुक्तदर जाँच आयोग, जो रमीज़ा बी के बलात्कार और पुलिस हिरासत में अहमद हुसैन की मौत की तहक़ीक़ात के लिए बनाया गया था, की कार्यवाही में अभियुक्त पुलिस अफ़सरों ने यह साबित करने की बजाय कि कोई बलात्कार नहीं हुआ, रमीज़ा के चरित्र पर लांछन लगाने की कोशिश की। यह साबित करने के लिए कि रमीज़ा कई बार शादी कर चुकी थी, और

वो अहमद हुसैन के साथ क़ानूनी तौर पर शादीशुदा नहीं थी, और यहाँ तक कि वो एक वेश्या थी जिसे पुलिस ने रँगे हाथों पकड़ा था, इन सबके लिए गवाहों की एक फ़ौज खड़ी की गई।[11] मथुरा के मामले में आए फ़ैसले में भी उसके अनैतिक और निम्न चरित्र का वर्णन था, जिसके कारण वसुधा धगमवर, उपेन्द्र बक्शी और लोतिका सरकार ने एक ऐतिहासिक खुला पत्र लिखा।[12] इसके बाद से महिला समूहों की माँग रही है कि लैंगिक सम्बन्धों का इतिहास बलात्कार के मुक़दमों के नतीजों पर असर नहीं डाल सकता और यह तब से एक कड़ा क़ानूनी सिद्धान्त बन गया है, जिसके कारण न्यायाधीशों को अपने ख़ुद के पूर्वग्रहों के आधार और महिलाओं को न्याय दिलाने के दौरान उभरने वाली बेचैनी का पुन:निरीक्षण करना पड़ा। परन्तु, सेक्स की आदी महिलाएँ और 'दो उँगली परीक्षण' और इस बात की चिकित्सकीय-सैद्धान्तिक सम्भावना कि झूठे आरोप लगाने के लिए अपने आपको भी आहत किया जा सकता है, जैसे विषयों को महिला आन्दोलनों ने नहीं छुआ।[13]

महिलाओं के विरुद्ध परिवार ही में हुई हिंसा के मामलों की तहक़ीक़ात और उन्हें अदालत तक लेकर आने और परिवार में महिलाओं के जीवनयापन के अधिकार की पैरवी की ज़िम्मेदारी पूरी तरह से महिला समूहों पर आ गई थी। इस परिप्रेक्ष्य में 'निजी राजनैतिक है' के नारे का जन्म हुआ। महिला समूहों द्वारा समूचे देश में चलाए गए संगठित अभियानों के कारण ही महिलाओं के विरुद्ध होने वाली हिंसा के मुद्दों की जटिलता को लेकर आज एक समझ मौजूद है। फिर चाहे वह हिरासत में बलात्कार के बाद पीड़ित की हत्या का मुद्दा हो, या घरेलू हिंसा और पत्नियों की हत्या जैसी प्रथाएँ हों। 'निजी हिंसा' का मानवाधिकार के मुद्दे में बदलना, सरकारी और ग़ैर-सरकारी प्रभावशाली लोगों का हमेशा बच जाना, महिला पीड़ितों को लेकर 'नैतिक-अनैतिक' के बीच की दुविधा, महिलाओं के विरुद्ध होने वाली हिंसा में पूर्ण न्याय का न मिलना, और वे तरीक़े जिनसे पितृसत्ता और हिंसा एक-दूसरे से मिलकर महिलाओं के निजी और सार्वजनिक स्थानों के अनुभवों को और बुरा बनाते हैं, ये सब ऐसे ही जटिल मुद्दे थे जिन पर महिला अभियानों ने समझ बनाई।

उदाहरण के तौर पर बम्बई की 1991 की बैठक में महिला समूहों ने बलात्कार क़ानून पर यह सुझाव दिए : बाल लैंगिक शोषण, जो मुख्यत: क़ानून द्वारा नज़रअन्दाज़ किया गया है, को यौनिक हिंसा की परिभाषा के अन्तर्गत लाया जाए। इसमें यह विचार जोड़ने का भी आग्रह किया गया कि प्रवेश (penetration), केवल पुरुष व स्त्री जननांग सम्बन्धी पेनेट्रेशन, जिसके कारण अपराध के आरोप से रिहाई या सज़ा तय होती है, को दुबारा परिभाषित करने की ज़रूरत है। इस परिभाषा में गुदा सम्बन्धी पेनेट्रेशन, वस्तुओं का योनि में डाला जाना या वे अन्य तरीक़े भी शामिल हों जिनसे महिलाओं व बच्चों पर यौनिक अत्याचार होता है। साथ ही महिलाओं की सहमति को 'सन्देहमुक्त स्वैच्छिक मंज़ूरी' के अर्थ से परिभाषित किया जाए। हालाँकि भारतीय विधि आयोग महिला समूहों के ज़्यादातर सुझावों से सहमति रखता था, दो मुद्दे जिन पर इसने शंका व्यक्त की, वे थे 'सहमति' की परिभाषा, जिसे लेकर आयोग की राय

थी कि यह पहले ही पर्याप्त रूप से परिभाषित की गई है, और वैवाहिक बलात्कार को बलात्कार की परिधि में लाना, जिस पर इसका विचार था कि यह विवाह के संस्थान में ग़ैरज़रूरी दख़ल को जन्म देगा।

भारतीय विधि आयोग द्वारा तैयार मसौदे में बलात्कार क़ानून के प्रक्रियात्मक पहलू विस्तार से बयान किए गए थे। इस मसौदे ने यौनिक हिंसा के मामलों के निबटान की प्रक्रिया में महिला समूहों के अनुभव को भी शामिल किया था। यौनिक हिंसा के आरोपी को जमानत देने को लेकर, इसने सुझाव दिया कि जमानत की शर्तों में एक शर्त यह भी होनी चाहिए कि ऐसा व्यक्ति पीड़ित के नज़दीक नहीं होना चाहिए। साथ ही आपराधिक न्याय की प्रक्रिया, किसी भी तरह से, पीड़ित के स्वाभाविक निवास में दख़ल न देने पाए। इसने यौनिक हिंसा के अपराध की जाँच और सुनवाई के लिए छह महीनों की समय सीमा की बात भी रखी।

साक्ष्य क़ानून को लेकर, 'सहमति' के सवाल पर भारतीय विधि आयोग ने सुझाया कि,

> [अ] साक्ष्य अधिनियम में नया सेक्शन जोड़ा जाए जो यह कहे कि यौनिक हिंसा के ज़्यादा संगीन (aggravated) फ़ौजदारी मामलों में आईपीसी की धारा 376 अ से 376 डी तक के अनुसार जिस व्यक्ति पर हमला हुआ क्या उसने इसकी अनुमति दी थी और अगर ऐसा/ऐसी व्यक्ति अदालत के समक्ष यह कहे कि उसने अनुमति नहीं दी थी, तो अदालत उसे सच माने।

साथ ही, इसने यह भी सुझाव दिया कि साक्ष्य अधिनियम के दो सेक्शन (146 व 155), जो महिला के लैंगिक सम्बन्धों के इतिहास के बारे में हैं, को इस क़ानून से निकाल दिया जाए। चूँकि बलात्कार का आरोप चिकित्सकीय (medical) और विधि चिकित्साशास्त्र (forensic) पर काफ़ी निर्भर करता है, और वे महिलाएँ व बच्चे जिन पर हमला होता है, उनके लिए यह असम्भव है कि वे निर्धारित किए गए समय में चिकित्सकीय परीक्षण करा पाएँ। भारतीय विधि आयोग को इस मुद्दे को लेकर यह सुझाव दिया गया : "लैंगिक हमलों के मामलों में चिकित्सकीय रिपोर्ट का न होना, शिकायतकर्ता/पीड़ित व्यक्ति के विरुद्ध जाने का कारण नहीं होगा।" यह सुझाव भी महिलाओं के अनुभवों से ही निकला था। सुझावों में इस बात पर ज़ोर दिया गया कि यौनिक हमलों के मामलों में आपराधिक न्याय-तंत्र से जुड़े अधिकारियों की संवेदनशीलता बढ़ाने के लिए उन्हें प्रशिक्षण दिया जाए। हालाँकि न्यायाधीश मानते हैं कि न्याय प्रक्रिया में महिलाओं की अधिक भागीदारी से महिलाओं के अनुभवों, ख़ास तौर पर यौनिक हमलों, को लेकर क़ानूनी नज़रिये में फ़र्क़ आएगा। परन्तु उनकी नुमाइंदगी, ख़ासकर उच्च और सर्वोच्च न्यायालय में, अभी भी एक गुम मुद्दा बनी हुई है। भारतीय विधि आयोग ने भी केवल अधिक संवेदनशीलता और बेहतर समझ की बात की, बेहतर नुमाइंदगी की नहीं।

यहाँ इस बात पर ध्यान देना ज़रूरी है कि इस तरह की सिलसिलेवार हिंसा (continuum of violence)[14] पर विचार करने के लिए महिला समूहों को तीन दशकों

से भी लम्बे समय तक आन्दोलन करना पड़ा। पहले के मामले हिरासती हिंसा—विशिष्ट रूप से बलात्कार—के अपराध से जुड़े थे, इनको समझने का ढाँचा काफ़ी स्पष्ट था क्योंकि ये सीधे-सीधे राज्य द्वारा की गई हिंसा और नागरिक स्वतंत्रता परिप्रेक्ष्य में आते थे। हिंसा की शिकार महिलाओं की स्थिति को समझने में पहचान, प्रभुत्व और सामाजिक स्थिति के सवालों का सरसरी तौर पर ज़िक्र तो होता था, पर उनका उपयोग इस बात को समझने के लिए नहीं किया जाता था कि एक ऐसा राज्य और उसका आपराधिक न्याय-तंत्र जो बहुसंख्यकों के हितों का प्रतिनिधित्व करता है, अल्पसंख्यकों के लिए बेहतर न्याय कैसे सुनिश्चित करेगा? बावजूद इसके कि हिरासती बलात्कार के पहले दो बड़े मामले जो भारत में महिला आन्दोलनों के प्रतीक बने, वे एक मुस्लिम और एक आदिवासी लड़की, जो जब उन पर हमला हुआ, अठारह या उससे कम की उम्र की थीं, को लेकर थे।

महिलाओं के विरुद्ध जातीय और साम्प्रदायिक हिंसा और राज्य और सशस्त्र बलों द्वारा हिंसा इस अध्ययन के अन्तराल के दौरान तेज़ी और निष्ठुर रूप से बढ़ी है। सूरत (1992-93), गुजरात (2002), कश्मीर, त्रिपुरा, नागालैंड, मणिपुर, बम्बई में, कभी बदला लेने के लिए, कभी 'सबक़' सिखाने के लिए तो कभी दूसरे की औरत पर या 'आतंकवादी' कहलाए जाने वालों की महिला सम्बन्धियों या साथियों पर, और तथाकथित महिला उग्रवादियों पर लगातार होने वाली यौनिक हिंसा पर प्रतिक्रिया होनी ही बन्द हो गई है। महिलाओं (ख़ासकर मुस्लिम महिलाओं) के ख़िलाफ़ साम्प्रदायिक और सामूहिक यौनिक हिंसा में राज्य की या तो प्रत्यक्ष रूप से भागीदारी रही या फिर उसकी इन मामलों के उचित निबटान को लेकर सुस्ती सामने आई। एक राज्य द्वारा अपने नागरिकों से यह व्यवहार ऐसा ही था जैसे अक्सर जातीय समूह अपने ही सदस्यों को अपमानित करते हैं, और जिस तरह एक परिवार में उसी परिवार की ही महिलाओं पर हिंसा की जाती है।[15]

आदिवासी महिलाओं की स्थिति को भी सामने रखना ज़रूरी है। उनके अपने समुदायों में उनके अधिकारों का अनादर और उसके साथ ही सरकार और ग़ैर-आदिवासी समुदायों द्वारा उनका अपमान एक ऐसा विषय है जिस पर बात किए जाने की ज़रूरत है। पिछले पाँच दशकों में एक सुव्यवस्थित तरीक़े से 6.7 करोड़ आदिवासियों के अधिकारों का नकारा जाना जनसंहार जितना बड़ा मुद्दा हो गया है। यदि विस्थापन एक बड़ी समस्या है तो औरतों और बच्चियों के विरुद्ध हिंसा भी एक प्रमुख मुद्दा है। हाल ही के तमिलनाडु के एक अध्ययन से शारीरिक और यौनिक हिंसा करने वालों के आठ प्रकार सामने आए हैं, जिसमें वन अधिकारी दूसरे स्थान पर थे।[16] ऐसे मामले जहाँ मुजरिम ग़ैर-आदिवासी, बाग़ान मैनेजर, बाग़ानों पर प्राइवेट चौकीदार आदि थे, वहाँ पुलिस की मिलीभगत इस बात से साबित होती है कि ऐसे मामले रजिस्टर ही नहीं किए गए। तमिलनाडु के सात ज़िलों के एक-चौथाई से ज़्यादा गाँवों की 300 से अधिक महिलाओं की जबरन नसबन्दी की गई।[17] सुव्यवस्थित तरीक़े से की गई हिंसा के अलावा, 'अशान्ति वाले (disturbed)' इलाक़ों में आदिवासी महिलाएँ सरकारी दमन का शिकार

हुईं। अक्सर उन्हें उनके पतियों की नामौजूदगी में हिरासत में लिया गया या पूछताछ के लिए कोतवाली ले जाया गया। इस तरह पुलिस कार्यवाही के क़ानूनी निर्देशों की धज्जियाँ उड़ाई गईं। एक तरफ़ राज्य और ग़ैर आदिवासी समुदायों के आक्रमण और दूसरी तरफ़ आदिवासियों द्वारा 'न्याय' के 'परम्परागत' और सामुदायिक तरीक़ों की ओर वापसी, ने आदिवासी महिलाओं को असुरक्षा और बेकसी के हालातों में जकड़ रखा है। मथुरा और मकी बूई उन हालातों के प्रतीक हैं।[18]

जातीय समाज में लिंग भेद इस तरह से परिभाषित और संरचित है कि जाति के 'पौरुष' को पुरुषों के महिलाओं पर वर्चस्व और उस जाति की महिलाओं की चुप्पी (और इसमें भागीदारी) से आँका जाता है। इसी मापदंड के चलते दूसरी जाति की महिलाओं को अपमानित करके अपना प्रभुत्व प्रदर्शन करने और उन जातियों के 'पौरुष' को नीचा दिखाने का तरीक़ा अपनाया जाता है।[19] निजी और सार्वजनिक दोनों ही जगहें जाति और लिंग भेद की इन्हीं रेखाओं से रची गई हैं। अनुसूचित जाति और अनुसूचित जनजाति (अत्याचार निवारण) अधिनियम, 1989, जाति अनुभव के इस लैंगिक पहलू को, ख़ासकर दलित महिलाओं के परिप्रेक्ष्य में, स्वीकारता है। इसीलिए अत्याचार की परिभाषा में, यह स्पष्ट रूप से उन हिंसाओं को उल्लिखित करता है जो महिलाओं पर करी जा सकती हैं—यौनिक हिंसा, एक प्रभुत्व वाली स्थिति का इस्तेमाल करके महिलाओं को सम्भोग के लिए सहमति देने पर मजबूर करना, नग्न अवस्था में परेड करवाना, ये सब कृत्य इस क़ानून में 'अत्याचार' के अर्थ में आते हैं।

4

भारत में हुए अनुभवजन्य और विश्लेषणात्मक अध्ययन ने स्पष्ट रूप से इस बात की पुष्टि की है कि महिलाओं के विरुद्ध हिंसा एक व्यवस्था के अन्तर्गत उत्पन्न हुई है। पितृसत्तात्मक शक्ति और उससे जुड़े विशेषाधिकार उन व्यवस्थाओं और ढाँचों से चलते हैं जिन्हें सामाजिक और सांस्कृतिक मान्यता प्राप्त है। ये व्यवस्थाएँ बड़ी सावधानी से हिंसा की प्रथाओं के प्रभुत्व में बने रहने का समर्थन करती हैं। सभी जातियों और वर्गों के पुरुष अपनी महिलाओं पर प्रभुत्व जमाते हैं, उन्हें वश में करते हैं, फिर चाहे वे ख़ुद उनसे ऊँची जाति और वर्गों के पुरुषों (और महिलाओं) द्वारा सताए जाएँ। निजी और सार्वजनिक पितृसत्ता के आपस में गुँथने का मतलब है कि महिलाएँ इन आपस में जुड़ी हुई हिंसाओं की पात्र बनती हैं, जो घर से गली और वहाँ से युद्धक्षेत्र तक व्यापित हो जाती हैं।

परिवारों में अपने ही समुदाय में छोटी उम्र में विवाह की प्रथा को, जाति और वर्ग की व्यवस्थाओं के साथ-साथ धार्मिक और नस्ली समुदायों की 'शुद्धता' को बनाए रखने के लिए इस्तेमाल किया जाता है। इन व्यवस्थाओं को पक्के तौर पर बनाए रखने के लिए महिलाओं की आवाजाही और यौनिकता (sexuality), और उनकी प्रजननात्मक क्षमता पर कड़ा और अक्सर हिंसात्मक नियंत्रण रखा जाता है। व्यापक स्तर पर बेटों को प्राथमिकता, जो कि उत्तर और पूर्व भारत में दक्षिण और पश्चिम से अधिक प्रचलित है, महिलाओं के गौण दर्जे को और बिगाड़ती है। सामाजिक और सांस्कृतिक परम्पराएँ,

आम तौर पर परिवारों को अपनी बेटियों की सहायता के लिए सामने आने, और उन्हें घरेलू दुर्व्यवहार और हिंसा से सुरक्षा देने से रोकती हैं। छोटी आयु में विवाह के लिए ज़बरदस्त दबाव और तलाक़ को कलंक मानने के साथ महिलाओं की आर्थिक निर्भरता, कमोबेश यह सुनिश्चित कर देती है कि वे घर में रोज़मर्रा की हिंसा के आगे झुक जाएँ। समय के साथ वे (और अन्य लोग) इस हिंसा को महिलाओं की स्थिति का सामान्य हिस्सा मान लेते हैं, जिसे चुपचाप सहा जाता है।

परिवार के भीतर हिंसा विभिन्न स्तरों पर नज़र आती है। यह रक्त सम्बन्धों में भी आम है और सामाजिक रूप से स्वीकृत है। इसके कारण परिवारों और समुदायों में हिंसा बिना किसी डर और रोकटोक के बढ़ती रही। विवाह में मानसिक और शारीरिक क्रूरता के विरुद्ध और लिंग जाँच पर निषेध के क़ानूनी प्रावधान पारिवारिक हिंसा की इस आदत का उदाहरण हैं।

हालाँकि अभियानों और क़ानून ने दहेज़, विवाह और सहमति, उत्तराधिकार, भरण-पोषण और तलाक़ और जीवनसाथी पर हिंसा के मुद्दों पर कार्यवाही की है, पर जैसे मैमुन का मामला हमें कुछ और पहलू भी दिखाता है। इसने ये दिखाया कि 'इज़्ज़त' को बचाने के लिए किए गए अपराध—जो पितृसत्तात्मक और विषमलिंगी परिवार और परम्परागत क़ानून के जुड़ाव की एक सांस्कृतिक अभिव्यक्ति है, ऐक्टिविज़्म की सीमाओं को चुनौती देते आ रहे हैं।[20] महिलाओं की सेक्सुअलिटी का नियमन एक संस्कृति का मामला है और हिंसा का एक आम ज़रिया भी। जबरन विवाह से लेकर तथाकथित 'इज़्ज़त' को बचाने के लिए होने वाली हत्याएँ, इस विचार को बल देती हैं कि समुदायों के लिए परिवार प्रजननात्मक सेक्सुअलिटी का स्थान होना चाहिए। साथ ही परिवार के नियमों के माध्यम से समुदाय के भीतर क़ानून और व्यवस्था बनाए रखनी चाहिए। अगर इसी विचार को आगे बढ़ाएँ तो, न केवल समुदाय में बल्कि पूरे समाज में भी।

पुत्र-प्राथमिकता, अलबत्ता भारत के मुस्लिम और ईसाई समुदायों की बजाय हिन्दू परिवारों में अधिक प्रचलित है, पर यह भी रीतियों और धार्मिक विधियों को निभाने के लिए बेटों की सामाजिक ज़रूरत और सदियों से उनकी तरफ़ बने झुकाव पर आधारित है। और एक ऐसे समाज में, जो अपने नागरिकों को न तो आर्थिक और न ही सामाजिक सुरक्षा प्रदान करता है, एक पुरुष की इन ज़रूरतों को पूरी करने में भूमिका इसे और बल देती है। एक पितृवंशीय परिवार को चलाने के लिए बेटों की आवश्यकता पुत्र-प्राथमिकता का एक बड़ा कारण है। यह बेटी को जन्म देने और उसके पालन-पोषण को अनचाहे आर्थिक बोझ का रूप दे देता है। सबसे बड़ा बोझ है उसका विवाह सुनिश्चित करने के लिए एक योग्य, अक्सर कमरतोड़, दहेज़ जोड़ना। जब दूल्हा और उसका परिवार दहेज़ को उनकी उम्मीदों से कम पाते हैं, तो दहेज़ के लिए हत्याएँ शुरू हो सकती हैं और अक्सर होती भी हैं। बेटी को जन्म लेने से पहले ही ख़त्म कर देना इस बड़ी क़ीमत से बचने और केवल बेटों का जन्म सुनिश्चित करने का एक तरीक़ा है। गर्भ में हिंसा महिलाओं के प्रजनन अधिकार को नियंत्रित करने और उनके गौण स्तर को बढ़ावा देने का एक नया कारण है।

इसके फलस्वरूप, अन्तर्जातीय या अन्तर्समुदायी और भिन्न आस्थाओं के लोगों के बीच विवाह को स्वीकार नहीं किया जाता है, और समय-समय पर इससे निबटने के लिए हिंसा का इस्तेमाल भी किया जाता है। ऐसी हिंसा परिवार के सदस्य 'बिगड़े हुए' लड़के-लड़कियों के साथ निजी जीवन में या जाति पंचायत और गाँव के बड़े- बूढ़े सार्वजनिक रूप से करते हैं। यह वर्ग, जाति और समुदाय की पितृसत्ता को मज़बूत करने के काम आती है। साथ ही यह पितृसत्ता को बनाए रखने के लिए हिंसा के इस्तेमाल को भी मान्यता देती है। ऐसे 'बिगड़े' व्यवहारों को जाति और गाँव की पंचायतों द्वारा 'सुलझाने' (यदि इसे यह कहा जा सकता है) का एक महत्त्वपूर्ण पहलू यह है कि ये *सरकार के न्याय दिलाने के तंत्र को खदेड़ती है,* और न्याय के ग़ैर-सरकारी और अनौपचारिक तंत्रों को 'परम्परागत' प्रथा का नाम देकर बढ़ावा देती हैं। इन्हें क़ानून भी मान्यता दे देता है।[21] और तो और, ऐसे तंत्र शायद ही लैंगिक या सामाजिक समानता के सिद्धान्त को मानते हैं और लगभग निरपवाद रूप से पितृसत्तात्मक मानकों को बल देते हैं। (2005 के भारत के एक सनसनीख़ेज़ मामले में, मुस्लिम इमामों ने एक औरत जिसका उसके ससुर ने बलात्कार किया था, के ख़िलाफ़ फ़तवा जारी किया कि उसे अपने ससुर से शादी करनी होगी क्योंकि अब वो अपने पति की 'माँ' है!)। इन अनौपचारिक तंत्रों की न्याय देने की शक्ति के झूठे दावे निजी और सार्वजनिक के बीच के अन्तर को घटा देते हैं। ऐसा इसीलिए है क्योंकि इन्हें सरकारी संस्थानों द्वारा उनकी स्वयं की निष्क्रियता के चलते 'मान्यता' प्राप्त है। पर सरकार, धर्म और पक्षपाती निजी क़ानूनों पर आधारित पद्धति का समर्थन करते हुए और साथ ही हिंसा के मामलों में निजी क्षेत्र में 'दख़लन्दाज़ी' से बचते हुए अपने लिए पितृसत्तात्मक विशेषाधिकार सुरक्षित कर लेती है। यह स्थिति को और बिगाड़ता है क्योंकि वही पितृसत्तात्मक नज़रिया और पक्षपाती प्रथाएँ जो निजी क्षेत्र में असमान लैंगिक रिश्तों की विशेषता हैं, सार्वजनिक क्षेत्र में भी दोहराई जाती हैं।

महिला आन्दोलनों के लिए महिलाओं के विरुद्ध होने वाली हिंसा में सबसे चुनौतीपूर्ण है ख़ुद को क़ानून के ऊपर समझने वाले समुदायों, सरकार तथा जाति समूहों के एजेंटों द्वारा सामूहिक यौनिक हिंसा। ऐसा इसीलिए है क्योंकि या तो इन्हें समाज से संरक्षण प्राप्त है, जैसे कि सशस्त्र बलों को, या इसीलिए कि वे न्याय दिलाने की शक्ति पर स्वयं का अधिकार जमा पाते हैं, जैसे कि जाति पंचायत में, या फिर इसीलिए कि वे दूसरों को ऐसा काम करने पर लगाते हैं, जैसा कि नरेन्द्र मोदी की सरकार ने 2002 में गुजरात में किया। इसमें विरोधाभास यह है कि इस तरह की हिंसा अत्यन्त सार्वजनिक, लैंगिक और आपराधिक है। फिर भी यह सामान्य बन जाती है।

महिलाओं के विरुद्ध हिंसा में राज्य की वैचारिक, वास्तविक और निहित मिलीभगत इसकी अपनी एजेंसियों द्वारा अंजाम दिए गए लैंगिक हिंसा के अपराधों के कारण कई गुना बढ़ जाती है। इसमें सशस्त्र बल, हिरासत में ले सकने वाले संस्थानों द्वारा—ख़ासकर द्वन्द्व (conflict), विद्रोह (emergency) और सिविल अशान्ति (civil unrest) की परिस्थितियों में किए वाले अपराध शामिल हैं। इस अध्ययन के अन्तराल के दौरान सशस्त्र बलों द्वारा कश्मीर और उत्तर-पूर्वी राज्यों में किए गए भयावह बलात्कार और

यौनिक हिंसा, और गुजरात में 2002 में सरकारी अधिकारियों द्वारा सक्रिय रूप से लोगों को भड़काने का विस्तृत ब्योरा उपलब्ध है। 'राष्ट्रीय सुरक्षा' की हिफ़ाज़त और 'क़ानून और व्यवस्था' बनाए रखने के अपने परमाधिकार का इस्तेमाल करते हुए, सरकार कर्तव्य निभाने और देश को बचाने के नाम पर किए अपराधों के लिए क़ानून से प्रतिरक्षा का दावा करती है। भारत में राज्य द्वारा महिलाओं पर की गई हिंसा साम्प्रदायिक और जातीय रंग भी ले लेती है। कश्मीर में, मुस्लिम महिलाएँ जो सशस्त्र बलों या सीमा सुरक्षा बलों द्वारा बलात्कार का शिकार हुई हैं, इसी तरह जब तक नागालैंड, मणिपुर और मिज़ोरम सैन्य बलों के क़ब्ज़े में रहे, इन क्षेत्रों में ईसाई महिलाओं पर लैंगिक आक्रमण होते रहे।

भारत सरकार का साम्प्रदायिक पहलू, बँटवारे के बाद, ऑपरेशन रिकवरी में साफ़ दिखाई दिया। इसमें उन हिन्दू और मुस्लिम महिलाओं और छोटे लड़कों को 'वापस लाया गया' जिनका बँटवारे के दौरान और उसके बाद अपहरण किया गया था। इस रिकवरी कार्यक्रम के नारीवादी विश्लेषण ने इस बात को उजागर किया कि सरकार ने किस तरह वयस्क महिलाओं के उनके एक धर्मनिरपेक्ष देश के नागरिक होने के नाते जो सिविल अधिकार थे, उनका उल्लंघन किया। उनकी जबरन 'वापसी' कराने के लिए, सरकार ने उन पुलिस और अदालती शक्तियों का मनमाना इस्तेमाल किया जो मूलतः क़ानून के दायरे के बाहर से आती हैं। इसकी परिभाषा से ही ज्ञात होता है कि, रिकवरी कार्यक्रम साम्प्रदायिकता, पितृसत्तात्मकता और पौरुष दिखाने का ज़रिया था। यह हिंसात्मक भी था। यह साम्प्रदायिक था क्योंकि यह सिर्फ़ उन हिन्दू, सिख और मुस्लिम महिलाओं से जुड़ा था जिन्हें दूसरे समुदाय के मर्दों ने जबरन उठाया, उनका धर्मपरिवर्तन और उनसे विवाह किया, उनके अपने समुदाय के मर्दों द्वारा उनका बलात्कार या अपहरण इस कार्यक्रम का हिस्सा नहीं था। यह हिंसात्मक था क्योंकि इसने पुलिस को जाँच और गिरफ़्तारी की व्यापक शक्तियाँ दीं, और पुलिस ने 'वापसी' कराने के लिए शारीरिक हिंसा का प्रयोग किया। और यह मनमाना था क्योंकि विवादित मामलों में 'अपहरण' की परिभाषा मनमानी थी। इससे भी बढ़कर, इन महिलाओं और इनके परिवारों को अपने बात सामने रखने का अधिकार नहीं दिया गया।[22] इसके उलट, या ज़ाहिर तौर पर, क्योंकि गुजरात में 2002 में महिलाओं से बलात्कार, यौनिक हिंसा और हत्याएँ केवल मुसलमानों तक सीमित थीं, यह काम खुलेआम किया गया, जिसे अपराध माना ही नहीं गया।

जैसा कि इंटरनेशनल इनिशिएटिव फ़ॉर जस्टिस ने गुजरात के सन्दर्भ में पाया कि, पुरुषों की प्रताड़ना जहाँ उनके स्वयं के समुदाय में आम तौर पर सहानुभूति और जुड़ाव जगाती है, महिलाओं पर होने वाली यौनिक यातना विशेषतः औरतों की इज़्ज़त के पितृसत्तात्मक विचार के लिए विनाशकारी होता है।[23] इस हिंसा का एक नाज़ुक पहलू यह है कि इसे हिन्दुत्व की विचारधारा के आधार पर तर्कसंगत ठहराया जाता है। तनिका सरकार के शब्दों में :

"क्रूरता का स्वरूप तीन बातों की ओर इशारा करता है। पहला, महिलाओं का शरीर कभी न ख़त्म होने वाली, और नित नए रूप अपनाने वाली हिंसाओं का स्थल था। दूसरा उनके लैंगिक (सेक्सुअल) प्रजननात्मक अंगों पर विशेष क्रूरता से प्रहार किया

गया था। तीसरा, उनके जन्मे और अजन्मे बच्चे भी इन हमलों का शिकार हुए और उन्हें महिलाओं की आँखों के सामने मारा गया।"[24]

यह स्वरूप अपने आप में बताता है कि हिंसा विशिष्ट, पूर्वनिर्धारित और सुव्यवस्थित थी। हिंसा का जो स्तर गुजरात में देखा गया उसने राज्य की सक्रिय भागीदारी की ओर इशारा किया, क्योंकि कुछ स्थानों पर पुलिस ने हिंसा में भाग लिया और कुछ स्थानों पर सुरक्षा प्रदान करने से मना किया। इन दोनों प्रतिक्रियाओं ने मिलकर मुजरिमों को उनके अपराध से छुटकारा दिलाया। इसने नारीवादियों के लिए एक विशेष मर्मस्पर्शी चुनौती सामने रखी और उनके लिए एक विचित्र संकट पैदा किया : अगर सरकार ख़ुद क़ानून को क़ायम रखने की बजाय उसकी अवहेलना करे, तो क्या ऐसे मामलों में समाधान प्राप्त करने के लिए क़ानून और अन्य सरकारी व्यवस्थाओं पर भरोसा किया जा सकता है?

महिला समूहों ने, महिलाओं के विरुद्ध हुई सामूहिक और साम्प्रदायिक हिंसा के मामलों, जिन्हें राज्य ने अंजाम दिया था, जैसे कि भागलपुर, सूरत, देओरला, बम्बई, कश्मीर, त्रिपुरा, नागालैंड, मणिपुर, गुजरात, की रिपोर्ट की, लेकिन जिनका दस्तावेज़ीकरण किया और जिनके विस्तृत वृत्तान्त दिए, वो आम तौर पर घटनाक्रम के आधिकारिक प्रारूपों (versions) से मेल नहीं खाते थे। उन्होंने जन सुनवाई और सिटिज़न ट्रिब्यूनल बुलवाए, राज्य आयोगों (कमीशनों) के पास गए, राष्ट्रीय महिला आयोग (NCW) और राष्ट्रीय मानवाधिकार आयोग (NHRC) से भी आग्रह किया, मामलों की अन्तरराष्ट्रीय स्तर पर मानवाधिकार रिपोर्टिंग प्रक्रिया में भी सहयोग दिया, और मीडिया और अपने ख़ुद के प्रकाशन से हिंसा और उसे अंजाम देने वालों की कलई खोली। ऊपर उल्लिखित सभी घटनाओं में, वो महिला समूह ही थे जिन्होंने स्वतंत्र जाँच की शुरुआत की, पीड़ितों के बयान और साक्ष्य रेकॉर्ड किए। इन्होंने इन अपराधों में सरकार, नौकरशाही या सशस्त्र बलों की भागीदारी और अपराध को सिद्ध किया। असल में, उनकी रिपोर्टें और जाँच, महिलाओं के विरुद्ध ऐसी यौनिक हिंसा का अकेला उपलब्ध विश्वसनीय विवरण हैं, क्योंकि किसी भी 'आधिकारिक' रिपोर्ट (जिसमें महिला आयोग की समय-समय पर जारी रिपोर्टें भी हैं), ने निस्सन्देह रूप से सरकार और क़ानून क़ायम रखने वाली एजेंसियों पर अपराध का ज़िम्मा नहीं डाला था।

अन्तरराष्ट्रीय मंचों/सम्मेलनों को इस्तेमाल करने की नारीवादियों की युक्ति शायद ज़्यादा कारगर रही है। जैसे कि (सरकार की 'महिलाओं के ख़िलाफ़ भेदभाव के सभी रूपों के उन्मूलन पर सम्मेलन' कन्वेन्शन ऑन द इलिमिनेशन ऑफ़ अल्ल फ़ॉर्म्ज़ ऑफ़ डिस्क्रिमिनेशन अगेन्स्ट विमेन) (CEDAW) को अमल में लाने पर मियादी रिपोर्टें। साथ ही देश के विभिन्न क्षेत्रों के महिला समूहों का हिंसा को रिपोर्ट करने की प्रक्रियाओं को लेकर एकजुट होना, जाति को नस्ल की परिभाषा में सम्मिलित करने के लिए जनमत तैयार करने की प्रक्रिया, और नेशनल फ़ेडरेशन ऑफ़ दलित विमेन द्वारा दलित महिलाओं के अनुभवों को रेखांकित करने के प्रयास।[25] दलित महिलाओं पर ख़ास ध्यान इसलिए था क्योंकि दलित महिलाएँ सरकार और शक्तिशाली जातियों और समुदायों की विशिष्ट हिंसा का शिकार होती हैं, ख़ासकर बलात्कार और अंग विकृति

और हत्या के मामलों में, वे अपने काम की जगहों जैसे खेत (खेतिहर मज़दूर के रूप में), गलियों (कूड़ा उठाने और मल ढोने वालों के रूप में), और घर (घर के नौकर के रूप में) में असमान वेतन, यौनिक हिंसा और धार्मिक परम्पराओं के कारण पक्षपात झेलती हैं। इसके अलावा गुजरात 2002 की हिंसा में रोम विधान के अनुसार सम्यक् तत्परता (due dilligence) का इस्तेमाल, और रोम विधान में दी गई 'इंसानियत के विरुद्ध अपराध' की परिभाषा का देश में बिगड़ते लिंग अनुपात को बयान करने के लिए इस्तेमाल, उन नारीवादी कोशिशों के कुछ उदाहरण हैं जिन्होंने राज्य और देश की सरकारों को ज़िम्मेवार ठहराने की ओर क़दम उठाया।

हिंसा के मुद्दों के इर्द-गिर्द एकजुट होने और हिंसा के नस्ल, धर्म, समुदाय, जाति, वर्ग और यौनिक-रुझान (sexual orientation) के साथ बदलते स्वरूपों का सामना करते हुए, महिला समूहों ने जाना कि उनकी स्वयं की स्थिति भी उनके समुदायों के साथ, ख़ासकर परम्परागत और अन्तरसामूहिक हिंसा के मामलों पर किए गए काम असम्बद्ध नहीं हैं। जहाँ रमीज़ा और मथुरा के लिए हुए अभियानों ने महिलाओं के विरुद्ध होने वाली हिंसा को मूलत: भिन्न रूप से उजागर किया, उनके क्रमश: मुस्लिम और आदिवासी होने का तथ्य विवरण में केवल एक बयानी तौर पर आया। जाति/समुदाय/जनजाति की सचाइयाँ किस तरह लिंग-आधारित पक्षपात के साथ टकराती हैं, यह विश्लेषण बहुत बाद में आया।

इसके परिणामस्वरूप, प्रभुत्व और आधिपत्य के विषयों पर महिला संगठन के क्षेत्रों में गहरी चर्चाएँ हुईं। इसके कारण ऐसे विशेष तंत्र बने जिन्होंने पहचान और सम्पत्ति के सवालों को कुरेदने की और महिलाओं के अधिकारों की अभिव्यक्ति को इन बड़े सवालों के बीच ठीक जगह दिलाने की कोशिश की।

5

संक्षेप में यह कहा जा सकता है कि जीवन का अधिकार महिलाओं के विरुद्ध हिंसा पर हुए नारीवादी आन्दोलनों के केन्द्र में रहा है। 1980 की शुरुआत में, महिला समूहों ने इस बात को जानने पर कि पितृसत्ता आपराधिक न्याय-तंत्र का आधार था, महिलाओं के लिए सरकारी समाधान प्राप्त करने के लिए क़ानूनी बदलावों की माँग की। वे क़ानून जिन्होंने बलात्कार और घरेलू हिंसा की परिभाषाओं और प्रक्रियाओं का दायरा बढ़ाया, इसके उदाहरण हैं।

हिंसा का विरोध करने के लिए ईजाद की गईं नई विविध रणनीतियों ने महिला संघर्षों को ऊर्जा दी, बावजूद इसके कि उन्हें पिछले तीन दशकों के दौरान कोई बड़ी और प्रत्यक्ष जीत नहीं मिली थी। महिला संघर्षों ने पहले चेतना बढ़ाने का काम किया। इस दौरान यह स्वीकृति बनी कि महिलाओं को सैद्धान्तिक और सुव्यवस्थित हिंसा से आज़ाद कराने के लिए इस प्रोजेक्ट को नई दिशाओं में ले जाने की आवश्यकता थी। मिसाल के तौर पर, कुछ समय में यह प्रोजेक्ट मीडिया, पेशेवर लोगों, सरकारी संस्थानों के अफ़सरों और चुने गए नेताओं में जागरूकता बढ़ाने के तरफ़ मुड़ गया।

महिलाओं को अधिक सुरक्षा प्रदान करने वाले क़ानूनी प्रावधानों के आने के एक दशक बाद भी न तो महिलाओं के स्तर और न उनकी परिस्थिति में कोई ख़ास फ़र्क़ आया है। सरकार और प्रभावशाली तबकों में दंड-मुक्ति की आदत, और इन दोनों के हितों के बीच की निर्लज्ज मिलीभगत इस दिशा में सबसे बड़ा रोड़ा साबित हुई है। इस व्यवधानों ने, अगर क़ानूनी सुधारों में कोई सामर्थ्य था भी, तो उसे क्षीण कर दिया। क़ानूनों का काग़ज़ पर होना उनके ईमानदार पालन की गारंटी नहीं है। न ही इसका यह अर्थ है कि इसने महिलाओं के रूबरू सरकार की विचारधारा में कोई सेंध लगाई है।

सन्दर्भ

1. Omvedt, Gail, *Violence against Women : New Movements and New Theories in India for a cogent view of theories of violence against women,* Kali for Women, New Delhi, 1990, 2000
2. इंटरसेक्शनलिटी विभिन्न प्रकार के भेदभावों (जैसे नस्लवाद, जातिवाद, सेक्सिज़्म) के आपस में टकराने, एक-दूसरे में मिलने, एक साथ घटने का एक जटिल तरीक़ा है, जिसमें ये सब भेदभाव एक पर एक कर जुड़ते जाते हैं।
3. Gandhi, Nandita and Nandita Shah, *The Issues at Stake : Theory and Practice in the Contemporary Women's Movement in India,* Kali for Women, New Delhi, 1992, p. 94.
4. Ibid, p. 95
5. *Bharwada Bhoginbhai Hirjibhai* AIR 1983 SC 753
6. Agnes, Flavia, *Feminist Jurisprudence: Contemporary Concerns,* Majlis, Bombay, 2003, pp. 8-9.
7. For a harrowing and damning account of this see Syeda S. Hameed, *They Hang : Twelve Women in My Portrait Gallery,* Women Unlimited, New Delhi, 2006.
8. Gandhi, Nandita and Nandita Shah, *The Issues at Stake : Theory and Practice in the Contemporary Women's Movement in India,* Kali for Women, New Delhi, 1992, p. 268
9. Sharifa, personal communication; and Gandhi and Shah, op. cit., for examples from other parts of the country.
10. See especially Leela Visaria, Nishi Mitra, Veena Poonacha and Divya Pandey, *Domestic Violence in India: A Summary Report of Three Studies,* vol. 1, International Center for Research on Women, Washington, D.C., 1999. Also the *National Family Health Survey* (Second Round), 1998-91; and assorted reports by the Centre for Women's Development Studies, Centre for Social Research, the Lawyers' Collective, and Sakshi (all New Delhi). Also Zoya Hasan and Ritu Menon, *Unequal Citizens : A Study of Muslim Women in India,* (Oxford University Press, New Delhi, 2004)
11. Justice Muktadar Commission of Enquiry in the Matter of Detention of Ahmed Hussain and Rameeza Bee, Death of Ahmed Hussain, Alleged Molestation of Rameeza Bee, etc, May 1978.
12. 'Tukaram vs. State of Maharashtra', AIR 1979 SC 185

13. Baxi, Pratiksha, 'The Medicalisation of Consent and Falsity : The Figure of the Habitue in Indian Rape Law' in Kalpana Kannabiran (ed.), *The Violence of Normal Times : Essays on Women's Lived Realities,* Women Unlimited, New Delhi, 2005.
14. हिंसाओं के विभिन्न रूपों का ऐसा सिलसिला जिसमें एक बाद एक आने वाले दो रूप एक-दूसरे से बहुत भिन्न नहीं होते, पर इस सिलसिले के दोनों छोरों पर जो रूप मौजूद होते है वे एक-दूसरे से एकदम अलग होते हैं।
15. Sangari, Kumkum, "Gendered Violence : The Discourses of Culture and Tradition", in Radhika Coomaraswamy & Nimanthi Rajasingham, *Contested Terrains : Gender, Violence and Representation in South Asia,* Women Unlimited & International Center for Ethnic Studies, New Delhi and Colombo, forthcoming.
16. Irudayam, Aloysius and Jayshree P., Mangubhai, *Adivasis Speak Out : Atrocities against Adivasis in Tamil Nadu,* Village Reconstruction and Development Project, Tamil Nadu, 2003.
17. Ibid.
18. 'Tukaram vs. State of Maharashtra', 1979-SCC (Cri) 381, popularly known as the Mathura judgement. Maki Bui was a Ho woman on whose behalf the feminist magazine, Manushi, filed a petition in the Supreme Court of India seeking to overturn the denial of equal inheritance rights to women of the Ho tribe. For a detailed account of the case see Madhu Kishwar, *Off the Beaten Track Rethinking Gender Justice for Women,* Oxford University Press, New Delhi, 1999.
19. Kannabiran, Kalpana and Vasanth Kannabiran, 'Caste and Gender: Understanding the Dynamic of Power and Violence', Economic and Political Weekly, September 14, 1991.
20. Hameed, Syeda S., *They Hang: Twelve Women in My Portrait Gallery* op. cit.
21. Point made forcefully by feminist lawyer, Indira Jaising, in a personal communication.
22. For an exhaustive elaboration of this see Ritu Menon & Kamla Bhasin, *Borders & Boundaries : Women in India's Partition,* Kali for Women, New Delhi, 1998, 2000; Urvashi Butalia, *The Other Side of Silence: Voices from the Partition of India,* (Viking, New Delhi, 1998); and Kamla Patel, *Torn from the Roots: A Partition Memoir,* Women Unlimited, New Delhi, 2006.
23. 'Threatened Existence : A Feminist Analysis of the Genocide in Gujarat', Report by the International Initiative for Justice (IIJ), December 2003.
24. Sarkar, Tanika, 'Semiotics of Terror: Muslim Women and Children in Hindu Rashtra,' Economic and Political Weekly, July 13, 2002. Upendra Baxi, 'The Gujarat Catastrophe: Notes on Reading Politics as Democidal Rape,' in Kalpana Kannabiran (ed.), *The Violence of Normal Times,* op. cit., p. 341.
25. National Federation of Dalit Women, NGO Declaration on Gender and Racism, Racial Discrimination, Xenophobia and Related Intolerance, World Conference Against Racism, 28 August-7 September, 2001, Durban, South Africa.

भारत में विवाह, परिवार और समुदाय में महिलाओं पर हिंसा

साधना आर्य, शशि खुराना

अनुवाद : मीनाक्षी कपूर

भारतीय समाज में महिलाओं के विरुद्ध खुलेआम की जाने वाली हिंसा, उनके साथ भेदभाव और इन सबका नकारा जाना जेंडर पर आधारित असमान सम्बन्धों का एक मुख्य हिस्सा हैं। हिंसा, चाहे वह घरेलू हो या किसी और रूप में, केवल महिलाओं पर होने वाले शारीरिक हमलों तक सीमित नहीं है। इसमें शोषण, पक्षपात, सामाजिक और आर्थिक ढाँचों को ज्यों का त्यों बनाए रखने का प्रयास और एक आतंक और डर का माहौल बनाना भी शामिल है। इन सभी को सामाजिक और आर्थिक शक्तियों के आपसी सम्बन्ध के सन्दर्भ में समझना ज़रूरी है।[1] महिलाओं को परिवार और समाज में दबाए रखने के लिए हिंसा का प्रयोग होता है। फिर इस हिंसा को परम्परा और धार्मिक प्रथाओं के नाम पर उचित ठहराया जाता है और समाज द्वारा परिभाषित आदर्शों के माध्यम से आम बना दिया ज़ाता है।

हम देखते हैं कि समाज में विवाह और परिवार को स्वाभाविक, शाश्वत और पवित्र समझा जाता है। परन्तु इन व्यवस्थाओं के सैद्धान्तिक और भौतिक पहलुओं को समझना आवश्यक है। सैद्धान्तिक तौर पर, विवाह और परिवार की व्यवस्थाओं ने इनमें निहित सम्बन्धों को कुछ ख़ास अर्थ दिए। और ये अर्थ समय के साथ आम हो गए। इन अर्थों ने जेंडर के आपसी सम्बन्धों और शक्तियों की असमानता को न केवल धुँधला किया बल्कि इन्हें मान्यता भी प्रदान की। बेटों को प्राथमिकता देने की प्रथा, बेटियों को बोझ और एक समुदाय और परिवार की 'इज़्ज़त' समझने का विचार, श्रम का जेंडर के आधार पर विभाजन, और महिलाओं की पत्नी, माँ और परिवार में सबका ध्यान रखने वाले व्यक्ति की भूमिका ने महिलाओं के स्तर को पुरुषों से नीचे रखा है। इसके अलावा असमान सम्पत्ति अधिकारों और परिवार के संसाधनों के बँटवारे में महिलाओं के न के बराबर हक़ होने के चलते महिलाएँ परिवार पर आश्रित रहती हैं। इस तरह सैद्धान्तिक और भौतिक स्थितियाँ यह सुनिश्चित करती हैं कि महिलाएँ हिंसा सहने के बावजूद इन व्यवस्थाओं से न निकल पाएँ। और ऐसा इसीलिए सम्भव

हो पाता है क्योंकि महिलाओं के आर्थिक और सामाजिक हित उनके विवाह और परिवार से बँधे होते हैं।

यह लेख महिलाओं पर नियमित रूप से होने वाली हिंसा, इज़्ज़त के लिए की जाने वाली हत्याओं और अजन्मे शिशु की लिंग जाँच और भ्रूण हत्या के माध्यम से लड़कियों के अनुपात के समाज में घटाव पर केन्द्रित है। साथ ही यह लेख इन तीन तरह की विशिष्ट हिंसाओं, जो घर, परिवार और विवाह में घटित होती हैं, के आपसी सम्बन्धों पर चर्चा करता है। जहाँ अजन्मे बच्चे के लिंग निर्धारण का बढ़ता इस्तेमाल समाज में बेटी को बोझ समझने वाली धारणा के कारण है। (उसे आर्थिक और सामाजिक दोनों तरह से बोझ समझा जाता है—सामाजिक इसलिए क्योंकि वह एक परिवार की 'इज़्ज़त' होती है जिसकी उसके परिवार को उसका विवाह होने तक रक्षा करती पड़ती है।) इसीलिए महिलाओं की आवाजाही, उनकी यौनिकता (sexuality) और प्रजनन क्षमता को नियंत्रित करने के लिए घरेलू हिंसा का उपयोग होता है। इससे एक पितृसत्तात्मक ढाँचे में यह सुनिश्चित किया जाता है कि महिलाओं की स्थिति नीची बनी रहे। वहीं इज़्ज़त के लिए की जाने वाली हत्याएँ ज़ाति और समुदाय के ढाँचों और सिद्धान्तों के सम्बन्धों का एक दूसरा पहलू उजागर करती हैं। भारत में 'जाति' की व्यवस्था को बनाए रखने और उसे आगे बढ़ाने के लिए अपने ही गोत्र में विवाह की प्रथा (Endogamy) पर ज़ोर दिया जाता है। बड़ी सावधानी से इस बात पर क़ाबू रखा जाता है कि केवल कुछ ही जाति समूहों के लड़के-लड़कियों के बीच में विवाह किए जाएँ। इस विवाह के कोड के टूटने पर 'इज़्ज़त' की बात करना असल में 'सामाजिक' शक्ति और प्रभुत्व के भौतिक ढाँचों को बनाए रखने का एक ज़रिया है।[2] 1980 के दशक से दक्षिणपंथी ताक़तों के उदय ने अन्तर्जातीय और अन्तरधार्मिक विवाह करने वाले युगलों पर निगरानी और हिंसा को बढ़ा दिया। साम्प्रदायिक घृणा की राजनीति ने ऐसी कल्पना ईजाद की जिसमें अन्तरधार्मिक विवाह एक समुदाय के लिए ख़तरा है। इसके कारण न सिर्फ़ ऐसे युगलों पर हिंसा शुरू हुई बल्कि एक समुदाय में, ख़ासकर उसके पुरुषों द्वारा महिलाओं पर नियंत्रण भी बढ़ा।[3]

घरेलू हिंसा

चूँकि घरेलू हिंसा घरों में होती है इसका अनुपात और इसकी प्रबलता को मापना मुश्किल रहा है। ऐसा इसलिए भी है क्योंकि भारतीय परिवेश में महिलाएँ इसके बारे में खुले तौर पर बात करने से हिचकिचाती हैं और पुलिस स्टेशन में इसकी रिपोर्ट करने से भी कतराती हैं। विधि, न्याय व कॉरपोरेट मामलों के मंत्रालय के आँकड़ों का अनुमान है कि 60 प्रतिशत से अधिक शहरी घरों में घरेलू हिंसा होती है। (भारतीय क़ानूनी तंत्र में इसकी परिभाषा में शारीरिक और मानसिक यातनाएँ शामिल हैं।) परन्तु इन मामलों में से केवल 5 प्रतिशत मामले ही पुलिस में रिपोर्ट किए जाते हैं।[4] जहाँ तक बात ग्रामीण क्षेत्रों की है तो वहाँ ऐसे मामलों को और कम रिपोर्ट किया जाता है। राष्ट्रीय सर्वेक्षणों जैसे कि राष्ट्रीय परिवार स्वास्थ्य सर्वेक्षण (NFHS-3) में जो रिपोर्ट किया जाता है उसके और पुलिस के राष्ट्रीय अपराध रिकॉर्ड ब्यूरो (NCRB) के आँकड़े भी अक्सर मेल

नहीं खाते। इन आँकड़ों के बीच का अन्तराल अक्सर 30 प्रतिशत से 40 प्रतिशत तक का होता है। इसका अर्थ यह है कि ऐसे मामलों की एक बड़ी संख्या है जिनका सर्वेक्षण में तो ज़िक्र होता है पर वे पुलिस में रिपोर्ट नहीं किए जाते। विवाह में यौनिक हिंसा तो शायद ही कभी रिपोर्ट की जाती है। महिलाएँ अगर इस बात को सिर्फ़ मान भर भी लें कि उनके साथ घर में हिंसा होती है तो उन्हें इसकी सामाजिक क़ीमत चुकानी पड़ती है। स्वास्थ्य रिकॉर्डों की जाँच पर हुए कुछ अध्ययनों ने यह दर्शाया है कि महिलाएँ पतियों द्वारा पीटे जाने पर अस्पताल में भर्ती होने के बावजूद भी उनकी रिपोर्ट करने या उन्हें इसका ज़िम्मेवार ठहराने से मना कर देती हैं।[5]

घरेलू हिंसा को मापने में जो अन्य कठिनाइयाँ आती हैं उनके पीछे हिंसा को लेकर महिलाओं की अपनी समझ है—वे कितनी शारीरिक मारपीट को हिंसा के तौर पर लेती हैं। अधिकतर महिलाएँ मानसिक और भावनात्मक हिंसा के प्रभाव को नहीं समझतीं। अक्सर महिलाएँ मानती हैं कि एक हिंसात्मक कृत्य, चाहे वह शारीरिक हो या मानसिक, उसे सही ठहराया जा सकता है, वे उसे ऐसी हिंसा नहीं मानतीं जिसे रिपोर्ट किया जाए।[6] साथ ही महिलाओं के साथ घरेलू हिंसा को केवल विवाहित महिलाओं के परिप्रेक्ष्य में देखा जाता है। इस कारण महिलाओं की एक बड़ी संख्या जो अविवाहित है और जो बेटी, बहन के रूप में हिंसा सहती हैं उनकी गिनती नहीं होती। यह अदृश्यता अविवाहित लड़कियों द्वारा आत्महत्या, महिला भ्रूणों की हत्या और नन्ही बच्चियों की हत्या के रिपोर्टेड मामलों के बावजूद है। (जैसे कि अप्रैल 2012 में एक तीन महीने की बच्ची की बेंगलुरु के एक अस्पताल में इस वजह से मौत हो गई क्योंकि उसके पिता ने उसे लड़की होने के कारण पीटा।[7])

ऐसे हालात में, भारत में घरेलू हिंसा की असली दर का अनुमान लगा पाना बहुत मुश्किल हो जाता है। घरेलू हिंसा की व्यापकता पर मौजूद आँकड़े इस विषय की असलियत नहीं दर्शाते। एक राष्ट्रीय स्तर पर किए गए सर्वेक्षण के अनुसार 52 प्रतिशत महिलाएँ अपने जीवनकाल में एक शारीरिक या मानसिक हिंसा की घटना की शिकार होती हैं, जबकि 75 प्रतिशत महिलाएँ जो घरेलू हिंसा की शिकार होती हैं परिवार की 'इज़्ज़त को बनाए रखने' के लिए इन मामलों में मदद नहीं माँगती।[8] एक अन्य अध्ययन ने बताया कि हर एक घंटे में पाँच महिलाएँ घरेलू हिंसा सहती हैं।[9] NFHS (II) ने अपनी रिपोर्ट में बताया कि भारत में हर पाँच विवाहित महिलाओं में से एक 15 साल की उम्र से घरेलू हिंसा की शिकार होती है। इस रिपोर्ट में यह भी सामने आया कि 56 प्रतिशत महिलाएँ पतियों द्वारा हिंसा को सही मानती हैं। NCRB के विश्लेषण ने दर्शाया कि पतियों द्वारा मारपीट और दहेज़ से जुड़ी हिंसा महिलाओं के साथ होने वाले अपराधों का कुल 36 प्रतिशत हिस्सा है।[10] वहीं NCRB के 2007-2011 के आँकड़े यह भी बताते हैं कि हर एक घंटे में दहेज़ के लिए एक महिला की हत्या होती है।

1980 के दशक में महिला समूहों ने घरेलू हिंसा की शिकार महिलाओं के साथ काम करते हुए यह जाना कि महिलाओं के साथ परिवार द्वारा की जाने वाली हिंसा केवल दहेज़ से जुड़ी हुई नहीं थी, न ही ये केवल पत्नियों और बहुओं पर होने वाली

हिंसा तक सीमित थी। एक्टिविस्टों ने इस बात पर ज़ोर दिया कि महिलाओं के विरुद्ध हिंसा को लेकर क़ानूनों की कमी इस बात की सूचक है कि यह हिंसा समाज में आम समझी जाती है और महिलाओं से यह अपेक्षा की जाती है कि वे इसे चुपचाप सहें। उन्होंने निजी और सार्वजनिक की परस्पर निर्भरता के विचार को सामने रखते हुए घरेलू हिंसा को एक निजी मुद्दा समझने की विचारधारा पर सवाल उठाया। इस तरह उन्होंने इस हिंसा को ग़लत मानने और इसे रोकने के लिए क़ानूनों की माँग की।

क़ानूनों और समाधान प्रदान करने की माँग

1980 के दशक में परिवार में होने वाली हिंसा से निबटने के लिए दो महत्त्वपूर्ण क़ानून लाए गए—दहेज़ निषेध संशोधन क़ानून, 1984 (जिसे 1986 में फिर संशोधित किया गया) और भारतीय दंड संहिता में सेक्शन 498ए और 304बी जोड़ने के लिए किए गए दो संशोधन। इन संशोधनों ने पहली बार उस हिंसा को क़ानून और समाज में पहचान दी जो महिलाएँ अपने घरों में झेलती हैं। सेक्शन 498ए ने एक महिला पर उसके पति और उसके परिवार के सदस्यों द्वारा की गई हिंसा को अपराध के दायरे में डाला। इसका अर्थ यह था कि केवल क़ानूनी तौर पर विवाहित स्त्री ही ऐसी कोई शिकायत कर सकती थी। ऐसा मुख्यतः इसीलिए था क्योंकि ये क़ानून ख़ुद दहेज़ से जुड़ी हिंसा और हत्याओं पर हुए आन्दोलनों का नतीजा थे। इसीलिए ये अविवाहित, विधवा और पति से अलग रहने वाली महिलाओं पर परिवार में होने वाली हिंसा को नहीं समझ पाए। गीतांजलि गांगुली के अनुसार 1980 के दशक के क़ानूनी वाद-विवादों में अविवाहित महिलाओं पर परिवार में होने वाली हिंसा पर चर्चा का न होना कोई संयोग नहीं था। उनके अनुसार यह अभाव यह दर्शाता है कि महिलाओं की विवाह के बन्धन में न बँधे होने की छवि एक असुविधा, एक बेचैनी पैदा करती है।[11] पुलिस के स्तर पर भी घरेलू हिंसा की कल्पना केवल विवाहित महिलाओं और दहेज़ की माँगों के साथ ही जुड़ी थी। इसके कारण घरेलू हिंसा के मुद्दे को दहेज़ की माँगों से अलग करके उठाना मुश्किल था। नतीजतन पत्नी के पीटे जाने की सच्ची शिकायतों के साथ दहेज़ उत्पीड़न की फ़र्ज़ी शिकायतें जोड़ी गईं, और जाँच करने पर जब ये शिकायतें झूठी निकलतीं तो इनसे महिलाओं के मुद्दे और कमज़ोर हो जाते। दूसरी तरफ़ पुलिस रिकॉर्ड ऐसा दिखाते थे कि सभी हिंसा के मामले दहेज़ से जुड़े थे।[12]

इसके अलावा सेक्शन 498ए ने केवल एक आपराधिक समाधान दिया जिससे वह पुरुष जिस पर आरोप लगा है और उसके परिवारजनों को ऐसी किसी शिकायत के होने पर तुरन्त हिरासत में ले लिया जा सकता था और इसमें जमानत का भी कोई प्रावधान नहीं था। हालाँकि 498ए की घरेलू हिंसा की परिभाषा में मानसिक प्रताड़ना शामिल थी, सिर्फ़ दहेज़ की माँगों के साथ जुड़ी शारीरिक हिंसा को ही घरेलू हिंसा समझा जाता था। घरेलू हिंसा के आरोपी पुरुषों को सज़ा देने से अदालतें यह कहकर बचती थीं कि महिलाएँ स्वाभाविक रूप से अति संवेदनशील होती हैं।[13] पर क़ानून ने इस बात पर कोई ध्यान नहीं दिया कि घरेलू हिंसा निरपवाद रूप से एक महिला को उसके वैवाहिक घर

से जुड़े अधिकारों से भी वंचित कर देती है। प्रमुख रूप से यह क़ानून महिलाओं को उनके वैवाहिक घर में वापस जगह दिलाने में, आर्थिक सुरक्षा दिलाने और यहाँ तक कि महिलाओं को घरेलू हिंसा से सुरक्षा प्रदान करने में भी सक्षम नहीं था।

1990 के दशक में महिला समूहों ने एक ऐसे क़ानून को बनाने की तरफ़ काम शुरू किया जो महिलाओं को हिंसा से सुरक्षा दिलाए और विवाह और उनके घर में उन्हें अधिकार प्रदान करे। घरेलू और परिवार में होने वाली हिंसा की परिभाषा को विस्तार देते हुए इस बिल में परिवार और विवाह में महिला के अधिकारों को जगह दी गई। घरेलू हिंसा के पीड़ितों के साथ काम करने से उत्पन्न अनुभव को क़ानून में शामिल करने और साथ-ही-साथ सरकारी मशीनरी को महिला संगठनों के विचारों को स्वीकार करने के लिए मनाने में पन्द्रह साल लगे।[14] घरेलू हिंसा से महिलाओं की सुरक्षा अधिनियम (PWDVA) जो 2005 में आया, उसने न केवल इस बात को स्वीकारा कि महिला पीड़ितों/सरवाइवरों के लिए एक ऐसे क़ानून की आवश्यकता है जो उन्हें हिंसा से सुरक्षा प्रदान करे बल्कि यह भी माना कि उन्हें ऐसे माध्यम भी चाहिए जिनसे वे इस क़ानून का इस्तेमाल कर सकें। इस क़ानून ने संरक्षण अधिकारी और संरक्षण आदेश का प्रावधान दिया जिसे पीड़ित/सरवाइवर इस्तेमाल कर सकते थे। संरक्षण अधिकारी को मुक़दमे से पहले महत्त्वपूर्ण भूमिका निभानी होती है। उन्हें पीड़ितों/सरवाइवरों को अदालत तक लाने में मदद करनी होती है, 'डोमेस्टिक इन्सिडेंट रिपोर्ट' रिकॉर्ड करनी होती है, महिला को क़ानून में मौजूद उसके हक़ों के बारे में बताना होता है और उसे अन्य जो भी सुविधाएँ/मदद चाहिए वो दिलानी होती है। संरक्षण अधिकारी, सर्विस प्रोवाइडर, पुलिस, अदालत और वकील, सब मिलकर घरेलू हिंसा अधिनियम के उद्देश्यों को पूरा करने के लिए एक ढाँचा तैयार करते हैं। अदालत से प्राप्त संरक्षण आदेश हिंसा करने वाले को और अधिक घरेलू हिंसा करने से रोकने के काम आता है। यह क़ानून आपराधिक और फ़ौजदारी समाधानों का न्यायसंगत मिश्रण है।

इस क़ानून का एक मुख्य भाग यह था कि यह महिलाओं के विवाह और परिवार में उनके अधिकारों पर आधारित था। यह क़ानून महिलाओं को उनके वैवाहिक घरों में रहने का अधिकार देता है और संरक्षण आदेश के प्रावधान से यह सुनिश्चित करने का प्रयास करता है कि महिलाओं को उनके आवास, भरण-पोषण और बच्चों की कस्टडी के अधिकार प्राप्त हों। इन ऑर्डरों का उल्लंघन क़ानूनन अपराध माना जाता है। घरेलू हिंसा की परिभाषा को विस्तृत कर इसमें अन्य घरेलू सम्बन्ध जैसे अविवाहित बेटियों, विधवाओं, बहनों, सासों और अन्य आश्रितों को शामिल किया गया। मुख्यतः 'विवाह से मिलते-जुलते' सम्बन्धों को भी इसमें शामिल किया गया।

क़ानून के अनुभव

क़ानून में बदलाव आने के बावजूद महिलाओं के लिए घरों की चारदीवारी के अन्दर होने वाली हिंसा के समाधान की माँग करना बहुत मुश्किल होता है। इसकी वजह परिवार और विवाह की 'पवित्रता' और इसमें एक महिला की पत्नी और माँ के रूप में अहम

भूमिका से जुड़ी प्रभावी सोच है। यह सोच समाधान देने वाली एजेंसियों जैसे पुलिस, अदालतों, पुलिस थानों के महिला सेल और राष्ट्रीय और राज्य महिला आयोगों के सलाहकारों के विचारों और कार्यों पर भी हावी रहती है। अदालत में या इन एजेंसियों के समक्ष एक महिला को एक 'अच्छी पत्नी' होने का प्रमाण देना पड़ता है। जिसका अर्थ है यह साबित करना कि महिलाओं ने मानसिक और शारीरिक प्रताड़नाओं के बावजूद विवाह में बने रहने का हर सम्भव प्रयास किया। उन्होंने अपने घर को केवल तभी छोड़ा जब उन्हें अपनी जान पर ख़तरा महसूस हुआ।[15] वैवाहिक सम्पत्ति का विचार तो अभी तक भारतीय क़ानूनों के लिए अनजाना है। इसीलिए स्वयं के भरण-पोषण का कोई अन्य ज़रिया न होने पर और सामाजिक दबावों के कारण महिलाएँ अक्सर अपनी शिकायतें वापस ले लेती हैं और अपने घर वापस चली जाती हैं।

घरेलू हिंसा अधिनियम 2005 के साथ काम करने का एक मिश्रित अनुभव रहा है। हालाँकि इस क़ानून के अधीन दर्ज होने वाली शिकायतों की संख्या बढ़ी है, परन्तु स्थिति अभी भी बहुत उम्मीदकारी नहीं है। अदालती फ़ैसले किस हद तक विवाह और अन्य किसी पारिवारिक परिप्रेक्ष्य में जैसे बेटियों, माँओं, विधवाओं, तलाक़शुदा महिलाओं या उन महिलाओं को जो लिव-इन सम्बन्धों में हैं, को हिंसा से सुरक्षित प्रदान करते हैं, पर एक विस्तृत रिपोर्ट बनाई गई। इसमें यह भी जाँचा गया कि इन मुक़दमों में समाधान देने या न देने के लिए क्या कारण दिए जाते हैं। इस रिपोर्ट के नतीजे गम्भीर हैं। "ऐसा मालूम होता है कि वे एक 'परफ़ेक्ट' पीड़ित की तलाश कर रहे हैं। एक ऐसा पीड़ित जो समाधान के लायक़ है। केवल विवाहित, मजबूर, अबला, छोड़ी हुई महिलाएँ 'नैतिक आधार' पर समाधान पाने की हक़दार हैं। केवल वे महिलाएँ जो साँझी सम्पत्ति में अपना हिस्सा साबित कर पाएँ, साँझे घर में रहने की अधिकारी हैं। विधवा और बेटियाँ, बहनें और लिव-इन पार्टनर इस साँझी जगह में कहीं नहीं फबतीं।"[16] इस रिपोर्ट में तीन मुख्य टिप्पणियाँ की गईं : पहली—यह क़ानून घरेलू सम्बन्धों में महिलाओं के अधिकारों की रक्षा करने के लिए बना था परन्तु असलियत में जजों का ध्यान महिलाओं पर होने की बजाय विवाह की उस इकाई को बचाने पर होता है जिसमें महिलाओं की स्थिति गौण है। दूसरा, सम्पत्ति को मानवाधिकारों से अधिक मान्यता दी जाती है और महिलाओं को साँझी सम्पत्ति और घर की जायदाद से बेदख़ल करने की कोशिश की जाती है। तीसरा, सार्वजनिक क्षेत्र में तो जीवन के अधिकार को बचाने की तरफ़ प्रयास हुआ है, पर एक परिवार के निजी क्षेत्र में जहाँ महिलाएँ अपने जीवन का एक बड़ा भाग गुज़ारती हैं, ऐसा नहीं हुआ है।

'इज़्ज़त' बचाने के लिए किए जाने वाले अपराध (Honour Crimes)

'इज़्ज़त बचाने के लिए किए जाने वाले अपराध' इस वाक्य में महिलाओं के विरुद्ध होने वाली हिंसा की एक लम्बी सूची निहित है। इसमें महिलाओं को अपनी मर्ज़ी से विवाह करने या सम्बन्ध बनाने से रोकने के लिए की जाने वाली मारपीट, उत्पीड़न, क़ैद करके रखना और हत्याएँ शामिल हैं। ये अपराध अक्सर परिवार या समुदाय के

सदस्यों द्वारा किए जाते हैं। यह विचार बनाकर कि महिलाओं के ऐसा करने से 'इज़्ज़त को ख़तरा' पैदा हुआ है इन अपराधों को सामाजिक मान्यता दिलाई जाती है। चूँकि हिंसा को 'इज़्ज़त' बनाए रखने के लिए जायज़ ठहराया जाता है, इस शब्द का असली मतलब हिंसा सहने वालों के लिए छुप जाता है। 'जबकि इसकी 'तर्कसंगतता' खुले रूप से बताई जाती है, यानी कि ऐसी सामाजिक व्यवस्था जिसमें एक ऐसे 'इज़्ज़त' के विचार को संरक्षित रखने पर ज़ोर दिया जाता है जो पुरुषों के महिलाओं पर प्रभुत्व में निहित है। ख़ासकर यह प्रभुत्व उनके सेक्सुअल चाल-चलन पर होता है, चाहे वो असल में हो, चाहे सन्दिग्ध या सम्भावी।'[17] 'इज़्ज़त बचाने के लिए किए जाने वाले अपराध' की शब्दावली के लगातार बने आ रहे उपयोग की अब आलोचना होने लगी है। क्योंकि इसकी आड़ में किए जाने वाले अत्याचार, हत्याएँ और हिंसा एक व्यक्ति के उसकी यौनिकता, विवाह और सम्बन्धों से जुड़े फ़ैसले लेने के हक़ पर चोट करती हैं।

भारतीय परिप्रेक्ष्य में अपनी मर्ज़ी से विवाह करने और सम्बन्ध बनाने से जुड़ी हिंसा को समझने के लिए जाति प्रथा के सामाजिक और सैद्धान्तिक परिप्रेक्ष्य को भी समझना ज़रूरी है। यह प्रथा जन्म के आधार पर निर्धारित होने वाले समूहों के समाज में ऊँची और नीची जाति में वर्गीकरण पर आधारित है। ऐतिहासिक रूप से इन समूहों की सामाजिक स्थिति और ताक़त भूमि और अन्य लाभकारी स्रोतों पर इनके नियंत्रण से जुड़ी हुई है। विवाह की ऐसी प्रथाएँ जिनमें केवल कुछ ही जातियों के बीच विवाह होता है, को बड़े ध्यान से आगे बढ़ाया जाता है। इनका उद्देश्य यह सुनिश्चित करना होता है कि जाति प्रथा बनी रहे। और 'इज़्ज़त' का विचार इस अन्त:जातीय (endogamous) सिस्टम में 'सामाजिक' ओहदे और प्रभुत्व के भौतिक ढाँचे को बनाए रखने के लिए अहम है। साथ-ही-साथ, 'इज़्ज़त' का विचार जो बहुत से समुदायों जैसे हिन्दू, सिख और मुस्लिम समुदायों में बहुत मूल्यवान है हमेशा सम्पत्ति और प्रभुत्व बनाए रखने के काम ही नहीं आता। यह कई बार इस विचार से भी निकलकर आता है कि एक परिवार, समुदाय या जाति की 'शुद्धता' बनाए रखने के लिए क्या सही है और क्या नहीं। महिलाओं की यौनिकता और उनकी आवाजाही पर कड़ी निगरानी रखी जानी चाहिए ताकि जाति/समुदाय और अन्य परम्पराएँ भंग ना हों। ऐसा करने के लिए, अनौपचारिक क़ानूनी सिस्टम जैसे जाति और समुदाय की पंचायत (जिसे कई बार खाप पंचायत या कट्टा पंचायत के नाम से भी जाना जाता है) बनाई जाती है। ये पंचायतें जातीय नियमों के ख़िलाफ़ जाकर सम्बन्ध बनाने वालों से निबटती हैं। ये पंचायतें गाँव के स्तर पर बनाई जाती हैं। इनके लिए कोई चुनाव प्रक्रिया नहीं अपनाई जाती। इनमें नीची जाति के लोगों और महिलाओं का शायद ही कोई प्रतिनिधि होता है। और ये क़ानूनी दायरे के बाहर आने वाली नियंत्रण और दंडात्मक शक्तियों का इस्तेमाल करती हैं। क्योंकि ऐसा माना जाता है कि महिलाओं में परिवार और समुदाय की 'इज़्ज़त' बसती है, परिवार और समुदाय दोनों दोहरी और आपस में टकराने वाली भूमिकाएँ निभाते हैं। एक तरफ़ वे परिवार की 'इज़्ज़त' के संरक्षक होते हैं, और दूसरी ओर जो नियमों का पालन न करे उन पर हिंसा का उपयोग भी करते हैं।

घरेलू हिंसा की तरह ही 'इज़्ज़त' बचाने के लिए किए जाने वाले अपराधों से जुड़ी हिंसा को भी एक परिवार और समुदाय का आपसी मामला समझा जाता है। यह माना जाता है कि इसे निजी तौर पर ही सुलझाया जाना चाहिए ताकि अपनी मर्ज़ी से विवाह करने वाले युगलों (couple), जिन्हें समाज अपराधी मानता है, के मानवीय और संवैधानिक अधिकारों के उल्लंघन पर कोई सार्वजनिक चर्चा न हो सके। इसमें अदालत और पुलिस जैसे औपचारिक माध्यमों की 'दख़लन्दाज़ी' पसन्द नहीं की जाती। इसकी बजाय परिवार और समाज के 'बड़े-बुज़ुर्गों' द्वारा अनौपचारिक तरीक़ों से इसके निबटारे को चुना जाता है। इसके कारण परिवार के सदस्यों और समुदाय के बड़े-बूढ़ों को राह भटके युवाओं (अन्तर्जातीय और अन्तर्समुदायी विवाह करने वाले युगल) को दंड देने की असली (de facto) शक्ति मिल जाती है। राज्य की एजेंसियाँ भी इसे स्वीकार कर लेती हैं और अक्सर अभिभावकों और परिवार के सदस्यों की तरफ़ से बोलती हैं।[18] जैसा कि नीचे दी गई केस स्टडीज़ बताती हैं, वे इस मामले को अधिकारों के हनन या अपराध के मामले के तौर पर नहीं लेतीं।

> गौरव सेनी (25) और मोनिका डागर (21) ने 6 जुलाई, 2009 को एक आर्य समाज मन्दिर में विवाह किया। मोनिका के भाई नितिन कुमार ने पुलिस में शिकायत दर्ज की। पुलिस ने गौरव को अपहरण के इल्ज़ाम में गिरफ़्तार कर जेल में डाल दिया। गौरव ने इस बात का पक्का सबूत देने के बावजूद कि वह और मोनिका दोनों वयस्क थे और क़ानूनी तौर पर विवाहित थे, 32 दिन जेल में बिताए। मोनिका को उसके परिवार के द्वारा गौरव के ख़िलाफ़ बयान देने पर मजबूर किया गया। बाद में मोनिका की अस्वाभाविक हालात में मौत होने के बावजूद, पुलिस ने मोनिका के परिवार की बात मानते हुए उन पर सेक्शन 302 के अधीन कोई मामला दर्ज नहीं किया और लड़की की मौत की जाँच-पड़ताल नहीं की।[19]
>
> एक अन्य मामले में रोहतास कुमार और सुरिंदर (अपनी बहन की मदद से) जो हरियाणा के एक गाँव से भागे थे, को बहुत क्रूरता का सामना करना पड़ा। जैसे ही उनके भागने की ख़बर फैली गाँव के दलित परिवारों पर हमले होने लगे। बहुत से दलित गाँव छोड़कर भाग गए। एक महिला ने आत्महत्या कर ली और बहुत सी महिलाएँ इस डर में जीती रहीं कि उन पर कभी भी हमला हो सकता है। बहुतों को पुलिस की बदसलूकी और प्रताड़नाएँ भी झेलनी पड़ीं। जाति पंचायत के दबाव के चलते, दलित अब अपने जानवर नहीं चरा सकते थे और उनका पूर्ण सामाजिक और आर्थिक बहिष्कार किया गया। रोहतास को पंचायत के सामने आकर 2000 रुपए का जुर्माना देने को कहा गया और जूतों से उसकी पिटाई की गई। उसके बाद दोनों लड़कियों को पकड़कर मैजिस्ट्रेट के सामने लाया गया। लड़के को जेल भेजा गया और लड़कियों को उनके अभिभावकों के पास।

24 घंटों के अन्दर दोनों लड़कियों की मौत हो चुकी थी, एक को दूध में ज़हर डालकर दिया गया था और दूसरी का गला घोंटा गया था। आत्महत्या का मामला दर्ज हुआ और उसके बाद कोई जाँच-पड़ताल नहीं हुई।[20]

अन्तर्जातीय विवाह के एक और मामले में, ग्रामीण तमिलनाडु में एक महिला को अपने पति को इस कारण छोड़ना पड़ा क्योंकि उसका परिवार उसके पति के परिवार पर हिंसा कर रहा था।[21] लड़की ऊँची जाति से थी और लड़का दलित समुदाय से। इस मामले में, एक जाति पर आधारित राजनीतिक दल पत्तलि मक्कल कतची ने अपने समुदाय की सभी महिलाओं को 'जींस और टी शर्ट पहनने वाले दलितों के झाँसे' में न आने की चेतावनी तक दी। पुलिस को उसे अपनी माँ के पास वापस भेजने की अनुमति देते हुए उस लड़की ने रिकॉर्ड करवाया कि वह इसीलिए वापस जा रही है क्योंकि वह उसके विवाह के कारण उसके पति के परिवार पर जो हिंसा हुई है उससे डर गई है।

भारत में हर साल 'इज़्ज़त' बचाने के लिए किए जाने वाले अपराधों के लगभग 1000 मामले रिपोर्ट होते हैं। अधिकतर मामलों में जाति की शुद्धता और प्रभुत्व बनाए रखने के लिए हिंसा की जाती है। शक्ति वाहिनी ने पंजाब, उत्तर प्रदेश और हरियाणा में 'इज़्ज़त' बचाने के लिए हुए अपराधों के 560 मामलों का अध्ययन किया। इनमें से 83 प्रतिशत अन्तर्जातीय विवाह के मामले थे। इस हिंसा से प्रभावित लोगों में अधिकतर ग़रीब और निम्न जाति के परिवार थे। (अपवाद के तौर पर यदि एक महिला अपने से ऊँची जाति वाले पुरुष से विवाह करती है तो उसे कम विरोध का सामना करना पड़ता है।) जाति/समुदाय की पंचायतों में ज़्यादातर स्थानीय बड़े-बूढ़े होते हैं। ये अपनी संरचना और कार्य पद्धति में अति पितृसत्तात्मक होते हैं। ये समुदायों पर अपनी सामाजिक और राजनीतिक शक्तियों का उपयोग करते हैं। इनमें सबसे शक्तिशाली पंचायतें ग्रामीण और अर्ध ग्रामीण उच्च और मध्यम ज़मींदार वर्ग की होती हैं। ये पंचायतें परिवार, कुल, गोत्र, जाति, समुदाय और ग्राम के हवाले से एक बड़ी संख्या में लोगों को संघटित कर लेती हैं। इनमें से काफ़ी उस स्थान से बाहर से भी आते हैं। ये स्व-घोषित निर्णय लेने वाले बड़े-बूढ़े इन शक्तियों का इस्तेमाल न्यायोतर (extra judicial) संस्थाओं की तरह भागे हुए युगलों और उनके परिवारजनों पर हिंसा के आदेश देकर करते हैं। वे उनकी सम्पत्ति को नुक़सान पहुँचाने, सामाजिक तौर पर उनका बहिष्कार करने और उन्हें और उनके परिवार के सदस्यों को बुरी तरह से मारने तक के आदेश दे देते हैं। चूँकि यह हिंसा समुदाय/जाति/परिवार की इज़्ज़त बचाने के नाम पर की जाती है, इन पंचायतों को इन परिवारों और समुदायों से मान्यता प्राप्त होती है। अक्सर यदि परिवार ऐसे विवाहों को स्वीकार करने के लिए राज़ी हो भी जाते हैं तो ये पंचायतें और उनके जाति और समुदाय के मुखिया उन्हें ऐसा नहीं करने देते।[22] यह न सिर्फ़ अपने समुदाय की महिलाओं, बल्कि नीची जाति के पुरुषों को नियंत्रण में रखने का भी एक ज़रिया

है। महिलाएँ इससे ज़्यादा प्रभावित होती हैं क्योंकि 'इज़्ज़त' के खोने का विचार पुरुषों के क्रोध और हिंसा को जायज़ ठहराता है और इस हिंसा को सामाजिक तौर पर दंड मुक्ति दिलाता है।

यह भी देखा गया है कि जब लड़का नीची जाति या अल्पसंख्यक समुदाय से सम्बन्ध रखता है तो लड़के के परिवार और समुदाय को धमकियों से लेकर शारीरिक हमलों, हत्याओं, सार्वजनिक रूप से बेइज़्ज़ती, और अत्याचार से लेकर सामाजिक बहिष्कार और उनके घर, सम्पत्ति, और अन्य संसाधनों को नुक़सान जैसे परिणामों को झेलना पड़ता है। क़ानून और क़ानून को लागू करने वाले गाँव के बड़े-बुज़ुर्गों और समुदायों के मुखियाओं के ज़ोर और आदेश के आगे कोई सुरक्षा प्रदान नहीं करता। यह पूरी प्रक्रिया अपनी मर्ज़ी से विवाह करने को अपराध क़रार देती है। पुलिस अक्सर अभिभावकों का साथ देती पाई गई है और पुलिस वाले भी यह मानते हैं कि जो हो रहा है वह सही है। कभी-कभी वे यह दलील भी देते हैं कि उन पर लड़के और उसके परिवार के ख़िलाफ़ अपहरण का मामला दर्ज करने पर ज़ोर डाला गया था।[23] क्योंकि परिवार की इज़्ज़त परिवार के महिला सदस्यों से जुड़ी होती है, महिलाओं की आवाजाही और उनकी यौनिकता पर नियंत्रण बढ़ जाता है। इससे महिलाएँ सामाजिक, आर्थिक, और राजनीतिक रूप से और अधिक अधिकारहीन हो जाती हैं। सामाजिक दंडमुक्ति, नेताओं और कई बार राजनीतिक दलों द्वारा हिंसा का समर्थन, और पुलिस और क़ानूनी मशीनरी की इसमें मिलीभगत परिवार और समुदाय के पुरुष सदस्यों को उन महिलाओं को जान से मार देने के लिए बढ़ावा देती है जो परिवार और समुदाय के नियमों के ख़िलाफ़ गई हों।

1980 के दशक से भारत में साम्प्रदायिक विभाजन की राजनीति के उदय से अन्तरधार्मिक विवाह ख़तरनाक बन गए हैं। 'अपनी' महिलाओं को बचाने की आड़ में हिन्दू दक्षिणपंथी गुटों ने यह झूठा प्रचार फैलाया कि कुछ मुस्लिम संस्थाएँ मुस्लिम युवाओं को ग़ैर-मुस्लिम लड़कियों को फँसाने और उनसे शादी कर मुस्लिम आबादी बढ़ाने के लिए पैसा दे रही हैं। लव जिहाद के इस विचार को कुछ राज्यों में काफ़ी प्रभावी तरीक़े से उपयोग में लाया गया है। गुजरात में 2002 में मुस्लिमों पर हुई निरन्तर हिंसा के कारण गीता, एक हिन्दू महिला जिसका एक मुस्लिम पुरुष के साथ सम्बन्ध था, को उसके घर से बाहर घसीटा गया, उसके कपड़े उतरवाए गए और उसे मारकर उसका शव गली में उन अन्य महिलाओं के लिए एक उदाहरण के तौर पर छोड़ दिया गया जो अपने समुदाय द्वारा तय की गई सीमाएँ लाँघने की कोशिश करती हैं।[24] मुज़फ़्फ़रनगर हिंसा (सितम्बर 2013) में 'समुदाय की इज़्ज़त' को इस इलाक़े में साम्प्रदायिकता फैलाने के लिए ख़ास हथियार के रूप में इस्तेमाल किया गया। और 'लव जिहाद' शब्द ने हिन्दू जाट समुदाय को हिंसा करने के लिए संगठित करने में मुख्य भूमिका अदा की।[25] विश्व हिन्दू परिषद ने 'बहू-बेटी बचाओ महापंचायत' के रूप में सुधार की एक मुहिम की अगुवाई की। इस बहुओं और बेटियों को बचाने की मुहिम ने 7 सितम्बर, 2013 को जाट महापंचायत में एक नारा तैयार किया—'बहू-बेटी इज़्ज़त बचाओ' और इसके बाद दंगे शुरू हुए। मुज़फ़्फ़रनगर के दंगों का विश्लेषण करते हुए, राम पुण्यानी,

एक मानवाधिकार एक्टिविस्ट ने उस ख़तरे की ओर इशारा किया जो ऐसे अभियान महिलाओं और अल्पसंख्यक समुदायों के अधिकारों और भारतीय समाज के विविधता से भरपूर स्वरूप के लिए पैदा करते हैं। अन्तर्जातीय, अन्तरधार्मिक विवाहों के विरुद्ध ऐसे अभियान न केवल राष्ट्रीय एकता की भावना के विरुद्ध हैं, ये लड़कियों के जीवन को पितृसत्तात्मक तरीक़े से नियंत्रित भी करना चाहते हैं। इसके साथ-साथ अल्पसंख्यकों को एक हौवा बनाकर विभाजित करने वाली राजनीति को भी बल दिया जाता है। यह विभाजन की राजनीति के लिए दोहरा बोनस है।[26]

मुद्दे को सामने लाना

पिछले दशक में बहुत सी महिलाओं और लोकतांत्रिक अधिकारों पर काम करने वाली संस्थाओं के संघर्षों ने 'इज़्ज़त बचाने के लिए' होने वाली हिंसा के मुद्दे पर लोगों का ध्यान दिलाया है।[27] बहुत सी महिला संस्थाओं (जैसे अखिल भारतीय महिला जनवादी समिति (AIDWA), वनांगना) और महिलाओं के क़ानूनी और लोकतंत्र सम्बन्धी अधिकारों के लिए काम करने वाली संस्थाओं जैसे एसोसिएशन फ़ॉर अडवोकसि एंड लीगल इनिशटिव्ज़ (AALI) और नागरिक अधिकार संगठन जैसे पीपुल्स यूनियन फ़ॉर सिविल लिबर्टीज़ (PUCL) और पीपुल्स यूनियन फ़ॉर डेमोक्रैटिक राइट्स (PUDR) ने नागरिक समाज, प्रशासन, पुलिस, क़ानूनी और न्यायिक सिस्टम के स्तर पर महत्त्वपूर्ण काम किए हैं। इन्होंने समाज की विभिन्न शक्तियों और राज्य एजेंसियों के बीच की उस साँठ-गाँठ का पर्दाफ़ाश किया है जो या तो युवा युगलों पर हिंसा करने में प्रत्यक्ष रूप से शामिल थे या ऐसी हिंसा के मूक दर्शक बने रहे। 2010 में पूरे भारत से 100 महिला संगठनों और 30 एक्टिविस्टों ने भारत के राष्ट्रपति, गृह मंत्री और हरियाणा, उत्तर प्रदेश और राजस्थान के मुख्यमंत्रियों को खुला पत्र लिखा। इस पत्र में उन्होंने युवा युगल (couple) मनोज और बबली की दर्दनाक हत्या में जाति/खाप पंचायत और राज्य मशीनरी की भूमिका की निन्दा की।[28] कुछ मामलों में अदालतों ने पुलिस और प्रशासन द्वारा उन युगलों के उत्पीड़न के मुद्दे को उठाया है जिन्होंने अपनी जाति या समुदाय से बाहर विवाह करना चाहा।

महिला संस्थाओं ने राज्य द्वारा विवाह में चुनाव के विचार को आगे बढ़ाने की ज़रूरत पर ज़ोर दिया और साथ ही विवाह की रजिस्ट्री की प्रक्रिया को सरल और तेज़ करने की माँग की। यह माँग भी आती रही है कि इज़्ज़त बचाने के लिए किए जाने वाले अपराधों को रोकने के लिए और उनमें समुदाय के मुखियाओं और खाप/जाति पंचायत की भूमिकाओं पर विशेष ध्यान देते हुए सज़ा देने के लिए एक क़ानून बनाया जाए। 2010 में भारतीय विधि आयोग ने अपनी रिपोर्ट 'वैवाहिक सम्बन्ध बनाने की स्वतंत्रता में दख़लन्दाज़ी पर रोक : एक सुझाया गया क़ानूनी ढाँचा' में पंचायत के ऐसे सदस्यों को ऐसी सभा/जमघट में इकट्ठा होने पर रोक लगाने का सुझाव दिया है जहाँ वे युवा युगलों के विवाह या विवाह के निर्णय को अस्वीकार करते हैं या उन्हें नुक़सान पहुँचाने के लिए क़दम सुझाते हैं।

महिला संस्थाएँ यह माँग भी करती रही हैं कि 'इज़्ज़त के लिए होने वाले अपराधों' को एक अलग श्रेणी का अपराध समझा जाए। ऐसा इसीलिए सुझाया गया है क्योंकि सरकारी संशोधन केवल हत्या के मामलों से निबटते हैं, जबकि इज़्ज़त के लिए होने वाले अपराधों में अन्य कई अपराध शामिल होते हैं जैसे सामाजिक और आर्थिक बहिष्कार, गाँव निकाला, खुलेआम बेइज़्ज़ती, परिवार के आजीविका के साधनों को नुक़सान, लड़के के परिवार को धमकियाँ और लड़कियों पर हिंसा के द्वारा या हिंसा के डर के द्वारा दबाव।[29] उन युगलों को जिन्हें सुरक्षा की आवश्यकता है, उन्हें सुरक्षा प्रदान करने के लिए कुछ एक्टिविस्टों और संस्थाओं ने पुलिस के साथ काम करके पुलिस स्टेशन का इस्तेमाल उन्हें क़ानूनी मदद और आश्रय देने के लिए करना शुरू कर दिया है।[30]

बेटियों की उनके जन्म से पहले हत्या

परिवारों में मौजूद लैंगिक भेदभाव के कारण लड़कियों पर हिंसा और उन्हें मारने के चलन को महिला भ्रूण हत्या और शिशु हत्या की प्रथाओं में देखा जा सकता है। बच्चे के जन्म से पहले उसकी लिंग जाँच की तकनीक के आने के बाद से, महिला भ्रूण हत्या यानी, महिलाओं को उनके जन्म से पहले जानबूझकर मार देने में अप्रत्याशित वृद्धि हुई है। इसके कारण लिंग अनुपात काफ़ी बिगड़ा है और समाज में महिलाओं के स्तर व उनके हालात पर बुरा प्रभाव पड़ा है। 6 वर्ष तक के बच्चों में लिंग अनुपात जो 2001 की जनगणना के अनुसार प्रति 1000 लड़कों पर 927 था वह 2011 में गिरकर 914 रह गया। हालाँकि बेटियों की उनके घरों में व्यवस्थित तरीक़े से होने वाली उपेक्षा को अक्सर 5 वर्ष से कम उम्र की लड़कियों की ऊँची मृत्यु दर का कारण बताया जाता है; परन्तु महिला भ्रूण हत्या के चलन के बने रहने और इसमें और स्कैन केन्द्रों में हुई बढ़ोतरी पर हुए स्वतंत्र सूक्ष्म अध्ययन इस ओर इशारा करते हैं कि महिला भ्रूण हत्या लिंग अनुपात में गिरावट का मुख्य कारण है। महिलाओं की उनके जन्म से पहले हत्या की प्रथा के दो चरण हैं : भ्रूण के लिंग का पता लगाना और यदि भ्रूण मनचाहे लिंग का नहीं हो तो उसे नष्ट कर देना।

इस प्रथा के स्वरूप और क्षेत्रीय विविधता के अध्ययन ने चौंकाने वाले नतीजे प्रस्तुत किए हैं। आम धारणा के उलट कि यह प्रथा समाज के ग़रीब और अनपढ़ तबके में पाई जाती है, जनगणना के आँकड़े बताते हैं कि ग़रीब नहीं बल्कि सम्पन्न परिवारों में ऐसा अधिक देखने में आया है कि वे बेटों को प्राथमिकता देते हैं और महिला भ्रूणों का गर्भपात करवाने का चुनाव करते हैं। रजिस्ट्रार जनरल के कार्यालय के संयुक्त निदेशक और जनगणना कमिश्नर के अनुसार, हालाँकि देश के लिंग अनुपात में कुल मिलाकर गिरावट आई है, भारत के 26 राज्यों के 640 शहरों की बस्तियों में 0 से 6 साल के बच्चों का लिंग अनुपात 919 है जबकि इन शहरों के अन्य क्षेत्रों में यह लिंग अनुपात 904 है। जहाँ जनरल श्रेणी में बच्चों का लिंग अनुपात 1991 में 940 था जो 2001 में गिरकर 919 पर आ गया, वहीं अनुसूचित जनजातियों में यह गिरावट उतनी बड़ी नहीं थी (985 से 973)। और लिंग अनुपात में सबसे कम गिरावट अनुसूचित

जाति के समुदायों में देखी गई (946 से 938)।[31] ये आँकड़े सम्पन्नता और बेटियों को प्राथमिकता के बीच के प्रतिकूल सम्बन्ध को उजागर करते हैं और इस भ्रम को मिटाते हैं कि ग़रीब लोग लिंग-आधारित गर्भपात कराते हैं। इसका मतलब कि लोगों में साक्षरता और उनकी बेहतर आर्थिक स्थिति एक बेहतर लिंग अनुपात सुनिश्चित करे, यह ज़रूरी नहीं है। बल्कि बेहतर आमदनी और तकनीकों का उपयोग कर पाने की बेहतर क्षमता के कारण लिंग चुनाव और महिला भ्रूण हत्या बढ़ी है।[32] पर इसमें चिन्ताजनक बात यह है कि यह अब केवल एक शहरी सत्य नहीं रह गया है। ऐसा अब ग्रामीण क्षेत्रों में भी देखने में आ रहा है—अल्ट्रासाउंड की मशीनें जिनका इस्तेमाल लिंग जाँच में होता है, एक गाँव से दूसरे गाँव तक आसानी से ढुलाई जाती हैं। 2011 की जनगणना के आँकड़े बताते हैं कि लिंग चुनाव की प्रथा अब अनुसूचित जातियों और जनजातियों में भी ज़ोर पकड़ रही है। इसके साथ-साथ यह चिन्ता भी है कि जैसे-जैसे परिवार छोटे हो रहे हैं, शहरी अभिभावक एक या दो बच्चे ही चाहते हैं। ऐसे में लोग भारतीय समाज में मौजूद लड़कियों के विरुद्ध पक्षपात के कारण बेटियों को जन्म देने के इच्छुक नहीं होंगे।[33]

राजस्थान के विमेन्स रीसोर्स सेंटर द्वारा भारत के कई राज्यों के बिगड़े लिंग अनुपात पर इकट्ठा किए गए आँकड़े और सर्वेक्षण के नतीजे इस चुनौती के अनुपात की ओर इशारा करते हैं।[34] ये आँकड़े अनगिनत ज़बानी बताए गए बयानों पर आधारित हैं। एक बेटे की माँ द्वारा यह बताया जाना कि किस तरह उसकी पहली दो सन्तानों जो बेटियाँ थीं को उनके जन्म के एक दिन के अन्दर गला घोंटकर मार दिया गया। सोलह साल की उम्र में एक ग़रीब नौकरीपेशा पुरुष से विवाह के बाद उसने सात बार गर्भ धारण किया। दो बेटे बीमारी के कारण मर गए, दो बार गर्भपात करवाया गया क्योंकि वे बेटियाँ थीं, दो बेटियों को पैदा होने के बाद मार दिया गया और एक बच्चा जो बेटा है, वह ज़िन्दा है। बेटियों को खोने का परिवार में किसी को कोई ग़म नहीं है। माँ बताती है कि उसके राज्य के सभी ज़िलों में जिसमें उसका गाँव भी शामिल है, बेटियों को पैदा होने से पहले या पैदा होते ही मार देना एक आम बात है। बच्ची को उसके मुँह पर रेत की बोरी रखकर या गला घोंटकर मार दिया जाता है। एक शहरी जोड़े के तीन बच्चे थे। उनकी सबसे बड़ी बेटी 23 साल की, दूसरी बेटी 21 साल की और तीसरा बेटा 10 साल का था। बेटे को जन्म देने से पहले महिला ने 9 बार लिंग जाँच करवाई और 8 बार गर्भपात। बेटे को जन्म देने के दो दिन बाद उसका देहान्त हो गया। उसके डॉक्टर ने उसे गर्भ धारण न करने की सलाह दी थी। उसका पति एक मल्टीनेशनल कम्पनी में सीनियर इग्ज़िक्यूटिव है और महिला एक प्राइवेट स्कूल में टीचर थी। ऐसी कई घटनाएँ रिपोर्ट की गई हैं जहाँ महिलाओं पर उनके पति और ससुराल वाले केवल बेटियाँ पैदा करने के कारण अत्यधिक हिंसा करते हैं। महिला भ्रूण हत्या और शिशु हत्या, बच्चे को जन्म देते हुए महिला की मौत और लिंग जाँच का इस्तेमाल यह दर्शाता है कि महिलाओं के विरुद्ध यह पक्षपात किस तरह वर्ग, क्षेत्र, शैक्षिक और सामाजिक स्तर जैसी कई विविधताओं के बावजूद फैला हुआ है।

भारतीय परिप्रेक्ष्य में बेटों को प्राथमिकता कई सामाजिक-आर्थिक और सांस्कृतिक घटकों के चलते दी जाती है। बेटे पर परिवार का नाम और कामकाज आगे बढ़ाने की ज़िम्मेवारी होती है, उसे बुढ़ापे का सहारा माना जाता है और दाह-संस्कार के समय बेटा अन्तिम संस्कार करता है, और साथ ही बेटियों को 'पराया धन' माना जाता है। इसीलिए जैसा ऊपर बताया गया, बेटियों के विरुद्ध हिंसा कई इच्छाओं की आड़ में हो सकती है। ये इच्छाएँ परिवारों को महिला भ्रूण व शिशु हत्या करने के लिए प्रेरित करती हैं।

जन्म से पहले भ्रूण लिंग जाँच को ग़ैरक़ानूनी ठहराने और रोकने के लिए महिला संस्थाओं द्वारा सख़्त क़ानून की माँग को ध्यान में रखते हुए 1994 में सभी राज्यों और केन्द्र शासित प्रदेशों में जन्म से पहले भ्रूण लिंग जाँच (नियमन और दुरुपयोग से बचाव) अधिनियम (Pre-Natal Diagnostic Technique Regulation and Prevention of Misuse) (PNDT Act) लाया गया। इसे 2003 में संशोधित कर गर्भ धारण से पहले और जन्म से पहले भ्रूण लिंग जाँच अधिनियम (Pre-Conception and Pre-Natal Diagnostic Technique (PCPNDT Act) में बदला गया। इसमें लिंग चुनाव आधारित गर्भपात करने वाले मेडिकल जाँच केन्द्रों पर रोक लगाने के लिए और कड़े प्रावधान डाले गए। यह अधिनियम 'गर्भ धारण से पहले या उसके बाद लिंग चुनाव' पर निषेध लगाता है और अभिभावक बनने जा रहे जोड़ों को जन्म से पहले भ्रूण जाँच की तकनीक का इस्तेमाल करके बच्चे का लिंग पता लगाने से रोकता है। यह केवल आनुवंशिक अनियमितताओं का पता लगाने के लिए इस तकनीक के इस्तेमाल की अनुमति देता है। लिंग जाँच और उससे जुड़े विज्ञापनों के प्रचार को दंडनीय अपराध घोषित कर दिया गया है। अधिनियम के अन्तर्गत एक केन्द्रीय निरीक्षणात्मक बोर्ड बनाया गया है जो मुख्यत: परामर्श देने का काम करता है और राज्य और केन्द्र शासित प्रदेशों में इस क़ानून के पालन और इसका उल्लंघन करने वालों को दंड देने के लिए उचित प्राधिकरण स्थापित किए गए हैं।

क़ानून का अनुभव

2001 और 2011 की जनगणना रिपोर्टों से लिंग अनुपात में गिरावट सामने आई। इससे यह साबित हुआ कि क़ानून महिला भ्रूण हत्या की प्रथा को रोकने में कुछ ख़ास सफल नहीं रहा। वे राज्य जहाँ पहले महिला भ्रूण और शिशु हत्या का कोई इतिहास नहीं था या जहाँ पितृसत्तात्मक विचारों और लड़कियों के साथ भेदभाव की कोई जगह नहीं थी, वहाँ भी ये कुप्रथा अब दिखने लगी है। हालाँकि एक महिला के गर्भपात करने के अधिकार को समर्थन मिलना चाहिए, परन्तु लिंग जाँच कराके महिला भ्रूणों का गर्भपात एक भेदभाव और जेंडर पर आधारित हिंसा से भरा कृत्य है। एक आर्थिक धारणा कि महिलाओं की संख्या में कमी समाज में उनका महत्त्व बढ़ा देगी, इस मामले में ग़लत साबित हुई है। ऐसा इसीलिए हुआ है क्योंकि समाज के संसाधनों और चलनों पर पुरुषों का सामाजिक, आर्थिक और राजनीतिक नियंत्रण रहा है। ये बुनियादी शक्तियाँ अभी भी पुरुषों के पास हैं और महिलाएँ इनसे वंचित हैं। कुछ अध्ययन जिन्होंने बिगड़े लिंग

अनुपात और महिलाओं पर बढ़ती हिंसा के बीच के सम्बन्ध को समझने का प्रयास किया है, इस ओर इशारा किया है कि वे इलाक़े जिनमें लिंग अनुपात काफ़ी कम हैं वहाँ महिलाएँ बेहतर लिंग अनुपात वाले क्षेत्रों के मुक़ाबले अधिक शारीरिक प्रताड़ना और पुरुषों का नियंत्रण झेलती हैं।[35] रविंदर कौर द्वारा किया गया एक अध्ययन भारत के दो राज्यों में बिगड़े लिंग अनुपात और 'इज़्ज़त बचाने के लिए किए जाने वाले अपराधों' के बीच के सम्बन्ध की ओर इशारा करता है। यह अध्ययन यह दलील देता है कि 'विवाह पर समुदाय की 'खाप पंचायत' जैसी संस्थाओं का नियंत्रण और निगरानी इसीलिए है क्योंकि स्थानीय महिलाओं की कमी ने उनको लेकर स्पर्धा की स्थिति पैदा कर दी है।'[36] दुल्हनों की कमी के कारण भारत में भाइयों के बीच पत्नी का साझा किया जाना (fraternal polyandry) और एक विधवा का उसके पति के भाई के साथ विवाह करने जैसी प्रथाएँ अपनी वापसी कर रही हैं।[37]

बिगड़े लिंग अनुपात का सबसे भयावह नतीजा यह रहा है कि इसके कारण छोटी बच्चियों का उन राज्यों में ग़ैरक़ानूनी व्यापार बढ़ा है जहाँ दुल्हनों की कमी है। दृष्टि स्त्री अध्ययन प्रबोधन केन्द्र ने हरियाणा के विवाह के चलन पर लिंग अनुपात के असर को समझने के लिए 10,000 घरों में एक क्षेत्रीय अध्ययन किया। इस अध्ययन में यह पाया गया कि इन घरों में 9000 से अधिक विवाहित महिलाएँ अन्य राज्यों से लाई गई थीं।[38] पंजाब और हरियाणा में दशकों तक लिंग चुनाव पर आधारित गर्भपात बिना किसी रोकटोक के होता रहा है। इससे इन दोनों राज्यों में दुल्हनों की कमी हुई है जिसने मानव तस्करी को एक आकर्षक और विस्तारशील व्यापार बना दिया है। हर साल, हज़ारों युवा महिलाओं को 'एक अमीर पंजाबी या हरियाणा के आदमी के साथ सुखी विवाहित जीवन' बिताने का झाँसा दिलाकर तथाकथित उनकी मर्ज़ी से उनकी शादी करा दी जाती है। दु:ख की बात यह है कि, इन 'ख़रीदी हुई दुल्हनों' में अधिकतर शोषित की जाती हैं व उन्हें उनके मौलिक अधिकारों से वंचित रखा जाता है। उनके साथ घर में नौकरानी की तरह बर्ताव किया जाता है और अन्त में उन्हें छोड़ दिया जाता है। इनमें से अधिकतर असम, पश्चिम बंगाल, झारखंड, बिहार और उड़ीसा के ग़रीब गाँवों से इसीलिए लाई जाती हैं क्योंकि उनके परिवारों को पैसे की ज़रूरत होती है। और उत्तर भारतीय राज्यों में दहेज़ की प्रथा होने के बावजूद पुरुष एक पत्नी पाने के लिए पैसा देने को राज़ी हो जाते हैं। "हर गाँव में लगभग 50 लड़कियाँ ख़रीदी गई हैं, जिनमें से कुछ सिर्फ़ 13 साल की हैं और 'शादी के लिए बेची गई' इन लड़कियों में से कुछ ही असल में वैवाहिक जीवन जी रही हैं। इस अध्ययन ने यह भी पाया कि अधिकतर का कोई अता-पता नहीं है, या तो वे उनके एजेंटों या उन्हें ख़रीदने या उनसे शादी करने वाले पुरुषों द्वारा शोषित हो रही हैं, या उनके घरों में नौकरानी का जीवन व्यतीत कर रही हैं।" ग़ैर-सरकारी संगठन, वात्सल्य जो उत्तर प्रदेश में महिला भ्रूण हत्या के विरुद्ध काम करता है, की डॉक्टर नीलम सिंह बताती हैं : "महिलाएँ एक मशीन की तरह इस्तेमाल की जाती हैं जो बच्चे पैदा करती है और सेक्सुअल ज़रूरतें पूरी करती हैं। उन्हें इन्हीं कारणों से ख़रीदा जाता है। ऐसी प्रथाएँ लिंग अनुपात में गिरावट के कारण आम

हो गई हैं।"[39] इन अध्ययनों में यह साबित किया गया है कि जन्म से पहले बच्चियों के ख़ात्मे के कारण महिलाओं पर हिंसा बढ़ती है। यह दर्शाता है कि महिलाओं पर उनके परिवारों और विवाह में होने वाली हिंसा का आपस में जुड़ाव है और दोनों ही तरह की हिंसाएँ समाज में ढाँचागत रूप से मौजूद हैं।

आगे के सवाल

ऊपर दिए गए आँकड़े महिलाओं पर उनके लिए सुरक्षित समझी जानी वाली जगह यानी उनके घरों में उन पर होने वाली हिंसा के पैमाने और विस्तार की ओर इशारा करते हैं। साथ ही इसका महिलाओं पर सार्वजनिक क्षेत्र में होने वाली हिंसा पर असर भी साफ़ है जो सार्वजनिक स्थानों को महिलाओं के लिए असुरक्षित कर देता है और उनके जीवन पर और अधिक नियंत्रण स्थापित कर लेता है। महिलाओं द्वारा अनुभव की जाने वाली जेंडर पर आधारित हिंसा यह भी दर्शाती है कि यह हिंसा घरों, गलियों, जाति, समुदाय और नस्ली द्वन्द्वों वाले स्थानों से लेकर देशों की सीमाओं पर होने वाले युद्धों तक में पाई जाती है और हिंसा के ये सभी प्रकार आपस में जुड़े हुए हैं। इसके अलावा, यह सत्य कि महिलाएँ महिलाओं पर हिंसा भड़काने और करने का ज़रिया भी रही हैं। यह साबित करता है कि किस तरह एक पितृसत्तात्मक ढाँचा महिलाओं का जीवन नियंत्रित कर उन्हें भी इस हिंसा में भागीदार बना देता है। महिलाओं की आवाजाही और यौनिकता पर सख़्त और अक्सर हिंसात्मक निगरानी और साथ ही परिवार और समाज की 'पवित्रता' और 'परिवार की इज़्ज़त' जैसी धारणाएँ यह सुनिश्चित करती हैं कि महिलाएँ घर और परिवार में नियमित तौर पर होने वाली हिंसा को चुपचाप सहें। "महिलाओं की यौनिकता का नियमन एक सांस्कृतिक मामला है। और जबरन विवाह से लेकर 'इज़्ज़त' बचाने के लिए की जाने वाली हत्याओं जैसी हिंसा इस नियमन को लागू करने का एक ज़रिया है। ये अपराध इस सोच को बल देते हैं कि समुदायों के लिए परिवार प्रजननात्मक यौनिकता का और क़ानून और व्यवस्था बनाए रखने का स्थल है। परिवार को लेकर यही सोच समाज की संरचना का मूल भी है।"[40] इसीलिए प्रत्यक्ष रूप से भले ही ऐसा लगे कि पुरुष व महिलाएँ अपने जीवन में कुछ चुनाव कर रहे हैं, जैसे महिलाओं का अपने बच्चों की देखभाल के लिए अपने करियर को छोड़ना या अपने भाइयों के लिए अपनी पैतृक सम्पत्ति पर अपना अधिकार जाने देना, ये चुनाव साफ़ तौर पर मौजूदा हावी विचारों और ढाँचों से निकालकर आए हैं कि बेहतर क़ानूनों की माँग और कड़े संघर्ष के बाद मिले क़ानूनी प्रावधानों से जुड़े अनुभवों की वजह से अक्सर महिलाओं की स्थिति सुधारने में क़ानूनी बदलाव की रणनीति को शक से देखा जाता है। इसलिए क़ानून का पालन सुनिश्चित करने वाली एजेंसियों जैसे पुलिस और अफ़सरशाही और अदालतों की जवाबदेही महिलाओं पर हिंसा के विरुद्ध होने वाले अभियानों के केन्द्र में रही है।

ढाँचागत रूप से पुरुषों की तुलना में अधिक महिलाएँ ग़रीबी के हालातों में हैं। ऐसा इसीलिए है क्योंकि उन्हें पैतृक सम्पत्ति में अधिकार और संसाधनों पर मिल्कियत

और शिक्षा और श्रम बाज़ार तक उस तरह की पहुँच प्राप्त नहीं है जैसी पुरुषों को है। और घरों में उनका वेतनहीन श्रम एक आम बात है। दहेज़, लिंग जाँच, लिंग चुनाव से जुड़े गर्भपात और इज़्ज़त बचाने के लिए की जाने वाली हत्याओं जैसी प्रथाएँ समाज में इसीलिए प्रचलित हैं क्योंकि महिलाओं को परिवारों में आर्थिक और सामाजिक बोझ समझा जाता है। इससे उनके आत्मसम्मान में कमी आती है और उनका स्वास्थ्य और उनके हित भी प्रभावित होते हैं।[41] अक्सर महिलाएँ उन पर होने वाली हिंसा के कारण श्रम बाज़ार में बराबरी से शामिल नहीं हो पाती, उनकी उत्पादक क्षमता कम हो जाती है और कई बार उन्हें अपने वेतन से हाथ धोना पड़ता है। वहीं दूसरी ओर महिलाओं की वर्कफ़ोर्स में भागीदारी और सम्पत्ति पर मिल्कियत उन पर घरेलू हिंसा होने के ख़तरे को कम करती है।[42] इसका अर्थ यह है कि महिलाओं पर होने वाली इन सभी जेंडर आधारित हिंसाओं को रोकने के लिए और उन्हें एक सम्मान से भरी और सभी तरह की हिंसाओं के भय से मुक्त ज़िन्दगी देने के लिए क़ानून, नीति और समुदाय के स्तर पर बहुआयामी क़दम उठाने की आवश्यकता है। इसीलिए परिवार और समुदाय के निजी क्षेत्र में होने वाली हिंसा के विरुद्ध संघर्षों को महिलाओं के समानता, सम्मान और हिंसा मुक्त जीवन के लिए हो रहे संघर्षों के साथ जुड़ने की आवश्यकता है। केवल ऐसा जुड़ाव ही अन्य सामाजिक अभियानों को भी जेंडर पर आधारित असमानताओं और महिलाओं के विरुद्ध हिंसा का सामना करने का बल देगा।

सन्दर्भ

1. Vindhya, "Battered Conjugality : The Psychology of Domestic Violence" in *The Violence of Normal Times,* ed. Kalpana Kannabiran, Women Unlimited, 2005, p. 197.
2. Chakravarti, Uma, "From fathers to husbands: of love, death and marriage in North India" in Lynn Welchman & Sara Hossain ed. *Honour : Crimes, Paradigms and Violence against Women*, Zed Books, 2005, p. 309
3. दक्षिणपंथी हिन्दू गुट यह प्रोपेगैंडा इस्तेमाल कर रहे हैं कि मुस्लिम नौजवान हिन्दू युवतियों को उनसे विवाह करने के लिए फुसलाते हैं ताकि उनकी संख्या बढ़ सके। ये गुट युवकों के जत्थे होते हैं जो इस स्पष्ट लक्ष्य के साथ कार्य करते हैं कि उन्हें हिन्दू महिलाओं को मुस्लिम पुरुषों से बचाना है। See The Hindu, 14.10.2013, p. 1.
4. As quoted in 'A Feminist Study of Domestic Violence in India' by Nivedita Menon and Michael P. Johnson, 2004. princeton.edu/papers/41834
5. Vindhya, U., 2000, 'Dowry Deaths and Domestic Harassment of Women in Andhra Pradesh : An Analysis of Socio-cultural Dimensions and Judicial Outcomes of Cases'. Institute of Development and Planning Studies, Visakhapatnam.
6. International Council for Research on Women (ICRW) 'Domestic Violence in India : A Summary Report of Multi-Site Household Survey', May 2000,
7. http://www.ndtv.com/article/south/baby-afreen-passes-away-in-hospital-after-cardiac-arrest-196212
8. Ibid. ICRW, 2000, pp. 8-14

9. Centre for Women's Development Studies, 'Crimes Against Women : Bondage and Beyond', New Delhi, 2002.
10. Jagori,"Didn't We Ban It 40 Years Ago?" (2003), New Delhi www.jagori.org.
11. Gangoli, Geetanjali, *Indian Feminism : Law, Patriarchies and Violence in India*, Ashgate, 2007, pp. 105-108.
12. इस विचार से भारत में दहेज़ की कुप्रथा के महिलाओं पर आर्थिक और मानसिक प्रभाव को कम दिखाने का प्रयास नहीं किया जा रहा। रंजना पाढ़ी पंजाब में महिलाओं पर अपने अध्ययन में बताती हैं कि महिलाओं के सम्बन्ध में गिरता लिंग अनुपात, बेटों को दी जाने वाली प्राथमिकता और दहेज़ की बढ़ती माँगों के बीच गहरा नाता है और ये सब मिलकर समाज में महिलाओं की स्थिति को और नीचे कर देते हैं। See Ranjana Padhi, *Those Who Did Not Die: Impact of Agrarian Crisis in Punjab,* Sage Publications, Delhi, 2012, p.74. दहेज़ को महिलाओं को पुश्तैनी सम्पत्ति में हक़ न देने के लिए दलील के तौर पर इस्तेमाल किया गया है और महिलाओं ने भी इस महिला-विरोधी प्रथा को अपने पैदाइशी परिवार के साथ सम्बन्ध ख़राब न करने की मंशा से स्वीकार कर लिया है। See Srimati Basu, *She Comes to Take Her Rights : Indian Women, Property and Propriety,* New Delhi, Kali for Women, 2001, p. 222.
13. For a detailed discussion see Geetanjali Gangoli, op.cit. pp. 112-116.
14. 'Campaign Update on Domestic Violence Bill', *Saheli Newsletter,* May-August 2002.
15. Mukhopadhyay, Maitrayee, *Legally Dispossessed : Gender, Identity and Process of Law,* Stree, Calcutta, 1998, p. 69-70,
16. 'Staying Alive : Evaluating Court Orders, Sixth Monitoring and Evaluation Report, 2013' on the Protection of Women from Domestic Violence Act, 2005 brought out by Lawyers Collective Women's Rights Initiative, January 2013, New Delhi.
17. Welchman, Lynn & Sara Hossain ed. *Honour: Crimes, Paradigms and Violence against Women,* Zubaan, 2006, pp. 4-5.
18. Chowdhry, Prem, *Contentious Marriages, Eloping Couples : Gender, Caste and Patriarchy in Northern India,* Oxford University Press, 2009 and "In the Name of 'Honour'-Let us Love and Live" by All India Democratic Women's Association, (henceforth referred to as AIDWA Report) Delhi, 2010. See also, Pratiksha Baxi, Shirin M. Rai & Shaheen Sardar Ali, 'Legacies of Common Law : 'Crimes of Honour' in India and Pakistan' in *Third World Quarterly,* Volume -27, No. 7, 2006, pp. 1239-1253.
19. Shakti Vahini Report on 'Honour Crimes/Couples Threatened', *A Study commissioned by the National Commission for Women (NCW)*, 2010
20. AIDWA report, 2010, pp. 11-12
21. The Hindu, 18.6.2013, p. 10
22. Chowdhry, Prem, op.cit., p.18.
23. AALI, 2004, and Uma Chakravarti, 2005, op.cit. p. 318
24. Chakravarti, Uma, op.cit, 2005, p. 311
25. Punyani, Ram, *Love Jihad : From Illusory Slogan To Potent Weapon,* 18 October, 2013, Countercurrents.org
26. ibid.

27. See 'In the Name of 'Honour'-Let us Love and Live' by All India Democratic Women's Association, Delhi, 2010, Courting Arrest : A Report on Inter-Caste marriages, Society and the State" by People's Union of Democratic Rights, Delhi, 2003, 'Against the Forces : National Consultation on Women's Right to Choose If, When and Whom to Marry, Report and Recommendations' (Reprinted in 2008) and 'Facing Reality : A Journey in the Path of Choice' by Association for Advocacy and Legal Initiatives (AALI) Lucknow, 2010 and 'Legal Compendium: Judgments on the Right to Choice and Decision-making in a Relationship', AALI, India, 2012. 'Talking Marriage, Caste and Community: Voices from Within', by Saheli, 2007
28. 'Controlling Women : Masculinity, Patriarchy, Community, Honour' *Saheli Newsletter,* May-August 2010. pp. 2-4.
29. See AIDWA Report 2010, pp. 133-135.
30. As reported by Kavita Srivastva, a human rights activist in the National Seminar on *Right to Choice and Marriage/Union : Essential Systemic and Legal Changes,* Indian Social Institute, New Delhi, 19th October, 2013.
31. *censusindia.gov.in/2011-prov-results/data.../india/s13_sex_ratio.pdf*
32. लिंग चुनाव और महिला भ्रूण हत्या पर UNICEF के भारतीय कार्यालय, सेंटर फ़ॉर विमेन्स डिवेलपमेंट स्टडीज़ (CWDS) और सेंटर फ़ॉर एडवोकेसी एंड रिसर्च (CFAR) द्वारा सितम्बर, 2005 में आयोजित तीन दिन तक चली राष्ट्रीय वर्कशॉप
33. *India Census Reflects a Grim Reality for Girls—India Real Time—WSJ.* blogs.wsj.com.../2011/03/31/india-census-reflects-a-grim-reality-for-girl, Mar 31, 2011.
34. UNFPA supported study on *Adverse Sex Ratio in Rajasthan : Causes and Practices,* submitted on behalf of Women Resource Centre, Jaipur, By Indian Institute for Rural Development, Jaipur, Rajasthan, 2003
35. Bose, Sunita, Katherine Trent, Scott J. South, 'The Effects of Male Surplus on Intimate Partner Violence in India' in Economic and Political Weekly, Vol. XLVIII, No. 25, August 31, 2013, pp. 53-61.
36. Kaur, Ravinder, Mapping the Adverse Consequences of Sex Selection and Gender Imbalance in India and China" in Economic and Political Weekly, Vol. XLVIII, No. 25, August 31, 2013, p. 40.
37. Ibid. p. 41
38. http://www.thehindu.com/news/national/brides-purchased-then-exploited-in-haryana-punjab/article2400857.ece
39. http://traffickingnews.wordpress.com/2007/10/30/after-punjab-haryana-now-bride-buying-catches-on-in-up/
40. Kannabiran, Kalpana and Ritu Menon, op.cit. pp. 24-25.
41. 'Talking Marriage, Caste and Community', A Report by Saheli, 2007, p. 11
42. Bhattacharya, M. Bedi, A. & Chhachhi, A. 2009, 'Marital Violence and Women's Employment and Property Status: Evidence from North Indian Villages', Institute for The Study of Labour, Bonn.

घर से देश की सीमा तक : औरतों पर हिंसा, दंडमुक्ति और विरोध

उमा चक्रवर्ती

अनुवाद : निधि अग्रवाल

इस लेख में मैं भारत में औरतों पर होने वाली हिंसा के इतिहास के वृत्त का परीक्षण करूँगी, और साथ ही हिंसा के नए स्वरूपों का भी। मेरा ध्यान औरतों के ख़िलाफ़ हिंसा के चार प्रमुख प्रकारों पर रहेगा, विशेषकर यौनिक हिंसा पर, क्योंकि प्रत्येक प्रकार की हिंसा के अपने विशिष्ट पहलू हैं जो दंडमुक्ति से जुड़े हुए हैं। और इस प्रकार की हिंसा को अदृश्य बना देते हैं और महिला आन्दोलन के इस हिंसा को चुनौती देने के लम्बे सफ़र को अदृश्य बना देते हैं। ये चार प्रकार के हैं : पहला, घर जहाँ पर परिवार की नज़दीकी भरी जगह में हिंसा होती है; दूसरा, सड़कें और खेत जहाँ जाति और वर्ग की सत्ता अपराधियों को दंडमुक्ति देती है; तीसरा, गाँव और ऐसे क्षेत्र जहाँ साम्प्रदायिक और लक्षित हिंसा की जाती है, चौथा है, प्रशासन जहाँ सुरक्षा के नाम पर सरकार द्वारा आम जनता को नियंत्रित करने के लिए लागू किए गए विशेष क़ानूनों के माध्यम से पुलिस और सशस्त्र सेनाओं के द्वारा की गई हिंसा को दंड मुक्ति मिलती है।

पुरुषों की 'सुरक्षात्मक' देखरेख में औरतें : परिवार, समुदाय और सरकार

इस खंड 1 में मैं आपातकाल के समय के बाद के महिला आन्दोलन की आलोचनात्मक समीक्षा पेश करूँगी क्योंकि मेरे पास इससे अधिक व्यापक तरीक़े से इस खंड को विकसित करने की जगह नहीं है। 80 के दशक की शुरुआत में स्वायत्त महिला आन्दोलन की शुरुआत हुई, जिसके पीछे एक आदिवासी लड़की के साथ पुलिस स्टेशन में बलात्कार पर उमड़ा आक्रोश था। इस लड़की के ख़िलाफ़ उसके परिवार ने पुलिस स्टेशन में मामला दर्ज कराया था क्योंकि वे उसके रिश्ते से सहमत नहीं थे, और इस मामले की पूछताछ के दौरान उसका पुलिस स्टेशन में बलात्कार हुआ। न्यायालय में बलात्कार को आपसी सहमति से बनाया हुआ सम्बन्ध बताया क्योंकि आरोपी पुलिस वाले के शरीर पर 'कड़े प्रतिरोध के कोई निशान' नहीं पाए गए। अपमानजनक है कि सर्वोच्च न्यायालय ने भी पुलिस वाले के पक्ष में ही फ़ैसला दिया, जो कि उच्च जाति के लिए और शिकायत

दर्ज करने वाले की 'शुद्धता' के प्रति पक्षपात दर्शाता है, जिसे उसके शरीर पर हुए हमले के लिए क़ानूनी समाधान लेने का अधिकार नहीं है।[1] इससे पहले कि मथुरा के बलात्कार के मुद्दे को क़ानूनी सुधार के लिए उठाया जाता और इससे पहले कि दिल्ली विश्वविद्यालय की 4 अध्यापिकाओं का सर्वोच्च न्यायालय को लिखा पत्र प्रकाशित होता (1980)[2], हैदराबाद में रमीज़ा बी के मामले (1978) पर व्यापक हिंसा भड़क उठी। हैदराबाद में एक सक्रिय नागरिक अधिकार समुदाय था, जिसने आपातकाल के समय की ज़्यादतियों को देखा था और शायद यह शहर रमीज़ा बी और शकीला बी के हिरासत में बलात्कार के मामलों पर प्रतिक्रिया करने की बेहतर स्थिति में था, जहाँ ग़रीब मुसलमान औरतों का बलात्कार करके उनके पतियों को मार दिया गया। स्त्री शक्ति संघटना, एक महिला समूह ने इकोनॉमिक एंड पॉलिटिकल वीकली तथा मानुषी पत्रिकाओं में रिपोर्टें प्रकाशित कीं।[3] मथुरा के मामले के बाद हमारे सामने माया त्यागी मामला आया जिसमें 1983 में बागपत में एक औरत को नंगा करके उसका जुलूस निकाला गया था, जिसके प्रमुख रूप से उत्तरी भारत में राजनैतिक परिणाम हुए।[4] इन सभी मामलों की कथावस्तु थी—पुलिस स्टेशन या थाने में महिलाओं के साथ हिंसा; और इनके माध्यम से पुलिस स्टेशन द्वारा ख़ुद को दी गई दंडमुक्ति आम जनता के सामने आ गई। मेरा मानना है कि आपातकाल के कारण, सभी सरकारी संस्थान ध्वस्त हो गए थे, या फिर वे सरकार के मनमाने तरीक़े से काम करने के रवैये में भागीदार हो गए थे जिसके कारण लोगों में व्यापक स्तर पर रोष था, और इसी के कारण लोगों की समझ में यह बदलाव आया। सरकार की संस्थागत व्यवस्था, जिसका काम सुरक्षात्मक अभिरक्षा देना था, वह सत्ता की ऐसी जगह बन गई थी, जिसे नियंत्रित करने के लिए क़ानूनी संशोधन ज़रूरी था। तीन वर्ष के अभियान के बाद एक नया बलात्कार क़ानून आया, जिसने सबूत करने की ज़िम्मेदारी आरोपी पर डाली। यह एक विवादित क़दम था लेकिन तब से वह अभिरक्षा संस्थानों, जैसे कि पुलिस स्टेशन, नारी निकेतनों आदि के सन्दर्भ में लागू है, जहाँ औरतों को सुरक्षात्मक अभिरक्षा में रखा जाता है।

लगभग उसी समय, एक और संस्थान नारीवादी जाँच के दायरे में आ गया। दहेज़ सम्बन्धी हिंसा जो 80 के दशक की शुरुआत में मुद्दे के रूप में उभरकर सामने आई और इस मुद्दे ने नारीवादी सोच की पूरी पृष्ठभूमि ही बदलकर रख दी। परिवार ख़ुद ही औरतों के लिए हिंसा की एक जगह थी, जिसके कारण औरतों की उनके ससुराल के घर में मृत्यु हो जाती थी। परिवार का वह धार्मिक (sacred) दायरा जहाँ बड़ी संख्या में दहेज़ हत्याओं की रिपोर्टें सामने आने लगीं, ख़ासकर दिल्ली और अन्य उत्तरी शहरों से। महत्त्वपूर्ण यह है कि 'अभिरक्षा' स्थितियों में हिंसा के मामले—थाने से शुरू होकर और घर जैसी नज़दीकी भरी जगह तक, 'परिवार के अन्दर'[5], औरतों पर होने वाली हिंसा जाँच में आ गई और नारीवादियों की लामबन्दी की शुरुआत का कारण बन गई। अतः नारीवादी परिवार के अन्दर होने वाली हिंसा को सम्बोधित कर रहे थे, लेकिन उसके लिए समुदाय को भी ज़िम्मेदार ठहरा रहे थे, जो इस हिंसा को 'संस्कृति' और 'परम्परा' के नाम पर दंडमुक्ति देकर मंजूरी देता है, भारतीय सन्दर्भ में विचारधारा के

काम करने के शक्तिशाली तरीक़े। यह माना जाता था कि जिस औरत को रस्मो-रिवाज़ के साथ पति के घर भेज दिया जाता है, उसे अपने माता-पिता के घर कभी वापस नहीं आना चाहिए, चाहे उसकी वहाँ पर जैसी भी हालत हो। वहाँ पर होने वाली हिंसा को अक्सर 'परिवार का मामला' बता दिया जाता था। लेकिन नारीवादियों के लिए, "दाम्पत्य में बल के उपयोग के सामने अपने आपको अधीन करने से इनकार करना..." इसे छोटे-से भटकाव के रूप में देखे जाने की एक समस्या थी। जैसे कि कन्नाबिरन 'और कन्नाबिरन' ने अवधारणा दी, "घरेलू हिंसा संरचनात्मक रूप से एक तरफ़ दाम्पत्य की अभिव्यक्ति है और दूसरी ओर हिंसा की, जो कि घर और दुनिया के बीच तुरन्त रिश्ता स्थापित कर देती है।"[6] जब दहेज़ हिंसा शहरों में फैलने लगी, तो विरोध करने वाली औरतें सड़कों, कॉलेजों और मोहल्लों, पुलिस स्टेशनों और न्यायालयों में अपना संघर्ष लाने के लिए मजबूर हो गईं और उन्होंने मृत औरतों को न्याय देने के लिए क़ानून में संशोधन की माँग की। महत्त्वपूर्ण है कि इसके कारण लगभग एक पीढ़ी के बाद घरेलू हिंसा अधिनियम बना, जो औरतों को 'ज़िन्दा रहते' (जैसा कि इंदिरा जयसिंह ने कहा था) उन्हें राहत दिलाएगा, बजाय इसके कि घर की पवित्र जगह पर होने वाली हिंसा को स्वीकारने के लिए उसे अपनी जान से हाथ धोना पड़े।[7]

परिवार और समाज में औरतों पर होने वाली हिंसा के वृत्त को एक पोस्टर में 'कोख से क़ब्र तक' फैला हुआ दर्शाया गया था। अभियानों में अन्य प्रकार की हिंसा को सम्बोधित किया जाने लगा। सड़कों से लेकर बसों तक और बसों से लेकर स्कूलों, कॉलेजों और ऑफ़िसों जैसी सार्वजनिक जगहों पर होने वाली हिंसा, यौन उत्पीड़न के ख़िलाफ़ अभियान, और हाल के समय में धारा 377 के ख़िलाफ़ अभियान, जिसने हिंसा की क्वीयर समझ विकसित की। जैसे-जैसे महिला आन्दोलन का सभी तरह के कार्यस्थलों और संस्कृति के स्तरों पर विस्तार होता गया, लोगों में चेतना लाने के लिए कई रचनात्मक रणनीतियाँ अपनाई गईं। लेकिन फिर भी, जहाँ पिछले 30 वर्षों में कई उपलब्धियाँ हासिल की गई थीं, वहीं 2012 की सामूहिक बलात्कार की घटना घट गई, और ऐसा प्रतीत हुआ जैसे कि हम वापस 80 के दशक में चले गए। औरतें कहीं भी सुरक्षित नहीं थीं, जैसा कि हमने वर्मा कमिटी को लिखे अपने ज्ञापनों में लिखा; औरतों के ख़िलाफ़ आभासी युद्ध अभी तक ख़त्म नहीं हुआ था/है। हमारी एकमात्र उपलब्धि थी कि हम गहरी जड़ें जमाईं दंडमुक्ति को चुनौती देने में सफल हुए थे, जब हमने 80 के दशक में अपनी शुरुआत की थी।

औरतों के ख़िलाफ़ हिंसा के जातीय और वर्गीय पहलू

> दिल्ली में 16 दिसम्बर को हुए सामूहिक बलात्कार के मामले पर जनता की रोषपूर्ण प्रतिक्रिया के मुक़ाबले हरियाणा के सैकड़ों उतने ही घिनौने और भयंकर मामलों पर चुप्पी और अन्धकार हमारे मस्तिष्क में असहज सवाल पैदा करते हैं। इन दलित लड़कियों (जिनकी आकांक्षाएँ और आत्म-बोध 'निर्भया' से किसी भी तरह कम नहीं है) के साथ होने वाली

हिंसा को सरकार और आम जनता द्वारा नियमित तौर पर कैसे अनदेखा कर दिया जाता है, जबकि दिल्ली विश्वविद्यालय की फिज़ियोथेरेपी पढ़ रही लड़की के साथ हुई घटना को सभी अबाध्य हिंसा मानते हैं? यह चुप्पी किस हद तक उस जातिवाद का प्रतिबिंब है जो भारतीय समाज के हर कण में समाई हुई है? क्या 2012 से पहले आदिवासी और दलित लड़कियों के साथ बेरहमी से भारी यौनिक हिंसा के मामले नहीं हुए? क्या दलित लड़कियों के साथ होने वाले बलात्कारों को केवल 'दलितों के मुद्दे' की नज़र से देखा जाता है, जिसे दलित आन्दोलन सम्बोधित करेंगे, जैसे कि आम तौर पर बलात्कार के मामलों को केवल महिला मुद्दा समझकर महिला आन्दोलन द्वारा सम्बोधित किए जाने के लिए छोड़ दिया जाता है?

(डब्लू.एस.एस. की हरियाणा रिपोर्ट, मार्च 2014 के ज़ीरो ड्राफ्ट से उद्धृत)

हाशिये से उभरती लड़कियों और औरतों की एक लम्बी कड़ी है, जिनके मामले 'राष्ट्रीय' रोष का वैसा दर्जा नहीं ले पाए, जैसा कि दिल्ली के सामूहिक बलात्कार मामले ने लिया। इसका एक कारण यह है कि गुस्साए लोगों, जिनमें ज़्यादातर युवा शामिल थे, ने विजय चौक पर इकट्ठा होकर उन सभी प्रशासनिक कार्यालयों की ओर चलना शुरू कर दिया, जिस रास्ते पर हर वर्ष गणतंत्र दिवस की परेड चलती है। यह क्षेत्र एक तरह से भारत की सत्ता का केन्द्रीय स्थल है इसलिए यहाँ विरोध प्रदर्शन करना किसी अन्य जगह के मुक़ाबले ज़्यादा महत्त्वपूर्ण है, इसलिए इसका मीडिया और सरकार पर ज़्यादा असर पड़ा। मैं उदाहरणों की एक और शृंखला का चित्रण करने की कोशिश करूँगी जहाँ 'देश' ने लगभग रोज़ गाँवों और जंगलों की हाशिये की औरतों पर हो रही हिंसा के मामलों से पीठ मोड़ ली थी। मैं यहाँ कुछ हादसों का वर्णन करूँगी जो शायद हमें याद दिलाएगा कि दलितों को मीडिया के नेतृत्व में, लोगों की प्रतिक्रिया को चुनौती क्यों देनी पड़ी, जिसने दलित और आदिवासी औरतों पर नियमित रूप से होने वाली हिंसा को अदृश्य बना दिया, और जिस प्रकार उनके विरोध के इतिहास को हमारे लेखों में अदृश्य किया गया है।[8]

मैं खैरलांजी की नृशंस हिंसा से शुरू करूँगी जिसके माध्यम से हम जाति के सवाल की विभिन्न धुरियों के आर्थिक, राजनीतिक और सामाजिक परिवेश को समझ पाएँगे। ऐसा नहीं है कि खैरलांजी जैसे मामले पहले कभी नहीं हुए थे; जाति व्यवस्था के अन्तर्गत, दलितों के ख़िलाफ़ हिंसा एक स्थानिक और संरचनात्मक पहलू रहा है। लेकिन संविधानपर्यंत भारत में दलित तकनीकी रूप से देश के बराबर नागरिक हैं और अछूत प्रथा का उन्मूलन कर दिया गया है। इन 'सुरक्षाओं' के कारण ही दिसम्बर 1963 में सिरसगाँव[9], और फिर लगभग 40 वर्ष बाद 2006 में खैरलांजी में हुई हिंसा हमें जाति व्यवस्था में निहित हिंसा को देखने पर मजबूर करती है, विशेषकर जाति और जेंडर के घातक मिश्रण के रूप में जो ये रूप लेती है, उसके सन्दर्भ में। चूँकि दलित विरोध को

उच्च जाति की निर्विरोध सत्ता को चुनौती देने के रूप में देखा जाता है, या फिर उनके अपने अधिकारों के दावे के रूप में, तो उन पर होने वाली हिंसा भी क्रूरता के नए आयाम छूती नज़र आती है। इसके कारण हिंसा के क्रूर अकल्पनीय मामले सामने आते हैं जिनमें गाँव का पूरा समुदाय एक खेल की तरह भाग लेता है और यहाँ दलितों पर वार करने के लिए यौन हिंसा की केन्द्रीय भूमिका रहती है। हमने ऐसा पहला मामला सिरस गाँव में देखा और फिर खैरलांजी में और महत्त्वपूर्ण है कि ये दोनों क्रूर हिंसाएँ महाराष्ट्र में हुईं जो कि 19वीं सदी में फुले के समय से दलित और ग़ैर-ब्राह्मण संघर्षों की केन्द्रीय भूमि रही है। 20वीं सदी में आंबेडकर ने इन संघर्षों को जारी रखा और इनका विस्तार किया और फिर संविधान में जाति को इस तरह से लिखा कि वह दलितों द्वारा अपने अधिकारों की माँग और बदलाव लाने की सम्भावना बनाए रखे—ज़मीन, जल, और आत्मसम्मान के अधिकार जो कि सार्थक समानता के सूचक हैं। दुर्भाग्यवश संविधान केवल अधिकार 'प्रदान' कर सकता है; इन्हें लागू करने के लिए दलितों को इनका दावा ख़ुद करना होगा (क्योंकि इन अधिकारों को वास्तविकता में बदलने में और किसी को कोई रुचि नहीं है), लेकिन जब वे ऐसा करते हैं तो उन्हें क्रूर दमन का सामना करना पड़ता है। उच्च जाति की प्रतिक्रिया का एक प्रतिमान स्थापित है और दलितों के ख़िलाफ़ 'अत्याचारों' को रोकने के लिए क़ानूनी सहयोग उपलब्ध होने के बावजूद, इस हिंसा में कोई कमी नहीं आई है न ही आज तक इसका सफलतापूर्वक प्रतिकार किया जा सका है।

1963 में सिरसगाँव की हिंसा को ऐसा मौक़ा कहा जा सकता है जब जाति व्यवस्था की प्रथाओं के चालू रहने के बावजूद, संविधान द्वारा सभी नागरिकों को दिए गए बराबरी के आश्वासन, और अछूत प्रथा के उन्मूलन का सामाजिक और क़ानूनी स्तर पर परीक्षण हुआ। यह घटना अपने आप में ऐसी घटना नहीं थी, जिसे उस समय, 'हिंसक' माना जाता। फ़ैसले के समय दोहराए गए कुछ तथ्यों के अनुसार, यदुराम काले नामक एक नियोक्ता ने, उसके लिए काम करने वाले एक मज़दूर किशन की पत्नी सोनाबाई को कुछ ऐसे इशारे किए जिन्हें 'उसकी लज्जा भंग करने' का इरादा माना जा सकता है। उसने सोनाबाई का पल्लू पकड़कर उसे कुछ पैसे देने का इज़हार किया। सोनाबाई ने यह बात अपनी सास लक्ष्मीबाई को बताई जो उसके साथ यदुराम काले के घर गई जहाँ यह पूरी बात उसकी पत्नी शेवन्तीबाई को बताई गई। शेवन्तीबाई ने अपने पति की ओर से उन दोनों से माफ़ी माँगी। लगभग छह माह बाद किशन ने तय किया कि वह यदुराम काले के लिए काम नहीं करेगा और उसने शेवन्तीबाई को जाकर कहा कि किस प्रकार उसने अपनी पत्नी के साथ हुए मामले में प्रतिक्रिया की थी (स्पष्ट रूप से यह मामला उसके मन में कई महीनों से घाव कर रहा था)। यह बोलते हुए किशन ने शेवन्तीबाई से कहा कि वो कल्पना करे कि उसे कैसा लगता अगर किशन ने उसके पल्लू को छूकर उसकी लज्जा भंग की होती। शेवन्तीबाई ने जाकर यह पूरी बात, जैसा कि न्यायाधीश ने कहा था—सम्भवत: थोड़ा मज़े लेते हुए, अपने पति को बताई। उसके बाद यदु और इस मामले के अन्य आरोपी किशन के पिता के घर गए और कहा कि "किशन ने यदु की पत्नी के साथ दुर्व्यवहार किया है।"[10] उनके 2 बेटे भाग गए, और जब किशन ने

अपने घर पर भीड़ देखी, तो वह भी एक सप्ताह के लिए घर से भाग गया। लक्ष्मीबाई और सोनाबाई, कदुबाई और सकराबाई और लक्ष्मीबाई की दो बहुओं को घर से बाहर घसीटकर पीटा गया। सोनाबाई, कदुबाई और सकराबाई की साड़ी उतार दी गई। चारों औरतों को पीटते हुए गाँव के प्रवेश-द्वार पर ले जाया गया। औरतों ने अपने हाथों से अपने यौनांगों को ढकने की कोशिश की जिन पर भी उन्हें पीटा गया था; फिर उन्हें यदु के घर ले जाया गया जिससे कि शेवन्तीबाई देख सके कि 'उसके' पुरुषों ने किशन द्वारा किए गए दुर्व्यवहार का बदला ले लिया है। फिर उन पर एक साड़ी फेंक दी गई, जिससे चारों औरतों ने अपने शरीरों को ढका और अपने घर वापस गईं।[11] जब किशन के परिवार के पुरुष घर छोड़कर भाग गए थे, उनके पीछे उनके परिवार की औरतों को नंगा करके उनका जुलूस निकाला गया था, इसे धर्म-शास्त्रों में 'भटकी' हुई औरतों के लिए सज़ा के रूप में स्वीकृति दी गई है।[12] इस 'सज़ा देने' के कार्यक्रम में औरतें भी शामिल थीं जिसमें हिंसा का पात्र भी औरतें ही थीं। एक दलित औरत की उसके प्रति किए गए अश्लील कृत्य के ख़िलाफ़ विरोध करने की हिम्मत कैसे हुई और वह अपने शरीर की पवित्रता का दावा कैसे कर सकती है, संविधान में क्या लिखा है उससे कोई फ़र्क़ नहीं पड़ता।

सिरसगाँव तो बस एक शुरुआत थी; पिछले 70 वर्षों में दलित औरतों या 'भटकी' हुई औरतों को, और वे औरतें जो ज़्यादातर माध्यम जातियों से आती थीं, को सज़ा के रूप में नंगा करके जुलूस निकाले जाने के कई मामले सामने आए, जैसे कि माया त्यागी मामला।[13] 1989 में पारित किए गए अत्याचार विरोधी अधिनियम में नंगा करके जुलूस निकाले जाने के विशिष्ट प्रावधान के पीछे सम्भवतः यही कारण रहा होगा। इस क़ानून में दलित या आदिवासी पुरुषों, औरतों और बच्चों को नंगा करके जुलूस निकाले जाने को अपमानजनक अत्याचार माना गया है। अत्याचार की क़ानूनी परिभाषा में अनुसूचित जाति या अनुसूचित जनजाति के पुरुष या औरत या बच्चे के विरुद्ध अत्याचार विरोधी अधिनियम में सूचीबद्ध अपराध शामिल हैं, जिन्हें कोई ग़ैरअनुसूचित जाति/जनजाति का व्यक्ति करता है। अत्याचार विरोधी क़ानून में भारतीय समाज में मौजूद सत्ता असमानताओं पर ध्यान दिया गया है और इसे स्वतंत्रता के 42 वर्ष बाद एक सुरक्षात्मक क़दम के रूप में बनाया गया था। इसका उद्देश्य है कि अछूत प्रथा के उन्मूलन और संविधान में समानता के मौलिक अधिकार के प्रावधान के बावजूद, समाज में मौजूद सत्ता असमानता को सन्तुलित करे। 1989 के अधिनियम को 1995 में ही क़ानूनी रूप से सक्रियता प्राप्त हुई जब उसको लागू करने के लिए नियम बनाए गए। इसके बाद इस अधिनियम में 2015 और 2016 में दो बार संशोधन भी हो चुके हैं, जो कि 2012 में गठित वर्मा कमिटी को दिए गए ज्ञापनों के आधार पर किए गए जिनके कारण बलात्कार के आपराधिक क़ानून में बदलाव हुए थे, और इन बदलावों में दलित औरतों के ख़िलाफ़ होने वाली हिंसा के कुछ प्रावधानों में बदलाव हुए थे। यह समझने के लिए कि क़ानूनी प्रावधानों में जाति की क्या भूमिका है और वे संविधान में दलित और आदिवासी लोगों के लिए समानता के क़ानून को प्रभावकारी बनाने में क्या भूमिका रखते हैं, अत्याचार विरोधी अधिनियम के क्रियान्वयन को समझना आवश्यक है।

अत्याचार एक अलग प्रकार का अपराध कैसे है? न्याय देने के लिए अत्याचार को अपराध कैसे बनाया जा सकता है? प्रतीक्षा बक्षी ने दर्शाया है कि किस तरह अत्याचार को 1989 के अत्याचार विरोधी अधिनियम में अपराध का दर्जा मिला। इसके पारित होने के बाद लिखे गए लेखों के आधार पर वे कहती हैं कि अत्याचार एक 'घोर बुराई' है, लोगों को ग़लत तरीक़े से असहनीय क्षति का व्यापक प्रसार।[14] बक्षी का तर्क है कि अत्याचार विरोधी अधिनियम जैसे सुरक्षात्मक अधिनियम का उद्देश्य है "पहले कलंकित किए गए शरीरों को अधिकारधारी शरीरों के रूप में महत्त्व देकर, आपराधिक क़ानून में पर्याप्त समानता के संवैधानिक आदर्श शामिल करना।" एक विशेष क़ानून के रूप में अत्याचार विरोधी अधिनियम के अन्तर्गत ज़रूरी है कि दलित और आदिवासियों को न्यायालयों तक ज़्यादा पहुँच मिलनी चाहिए; यह दलित और आदिवासियों को न्याय मिलने से रोकने वाली दंडमुक्ति और प्रतिरक्षा की संरचनाओं को बदलने का प्रयास करता है। इस नज़रिये से यह एक 'असाधारण क़ानून' है जो कि कम समान लोगों को एक सुरक्षात्मक कवच देकर ज़्यादा समानता देने का प्रयास करता है, जिससे इन श्रेणियों के पीड़ितों पर अपने संवैधानिक अधिकारों का दावा करने के परिणामस्वरूप होने वाली हिंसा के बाद वे क़ानूनी सहयोग प्राप्त कर सकें।

क्या 1989 का क़ानून वह प्रभाव प्राप्त कर पाया जैसी कल्पना की गई थी? अत्याचार विरोधी अधिनियम आने से पहले न्यायालय इस प्रकार के अपराधों से कैसे निपटते थे, और बाद में किस प्रकार से करते हैं? एक सर्वेक्षण से प्राप्त हुए परिणामों से काफ़ी जानकारी मिली है। केवल एक मामले में हमने पाया कि अत्याचार विरोधी अधिनियम ने हिंसा के पीड़ितों को वास्तविक न्याय दिलवाया—1992 में तमिलनाडु के जंगल के नज़दीक बसे वाचाती आदिवासी गाँव में पूरी रात पुलिस और वन अधिकारियों द्वारा की गई हिंसा के मामले में। पुलिस कथित तौर पर वीरप्पन, सन्दल तस्कर का पीछा कर रही थी, और उनके अनुसार, वह उस गाँव में छुपा हुआ था। आदिवासियों और पुलिस तथा वन अधिकारियों के बीच मुठभेड़ के कारण पुलिस द्वारा प्रतिक्रियात्मक कार्यवाही का डर बन गया था। गाँव के पुरुष गाँव छोड़कर भाग गए और पुलिस वालों ने बाक़ी बचे लोगों पर जवाबी कार्यवाही की : मारपीट, अनाज बर्बाद करना, कुओं को प्रदूषित करना, सत्ता के नशे में चूर 'अधिकारियों' द्वारा मुर्ग़े मारकर खा जाना और अन्ततः 18 जवान लड़कियों का बलात्कार।

जब वाचाती की घटना सामने आई, वह भी सी.पी.आई. (एम) की महिला कार्यकर्ताओं के कारण, सरकार ने अपने आदमियों की तरफ़दारी करनी शुरू कर दी। सरकार द्वारा शब्दों से खेलने और मामले को टालने की कोशिशों के बावजूद, मामला अदालत में गया और अत्याचार विरोधी अधिनियम के अन्तर्गत विशिष्ट रूप से सरकारी वकील भी नियुक्त हो गया। अन्ततः घटना के 19 वर्ष बाद फ़ैसला आया, तब तक 54 आरोपियों की मृत्यु हो चुकी थी। फ़ैसले में स्वीकारा गया कि अत्याचार हुआ था; आरोपियों को सज़ा सुनाई गई और न्यायालय ने यौन हिंसा के पीड़ितों को मुआवज़ा दिए जाने का आदेश दिया। हिंसा करने वालों के ख़िलाफ़ फ़ैसला नए अत्याचार विरोधी

अधिनियम के आधार पर दिया गया जिसमें यौन हिंसा पर विशेष ध्यान दिया गया और हिंसा के तांडव की पीड़ित औरतें कलंक का सामना करते हुए भी न्याय पाने के लिए अड़ी रहीं, जिन्हें वकीलों और कार्यकर्ताओं की एक सक्षम टीम ने सहयोग दिया।[15]

अगर हम सिरसगाँव से लेकर किलवनमणि, जहाँ वेतन पर झगड़े के कारण 44 दलित कृषि मज़दूरों को मार दिया गया और भूमि मालिक को छोड़ दिया गया (अदालत ने कहा कि किसानों को उस व्यक्ति ने नहीं मारा) तक के अत्याचारों के वृत्त को देखें, और फिर वाचाती की घटना को, तो हम अत्याचार विरोधी अधिनियम की भारत में सदियों से चली आ रही सत्ता असमानता को ठीक करने की क्षमता को देख पाएँगे। लेकिन, जब हम पीछे मुड़कर देखते हैं, तो ऐसा प्रतीत होता है कि इस अधिनियम के उपयोग में वाचाती लगभग एक अपवाद की तरह है जिसको ज़्यादातर भंग होते हुए ही देखा गया है, न कि उपयोग होते हुए। अधिनियम पारित होने और वाचाती मामले के फ़ैसले के बीच हमने क़ानून को भंग और सम्भावनाओं को धराशायी होते हुए देखा, खैरलांजी में जहाँ हूबहू सिरसगाँव जैसी घटना हुई लेकिन उसके परिणाम और भी ज़्यादा भयंकर थे।

तेलतुम्बे खैरलांजी की भयंकर घटना को यौन हिंसा की भयंकर घटना बताते हैं और उसे मिटाने के प्रयास को राजनीतिक अर्थव्यवस्था के टकराव और कहते हैं कि दलित औरतों के ख़िलाफ़ होने वाली हिंसा को इतना साधारण बना दिया गया है कि सरकार की हर शाखा : प्रशासन, पुलिस, चिकित्सा व्यवस्था, स्थानीय मीडिया, राजनीतिक पार्टियाँ और यहाँ तक कि निर्वाचित दलित प्रतिनिधि भी न्याय भंग करने की व्यवस्था में लग जाते हैं। अन्त में, हालाँकि आपराधिक क़ानून प्रणाली दलितों के संगठन के दबाव में आकर काम करने को विवश हो जाती है, जैसा कि खैरलांजी के मामले में हुआ, लेकिन उच्च न्यायालय के फ़ैसले से दलित औरतों पर हुई यौनिक हिंसा, जैसे कि नंगा करके जुलूस निकालना और बलात्कार—ग़ायब हो गई क्योंकि वह यौन हिंसा के अपराध को सम्बोधित करने में विफल हो गया, जबकि उसने भोटमाँगे परिवार के 4 सदस्यों की हत्या के लिए कुछ लोगों को सज़ा दी। न्यायालय ने अत्याचार विरोधी अधिनियम को उपयोग करने की भी ज़रूरत नहीं समझी, जिसे ख़ासकर अनुसूचित जनजातियों और अनुसूचित जातियों के विरुद्ध होने वाले अपराधों के लिए बनाया गया था, और इसमें भारत की सामाजिक दर्जाबन्दी की विशिष्ट प्रकृति तथा दलित और जाति हिन्दुओं के बीच होने वाले स्थानिक संघर्षों को पहचाना गया है।

हमेशा की तरह फ़ैसले में से जिन वास्तविकताओं को मिटाया गया उनमें शामिल था—अपने मौलिक अधिकार का उपयोग करते हुए उन दो औरतों ने अपने सामने हुए अपराध के ख़िलाफ़ प्राथमिकी दर्ज करवाने की हिम्मत की—जिसके कारण यौन हिंसा हुई—इसके ख़िलाफ़ एक जाति-विशेष के प्रतिशोध को आरोपियों द्वारा उनके ख़िलाफ़ 'झूठे' आरोप लगाए जाने के ग़ुस्से के रूप में पेश किया। इन औरतों को उच्च जातियों द्वारा दलितों पर प्रभुत्व रखने के अलिखित अधिकार को चुनौती देने की सज़ा दी गई—जैसे कि भोटमाँगे की बेटी प्रियंका का कॉलेज जाना, साइकिल चलाना, और

नागरिक अधिकारों का उपयोग करते हुए अपनी माँ के साथ प्राथमिकी दर्ज कराना, जिसके कारण इतना भयंकर प्रतिशोध हुआ : साइकिल की चेन से पीटा जाना—इसके प्रतीकवाद पर ध्यान दें—नंगा करके, जुलूस निकाला जाना और फिर बलात्कार करके नहर में फेंका जाना, जिससे कि महत्त्वपूर्ण सबूत मिट जाएँ। और महत्त्वपूर्ण सबूत मिटाए जाने के मुआवज़े के रूप में और/या ज़िम्मेदारी भटकाने के लिए, इस मामले में भी, अफ़वाह उड़ा दी गई कि माँ के व्यभिचारी सम्बन्ध हैं।

यहाँ भी, सार्वजनिक दबाव के चलते औरतों के शरीर खोदकर निकाले गए, यहाँ दो दिनों में, लेकिन तब तक शरीर सड़ना शुरू हो चुके थे इसलिए शरीर की चोटों से कुछ ख़ास पता नहीं लगाया जा सका। कुछ दिनों के अन्दर एक वरिष्ठ अधिकारी द्वारा तथ्यान्वेषण से स्थानीय अधिकारियों द्वारा सबूत इकट्ठा ना किए ज़ाने, हत्याओं की ख़बर छुपाये जाने, अपराधियों को बचाने और घटिया जाँच करने के लिए ज़िम्मेदार पाया गया। रिपोर्ट ने भोटमाँगे परिवार के साथ हुई हिंसा के पीछे जाति-द्वेष कारण बताया और स्वीकारा कि औरतों पर यौनिक हिंसा हुई थी लेकिन महाराष्ट्र सरकार ने रिपोर्ट को अनदेखा किया और उसे वेबसाइट पर से भी हटवा दिया। उच्च न्यायालय का फ़ैसला आने से काफ़ी पहले, एक दलित कार्यकर्ता ने गाया था : *न्याय व्यवस्था तुझी नाहीं, शासन व्यवस्था तुझी नाहीं।*[16]

जैसे-जैसे मामला सामने आया, भीषण हिंसा जिसमें दो औरतों का बलात्कार करके उन्हें मार दिया गया, लेकिन बलात्कार का आरोप दर्ज नहीं किया गया, न ही मामले को अत्याचार विरोधी क़ानून के अन्तर्गत दर्ज किया गया, खैरलांजी एक उत्कृष्ट उदाहरण बन गया कि भारत में क़ानून कैसे काम करते हैं, और किस प्रकार वह प्रमुख जातियों द्वारा ख़ुद को दी गई दंडमुक्ति को चुनौती देने में असमर्थ है। यह दलितों द्वारा संविधान में दिए गए समानता के अधिकार का दावा करने का प्रयास करने पर होने वाली हिंसा का भी उदाहरण है। समानता का दावा करने के लिए पूरे परिवार को 'सज़ा' दी गई। दलित समूहों के विरोध करने के बाद, अपराधियों को हत्या करने के लिए तो सज़ा दी गई, लेकिन अत्याचार की जाति-आधारित प्रकृति और सामाजिक वर्चस्व का दिखावा तथा यौनिक सत्ता का प्रदर्शन, उच्च जातियों द्वारा की गई यौनिक हिंसा की लक्षित और गम्भीर प्रकृति—इस सबको भारतीय न्याय व्यवस्था ने आज तक अनदेखा किया हुआ है।

ऐसा कैसे हुआ कि न्यायालय ने एक अत्याचार की घटना को साधारण अपराध बना दिया? प्रतीक्षा बक्षी इस फ़ैसले को आलोचनात्मक दृष्टि से देखती हैं। उनका कहना है कि फ़ैसले में अपराध के पीछे करना को दलित औरतों को अपने मौलिक अधिकार माँगने के लिए सज़ा देने के रूप में पेश नहीं किया गया है, बल्कि व्यक्तिगत प्रतिशोध की तरह पेश किया गया। इसे सामूहिक प्रतिशोध के रूप में पेश नहीं किया गया था, जिससे वो अत्याचार का मामला बनता। इस फ़ैसले में यह नहीं स्वीकारा गया कि जाति 'शरीर, जगह और संसाधनों पर प्रभुत्व स्थापित' करती है।[17] न्यायालय ने यह स्थापित नहीं किया कि प्रमुख जातियों द्वारा क़ानून पर एकाधिकार रखना जाति वर्चस्व बनाए रखने का एक तरीक़ा है। न्यायालय के सामने आए सबूतों से साफ़ था कि आरोपियों

ने हत्याओं का आनन्द लिया और भीड़ की मौजूदगी में उन्हें किसी का कोई डर नहीं था और उन्हें हत्या करना बहादुरी का काम लग रहा था। कुछ आरोपियों ने प्रियंका के घायल मृत शरीर को फेंकने से पहले उसके कपड़े उतारे जिससे उनकी 'यौनिक नज़र को तृप्ति मिली' लेकिन इसके बावजूद इसे यौन हिंसा की तरह नहीं देखा गया। यह फ़ैसला दर्शाता है कि हालाँकि क़ानून ने अपराधों की सज़ा देने के अपने एकाधिकार को क़ायम रखा, उसने प्रमुख जाति द्वारा दलित औरतों का बलात्कार करने, जुलूस निकालने और हत्या करने के एकाधिकार को विस्थापित नहीं किया। क़ानून अपराधियों को सज़ा दे देता है लेकिन यह स्थापित नहीं करता कि जाति दमन में यौनिक हिंसा केन्द्रीय भूमिका रखती है, या फिर यह कि जाति संरचना में घोर हिंसा निहित है; इसके बजाय यह एक ऐसा मौक़ा बन जाता है जहाँ हिंसा के पीछे व्यक्तिगत प्रतिशोध का नाम देकर जाति का ग़ैर-राजनीतिकरण कर दिया जाता है।[18]

जाति आधारित यौनिक हिंसा के मामलों का यह संक्षिप्त सर्वेक्षण दर्शाता है कि जाति और जेंडर आधारित हिंसा में दंडमुक्ति की संस्कृति की जड़ें बहुत गहरी हैं, जमी हुई हैं, आन्तरिक रूप से समाई हुई हैं, और उन्हें अत्यन्त साधारण रूप दे दिया गया है, और इतनी मामूली मानी जाती हैं कि उनके लिए क़ानूनी समाधान प्राप्त करना मुश्किल हो जाता है। यथास्थिति बनाए रखने का नैतिक ढाँचा इस तरह से स्थापित है कि उसमें दंडमुक्ति की संस्कृति आराम से पनपती है, फिर चाहे क़ानून में चाहे कोई भी प्रावधान उपलब्ध क्यों न हो। लेकिन साथ ही, इस प्रकार के अपराधों के ख़िलाफ़ दलित और लोकतांत्रिक विरोध भी अब सामने आने लगे हैं। खैरलांजी के बाद बहुत बड़े स्तर पर संगठन साथ आए, जिसमें महिलाओं ने बढ़-चढ़ कर भागीदारी की और अपने ग़ुस्से और नैतिक आक्रोश को व्यक्त किया। हालाँकि दलितों पर होने वाले अत्याचारों के ख़िलाफ़ दलित लोग नियमित रूप से विरोध प्रदर्शन करते आए हैं, लेकिन खैरलांजी ने इतने बड़े स्तर पर होने वाले अन्याय की घटनाओं के विरुद्ध दलित विरोध में एक नया अध्याय जोड़ दिया। यह मामला अभी भी सर्वोच्च न्यायालय में चल रहा है और दलित इसके परिणाम का बेसब्री से इन्तज़ार कर रहे हैं; लेकिन एक चीज़ जो कभी नहीं बदलेगी, वह है कि यौनिक हिंसा को इस मामले से मिटा दिया गया और अत्याचार विरोधी अधिनियम को भी लागू ही नहीं किया गया। वाचाती अत्याचार की घटना का एकमात्र उदाहरण है जहाँ यौनिक हिंसा को क़ानूनी और न्यायिक तौर पर स्वीकारा गया।

खैरलांजी दमित जातियों के पूरे समुदाय के लिए सामाजिक पीड़ा का कारण बनी है। इसने अत्याचार विरोधी अधिनियम और दलितों द्वारा जाति आधारित दंडमुक्ति को चुनौती देने के प्रयासों को मज़ाक़ बनाकर छोड़ दिया और इसके परिणामस्वरूप दलितों और भारत के अन्य लोकतांत्रिक लोगों के मन में ऐसी चोट और ग़ुस्सा है, जिसे सम्बोधित नहीं किया गया है और वह भावना अभी भी सुलग रही है। दलितों को शक्तिहीन माना जा सकता है लेकिन अब उन पर अत्याचार होने पर वे 'न्याय परायण रोष' व्यक्त करने लगे हैं।[19]

साम्प्रदायिक हिंसा के दौरान लक्षित हमले

2000 के मध्य तक, अन्य बड़े पैमाने के अपराधों के अन्तर्गत यौनिक हिंसा के विभिन्न प्रकरणों पर कई दशकों तक 'तथ्यान्वेषण' और रिपोर्टें लिखने के बाद, नारीवादी एक स्थिरांक पर पहुँच गए थे। शायद हम एक बहुत ही छोटा और असमान समूह थे जो कि क़ानून व्यवस्था पर कोई प्रभाव डालने में असमर्थ था क्योंकि यह व्यवस्था हमें इसकी पुरातन परिभाषाओं और यौन हिंसा पीड़ितों के लिए दी गई क़ानूनी समाधान प्रक्रियाओं के साथ विरासत में मिली है। इसके साथ ही राज्यतंत्र के अन्दर काले क़ानूनों के विस्तार ने ऐसे अपराधों के सन्दर्भ में क़ानूनी समाधान प्राप्त करने की सम्भावना भी ख़त्म कर दी है। लेकिन वर्ष 2002 में गुजरात नरसंहार में यौन हिंसा की केन्द्रीयता ने हम सबको अन्दर से हिलाकर रख दिया। दो रिपोर्टों ने यौन हिंसा और उसकी पारम्परिक श्रेणियों पर नारीवादी सोच पर पुनर्विचार को प्रेरित किया। एक रिपोर्ट जिसका शीर्षक था सर्वाइवरस्पीक, ने मुसलमान औरतों पर हुई यौनिक हिंसा के दस्तावेज़ीकरण के नए आयाम प्राप्त किए, जिसमें आक्रमण किए गए समुदाय और व्यक्तिगत औरतों पर इस हिंसा के पैमाने और प्रतीकात्मक अर्थ को उजागर किया गया।[20] इंटरनेशनल इनिशिएटिव फॉर जस्टिस फॉर गुजरात की रिपोर्ट, जिसका शीर्षक थ्रेटेंड एग्ज़िस्टेन्स,[21] (Threatened Existence) ने अन्तरराष्ट्रीय क़ानून के कार्यक्षेत्र में यौनिक हिंसा पर हमारी समझ बनाने का प्रयास किया। उदाहरण के लिए, गुजरात के मामले में सार्वजनिक/निजी के बीच विरोधाभास समझ में नहीं आते, क्योंकि हिंसा और यौनिक हिंसा सबके सामने हुई, जिसके कई गवाह थे, और हिंसा करने वाले चाहते थे कि उसे सब लोग देखें। इस यौनिक हिंसा के सार्वजनिक 'तमाशे' के सन्दर्भ में पूछा गया था : औरतों ने आरोप दर्ज क्यों नहीं कराए जब सबको बलात्कारों के बारे में पता था? 'इज़्ज़त' के कारण या फिर 'शर्म' के कारण? या फिर इसलिए कि पीड़ितों को न्यायिक व्यवस्था में विश्वास नहीं था और उन्हें नहीं लगता था कि उन्हें मौजूद क़ानून व्यवस्था के अन्तर्गत न्याय मिलेगा, जिस पर आक्रमण करने वाले समुदाय का ही प्रभुत्व है? पीड़ितों के आसपास सबको पता था कि सरकारी व्यवस्था अपराधियों के पक्ष में है। भारत का बलात्कार क़ानून ही बहुत पुराना है और इस आधार पर बनाया गया था कि बलात्कार पीड़ित ख़ुद पर हुई हिंसा का प्रमुख गवाह होता है। लेकिन गुजरात में जिन औरतों का बलात्कार हुआ था, लगभग सभी की बाद में हत्या कर दी गई थी और वे आरोप दर्ज कराने या गवाही देने के लिए मौजूद ही नहीं थीं। तो फिर हम नरसंहार कार्यक्रम में यौन हिंसा की केन्द्रीयता को कैसे समझें? हम श्रेणियों का पुनर्गठन कैसे करें कि हम औरतों द्वारा अनुभव की गई हिंसा के सामूहिक और व्यक्तिगत पहलुओं को समझ सकें, और यौन हिंसा के एक व्यापक अपराध के अंश तथा व्यक्तिगत ग़लती के रूप में अवधारणा स्थापित कर सकें जिसका न्यायिक समाधान सम्भव है? और हम सरकार को कैसे ज़िम्मेदार ठहराएँ, चाहें वह बिलकीज़ बानो[22] मामले में सरकार द्वारा सबूत खो जाने की घटना हो, या फिर आम स्तर पर सरकार की अपने नागरिकों की सुरक्षा करने की विफलता, या इनकार?

इस प्रकार असल में अपराधियों को मिली दंडमुक्ति के परिणामस्वरूप, हम हर व्यापक अपराध के दौरान हुई यौन हिंसा पर चुप्पी के इतिहास को भी देख सकते हैं, चाहे वह राजकीय हिंसा हो या साम्प्रदायिक अशान्ति, जिसका 1984 से 2002 के बीच नागरिक अधिकार समूहों ने अच्छे से दस्तावेज़ीकरण किया हुआ है। देश के इतिहास में इन हिंसक घटनाओं पर नागरिक समाज की प्रतिक्रियाओं और नरसंहार की सार्वजनिक स्वीकार्यता में सरकारी एजेंसियों को ज़िम्मेदार ठहराया गया। यह सरकार द्वारा दी गई दंडमुक्ति को चुनौती देने का एक तरीक़ा था। नागरिक समाज की प्रतिक्रियाएँ यह स्थापित करने में विफल रहीं कि ऐसे अशान्ति के समय में यौन हिंसा को लक्षित हिंसा के अंश के रूप में उपयोग किया जाता है।

सिख विरोधी नरसंहार इस प्रकार यौन हिंसा को मिटाए जाने का एक महत्त्वपूर्ण उदाहरण है। नागरिक समूहों, महिला समूहों, शैक्षणिकों और अन्य लोगों द्वारा किए गए दस्तावेज़ीकरण से एक व्यापक समझ उभरकर आई कि हत्याओं में केवल सिख पुरुषों को लक्ष्य बनाया गया था, जबकि औरतों और बच्चों को उपद्रवियों ने छोड़ दिया था। पुरुषों से श्रीमती इंदिरा गांधी की हत्या का बदला लिया जा रहा था, जिन्हें उनके दो सिख अंगरक्षकों ने गोली मारी थी। सिख पुरुषों और 'भारतीय' पुरुषों, दोनों पक्ष जो अपनी-अपनी सामुदायिक पहचानों का बदला ले रहे थे, के बीच हुई हिंसा की समझ से यौन हिंसा तो अदृश्य ही हो गई।

महत्त्वपूर्ण यह है कि हिंसा की इस समझ के बावजूद, और यहाँ तक कि दस्तावेज़ीकरण करने वालों ने भी यौन हिंसा के मामलों के बारे में पूछताछ नहीं की थी, तब भी यौन हिंसा के सबूत मौजूद थे : एक नागरिक रिपोर्ट की परिशिष्ट में कुछ प्राथमिकियाँ दी गई थीं, जिनमें से दो बलात्कार की प्राथमिकियाँ थीं; पीड़ितों के साथ किए गए इंटरव्यू की एक रिपोर्ट में एक महिला डॉक्टर ने किसी युवती पर हुई यौन हिंसा का ज़िक्र किया था।[23] लेकिन यौन हिंसा का सबसे व्यापक विवरण मानुषी पत्रिका के एक विशेष संस्करण में दिया गया था, जो कि लगभग पूरी तरह से 1984 के सिख विरोधी नरसंहार के विषय पर था, और उसमें पुनर्वास कॉलोनियों के पीड़ितों, विशेषकर त्रिलोकपुरी में जहाँ 1984 में सबसे भीषण हिंसा हुई थी, के अनुभव शामिल थे।[24] इस दस्तावेज़ीकरण से कुछ हासिल नहीं हुआ। असंख्य जाँच आयोग स्थापित किए जाने के बावजूद, 1984 के दंगों के दर्ज किए गए (अदालत में) मामलों में कोई प्रगति नहीं हुई थी। दर्ज किए गए मामलों का इतिहास भी दिल्ली में आने वाली हर सरकार के साथ बदलता रहा। लेकिन फिर भी, हालाँकि कुछ मामलों पर कार्यवाही हुई, यौन हिंसा के किसी भी मामले में कभी कोई प्रगति नहीं हुई।[25] लेकिन पीड़ितों के बीच यौन हिंसा का मिटाया जाना पूरी तरह से सफल नहीं रहा। इसलिए, जब 1984 की घटनाओं के 16 वर्ष बाद नानावती आयोग स्थापित किया गया, और उसने नए सिरे से शपथनामे माँगे, 5 शपथनामे विशिष्ट रूप से यौन हिंसा पर दर्ज किए गए। अफ़सोस की बात है, लेकिन अपेक्षित था, कि जब नानावती रिपोर्ट प्रकाशित हुई, तो स्पष्ट हो गया कि यौन हिंसा के मामलों को एक बार फिर मिटा दिया गया है। इन शपथपत्रों का कोई उल्लेख नहीं

था और न ही मामले दर्ज किए जाने के बारे में कोई संस्तुतियाँ ही दी गई थीं, न ही आयोग ने फिर से किसी मामले की जाँच की।[26] अपराधियों और सरकारी एजेंसियों, जिन्होंने इस मामले में कोई कार्यवाही नहीं की थी, दोनों को आपराधिक ज़िम्मेदारी से दंडमुक्ति मिल गई थी।

1990 की शुरुआत से उत्तरी और पश्चिमी भारत में मुसलमानों के ख़िलाफ़ गम्भीर साम्प्रदायिक आग भड़कने लगी थी। 1990 में, भागलपुर में बहुत बड़ी साम्प्रदायिक हिंसा भड़की जिसके विशिष्ट पहलू थे : व्यापक क्षेत्र में हत्याएँ की गईं जिसमें 200 गाँव प्रभावित हुए और 1000 से अधिक मारे गए लेकिन इन घटनाओं ने नागरिक समाज का ध्यान आकर्षित नहीं किया। उदाहरण के लिए, केवल एक रिपोर्ट[27] बनाई गई, राष्ट्रीय मीडिया को जितना सक्रिय होना चाहिए था, वह नहीं हुआ और प्रादेशिक मीडिया पक्षपाती था, लेकिन हत्याओं की संख्या और ग्रामीण भागलपुर की विशाल जनसंख्या की लूटमार और हत्याओं में सहभागिता और फिर सबूत मिटाने में भूमिका ने अन्ततः नागरिक समाज को झकझोरकर रख दिया जिसके परिणामस्वरूप न्यायिक जाँच नियुक्त की गई। कुछ मामलों पर कार्यवाही हुई और कुछ अपराधियों को सज़ा भी हुई। फिर से, हालाँकि यौन हिंसा का कुछ हद तक दस्तावेज़ीकरण हुआ, उन पर कोई कार्यवाही नहीं हुई।[28] 1993 के सूरत दंगों में भी यौन हिंसा के सबूत मिले थे, जिनका दस्तावेज़ीकरण हुआ और महिला समूहों ने विश्लेषण किया। एक बार फिर, इन पर अदालती कार्यवाही की कोई रिपोर्ट उपलब्ध नहीं है।

अन्ततः 2002 में गुजरात में विशाल पैमाने पर हुई यौन हिंसा के सन्दर्भ में, जिसका कई नागरिक समाज जाँचों द्वारा दस्तावेज़ीकरण किया गया, विशेषकर नारीवादियों द्वारा, विशिष्ट सम्प्रदायों के लिए लक्षित नरसंहार में यौन हिंसा की केन्द्रीयता—बलात्कार, यौन हिंसा, अंग-भंग करना और फिर उन औरतों की हत्या—को स्वीकारा गया। तभी प्रयास किए गए कि दर्द के कथानक से आगे ऐसी समझ विकसित की जाए जिससे कि लक्षित हिंसा की घटनाओं में औरतों और पुरुषों पर की गई हिंसा के लिए, सरकारी अधिकारियों को ज़िम्मेदार ठहराया जा सके।

नारीवादियों ने साम्प्रदायिक हिंसा को पुनरपरिभाषित करने के लिए कड़ी मेहनत की और राजनीतिक तथा क़ानूनी अधिकारियों से मुलाक़ातें भी कीं, लेकिन वे समाधान और ज़िम्मेदारी के ढाँचे को बदलने में विफल रहे। यह सार्वजनिक क्षेत्र में नारीवादी हस्तक्षेप का सबसे निराशाजनक प्रकरण रहा है। हमारे सामने एक दीवार खड़ी हो गई और हम किसी भी तरह उसे पार नहीं कर पाए। जब मुज़फ़्फ़रनगर के दंगे हुए, तो हमें यौन हिंसा, मानसिक क्षति और घर तथा गाँव से बड़े पैमाने पर विस्थापन के कई मामले मिले। जितनी भी औरतों ने न्याय पाने की कोशिश की, उन्हें चुप करवा दिया गया और उन पर दबाव बनाकर आरोप वापस ले लिए गए। नारीवादियों के लिए यह दंडमुक्ति और पीड़ितों के लिए न्याय सुनिश्चित करवाने की एक निराशाजनक कहानी रही है।

दंडमुक्ति के साथ रहना : अपवाद वाले राज्यों में यौन हिंसा पर एक केस फ़ाइल

2004 में मनोरमा के बलात्कार और हत्या के बाद राष्ट्रीय मीडिया में फैले व्यापक रोष के बाद से, नागरिक समाज के कुछ हिस्सों ने सशस्त्र बल विशेषाधिकार अधिनियम की आलोचना करनी शुरू कर दी थी, जिसमें उन्होंने इस अधिनियम को 'मुख्यधारा' भारत द्वारा दी गई 'सहमति' को चुनौती दी। इस पर भारत सरकार द्वारा कुछ प्रतिक्रियाएँ हुईं—जिसमें से एक है जीवन रेड्डी आयोग का गठन। लेकिन इस आयोग की संस्तुतियाँ न तो कभी चर्चा के लिए पेश की गईं और न ही इसे वापस ही लिया गया। इरोम शर्मीला के इस अधिनियम के विरुद्ध भूख हड़ताल के 17 वर्ष भी पूरे हो गए और उसे पर्याप्त रूप से स्वीकार तक नहीं किया गया। लेकिन इस सबके बावजूद इस अधिनियम का अन्त नहीं हुआ। इस लेख के सन्दर्भ में, जिसमें 'अशान्त' क्षेत्रों में यौन हिंसा के विषय पर चर्चा हो रही है और जिसके लिए सशस्त्र बल विशेषाधिकार अधिनियम में औपचारिक रूप से दंडमुक्ति का कोई प्रावधान नहीं है, इस पर चर्चा करना असम्बन्धित लग सकता है। यहाँ दाँव पर असल में सेना/सुरक्षा बलों का अधिकार क्षेत्र है, जो उन्हें अपने कर्मियों पर प्राप्त होता है, जब हत्या या बलात्कार के आरोप उन पर लगाए जाते हैं। उन पर मुक़दमा कौन चलाएगा? पुलिस या आम आपराधिक न्याय प्रणाली या फिर सेना?[29] यौन हिंसा के मामलों में औपचारिक प्रतिरक्षा अनौपचारिक दंडमुक्ति में कैसे बदल जाती है? यौन हिंसा के मामलों में क़ानून और अधिकार क्षेत्र के सवालों पर पर्दा डालने के लिए और किस प्रकार के आडम्बरपूर्ण तरीक़े काम करते हैं। यौन हिंसा के कुछ रिकॉर्ड किए गए मामलों के नज़दीकी विश्लेषण से हम पता लगा सकते हैं कि जिन क्षेत्रों में यह अधिनियम लागू है वहाँ दंडमुक्ति कैसे काम करती है और जिन औरतों पर यौन हिंसा की गई, उनके लिए न्याय को अवरुद्ध करने के संस्थागत तरीक़ों पर सवाल उठा सकते हैं।

स्वतंत्रता के बाद, पहले तीन दशकों में उत्तर-पूर्वी राज्यों की मुख्य भारत के ज़ेहन में कुछ ख़ास जगह नहीं थी, निश्चित रूप से वह नारीवादी सोच में तो ऐसे क्षेत्र के रूप में शामिल नहीं था जहाँ विभिन्न तरीक़ों से औरतों पर हिंसा हो रही थी, जो कि अक्सर सुरक्षा बलों द्वारा किए जा रहे अत्याचारों के कारण थी। 1982 में मणिपुर के ऑइनम गाँव में हुए अत्याचारों ने इसे बदल दिया। अत्याचार तो जारी रहे, लेकिन 1982 में एक महिला तथ्यान्वेषण टीम गठित की गई जिसे उत्तर-पूर्वी राज्यों में जाकर वहाँ हो रहे अत्याचारों की जाँच करनी थी। इस तथ्यान्वेषण टीम के सदस्यों में वामपंथी/धर्मनिरपेक्ष पार्टियों और नागरिक अधिकार समूहों की वरिष्ठ और सम्मानित औरतें थीं, लेकिन स्वायत्त महिला आन्दोलन का कोई प्रतिनिधित्व नहीं था। इस टीम ने बड़ी संख्या में लोगों से मुलाक़ातें कीं जिन्हें सेना अत्याचारों का अनुभव था और क्षेत्र के नागरिक प्रशासन तथा सेना अधिकारियों से भी। रिपोर्ट अच्छी तरह से प्रलेखित, लोगों और विशेषकर औरतों के ख़िलाफ़ हुए अत्याचारों और सेना के शासन में उन पर छाए डर, जिसे अधिनियम के अन्तर्गत सुरक्षा प्राप्त है, के चित्रमय चित्रण के साथ पेश की गई थी।

रिपोर्ट में अन्य अत्याचारों के अलावा, बलात्कार और पुरुषों के साथ हुई यौन हिंसा के बारे में लिखा गया था।[30] लेकिन फिर भी, रिपोर्ट का अन्तिम रूप तैयार होने और इसे सार्वजनिक किए जाने तक, दो सदस्यों ने रिपोर्ट पर हस्ताक्षर करने से मना कर दिया क्योंकि वे ऐसे दस्तावेज़ पर हस्ताक्षर करने की हिम्मत नहीं जुटा पा रहे थे जिसमें सेना पर दोष लगाए गए हों।[31] रिपोर्ट को उनके नामों के बिना ही प्रकाशित किया गया लेकिन सेना और राष्ट्रीय सुरक्षा के नाम पर उसके उपयोग पर उनके बीच हुई चर्चाओं को महिला समूहों ने सार्वजनिक नहीं किया, जिसके कारण सैन्यीकृत राज्य में नारीवाद और राष्ट्रीयता के सम्बन्ध पर विचार की प्रक्रिया में इससे मिलने वाली सीख शामिल नहीं की जा सकी।

लेकिन मणिपुर के नागरिक अधिकार समूहों ने संघर्ष नहीं छोड़ा और सर्वोच्च न्यायालय में ऑइनम की घटनाओं के मामले पर क़ानूनी लड़ाई लड़ते रहे। दुर्भाग्यवश, सेना द्वारा कुछ छोटी-मोटी ग़लतियों को स्वीकारने के अलावा, ऑइनम में कई दिनों तक चले आतंक के पीड़ितों को कोई न्याय नहीं मिला। लगभग 30 वर्ष बाद, नन्दिता हकसर और सेबास्टियन हाँगरे ने ऑइनम में पहली हिंसा के बाद चले क़ानूनी संघर्ष के इतिहास पर एक किताब प्रकाशित की, जिसका उपयुक्त नाम था *दि जजमेंट दैट नेवर केम : आर्मी रूल इन नॉर्थ-ईस्ट इंडिया*। यह एक निराशाजनक कहानी है लेकिन हम उत्तर-पूर्व की महिलाओं और पुरुषों से कुछ प्रेरणा लेकर अपने आपको सुकून दे सकते हैं कि जिस प्रकार वे सेना की करतूतों का निरन्तर विरोध करते रहे, वही कारण रहा कि वे 2006 में मनोरमा के बलात्कार और हत्या के बाद भी व्यापक प्रतिक्रिया कर पाए। सम्भवत: उत्तर-पूर्वी राज्यों में स्वायत्तता के लिए चल रहे लम्बे संघर्ष के कारण वहाँ पर महिलाओं के विरुद्ध हिंसा, और विशेषकर सेना द्वारा बलात्कार के मामलों को व्यापक पितृसत्ता के सन्दर्भ में—समुदायों के बीच आन्तरिक रूप से और सरकार के सैन्यीकृत तरीक़ों में—ऐसी समझ विकसित हुई जो 'मुख्य भूभाग' भारत के लोगों से बहुत अलग है, और इसे असम की नारीवादी लेखिका अपर्णा महन्ता के लेखों में देखा जा सकता है, जिनका उत्तर-पूर्वी राज्यों के लोकतांत्रिक आन्दोलनों के साथ काम करने का लम्बा इतिहास रहा है। उनका कहना है कि क्षेत्र में स्वायत्तता के लिए संघर्ष कर रहे आन्दोलनों ने राजनीतिक स्तर पर बलात्कार की शर्म से जुड़ी अवधारणा से एक अलग अवधारणा तैयार की है, जहाँ पर अपराधी को राजनीतिक शत्रु के रूप में ही देखा जाता :

> [ऐसे मुठभेड़ के मामलों के सन्दर्भ में] बलात्कार का आरोप लगाना आम बात है, या यह ऐसा पहलू है जिस पर मीडिया सबसे ज़्यादा ध्यान देती है। बलात्कार को व्यक्तिगत या पारिवारिक इज़्ज़त से जोड़ने की भारतीय क़ानून प्रणाली की सोच को महिला आन्दोलन ने चुनौती दी है। विशिष्ट रूप से, उत्तर-पूर्वी राज्यों में, 1960 के दशक से चली आ रही सैन्य कार्यवाही के सन्दर्भ में, जहाँ बलात्कारी सरकार का ही एक अंग रहा है, वहाँ बलात्कार को एक 'सार्वजनिक' राजनीतिक मुद्दा माना जाता है।[32]

सरकार ख़ुद को दंडमुक्ति दे सकती है, लेकिन क्षेत्र के लोगों ने सुरक्षा बलों को ऐसी दंडमुक्ति देने से इनकार कर दिया है। दुर्भाग्यवश, इसके कारण औरतों ने यह भी कहना शुरू कर दिया है, "उनके पास सत्ता है, उनके पास बन्दूकें हैं : चुप रहने में ही भलाई है।"[33]

भारत की उत्तर-पश्चिमी सीमा पर अब निर्जीव हो चुके राज्य जम्मू और कश्मीर में 1990 के दशक से एक भारी सैन्यीकृत सुरक्षा-तंत्र द्वारा कश्मीर को अत्यधिक हिंसा का शिकार बनाया गया है और अन्ततः उसे सशस्त्र बल विशेषाधिकार अधिनियम के एक संस्करण द्वारा कवच दे दिया गया। जम्मू और कश्मीर ने लोगों के लिए न्याय प्राप्त करना असम्भव बना दिया है, चाहे वे अपने परिवार के सदस्यों के ग़ायब हो जाने के जवाब ढूँढ़ रहे हों, या फिर औरतों पर हुई यौनिक हिंसा के। यौन हिंसा के कई मामले इनकार की एक श्रृंखला में डूबे हुए हैं, क्योंकि उनके मामले कभी दर्ज ही नहीं किए गए। इस इनकार का मतलब है कि लोग सशस्त्र बल विशेषाधिकार अधिनियम के कार्यान्वयन से असन्तुष्ट और क्रोधित महसूस कर रहे हैं, जो अपने आप में हिंसा के भड़कने का कारण बन गया है। आज़ादी की माँग के साथ-साथ सशस्त्र बल विशेषाधिकार अधिनियम से आज़ादी के नारे लगाए जाते हैं और इस प्रकार इसने अत्यन्त भावनात्मक मुद्दे का रूप ले लिया है।

कुनन पोशपोरा में पूरी रात चले कुख्यात तांडव ने यौन हिंसा के असम्बोधित आरोपों की शुरुआत की जिसे स्वीकारने से भारत सरकार ने पूरी तरह से इनकार कर दिया। इसमें प्रेस काउंसिल ऑफ़ इंडिया की पूरी मिलीभगत से, उनके सेना द्वारा आयोजित गाँव के दौरे के बाद, सेना को बेकसूर घोषित कर दिया गया। इससे पहले दो महिलाओं द्वारा किए गए तथ्यान्वेषण ने आरोपों की पुष्टि की थी, लेकिन उस पर किसी ने ध्यान नहीं दिया। मुझे प्रेस काउंसिल ऑफ़ इंडिया में आयोजित एक बैठक याद है जहाँ ग़ुस्साई औरतों ने अध्यक्ष को चुनौती दी थी। किसी भी क़ानूनी कार्यवाही की सम्भावना पूरी तरह से ख़त्म हो जाने पर, कुनन पोशपोरा सेना द्वारा हिंसा करने और न्याय की खिल्ली उड़ाते हुए, उसे दंडमुक्ति दिए जाने का उपमा बन गया। कई वर्षों बाद, कुछ युवा लड़कियों ने इस मामले को खुलवाने की कोशिश की, दंडमुक्ति को चुनौती देने में असफल हुईं और फिर उन्होंने अपने विरोध व्यक्त करने के लिए एक किताब लिखी जिसका शीर्षक था 'डू यू रिमेम्बर कुनन पोशपोरा'[34] और यह किताब याद दिलाती रहेगी कि सशस्त्र बल विशेषाधिकार अधिनियम के अन्तर्गत औरतों को कभी न्याय नहीं मिल सकता।[35]

निष्कर्ष

निष्कर्ष में मैं वापस वर्तमान समय में आकर पहले वर्णित महिलाओं पर हिंसा होने वाले चार क्षेत्रों पर हमारी समझ पर आना चाहूँगी। रमीज़ा बी, मथुरा और माया त्यागी मामलों के लगभग चालीस वर्ष बाद, हम देख सकते हैं कि हर उम्र की औरतें प्रचंड साहस और राजनीतिक प्रतिबद्धता दिखा रही हैं, एक ऐसा समाज बनाने के लिए जिसमें वे रहने की कल्पना करती हैं। उनके ख़िलाफ़, विशेषकर जो औरतें सार्वजनिक क्षेत्र में काम कर

रही हैं, भयानक हिंसा करने के प्रयास अभी भी जारी हैं। और यह हिंसा न सिर्फ़ गुंडों द्वारा, जैसे कि नई दिल्ली के एक महिला कॉलेज नें घुसकर उन्होंने लड़कियों के साथ गम्भीर यौनिकृत हिंसा की, बल्कि पुलिस द्वारा भी की जा रही है, जैसा कि जवाहरलाल नेहरू विश्वविद्यालय और जामिया में हुआ। आख़िर पुलिस इस तरह से प्रतिक्रिया क्यों कर रही है? क्या वे औरतों को विरोध करने की जुर्रत करने के लिए पितृसत्ता की ओर से दंड दे रहे हैं या ऐसे प्राधिकारियों के रूप में जिन्हें आज के दिन सरकारी प्रशासन का सहयोग प्राप्त है? और अन्य जगहों पर, छोटे शहरों और गाँवों में औरतों पर युद्ध जारी है। यौन हिंसा के मामलों में एक नया तरीक़ा अपनाया जा रहा है कि रिपोर्ट करने की हिम्मत करने वाली लड़की को उसकी न्याय की जंग में मदद करने के लिए सहयोग कर रहे लोगों पर हमला करना, उसके पिता, चाचा/मामा व अन्य रिश्तेदारों पर और अन्ततः उस लड़की पर भी, जिससे कि आरोपी के ख़िलाफ़ गवाही देने के लिए कोई बचे ही नहीं। ऐसी घटनाएँ उत्तर प्रदेश, भारत के केन्द्रीय राज्य में हुई हैं। देश में कहीं भी औरतों का जीवन और गरिमा का अधिकार प्रशासन के लिए मुद्दा नहीं है और इसीलिए, महिलाओं के विरुद्ध होने वाली हिंसा के मामलों में दी जाने वाली दंडमुक्ति को दबा दिया जाता है। यह ऐसा ही है, और हमेशा से ऐसा ही रहा है; हमारे पास इतना कुछ करने को है और हमने बलात्कारियों को फाँसी पर भी चढ़ाया है, लेकिन बलात्कार के मामले पहले की ही तरह जारी हैं। वर्मा कमिटी द्वारा सुझाए गए अधिकारों का विधेयक, जिसमें कई प्रगतिशील सुझाव दिए गए थे, उपलब्ध कराए जाने के प्रयासों के बावजूद, उन्हें 2013 के यौन हिंसा के क़ानून में शामिल नहीं किया गया। इन सुझावों में शामिल था वैवाहिक बलात्कार को आपराधिकृत किया जाए और यौन हिंसा के मामलों में सशस्त्र बल विशेषाधिकार अधिनियम में दंडमुक्ति के प्रावधान को हटाया जाए। हम काफ़ी लम्बा सफ़र तय करके आए हैं, लेकिन अभी भी औरतों के लिए हिंसा-मुक्त दुनिया में जीने के अधिकार स्थापित करने के लिए हमें और लम्बा सफ़र करना बाक़ी है।

सन्दर्भ

1. यह ऐतिहासिक मामला था तुकाराम और अनर बनाम महाराष्ट्र सरकार (1979)। इस मामले के महत्त्व पर प्रतीक्षा बक्षी ने अपनी किताब में विश्लेषण किया है। *Public Secrets of Law : Rape Trials in India, Delhi,* OUP, 2014. pp. 12-13
2. इस खुले पत्र के बारे में आम तौर पर जानकारी नहीं है कि इसे सबसे पहले पाकिस्तान से प्रकाशित होने वाली पत्रिका 'डॉन' में छापा गया था क्योंकि भारत में किसी अख़बार ने इसे नहीं छापा (यह प्रतीक्षा बक्षी ने निजी वार्तालाप में बताया)। 1980 के महिला आन्दोलन के शुरुआती अभियानों के बारे में जानकारी के लिए राधा कुमार की किताब पढ़िए—*A History of Doing,* Delhi, Kali For Women, 1993.
3. Kannabiran, Kalpana and Vasanth Kannibiran, *De-eroticising Assault: Essays in Modesty, Honour and Power,* Kolkata, Stree, 2002.
4. Baxi, Pratiksha, 'Impunity of law and Custom: Stripping and Parading of Women in India,' in Uma Chakravarti, ed. *Faultlines of History : The India Papers II,*, Delhi, Zubaan, 2018.

5. PUDR, *Inside the Family,* 1983, Delhi
6. Kannabiran and Kannabiran, op cit. p. 7.
7. Jaisingh, Indira & Pinki Mathur Anurag (eds.) *Conflict in the Shared Household : Domestic Violence and the Law in India,* Delhi, OUP, 2019; Rimli Bhattacharya ed. *Behind Closed Doors : Domestic Violence in India*, Sage, Delhi, 2004.
8. मैं इस लेख के इस अंश में जगह कम होने के कारण आदिवासी औरतों के ख़िलाफ़ यौन हिंसा के विषय को पूरी तरह से पेश नहीं कर पा रही हूँ। हाल के दशकों में, विशेषकर छत्तीसगढ़, झारखंड और उड़ीसा के विवादित क्षेत्रों में यौन हिंसा को आदिवासियों के ख़िलाफ़ एक हथियार के रूप में इस्तेमाल किया गया है। इस हिंसा के कारण, महिला समूहों और कार्यकर्ताओं के व्यापक स्तर पर विरोध हुए हैं जो इस दंडमुक्ति को चुनौती दे रहे हैं। इसके लिए डब्लू.एस.एस. की उत्कृष्ट रिपोर्ट देखें। *Bearing Witness : Sexual Violence in South Chhattisgarh,* March 2017.
9. Rao, Anupama, 'Understanding Sirasgaon : Notes Towards Conceptualising the Role of Law, Caste and Gender in the Case of an 'Atrocity' ' in Anupama Rao (ed.) *Gender and Caste,* Kali For Women, Delhi, 2003, pp. 276-310.
10. Teltumbde Anand, *Khairlanji : A Strange and Bitter Crop,* Navayana, Delhi, 2008.
11. Summarised from Anupama Rao, op cit. n 7.
12. ग़लती करने वाली औरतों का सर मुँडवाकर गधे पर घुमाना चाहिए। *The Laws of Manu*, trans. by Wendy O'Flaherty & Brian Smith, Penguin Books, Delhi, 1991, p. 191.
13. यह मैं अपनी याद से लिख रही हूँ क्योंकि इस मामले पर व्यापक स्तर पर विरोध प्रदर्शन हुए थे।
14. Baxi, Pratiksha, *Public Secrets of Law : Rape Trials in India,* Oxford University Press, Delhi, 2014, p. 283
15. Geetha V., *Undoing Impunity : Speech After Sexual Violence,* Delhi, Zubaan, 2016.
16. विद्रोही, मुम्बई के साथ 2010 में एक निजी वार्तालाप।
17. Baxi, Pratiksha, op. cit pp. 307-8.
18. वही।
19. Jaoul, Nicolas, 'The Righteous Anger of the Powerless: Investigating Dalit outrage Over caste violence', South Asia Multidisciplinary Academic Journal, https://samaj. Revues.org/1892?lang
20. Report of the Women's fact-Finding Team titled *Survivorspeak,* Ahmedabad, Citizen's Initiative, April 2002.
21. *International Initiative for Justice for Gujarat*, December 2003.
22. बिलकीज़ मामले में मारे गए लोगों की लाशों को जल्दी गलाने के लिए भारी मात्रा में नमक डाला गया था, जिन्हें सरकारी कर्मचारियों ने दफ़नाया था। ये सब शव उस जगह से मिले जहाँ बिलकीज़ ने बताया। हालाँकि बलात्कारियों को तो सज़ा हो गई, लेकिन उन कर्मचारियों को कोई सज़ा नहीं हुई जिन्होंने सबूत मिटाने का प्रयास किया था।
23. Chakravarti, Uma & Nandita Haksar, *The Delhi Riot : Three Days in the Life of a Nation,* Lancer, Delhi, 1987, pp. 641-43.
24. Kishwar, Madhu, 'Gangster Rule : The Massacre of Sikhs, Manushi, No. 1984, pp. 10-32.

25. Grover, Vrinda, *Quest for Justice : 1984 Massacre of Sikh Citizens in Delhi,* unpublished manuscript.
26. Chakravarti, Uma, 'The Long Road to Nowhere : Justice Nanavati on 1984, Economic and Political Weekly, 2005 or 2006?
27. PUDR, Bhagalpur Riot, Delhi, April 1990.
28. अख़बारों में छपी ख़बरों के अनुसार, औरतों के स्तन काट दिए गए थे; एक जाँच टीम ने विरोधी समूहों द्वारा ऐसी घटनाओं की निन्दा करते हुए दीवारों पर लिखे नारे देखे; जनवरी 1990 में भागलपुर गए पी.यू.डी.आर. के दल के एक सदस्य के रूप में मुझे याद है एक गाँव की मस्जिद पर समलैंगिक बलात्कार और ज़बरदस्ती धार्मिक 'शरीरों'—पौराणिक मूर्तियों और भौतिक जगहों—को हथियाए जाने की घोषणा की हुई थी—यह सब लक्षित हिंसा और जिस समुदाय पर हिंसा की जा रही थी उसको अपमानित करने का हिस्सा था।
29. Report of a women's fact finding team, 'AFSPA, Army Act and the Police, The (Im) possibility of Justice for the Citizen Victim', Delhi, October 2012.
30. *Nagaland File,* op.cit, pp. 208-231.
31. नन्दिता हकसर के साथ निजी वार्तालाप, 27.10.2005
32. Mahanta, Aparna, Patriarchy and State Systems in North-east India : A Historical and Critical Perspective,' in Kumkum Sangari and Uma Chakravarti eds. *From Myths to Markets Essays on Gender,* Shimla and New Delhi, Indian Institute of Advanced Study and Manohar Publishers, 1999: pp. 341-367; 360. यह महत्त्वपूर्ण है कि बलात्कार दस्तावेज़ीकरण का सबसे ज़रूरी मुद्दा है जिसके माध्यम से अशान्तिपूर्ण क्षेत्रों में 'औरतों को वश में करते हुए पुरुषों को वश में करने' की सरकार की रणनीति को उजागर किया जाता रहा है। उदाहरण के लिए देखें : 'Accused Indian Army : Women's Testimonies from Northeast' (Tirupati: Committee for Violence Against Women, 2003).
33. Chakravarti, Uma, 'They Have the Power, They Have the Guns: We'd Better Remain Silent: The meaning of Impunity on the Ground,' in Patrick Hoenig & Navsharan Singh,eds. *Landscapes of Fear: Understanding Impunity in India,* Zubaan, Delhi, 2014, pp.52-77, p. 61.
34. Batool, Essar etc. *Do You Remember Kunan Poshpora,* Zubaan, Delhi, 2016
35. ऐसे कई मामले हैं जो यह स्पष्ट कर देते हैं कि कश्मीरी औरतें सेना या सरकार द्वारा दुनिया को दिए गए वक्तव्यों पर ज़रा भी विश्वास नहीं करतीं। शोपीयान में एक शाम दो युवतियाँ ग़ायब हो गईं, दूसरी सुबह अत्यधिक सेना से भरे इलाक़े में एक नाले में उनकी लाशें मिलीं (जहाँ पहले कभी कोई नहीं डूबा था)। इस बात पर किसी ने विश्वास नहीं किया कि औरतें डूब गई थीं; न ही सरकार ने इसके जो सबूत पेश किए उन पर किसी ने विश्वास किया; लेकिन दुख की बात यह है कि जम्मू-कश्मीर में सत्य अपने आप में दुर्घटना का शिकार है क्योंकि वहाँ उचित प्रक्रिया जैसी कोई चीज़ ही नहीं है, Anuradha Bhasin & Uma Chakravarti, 'Why the Hush Up?' *Kashmir Times,* 9. 12. 2009

दलित नारीवाद : एक्टिविज़्म और लेखन की नज़र से

टी. सौजन्या

अनुवाद : निधि अग्रवाल

दलित नारीवाद को तीन प्रमुख धाराओं के माध्यम से समझा जा सकता है : दलित नारीवादी सक्रियतावाद, दलित महिलाओं के लेखन/आत्मकथाएँ और दलित नारीवाद की सैद्धान्तिक अवधारणाएँ। जहाँ सक्रियतावाद और लेखन की पहली दो धाराएँ दलित महिलाओं के व्यक्तिगत अनुभवों पर आधारित हैं, दलित नारीवाद की सैद्धान्तिक अवधारणाओं की तीसरी श्रेणी में अधिकतर ग़ैर-दलित नारीवादियों के साथ-साथ कुछ दलित पुरुष बुद्धिजीवियों का ही बोलबाला रहा है।[1] दलित नारीवाद आपस में जुड़ाव रखने वाले जाति, वर्ग, जेंडर के ढाँचों के तिराहे पर दलित महिलाओं के दमन को समझने की एक सैद्धान्तिक संरचना है। मुख्यधारा नारीवादी संस्थाओं के अन्तर्गत दलित महिलाओं को हाशिये पर रखे जाने और दलित आन्दोलन में पुरुषों के हावी रहने के कारण दलित महिलाओं को दलित नारीवाद की अवधारणा तैयार करने की ज़रूरत महसूस हुई। दलित नारीवाद न केवल जाति और पितृसत्ताओं की ढाँचागत अन्तरखंडीयता को सम्बोधित करता है, बल्कि यह नारीवादी तथा दलित संगठनों में दलित महिलाओं की स्थिति की भी आलोचना करता है।

यह लेख 1990 के दशक में उठी राजनीतिक स्थितियों के परिणामस्वरूप दलित नारीवाद के उदय को प्रस्तुत करता है। यह लेख दलित महिला लेखकों/आत्मकथा लेखकों और कार्यकर्ताओं के तर्कों के आधार पर ग़ैर-दलित नारीवादियों और दलित पुरुष विचारकों के दलित नारीवाद सम्बन्धित विचारों का आलोचनात्मक विश्लेषण करता है।

'सार्वभौमिक बहनापे' के दावे को चुनौतियाँ

पश्चिमी देशों में नारीवाद की शुरुआत विश्वविद्यालय शिक्षित श्वेत मध्यवर्गीय महिलाओं के एक छोटे समूह से हुई, जिन्होंने लिंगवाद और पुरुष प्रधानता पर सवाल उठाया। 'निजी का राजनीतिकरण' नारीवाद के सबसे क्रान्तिकारी दृष्टिकोणों में से एक था। नारीवाद ने जेंडर सम्बन्धों, जेंडर भेदभाव और यौनिकता के नियंत्रण पर क्रान्तिकारी सवाल उठाए

और पितृसत्ता के सिद्धान्त को रूप दिया। भारतीय सन्दर्भ में भी, नारीवाद, जिसका उदय 1970 के दशक में हुआ, ने उच्च/मध्यवर्गीय महिलाओं के मुद्दों को सभी महिलाओं के मुद्दे मानते हुए सभी महिलाओं का एक साझा एजेंडा स्थापित किया (शर्मिला रेगे, 2003)। भारत के नारीवादी आन्दोलन के अन्तर्गत, नारीवादी समूहों ने घरेलू और दहेज़ हिंसा जैसे मुद्दों को सम्बोधित किया और कुछ वामपंथी विचारधारा रखने वाले समूहों ने अबराबर वेतन और भू-सुधार के मुद्दों को सम्बोधित किया (राधा कुमार, 1993)। उच्च/मध्यवर्गीय महिलाओं ने नारीवादी संस्थाओं का गठन और उनका नेतृत्व किया, हालाँकि इन संस्थाओं में दलित तथा आदिवासी महिलाएँ भी सदस्यता में थीं, लेकिन उनकी निर्णय प्रक्रिया में कोई भूमिका नहीं थी।

दलित या आदिवासी महिलाओं के मुद्दों, विशेषकर बलात्कार या उत्पीड़न के मामलों में नारीवादी हस्तक्षेपों की इत्तफ़ाक़न हस्तक्षेपों के रूप में आलोचना की गई है (रेगे, 2003)। ऐसा ही एक सन्दर्भ था मथुरा बलात्कार मामला जहाँ पीड़ित महिला की जाति के कारण वह क़ानूनी न्याय प्राप्त नहीं कर पाई। वर्ष 1972 में, एक आदिवासी महिला जिसका नाम मथुरा था, का दो पुलिसकर्मियों ने पुलिस स्टेशन में बलात्कार किया। 1974 में, सेशन्स कोर्ट ने अपना फ़ैसला दिया और उसे सम्भोग का नाम दिया, बलात्कार नहीं क्योंकि मथुरा को यौनिक सम्भोग की आदत थी और उसके द्वारा विरोध करने के कोई प्रमाण नहीं थे (एगनेस, 2002)।

सामूहिक बलात्कार के एक अन्य मामले, राजस्थान में वर्ष 1992 में भँवरी देवी का जाति ज़मींदारों द्वारा बलात्कार, ने दर्शाया कि किस प्रकार महिलाओं के विरुद्ध यौनिक हिंसा में जाति एक महत्त्वपूर्ण भूमिका निभाती है।[2] ज़िला कोर्ट के न्यायाधीश ने घोषित किया कि उच्च जाति के पुरुष निचली जाति की महिलाओं को छूते भी नहीं हैं इसलिए उन्होंने भँवरी देवी का बलात्कार नहीं किया।

1990 का दशक भारत में नारीवादी राजनीति के लिए महत्त्वपूर्ण दशक बन गया। नारीवाद में एक क्रान्तिकारी बदलाव आया जब दलित महिलाओं ने नारीवाद द्वारा केवल उच्च/मध्यवर्गीय महिलाओं के मुद्दे उठाए जाने पर सवाल उठाया (रेगे, 2013)। जाति के मुद्दे पर आई इस नई चेतना के पीछे दो महत्त्वपूर्ण पहलू थे : पहला था मंडल कमीशन का अन्य पिछड़ी जातियों के लिए आरक्षण का विस्तार करने के प्रस्ताव के ख़िलाफ़, विरोध प्रदर्शनों में उच्च जातियों की महिलाओं की भागीदारी (रेगे, 2003; थारु और निरंजना, 1996)। दूसरा था, आन्ध्र प्रदेश के चुनदुरु गाँव में 13 दलित पुरुषों की हत्या के अत्याचार का सवर्ण महिलाओं द्वारा बचाव करना। उच्च जाति की महिलाओं ने घोषणा की कि वे किसी भी प्रकार के आरक्षण के ख़िलाफ़ हैं, जिससे कि देश को 'अयोग्य' समूहों के हाथों में जाने से बचाया जा सके। इस सन्दर्भ में उच्च जाति की महिलाओं ने ख़ुद को 'मुखर' और 'नारीवादी प्रजा' के रूप में प्रस्तुत करते हुए, योग्यता के शब्दाडम्बर का इस्तेमाल करते हुए अपनी सामाजिक ज़िम्मेदारी का प्रदर्शन किया। उन्होंने घोषणा की कि यदि अनुसूचित जातियों/अनुसूचित जनजातियों के लिए मौजूद आरक्षण के साथ अन्य पिछड़ी जातियों के लिए भी आरक्षण दिया जाएगा, तो

वे नौकरीपेशा पतियों से वंचित रह जाएँगी। उच्च जाति की महिलाओं का यह नारीवादी दृढ़कथन जाति और जेंडर की नियामकता को नहीं तोड़ पाया। 'नौकरीपेशा पतियों से वंचित' होने के वाक्य का मतलब है कि वे जाति अन्तर्सम्बन्धों को जाति व्यवस्था के एक स्तम्भ के रूप में स्वीकारती हैं, जो इस व्यवस्था से बाहर जाने की इजाज़त नहीं देती। दूसरी ओर, इसका यह भी मतलब है कि वे अपने पतियों पर आर्थिक और सामाजिक रूप से निर्भर हैं और वे कभी भी विवाह के पितृसत्तात्मक ढाँचे को नहीं पलटेंगी। इसके अतिरिक्त, यह मान लेना कि दलित अयोग्य हैं उनके पूर्वग्रह को दर्शाता है। उच्च जाति की महिलाओं की मंडल-विरोधी प्रदर्शनों में भागीदारी ने जेंडर राजनीति में जाति के सवाल को उभार दिया।

चुनदुरु के सन्दर्भ में, उच्च जाति की महिलाओं के उच्च जाति के पुरुषों द्वारा हत्या के अत्याचार का बचाव करने के प्रयास के भी पितृसत्तात्मक संकेतार्थ हैं। चुनदुरु के सन्दर्भ में सार्वभौमिक बहनचारे की अवधारणा को एक बार फिर चोट पहुँची, जहाँ उच्च जाति की महिलाओं ने अपने पुरुषों को अत्याचार करने की सज़ा से बचाने की ज़िम्मेदारी ले ली (वसन्त कन्नाबिरन, कल्पना कन्नाबिरन, 1991)। सूज़ी थारु और तेजस्विनी निरंजना, चुनदुरु के बाद की घटनाओं के बारे में बात करते हुए एक वाकया बताती हैं जब 300 उच्च जाति की महिलाओं ने सड़क पर यह कहते हुए मार्च निकाली कि चुनदुरु के दलित पुरुषों ने उनके साथ यौनिक उत्पीड़न किया। उन्होंने उस समय के मुख्यमंत्री जनार्दन रेड्डी और पूर्व मुख्यमंत्री एन.टी. रामाराव की गाड़ियों का घेराव किया, और दलित पुरुषत्व से उनकी सुरक्षा पर सरकार की विफलता पर सवाल उठाए (थारु और निरंजना, 1996)। जैसा कि मंडल-विरोधी प्रदर्शनों में भी हुआ, चुनदुरु के बाद के प्रदर्शनों में उच्च जाति की महिलाओं ने ख़ुद को नारीवादी प्रजा के रूप में पेश किया, जो मुखर, दबाव में ना आने वाली महिलाएँ हैं और वे उनके ख़िलाफ़ महिला और नागरिक के नाते हुए 'अन्याय' के ख़िलाफ़ प्रदर्शन कर रही हैं। मंडल-विरोधी और चुनदुरु, दोनों के बाद हुए प्रदर्शनों में, 'निचली जातियों का मर्दानीकरण' किया गया, यानी कि, सभी दलित पुरुष ही होते हैं और 'महिलाओं का सवर्णीकरण' किया गया, यानी कि सभी महिलाएँ उच्च जाति की होती हैं और इस प्रकार "...दलित महिलाओं का अदृश्यीकरण हुआ और निचली जातियों को शिकारी पुरुष के रूप में प्रस्तुत किया गया जो कि 'नारीवादी' रोष का वैध लक्ष्य बन गया।" (थारु और निरंजना, 1996)।

हालाँकि उच्च जाति की महिलाओं का सड़क पर उतरकर विरोध करना और सार्वजनिक तौर पर दावा करना कि उनका यौन उत्पीड़न हुआ है, उच्च जाति के जेंडर नियमों के अनुसार स्वीकार्य नहीं है। लेकिन, इसे 'सम्मानता' मिल गई क्योंकि यह दलित पुरुषों के ख़िलाफ़ था। यदि यह उत्पीड़न परिवार के अन्दर हुआ होता, तो उच्च जाति की महिलाओं को विरोध करने या सार्वजनिक स्तर पर इसके बारे में बोलने की इजाज़त नहीं थी। उच्च जाति की महिलाओं द्वारा अपनी 'असुरक्षित पवित्रता' की 'हिंसक' दलित पुरुषों से सुरक्षा के लिए विरोध करना जाति और जेंडर की नींव पर सवाल नहीं उठाता क्योंकि पारम्परिक तौर पर यह माना जाता रहा है कि दलित पुरुषों की उच्च जाति की

महिलाओं तक 'पहुँच' नहीं हो सकती। यह भी माना जाता है कि यदि दलित पुरुषों की उच्च जाति की महिलाओं तक पहुँच हो गई तो उससे जाति की व्यवस्था भंग हो जाएगी। ब्राह्मणवादी समाज में जाति और पितृसता मूलभूत रूप से जुड़े हुए हैं। इसलिए, उच्च जाति की महिलाओं की यौनिकता को नियंत्रण में रखा जाता है, जिससे कि जाति की महत्ता क़ायम रखी जा सके[3] (चक्रवर्ती, 2003)। उच्च जाति की महिलाओं द्वारा गाँवों की जगहों पर सार्वजनिक स्तर पर बढ़ते दलित पुरुषत्व से उनकी यौनिक पवित्रता की सुरक्षा करने की सरकार से यह गुहार पितृसत्तात्मक होने के साथ-साथ जातिवादी भी है। लेकिन यहाँ उच्च जाति की महिलाओं द्वारा विरोध की प्रकृति 'नारीवादी' प्रतीत होती है। इसे मान्यता मिल सकती है क्योंकि यह उच्च जाति द्वारा रची गई महिलाओं की पवित्रता की अवधारणा के ढाँचे के अन्तर्गत स्थापित है। अत:, उच्च जाति की महिलाओं का मंडल-विरोधी या चुनदुरु के बाद के विरोध प्रदर्शनों में भागीदारी करना, जाति व्यवस्था के पितृसत्तात्मक मानदंडों की पुष्टि करता है। उच्च वर्गीय महिलाओं के साथ दलित पुरुषों द्वारा किया जाने वाला कथित यौन उत्पीड़न दलित पुरुषों के नरसंहार का कारण बन सकता है, जबकि दलित महिलाओं की यौनिकता उच्च जाति के पुरुषों के लिए आसानी से उपलब्ध रहती है (थारु और निरंजना, 1996)। दलित महिलाओं को जब उच्च जाति के पुरुषों के हाथों यौनिक हिंसा का शिकार बनाया जाता है, तो उनके पास क़ानूनी न्याय प्राप्त करने के कोई रास्ते नहीं होते।

जातिगत हिंसा के कुछ सन्दर्भों में, उच्च जाति की महिलाएँ सक्रिय अपराधी होती हैं। (गुरु, 1995)[4] चुनदुरु और खैरलांजी जातिगत हिंसा के ऐसे दो वाक़ये हैं जहाँ जाति और जेंडर की अन्तर्विभाजक जटिलताएँ उभरकर सामने आईं।[5]

चुनदुरु के सन्दर्भ में, उच्च जाति की महिलाओं ने आरोप लगाया कि दलित पुरुषों ने उनका यौन उत्पीड़न किया जिसके परिणामस्वरूप, दलित पुरुषों की हत्या किए जाने का अत्याचार हुआ। खैरलांजी में, एक दलित महिला और उसकी बेटी और दो बेटों पर यौनिक हिंसा के बाद गाँव के हिन्दू पुरुषों और महिलाओं द्वारा उनकी हत्या कर दी गई।

दोनों सन्दर्भों में, पहले तो यह देखने को मिलता है कि महिलाएँ पितृसत्तात्मक पारिवारिक ढाँचों से स्वतंत्र नहीं हैं, जो कि उन्हें अपनी जाति/परिवार के अधीन और निर्भर बनाते हैं। जाति 'सार्वभौमिक बहनचारे' के आदर्श के लिए ख़तरा खड़ा करती है। दूसरा, इनमें यह भी सिद्ध होता है कि महिलाएँ और उनके अनुभव उनके जाति-वर्ग स्तर से स्वतंत्र नहीं हैं। दोनों सन्दर्भों में, उच्च जाति के यौनिक पवित्रता के मानदंडों को पूरे समाज के मानदंडों के रूप में लागू करते हुए, दलित महिलाओं को अछूत होने के नाते उच्च जाति पुरुषों के हाथों यौनिक उत्पीड़न की सम्भावना होने के कारण 'चरित्रहीन' ठहराया गया।

उच्च जातीय नारीवाद, दलित पुरुष विचारक बनाम दलित महिला लेखक

मंडल-विरोधी राजनीतिक घटनाओं की भूमिका के अतिरिक्त, दलित नारीवाद के उदय और विकास में दलित महिलाओं द्वारा नारीवादी संस्थाओं के अन्तर्गत उनके हाशिएकरण

के ख़िलाफ़ आवाज़ उठाने ने भी भूमिका निभाई। रूथ मनोरमा ने नारीवादी आन्दोलन द्वारा जाति और सामाजिक न्याय के मुद्दे को नज़रअन्दाज़ किए जाने पर सवाल उठाया।[6] 1993 में रूथ मनोरमा द्वारा स्थापित 'दलित महिला राष्ट्रीय फ़ेडरेशन' और 1995 में महाराष्ट्र की दलित महिलाओं द्वारा स्थापित 'दलित महिला संघटना' ने राष्ट्रीय और अन्तरराष्ट्रीय दोनों स्तरों पर दलित महिलाओं के हाशिएकरण को मान्यता दिए जाने के लिए संघर्ष किया। दलित महिलाओं के विभिन्न स्तरों पर संघर्षों के कारण नारीवाद और दलित राजनीति में दलित महिलाओं के सवाल को महत्त्व मिला। लेकिन दलित नारीवाद को एक सैद्धान्तिक और वैचारिक अवधारणा के बजाय, दलित राजनीति और आन्दोलन के लिए एक ख़तरे के रूप में ज़्यादा देखा जाता है।[7] पुरुष-केन्द्रित आंबेडकरपर्यंत दलित आन्दोलन ने जाति के मुद्दे को पितृसत्ता से न जोड़कर अलग करके देखा, जो कि अपने आप में विरोधाभास है। अकेले जाति के ख़िलाफ़ संघर्ष करने से सम्भवतः जातिवाद ख़त्म नहीं होगा। पितृसत्ता जाति की सहयोगी व्यवस्था है। जाति पितृसत्ता के बिना नहीं पनप सकती। एक व्यक्ति को केवल जाति अन्तरसम्बन्धी विषमलैंगिक परिवार के माध्यम से ही उसकी जाति पहचान का पता चलता है। किसी की जाति पहचान है, मतलब कि उसके एक पिता हैं जिन्होंने जाति अन्तरसम्बन्ध नियमों के अनुसार उसकी माँ से विवाह किया, और माँ की यौनिकता पर नियंत्रण रखते हुए सुनिश्चित किया कि उस व्यक्ति का जन्म उसकी माँ और पिता के सहवास के कारण ही हुआ। एक बार पिता की पहचान हटा दी जाए और महिला को उसके प्रजनन पर पूरा अधिकार मिल जाए, तो जाति ख़त्म हो जाएगी। यह आंबेडकर के अन्तर्जातीय विवाह के सिद्धान्त का प्रमुख पहलू है। (आंबेडकर, 1979)

1970 के दशक से महिला आन्दोलन के साथ काम करती आ रही रूथ मनोरमा जैसी दलित महिला कार्यकर्ताओं ने निर्णय-प्रक्रिया से दलित महिलाओं के बहिष्कार का अनुभव किया। मुख्यधारा नारीवादी संस्थाओं में दलित महिलाओं में नेतृत्व करने की क्षमता होने के बावजूद, उन्हें नेतृत्व के स्तरों पर नहीं आने दिया जाता था। उनका कहना है कि कई संस्थाओं में उच्च जाति की महिलाओं की तुलना में दलित और आदिवासी महिलाओं की संख्या बहुत अधिक है, जिससे उन संस्थाओं को संख्यात्मक मज़बूती मिलती है।[8] '90 के दशक से, दलित महिलाओं के अलग बैनर रहे, जिनके अन्तर्गत वे दलित महिलाओं के अधिकारों के लिए संघर्ष करती हैं। इसके अतिरिक्त, कई दलित महिलाओं ने अपने लेखन और आत्मकथाओं के ज़रिये जाति असमानताओं और श्रेणीबद्ध पितृसत्ता की आलोचना की है।[9] लेकिन शर्मिला रेगे का तर्क है कि दलित नारीवाद ऐसा दृष्टिकोण हो सकता है जिसे उनके जैसे ग़ैर-दलित नारीवादियों को अपनाना चाहिए (रेगे, 2003), जबकि गोपाल गुरु दलित महिलाओं की अलग संस्थाओं की ज़रूरत स्थापित करते हैं जो कि न केवल नारीवादी आन्दोलन को सम्बोधित करें, बल्कि दलित आन्दोलन में उनके साहित्यिक और राजनीतिक हाशिएकरण पर भी सवाल उठाएँ (गुरु, 1995)। रेगे का तर्क था कि महिला आन्दोलन और दलित आन्दोलन दोनों को इस बिन्दु से आगे बढ़ने की ज़रूरत है, जिसे वे महिला आन्दोलन का 'सवर्णीकरण' और

दलित आन्दोलन का 'मर्दानीकरण' कहती हैं, जिससे कि दलित महिलाओं के सवाल दोनों आन्दोलनों में उचित स्थान ले सकें (रेगे, 2003)। गोपाल गुरु का तर्क था कि दलित महिलाओं को दो अलग पितृसत्तात्मक संरचनाओं को भुगतना पड़ता है : पितृसत्ता का ब्राह्मणवादी स्वरूप, जिसके अन्तर्गत दलित महिलाओं को अछूत होने की उनकी जाति पहचान के कारण कलंकित किया जाता है और दलित परिवारों के अन्दर की पितृसत्ता। उनका कहना है, "दलित पुरुष अपनी महिलाओं के विरुद्ध वही तरीक़े अपना रहे हैं जो उनके उच्च जाति के विरोधियों ने उनके दमन के लिए अपनाए।" (गुरु, 1995)।

ग़ैर-दलित नारीवादियों ने उच्च जाति की महिलाओं के साथ हिंसा में घरेलू हिंसा को ज़्यादा प्राथमिकता दी, जबकि दलित महिलाएँ सार्वजनिक तौर पर बलात्कार और शारीरिक तथा यौनिक हिंसा की काफ़ी शिकार होती हैं (रेगे, 2003)। सार्वजनिक स्तर पर बलात्कार और प्रताड़ना जैसी यौन हिंसा दलित महिलाओं के जीवन का एक तथ्य है, लेकिन क्या दलित परिवारों में घरेलू हिंसा नहीं होती, यह एक महत्त्वपूर्ण सवाल है। दलित पुरुषों और महिलाओं दोनों पर होने वाले भेदभाव, अछूत प्रथा, शारीरिक हिंसा और हत्या के अतिरिक्त, दलित महिलाओं को सार्वजनिक स्तर पर जाति-आधारित यौनिक हिंसा का भी सामना करना पड़ता है। वह एक ओर ब्राह्मणवादी पितृसत्ता से पीड़ित है, जो कि उसे उच्च जाति के पुरुषों के हाथों पीड़ित बनाता है और दूसरी ओर अपने परिवारों में पितृसत्तात्मक दमन तथा घरेलू हिंसा का। परिवार के अन्दर दलित पुरुष दलित महिलाओं पर मर्दाना दबाव व हिंसा करते हैं (बेबी कांबले, 2006)।

गैबरियल दीतरिच और कांचा इलैया का कहना है कि दलित जातियों की पितृसत्ता उच्च जाति की पितृसत्ता से अलग है और दलित महिलाओं को पितृसत्ता के 'कमज़ोर' रूपों का सामना करना पड़ता है, इसलिए दलित महिलाएँ ज़्यादा समतावादी पारिवारिक ढाँचों में रहती हैं। गैबरियल दीतरिच का तर्क है कि दलित महिलाओं के लिए उनके परिवार में होने वाले दमन के ख़िलाफ़ लड़ने की सम्भावना होती है।

"उच्च जातियों में दहेज़ से जुड़ी प्रताड़ना और हत्या के मामले ज़्यादा होते हैं और शायद यह कहना अतिशयोक्ति नहीं होगी कि उच्च जातियों में पारिवारिक हिंसा ज़्यादा सुनियोजित होती है। इस प्रकार की सुनियोजित पारिवारिक हिंसा पिछड़ी जातियों और दलितों में काफ़ी कम होती है, जब तक कि वे आर्थिक रूप से समृद्ध नहीं हो जाते और उच्च जातियों की विचारधारा की नकल नहीं करने लगते, जो कि बहुत कम होता है। दलित महिलाएँ पति की पूजा करने की विचारधारा नहीं रखतीं और अगर उनके साथ परिवार में हिंसा होती है, तो सम्भव है कि वे भी हमले का जवाब देंगी।" (गैबरियल दीतरिच, 2003)।

इलैया कहते हैं कि पदपूजा और सती प्रथा न होना और तलाक़ के अधिकार की मौजूदगी दलित-बहुजन[10] जातियों के ऐसे पहलू हैं, जो दलितों और बहुजन जातियों में 'लोकतांत्रिक' पितृसत्ता के अस्तित्व की पुष्टि करते हैं। "एक दलित-बहुजन महिला को न सुबह और न शाम को पदपूजा (पति के चरणों की पूजा) करनी पड़ती है। उसे अपने पति को ऐसे सम्बोधित नहीं करना पड़ता, जैसे किसी उच्च व्यक्ति को सम्बोधित

करते हैं। झगड़ा हो जाने पर, हर शब्द का जवाब देना, और गाली के बदले गाली देना उनके बीच सामाजिक रूप से मान्य प्रथा दिखाई देती है। पितृसत्ता की व्यवस्था दलित-बहुजनों के बीच भी मौजूद है, लेकिन इस मामले में वो ज़्यादा लोकतांत्रिक प्रतीत होती है।" (इलैया, 1996)।

गैबरियल दीतरिच के लिए, दलितों में पितृसत्ता उच्च जाति की संस्कृति की नकल का नतीजा है, जो कि दलितों की आर्थिक सम्पन्नता होने से जुड़ा है, जो अपने आप में एक दुर्लभ स्थिति है। बेबी कांबले दलित संस्कृति को पितृसत्तात्मक बताती हैं और आंबेडकर पूर्व के दलित परिवारों को, जब दलित न तो आर्थिक रूप से ऊपर बढ़ पाते थे और न ही औपचारिक शिक्षा प्राप्त कर पाते थे, उनमें घरेलू हिंसा एक आम बात थी। उर्मिला पवार और बामा दोनों ने आर्थिक रूप से ग़रीब परिवारों में दलित महिलाओं पर होने वाली घरेलू हिंसा का वर्णन किया है। महिलाओं को सार्वजनिक स्तर पर श्रम करने से हटाना या उच्च जाति की महिलाओं की तरह कपड़े और ज़ेवर पहनना उच्च जाति के जेंडर मानदंडों की नकल करने के तरीक़े हैं, जिनके लिए दलितों को कुछ हद तक आर्थिक रूप से समृद्ध होने की ज़रूरत है। लेकिन परिवारों के अन्दर पुरुषों का वर्चस्व कई सदियों से मान्य नियम की तरह चलता आ रहा है। समाज में ऊँचा स्तर प्राप्त करने से उच्च जाति के सांस्कृतिक मूल्यों को अपनाना या फिर महिलाओं के नियंत्रण के मूल्यों को अपनाना, दलितों को श्रेष्ठता की भावना देता है या नहीं, इस सवाल पर चर्चा की आवश्यकता है--क्योंकि यह बदलाव दलितों की आर्थिक समृद्धि की शुरुआत से पहले ही होने शुरू हो चुके थे (कांबले, 2006)।

"महारवाड़ा किसी-न-किसी घर की असहाय महिलाओं की रोने की आवाज़ों से गूँजा करता था। उनके पति, पत्नियों को जानवरों की तरह तब तक पीटते रहते थे, जब तक कि उनके डंडे टूट नहीं जाते थे। इन महिलाओं की खोपड़ियाँ फट जाती थीं, उनकी रीढ़ की हड्डियाँ टूट जाती थीं, और कुछ तो बेहोश होकर गिर जाती थीं। कई बहुएँ तो इस यातना से बचने के लिए घर से भागने की भी कोशिश करती थीं। किसी को भी, न उसके ससुराल वालों को, न ही किसी और को, इस बेचारी यातना का सामना कर रही लड़की के लिए कोई सहानुभूति थी। उसके पति या ससुराल वाले मार-मार कर उसका हलवा बना देते थे। उसके ससुराल वालों के लिए वह इनसान नहीं थी, बस एक लकड़ी का टुकड़ा थी। बहू पर ससुराल वालों का पूरा नियंत्रण और अधिकार होता है। किसी उच्च वर्ग के व्यक्ति का आदर ना करने या उसका पल्लू सर पर न होने पर भी उसे ऐसी ही मार खानी पड़ती थी।" बेबी कांबले आगे कहती हैं, "इस प्रकार निचली जातियों की महिलाओं की ज़िन्दगी आपदाओं की आग से निर्धारित होती थी। इससे उनके शरीर मज़बूत हो गए, लेकिन उनका मन इस दमन के ख़िलाफ़ चिल्लाता रहा।" (कांबले, 2008)।

ब्राह्मणवादी पितृसत्ता शब्द का उपयोग पहली बार उमा चक्रबर्ती ने एक ऐसे छत्र-रूपी शब्द के रूप में किया, जिसके अन्तर्गत विभिन्न जातियों में पितृसत्ता की अलग-अलग व्यवस्थाओं के अन्तर शामिल हैं। ब्राह्मणवादी पितृसत्ता का मतलब यह

नहीं है कि सिर्फ़ ब्राह्मणों के बीच पितृसत्ता है और अन्य सभी जाति समूहों ने हाल में ब्राह्मणों की नकल की है।[11] पितृसत्ता और जाति दोनों एक-दूसरे से नज़दीकी से जुड़ी हुई संरचनाएँ हैं, जो एक-दूसरे को सहयोग देने का काम करती हैं। जाति और पितृसत्ता एक ही समय में अलग-अलग जातियों में व्यवस्थित हैं। दलितों ने न तो जाति और न ही पितृसत्ता की नकल की है; ये दोनों आपस में अच्छे से गुँथी हुई संरचनाओं के एजेंट हैं। यदि पितृसत्ता की संरचना विभिन्न जाति समूहों में व्यवस्थित नहीं होती, तो जाति व्यवस्था ख़त्म हो गई होती। ब्राह्मणवादी जातिवाद से भरे समाज में, सभी जातियों द्वारा अन्त:जातीय का पालन करना ज़रूरी है, जिससे जाति व्यवस्था क़ायम रखने में मदद मिलती है। प्रत्येक जाति को दिए गए श्रेणीबद्ध दर्जे के अनुसार, वह दूसरी जाति के प्रति श्रद्धा या तिरस्कार का पालन करती है (आंबेडकर, 1979)। यदि ग़ैर-ब्राह्मण शूद्र जातियों और दलितों द्वारा पितृसत्ता और अन्त:जातीय के सिद्धान्तों का पालन न किया जाए, तो वे एक बड़े एकीकृत शक्तिशाली समूह के रूप में उभरकर आ जाते। इसलिए, ब्राह्मणों के लिए श्रद्धा और दलितों के लिए तिरस्कार की भावनाओं की ब्राह्मणवादी मूल्यों की व्यवस्था को प्रत्येक जाति के अन्दर स्थापित किया गया। इसी प्रकार, ब्राह्मण पुरुषों का अपनी और दलित महिलाओं पर पितृसत्तात्मक प्रभुत्व, दलित पुरुषों का उनकी जाति की महिलाओं पर प्रभुत्व—जाति और पितृसत्ता की श्रेणीबद्ध असमानताओं द्वारा निर्धारित होता है।

जैसे कि पहले चर्चा की गई है, कांचा इलैया का तर्क है कि पदपूजा की प्रथा, जो कि महिलाओं की दासता की प्रतीक है, दलितों और अन्य पिछड़ी जाति के परिवारों में मौजूद नहीं है और इसीलिए, दलित तथा अन्य पिछड़ी जाति परिवारों में 'लोकतांत्रिक' पितृसत्ता है। उनके अनुसार, दलित और बहुजन जातियों में सती प्रथा का न होना और तलाक़ के अधिकार की मौजूदगी प्रशंसनीय पहलू हैं। लेकिन बेबी कांबले ने अपनी आत्मकथा में चर्चा की है कि तलाक़ और दूसरा विवाह दलितों के बीच भी सम्माननीय नहीं हैं (कांबले, 2008)। दलित परिवारों में महिलाओं की अधीनता के प्रतीकात्मक रूप, जैसे कि पदपूजा न होने के पीछे आर्थिक और धार्मिक कारण भी हो सकते हैं। पदपूजा एक प्रकार की धार्मिक प्रथा है जिसमें पति को भगवान का दर्जा दिया जाता है। कोई भी हिन्दू प्रथा सभी जातियों के लिए बराबर भागीदारी की इजाज़त नहीं देती क्योंकि इन प्रथाओं के माध्यम से अलग-अलग जाति समूहों के लिए अलग आनुष्ठानिक शुद्धता के स्तर निर्धारित किए गए हैं। जहाँ अन्य पिछड़ी जातियों का आनुष्ठानिक शुद्धता का स्तर निचला है क्योंकि वे मन्दिर के अन्दर तो जा सकते हैं लेकिन उन्हें कुछ प्रकार के अनुष्ठान करने की इजाज़त नहीं है, वहीं दलितों की कोई आनुष्ठानिक शुद्धता नहीं है और इसलिए उन्हें मन्दिर के पवित्र स्थानों पर जाने की भी इजाज़त नहीं है। अत:, जहाँ एक ब्राह्मण को पदपूजा जैसी प्रथाओं में उच्च दर्जा प्राप्त है, यही ब्राह्मणवाद और जाति व्यवस्था किसी दलित या अन्य पिछड़ी जाति के पुरुष को यह दर्जा प्राप्त करने की इजाज़त नहीं देती।

पेरियार के अनुसार, दलित महिलाएँ कार्यबल में भाग लेती हैं और 'मज़दूर शरीर' हैं (वी. गीता, 1999)। उच्च जातियों में सम्पत्ति का सवाल वहाँ तलाक़ को जटिल और

मुश्किल बना देता है। दलितों के बीच तलाक़ की स्थिति में, सम्पत्ति का सवाल ही नहीं उठता क्योंकि तृणमूल स्तरीय दलित लोग रोज़मर्रा की कमाई पर जीवन जीते हैं और उनके लिए सम्पत्ति अर्जित करना असम्भव है, क्योंकि जाति व्यवस्था उन्हें अपमानजनक और सेवक के कामों तक ही सीमित रखती है (ऑमवेट, 1995)। लेकिन इसका यह मतलब नहीं है कि दलितों के बीच पितृसत्ता पूरी तरह से अनुपस्थित है। जहाँ ब्राह्मण और उच्च जाति परिवारों में पुरुष ही अपनी पत्नी/परिवार के लिए कमाता है, दलित परिवारों में ऐसा ज़रूरी नहीं है। दलित महिलाएँ ऐतिहासिक तौर पर घर से बाहर कार्यबल का हिस्सा रही हैं और अपने लिए ख़ुद कमाती आई हैं। यदि कोई दलित पुरुष इतना शक्तिहीन है, तो फिर परिवार के परिप्रेक्ष्य में उसे दलित महिला के ऊपर शक्ति कहाँ से प्राप्त होती है? कॉलिन का कहना है, "उसी प्रकार जैसे श्वेत नारीवादी, महिला होने के नाते, उनके साथ होने वाले अन्याय के साथ ख़ुद को जोड़ पाती हैं, हालाँकि वे यह नहीं देख पातीं कि नस्लवाद के कारण उन्हें कितने विशेषाधिकार प्राप्त हैं, और अश्वेत लोग नस्लवाद की निन्दा करते हैं, लेकिन उन्हें लिंगवाद से उतनी समस्या नहीं होती कि यौनिकता, नस्ल, जेंडर और वर्ग के अन्तरखंडीय दमन न तो सम्पूर्ण उत्पीड़क पैदा करते हैं और न ही शुद्ध पीड़ित।" (कॉलिन्स, 1990)। जहाँ एक ओर दलित पुरुष जाति दमन का शिकार होते हैं, वहीं उन्हें पुरुषत्व और पितृसत्ता की संरचनाओं में विशेषाधिकार प्राप्त हैं। यदि दलितों के बीच शून्य पितृसत्ता है, तो फिर उनके बीच विवाह या अन्तर्जातीय विवाह परिवार व्यवस्था नहीं होनी चाहिए थी। इन दोनों व्यवस्थाओं की मौजूदगी इसका सबूत है, कि दलित जातियाँ और अन्य पिछड़ी जातियाँ भी उसी ब्राह्मणवादी मूल्य प्रणाली के अन्तर्गत काम करती हैं। नहीं तो, शरण कुमार लिम्बले को बाक़ी दलित बच्चे अक्करमाशी (नाजायज़ औलाद) कहकर न चिढ़ाते, क्योंकि उसकी माँ एक उच्च जाति के पुरुष की उपपत्नी थी। (लिम्बले, 2003)। हालाँकि दलित लोग उच्च जाति पुरुषों द्वारा दलित महिलाओं के उत्पीड़न के बारे में अच्छे से वाक़िफ़ हैं, वे फिर भी यौनिक शुद्धता के ब्राह्मणवादी नज़रिये को अपनाते हुए महिला के मूल्यों को परखते हैं। हालाँकि ब्राह्मणों और दलितों की सामाजिक परिस्थितियाँ पूरी तरह से अलग हैं, उनकी नीतियाँ लगभग एक जैसी हैं। बामा दलित महिलाओं की आर्थिक स्थिति और उसके उनके रोज़मर्रा के जीवन से सम्बन्ध की व्याख्या करती हैं, जो कि उनकी जीवनशैली निर्धारित करता है, जैसे कि उच्च जाति की महिलाओं की तरह शादी का प्रतीक सिन्दूर न लगाना, जबकि उच्च जाति की महिलाओं को एक विवाहित महिला के लिए अनिवार्य चिह्नों को अपने शरीर पर लगाना अनिवार्य है।

"यदि किसी पुरुष की मृत्यु हो जाती है, तो ऐसा कोई नियम नहीं है जो कहता हो कि महिला को तुरन्त सफ़ेद साड़ी पहननी होगी और ना ही ऐसा कोई नियम है कि उसे कैसा व्यवहार करना चाहिए। वह अपने तरीक़े से चलती रहेगी। और ऐसा इसलिए, क्योंकि जब उसका पति ज़िन्दा होता है, तब भी उसके लिए अपने सर पर पोट्टू पहनना, या चूड़ियाँ या अन्य आभूषण पहनना ज़रूरी नहीं है, न ही ख़ुद को हल्दी लगाना ज़रूरी है। पहले तो, उसके पास आभूषण होते ही कहाँ हैं? और उसके पास इतना समय ही

कहाँ है कि वह हल्दी लगाए, नहाए, और पोट्टू और फूलों के साथ सजकर तैयार हो? वो तो सवेरा होते ही काम पर दौड़ती है और सूरज ढलने के बाद घर वापस आती है। तो उसका पति ज़िन्दा हो या मृत, वह उसी दिनचर्या में चलेगी। सम्भव है कि वो अपनी ताली उतार दे। दूसरी ओर, कई महिलाएँ ताली पहनती ही नहीं हैं, चाहे उनकी शादी हो गई हो और वे अपने पति के साथ ही रहती हों। ताली हमारे लिए महत्त्व नहीं रखती।" (बामा, 2005)।

जाति व्यवस्था केवल संसाधनों के असमान बँटवारे और जातियों की ऊँच/नीच के कारण ही नहीं, बल्कि महिलाओं पर नियंत्रण/या उनके शोषण के कारण भी चलती आ रही है। उच्च जातियों को कुछ मन्दिर-सम्बन्धित प्रथाओं का अधिकार है और दलितों को कुछ अपमानजनक प्रथाओं में भागीदारी की अनुमति है, या ज़बरदस्ती थोपी गई हैं। दलित महिलाओं को जोगिनी और मुरली नाम की परम्पराओं के नाम पर वेश्यावृत्ति के लिए मजबूर किया जाता है। दलितों को कुछ उत्सवों में मजबूरन शोभायात्राओं में नाचना या मन्दिर के बाहर भैंस की बलि चढ़ानी पड़ती है। (पवार, 2008 और कांबले, 2008)। इससे ब्राह्मणों व अन्य उच्च जातियों को दलितों के मुक़ाबले श्रेष्ठता और धर्म पर एकाधिकार की भावना प्राप्त होती है। इसी प्रकार, उच्च जाति की महिलाओं का कई तरीक़ों से यौनिक नियंत्रण किया जाता है, जिससे कि जाति की पवित्रता की सुरक्षा की जा सके। उच्च जाति की महिलाओं की यौनिकता पर कड़े नियमों के द्वारा नियंत्रण में रखने के कुछ तरीक़ों में शामिल हैं सती प्रथा और विधवा होने पर जबरन वैराग्य। उच्च जाति के पुरुषों के लिए धार्मिक वेश्यावृत्ति या उनके काम की जगह पर उनका शोषण करके, दलित महिला की यौनिकता 'प्राप्य' होना, उनकी 'अपनी शुद्ध महिलाओं' के मुक़ाबले 'अशुद्ध महिला' के द्विआधार को स्थापित करने में मदद करता है। यह उन्हें 'अपनी औरतों' को दलित औरतों से उच्च दर्जा देने में भी मदद करती है। इसके अतिरिक्त, उच्च जाति के पुरुष की दलित महिलाओं तक यौनिक पहुँच और शोषण एक प्रकार से दलित पुरुषों की शक्तिहीनता स्थापित करता है, जो अपनी महिलाओं की 'सुरक्षा' करने में अक्सर विफल हो जाते हैं।

निष्कर्ष

दलित महिलाओं के सवाल पर ग़ैर-दलित नारीवादियों और दलित पुरुष विचारकों ने चार प्रमुख दावे किए हैं : पहला, कि दलित महिलाओं के लिए पितृसत्ता अलग है; सम्भवतः वह उनके लिए कुछ कम तीव्रता का पितृसत्तात्मक उत्पीड़न पैदा करती है (इलैया, 1996)। दलित महिलाएँ घरेलू हिंसा से वापस लड़ सकती हैं (दीतरिच, 2003)। दलितों की ऊपर की ओर आर्थिक गतिशीलता ही उनके द्वारा उच्च जातियों के सांस्कृतिक मूल्यों की नकल करने को प्रेरित करती है, जिसके कारण दलित परिवारों में महिलाओं पर दमन होता है (गुरु, 1995 और दीतरिच, 2003)।[12] दलित महिलाओं को ज़्यादा यौनिक स्वतंत्रता प्राप्त है, क्योंकि दलित परिवारों में यौनिकता पर नियंत्रण नहीं किया जाता[13] (इलैया, 1996)।

पहले दावे को परखते हुए कहा जा सकता है कि, दलित जातियों में पितृसत्ता का स्वरूप उच्च जातियों से अलग होता है, लेकिन वे लोकतांत्रिक तो नहीं होते। पितृसत्ता की अवधारणा ही जेंडर असमानता, प्रभुत्व, शक्ति-सम्बन्धों और हिंसा से जुड़ी हुई है। इसलिए, 'लोकतांत्रिक पितृसत्ता' अपने आप में विरोधाभास है।[14] दलित जातियों के बीच लोकतांत्रिक पितृसत्ता की मौजूदगी का दावा पितृसत्ता की एक संकीर्ण समझ दर्शाता है। पितृसत्ता एक शक्ति संरचना है और यह विभिन्न प्रकार की प्रथाओं और हिंसा के स्वरूपों में नज़र आती है।

दूसरा, दहेज़ और सती प्रथाएँ उच्च जातियों में मौजूद हैं और इन जातियों में पितृसत्ता के केवल ये दो स्वरूप ही सीमित नहीं हैं। दलित परिवारों में दहेज़-प्रथा पूरी तरह से अनुपस्थित नहीं है। दलित परिवारों में उच्च जाति परिवारों के लगभग बराबर ही बाल विवाह देखने को मिलते हैं। दलित परिवार अपनी आर्थिक स्थिति और गाँवों में दलित लड़कियों के शोषण के डर से बाल विवाह करते हैं (बन्धु, 2003)। चाहे दलित परिवारों के पास सम्पत्ति नहीं होती, फिर भी वे दहेज़ की माँग करते हैं, जो लड़की के परिवार की पहुँच से बाहर होता है। हर जाति में ऐसा दहेज़ माँगा जाता है जो लड़की के परिवार की पहुँच से बाहर होता है। यदि उच्च जाति के परिवार सोने की माँग करते हैं तो, ग़रीब दलित परिवार कुछ हज़ार रुपयों की माँगकर सकते हैं। इसके साथ ही, दलित परिवारों में पत्नी की पिटाई करने जैसी घरेलू हिंसा कोई अपवाद नहीं है और सम्भवतः दलित बुद्धिजीवी, जो दलित संस्कृति का महिमामंडन करते हैं, इसको नज़रअन्दाज़ करते आए हैं। ऐसे कई मामले हैं जहाँ दलित महिलाएँ अपने शादीशुदा परिवारों में घरेलू हिंसा के ख़ौफ़ में रहती हैं। उर्मिला पवार ने बिकीअक्का के जीवन की व्याख्या की है, जिसने पति की मार के कारण अपने दाँत खो दिए (पवार, 2008)।

तीसरा, कई आलोचकों ने ध्यान आकर्षित किया है कि दलित जातियाँ आर्थिक रूप से सम्पन्न होने के बाद उच्च जातियों के सांस्कृतिक मूल्यों की नकल करने लगती हैं। यह धारणा कि दलित लोग उच्च जातियों के मूल्यों की नकल कर रहे हैं दर्शाती है कि इससे पहले दलितों की अपनी एक क्रान्तिकारी मूल्य प्रणाली होती है। इस प्रकार की वैकल्पिक मूल्य प्रणाली के दावों के कोई प्रमाण नहीं पाए गए, जब तक कि फुले और आंबेडकर ने आत्मसम्मान विवाहों की अवधारणा का निर्माण नहीं किया। इसके अतिरिक्त, दलित भी उसी गाँव और उसी ब्राह्मणवादी समाज का हिस्सा हैं। एक ब्राह्मण को उच्च दर्ज मिलता है, क्योंकि उसी समाज और प्रणाली में शूद्र और दलित भी रहते हैं। इलैया के अनुसार, दलित संस्कृति की प्रकृति स्वतः ही समतावादी और लोकतांत्रिक होती है। दलित संस्कृति को दलित पुरुषों/दलित महिलाओं की आत्मकथाओं में पढ़ा जा सकता है, कि यह पूर्णतः समतावादी नहीं है। तथाकथित दलित संस्कृति जाति व्यवस्था और ब्राह्मणवाद का अनिवार्य अंग है। इलैया के अनुसार गोमांस खाना दलित संस्कृति का हिस्सा है।[15] ब्राह्मणवाद के दमनकारी ढाँचे के अन्तर्गत, दलितों को मृत गायों के शव खाने तक सीमित कर दिया गया था। यह दलितों पर थोपी गई संस्कृति है, जिससे दलित बच नहीं सकते। आंबेडकर या उनसे पहले के नेताओं के आह्वान पर दलितों

द्वारा जानवरों के मृत शवों को हटाने/खाने की प्रथा को त्यागने के कई उदाहरण हैं, जिसके कारण उन्हें उच्च जातियों के हाथों हिंसा का शिकार होना पड़ा। बेबी कांबले बताती हैं कि किस प्रकार उन्होंने आषाढ़ के माह में गाय की बलि के बाद उनके परिवार के हिस्से के गोमांस को लेने से मना कर दिया था।

दलित धर्म से निषिद्ध थे और वे मन्दिर के अन्दर नहीं जा सकते थे या वेद नहीं पढ़ सकते थे। फिर भी उन्हें मन्दिर के कुछ अपमानजनक अनुष्ठानों का हिस्सा बनाया जाता था।[16] (गुरु, 2009; कांबले, 2008)। दलित हिन्दू समाज का अभिन्न अंग रहे हैं (क्योंकि हिन्दू समाज को छोटे-मोटे कामों के लिए मज़दूरों की ज़रूरत होती है) और उन्हें व्यापक हिन्दू संस्कृति और समाज का हिस्सा बनाकर रखा गया है। जैसे कि, ब्राह्मण पंडित दलित विवाहों का विधिवत सम्पादन नहीं करते, लेकिन इसके बावजूद उन्हें ब्राह्मण पुजारी के लिए दक्षिणा रखना ज़रूरी है, जो कि वे शादी-विवाह में करते आए हैं (कांबले, 2008)। यह दर्शाता है कि पारम्परिक रूप से दलित विवाह हिन्दू विवाहों की व्यापक व्यवस्था का हिस्सा रहे हैं और ब्राह्मण पुजारी की श्रेष्ठता को तब तक स्वीकारा गया, जब तक कि राजनीतिक विरोध खड़े नहीं हुए थे। (ऑमवेट, 1995)[17]। दलित संस्कृति, अपने पारम्परिक रूप में, उच्च जाति संस्कृति की वैकल्पिक संस्कृति नहीं है, सम्भवत: वह उसी संस्कृति का एक हिस्सा है।

दलित महिलाओं के श्रमिक बल में शामिल होने को उसी जाति व्यवस्था ने स्वीकृति दी है, जो कि उच्च जाति की महिलाओं को घर से बाहर के क्षेत्र में भाग लेने से निषिद्ध करती है। बामा ने उच्च जाति के पुरुषों के सम्बन्ध में दलित पुरुषों की शक्तिहीनता और दलित महिलाओं पर उनकी शक्ति और वर्चस्व के विरोधाभास को पहचान दी। जब कुछ दलित महिलाओं के साथ उच्च जाति के पुरुषों ने सिनेमा हॉल में यौन उत्पीड़न किया, तो दलित पुरुषों ने पंचायत में घोषणा कर दी कि किसी दलित महिला को हॉल में फ़िल्में देखने की इजाज़त नहीं देनी चाहिए क्योंकि वे शक्तिशाली उच्च जाति के पुरुषों से नहीं लड़ सकते। एक अन्य सन्दर्भ में, जहाँ एक शिक्षित दलित लड़की को किसी दूसरी दलित जाति के लड़के से 'प्रेम' हो गया, जिसे उनकी जाति से भी नीचा माना जाता है, तो लड़की के पिता और भाई ने उन दोनों को तब तक मारा जब तक कि दोनों का ख़ून नहीं बहने लगा (बामा, 2005)।

चौथा दावा है कि दलित महिलाएँ यौनिक रूप से ज़्यादा स्वतंत्र होती हैं और उनकी यौनिकता पर कोई नियंत्रण नहीं होता। हमें यौनिक विकल्प होने और शोषण के बीच में अन्तर करना होगा। यदि किसी दलित महिला को जोगिनी जैसी परम्पराओं के माध्यम से धार्मिक वेश्यावृत्ति में धकेला जाता है या फिर काम की जगह पर उच्च जाति के पुरुषों द्वारा उसका यौन शोषण किया जाता है, तो इस प्रकार की ज़बरदस्ती उसकी यौनिक स्वतंत्रता, विकल्प या स्वायत्तता को नहीं दर्शाती। उसे यौनिक शुद्धता क़ायम रखने या उसका त्याग करने का कोई अधिकार नहीं है। उसने ख़ुद धार्मिक वेश्या या पत्नी होने का चुनाव नहीं किया है। दलित महिलाओं की परिस्थिति को जाति व्यवस्था और पितृसत्ता ने आकार दिया है, जिसने दलित महिलाओं के लिए अलग-अलग दमनकारी

ढाँचे खड़े किए हैं। फिर भी, दलित महिलाओं को 'यौनिक रूप से अशुद्ध/अनैतिक', 'अनियंत्रित' और 'यौनिक रूप से स्वतंत्र' माना जाता है, क्योंकि उन्हें यौनिक शुद्धता के उसी ब्राह्मणवादी नज़रिये के आधार पर आँका जाता है।

सन्दर्भ

1. हालाँकि दलित नारीवाद को दलित महिला कार्यकर्ताओं और लेखकों के विचारों के रूप में समझा जाता रहा है, लेकिन इस विमर्श को सैद्धान्तिक रूप देने में कुछ ग़ैर-दलित नारीवादियों और दलित विचारकों/बुद्धिजीवी लोगों की भी भूमिका रही। उदाहरण के लिए, शर्मिला रेगे को दलित नारीवाद के लिए एक महत्त्वपूर्ण व्यक्ति माना जाता है। देखें : http://feministsindia.com/tag/Dalit-feminism/ यह जानकारी 25 मई, 2014 को इस लिंक पर देखी गई। इसके अतिरिक्त इलैया और गोपाल गुरु जैसे विचारक भी हैं जिन्होंने दलित महिलाओं की स्थिति और दलित पितृसत्ता को सैद्धान्तिक रूप दिया।
2. भँवरी देवी अन्य पिछड़ी जाति की एक महिला हैं और वे एक साथिन के रूप में काम कर रही थीं, जिन्होंने एक उच्च जाति के परिवार को अपने बच्चे की शादी करने से रोका था। भँवरी देवी को सबक सिखाने के लिए, उच्च जाति के ज़मींदारों ने उनके पति की आँखों के सामने उसका बलात्कार किया।
3. दलित पुरुषों के साथ सम्बन्धों के मामलों में उच्च जाति की महिलाओं की यौनिकता पर नियंत्रण और ज़्यादा बढ़ जाता है, क्योंकि वहाँ जाति के दूषित होने का डर होता है। इसलिए, कई सन्दर्भों में अन्तर्जातीय विवाह के मामलों में बर्बर हिंसा देखने को मिलती है।
4. गोपाल गुरु ने बिहार में शिवसेना द्वारा दलित महिलाओं पर प्रहार के विषय पर बात की है।
5. 6 अगस्त, 1991 को, आन्ध्र प्रदेश के एक गाँव चुनदुरु में, दलित पुरुषों को पुलिस ने चेतावनी दी कि वे खेतों के अन्दर भाग जाएँ क्योंकि उच्च जाति के रेड्डी पुरुष उनके घरों पर हमला करने वाले थे। घरों को छोड़कर दलित पुरुष खेतों की ओर भागने लगे, जहाँ बड़ी संख्या में रेड्डी पुरुष हथियारों के साथ उनका इन्तज़ार कर रहे थे। तेरह दलित पुरुषों की हत्या कर दी गई और उनके शरीरों को नहर में फेंक दिया गया। इस अत्याचार के पीछे की घटना यह थी कि कुछ हफ़्ते पहले, एक शिक्षित दलित लड़का रवि, चुनदुरु के सिनेमा हॉल में गया और बालकनी की सीट पर बैठा। ग़लती से उसके पैरों को एक रेड्डी पुरुष ने छू लिया। कुछ रेड्डी पुरुष जो वहीं सिनेमा हॉल में मौजूद थे, उन्होंने रवि को बेरहमी से मारा और उसके ख़िलाफ़ पुलिस स्टेशन में यौन उत्पीड़न का मामला दर्ज करवा दिया। गाँव के दलितों ने रेड्डी ज़मींदारों के ख़िलाफ़, रवि और उसके परिवार का पुरज़ोर सहयोग किया, जिसका नतीजा यह हुआ कि ज़मींदार इकट्ठे हो गए और बाद में 13 दलितों की सामूहिक हत्या कर दी गई।
6. यह जानकारी 10 सितम्बर, 2010 को http://youngfeminists.wordpress.com/2007/12/27/on-caste-andpatriarchy-an-interview-with-ruth-manorama/ पर देखी गई।
7. दलित पुरुष विचारकों/लेखकों द्वारा विभिन्न औपचारिक और अनौपचारिक चर्चाओं में दलित महिला लेखकों, विशेषकर उर्मिला पवार की आत्मकथा वीव ऑफ़ माई लाइफ़ की आलोचना दर्शाती है, कि दलित नारीवाद को व्यापक दलित राजनीति, जिसमें दलित पुरुषों का वर्चस्व है, में अभी सम्मान की जगह मिलना बाक़ी है। उर्मिला पवार द्वारा उनके विवाह, मातृत्व और यौनिकता के अनुभवों की परतों पर खुलकर चर्चा करने और दलित महिलाओं पर घरेलू हिंसा की आलोचना के प्रयासों की दलित पुरुष विचारकों ने कड़ी आलोचना की।

दलित महिलाओं द्वारा दलित जातियों में पितृसत्तात्मक हिंसा की आलोचना को दलित पुरुष विचारक/लेखक/कार्यकर्ता ऐसे देखते हैं कि वे उच्च जातियों को दलितों की आन्तरिक असमनताओं की आलोचना का हथियार सौंप रही हैं।

8. यह जानकारी http://problemchylde.wordpress.com/2008/06/16/Dalit-feminism-andblack-feminism/पर 30 अप्रैल, 2014 को देखी गई।
9. बामा की करुक्कूआ तमिल भाषा में लिखी पहली दलित महिला आत्मकथा है। बेबी कांबले, कुमुद पावड़े, उर्मिला पवार, शान्ताबाई कांबले और विभिन्न दलित महिला लेखकों ने अपनी आत्मकथाएँ मराठी भाषा में लिखी हैं। शिवाकामी, गोगू श्यामला महत्त्वपूर्ण दलित महिला लेखक और आलोचक हैं।
10. इलैया द्वारा लिखी गई किताब *व्हाई आई एम नॉट अ हिन्दू* में अनुसूचित जाति/अनुसूचित जनजाति और अन्य पिछड़ी जातियों को दलित-बहुजन कहकर सम्बोधित किया गया है।
11. उमा चक्रवर्ती, *जेंडरिंग कास्ट* के 'डाइवर्सिटीज़ ऑफ़ पेट्रीआर्की' अध्याय से उद्धृत।
12. गैबरियल दीतरिच के अनुसार दलितों की आर्थिक सम्पन्नता उन्हें उच्च जातियों के मूल्यों की नकल की ओर प्रेरित करती है।
13. इलैया का कहना है कि दलित महिलाएँ आसानी से तलाक़ देकर पुनर्विवाह कर सकती हैं। उच्च जाति की महिलाओं के लेखन में भी उच्च जाति की महिलाओं के मुक़ाबले दलित महिलाओं को यौनिक रूप से अधिक स्वतंत्र दर्शाया गया है। देखें : इलैया, 1996
14. स्वाती मारग्रेट का *इंसाइट जर्नल,* 2005 में लिखा सम्पादकीय देखें।
15. दलित संस्कृति को परिभाषित करने में मुश्किल आती है क्योंकि दलितों की कई सांस्कृतिक प्रथाएँ और शुद्धता/अशुद्धता का विचार उन पर जाति व्यवस्था द्वारा थोपा गया है। समकालीन राजनीतिक स्थिति में, गोमांस खाना छोड़ना और गोमांस खाना शुरू करना, दोनों ही क्रान्तिकारी क़दम माने जा सकते हैं। गोमांस खाना छोड़ने से, दलित पारम्परिक रूप से उन पर थोपी गई गाय के मृत शव खाने के नियम को तोड़ते हैं जबकि गोमांस खाना शुरू करके, वे उच्च जाति हिन्दुओं के विचारों को चोट पहुँचाते हैं जो गायों को दलितों से ज़्यादा मूल्यवान समझते हैं। गुरु बताते हैं कि किस प्रकार हिन्दुत्व ताक़तें गायों को दलितों से ज़्यादा मूल्यवान मानती हैं। देखें : गुरु, 2009, पृ. 212
16. दलित महिलाओं को ज़बरदस्ती वेश्यावृत्ति में धकेला जाता है और दलित पुरुष और महिलाएँ जुलूसों में चलते हैं जिसके बाद गाँव की भलाई के लिए भैंस की बलि दी जाती है। दलितों को इस प्रथा का इस मान्यता के आधार पर हिस्सा बनाया जाता है, कि दलित लोग अशुभ और प्रकृति तथा अलौकिक शक्तियों के रोष को ग्रहण करके हिन्दुओं को प्राकृतिक आपदाओं से बचाएँगे।
17. दलित आन्दोलनों के विभिन्न चरणों में, दलितों ने विवाह और हिन्दू धर्म से जुड़ी प्रथाओं को अस्वीकार किया है। फुले ने विवाह में पुरुष और महिला की बराबरी पर ज़ोर दिया, और ऐसे हिन्दू विवाह को मानने से इनकार कर दिया जो महिलाओं की स्वायत्तता को स्वीकार नहीं करते। भाग्यरेड्डी ने मन्दिर प्रवेश आन्दोलन को अस्वीकार करते हुए बुद्ध जयंती उत्सव मनाने का आह्वान किया (ऑमवेट, 1995)।

सन्दर्भ ग्रंथ

Agnes, F (2002), "Law, Ideology and Female Sexuality Gender Neutrality in Rape Law" *Economic and Political Weekly,* Vol. 37, Issue No. 09. pp. 844-847.

Ambedkar, B.R.(1979) 'Annihilation of caste' in *Dr. Babasaheb Ambedkar Writings and Speeches Vol-1,* Maharastra: Education Department, Govt of Maharastra.

Bama.(2005). *Sangati.* (Translated from Tamil by Lakshmi Holmstrom) New Delhi: Oxford University Press.

Bandhu, P. (2003). Dalit Women Cry for Liberation. In AnupamaRao (Ed.). *Gender and Caste,* Delhi: Kali for Women.p.108-113.

Chakravarthy, U. (2003). *Gendering Caste: Through a Feminist Lens,* Calcutta: Stree.

Collins, (P) *Black Feminist Thought: Knowledge, Consciousness and the Politics of Empowerment is a 1990,* New York: Routledge.

Dietrich, G. (2003). Dalit Movement and Women's movement. in A. Rao (Ed.). *Gender and Caste,* Delhi: Kali for Women.

Guru, G. (1995). Dalit Women Talk Differently. Economic and Political Weekly, Vol-XXX, 41-42, pp. 2548-49.

Guru, G. (2009). Rejection of Rejection. In G. Guru (Ed). *Humiliation: Claims and Context.* New Delhi: Oxford University Press. pp. 209-225.

विकलांगता के साथ जी रही महिलाएँ : भारतीय नारीवाद द्वारा बहिष्कृत एजेंडा

अनीता घई

अनुवाद : निधि अग्रवाल

प्रस्तावना

मैं शुरू में ही यह कह देना चाहती हूँ कि मुद्दों और उनसे जुड़े सवालों की मेरी समझ मुख्य रूप से एक विकलांगता के साथ जी रही औरत होने के नाते, भारत में विकलांगता के साथ जी रहे लोगों के अधिकारों के लिए काम करते हुए मेरे अपने अनुभवों पर आधारित है।

दमन के मुद्दे से मेरी पहली लड़ाई तब शुरू हुई जब मैंने एक पारम्परिक रूप से पितृसत्तात्मक समाज में एक औरत के रूप में अपनी सामाजिक, सांस्कृतिक और राजनीतिक पहचान बनाने की कोशिश शुरू की। जब नारीवाद पर बौद्धिक विमर्श के साथ नज़दीकी से जुड़ी तो मैंने समझा कि जो आन्दोलन औरतों के दमन के जवाब में शुरू हुआ था, उससे विकलांगता के साथ जी रही औरतें बाहर थीं।

यह मेरे लिए अत्यन्त दुखद और निराशाजनक अहसास था कि भारतीय समाज में विकलांगता के साथ जी रही औरतों को अलग-अलग और हाशिये का स्तर दिया जाता है, जो कि उनकी विकलांगता, पितृसत्तात्मक व्यवस्था में उनकी जगह, और उनकी सामाजिक, सांस्कृतिक पहचानों पर आधारित है, जो उन्हें जाति, वर्ग, और स्थिति के अनुसार आपस में बाँटता है। नारीवाद, जो विभिन्न प्रकार के दमन पर ज़ोर देता है, के मार्गदर्शन में विकलांगता अध्ययन और शोध किए जाने चाहिए। विकलांगता के साथ जी रही औरतों की पहचान अनेक पहचान चिह्नों पर निर्धारित की जाती है, जो उनकी रोज़मर्रा की ज़िन्दगी को पेचीदा और मुश्किल बना देते हैं। ऐसा नहीं है कि विकलांगता के साथ जी रही औरतों ने इस हशियेकरण का विरोध नहीं किया। लेकिन, ऐसी परिस्थितियों में 'स्वयं' का पता लगाना एक कठिन काम रहा है। भारत में विकलांगता के साथ जी रही औरतों के मुद्दों की समझ बनाने के लिए, मैं भारत में विकलांगता की पृष्ठभूमि पर नज़र डाल रही हूँ और उसके साथ ही, नारीवादी आन्दोलन में इससे जुड़े मुद्दों पर भी।

भारतीय सन्दर्भ और विकलांगता आन्दोलन

2011 आँकड़ों के अनुसार भारत की जनसंख्या का लगभग 2.1 प्रतिशत यानि कि 2.68 करोड़ विकलांग व्यक्ति हैं। विकलांगता मुद्दों पर सार्वजनिक चेतना हाल में होनी शुरू हुई है। भारत की स्वतंत्रता के 49वें वर्ष में जाकर विकलांगता के साथ जी रहे लोगों के अधिकारों को मान्यता देने का पहला क़ानून आया और पिछले दशक में हमने विकलांगता से जुड़े क़ानूनों में विकास होता देखा, और जनगणना में शामिल किया जाना, तथा भारतीय मीडिया में प्रतिनिधित्व भी शुरू हुआ। 13 दिसम्बर 2006 को, संयुक्त राष्ट्र आम सभा ने पहली बार विश्व भर के विकलांगता के साथ जी रहे लोगों के अधिकारों की सुरक्षा पर संयुक्त राष्ट्र अधिवेशन में विकलांगता के साथ जी रहे लोगों के लिए समान अधिकार पारित किए।

क़ानून के बावजूद, सरकारें अभी भी अधिकतर उदासीन हैं। भौतिक वातावरण काफ़ी हद तक दुर्गम और असुविधानक है। संवेदी (sensory) विकलांगता वाले लोगों तक जानकारी पहुँचाने में बहुत बाधाएँ आती हैं। भारत में, विकलांगता की पहचान प्रमाणीकरण पर आधारित है, जिसकी प्रक्रिया सरकार द्वारा गठित बोर्ड चलाते हैं, और उन्होंने विकलांगता की श्रेणी में शामिल करने के लिए कम-से-कम 40 प्रतिशत विकलांगता का मापदंड निर्धारित किया हुआ है। पहचान के महत्त्वपूर्ण मुद्दे के बजाय, विकलांगता की पुष्टि को मापदंड बना दिया गया है।

सरकार अपनी ज़िम्मेदारी से निरन्तर मुँह मोड़ती आई है, और स्वैच्छिक संस्थाओं से उम्मीद की जाती है कि वे विकलांगता के साथ जी रहे लोगों को मूलभूत सुविधाएँ उपलब्ध कराएँ। हालाँकि स्वैच्छिक संस्थाएँ, जो सीमित संसाधनों पर चलती हैं, वे ज़रूरतमन्द लोगों की न्यूनतम संख्या को भी सेवाएँ देने में असमर्थ हैं। सरकारी नीतियों में 'परोपकारी' प्रतिमान नज़र आता है, जो हाल तक विकलांगता को अधिकार के बजाय कल्याण के नज़रिये से देखता था। यही कारण है कि विकलांगता के साथ जी रहे लोग अवसर के हर मौक़े पर सीमान्त पर धकेल दिए जाते हैं, चाहे वह शिक्षा हो, रोज़गार, यातायात, या ज़िन्दगी का कोई भी अन्य महत्त्वपूर्ण क्षेत्र।

जहाँ विकसित दुनिया में विकलांगता के मुद्दों पर काम करने वाले लोग, सेवाएँ उपलब्ध करने और पुनर्स्थापन के मुद्दों से आगे बढ़कर विकलांगता के साथ जीने के क्या मायने होते हैं, इस सवाल पर पहुँच चुके हैं, वहाँ भारत जैसे विकासशील देश अभी भी विकलांगता के साथ जी रहे लोगों की मूलभूत ज़रूरतों को पूरा करने के लिए संघर्ष कर रहे हैं। मुख्यत: कुलीन, और शिक्षित विकलांगता कार्यकर्ता इस जीवन को प्रभावित करने वाले जटिल वैचारिक और सांस्कृतिक पहलुओं को समझने की कोशिश भी नहीं करते। ज़्यादातर एजेंडा पश्चिमी देशों के मुद्दों पर आधारित है जो भारतीय सन्दर्भ, जहाँ विकलांगता पहचान का एकमात्र मापदंड नहीं, बल्कि जाति, वर्ग, जेंडर और स्थान के आधार पर निर्धारित की जाती है, का विश्लेषण करने की क्षमता ही नहीं रखता। जहाँ इतनी अधिक ग़रीबी फैली हो, वहाँ विकलांगता को एक अलग या विशिष्ट संवेदनशीलता के स्रोत के रूप में नहीं पहचाना जाता, वह केवल स्थिति को और गम्भीर

बनाने वाला पहलू बन जाती है। जैसा कि मैं कई जगह तर्क देती हूँ, एक ग़रीब परिवार जिसके लिए दो वक़्त की रोटी जुटाना भी मुश्किल हो, उसमें एक विकलांगता वाले बच्चे का जन्म या बचपन में किसी महत्त्वपूर्ण विकलांगता की शुरुआत होना, उसके लिए मृत्यु से भी बुरा भाग्य बन जाता है (घई, 2001, 29)।

स्थिति और भी बिगड़ने लगती है क्योंकि निराशाजनक जीवन स्थितियों के अलावा, विकलांगता के साथ जी रहे लोगों को अक्सर नकारात्मकता और कलंकित करने वाली सांस्कृतिक अवधारणाओं का भी सामना करना पड़ता है। भारतीय सांस्कृतिक सन्दर्भ में, विकलांगता को ऐसी 'कमी' या 'दोष' के रूप में देखा जाता है जो क्षमताओं को काफ़ी कम कर देती है। विकलांगता के साथ जी रहे लोगों की छवि भी छल, शरारत और शैतान से जोड़ी जाती है। कभी-कभी तो विकलांगता के साथ जी रहे लोगों को ऐसे दर्शाया जाता है कि वे भगवान के प्रकोप से पीड़ित हैं, क्योंकि उन्होंने या उनके परिवार ने कुछ बुरे कर्म किए हैं। इसे कुकर्मों का फल या प्रतिशोध माना जाता है। इसके बावजूद, इस सांस्कृतिक सोच का एक अन्य पहलू विकलांगता को अनंत बचपन के रूप में भी देखता है, जहाँ जीवन निरन्तर देखरेख और सुरक्षा पर आधारित माना जाता है। यहाँ निर्भरता की छवि पर ज़ोर रहता है, जो कि दान/दया के प्रारूप को बल देता है। परिणामस्वरूप, विकलांगता की स्थिति के लिए दान और परोपकार ही प्रमुख प्रतिक्रियाएँ बनी हुई हैं। विकलांगता के साथ जी रहे लोगों को खाना और कपड़े दान में देना ज़रूरतमन्द लोगों के प्रति धार्मिक ज़िम्मेदारी की अभिव्यक्ति होती है (जैसे कि भिखारियों को भीख देना)। यही सोच सरकार की 'परोपकारी' पद्धति और उसकी स्वैच्छिक संस्थाओं पर निर्भरता में झलकती है।

विकलांगता के साथ जी रहे लोगों को एक 'निचले भगवान' के बच्चों की नज़र से देखा जाता है। एक ऐसी स्थिति जिसमें, धार्मिक और आध्यात्मिक विमर्श के क्षेत्र में, शरीर को पार करने की क्षमता की सम्भावना है (घई, रीथिंकिंग डिसेबिलिटी इन इंडिया, रुले, 2015)। भौतिक शरीर की केन्द्रीयता को मान्यता न देते हुए, इन विकल्पों ने भिन्नता के विषय पर एक गरिमापूर्ण वार्ता की सम्भावना ज़रूर प्रदान की। हालाँकि विकलांगता के साथ जी रहे लोगों को यह स्तर देने का मतलब था कि वे (भगवान की सेवा में) अपने भौतिक शरीर को त्याग दें, फिर भी इस तरह के आख्यानों ने एक ऐसा अध्यात्मविज्ञान पेश किया जो ज़्यादा मानवीय था। लेकिन, यह विकल्प ज़्यादातर केवल पुरुषों के लिए उपलब्ध था। लेकिन ऐतिहासिक रूप से जिस स्तर ने ऐसी जगह उपलब्ध करवाई, उसके वर्तमान भारत में भी वही मायने होंगे, यह ज़रूरी नहीं है। शरीर के अर्थ में बार-बार होने वाले बदलाव, शरीर के पारगमन और पितृसत्तात्मक विमर्श में उसकी जगह के बारे में महत्त्वपूर्ण सवाल खड़े करता है। मैं अपने कुछ विद्यार्थियों को जयपुर भ्रमण के लिए लेकर गई। व्हीलचेयर पर होने के नाते रेस्तरां के अन्दर जाना काफ़ी चुनौतीपूर्ण हो सकता है। जब मैं अन्दर जाने की कोशिश कर रही थी, तो एक भिखारी मेरे पास आया और बोला, "लूली मैडम, तू तो कुछ दे दे।" इसलिए, विकलांगता मूल रूप से चिकित्सकीय या स्वास्थ्य का सवाल नहीं है, न ही यह केवल

संवेदनशीलता या सहानुभूति का मुद्दा है। यह एक सांस्कृतिक अवधारणा है जो कि राजनीति और शक्ति(हीनता) के सवालों से जुड़ा है, शक्ति किस पर, और क्या करने की शक्ति। 'मैडम' की उपाधि शक्ति दर्शाती है। लेकिन, मेरी विकलांगता को 'समस्या' समझा जाना चाहिए। लगभग एक घंटे के बाद, मैंने एक स्टूल मँगवाया क्योंकि सड़क का किनारा मेरे लिए बहुत ऊँचा था, जब मैंने 'धन्यवाद' कहा तो जवाब मिला, "मैम कुछ हमारा भी अच्छा पुण्य हो।"

लेकिन भारत में विकलांगता की वर्तमान अवधारणाएँ प्रणालीगत तरीक़े से ऐतिहासिक या सांस्कृतिक आदर्शों पर आधारित नहीं हैं (माइल्स, 1999, 233)। पश्चिमी प्रारूप पर आधारित, वे अधिकतर विकलांगता के साथ जी रहे लोगों को एक चिकित्सकीय पहचान धारण करने वाले लोगों के रूप में दर्शाती हैं, जो कि उन्हें मुख्य रूप से स्वास्थ्य और कल्याण के नज़रिये से देखता है। विकलांगता के चिकित्सकीय पहलुओं पर यह ज़ोर नीतियों पर भी हावी रहता है और सांस्कृतिक विश्लेषण किए बिना, चिकित्सकीय हस्तक्षेप पर ज़ोर देता है। उदाहरण के लिए, हाल की मानवीय विकास रिपोर्ट में कहा गया है कि "शारीरिक विकलांगता आनुवंशिक, जैविक, यहाँ तक कि जन्म के समय पैदा हुए विकार के कारण भी हो सकती है, और भविष्य में अनुसन्धान को इस प्रकार की विकलांगताओं के कारणों पर ज़ोर देना होगा।" (शरीफ़, 1999,148)। भारतीय परिवेश में विकलांगता के सामाजिक प्रारूप की समझ बहुत कम है, जिसके अनुसार तर्क दिया जाता है कि समाज ही कुछ असमर्थता वाले लोगों को विकलांग बनाता है, इसलिए हर अर्थपूर्ण समाधान को सामाजिक बदलाव पर ध्यान देना चाहिए, व्यक्तिगत स्तर पर नहीं। सामाजिक प्रारूप के अन्तर्गत, विकलांगता को शरीर में स्थापित करने के बजाय, विकलांगता के साथ जी रहे लोगों को समाज में दमन के शिकार लोगों के रूप में देखा जाता है।

विकलांगता आन्दोलन ने विकलांगता और अक्षमता के बारे में सामान्यीकरण को बढ़ावा दिया है, जिसकी वजह से विकलांगता की क़िस्म और तीव्रता, या लोग किस तरह से विकलांगता की स्थिति में अपने को अलग-अलग तरीक़ों से ढालते हैं, इन भिन्नताओं पर कोई ध्यान नहीं दिया गया। परिणामस्वरूप, विकलांगता आन्दोलन कुछ गिने-चुने एजेंडा को ही आगे बढ़ाता है—जो ज़्यादातर मध्यवर्गीय पुरुषों के मुद्दों को सम्बोधित करते हैं। हालाँकि जनगणना में शामिल किए जाने, होटल में रियायती दरें दिए जाने, चुनाव के अधिकार, कर में छूट आदि जैसे मुद्दों को दिए जाने वाले महत्त्व को कम नहीं माना जा सकता, परन्तु यह स्पष्ट रूप से मध्यवर्गीय पुरुष-केन्द्रित मुद्दे हैं जो भारत में विकलांगता आन्दोलन के विकास को दिशा दे रहे हैं। विकलांगता के साथ जी रही औरतों और ग़रीबों के मुद्दों को प्रभावशाली विकलांगता अधिकार समूहों ने ज़्यादातर अनदेखा किया है। आई.आई.सी. या आई.एच.सी. जैसे सांस्कृतिक केन्द्रों में आयोजित की जाने वाली प्रमुख गोष्ठियाँ विकलांगों को कुछ दृश्यता ज़रूर प्रदान करती हैं, लेकिन अधिक संवेदनशील (पढ़ा जाए) औरतों को और ज़्यादा हाशिये पर धकेल देती हैं। इसके अलावा, अधिकारों की पैरवी का काम ज़्यादातर सतही स्तर पर

किया जाता है, जिसका उद्देश्य केवल रियायती अधिकार प्राप्त करना है, जिसके पीछे कोई विचारधारा नहीं है और न ही यह विकलांगता को एक पहचान के रूप में मान्यता देने पर कोई ज़ोर देता है।

विकलांगता का कोई जेंडर पहलू भी हो सकता है, इसे हाल में ही पहचाना गया है। डी.दास और एस.बी. अग्निहोत्री (1999) संकेत देते हैं कि विकलांगता के साथ जी रही औरतों को पुरुषों के मुक़ाबले ज़्यादा हशियेकरण का सामना करना पड़ता है। भारतीय विकलांगता क़ानूनों के दृष्टिकोण में भी जेंडर को अनदेखा किया गया है—विभिन्न मुद्दों को रेखांकित करते हुए 28 अध्यायों में से एक में भी विकलांगता के साथ जी रही औरतों की समस्याओं का ज़िक्र नहीं है। भारत में विकलांगता के साथ जी रही औरतों की स्थिति को स्पष्ट करती एक उक्ति है— 'एक तो लड़की ऊपर से अपाहिज।' जैसा कि एक माँ अपना दु:ख प्रकट करते हुए कहती है, "इतना ही काफ़ी नहीं था कि हम दो वक़्त की रोटी भी मुश्किल से जुटा पाते हैं? भगवान ने हमें लँगड़ी बेटी देकर क्यों सज़ा दी?" (घई, 2001, 31)। लड़कियों के लिए विकलांगता को एक अतिरिक्त बोझ समझा जाता है, शुरुआती/प्राथमिक समस्या नहीं। उसे न केवल लड़के की जगह लड़की पैदा होने, बल्कि विकलांगता की वास्तविकता के साथ भी संघर्ष करना पड़ता है। लड़कों की चाहत को रीति-रिवाज़ों में उनके महत्त्व और बेटियों को पालने के सामाजिक और आर्थिक भार के सन्दर्भ में समझना होगा (जौहरी 1998, 78)। भारत में हिन्दू समुदाय में बेटे की चाहत को अब तकनीकी सहयोग भी मिल गया है, जहाँ अजन्मे भ्रूण के लिंग का पता लगाया जा सकता है और कन्या भ्रूण का गर्भपात करवा दिया जाता है। ऐसा समाज जहाँ व्यापक स्तर पर कन्या भ्रूण हत्या होती है, वहाँ त्रुटिपूर्ण बच्चों के गर्भपात से कोई हलचल या विद्वेष पैदा नहीं होने वाला। यह गर्भ में भ्रूण जाँच (अम्नियोसेंटेसिस) के विरुद्ध नारीवादी अभियान से स्पष्ट है जिसमें जन्म पूर्व जाँच में भ्रूण में विकलांगता की सम्भावना की पहचान करने या उसके कारण किए जाने वाले गर्भपात की नैतिकता पर कोई चर्चा मौजूद नहीं है।

लड़कियों को बोझ माने जाने की जड़ें उन्हें पराया माने जाने वाले सांस्कृतिक परिवेश में बसी हैं। जैसा कि जौहरी स्पष्ट करते हैं, "पिता की एक धार्मिक ज़िम्मेदारी है कन्यादान करना, पति और उसके परिवार को कुँवारी कन्या का उपहार देना जिसके बदले में उन्हें कुछ नहीं दिया जाता। दहेज़ देना इस प्रथा का ही एक हिस्सा बन जाता है।" (78)। लेकिन जब विकलांगता के साथ जी रही लड़की दी जाती है, तो उसकी अपूर्णता का मुआवज़ा देना पड़ता है या फिर उसकी किसी विधुर से शादी करके समझौता करना पड़ता है।

वेंडी डोनिगेर और ब्रायन के. स्मिथ (1991, अध्याय 9) ने पारम्परिक ग्रन्थ मनुस्मृति के क़ानून संख्या 73 की व्याख्या की है, जिसमें कहा गया है, "अगर किसी पुरुष ने किसी स्त्री को नियम अनुसार स्वीकार कर भी लिया है, तब भी यदि वह तिरस्कृत, बीमार या भ्रष्ट है, या उसे कुछ सचाई छिपाकर दिया गया है, तो पुरुष उसका त्याग कर सकता है।" इसके बाद क़ानून 73 में कहा गया है, "अगर कोई किसी कमी से

ग्रस्त अपनी बेटी को देता है, और उसके बारे में बताता नहीं है, तो ऐसे दुष्ट हृदयी बाप का उपहार रद्द माना जाएगा।" (डोनिगेर और स्मिथ 1991, 205-06)। परिणामस्वरूप, जिस संस्कृति में परिवार द्वारा तय की गई शादियों का नियम हो, वह विकलांगता के साथ जी रही औरतों को बेहद मुश्किल परिस्थिति में डाल देता है। विकलांगता के साथ जी रहे बेटों के लिए शादी की सम्भावनाएँ खुली हैं, क्योंकि वे उपहार नहीं होते, बल्कि उपहार ग्रहण करने वाले होते हैं। विकलांग एवं ग़ैर-विकलांग पुरुष शादी के लिए ग़ैर-विकलांग औरतें ढूँढ़ते हैं, इस प्रकार वे भी विकलांगता के साथ जी रही औरतों के अवमूल्यन में भागीदार हैं।

इसके अतिरिक्त, सांस्कृतिक रूढ़िबद्धता विकलांगता के साथ जी रही औरतों को मातृत्व की भूमिका से भी दूर रखती है, जिसे भारतीय संस्कृति में बहुत ऊँचा स्थान दिया जाता है। जैसे कि सुधीर कक्कड़, एक मनोविश्लेषक बताते हैं, औरत का मातृत्व उसके प्रमाणीकरण के साथ-साथ, एक महिला होने के नाते उसके लिए उसकी क्षमता, भूमिका और स्तर से छुटकारा पाने का भी ज़रिया है (1978, 56)। लेकिन विकलांगता के साथ जी रही औरतों को इस सन्तुष्टि का मौक़ा नहीं दिया जाता, क्योंकि उनके लिए सामाजिक रूप से बाध्यात्मक वातावरण (जहाँ एकल या अविवाहित माँओं को कलंकित किया जाता है) में शादी और उसके बाद मातृत्व, दोनों ही प्राप्त करना मुश्किल है। "विकलांगता के साथ जी रही औरतें सांस्कृतिक मान्यताप्राप्त उस नारीत्व को प्राप्त करने का लक्ष्य बना लेती हैं, चाहे उसकी उम्मीद कितनी ही कम न हो, जिसे उनकी संस्कृति उनकी विकलांगता के कारण उन्हें देने के लिए तैयार नहीं है।" (मिशेल फ़ाइन और एड्रीऍन एश, 1999)

भारतीय नारीवादियों ने मूल्यांकन करने वाली पुरुषों की नज़र के प्रभाव का विश्लेषण किया है। लेकिन, यौन वस्तु होने और 'घूरे' जाने की वस्तु के बीच के महत्त्वपूर्ण अन्तर को समझा नहीं जा सका है। अगर पुरुषों की नज़र 'साधारण' औरतों को वस्तु के रूप में देखती है, तो घूरना विकलांगता के साथ जी रही औरत को एक विचित्र वस्तु बना देता है। न भारतीय नारीवाद और न ही भारतीय विकलांगता आन्दोलन ने समझा है कि विकलांगता के साथ जी रही औरतों पर हावी पुरुष की नज़र के साथ-साथ संस्कृति की नज़र का दोहरा दबाव पड़ता है, जो उन्हें घूरने लायक़ वस्तु मानता है। सुन्दर शरीर की मिथ्या एक विकलांग औरत के शरीर को अपूर्ण, अधूरा और अस्वीकार्य के रूप में परिभाषित करती है। विकलांगता को हमारे समाज में 'अन्य' माना जाता है। यह दृष्टिकोण हमारी पौराणिक कथाओं में भी निहित है, जहाँ लक्ष्मण, राम का भाई, सूर्पणखा, रावण की बहन, को उसके प्रति आकर्षित होने की सज़ा देने के लिए उसकी नाक काट देता है। यह, कि लक्ष्मण को जो स्वीकार्य नहीं था उसके लिए वह कुरूप राक्षसी को अपंग बना देता है, दर्शाता है कि किस प्रकार भारतीय मानसिकता में विकलांगता और यौन अनाकर्षण को एक समान माना जाता है।

ऐसा ही तर्क पंजाबी संस्कृति में भी देखने को मिलता है, जहाँ किसी भी लड़की, विकलांगता के साथ जी रही लड़कियों को छोड़कर, को अपने चचेरे/ममेरे भाइयों के

साथ एक ही कमरे में सोने की इजाज़त नहीं है। इसे हार्लान हाह्न (थोमसन 1997, 25) 'अयौनिक वस्तुकरण' कहती हैं और यह विकलांगता के साथ जी रही लड़कियों के साथ होने वाली यौनिक हिंसा के ख़तरों को अनदेखा करता है। यह मान लेना कि यौनिकता और विकलांगता एक-दूसरे से बिलकुल अलग हैं, इस बात को भी नकारता है कि अलग शारीरिक रचना वाले लोगों को भी यौन इच्छा हो सकती है और उन्हें यौनिक रूप से 'साधारण' व्यक्ति मानने से भी इनकार करता है।

जहाँ विकलांगता आन्दोलन द्वारा विकलांगता के साथ जी रही औरतों को मान्यता न दे पाने के पीछे समझा जा सकता है कि वे समाज के उसी पितृसत्तात्मक रवैये को अपना रहे हैं, जिसमें वे शामिल होना चाहते हैं, लेकिन कम-से-कम भारत के नारीवादी आन्दोलन में उनकी अनदेखी समझना मुश्किल है ख़ासकर क्योंकि वे दमनकारी सामाजिक धारणाओं के सैद्धान्तिक विखंडन के माध्यम से निष्पक्ष होने का दावा करते हैं। स्वास्थ्य देखभाल आन्दोलन और शिक्षा आन्दोलन जैसे अन्य आन्दोलनों के साथ भी दूरी कम करने की ज़रूरत है। इसके अलावा, महिला अध्ययन गोष्ठियों में जहाँ विकलांगता के मुद्दों पर सैद्धान्तिक चर्चाएँ तो की जाती हैं, लेकिन विकलांगता के साथ जी रही औरतों की इन बैठकों में भागीदारी के लिए इन जगहों पर पहुँचने की सुलभता नहीं बनाई जाती—शौचालयों तक पहुँच न होना, लिफ़्ट या रैंप न होना, ब्रेल में सामग्री उपलब्ध न होना आदि। इसके अतिरिक्त, विकलांगता के मुद्दों को अलग श्रेणी में रख दिया जाता है, जिन्हें महिलाओं के मुद्दे नहीं माना जाता। नारीवादी आन्दोलन 'सक्षमवाद' से ग्रस्त है और विकलांगता को समझने के सैद्धान्तिक और व्यावहारिक, दोनों ही संसाधन उसके पास नहीं हैं।

इससे भी ज़्यादा दुखद यह है कि भारतीय नारीवादी सोच यह मानने को तैयार नहीं है कि महिला मुद्दे समान तौर पर विकलांगता के साथ जी रही औरतों के भी मुद्दे हैं, और वे भी घरेलू हिंसा तथा यौन हिंसा का उतना ही शिकार बनती हैं। लेकिन, जब राष्ट्रीय मीडिया में सेरिब्रल पाल्सी से ग्रस्त एक महिला के उसके बाप द्वारा शोषण की ख़बरें आईं, तब भी महिला संगठन बेपरवाह रहे। भारतीय महिला संगठनों ने बाद में जाकर एक मामले में हस्तक्षेप किया जिसमें 5 फरवरी, 1994 को पुणे के ससून अस्पताल में 14 मानसिक बीमारी से ग्रस्त लड़कियों का ज़बरदस्ती गर्भाशय निकाल दिया गया। इन विकासात्मक रूप से विकलांग लड़कियों की एक संस्थान में देखरेख की जा रही थी, जहाँ उन्हें नाड़े वाले पाजामे या बेल्ट वाली पैड इस्तेमाल करने की इजाज़त नहीं थी क्योंकि उनका दावा था कि वे उसका इस्तेमाल आत्महत्या करने के लिए कर सकती हैं। जहाँ लड़कियों हेतु उनके मासिक धर्म के लिए भी उचित इन्तज़ाम नहीं किया जा रहा था, वहीं लड़कों को नाड़े वाले पाजामे दिए जाते थे, जिससे वे ज़्यादा आसानी से फंदा बना सकते थे। मासिक धर्म की समस्या के लिए अस्पताल ने गर्भाशय निकालने का निर्णय लिया। महिला संगठनों के विरोध प्रदर्शनों के कारण पहली 14 लड़कियों के बाद गर्भाशय निकालने के ऑपरेशन नहीं हुए। लेकिन, इस मामले के बावजूद, विकासात्मक रूप से विकलांग लड़कियों पर ज़बरदस्ती बन्ध्यीकरण के ऑपरेशन किए जाने के विषय

पर व्यापक चर्चा नहीं खुली, जो दर्शाता है कि भारतीय नारीवादी अभी भी विकलांगता के साथ जी रही औरतों को महत्त्वपूर्ण और स्थायी सहभागी की नज़र से नहीं देखते।

विकलांगता के साथ जी रही औरतों ने सहयोग समूह स्थापित किए हैं और वे विकलांगता की प्रचलित धारणाओं को चुनौती दे रही हैं। लेकिन, कोई ऐसा समूह मौजूद नहीं है जो विकलांगता के साथ जी रही औरतों के मुद्दों पर, विकलांगता आन्दोलन और नारीवादी आन्दोलन, दोनों को प्रभावित करने के लिए काम करे। वर्तमान समय में विकलांगता के साथ जी रही औरतों के मुद्दे शैक्षणिक स्तर तक ही सीमित हैं, जहाँ दोहरे उत्पीड़न की परिकल्पना व्याख्या करती है कि, विकलांगता के साथ जी रही औरतें दोहरे रूप से संवेदनशील हैं, क्योंकि वे विकलांगता के साथ जी रहे पुरुषों या ग़ैर-विकलांग औरतों के मुक़ाबले सामाजिक, आर्थिक, मनोवैज्ञानिक और राजनीतिक रूप से बहुत ज़्यादा पिछड़ी हुई हैं। विकलांगता के क्षेत्र में कार्यरत कई नारीवादियों ने इस 'दोहरे उत्पीड़न' दृष्टिकोण पर आपत्ति व्यक्त की है क्योंकि यह न तो विकलांगता के साथ जी रही औरतों को सशक्त करता है, और न ही यह नारीवादी आन्दोलन के अन्तर्गत उनके मुद्दों पर ज़ोर देने में मदद करता है।

एलिज़ाबेथ वीड कहती हैं, "मुख्यधारा नारीवाद से बाहर के लोगों के लिए, औरतों के अनुभव हमेशा समस्याप्रद रहे हैं। बहनत्व का आधार, जिसे काफ़ी लम्बे समय तक श्वेत नारीवाद आदर्श माना जाता रहा, हमेशा से प्रतिनिधि होने के बजाय आदर्शरूप ही रहा। इससे भी बुरा यह है कि यह जिस तरह से व्यापक रूप से लागू किया जाता रहा और कई वर्गों को बहिष्कृत करता रहा, उसके कारण यह और ज़्यादा दमनकारी रहा।" (1989, 24)। भारतीय विकलांग महिलाओं ने इस बहिष्कार को तब महसूस किया जब नारीवादी सिद्धान्त और प्रक्रियाएँ उनकी वास्तविकताओं को नकारती रहीं। नारीवादियों ने भी विकलांगता के साथ जी रही औरतों को सामान्य होने की जो स्थापित धारणा है, उससे बाहर रखा। परिणामस्वरूप, जिस प्रकार की राजनीतिक कार्यवाही की अपेक्षा थी, वो देखने को नहीं मिली। क्या कारण हो सकते हैं कि भारतीय नारीवादी विकलांगता के साथ जी रही औरतों की वास्तविकताओं को मान्यता और हमदर्दी प्रदान नहीं कर सके? हालाँकि इस सवाल के लिए एक स्पष्ट जवाब मिलना मुश्किल है, लेकिन ज़मीनी स्तर पर काम करने वाले लोगों के साथ किए गए साक्षात्कारों से इस बहिष्कार के कुछ कारण मिले हैं, जिन्हें मैं अगले अंश में लिखूँगी।

बहिष्कार के कारण

भारतीय नारीवादी आन्दोलन की सैद्धान्तिक, वर्ग, समुदाय, और स्थान (ग्रामीण या शहरी) के आधार पर कई धुरियाँ हैं। यह आन्दोलन कुछ मूल सामाजिक मुद्दों, जैसे कि ग़रीबी, वर्ग और जाति असमानताएँ, श्रमिक अन्याय, प्रजनन तकनीकें, दहेज़, कन्या भ्रूण हत्या और यौनिक हिंसा के मुद्दों पर काम करता है। भारतीय नारीवाद व्यक्तिपरक मुद्दों पर नहीं बल्कि सामूहिक मुद्दों पर काम करती है जिनके महत्त्वपूर्ण राजनीतिक प्रभाव होते हैं। विडम्बना यह है कि, इस आन्दोलन की सम्पूर्ण सूची में विकलांग दमन

शामिल नहीं है, हालाँकि विकलांगता इन सब श्रेणियों से सम्बन्ध रखती है और इसका कई अन्य प्रकार के दमन से जुड़ाव है, जिन पर नारीवादी आन्दोलन संघर्ष कर रहा है।

एक कारण, जिसे विचारकों और कार्यकर्ताओं, दोनों ने उजागर किया है, वह यह है कि विकलांगता के साथ जी रही औरतें इस आन्दोलन में भागीदार नहीं रही हैं। परिणामस्वरूप, उनके जीवन वृत्तान्त और नारीवादी सिद्धान्तों को उनके द्वारा दी गई चुनौतियों के कोई मायने नहीं रहे। हालाँकि इस स्पष्टीकरण में थोड़ा बल है, यह नारीवादियों की इस बात को समझने में अक्षमता भी दर्शाता है कि आख़िर विकलांगता के साथ जी रही औरतों को आन्दोलन में सक्रिय भागीदारी से क्या रोक रहा था? उनकी आवाज़ के अभाव में, विकलांगता की कल्पना अपारदर्शी, अकर्मक और अकर्मण्यता के रूप में की जाती है। इसका ग़लत मतलब निकाला जाता है कि शारीरिक विकलांगता लोगों को सम्पूर्ण रूप से सामाजिक, मानसिक, राजनीतिक, सौन्दर्यात्मक, और सांस्कृतिक प्राणी बनने से रोकती है। नारीवादियों और कार्यकर्ताओं के साथ किए गए इंटरव्यू में उन्होंने कई बार विकलांगता को अन्य प्रकार की सीमितताओं के रूप में व्यक्त किया। उदाहरण के लिए, एक व्यक्ति ने ज़ोर देकर कहा कि, "औरत होना सबसे बड़ी विकलांगता है।" (भसीन, 2000)। दूसरे ने कहा, "विकलांगता ऐसी है जैसे कि सबसे निचली जाति का होना।" (भट्टाचार्या, 2000)।

इस प्रकार की उपमाएँ महिला शरीर और विकलांग शरीरों पर मढ़े गए सामाजिक-सांस्कृतिक अर्थों को एक समान देखती हैं, क्योंकि दोनों को ही सार्वजनिक और आर्थिक कार्यक्षेत्रों से बहिष्कृत रखा जाता है और दोनों को एक ऐसे आदर्श के विरुद्ध माना जाता है, जिसे प्राकृतिक रूप से श्रेष्ठ माना गया है। इस प्रकार की तुलनाएँ मुक्तिदायक और दमनकारी, दोनों रूप ले सकती हैं। अगर इन तुलनाओं का उद्देश्य अलग-अलग लोगों की वास्तविकताओं को समझना है, तो इसकी सम्भावनाएँ विशाल हैं। लेकिन, अगर ये तुलनाएँ केवल रूपकात्मक हैं, तो वे उस श्रेणी के विलोपन का कारण बन सकती हैं, जिसकी बात की जा रही हो। इस प्रकार की उपमाओं के कारण विकलांग औरतों के जीवन की भौतिक वास्तविकताएँ और विशिष्टताएँ दब जाती हैं, क्योंकि वे ऐसी परिस्थितियों का सामना करती हैं जिन्हें साधारण परिस्थितियों के मुक़ाबले पार करना और भी ज़्यादा मुश्किल होता है।

निवेदिता मेनन (2000) के अनुसार, भारतीय नारीवादी आन्दोलन में विकलांगता के मुद्दे शामिल न होने का एक और, ज़्यादा मूल कारण यह भी हो सकता है कि नारीवादी अक्सर 'महिलाओं' को स्वयंसिद्ध श्रेणी मानते हैं। एक असमर्थित धारणा है कि उनकी भिन्नताओं के बावजूद, औरतों की समस्याएँ एक समान होती हैं। वास्तव में 'महिला' की यह श्रेणी एक ऐसी प्रमुखता के मानदंड पर आधारित है जो कि धार्मिक पहचान, विकलांगता या जाति जैसी भिन्नताओं और विशिष्टताओं को अनदेखा करती है। मेनन को लगता है कि नारीवाद में विकलांगता की अदृश्यता उन्हीं कारणों से है जिनके कारण व्यापक समाज में औरतें अदृश्य की जाती हैं। उनका मानना है कि आन्दोलन में बढ़ने और बदलने की क्षमता है। विकलांगता के साथ जी रही औरतों का प्रतिनिधित्व न होने का

एक और कारण है, कि मुद्दे बहुत ज़्यादा हैं और संसाधन बहुत कम। परिणामस्वरूप, ऐसे मुद्दों पर कार्यवाही केन्द्रित रही है जो ज़्यादातर औरतों के जीवन से मेल रखते हैं, जो सक्षम और साधारण हैं, और उन मुद्दों को छोड़ दिया जाता है जिनकी न आवाज़ है और न ही कोई एजेंसी। इन कारणों को छोड़ते हुए, भारतीय नारीवाद ने विकलांगता के साथ जी रही औरतों में जो उम्मीद जगाई है, उसे व्यक्त करना ज़रूरी है। अगले अंश में, मैं उन सम्भावनाओं की बात करूँगी जो इन उम्मीदों से पैदा हुई हैं।

नारीवाद से उम्मीदें

भारतीय महिला अध्ययन आन्दोलन से विकलांगता के साथ जी रही औरतों के बाहर होने की समस्या को केवल महत्त्वपूर्ण मुद्दों की एक और श्रेणी के रूप में जोड़ देने से हल नहीं किया जा सकता। लेकिन, किसी विषय पर लिखने के लिए (उदाहरण के लिए विकलांगता के साथ जी रही औरतों के मुद्दे पर), उस विषय के निर्माण, उसे रूप देने के लिए एक प्रकार की सत्ता की ज़रूरत होती है। यह तब तक नहीं हो सकता जब तक की हम ये नहीं जानते कि वो ख़ुद अपनी पहचान किस प्रकार करती है, और इसके लिए उसके साथ बातचीत की प्रक्रिया होनी ज़रूरी है। इसलिए ज़रूरी है कि नारीवादी विमर्श और अभ्यास, दोनों विकलांगता के साथ जी रही औरतों और विकलांगता आन्दोलन के समावेश और न्याय के लिए, उनके साथ बातचीत करें। मैरियन कोर्कर इसके ख़तरों से आगाह करती हैं, "अगर जीवन की जटिलताओं पर अत्यधिक ज़ोर दिया जाए, और अगर प्रभावकारी काम करने से पहले पूरी तरह समझ बनाने की ज़रूरत को प्राथमिकता दी जाए तो विकलांगता के साथ जी रहे लोग केवल दर्शक बनकर रह जाएँगे, बजाय इसके कि वे एक मज़बूत सामाजिक आन्दोलन का सक्रिय हिस्सा बनें। ऐसे सिद्धान्त जो विकलांगता के साथ जी रहे लोगों के अनुभवों को कम या आसान करके बताते हों, वो विकलांगता और अपंगता की बहस को आगे ले जाने में मदद नहीं करते।" (कोर्कर 1999, 639)। कोर्कर के अनुसार, "इन समस्याओं का हल ढाँचे बनाने के बजाय विवेकी रणनीतियों पर आधारित संवाद के तरीक़े बनाने से मिल सकता है। इस प्रकार की जगहें बनाए बिना शक्ति सम्बन्धों का असन्तुलन ख़त्म नहीं होगा।"

सूसन बोर्डो के अनुसार, "इसका एक समाधान हो सकता है कि नज़रअन्दाज़ किए गए अनुभवों के लिए केवल सैद्धान्तिक विमर्श से जवाब नहीं मिलेगा।" जबकि, जैसे-जैसे नए आख्यान सामने आते हैं, उनमें प्रमुख काम होगा कि औरतों के अनुभवों की भिन्नताओं को जितनी सचाई से बताया जा सके, बताया जाए। यहाँ सिर्फ़ सुनने की ज़रूरत है, अपने पूर्वग्रहों और अज्ञानता से अवगत हों, जिससे कि, 'स्वयं के संकीर्ण घेरे' की सीमाओं को बढ़ाने की प्रक्रिया शुरू हो सके (मिनी ब्रूस प्रेट बोर्डो 1990 में, 138)। नारीवादी विमर्श का निर्माण विकलांगता के साथ जी रही औरतों की भागीदारी के बिना हुआ है। तो अब विकलांगता के साथ जी रही लड़कियों और औरतों पर अभी तक न दिए गए ध्यान के बारे में नारीवादी क्या कर सकते हैं, और अगर वे इस विमर्श के निर्माण में शामिल होतीं तो नारीवादी विमर्श कैसा दिखता?

क्या हमें विकलांगता के साथ जी रही औरतों को शामिल करने के लिए एक अलग नारीवादी सिद्धान्त की ज़रूरत है? जैसे कि रोज़मेरी गारलैंड थॉमसन देखती हैं (1997, 24), नारीवादी सिद्धान्त इस धारणा को चुनौती दे सकते हैं कि विकलांगता शारीरिक अपर्याप्तता और निजी दुर्भाग्य की स्वयंसिद्ध स्थिति है, जिसकी राजनीति केवल कुछ अल्पसंख्यक औरतों से ही सम्बन्ध रखती है। नारीवादी विकलांगता आचार उनके शरीरों की सामाजिक व्याख्या के बजाय, औरतों द्वारा उनकी शारीरिक भिन्नताओं और नारीत्व को स्वयं परिभाषित करने के अधिकार को मान्यता देगा।

एक अन्य मुद्दा, जो कि नारीवादी सोच के अन्तर्गत आता है, लेकिन विकलांगता दृष्टिकोण से थोड़ा अलग है, वह है भारत में विकलांगता के साथ पैदा हुए बच्चों की माँओं के द्वारा इन बच्चों की देखभाल का मुद्दा। इसको जैसे मैं समझती हूँ, "हालाँकि बच्चे की विकलांगता माँ और बाप दोनों को चिन्तित करती है, लेकिन अक्सर माँ को ही बच्चे की विकलांगता का परिणाम भुगतना पड़ता है।" (घई 2000) औरतों को विकलांग बच्चे को जन्म देने के कारण तलाक़ दे दिया जाता है, छोड़ दिया जाता है, या प्रताड़ित किया जाता है। बेटे की चाहत के चलते, यहाँ पर भी अगर लड़की हो तो माँ को और ज़्यादा ज़िम्मेदार ठहराया जाता है। देखभाल के लिए भी माँओं को ही ज़िम्मेदार माना जाता है। जिन भारतीय नारीवादियों ने देखरेख की नैतिकता पर विमर्श किया है और जो अब देखभाल में बराबरी पर विमर्श शुरू करने की प्रक्रिया में हैं (दावर 1999, 207), उन्होंने उन स्थितियों पर ध्यान नहीं दिया है जिनमें विकलांगता के साथ जी रहे लोगों, विशेषकर लड़कियों को रखा जाता है। भारतीय पारम्परिक प्रणाली के अन्तर्गत, बच्चों को राहत देने का काम माँ का होता है, विशेषकर विकलांगता के साथ जी रही लड़कियों के लिए (घई 2001, 21)। सामाजिक और सामुदायिक सहयोग के अभाव में, विकलांग लड़कियों को ज़्यादातर उनकी माँओं द्वारा की गई देखभाल पर निर्भर रहना पड़ा है, जिन्होंने निश्चित रूप से अतिरिक्त भार उठाया है। जहाँ परिवार के विकलांग सदस्यों की देखरेख के काम के कारण औरतों को दमन का सामना करना पड़ा है, नारीवादियों को याद रखना होगा कि इसका कारण विकलांगता नहीं है, जिसके कारण परिवार के उन सदस्यों को अतिरिक्त मदद की ज़रूरत होती है। इसका कारण सामुदायिक सेवाओं की कमी और असुगमता है, जिसके प्रभाव लिंगभेद के कारण देखभाल करने वाली औरतों के अलगाव और काम का भार बढ़ाते हैं।

बिना वैकल्पिक प्रबन्ध किए हुए, देखभाल करने वाली औरतों की इन भूमिकाओं को चुनौती देना विकलांगता के साथ जी रही औरतों के ख़िलाफ़ काम कर सकता है। लेकिन, अनीता सिल्वर की चेतावनी को भी ध्यान रखना ज़रूरी है कि "पितृसत्तात्मक व्यवस्था को ख़त्म करने के मुक़ाबले, देखभाल की नैतिकता को हटाकर समानता की नैतिकता स्थापित करना, पैत्रिक सत्तावादिता को ज़्यादा ख़तरा पहुँचता है।" (1995, 52)। अक्सर देखरेख करने वाले इन सम्बन्धों को बढ़ा-चढ़ा कर पेश करते हैं जिससे कि उन्हें वो आत्मीयता और पारस्परिकता मिल सके जो उन्हें पितृसत्तात्मक और

नियामक नज़र रखने वाले समाज में नहीं मिल सकती। लेकिन विकलांगता के साथ जी रही औरतों के सन्दर्भ में, उन्हें देखभाल के काम में भी लिंगभेद और अक्षमीकरण का अनुभव करना पड़ता है। मुझे जूलिया ट्विग का बूढ़े लोगों को नहलाने के अनुभवों पर किया गया काम याद आता है : एक व्यक्ति, जो कि ताक़तवर और सक्षम है, एक-दूसरे कमज़ोर और शारीरिक रूप से संवेदनशील व्यक्ति से ज़्यादा वर्चस्व रखता है, और कमज़ोर व्यक्ति उसकी शक्ति और सद्भावना पर निर्भर रहने के लिए मजबूर है। किसी ऐसे व्यक्ति के सामने नंगा होने, जो कि ख़ुद नंगा नहीं है, में वर्चस्व और असहायता निहित है, और अक्सर पूछताछ और यातना की स्थितियों में इस व्यक्ति को वश में करने के लिए इस्तेमाल किया जाता है।" (2000, 21)। यह अनुभव विकलांगता के साथ जी रही औरतों की शक्तिहीनता को और मज़बूत कर देता है तथा विकलांगता में लिंगभेद को उजागर करता है।

हालाँकि नारीवाद में आत्मनिर्भरता को स्वायत्तता से जोड़ा जाता है, देखरेख की आवश्यकता को निर्भरता की नज़र से नहीं देखा जाना चाहिए। मैं वास्तव में स्वायत्तता को विकलांगता के साथ जी रही औरतों के जीवन के प्रमुख पहलुओं के रूप में नहीं देखती। विकलांगता के साथ जी रही औरतों की पहचान अन्य लोगों के शरीर तथा विश्व के ढाँचों से जुड़ाव और आपसी निर्भरता पर आधारित है। यह सभी की वास्तविकता है लेकिन अक्सर विशेषाधिकार प्राप्त लोगों के नज़रिये में यह नज़र नहीं आता। व्यक्तिवादी समाज में 'आत्मनिर्भर' न होने को एक समस्या माना जाता है। इस सन्दर्भ में मेरे लिए स्वायत्तता का मतलब है अपने जीवन पर नियंत्रण होना, न कि बिना सहायता के अपने काम कर पाना। ग्रिफिथ्स (1995, 142), एक नारीवादी नैतिकतावादी, इसे कुछ प्रकार की स्वतंत्रताओं के रूप में व्यक्त करते हैं :

> "स्वयं को स्थापित करने की स्वतंत्रता, बिना परिणामों के डर के उस स्वयं को जीने की स्वतंत्रता और स्वयं को प्रभावित करने वाले सार्वजनिक निर्णयों में भागीदारी की स्वतंत्रता।"

व्यक्तिवादी समाज में आत्मनिर्भर व्यक्ति के रूप में न देखा जाना मुश्किल हो सकता है। हमें आपसी निर्भरता की अवधारणा का निर्माण करना होगा। नारीवाद को समझना होगा कि औरतें स्वतंत्र नहीं हो सकतीं, इसलिए नहीं कि हम लज्जास्पद या शक्तिहीन हैं, बल्कि इसलिए कि हम मनुष्य हैं।

इसलिए नारीवादियों को महिलाओं की 'स्वतंत्रता' की अवधारणाओं पर, विकलांगता के साथ जी रही औरतों के जीवन के ऐसे समाज के सन्दर्भ में सवाल उठाना होगा, जो उनके लिए कोई संसाधन उपलब्ध नहीं कराता। शिक्षा, रोज़गार, मूलभूत ढाँचों, और एक सामाजिक सुरक्षा प्रणाली के अभाव में, भारत की औरतों के लिए स्वायत्तता एक दुर्लभ लक्ष्य है, और विकलांगता के साथ जी रही औरतों के लिए तो और भी ज़्यादा दुर्लभ। अतः विकलांगता के मुद्दे न केवल शरीर, नारीत्व, यौनिकता और भिन्नता की सांस्कृतिक अवधारणाओं के पुनर्मूल्यांकन पर ज़ोर देते हैं, बल्कि नारीवादी विचारों के

तौर-तरीक़ों पर भी फिर से ग़ौर करने के लिए मजबूर करते हैं। जहाँ नारीवाद पारम्परिक लिंग-आधारित भूमिकाओं को चुनौती देने में कामयाब रहा है, और इसमें विकलांगता में निहित लिंगभेद भी शामिल है, वहाँ वह अपने सिद्धान्तों और आचारों, नैतिकता और आदर्शों तथा महिला आन्दोलन की संस्कृति पर सवाल उठाने में नाकामयाब रहा है। अत: केवल वास्तविकताओं को व्यक्त करने की विभिन्न आवाज़ों के लिए जगह बनाने की वचनबद्धता काफ़ी नहीं है, बल्कि औरतों के बीच और आपस की भिन्नताओं का सक्रियता से समावेश करना भी ज़रूरी है। लेकिन इस सम्भावना को वास्तविकता में बदलने के लिए, नारीवादी विमर्श को पुरुष और स्त्री की द्विधुरियों से आगे बढ़ना होगा। यहाँ ज़रूरत है उन विभिन्न बाधाओं की पहचान करना जो भिन्नता की अभिव्यक्ति को रोकती हैं। यह काम कठिन और जटिल है, विशेषकर जब विषमता समरूपता की समझ को छुपाने के एक तरीक़े के रूप में काम करने लगती है।

(यह लेख सबसे पहले हाइपेशिया, नारीवादी दर्शनशास्त्र की एक पत्रिका के 17वें अंक, संख्या 3, नारीवाद और विकलांगता, अंश 2, (2002), पृष्ठ 49-66 में छपा था। ये मुद्दे अभी भी प्रासंगिक हैं।)

टिप्पणियाँ

- अनीता सिल्वेर्स के सहयोग और समझ, मैरियन कोर्केर की उदारता, अलेक्सा श्रीएम्फ के धैर्य और इंटरव्यू के लिए समय देने वाले सभी नारीवादियों को विशेष धन्यवाद। उम्मीद है कि यह लेख भारतीय नारीवादी समुदाय के बीच एक सार्थक चर्चा शुरू करने में मदद करेगा जिससे कि जेंडर और विकलांगता के मुद्दे साथ में आगे बढ़ सकें।
- माइल्स अपना पहला नाम बताना नहीं चाहते।
- दास और अग्निहोत्री के पहले नाम उपलब्ध नहीं हैं।
- मनुस्मृति में 2,685 छंद हैं जिनमें जीवन के पहलुओं पर लिखा गया है—वो कैसा है और उसे कैसे जीना चाहिए। मनु हिन्दूवाद का एक प्रमुख और मौलिक ऐतिहासिक ग्रन्थ है। यह हिन्दू धर्म और भारतीय समाज की सबसे प्रभावी अवधारणा उपलब्ध करता है। हिन्दू पारिवारिक जीवन, शरीर और यौन सम्बन्धों की अवधारणाएँ, पैसे और भौतिक सम्पत्तियों के प्रति दृष्टिकोण, राजनीति, जाति और सामाजिक प्रथाएँ, इन सबके लिए मनुस्मृति की जानकारी होना ज़रूरी है। इस लेख के लिए मैंने डब्लू. डोनिगेर और बी.के. स्मिथ की व्याख्या का उपयोग किया है।

सन्दर्भ ग्रंथ

Bhasin, Kamla, Conversation with author, New Delhi, 25 November, 2000.

Bhattacharya, Jaya, Conversation with author, New Delhi, 5 November, 2000.

Bordo, Susan, Feminism, postmodernism, and gender skepticism. In Feminism/Postmodernism, (ed.) Linda Nicholson, New York and London : Routledge, 1990.

Corker, Mairian, Differences, conflations and foundations : The limits to 'accurate' theoretical representation of disabled people's experience? Disability and society, 14 (5) : 627-42, 1999.

Das, D., and S.B. Agnihotri, 'Physical disability : Is there a gender dimension?' *Economic and political weekly* 33 (52): 3333-35, 1999.

Davar, V. Bhargavi. *Mental health of Indian women : A feminist agenda,* Sage, New Delh, 1999.

Doniger, W., and B.K. Smith, *The laws of Manu,* Penguin, New Delhi, 1991.

Erevelles, Nirmala. Educating unruly bodies : Critical pedagogy, disability studies, and the politics of schooling. Educational theory. 50 (1): 25-47, 2000.

Fine, Michele, and Adrienne Asch, (eds.) 1988, *Women with disabilities: Essays in psycholgy, culture, and politics,* Temple University Press, Philadelphia.

Foucault, Michel, 'On the genealogy of ethics' : In *Michel Foucault: Beyond structuralism and hermeneutic,* (ed.) Hubert Dreyfus and Paul Rabinow. University of Chicago Press, Chicago, 1983.

Gandhi, Nandita and Nandita Shah. *The issues at stake : Theory and practice in the contemporary movement in India,* Kali for women, New Delhi, 1992.

Ghai, Anita, Living in the shadow of my disability, The Journal. 2 (1) : 32-36. 2000. Mothering a child of disability. The Journal. 2 (1): 20-22, 1998.

Marginalisation and disability : Experiences from the third world. In *Disability and the life course : Global perspectives,* (ed.) M. Priestley. Cambridge University Press, Cambridge, 2001.

IFSHA. A conference on women and sexual abuse, (Intervention for support, healing and awareness) C52, Second Floor, South Extension, Part II, New Delhi, India.

Johri, Rachana, Cultural constructions of maternal attachment : The case of a girl child, Ph.D. diss., University of Delhi, India, 1998.

Kakar, Sudhir, *The inner world : A psychoanalytic study of childhood and society in India,* Oxford University Press, Delhi, 1978.

Krishnaji, N., 'Trends in sex ratio', Economic and political weekly, April : 1161-63.

Leonard, P. 1997. Postmodern welfare, Sage, London, 2000.

Lloyd, M., 'Does she boil eggs? Towards a feminist model of disability', Disability, Handicap and society 7 (3) : 207-21, 1992.

Lonsdale, Susan. *Women and disability,* Macmillan, London, 1990.

Menon, Nivedita, 'The impossibility of 'justice' : Female feticide and feminist discourse on abortion'. In *Social reform, sexuality and the state,* (ed.) Patricia Uberoi, Sage, New Delhi, 2000, Conversation with the author, New Delhi, 5 December, 1996.

Miles, M., 'Can formal disability services be developed with South Asian historical and conceptual foundations?' *In Disability and development,* (ed.) Emma Stone. Leeds : The Disability Press, 1999.

Ministry of Women and Child Welfare, Policy document on empowerment of women. Government of India, 2000.

Morris, Jenny, (ed.) *Encounters with strangers : Feminism and disability,* The Women's Press, London, 1996.

Nietzsche, Friedrich. *On the genealogy of morals,* Vintage, New York, 1969.

Niranjana, Seemanthini, 'Femininity, space and the female body : An anthropological perspective', In *Embodiment : essays on gender and identity,* (ed.) M. Thapan, Oxford University Press, New Delhi, 1997.

Shariff, Abusaleh, *India : Human development report : A profile of Indian states in the 1990s,* Oxford University Press, London, pp. 65-66, 1999.

Silvers, Anita, Reconciling equality to difference: Caring (f)or justice for people with disabilities. Hypatia 10 (1) : 30-35, 1995.

Thomson, Garland Rosemarie, *Extraordinary bodies,* Columbia University Press, New York, 1997.

Young, Robert, Forthcoming. Invisibility and blue eyes : Towards a theory of African American subjectivity. N. P. Revista Canaria de estudios Ingleses.

Weed, Elizabeth, Introduction : Terms of reference, *Coming to terms.* New York and London, Routledge, 1989.

मुस्लिम औरतों के अधिकारों के आन्दोलन पर एक नज़र

ग़ज़ाला जमील, ख़ौला ज़ैनब

अनुवाद : सुभाष गाताडे

प्रस्तावना

व्यापक जुटान/लामबन्दियाँ और सामूहिक प्रतिरोध की घटनाएँ जिन्हें आसानी से आन्दोलन के तौर पर सम्बोधित किया जाता है उनका अध्ययन अपने दौर के सामाजिक जीवन के विभिन्न पहलुओं को उजागर करने के लिए अक्सर किया जाता है। लेकिन महिला अधिकारों के आन्दोलन महज़ एक प्रसंग/घटना नहीं होते। इसका चरित्र महज़ एक संगठन जैसा नहीं होता। वह एक तरह से इतिहास का सचेत अध्ययन या वृत्तान्त है। महिलाओं के अधिकारों के आन्दोलन के अध्ययन के लिए एक ऐसे फ्रेमवर्क की आवश्यकता होती है जो सामाजिक जीवन की बारीक़ पड़ताल करने में सक्षम हो। सबअल्टर्न/मातहतों के अध्ययन में इतिहास लेखन की बड़ी अहमियत है जिससे दिखाया जाए कि लोग वर्चस्व का प्रतिरोध कैसे करते हैं। आन्दोलनों की मौजूदगी का एहसास तब होता है जब महिलाएँ ऐसे अधिकारों पर दावे के लिए अवसर पैदा करती हैं या उन अवसरों की तलाश करती हैं जो उन्हें उस समय उपलब्ध नहीं। इनका सम्बन्ध राजनीतिक मुक्ति, आर्थिक लाभ, शैक्षिक उपलब्धियों या जीवनशैली के चुनावों से हो सकता है।

प्रस्तुत अध्याय में हम भारतीय महिला आन्दोलन में अपने अधिकारों और अपनी पोजिशन के लिए चले मुस्लिम महिलाओं के संघर्ष को फिर से पढ़ने/समझने की कोशिश करेंगे। हमारी कोशिश रहेगी की भारत में मुस्लिम महिलाओं के अधिकारों के आन्दोलन की दुर्दशा की पड़ताल करते हुए फ्रेमवर्क के दायरों को और विस्तारित किया जाए जिनमें मुस्लिम महिलाओं के जीवन-संसार की पड़ताल की जा सके। हमारा मक़सद यह भी है कि मुस्लिम महिलाओं की स्थिति, हैसियत और एजेंसी के बारे में मौजूदा समझ की भी आलोचना पेश की जाए।

किसी भी समाज में जब अधीनस्थ बनाया गया तबका समानता का दावा करता है तो उसे अक्सर नकारात्मक प्रतिक्रिया और दमन का सामना करना पड़ता है, लेकिन

इसके लिए अक्सर एक बेहद सौम्य अनुशासनकारी सत्ता का प्रयोग किया जाता है ताकि उसको अपनी बात कहने से भी रोका जा सके। हमारी कोशिश यह बताने की रहेगी कि औपनिवेशिक भारत में मुस्लिम महिलाओं के आन्दोलन को सचेतन तौर पर भुला दिया गया और उपनिवेशोत्तर भारत में वह मज़बूती ग्रहण नहीं कर सका क्योंकि न केवल इन संघर्षों के विवरण, बल्कि मुस्लिम स्त्री कार्यकर्ताओं के व्यक्तित्वों और उनकी एजेंसी को भारत में महिला अधिकार आन्दोलन के विवरणों से एक तरह से बाहर रखा गया।

इस अध्याय में प्रस्तुत व्यवस्था सबअल्टर्न/मातहतों की राजनीति और संस्कृति के नारीवादी अध्ययन के मुताबिक़ है ताकि अपने मुद्दों को बुलन्द करनेवाली मुस्लिम महिलाओं की खोई आवाज़ों को फिर बहाल किया जा सके।[1] इस बात को भी रेखांकित करना ज़रूरी है कि ऐसे प्रयोग का मौक़ा इतिहास के ख़ास मुक़ाम पर ही आता है। एक तरफ़ जहाँ अकादमिक अनुसन्धान में मुस्लिम महिलाओं के संघर्षों और सक्रियताओं के बारे में अधिक सटीक चित्रण होने लगा है, वहीं हम यह पाते हैं कि आम जनता के स्तर पर मुस्लिम महिलाओं को लेकर विमर्श अभी भी पिछड़ा दिखता है। हमारी कोशिश रहेगी कि इस पिछड़ेपन को स्पष्ट किया जाए और अभी भी जो घिसी-पिटी धारणाएँ मौजूद हैं और उन्हें ख़ामोश किए जाने का जो सिलसिला जारी है उसे भी प्रश्नांकित किया जाए।

आज मुस्लिम महिलाओं के संघर्षों और उनकी सक्रियताओं को ढूँढ़कर सामने लाने की ज़रूरत है। इस आन्दोलन के नेताओं और सहभागियों की कहानियों, उनके चुनावों और उनके मतों की पड़ताल करने की ज़रूरत है। किस तरह मुद्दों को प्रस्तुत किया गया, उसकी असफलताओं और सफलताओं—सभी को जानना बहुत मायने रखता है।

विभिन्न बौद्धिक और डिस्कर्सिव (असम्बद्ध) विरोधाभासों को सम्बोधित करने की ज़रूरत इस अध्याय का फ़ोकस है। मिसाल के तौर पर, अगर ग़ैर मुस्लिम स्त्रियों की ज़िन्दगियों में पितृसत्ता के विभिन्न प्रकटीकरणों को उनके धर्म की बात किए बिना उभारा जा सकता है तो फिर जब मुस्लिम स्त्रियों की चर्चा होती है तब उनकी सभी समस्याओं की जड़ों को उनकी आस्था में क्यों निहित माना जाता है?

जहाँ जेंडर और धर्म को उन दो शक्तियों के तौर पर देखा जाता है जो मुस्लिम महिलाओं की पहचान को आकार देते हैं। बहुसंख्यकवादी राष्ट्रवाद और उसे परिभाषित करनेवाली राजनीति, लम्बे समय से हमारी अनुभवसिद्ध पड़ताल से बचती रही है। इन प्रवृत्तियों की आलोचना आज भी एक टेढ़ी खीर है क्योंकि भारतीय जेंडर/स्त्री अध्ययन विद्वानों/विदुषियों का जहाँ एक तरफ़ मुस्लिम कट्टरवाद पर अत्यधिक फ़ोकस है वहीं भारतीय मुस्लिम महिलाओं पर केन्द्रित अध्ययनों में निहित इस्लामोफोबिया या प्राच्यवाद पर सापेक्षत: कम ध्यान दिया जाता है।

अन्तत:, भारत में महिलाओं के अधिकार के लोकप्रिय विमर्श पर पश्चिमी उदार नारीवादी विचारों का वर्चस्व दिखता है और नव-उदारवाद की नारीवादी आलोचना शायद ही कभी सघन अकादमिक लेखन से परे जाती दिखती है। ऐसी परिस्थितियों में, यह आश्चर्य

की बात नहीं लगती कि मुस्लिम स्त्रियों से जुड़ी जाँच-पड़ताल/तहक़ीक़ात उनके ज़िन्दगी के यथार्थ पर नव-उदारवाद के आर्थिक और सांस्कृतिक प्रभावों से परिचित नहीं दिखती।

इस प्रस्तावना के बाद इस अध्याय का दूसरा हिस्सा मुस्लिम महिलाओं के संघर्षों के शुरुआत के प्रश्न को सम्बोधित करता है। औपनिवेशिक भारत में मुस्लिम महिलाओं की सक्रियताओं की समझदारी हमें इस बात का आकलन करने में सक्षम बनाएगी कि मुस्लिम स्त्रियों का जो चित्रण किया जाता है कि वे इस क़दर उत्पीड़ित रही हैं कि उन्होंने अपने अधिकारों के लिए कभी बोला ही नहीं हो, यह कहाँ तक सही है। नारीवादी इतिहास लेखन की यह असफलता है कि वह आन्दोलन की स्मृतियों को सँजो नहीं सकी और भारत में पितृसत्ता के ख़िलाफ़ मुस्लिम स्त्रियों के प्रतिरोध को याद नहीं कर सकी। इसके तहत मुस्लिम स्त्रियों की सक्रियता को दुर्लभ समझा जाता है। इस भाग का अन्त, हम इस सुझाव के साथ कर रहे हैं कि न केवल भारत के बँटवारे की हिंसा, तबाही बल्कि भारत में मुस्लिमों के अन्यीकरण ने भी भारत में मुस्लिम महिलाओं के अधिकारों के आन्दोलन को बाधित किया।

अगले भाग में, स्वतंत्र भारत में मुस्लिम स्त्रियों के अनुभवों का संक्षिप्त विवरण प्रस्तुत कर रहे हैं। विभाजन के तत्काल बाद मुस्लिम महिलाओं के एक्टिविज़्म पर पड़ी बन्दिशों की संक्षेप में पड़ताल की गई है। हम यहाँ मुस्लिम स्त्रियों से सम्बन्धित कुछ महत्त्वपूर्ण विकास सूचकांकों की चर्चा कर रहे हैं और मुस्लिम 'पिछड़ेपन' के विमर्श की आलोचना प्रस्तुत कर रहे हैं। इस भाग का अन्त साम्प्रदायिक हिंसा के प्रभाव पर चर्चा, ख़ासकर मुस्लिम पुरुषों के दानवीकरण और उन्हें निशाना बनाने, मुस्लिम स्त्रियों के प्रति जेंडरीकृत विश्व दृष्टिकोण और समुदाय के अन्दर पितृसत्ता को चुनौती देने की उनकी क्षमता की चर्चा के साथ होता है।

चौथे भाग में, हम भारत में सांस्कृतिक बहुसंख्यावादी राजनीति में मुस्लिम स्त्रियों के प्रश्न के केन्द्रीय स्थान ग्रहण करने की परिघटना का विश्लेषण कर रहे हैं। मुस्लिमों की विवाह परम्पराएँ और उनमें तलाक़/विवाह विच्छेद की प्रथाओं जैसे जटिल प्रश्न पर अपना ध्यान केन्द्रित करने के पहले हम भारत के महिलाओं के आन्दोलन में मुस्लिम पर्सनल लॉ के इर्द-गिर्द चल रही बहस-मुबाहिसों की संक्षेप में समीक्षा प्रस्तुत कर रहे हैं। इनमें विधायी सुधारों के प्रश्न को अक्सर अल्पसंख्यकवाद का शिकार बन जाने के तौर पर पेश किया जाता है। हम यहाँ इस मुद्दे को भारत में चुनावी राजनीति के स्वरूप की समस्या के तौर पर—न कि संगठित धर्म के अन्तर्भूत गुण के तौर पर—रख रहे हैं। इस भाग के अन्त में हम धर्मनिरपेक्ष अदालतों तथा दारुल क़ज़ा—जिन्हें आम भाषा में शरिया अदालतें कहा जाता है—में तलाक़ तथा भरण-पोषण/परवरिश को सुगम करने के लिए मुस्लिम स्त्रियाँ किस तरह अपनी एजेंसी/कर्ताशक्ति पर अमल कर रही हैं, इसका विवरण दे रहे हैं।

इस अध्याय की समाप्ति इस निष्कर्ष के साथ होती है कि भारत में मुस्लिम स्त्रियों का नारीवाद आज उनकी पसन्दगियों, उनके स्पष्ट वक्तव्यों और आत्म प्रतिनिधित्व से इस तरह चिन्हित हुआ है जिनकी आप किसी पहले से रूढ़िबद्ध छवि से तुलना नहीं कर सकते।

मिटा दिए गए अतीत को हासिल करना

जब हम यह दावा करते हैं कि कुछ बातों को भुला दिया गया है, तो विडम्बना के रूप में इसका मतलब उसे याद करना भी होता है जिसे भुला दिया गया है। मुस्लिम स्त्रियों के इतिहास के पहले मिटा दिए जाने और उनके ग़ायब किए जाने के बारे में ज़ोर से बात की जा सकती है क्योंकि इनमें कुछ को विद्वानों ने नए सिरे से हासिल किया है। जैसा कि पहले ही उल्लेख किया जा चुका है कि अपने अधिकारों के लिए मुस्लिम महिलाओं के संघर्षों के इतिहास का यादों पर आधारित[2] (Nora) विवरण अभी अकादमिक साहित्य से लोकप्रिय सामूहिक स्मृतियों तक और मुस्लिम स्त्रियों के बारे में मुख्यधारा के विमर्श तक नहीं पहुँचा है। इस इतिहास से इनकार किए जाने के कारण मुस्लिम स्त्रियों के बारे में उस रूढ़िबद्ध धारणा को मज़बूती मिली है जिसके तहत उन्हें केवल पीड़ित के तौर पर पेश किया जाता रहा है।

नब्बे के दशक में मुस्लिम महिलाओं की शिक्षा पर सामाजिक इतिहासकारों (मिनाल्ट 1998, मेटकाफ, देवजी 1991, वटुक 1994) द्वारा तैयार किए गए ढेर सारे अकादमिक अध्ययन प्रकाशित हुए हैं। इस सभी विद्वत्तापूर्ण चर्चाओं में विद्वज्जनों के बीच इस बात पर सहमति है कि मुस्लिम स्त्रियों की शिक्षा पर पुरुष परिप्रेक्ष्य इसी बात तक सीमित है जहाँ वह स्त्रियों को अपने बच्चों के प्रति माँ की भूमिका और अपने पतियों के संगी के तौर पर अपनी पारम्परिक भूमिका तक ही सीमित रखता है। इनमें से अधिकतर विद्वान उन्हीं स्त्रोतों से परिचित हैं और उनसे ही मदद लेते हैं, जिसमें भारत के अलग-अलग हिस्सों में प्रकाशित स्त्रियों की उर्दू पत्रिकाएँ शामिल हैं। यह अध्ययन इसी बात को रेखांकित करता है कि औपनिवेशिक काल के उत्तरार्द्ध में स्त्रियों की शिक्षा के अनुकूल सुधार की भावना और सक्रियता का इतिहास रहा है जैसा कि हम हिन्दू स्त्रियों के अधिकारों के लिए चल रहे सुधार आन्दोलनों के दर्ज विवरणों और याद किए जाने वाले संस्मरणों में देख सकते हैं। इन अध्ययनों में इस बात को जानने की शायद ही कोई कोशिश की गई है कि उनके ज्ञान को हासिल करने के रास्ते में जो बन्दिशें रखी गई थीं और उनके जीवन में सुधार के बारे में वे ख़ुद क्या सोचती थीं। इन अध्ययनों को पढ़कर यही राय बनती है कि इन सीमाओं को लाँघने की कोई कोशिश मुस्लिम स्त्रियों ने नहीं की।

लेकिन जल्द ही अध्ययनों का एक दूसरा सिलसिला सामने आया (सरकार 2008, लैम्बर्ट-हर्ले 2004) जिसने इस विमर्श में एक अलग तरह का अड़ंगा प्रस्तुत किया। महुआ सरकार (2001) ने इस बात को रेखांकित किया कि हालाँकि पहले के अध्ययनों ने भूले हुए स्त्रोतों और सूचनाओं पर नई रोशनी डाली थी, उन्होंने यह स्पष्ट करने की कोशिश नहीं की कि मुस्लिम स्त्री बुद्धिजीवी और कार्यकर्ता सबसे पहले मानकीय इतिहास से बाहर क्यों कर दिए गए? (पेज 227)

उत्तर औपनिवेशिक भारत में मुस्लिम स्त्रियों की शिक्षा

भारत में महिला अधिकारों के इतिहास के सबसे लोकप्रिय लेखनों में यह बात साझी जान पड़ती है कि 1890 और 1900 के दशक में स्त्रियों की शिक्षा और समाज सुधारों के मामलों में पुरुषों का अनुभव और परिप्रेक्ष्य हावी रहा था। सर्वसमावेशी (totalising) लगनेवाले इस विवरण के ख़िलाफ़ दो सामान्य बातें कही जा सकती हैं। एक, इस मसले पर पुरुषों के बीच भी मतभेद थे और दूसरा, महिलाएँ भी अपनी स्वायत्तता, अपनी एजेंसी और सुधार के प्रति अपनी राजनीतिक सूझबूझ को प्रदर्शित करते हुए सहभागी हुईं। सब मिलाकर हम कह सकते हैं कि मुस्लिम महिलाओं के अधिकारों के आन्दोलन को लेकर यह शुरुआती प्रेरणा थी।

मुस्लिम स्त्रियों की शिक्षा के अध्ययन पर केन्द्रित एक नई रचना में, हसन और मेनन (2008) उत्तर औपनिवेशिक काल में इस मुद्दे की जड़ों की तलाश करते हैं। वे इस बात को रेखांकित करते हैं कि अशरफ़ अली थानवी जैसे सुधारवादी धार्मिक विचारधारा के हामी/हिमायती, जिन्होंने मुस्लिम स्त्री को क्या जानना चाहिए इसे मद्देनज़र रखते हुए धार्मिक शिक्षा और घर चलाने की कुशलता पर ज़ोर देते हुए बाक़ायदा पूरा पाठयक्रम लिख डाला—वह दरअसल सर सैयद अहमद ख़ान जैसे पश्चिमी आधुनिकतावादी शिक्षा के हिमायतियों की तुलना में मुस्लिम स्त्रियों की शिक्षा के अधिक मज़बूत हिमायती थे क्योंकि सर सैयद अहमद ख़ान जैसे लोग मानते थे कि पश्चिम शिक्षा हासिल करना मुस्लिम पुरुषों के लिए ज़्यादा ज़रूरी है और मुस्लिम स्त्रियों की शिक्षा के लिए इन्तज़ार किया जा सकता है।

हालाँकि, मुस्लिम महिलाओं की शिक्षा के प्रति सर सैयद में उत्साह की कमी पर अक्सर चर्चा होती है, लेकिन यह बात भी सच है कि वह इस प्रोजेक्ट के प्रगट विरोधी नहीं थे। अलीगढ़ में एंग्लो ओरिएंटल कॉलेज स्थापित करने के कुछ साल बाद 1886 में उन्होंने जिस मोहम्मडन एजुकेशनल कॉन्फ्रेंस की स्थापना की उसमें मुस्लिम स्त्रियों की शिक्षा की चर्चा अक्सर होती थी। मोहम्मडन एजुकेशनल कॉन्फ्रेंस की तीसरी सालाना बैठक में, जो 1888 में लाहौर में हुई थी, वहाँ बाक़ायदा एक प्रस्ताव पेश किया गया कि शरीफ़[3] मुस्लिम परिवारों की बेटियों की शिक्षा को सुगम बनाने के लिए लड़कियों के लिए स्कूल/कॉलेज स्थापित किए जाएँ। अन्ततः वर्ष 1896 में मुस्लिम एजुकेशनल कॉन्फ्रेंस के कार्यक्रम में महिला शिक्षा के लिए एक अलग हिस्से का निर्माण किया गया, जिसने महिला शिक्षा आन्दोलन के लिए ज़बरदस्त प्रयास किया (Islam 2016)।

यहाँ इस बात को रेखांकित करना सही होगा कि उस दौर में अभिजात वर्ग की सन्तानों के लिए—जिसमें मुस्लिम अभिजात भी शामिल थे—होम स्कूलिंग अर्थात् घर में ही शिक्षा दिलाने का प्रचलन था। कई सारे अभिजात मुस्लिम परिवारों में, स्त्रियों को पुरुषों के समकक्ष ही शिक्षा मिली। मौलाना आज़ाद की बड़ी बहन, ज़ैनब और उनकी छोटी बहनें, आरज़ू बेगम और आबरू बेगम, जो ख़ुद चर्चित लेखिका और कवयित्री थीं,

उन्हें आज़ाद के साथ ही कई साल तक साथ पढ़ाया गया। भोपाल के महिला शासकों की लम्बी श्रृंखला में ही सुलतान जहाँ बेगम का नाम शुमार है। कलाकार, संग्राहक और कार्यकर्ता आतिया फ़ैज़ी तैयब जी परिवार से जुड़ी थीं और अल्लामा इकबाल, शिबली नोमानी और मौलाना मुहम्मद अली जौहर के साथ अपने पत्र-व्यवहार और अपनी बुद्धिमत्ता के लिए जानी जाती थीं। तमाम सामाजिक प्रतिबन्धों के बावजूद कइयों को उनके शिक्षित भाइयों, पिताओं ने या पति ने घर में पढ़ाया और आगे बढ़ने में मदद की। कई मुस्लिम परिवारों में मिशनरियों द्वारा भेजी गई ब्रिटिश गवर्नेंस को स्त्रियों की शिक्षा के लिए रखा जाता था (Ali 2000)।

इनमें से कुछ महिलाएँ उच्च शिक्षा संस्थानों (जो पुरुषों के लिए बने थे या सीमित थे) में भी प्रवेश लेने के लिए आगे आईं। उन्होंने काफ़ी भ्रमण किया, और ब्रिटिश अभिजातों के साथ और अरब तथा पश्चिमी एशियाई मुल्कों के अभिजातों के साथ घुली-मिलीं। हम उनके अनुभवों के बारे में जानते हैं क्योंकि इन स्त्रियों ने अपने यात्रा वृत्तान्त लिखे, अपने निजी संस्मरण लिखे, और सामाजिक-धार्मिक मसलों पर और यहाँ तक कि राजनीतिक मसलों पर निबन्ध लिखे। ऐसी असंख्य महिलाएँ थीं जो स्कूलों की स्थापना करने के आन्दोलन में अग्रणी थीं; जर्नल्स में लिखने में या उन्हें प्रकाशित करने में तथा न केवल औपचारिक स्कूली शिक्षा बल्कि प्रगतिशील सामाजिक प्रवृत्तियों को बढ़ावा देने में आगे थीं। इस तरह, इस आन्दोलन की अहमियत इसमें है कि उसने अभिजात पृष्ठभूमि की युवतियों की निजी शिक्षा से परे जाकर मुस्लिम लड़कियों की औपचारिक शिक्षा के जन स्वरूप को बढ़ावा देने की आवाज़ को बुलन्द किया।

अलीगढ़ आन्दोलन और मोहम्मडन एजुकेशनल कॉन्फ्रेंस (एमईसी) के उभार के साथ-साथ स्त्रियों की शिक्षा की कोशिशें ताक़त हासिल करती गईं अलबत्ता उनका विरोध भी जारी रहा। इसे बताते हुए कुरतुल ऐन हैदर कहती हैं,

> 'सदी की शुरुआत में भारत की मुस्लिम महिलाओं ने राष्ट्रीय और साहित्यिक जीवन में धमाके के साथ प्रवेश किया। भारत की अन्य महिलाओं से परदे ने उन्हें अलग कर दिया, इसलिए उन्हें मुक्ति की जंग आँगन से लड़नी पड़ी। पुरुषों के साथ बराबरी की अपनी माँगों में वह मुस्लिम पर्सनल लॉ से भी लैस थीं। उन्हें बस यही कहना था 'हमें भी वही अधिकार मिलें जो क़ुरान और पैगम्बर ने दिए थे।' इसमें कोई आश्चर्य नहीं जान पड़ता कि उन्हें रूढ़िवादी मर्दों के भारी विरोध का सामना करना पड़ा।"
>
> (Hyder 1975 cf Hameed 2014, p. 54)

वर्ष 1906 में शेख़ अब्दुल्ला, जो अलीगढ़ के युवा वकील थे और एमईसी के सेक्रेटरी थे, उन्होंने तथा उनकी पत्नी वाहिद जहाँ बेगम ने अलीगढ़ जनाना मदरसा स्थापित किया। 1904 में भोपाल की सुलतान बेगम ने इस स्कूल के लिए बोर्डिंग हाउस/छात्रावास का उद्घाटन किया।

मुस्लिम महिलाओं के संगठनों की शुरुआत : अंजुमन ए ख़वातीन ए इस्लाम और ऑल इंडिया लेडीज़ एसोसिएशन

वर्ष 1914 में अंजुमन ए ख़वातीन ए इस्लाम की स्थापना हुई। उसके पहले सम्मेलन में कई सारे प्रस्ताव पारित हुए, जिसने 'हिन्दोस्तां की मुस्लिम औरतों' के लिए धार्मिक और गृहकार्य की शिक्षा देने का संकल्प लिया और यह भी तय किया गया कि 'भारतीय महिलाओं में एकता और सहमति क़ायम की जाए' और 'हर साल अलग-अलग शहर में सम्मेलन का आयोजन किया जाए' और अगर वहाँ इकट्ठा होना मुमकिन नहीं हुआ तो सम्मेलन अलीगढ़ गर्ल्स स्कूल में हो सकता है। (Islam 2016, p. 63) भोपाल की बेगम को इसका जीवनकाल पर्यंत अध्यक्ष बनाया गया और नफ़ीस दुल्हन बेगम, जो नवाब हबीबुर रहमान शेरवानी की पत्नी थीं उन्हें उसका मानद सचिव बनाया गया। वर्ष 1914 से 1929 के दरमियान सुलतान जहाँ बेगम ने अंजुमन के ग्यारह सम्मेलन अलीगढ़, मेरठ, दिल्ली, लाहौर, कलकत्ता, आगरा, मल्कापुर, सुबह बेरार, पुणे और हैदराबाद में आयोजित किए। (Lambert-Hawley 2007)

इन सम्मेलनों में अभिजात परिवारों से जुड़ी शिक्षित मुस्लिम महिला प्रतिनिधियों ने बड़ी संख्या में शिरकत की। मद्रास, पंजाब, हैदराबाद और बंगाल में मुस्लिम महिलाओं की शिक्षा की कोशिशें पहले से चल रही थीं। अंजुमन ने इन सभी महिलाओं को साथ जोड़ने का काम किया।[4] रोकैया सखावत हुसैन ने अंजुमन की कलकत्ता शाखा की स्थापना 1916 में की। ये अलग-अलग शाखाएँ स्वायत्त ढंग से काम करती थीं और अक्सर सम्मेलनों में सुधार के मसले पर ज़बरदस्त असहमतियाँ, तो कभी-कभी तीखी झड़पें भी होती थीं।

वर्ष 1916 में जब मोहम्मडन एजुकेशनल कॉन्फ्रेंस को नया मुख्यालय मिला तब सुलतान जहाँ बेगम को, उसके उद्घाटन के लिए बुलाया गया। इस ऐतिहासिक अवसर पर अपने सम्बोधन में नवाब बेगम ने पुरुषों को इस बात के लिए लताड़ा कि वह पचीस साल से मुस्लिम स्त्रियों की शिक्षा की बात कर रहे हैं और हक़ीक़त में सिर्फ़ लड़कियों का एक स्कूल क़ायम करने में सफल हुए हैं, और वह भी अभिजात परिवारों की लड़कियों के लिए। उन्होंने यह भी जोड़ा कि मुस्लिम महिलाओं को पूरी तौर पर उन पर ही और उनकी अपर्याप्त कोशिशों पर निर्भर नहीं रहना चाहिए। लेकिन इसके बाद बेगम ने एक पर्चा तैयार किया जिसमें उन्होंने इस बात को स्वीकारा कि ये कोशिशें उतनी अपर्याप्त नहीं थीं और इस बात को भी सराहा कि मुस्लिम स्त्रियों के सुधार के काम में अब कुछ तेज पूर्ववर्ती छात्राएँ पहल ले रही हैं।[5] उन्होंने आगे यह भी जोड़ा कि मुस्लिम महिलाओं के संगठन जो बेशक़ीमती कोशिशें कर रहे हैं, उन्हें चाहिए कि वे अपने दायरे को बढ़ाएँ और अन्य समुदायों की महिलाओं के साथ राष्ट्रीय स्तर पर एक संस्था क़ायम करें जिनके साथ उनके हित क़रीने से कपड़े में धागे की तरह गुँथे हैं।[6] उन्होंने इस दिशा में काम जारी रखा और दो साल बाद मार्च 1918 में भोपाल में ऑल इंडिया लेडीज एसोसिएशन (AILA) की स्थापना हुई।

ऐसे कई मुद्दों पर—जो महिलाओं को एक साथ जोड़ते थे—महिलाएँ विभिन्न क़िस्म के सामाजिक और राजनीतिक आन्दोलनों में सहभागी हुईं। मिसाल के तौर पर, हिन्दू महिलाओं के साथ, शरीफ़ा हामिद अली जैसी मुस्लिम स्त्रियों ने भी मुस्लिम पुरुषों के एक हिस्से के विरोध के बावजूद शारदा एक्ट (1929) के लिए समर्थन जुटाया जिसके तहत बाल विवाह पर पाबन्दी लगाने का प्रस्ताव था। ऑल इंडिया वूमेन्स कॉन्फ्रेंस (एआईडब्लूसी) की मुस्लिम सदस्यों ने यहाँ तक दावा किया कि यह ऐसा मुद्दा है जो स्त्रियों को प्रभावित करता है लिहाज़ा इस मसले पर बोलने का पुरुषों को कोई अधिकार नहीं है। (Forbes) ऑल इंडिया वूमेन्स कॉन्फ्रेंस का दावा था कि वह सभी भारतीय महिलाओं का प्रतिनिधित्व करती है। इसी तरह, शरीफ़ा हामिद अली और बेगम जहाँआरा शाहनवाज़ जैसी अग्रणी मुस्लिम महिला नेत्री—जो बाद में मुस्लिम लीग से जुड़ीं—भारत में मताधिकार आन्दोलन से भी जुड़ी थीं जिसकी परिणति धनी/जायदाद वाली महिलाओं को मताधिकार प्राप्ति से हुई।

गवर्नमेंट ऑफ़ इंडिया एक्ट 1935 के पारित होने के बाद, अन्य तमाम बातों के साथ-साथ, साठ लाख भारतीय महिलाओं तक मताधिकार का और महिला प्रत्याशियों के चुनाव लड़ने के अधिकार का विस्तार किया गया तथा उनके लिए अलग मतदाता संघों का निर्माण किया गया। इसके चलते पार्टी प्रतिबद्धता के रास्ते महिलाओं की सत्ता की राजनीति में सहभागिता का रास्ता सुगम हुआ। फ़ॉर्ब्ज़ के अनुसार 1937 के चुनावों से 'वर्चस्ववादी महिला संगठनों' के विमर्श का अन्त हुआ और इसकी जगह चुनावों के माध्यम से सत्ता हासिल करने के इर्द-गिर्द होनेवाले विमर्श ने ले ली। उत्तर औपनिवेशिक काल में मुस्लिम राजनीतिक सक्रियता को लेकर चली चर्चाओं में 'मुस्लिम अलगाववाद' की जो चर्चा हावी रही उसकी जड़ में यही बात है। लेकिन प्रभुत्वशाली सिद्धान्त 'मुस्लिम पिछड़ेपन' से लेकर कांग्रेस के असमावेशीकरण को और औपनिवेशिक निर्मिति (construct) से इस्लामिक मूल्य प्रणाली की निर्मिति को स्पष्ट करने की कोशिश करते हैं। सिद्धान्त जो भी हो, सभी इस बात से सहमत हैं कि मुस्लिम राजनीति में साम्प्रदायिक पहचानों ने एक प्रमुख भूमिका अदा की। ब्रिटिश भारत के मुस्लिम पाकिस्तान और धर्मनिरपेक्ष भारत में विभाजन ने आज़ाद भारत में सभी मुस्लिम राजनीति को 'अलगाववादी' ठहराया।

इसके अलावा, लैम्बर्ट हॉले (Lambert-Hawley) मानती हैं कि जो महिलाओं के इतिहास, विशेषकर मुस्लिम महिलाओं के इतिहास का अध्ययन करते हैं, वे इस प्रस्तुति से सहमत होते हैं। मिसाल के तौर पर, अंजुमन-ए-खवातीन-ए-इस्लाम (ऑल इंडिया मुस्लिम लेडीज कॉन्फ्रेंस) पर अपने आलेख को मिनॉल्ट (Minault) शीर्षक देती हैं 'सिस्टरहुड ऑर सेपरेटिज़्म?' अर्थात् 'बहनापा या अलगाववाद'/और यह नतीजा निकालती हैं कि अधिकतर मुस्लिम महिलाओं ने ऑल इंडिया वूमेन्स कॉन्फ्रेंस (एआईडब्ल्यूसी) जैसी मुख्यधारा की महिला संगठनों से जुड़ने से परहेज किया और अगर वे सहभागी हुईं भी तो एक समूह के तौर पर अपनी अलग पहचान बनाए रखी। अज़रा असगर अली जैसी अन्य मुस्लिम महिलाओं ने यह तर्क दिया कि बीसवीं सदी

के पूर्वार्द्ध में जेंडर की तुलना में धर्म, भारत की मुस्लिम महिलाओं के लिए जुड़े रहने का प्रभावी विमर्श था। उनका दावा है कि इन मुस्लिम महिलाओं ने "नारीवादी एजेंडा को पहचान की राजनीति के मातहत कर दिया।"

इन अध्ययनों की समस्या उनके उस दृष्टिकोण में निहित है जिसके तहत जेंडर भूमिकाओं के प्रति तथा महिलाओं के अधिकारों के प्रति मुस्लिम सुधारक पुरुषों के नज़रिये को वरीयता दी जाती है जबकि मुस्लिम स्त्रियों की राय और अपने अधिकारों के लिए उनकी लड़ाई को जानने की कोई कोशिश नहीं की जाती है। जब वे साम्प्रदायिक और जेंडर अधिकारों के सवालों पर आते हैं तो उसमें भी वे इनके अन्तर्सम्बन्धों को परस्पर विशिष्ट मानने पर ज़्यादा ध्यान नहीं देते मानो एक को छोड़े बिना दूसरे के लिए आवाज़ उठाना असम्भव था।

जुलिया क्रिस्टेवा द्वारा अपने निबन्ध 'वूमेन्स टाइम' में महिला आन्दोलन में पीढ़ीगत बदलाव के मॉडल को लैम्बर्ट हॉले (2004) इस्तेमाल करती हैं, ताकि इतिहास लेखन को प्रश्नांकित करने के अपने अधिकार के बारे में मुस्लिम महिलाओं के विमर्श में पीढ़ीगत बदलाव की पड़ताल की जा सके। वह कहती हैं कि मुस्लिम महिलाओं का ऑल इंडिया लेडीज एसोसिएशन (AILA) की स्थापना करना दरअसल इस धारणा को ग़लत साबित करता है कि मुस्लिम महिलाओं ने स्त्री आन्दोलन में भाग नहीं लिया या जब उन्होंने इस दिशा में क़दम बढ़ाया, वे तंगनज़री की शिकार थीं। लैम्बर्ट हॉले इसके बारे में रोशनी डालती हैं कि ऑल इंडिया लेडीज एसोसिएशन में मुस्लिम महिलाओं ने किस तरह अलग-अलग पृष्ठभूमि से आनेवाली शरीफ़ परिवारों की महिलाओं को एक बहनापे की भावना के साथ जोड़ने की कोशिश की भले ही उसका नेतृत्व अभिजातों के हाथ में था, लेकिन भारत के शाही परिवारों की हिन्दू और मुस्लिम स्त्रियों की सहभागिता से यह स्पष्ट था कि ऑल इंडिया लेडीज एसोसिएशन संकीर्ण नज़रिये की नहीं थी। एक शाही सियासतदाँ होने के नाते जिन्हें भोपाल के हित की रक्षा करनी थी, नवाब बेगम ने राजसी रियासतों और शाही ताक़त के बीच मध्यस्थता की भूमिका भी अदा की। ऑल इंडिया लेडीज एसोसिएशन की बैठकों में शामिल मुस्लिम महिला प्रतिनिधियों के नज़रियों की विविधता और बाहुल्य का ही प्रमाण था कि "सरोजिनी नायडू, जो भोपाल की बेगम के अलावा सम्मेलन की सबसे अग्रणी प्रतिनिधि थीं, ने निजी बातचीत में बेगम हुमायूँ मिर्जा से यह कहा कि यह दुखद है कि अपने अधिकारों की माँग करने के मामले में मुस्लिम महिलाएँ आपस में इतनी बँटी हैं।" (लैम्बर्ट हॉले 2004, पृ. 53)।

रूढ़िवादी पुरुषों या सुधारवादी प्रवृत्तियों से ढाले जाने के बजाय, कॉन्फ्रेंस की चर्चाओं, व्याख्यानों और प्रस्तावों का लैम्बर्ट हॉले का अध्ययन यह बताता है कि उनकी कोशिशें एक देशज फ्रेमवर्क को विकसित करने से संचालित थीं जिस पर यह आरोप नहीं लग सकता था कि वह यूरोपीय स्त्रियों का अन्धानुकरण कर रहा है।

भारतीय महिलाओं के अधिकार आन्दोलन की जड़ों को चिन्हित करते हुए, वूमेन्स इंडियन एसोसिएशन (WIA), नेशनल कौसिंल ऑफ़ वूमेन इन इंडिया (NCWI), ऑल

इंडिया वूमेन्स कॉन्फ्रेंस (AIWC) को श्रेय दिया जाता है। (Forbes) इसके विपरीत, ऑल इंडिया लेडीज एसोसिएशन और मजलिस स्त्रियों के अधिकार के लिए उनकी सक्रियता और भारतीय स्त्रियों के अधिकार आन्दोलन में मुस्लिम स्त्रियों की सहभागिता को लोकप्रिय इतिहास से पूरी तरह मिटा दिया जाता है।

भारत के बँटवारे से प्रभावित आन्दोलन

शुरुआती दशक : सीमित होती अभिव्यक्ति

सभी आन्दोलन एक ही रेखा में नहीं चलते हैं—कुछ अधिकाधिक ताक़त हासिल करते जाते हैं और सहभागियों की ज़िन्दगियों को वांछित तरीक़ों से बदलते जाते हैं। मुस्लिम महिलाओं के अधिकारों का आन्दोलन विभाजन की भौतिक और दुखदायी हिंसा और भारत से मुस्लिमों के बड़े पलायन से बाधित हुआ जिसने परिवारों को और यहाँ बचे समुदाय को तबाही की ओर ढकेला। इसके अलावा, अधिकारों के लिए मुस्लिम महिलाओं के संघर्ष के हाथ भी नाकामयाबी लगी, क्योंकि किसी भी क़िस्म की मुस्लिम लामबन्दी, संगठन या जुटान पर संकीर्णता और अलगाववाद के आरोप लगाना आसान था जिसे औपनिवेशिक और राष्ट्रवादी इतिहास लेखन ने मज़बूती दी थी और जिसका 'सबूत' विभाजन के दौरान सामने आया था।

कई सारी अग्रणी मुस्लिम महिला एक्टिविस्ट—जो मुस्लिम लीग से सम्बद्ध थीं—उन्होंने पाकिस्तान में रहने का चुनाव किया और कई सारी अपने परिवारों के साथ रहने के लिए वहाँ गईं।

एक भारी बहुसंख्या के अलावा, जिन्होंने भारत में रहना तय किया, उनमें कुछ जाने-माने नाम भी थे।

महिलाओं की स्थिति को लेकर बने संयुक्त राष्ट्र संघ के आयोग में भारत का प्रतिनिधित्व शरीफ़ा हामिद अली ने किया। वह दुनिया भर से इसके लिए चुनी गई पन्द्रह महिलाओं में शामिल थीं। उन्होंने इस आयोग के दिशा-निर्देशक सिद्धान्तों का मसविदा तैयार किया, जिन पर आज भी अमल हो रहा है। बेगम अज़ाज रसूल जो कुदसिया रसूल के नाम से भी जानी जाती थीं, पहले मुस्लिम वूमेन्स लीग की सेक्रेटरी थीं, जो पाकिस्तान नहीं गईं बल्कि वह कांग्रेस से जुड़ीं। इस तरह वह संविधान सभा की एकमात्र मुस्लिम महिला सदस्य बनीं।

सईदा ख़ुर्शीद हामिदा अब्दुल्ला जैसी महिलाएँ कांग्रेस की सक्रिय संगठनकर्ता थीं और पार्टी में पदाधिकारी भी थीं, जबकि अनीस किदवई और अज़ीज़ा फ़ातिमा इमाम जैसी महिलाएँ संसद और विधानसभा का सदस्य भी बनीं। इन अग्रणी महिलाओं का लेखन और उनकी राजनीतिक सक्रियताओं के विवरण आधिकारिक दस्तावेज़ों में तथा उनकी प्रकाशित रचनाओं में मौजूद हैं। कई मुस्लिम महिला सामाजिक कार्यकर्ता, कलाकार आदि बाल अधिकार, क़ैदियों के अधिकार, कामगारों के अधिकार या स्वास्थ्य के मुद्दों पर सक्रिय दिखती हैं, लेकिन हम पाते हैं कि 1950 और 1960 के दशकों के दौरान

अपने अधिकारों को लेकर मुस्लिम महिला कार्यकर्ताओं की सक्रियताओं के मोर्चे पर लगभग सन्नाटा दिखता है। इसके बाद, जब-जब मुस्लिम महिलाओं के अधिकारों की बात होती है, उसे अनिवार्य तौर पर पर्सनल लॉ और समान नागरिक संहिता की माँग के साथ जोड़ा जाता रहा है। भारत में महिलाओं की स्थिति को लेकर बनी कमेटी की रिपोर्ट में भी हम यही स्थिति देखते हैं, जिसकी एक मुस्लिम सदस्य सकीना हसन भी थीं।

1970 के दशक के अन्त तक भी महिला अधिकारों के हिमायती सारी महिलाओं की बात एक ऐसे तबके के तौर पर करते थे जो समाज में पुरुषों के अधीन हैं। दुर्गाबाई देशमुख जैसी स्त्री अधिकारों की मुखर प्रवक्ताओं के लेखन में भी अनुसूचित जाति की स्त्रियों का उल्लेख बाद के विचार के तौर पर नज़र आता है और मुस्लिम स्त्रियों का उल्लेख 'अन्य' के तौर पर आता है—जिनके बारे में अधिक कुछ नहीं किया जा सकता क्योंकि वे उत्पीड़नकारी धर्म और निजी क़ानूनों के चंगुल में फँसी हैं। बाद में जब इंटरसेक्शनैलिटी अर्थात् अन्तर्गुंफन की चर्चाओं ने ज़ोर पकड़ा तब नस्लीयता, जाति और वर्ग की बातों को पहचान के अन्य संकेतकों के रूप में उभारा जाने लगा। इसमें मुख्य रूप से यही समझा जाता था कि जाति का अनुभव दलित स्त्रियाँ ही करती हैं, जबकि ग़रीब महिलाएँ वर्ग को अधिक महसूसती हैं तथा धर्म की बात अल्पसंख्यक महिलाएँ करती हैं। इसके अलावा भारत में ऐसे अध्ययन शायद ही दिखाई दिए जहाँ उनके बीच के क्षेत्रीय/भाषायी/नस्लीय, जाति या वर्गीय भिन्नताओं की यह कहकर पड़ताल की गई हो कि ये परिस्थितियाँ मुस्लिम स्त्री के तौर पर धर्म पर उनके असर को कम करती हों। इस बात को मद्देनज़र रखते हुए कि उनकी तमाम समस्याएँ हमेशा ही और अनिवार्य तौर पर उनकी आस्था से जोड़ी जाती हों, उनकी शैक्षिक उपलब्धियाँ और उनकी वर्गीय स्थितियों को लेकर भी मुस्लिम स्त्रियों के सारभूतीकरण की बात जारी रही जहाँ उन्हें समरूप ग़रीब और पिछड़ी ज़िन्दगी का शिकार कहा जाता रहा, जिसे इस्लाम और मुस्लिम पुरुषों द्वारा उत्पीड़ित किया जाता रहा हो।

विकास के विमर्श में मुस्लिम स्त्रियाँ

अपने देश में मुस्लिमों के चित्रण में पिछड़ेपन के जिस फ्रेमवर्क को आम तौर पर इस्तेमाल किया जाता है, वही फ्रेमवर्क विकास के विमर्श में ज़ोरदार तरीक़े से इस्तेमाल होता है। शुरुआती सरकारी रिपोर्टों से लेकर अकादमिक साहित्य तक अक्सर यही बात बेहद सुविधाजनक जान पड़ती रही है कि भारतीय मुस्लिमों की सामाजिक-आर्थिक स्थिति का ठीकरा समुदाय की आन्तरिक 'सामाजिकहीनता' पर डाला जाए। शिक्षा और स्वास्थ्य के संकेतकों को भी समुदाय के अन्तर्निहित पिछड़ेपन से जोड़कर देखा जाता रहा है।

प्रजनन क्षमता की दर यही वह प्राथमिक पैमाना रहा है जिसके आधार पर 'पिछड़ेपन' को अक्सर जोड़कर देखा/नत्थी किया जाता है (Varagur 2017, Kwatra 2019)।[7-8] हालाँकि इस बात का आकलन किया जा चुका है कि कुछ इलाक़ाई भिन्नताओं को छोड़ दें तो राष्ट्रीय स्तर पर कुल प्रजनन दर (TFR Total Fertility Rate) प्रतिस्थापन दर के इर्द-गिर्द ही घूमती है, इसलिए जनसांख्यिकीय चिन्ताओं; (demographic concern)

की कोई वजह नहीं है।[9] इसके बावजूद हम पाते हैं कि मुस्लिमों पर लांछन लगाने के लिए उसका इस्तेमाल किया जाता है—उन्हें 'अधिक बच्चे पैदा करनेवाले' के तौर पर चित्रित किया जाता है। दरअसल प्रजनन क्षमता के धर्म के साथ कार्यकारण सम्बन्ध (causal relationship) स्थापित करनेवाला कोई रिसर्च उपलब्ध नहीं है, लेकिन यह परिकल्पित पिछड़ापन एक तरह से आत्मपूर्ति करनेवाली भविष्यवाणी के तौर पर काम करता है जिसके तहत मुस्लिमों पर लांछन लगाया जाता है और जो नीतिगत स्तर पर एक क़िस्म के आत्मसन्तोष को बढ़ावा देता है।

निरन्तर प्रजनन ने लम्बे समय से अर्थशास्त्रियों को यह देखने का मौक़ा नहीं दिया कि ऊँची जाति के हिन्दुओं की तुलना में मुस्लिमों में बच्चों की उत्तरजीविता (survival) की दर अधिक होती है।

एक बार देखे जाने के बाद उसे 'मिथ्याभास/विरोधाभास' कहकर ख़ारिज किया गया क्योंकि अब तक प्रयुक्त सामाजिक-आर्थिक पिछड़ेपन के ढाँचे की बात को यह बात काटती थी। भलोत्रा, वालेंत और सोएस्ट (Bhalotra, Valente and Soest, 2010) आदि मुस्लिमों में कम बाल मृत्यु दर के 'तय प्रभाव' की बात करते हैं, तय इसलिए क्योंकि यह अन्तर कई दशकों से बना हुआ है, जिसका ताल्लुक़ धर्म के—धार्मिक नियमों और प्रथाओं से बने—सकारात्मक प्रभावों से है।

गेरूसो और स्पीअर्स (Geruso and Spears, 2018) ने समुदाय के नियमों और आचारों के स्वास्थ्य पर प्रभावों का अधिक विस्तार से अध्ययन किया। उन्होंने पाया कि मुस्लिम बहुल अड़ोस-पड़ोस में रहने से शिशु के उत्तरजीविता की दर बढ़ जाती है। स्पीअर्स और कॉफे (Spears and Coffey, 2017) ख़राब सैनिटेशन की आदतों के बने रहने के पीछे जाति की केन्द्रीय भूमिका की बात करते हैं जो बेहद विपरीत ढंग से शिशु उत्तरजीविता दर को प्रभावित करते हैं। हिन्दू जाति व्यवस्था संडास के प्रयोग को निरुत्साहित करती है क्योंकि वह टॉयलेट को साफ़ करने के काम को लांछनास्पद कहते हुए अस्पृश्यता को जारी रखने की हिमायती होती है। पानी के स्रोतों के पास या खुले में शौच को निरुत्साहित करने की मुस्लिम प्रथा दरअसल पिछड़े समझे जानेवाले मुस्लिमों को लेकर स्थापित धारणाओं के प्रतिकूल जान पड़ती है, इसलिए उसकी अधिक चर्चा नहीं होती।

मुस्लिमों के शिक्षा के स्तर, (प्रगति के प्रतीक के तौर पर जिसका इस्तेमाल होता है) और स्वास्थ्य के परिणाम के बीच की कमज़ोर कड़ी के अलावा, यह मानने का कोई कारण नहीं होता कि समुदाय की शिक्षा का स्तर धर्म के चलते है। वर्ष 2005 में प्रकाशित सच्चर कमेटी की रिपोर्ट भारत के मुस्लिमों में शिक्षा के स्तर की काफ़ी बेरंग तस्वीर पेश करती है। मुस्लिम पुरुषों के बीच साक्षरता दर दलित पुरुषों से थोड़ी ही अधिक है और उनमें अन्तरपीढ़ीगत गतिशीलता (intergenerational mobility) अनुसूचित जाति/जनजाति के पुरुषों से भी कम है/और घट रही है (Asher, Novosad and Rafkin)। यहाँ भी अपनी कमज़ोर सामाजिक-आर्थिक स्थितियों से ऊपर उठने में मुस्लिमों की असमर्थता को राज्य की नीतियों में सकारात्मक कार्रवाइयों की कमी के

परिणाम के तौर पर देखा जा सकता है। मुस्लिम महिलाओं के बारे में, मैत्रेयी बोर्दिया दास (2004) ने पाया कि रोज़गारों की आम तौर पर अनुपलब्धता और मुस्लिमों में भूस्वामित्व के निम्न स्तर के अलावा, मुस्लिम पुरुषों और स्त्रियों को लेबर मार्केट में अन्य संरचनागत चुनौतियाँ झेलनी पड़ती हैं, जो धार्मिक आधारों पर खंडित रहता है।

यह हक़ीक़त इसके बिलकुल विपरीत है जहाँ मुस्लिम स्त्रियों की काम में सहभागिता में परदा किस तरह एक प्रतिबन्धक कारक का काम करता है, इस पर अत्यधिक ज़ोर दिया जाता है। सार्वजनिक दायरे में इस मसले पर बात भी नहीं होती कि बिना भेदभाव के डर के क्या इन स्त्रियों के पास अपना पहनावा चुनने की भी स्वायत्तता है।

विकास सूचकांकों के मामले में किसी समुदाय के सबसे कमज़ोर प्रदर्शन के मामले में अधिक महत्त्वपूर्ण निर्धारक समझी जाने वाली स्थूल स्थितियों की अक्सर अनदेखी की जाती है और अपवादजनक और जन्मजात/अन्तर्निहित पिछड़ेपन की बात कही जाती है। यह हक़ीक़त कि आर्थिक तबाही—फिर चाहे वह जायदाद की हो, व्यापारों की हो और मुस्लिमों के जीवनयापन की हो—वह साम्प्रदायिकता का ज़रूरी उपकरण है जो साम्प्रदायिक हिंसा के उभार के दिनों में खुलकर प्रकट होता है। (Khalidi 1996) का अर्थ यही निकलता है कि समुदाय की आर्थिक मुक्ति में रुकावट पैदा की जाती है, जो सामाजिक तथा राजनीतिक उपलब्धियों के रास्ते को बाधित करती है।

विकास क्षेत्र (डेवलपमेंट सेक्टर), जिसमें ग़ैरसरकारी संगठनों की बहुतायत होती है, शिक्षा, जीवनयापन और स्वास्थ्य के सामाजिक मुद्दों को समेटता है। उनकी कार्यप्रणाली की आलोचना अक्सर अवसरवादी कहकर और गहरी राजनीतिक हक़ीक़त के उदात्तीकरण में संलिप्त होने को लेकर की जाती है। वह मुस्लिम महिलाओं को कर्ताशक्ति प्रदान किए बिना उनके 'कर्ता' (subject) होने की बात सालों से कहता आया है। सशक्तीकरण के शब्दाडम्बर में सिमटे हुए और फंडिंग की सियासत में उलझे हुए, डेवलपमेंट एनजीओ ने हमेशा ही मुस्लिम पहचान के प्रश्नों से इस हद तक अपनी सचेत दूरी बनाए रखी है कि वह संरचनागत उपेक्षा को मज़बूत करते दिखते हैं। अपनी किताब में फराह नकवी (2018) इस बात को रेखांकित करती हैं कि कई सारे संगठन इस तथ्य को मानने से भी इनकार करते हैं कि वे मुस्लिमों के बीच काम कर रहे हैं जबकि यह सचाई सभी के सामने होती है। उनकी पहचान से इनकार दरअसल, अगर हम डेवलपमेंट सेक्टर के सन्दर्भ में देखें तो, उस क्लासिक समस्या का निर्माण करता है जहाँ आप ग़लत निदान के आधार पर किसी का इलाज कर रहे होते हैं।

हालाँकि इस सेक्टर में उभर रहे मुस्लिम संगठन समुदाय से जुड़ी समस्याओं का बेहतर विश्लेषण कर पा रहे हैं, लेकिन ऐसे संगठनों का कोई दीर्घकालीन और मज़बूत नेटवर्क नहीं विकसित हो सका है। विकास सम्बन्धी विमर्श में वे कोई महत्त्वपूर्ण धारा का भी निर्माण नहीं कर सके हैं। डेवलपमेंट सेक्टर की कार्यप्रणाली—उसका सैद्धान्तिक निदान, उसके फंडिंग का स्वरूप, और उसके हस्तक्षेप का तरीक़ा—के साथ मुख्यधारा की राजनीति ने फिर मुस्लिम पिछड़ेपन की बात को ही आगे बढ़ाया और उन्हें अपनी बात कहने के अधिकार से वंचित किया।

दूसरी तरफ़, राज्य और उसकी संस्थाओं के साथ व्यक्तिगत तौर पर कुछ एक्टिविस्ट्स की नज़दीकी के चलते एक ख़ास क़िस्म का मुस्लिम एक्टिविज़्म चलता रहा। अधिकतर इनका ताल्लुक़ पत्रकारों की नीतिगत स्तर की पैरोकारी से रहा जैसे फराह नकवी और सैयदा हमीद जैसों की सक्रियता। और राज्य की नीतियों से उभरनेवाले मुद्दों के इर्द-गिर्द लामबन्दी पर उसका शायद ही कोई असर रहा।

साम्प्रदायिकता, नारीवादी बहनापा और जेंडर सम्बन्ध

उपनिवेशोत्तर भारत अधिकाधिक अपनी हर दिशा में हिन्दुत्व विचारधारा के स्याह अँधेरों में सराबोर होता रहा। नब्बे के दशक तक आते-आते राजनीतिक पार्टियों और उनके कार्यकर्ताओं के सम्प्रदायीकरण ने महिलाओं के सशक्तीकरण के शब्दाडम्बर का उद्घोष किया लेकिन अपने आपको मुस्लिमों के प्रति साझी नफ़रत की भावना के आधार पर संगठित किया। इसका सबसे बीभत्स रूप तब सामने आया जब बाबरी मस्जिद का ध्वंस किया गया। गुजरात के मुस्लिमों के जनसंहार ने हिन्दू राष्ट्र के निशानों को और स्पष्टता के साथ उजागर किया जब व्यापक पैमाने पर तबाही को अंजाम दिया गया और मुस्लिम महिलाओं को बेहद घिनौनी क़िस्म की यौन हिंसा झेलनी पड़ी। (Sarkar 2003) आर्थिक प्रतिद्वन्द्विता किस तरह साम्प्रदायिक हिंसा को जन्म देती है, यह मिथक टूट गया। इसी के साथ यह धारणा भी टूटी कि हिन्दू और मुस्लिम सांस्कृतिक तौर पर असंगत इकाइयाँ हैं जो एक ही राष्ट्रीय भूगोल में सह अस्तित्व में हैं और जिनकी परिणति यदा-कदा लेकिन अनिवार्य तौर पर दरारों में होती है। गुजरात का जनसंहार एक तरह से हिन्दू राष्ट्र स्थापित करने के सामाजिक, सांस्कृतिक और राजनीतिक प्रोजेक्ट की पहली उपलब्धि थी। मुस्लिमों के प्रति हिन्दू विद्वेष को उसने जिस तरह दंडमुक्ति तथा वैधता प्रदान की, उसका अर्थ ही था कि आनेवाले समय में संरचनात्मक और सांस्कृतिक हिंसा और अधिक गहरी और व्यापाक होगी। (Coalition Against Genocide 2005; Grover 2002)।

हिंसा, मृत्यु, अलगाव, हाशियाकरण और दमन का मुस्लिम स्त्रियों और पुरुषों का साझा अनुभव जेंडर सम्बन्धों के अन्तर्विरोधों की नारीवादी समझ पर हावी दिखता है। हिन्दू उच्च जाति की स्त्री की पवित्रीकृत यौनिकता पर केन्द्रित—जिसे निम्न जाति के हिन्दू और मुस्लिम पुरुषों के व्यभिचार से बचाना है—हिन्दुत्व विचारधारा के लिए यह ज़रूरी हो जाता है कि वह मुस्लिम पुरुष की मर्दानगी को आक्रामक ढंग से पेश करे। (Gupta 2002) जबकि, हक़ीक़त यही है कि मुस्लिम पुरुषों की मर्दानगी (हिन्दू पुरुषों के 'मानक' पुरुषत्व के विपरीत) आम तौर पर समाज में उनकी कमज़ोर स्थिति और हाशियाकरण से ग्रस्त रहती है। बार-बार मुस्लिम पुरुषों का, ख़ासकर 9/11 के बाद की दुनिया में, अपराधीकरण हुआ है और उन्हें 'आतंकवादी' या 'धार्मिक अतिवादी' के तौर पर देखा जाता रहा है जिन्हें राज्य ने हमेशा सन्देह की निगाह से देखा है और उन्हें लगातार निगरानी, दमन और मनमानी गिरफ़्तारी का शिकार बनाया है। इसके चलते अपने परिवारों और समुदाय के पुरुषों के प्रति मुस्लिम स्त्रियों में एक सुरक्षात्मक और

समानुभूति की भावना विकसित हुई है। (Jamil 2017) इसके चलते यह विचार और अधिक जटिल हो जाता है कि सभी स्त्रियाँ, एक महत्त्वपूर्ण और संरचनात्मक तरीक़े से, पितृसत्ता के साथ समरूप रिश्ता बनाती हैं। समुदाय और नारीवादी निष्ठा दोनों के साथ मुस्लिम स्त्रियाँ एक अनोखी आत्मपरक स्थिति में उलझी होती हैं, जहाँ वे निरन्तर दोहरी निष्ठाओं और प्राथमिकताओं के बीच अपना रास्ता तय कर रही होती हैं।

उन्हें जो विश्वासघात झेलना पड़ता है वह भी बहुस्तरीय होता है। सबसे पहले, भले ही भारत के स्वायत्त महिला आन्दोलन ने हिंसा और बलात्कार के मुद्दों के इर्द-गिर्द जीतें हासिल कीं (Agnihotri and Mazumdar 1995), साम्प्रदायिक हिंसा का प्रश्न, जाति आधारित हिंसा और हाशियाकृत महिलाओं पर राज्य प्रायोजित हिंसा के मसलों से वह अभी तक बचता रहा है। दूसरा, समुदाय के धार्मिक नेताओं ने अक्सर मुस्लिम स्त्री आज़ादी और एजेंसी को कम करके आँका। मुज़फ़्फ़रनगर की वर्ष 2013 की हिंसा के बाद, दंगापीड़ित स्त्रियों के सामूहिक विवाहों का आयोजन किया गया ताकि राज्य के वादे के तहत आर्थिक मुआवज़ा हासिल किया जा सके।[10]

इसलिए, भले ही मुस्लिम स्त्रियाँ अपने समुदाय के पुरुष के प्रति ख़ास हमदर्दी रखती हैं, उनके प्रति ऐसा ही व्यवहार समुदाय के किसी भी क़िस्से से नहीं आया। (Jamil 2017) उन्हें समान रूप से घरेलू हिंसा, यौनिकता पर नियंत्रण और सीमित गतिशीलता को झेलना पड़ता है। साम्प्रदायिक हिंसा की घटनाएँ इन चीज़ों में और तेज़ी ला देती हैं। दंगों के बाद आम तौर पर महिलाओं पर निगरानी बढ़ जाती है और सार्वजनिक जगहों और संस्थानों तक उनकी पहुँच और कम हो जाती है (Khan 2007)। दूसरी तरफ़, मुस्लिम स्त्रियों के मुद्दे या वे ख़ुद कभी पुरुष वर्चस्ववाले धार्मिक बोर्डों, संगठनों और संस्थाओं में यथोचित स्थान हासिल नहीं कर पातीं।[11] न ही मुस्लिम पुरुषों ने उन मुस्लिम स्त्रियों को उल्लेखनीय समर्थन प्रदान किया है जो सार्वजनिक दायरों तक पहुँचना चाहती हैं, उच्च शिक्षा हासिल करना चाहती हैं या सार्वजनिक स्थानों में महत्त्वपूर्ण पदों पर पहुँचती हैं।

मुस्लिम विरोधी राजनीति में मुस्लिम स्त्रियों की केन्द्रीयता

उपनिवेशोत्तर भारत में, मुस्लिम पर्सनल लॉ की सार्वजनिक छानबीन/समीक्षा एक तरह से एक महत्त्वपूर्ण उपकरण रही है जिसके माध्यम से एक दुराग्रही/हठी मुस्लिम समुदाय की छवि का निर्माण किया गया है। राष्ट्रवादी प्रोजेक्ट, जो एक तरह से हिन्दू पुरुष की मर्दानगी और हिन्दू पुरुषकर्ता की निर्मिति पर निर्भर था (Sarkar 2001), को अमल में लाने के लिए तथा उसे ठोस शक्ल प्रदान करने के लिए यह ज़रूरी था, कि मुस्लिम पुरुष को आक्रामक दिखाया जाए, जो व्यापक हिन्दू समुदाय के लिए ख़तरा बना हुआ है। मुस्लिम पुरुषों की ऐसी प्रस्तुति के लिए ज़रूरी था कि मुस्लिम स्त्रियों को सारतः उत्पीड़ित बताकर पेश किया जाए, और उनके जेंडर आधारित उत्पीड़न को समुदाय के धार्मिक क़ानूनों के साथ जोड़ा जाए।

इसलिए, भारत में मुस्लिम पर्सनल लॉ के इर्द-गिर्द चल रही बहसों को देखें तो पता चलता है कि वह अनिवार्य तौर पर साम्पद्रायिक राष्ट्रवादी एजेंडा में उलझी होती है। बाद की चर्चाओं में, हम यह दिखाने की कोशिश करेंगे कि मुस्लिम महिलाओं के प्रश्न साम्प्रदायिकता की धुंध से घिरे हैं जिसका असर हमें मुस्लिम महिलाओं के संघर्षों को सीमित किए जाने पर नज़र आता है।

क़ानूनी मामलों के इर्द-गिर्द केन्द्रित यह मसला जो एक राजनीतिक दायरे में उद्घाटित होता रहा है जहाँ न्यायपालिका, राज्य, हिन्दू दक्षिणपंथ और उलेमा सभी ने मुखर रुख़ अपनाया, जबकि मुस्लिम महिलाओं के अधिकारों पर चली चर्चा किसी सार्थक संवाद के बजाय निरन्तर एक तमाशे में न्यूनीकृत होती रही।

वर्ष 1985 में सर्वोच्च न्यायालय ने शाहबानो के भरण-पोषण के लिए दायर याचिका के मामले में धर्मनिरपेक्ष क़ानून को लागू करने को वाजिब ठहराया।[12] ऑल इंडिया मुस्लिम पर्सनल लॉ बोर्ड और कुछ अन्य ने इसे धार्मिक निजी क़ानून पर और इस तरह धार्मिक अधिकार पर अतिक्रमण के तौर पर देखा। इस आलोचना के चलते, बाद के वर्ष में, संसद ने गोया अपने हथियार डाल दिए और मुस्लिम वूमेन्स प्रोटेक्शन ऑफ़ डायवोर्स राइट्स एक्ट को पारित किया, जिसके अनुसार अपराध दंड संहिता के तहत हर माह नियमित राशि मिलने के बजाय शरीयत के अनुसार, इद्दत (तलाक़ के बाद तीन महीनों तक) एकमुश्त राशि मिलने की बात थी। इस मामले में मुस्लिम पर्सनल लॉ को जो वरीयता प्रदान की गई उससे हिन्दुओं में आक्रोश पैदा हुआ।

इसके अलावा, कई महिला संगठनों ने धार्मिक क़ानून को दी जा रही वरीयता पर अपनी चिन्ता प्रकट की। दरअसल भारत के महिला आन्दोलन ने जेंडर न्याय के धर्मनिरपेक्ष सूत्रीकरणों के ज़रिये अपनी ज़मीन बनाई है (Schnieder 2009) जो इस सम्भावना को रोक देता है कि मुस्लिम स्त्रियों की आस्था का दायरा हो सकता है जिसके अन्तर्गत मुक्ति मुमकिन है। साथ-ही-साथ, हालाँकि धर्मनिरपेक्षता महिला आन्दोलन का स्वीकृत व्यवहार था—इसके बावजूद सशक्तीकरण और स्त्रीत्व का आह्वान करने के लिए अक्सर हिन्दू धार्मिक प्रतीकों का इस्तेमाल होता था।

आशंकाओं के बावजूद, बाद के अध्ययनों ने दिखा दिया कि मुस्लिम स्त्रियाँ इस क़ानून के तहत लाभान्वित हो रही हैं क्योंकि इसके तहत भरण-पोषण की राशि की उच्चतम सीमा तय नहीं की गई है, जो भरण-पोषण के लिए बने दूसरे संवैधानिक प्रावधानों में शामिल है। इसके अलावा, अभाव से बचने के एकमात्र साधन के तौर पर माँगने के बजाय, जिसके चलते जिन महिलाओं पर वह लागू हो सकता था उसका दायरा व्यापक हो गया, भरण-पोषण को एक अधिकार के तौर पर भी माँगा जा सकता है (Agnes 2012)।

राजनीतिक एजेंडा के तौर पर विधायी सुधार

शाहबानो के आर्थिक अधिकारों को जिस तरह हिन्दुत्ववादी ताक़तों ने राजनीतिक चाल के तौर पर इस्तेमाल किया वह एक तरह से आने वाले वर्षों के लिए एक उदाहरण

बना। वर्ष 2016 में शायरा बानो ने सर्वोच्च न्यायालय में एक जनहित याचिका दायर की जिसमें उन्होंने तीन तलाक़, निकाह-ए-हलाला और बहुपत्नीत्व की संवैधानिक वैधता को चुनौती दी। महिला आन्दोलन के विभिन्न धड़ों ने जहाँ अपनी-अपनी याचिकाएँ दायर करके इस माँग का समर्थन किया, वहीं पर ऐसे भी थे जिन्होंने इस बात से आगाह किया कि साम्प्रदायिक शक्तियाँ इस मुद्दे का अपहरण कर सकती हैं।

इस पूरी बहस में इस तथ्य की पूरी तरह उपेक्षा की गई कि ऐसी बहुविध क़ानूनी नज़ीरें थीं, जिनका ऊपरी भाग में उल्लेख किया गया है, जहाँ अदालतों ने यहाँ तक कि सर्वोच्च न्यायालय ने भी, तुरन्त तलाक़ को अवैध घोषित किया था। दरअसल, यह मुद्दा चूँकि मुस्लिम समुदाय के रूढ़िवाद को रेखांकित करने के लिए मुफ़ीद जान पड़ता था, इसलिए उसके प्रति अधिक आकर्षण दिखा और सभी ओर से इस मसले पर बहस चलती रही।

इसके बाद यह जोड़ना ज़रूरी है कि इस अवसर पर मुस्लिम महिला संगठनों के वक्तव्यों में जो विविधता देखी गई उसके चलते इस मुद्दे पर सार्वजनिक विमर्श एक अनोखे ढंग से जीवित हो उठा। मुस्लिम वूमेन्स फोरम जैसे संगठनों ने कहा कि तीन तलाक़ का क़ुरान में कोई आधार नहीं है और वह एक सामाजिक बुराई है जिसके लिए विधायी क़दमों की आवश्यकता नहीं है। 'बेबाक कलेक्टिव' जैसे समूह भी थे जिन्होंने जेंडर न्यायपूर्ण क़ानूनों की हिमायत करने के तहत ख़ुद सर्वोच्च न्यायालय में याचिका दायर की और इसके तहत इस बात पर ज़ोर दिया कि महज़ इस्लाम ही नहीं बल्कि सभी धर्मों में जो भेदभावपूर्ण आचार मौजूद हैं, उन्हें ख़ारिज किया जाए। भारतीय मुस्लिम महिला आन्दोलन जैसे संगठनों ने मुस्लिम पर्सनल लॉ के सूत्रीकरण की माँग की ताकि स्थानीय पद्धतियाँ और धार्मिक प्राधिकारियों के बिखरे स्वरूप के चलते धार्मिक क़ानूनों को अपनी मर्ज़ी से तोड़ा-मरोड़ा ना जा सके। कई ऐसे भी थे जो समान नागरिक संहिता चाहते थे जो किसी धर्मविशेष से जुड़ी नहीं हो। हालाँकि बाद में, कई सारे लोगों ने समान नागरिक संहिता की माँग पर पुनर्विचार किया, जब यह स्पष्ट होता गया कि उसे लागू करना एक तरह से अल्पमत पर बहुसंख्यक मूल्यों को थोपने का ज़रिया बनेगा। श्नायडर (Schnieder) नोट करती हैं कि किस तरह राज्य के हस्तक्षेप, जो अक्सर धार्मिक नेताओं के क़दमों के साथ मिलते थे, मुस्लिम महिलाओं के सुधारवादी एजेंडा के लिए ऐसे शुरुआती बिन्दु बने जिन्होंने इस्लामिक नारीवादी विचार को आकार दिया।

इस मामले में, इन याचिकाओं का असर यही रहा कि भाजपा सरकार ने एक बिल प्रस्तावित किया जो फौरी तीन तलाक़ को अपराध घोषित करने की दिशा में आगे बढ़ गया। यह न केवल आम समझ के बिलकुल विपरीत था बल्कि ग़ैरज़रूरी रूप से दंडात्मक था। चूँकि इसने एक ऐसी कार्रवाई (तीन तलाक़) का अपराधीकरण किया जिसे पहले से ही अवैध घोषित किया गया था और जो मुस्लिम पुरुषों को अनुचित ढंग से निशाना बना रहा था। यहाँ हिन्दुत्व एजेंडा को आगे बढ़ाने में राज्य की भूमिका भी स्पष्ट हो रही थी। क़ानून और विधेयक की सीमाएँ उजागर हो रही थीं, जब हिन्दुत्व

ताक़तों द्वारा ही उसका हड़प कर लिया गया था। अतीत में भी क़ानून की प्रकियाओं के ज़रिये जेंडर न्याय चाहने वाले महिला आन्दोलन के लिए यह एक ज़रूरी सबक था।

मुस्लिम तलाक़ की बारीक़ियाँ : दारुल क़ज़ा

मुस्लिम महिलाओं के मामले में जहाँ शादी और तलाक़ की बातें अक्सर चर्चाओं के केन्द्र में आती हैं, यह नोट करना महत्त्वपूर्ण है कि यह वास्तविक स्थिति का प्रतिनिधित्व नहीं करती। वर्ष 2011 की जनगणना के आँकड़ों को देखें तो, सिर्फ़ 0.49 फ़ीसदी मुस्लिम महिलाएँ तलाक़शुदा थीं और इन सभी को तीन तलाक़ नहीं दिया गया था। भारतीय मुस्लिम महिला आन्दोलन द्वारा तीन तलाक़ पर किए गए केस स्टडी के मुताबिक़ 117 तलाक़ों में से महज़ एक तलाक़ फौरी तीन तलाक़ का मामला था (Niaz and Soman 2015)।

इसके अलावा, इस्लाम में शादी अति पवित्र नहीं मानी जाती; वह एक क़ानूनी और सामाजिक करार है और इसके टूटने की सम्भावना को एक व्यावहारिक रूप में दर्ज किया जाता है। तलाक़ को बहुत दुर्भाग्यपूर्ण घटना के रूप में देखा नहीं जाता। इसके बजाय इस कथित करार की समाप्ति के लिए एक स्पष्ट प्रक्रिया होती है। 'विवाह विच्छेद का मतलब मरने के बराबर'—यह चिन्तन दरअसल इसी बात का लक्षण है कि संस्थागत प्रणालियाँ असफल हो चुकी हैं जो विवाह की समाप्ति पर स्त्रियों को बेहद नाज़ुक स्थिति में छोड़ती हैं। इसलिए, व्यक्तिगत क़ानूनों को यह नहीं समझा जाना चाहिए कि मुस्लिम स्त्रियों के अधिकारों की स्थिति पर वह अन्तिम क़िस्म की बात कहेंगे। इसके बजाय, विभिन्न मार्गों को मज़बूत करना होगा जहाँ उनका सम्प्रदायीकरण करने की कोशिशों के बजाय महिलाएँ अपने आर्थिक अधिकार तथा आवश्यक सामाजिक स्थायित्व हासिल कर सकें।

क्या तलाक़ महिलाओं के लिए दुनिया के सारे दरवाज़े बन्द कर देता है? क्या महिलाओं और पुरुषों को दुखदायी बन चुकी शादी से बाहर निकलने की बात नहीं सोचनी चाहिए? तलाक़ चाहनेवाली मुस्लिम महिलाएँ क्या करती हैं?

दारुल क़ज़ा विवाद को हल करने का वैकल्पिक मंच होता है जहाँ शरीयत के अनुसार पारिवारिक विवादों को हल किया जाता है। 'शरीयत अदालत' के तौर पर अपमानजनक ढंग से सम्बोधित किए जाने वाले इस मंच के बारे में आम धारणा यही है कि वह समानान्तर न्यायिक अदालतों के तौर पर काम करते हुए पुरुषवादियों की मुख्यत: मदद करता है (और स्त्रियों के हितों के प्रतिकूल काम करता है)। वर्ष 2005 में यही कारण बताते हुए एक जनहित याचिका दायर कर माँग की गई कि सभी दारुल क़ज़ा को भंग कर किया जाए।[13] वर्ष 2018 में तीन तलाक़ को लेकर जारी बहस-मुबाहिसों के बीच, मीडिया ने इस बात का समाचार दिया कि ऑल इंडिया मुस्लिम पर्सनल लॉ बोर्ड (AIMPLB) ज़िला स्तर पर दारुल क़ज़ा क़ायम करना चाहता है[14] जिसके चलते इस संस्था की ही ज़बरदस्त आलोचना हुई। वर्ष 2005 और 2018 में, महिला आन्दोलन के अन्दर के आवाज़ों और हिन्दू समूहों ने भी दारुल क़ज़ा की आलोचना की, और इस तरह देश के क़ानूनी ढाँचे की बहुलता के बारे में अहम तथ्यों को भुला दिया गया—जो

एक तरह से दारुल क़ज़ा के अस्तित्व तथा तमाम मुस्लिम महिलाओं के लिए उसकी प्रासंगिकता को नकारता है।

दारुल क़ज़ा को कोड ऑफ़ सिविल प्रोसिजर के सेक्शन 89 में संवैधानिक वैधता मिली है जिसमें मध्यस्थता, पंचनिर्णय और आपसी सुलह और निपटारा को अदालत के बाहर समझौते के न्यायालय द्वारा निर्धारित प्रणाली के तौर पर देखा जाता है। इस तरह से देखें तो ये पंचायतों, जाति समुदायों, स्त्रियों के नागरिक समाज संगठनों और आदिवासी परिषदों जैसी होती हैं, भले ही उनमें कुछ महत्त्वपूर्ण प्रक्रियागत और विचारधारात्मक फ़रक़ होते हैं, जिस तरह वह कार्य करते हैं।[15]

इन मंचों के पुरुष वर्चस्ववादी स्वरूप को देखते हुए, यह सही है कि शरीयत की व्याख्या (इज्तिहाद)और निर्णय देना पुरुष काज़ी या इमाम का विशेषाधिकार होता है।[16] हालाँकि हक़ीक़त यही है और जैसा कि अनुभवजन्य सबूत बताते हैं, कि पुरुषों की तुलना में अधिक स्त्रियाँ इनका दरवाज़ा खटखटाती हैं। दिल्ली के दो दारुल क़ज़ा में से, जामिया नगर स्थित दारुल क़ज़ा में यह तथ्य दस्तावेज़ के रूप में दर्ज है कि बीस साल के अन्तराल में, वहाँ दर्ज 79 फ़ीसदी मामले महिलाओं के थे; इनमें से 53 फ़ीसदी मामले क़ाज़ी की मध्यस्थता से परस्पर सहमति से विवाह विच्छेद/फस्ख़/में परिणत हुए। बिहार के दारुल क़ज़ा में दर्ज 9,385 मामलों में—जिसका संचालन इमरात शरीयत करती है—57 फ़ीसदी मामले फस्ख़ तलाक़ के थे, जो महिलाओं ने दर्ज कराए थे।

(Redding 2020) 'नालसार' (NALSAR) लॉ यूनिवर्सिटी के एक अध्ययन 'वूमेन्स एक्सेस टू जस्टिस इन दारुल क़ज़ा' के मुताबिक़, इस अध्ययन में सहभागी 75 दारुल क़ज़ा में से 12 ने बताया कि 90 फ़ीसदी मामलों में उन तक महिलाएँ पहुँचीं, बीस अन्य ने बताया कि 80 फ़ीसदी मामलों में महिलाएँ उन तक पहुँचीं और 26 ने बताया कि उनके लिए यह आँकड़ा 70 फ़ीसदी था।

ये आँकड़े दरअसल 'धार्मिक क़ानून/मुस्लिम स्त्रियों का उत्पीड़न करनेवाली संस्थाएँ' को लेकर अक्सर जो शोरगुल मचा रहता है उसे सिर के बल खड़ा कर देते हैं। सिविल और क्रिमिनल अदालतों तक पहुँचने की लम्बी और ख़र्चीली प्रक्रिया तथा सांस्कृतिक वरीयता को देखते हुए स्थानीय स्तर पर उपलब्ध दारुल क़ज़ा तक पहुँचना मुस्लिम महिलाओं के लिए ज़्यादा आसान होता है। सवाल उठता है कि वैकल्पिक प्रणालियों के दिए धार्मिक अधिकारों की तुलना में क्या धर्मनिरपेक्ष नारीद्वेष को प्रधानता मिलनी चाहिए।

यहाँ हम लोगों ने दारुल क़ज़ा के उदाहरण का इस्तेमाल किया ताकि मुस्लिम स्त्रियों के बारे में जनमत निर्धारित करने में जो वर्चस्ववादी विचार हावी रहता है, वह उजागर हो सके। निश्चित तौर पर मुस्लिम पर्सनल लॉ की तरह दारुल क़ज़ा की अपनी कमियाँ हैं, लेकिन पूर्वग्रहों से लैस धारणाओं पर निर्भर रहने के बजाय जिसमें यह अपने आप तय होता है कि कौन ख़ुद-ब-ख़ुद उत्पीड़क है और कौन नहीं है। आगे का रास्ता तय करने के लिए आवश्यक है कि इस बात की पड़ताल की जाए कि स्त्रियों के लिए मुक्तिदायी फ्रेमवर्क के क्या मायने हैं?

मुस्लिम स्त्रियों ने राजनीतिक मिसाल क़ायम की

इन सभी कारकों ने, संचित रूप से, अपने स्वचिन्हित सरोकारों के इर्द-गिर्द मुस्लिम स्त्रियों के संगठन की सम्भावना को कुंद किया। हालाँकि, वर्ष 2019 में, जब नागरिकता संशोधन विधेयक के पारित होने के बाद भारत के 171 मिलियन मुस्लिमों की नागरिकता की स्थिति ही ख़तरे में पड़ती दिखी[17], समुदाय के नागरिक और राजनीतिक अधिकारों का मसला और अहम हो गया। इस क़ानून के ख़िलाफ़ उच्च शिक्षा के अग्रणी संस्थानों—जामिया मिल्लिया इस्लामिया और अलीगढ़ मुस्लिम विश्वविद्यालय में—छात्रों के आन्दोलन शुरू हो गए। इन विरोध प्रदर्शनों को ज़बरदस्त पुलिसिया दमन और हिंसा का सामना करना पड़ा।

समुदाय के पुरुषों और युवाओं को जिस हिंसा का सामना करना पड़ा उससे व्यथित एवं क्षुब्ध होकर शाहीन बाग़ की औरतें, जो जामिया मिल्लिया इस्लामिया के इर्द-गिर्द का इलाक़ा है, इकट्ठा होकर स्वत:स्फूर्त ढंग से धरने पर बैठ गईं। थोड़े ही समय में, यह राष्ट्रव्यापी प्रदर्शनों का एक मॉडल बना जो अधिकतर मुस्लिम बहुल इलाक़ों में खड़ा हुआ और जिसकी अगुआई मुस्लिम महिलाओं ने की। हालाँकि साथ-साथ समानान्तर कोशिशें, जो सिविल सोसाइटी/नागरिक समाज, विश्वविद्यालय परिसरों और देश के अन्य हिस्सों जैसे असम में चला रही थीं, लेकिन देश भर में मुस्लिम महिलाओं की इन धरनों का मसला सुर्ख़ियों में बना रहा। ख़ासकर शाहीन बाग़ मुस्लिम महिलाओं की एजेंसी और उनकी प्रबल इच्छाशक्ति की अभूतपूर्व अभिव्यक्ति के रूप में सामने आया और जिसे इन्क़लाब की संज्ञा दी गई। इस क्रान्तिकारी आभा के बावजूद और इस हक़ीक़त के बावजूद कि इस आन्दोलन ने तमाम मुस्लिम महिलाओं को एक निर्भीक राजनीतिक चेतना प्रदान की, इस आन्दोलन के बारे में जनमत काफ़ी समस्याग्रस्त होता गया क्योंकि यही पूर्वधारणा काम करती रही कि मुस्लिम स्त्रियाँ न केवल अब तक अपने 'इस्लामिक घरों में' पूरी तरह अन्दर तक सिमटी रही हैं बल्कि वे एक बेज़ुबान अस्तित्व जीती रही हैं।

जैसे-जैसे मुस्लिम महिलाओं ने अपना ख़ुद का राजनीतिक रास्ता तय किया, यह स्पष्ट होता गया कि उन्हें कभी बचाने की ज़रूरत नहीं थी। इसने मुस्लिम महिलाओं की ज़िन्दगियों को समझने में महज़ जेंडर को एकमात्र विश्लेषणात्मक उपकरण के रूप में इस्तेमाल की सीमाओं को भी बेपर्दा किया। उनकी राजनीतिक चेतना अधिक व्यापक और संश्लिष्ट दिखी—जिसने हमें यह ज़रूरी सबक प्रदान किया कि हम 'इंटरसेक्शनैलिटी' के बारे में किस तरह सोचना शुरू कर दें।

भारतीय मुस्लिम स्त्रियों का नारीवाद

इस अध्याय का प्रमुख तर्क यह है कि मुस्लिम स्त्रियों की आवाज़ें और उनकी एजेंसी दोनों सुनियोजित तरीक़े से अस्वीकार्यता/ग़ैरमान्यता का शिकार हुई हैं और अपने मुद्दे

उठाने और बदलाव लाने की उनकी कोशिशें लगातार कमज़ोर की जाती रहीं। हमारा मानना है कि नारीवादी आन्दोलन के भीतर भी मुस्लिम स्त्रियों की एजेंसी तभी स्वीकारी जाती है जब वे इस्लाम की निन्दा करती दिखें या मुस्लिम परिवेश के ख़िलाफ़ बग़ावत कर दें। बाक़ी सभी मामलों में उसकी उपेक्षा ही की जाती है।

इस बात को रेखांकित करना ज़रूरी है कि भारतीय मुस्लिमों को जिन समस्याओं का सामना करना पड़ता है, वे समुदाय के अन्दर अनुभव किए जा रहे जेंडर सम्बन्धों को भी प्रभावित करती हैं। इस्लामिक नारीवाद या मुस्लिम स्त्रियाँ जिस नारीवाद को अपनाकर चलती हैं उसको लेकर उठने वाले प्रश्न बिलकुल नए नहीं हैं बल्कि भारतीय सन्दर्भ में उन्हें इस ढंग से पेश किया जा रहा है जैसे पिछले सौ सालों में उन्हें इस तरह के मुद्दे उठाने की इजाज़त नहीं थी। हाल की कुछ रचनाओं में मुस्लिमों के (Vatuk, Schneider, Kirmani, Jamil) अन्दर जेंडर न्याय संघर्षों के सन्दर्भ में विशेषकर क़ानूनी, राजनीतिक और गोलबन्दी के मुद्दों पर निगाह डाली गई है। उनके पुनर्पाठ के बाद यह बात स्पष्ट होती है कि इन रचनाओं ने भी धर्मशास्त्रीय मुद्दों पर और धर्मग्रंथों की पुनर्व्याख्या पर ध्यान नहीं दिया है।

दुनिया भर में इस्लामिक मूल्यों और जेंडर समानता के बीच सामंजस्य के कथित अभाव के मामले में महत्त्वपूर्ण प्रश्नों पर मुस्लिमों और इस्लामिक नारीवादियों के बीच विचार हो रहा है। अनिवार्य तौर पर इनका ताल्लुक़ धार्मिक टीका में धर्मशास्त्रीय और ऐतिहासिक पहेलियों से होता है जो उन स्त्रियों के लिए सुगम रहा है जो जेंडर समानता की हिमायती हैं और मानती हैं कि इस्लाम के दायरे में ही वह सम्भव है। दक्षिण एशिया के विशिष्ट राजनीतिक और ऐतिहासिक परिदृश्य में उनकी जटिल स्थिति को देखते हुए यह प्रश्न भारतीय मुस्लिम महिलाओं के सामने भी स्वाभाविक तौर पर उपस्थित होता है।

प्राच्यवाद और उपनिवेशवाद के अरब अनुभव से विपरीत यह भारतीय मुस्लिमों का अनुभव है।

औपनिवेशिक और उपनिवेशोत्तर काल में हिन्दू-मुस्लिम होड़/प्रतिद्वन्द्विता के अनूठे स्वरूप ने भारत में इस्लाम के जेंडर-हितैषी व्याख्या को प्रभावित किया। मुस्लिम भारत में अल्पसंख्यक हैं और न केवल धर्म को लेकर उनकी आज़ादी बल्कि क़ानून के सामने उनकी औपचारिक समानता भी बुरी तरह प्रभावित हुई है। भारत के व्यापक नारीवादी आन्दोलन में मुस्लिम महिलाओं की स्थिति ने भी मुस्लिम महिलाओं की कर्ताशक्ति को प्रभावित किया है, जहाँ आज वे यह दावा कर पाने की स्थिति में नहीं हैं कि आस्था के दायरे में भी जेंडर न्याय मुमकिन है।

स्त्रियों के अधिकतर आन्दोलन हमेशा जनसमूहों की व्यापक गोलबन्दी पर नहीं होते लेकिन वे उन बहस-मुबाहिसों के बारे में ज़रूर होते हैं, जिसके तहत चाहे मौजूदा नैतिक संवेदनशीलताओं को प्रश्नांकित किया जाता हो या वे इंसानियत और न्याय के सिद्धान्तों के उल्लंघन पर बेचैनी को प्रकट करनेवाले हों। अगर यह बात एक स्वीकार्य पैमाना बन जाती है, तब हम यह निष्कर्ष निकाल सकते हैं कि मुस्लिम औरतें न केवल जेंडर हिंसा, साम्प्रदायिक व्यवस्थागत हिंसा और भेदभाव के ख़िलाफ़ कठिन लड़ाई

लड़ रही हैं बल्कि उस असम्बद्ध (discursive) हिंसा के ख़िलाफ़ भी वे प्रतिबद्ध हैं जिसने उनके अपने मुद्दों और दावेदारियों पर चल रहे बहस-मुबाहिसों में उनकी आवाज़ छीन ली है। उम्मीद की जानी चाहिए कि मौजूदा आन्दोलन उस अवसर को भी चिन्हित कर रहा है जब तमाम विषम परिस्थितियों के बावजूद वे अपनी आवाज़ बुलन्दी से रख पा रही हैं।

इस लेख में यह कोशिश की गई है कि सीएए (संवैधानिक संशोधन अधिनियम) के ख़िलाफ़ उठे आन्दोलन ने मुस्लिम आवाज़ों (जोड़बन्दी) के लिए जो ऐतिहासिक अवसर पैदा किया उस दौरान मुस्लिम महिलाओं की जो अलग आवाज़ सुनाई दी है, उसे शब्दबद्ध किया जाए। मालूम हो कि अभी तक यह आवाज़ व्यापक स्त्री आन्दोलन के दायरे में सिमटी है और अलग-अलग मुद्दों पर संक्षिप्त भी कर दी गई है। हमारी यह मुख्य दलील है कि मुस्लिम महिलाओं के लिए समान अधिकारों के लिए संघर्ष करने के रास्ते में जो बाधाएँ आती रही हैं वे न केवल राज्य की तरफ़ से आती रही हैं बल्कि आन्दोलनों के अपने गतिविज्ञान से और बहुसंख्यकवादी सांस्कृतिक राष्ट्रवाद के चलते कुंद हो रहे अकादमिक/प्रचलित विमर्शों से भी उभरती रही हैं।

सन्दर्भ

1. अपनी किताब, 'वूमेन एज़ ए फ़ोर्स ऑफ़ हिस्टरी/1945/Women as a Force of History' मेरी बीअर्ड/Mary Beard/ने इतिहास में महिलाओं के स्थान को 'पुनर्बहाल' करने के लिए या 'पुनर्जीवित' करने के लिए इस पद्धति का आविष्कार किया। नारीवादी इतिहास लेखन की पद्धतियों ने बाद में नारीवादी दृष्टिकोण से ही घटनाओं को नए सिरे से कल्पित करने या इतिहास की पुन:संकल्पना करने के तरीक़े को अपने में समाविष्ट किया।
2. Memory Work (यादों पर आधारित काम)
3. शरीफ़ शब्द/बहुवचन, अशराफ़/मुगलों के ज़माने में वंश और कुलीनता से जुड़ा था। बाद में, औपनिवेशिक भारत में मुस्लिम अभिजातों के विस्थापन के बाद इस शब्द से कुलीनता का बोध जाता रहा, अलबत्ता उच्च दर्जा/श्रेष्ठता/जाति के समकक्ष/का भाव बना रहा। लम्बे समय तक इसका उल्लेख अच्छे चरित्र के सन्दर्भ में किया जाता था लेकिन अब उसने जाति की धारणा को अपनाया है।
4. अंजुमन दरअसल उसके सदस्यों द्वारा स्थापित संगठनों का नेटवर्क बनी : तहजीबी अंजुमन, लाहौर; अंजुमन-इ-हिमायल-इहलाम, लाहौर; अंजुमन-ख़वातीन-ए-पंजाब, अंजुमन दारुल ख़वातीन, रायबरेली, अलीगढ़, भोपाल, आगरा, दिल्ली; अंजुमन-ए-खवातीन, अमरावती; अंजुमन-मुस्लिम ख़वातीन, कराची आदि।
5. दुशका सैयद/1980 बताती हैं कि 1917 से 1927 की जनगणना के दौरान पंजाब में शिक्षित मुसलमानों और लड़कियों की संख्या में काफ़ी बढ़ोतरी हुई थी। इस वक़्त तक, अंजुमन-इ-हिमायत-इस्लाम जिसने 1880 के दशक में पंजाब में लड़कियों के स्कूल स्थापित करना शुरू किया था, उसने मुस्लिम लड़कियों की शिक्षा के लिए लगभग आधी सदी तक काम किया था।
6. हसन और मेनन/2005/1857 के विद्रोह की पृष्ठभूमि पर और ब्रिटिशों के हाथों मुसलमानों को मिली झेलनी पड़ी तगड़ी पराजय की बात पर ज़ोर देते कहते हैं कि इसने अभिजात मुसलमानों को इस पर सोचने के लिए प्रेरित किया कि उन्हें उनके हिन्दू समकक्षों का अनुगमन करना

चाहिए क्योंकि तीव्रतर होती जानेवाली औपनिवेशिक स्थिति में रोज़गार की उनकी सम्भावनाएँ पश्चिमी शिक्षा को अपनाने पर ही टिकी हैं।

7. वारागुर, कृथिका "मुस्लिम ओवर पॉपुलेशन मिथ देज जस्ट वोन्ट डाई" Varagur, Krithika. "The Muslim Over population Myth That Just Won't Die." *Atlantic* November 14, 2017. https://www.theatlantic.com/international/archive/2017/11/muslim-overpopulation-myth/545318/(24 जुलाई, 2020 को देखा गया।)
8. क्वात्रा, कार्तिक "व्हाट ए नेरोविंग हिन्दू-मुस्लिम फर्टिलिटी गैप टेल्स अस Kwatra, Kartik. "What a narrowing Hindu-Muslim fertility gap tells us." LiveMint, February 21 2019. https://www.livemint.com/news/india/what-a-narrowing-hindu-muslim-fertility-gap-tells-us-1550686404387.html (4 अगस्त, 2020 को देखा गया।)
9. समग्रता में, भारत धीरे-धीरे टोटल फ़र्टिलिटी रेट/टीएफ़आर, कुल प्रजनन दर/- जो प्रति स्त्री के जनमनेवाले 2.12 बच्चों तक आँका गया है—के प्रतिस्थापन की दिशा में बढ़ रहा है, जहाँ यह देखने में आ रहा है कि कई सारे इलाक़े और समुदायों में प्रजनन दर कुल प्रजनन दर से भी नीचे हैं। सबसे ताज़ा नेशनल फ़ैमिली हेल्थ सर्वे/2015-2016/और उसके पहले 2011 की जनगणना का सर्वेक्षण दोनों बताते हैं कि हिन्दू और मुसलमानों की प्रजनन दर अब एक नए सम्मिलन की तरफ़ बढ़ रही है जहाँ यह देखने में आया है कि हिन्दू स्त्रियों की तुलना में मुस्लिम स्त्रियों की प्रजनन दर रफ़्ता-रफ़्ता कम हो रही है।
10. सिद्दीक़, फुरकान अमीन 'अंडरएज गर्ल्स म्यारी इन मुज़फ्फरनगर रायट कैम्पस फॉर प्रोटेक्शन मनी' Hindustan Times. December 25, 2013. https://www.hindustantimes.com/india/underage-girls-marry-in-muzaffarnagar-riot-camps-for-protection-money/story-2wCB70uB4sS6YM8MwaMNuL.html (20 जुलाई, 2020 को देखा गया)
11. ऑल इंडिया मुस्लिम पर्सनल लॉ बोर्ड की आम सभा में महज़ 12 फ़ीसदी संख्या महिलाओं की है।
12. सर्वोच्च न्यायालय ने फ़ैसला दिया कि अपराध धारा संहिता के सेक्शन 125 के तहत शाहबानो के पति को उसे गुज़ारा भत्ता देना पड़ेगा। ऑल इंडिया मुस्लिम पर्सनल लॉ बोर्ड ने इस मामले में दख़ल दिया और इस्लामिस्ट संगठनों के साथ सर्वोच्च न्यायालय के निर्णय को नापसन्द किया क्योंकि वह धार्मिक निजी क़ानून को कमज़ोर कर रहा था। यही वह वक़्त था कि बहुसंख्यकवादी लहरें गति पकड़ रही थीं जिसका अर्थ था कि अल्पसंख्यक मुसलमानों ने इस फ़ैसले को अपनी पहचान के लिए ख़तरे के तौर पर देखा। जब कांग्रेस सरकार के तहत मुस्लिम वूमेन्स प्रोटेक्शन ऑफ़ डाइवोर्स राइट्स एक्ट को 1986 में पारित किया गया, तब इसने हिन्दू दक्षिणपंथ को एक ज़बरदस्त चोट पहुँचाई क्योंकि उसने एक अल्पसंख्यक के तौर पर मुसलमानों की स्वायत्तता को उसने मज़बूत किया। क्षुब्ध हिन्दू समूहों को शान्त करने के एक क़दम के तौर पर प्रधानमंत्री राजीव गांधी ने बाबरी मस्जिद का ताला खोला जो एक तरह से उन हिंसक घटनाओं की दिशा में पहला क़दम था, जिसकी परिणति 1992 में बाबरी मस्जिद के विध्वंस में हुई।
13. प्रेस ट्रस्ट ऑफ इंडिया "सुप्रीम कोर्ट एडमिट्स पीआईएल ऑन इस्लामिक, शरीयत कोर्ट्स, फरवरी 5, 2013 https://www.business-standard.com/article/economy-policy/sc-admits-pil-on-islamic-shariat-courts-107040601016_1.html (20 जुलाई, 2020 को देखा गया)
14. प्रेस ट्रस्ट ऑफ इंडिया "मुस्लिम लॉ बोर्ड प्लान्स टू ओपन शरिया कोर्ट्स इन आल डिस्ट्रिक्ट्स

ऑफ़ इंडिया" https://www.ndtv.com/india-news/all-india-muslim-personal-law-board-aimplb-plans-shariat-courts-in-all-districts-of-country- (20 जुलाई, 2020 को देखा गया)

15. दारुल क़ज़ा उन्हीं मामलों को लेते हैं जिन्हें स्वैच्छिक तरीक़े से प्रस्तुत किया गया है जिसके विशिष्ट क़िस्म का विवाद हो या ग़ैर-विवाद जैसे शादी की साक्ष्यांकन। यह व्यवहार जाति पंचायतों के बिलकुल प्रतिकूल होता है, जहाँ तीसरे पक्ष द्वारा 'पथभ्रष्ट' (deviance) के नाम पर सामाजिक प्रतिबन्ध भी लगाए जाते हैं।
16. भारत में धार्मिक किताबों की व्याख्या/अर्थापन की महिलाओं द्वारा की गई कोशिशों के उदाहरण भी मिलते हैं, जिसके तहत दशकों से हावी पुरुष वर्चस्व को ख़ारिज किया गया है। ख़ासकर तमिलनाडु में, मुस्लिम महिला जमात—जो एक्टिविस्ट शरीफ़ा खानम द्वारा स्थापित महिला अदालत है—वह महिलाओं की तरफ़ से उठाए मामलों को लेती है, जहाँ समुदाय पर पुरुष जमात की अत्यधिक मज़बूत पकड़ है।
17. दिसम्बर 2019 में, संसद द्वारा भेदभावजनक नागरिकता संशोधन बिल को पारित किया गया, जिसके तहत बांग्लादेश, अफगानिस्तान और पाकिस्तान जैसे तीन पड़ोसी देशों के ग़ैर-मुस्लिम शरणार्थी नागरिकता के लिए आवेदन दे सकते हैं। राष्ट्रीय नागरिकता रजिस्टर—जिसके तहत 'सन्दिग्ध नागरिकों' को चिन्हित किया जाएगा, के साथ मिलकर इसने उन सभी के लिए अस्तित्व का ख़तरा पैदा किया जो अपना भारतीय मूल साबित करने के लिए कोई दस्तावेज़ों की शृंखला को पेश नहीं कर सकते थे। यह मुसलमानों के लिए एक अधिक सीधी चुनौती थी जो कई दशकों से इस मुल्क में एक समझौतामूलक दोहरे दर्जे की नागरिकता का उपभोग कर रहे हैं।

भारत में मीडिया और जेंडर

मैत्रेयी चौधरी

अनुवाद : मीनाक्षी कपूर

वास्तविकता, जेंडर और प्रतिनिधित्व

1970 के दशक में, ऐतिहासिक, राजनीतिक, अर्थशास्त्रीय या यहाँ तक कि सांस्कृतिक ब्योरों में महिलाओं की अदृश्यता भारतीय महिला आन्दोलनों का मुख्य मुद्दा था। जनगणना में भी महिलाओं के श्रम को अदृश्य ही रखा गया था।[1] महिलाएँ जो काम करती थीं उनमें से काफ़ी की या तो गिनती ही नहीं हुई थी, या फिर उन्हें 'काम' के रूप में देखा या प्रस्तुत नहीं किया गया था। घर के काम जैसे—खाना पकाना, साफ़-सफ़ाई, बच्चों, बड़े-बूढ़ों और घर के बीमार सदस्यों की देखरेख करने वाली महिलाएँ स्वयं को 'गृहिणी' के रूप में देखती थीं, न कि 'कामकाजी या श्रमिक' के रूप में। यहाँ तक कि वे महिलाएँ जो परिवार की ज़रूरत के लिए अन्न व सब्ज़ियाँ उगाती थीं, या वे महिलाएँ जो ईंधन, पानी, जंगल के उत्पाद या पशुओं के लिए चारा जमा करती थीं, घरों की मरम्मत करती थीं, उपले बनाती थीं, या मुरब्बे, अचार, चटनी, पापड़ बनाने जैसे काम करती थीं ख़ुद को कामकाजी नहीं समझती थीं। ऐसे कामों की सूची लम्बी खिंच सकती है। इस लेख में मेरा मक़सद महिलाओं के ऐसे अदृश्य कामों को गिनवाना नहीं बल्कि इस उदाहरण के माध्यम से यह दर्शाना है कि चाहे वो जनगणना हो या मीडिया दोनों में ही यह सचाई पेश करना आसान नहीं है। हम इन माध्यमों की बदौलत जो कुछ देखते हैं वह पूरा सच नहीं होता। यदि इसका विश्लेषण किया जाए कि एक नव-उदारवादी-पूँजीवादी समाज में मीडिया किस तरह काम करता है, तो शायद हम यह जान पाएँ कि ऐसी 'कामकाजी' महिलाओं की तस्वीरें विज्ञापनों, टीवी के नाटकों, प्रसिद्ध फ़िल्मों और यहाँ तक कि आजकल सोशल मीडिया पर प्रचलित हास्य धारावाहिकों (सिटकॉम) में भी क्यों मौजूद नहीं हैं। यह लेख पर्दे के पीछे की उन प्रक्रियाओं को सामने लाने का एक प्रयास है जो यह निर्धारित करती हैं कि मीडिया में क्या दिखेगा और क्या नहीं।

इसीलिए सामाजिक सचाई का वर्णन अधूरा है। यह वर्णन हमें समाज के प्रभावशाली तबकों के नज़रिये से सच दिखाता है। इसी कारण महिलाएँ मुख्यधारा की अधिकतर

फ़िल्मों में माँ, बेटी, बहन, पत्नी, प्रेमिका के रूप में दिखाई जाती हैं, न कि काम करने वाली महिलाओं के रूप में। महिलाओं के किस रूप को पर्दे पर लाया जाए यह भी वर्ग, जाति और पितृसत्तात्मक समाज की बुनियादी बनावट से तय होता है।

सभी समाज अपनी राजनीतिक और आर्थिक व्यवस्था के आधार पर संरचित या विकसित होते हैं। आधुनिक समाज पूँजीवाद, जो आजकल की मुख्य आर्थिक व्यवस्था है, पर आधारित है। जेंडर सभी सामाजिक क्षेत्रों के सुव्यवस्थीकरण का एक प्रमुख सिद्धान्त है। यह निजी क्षेत्र की रचना करता है—परिवार, विवाह और रक्त सम्बन्धों की व्यवस्था। यह सार्वजनिक क्षेत्र का भी निर्माण करता है—आर्थिक, राजनीतिक, शैक्षिक, क़ानूनी और सांस्कृतिक व्यवस्थाएँ जैसे कि मीडिया। ये सभी क्षेत्र आपस में जुड़े हुए और जेंडर पर आधारित हैं। उदाहरण के तौर पर, एक पितृसत्तात्मक समाज में रक्त सम्बन्धों के नियम आम तौर पर यह सुनिश्चित करते हैं कि वंश और सम्पत्ति को परिवार के पुरुषों द्वारा आगे बढ़ाया जाए। बेटे परिवार का नाम आगे बढ़ाते हैं और सम्पत्ति के उत्तराधिकारी होते हैं। इसीलिए उन्हें परिवार का मुखिया और कर्ता-धर्ता समझा जाता है। हम जानते हैं कि भारत में यह किस तरह पुत्र प्राथमिकता और असन्तुलित लिंग अनुपात का कारण बना है। विवाह आम तौर पर पतिस्थानिक (पैट्रिलोकल) होता है, जिसका अर्थ है कि पत्नी अपने पति के परिवार के साथ आकर रहती है।

हमारी फ़िल्में, कहानियाँ और टीवी के नाटक भी विदाई की रस्म को ऐसे गानों के साथ दिखाते हैं जो नई दुल्हन के अपने पैदाइशी घर को छोड़ने के दुःख को व्यक्त करते हैं। यह अनुभव पितृसत्तात्मक, पितृवंशीय और पतिस्थानिक समाजों में आम है। मातृवंशीय समाजों में, शायद ही कोई इस विदाई के दुखद अनुभव से जुड़ा हुआ महसूस करे या इसे समझ पाए। परन्तु ऐसे मुख्यधारा के चित्रण प्रभावशाली होते हैं और 'हक़ीक़त' में विचारों और प्रथाओं को बदल सकते हैं। अध्ययनों ने दर्शाया है कि किस तरह वे समुदाय जिनमें दहेज़ और पत्नी के अपने पति के परिवार के साथ रहने की प्रथा (या शादी में संगीत जैसी सांस्कृतिक प्रथा) नहीं थी, ने भी शक्तिशाली तबकों का अनुसरण करते हुए इन प्रथाओं को अपनाया।

दूसरे शब्दों में कहा जाए तो, मीडिया और हक़ीक़त एक-दूसरे को ढालते हैं। जहाँ हक़ीक़त मीडिया द्वारा प्रसारित छवियों को आकार देती है, यहाँ यह समझना भी आवश्यक है कि प्रभावशाली मीडिया की छवियाँ हक़ीक़त को भी ढाल सकती हैं। यह बात शायद आज के समय में जब समकालीन भारत में मीडिया की ज़बरदस्त बढ़ोतरी हुई है, पहले के मुक़ाबले ज़्यादा सही बैठती है। आज के समय में जन संचार माध्यमों की भूमिका को वास्तविकता से कम नहीं आँका जा सकता। टेलिविज़न ने, भारत के विभिन्न सामाजिक तबकों और क्षेत्रों में लगभग एक समान रूप से घरों में केन्द्रीय स्थान लेना शुरू कर दिया था। जिस तेज़ी से इस समकालीन दौर में बदलाव आया है उसकी तुलना किसी और दौर में आए बदलाव से नहीं की जा सकती। आज स्मार्ट फ़ोन एक ऐसा उपकरण है जिसका उपयोग मनोरंजन और काम दोनों के लिए किया जाता है। पर यह स्थिति भी बदल सकती है, क्योंकि पूँजीवाद को परिभाषित करने वाला

यही एक गुण है—'उत्पादन का लगातार बदलाव, और सभी सामाजिक परिस्थितियों से लगातार छेड़छाड़ और अनिश्चितता और हलचल का बने रहना।' (Marx https://www.marxists.org/archive/marx/works/1848/communist-manifesto/ch01.htm#007) 28 मार्च, 2020 को एक्सेस किया गया।

'इसके उत्पादों के लिए लगातार बढ़ने वाले बाज़ार की ज़रूरत' पूँजीवादियों को पूरे विश्व में पहुँचने के लिए मजबूर करती है। क्योंकि पूँजीवाद हर जगह बसना चाहिए और इसका हर जगह से सम्पर्क होना चाहिए। (वही) इसीलिए भारत को, उन अन्य समाजों की तरह, जो पश्चिमी पूँजीवाद के विस्तार के शुरुआती दिनों में थे, एक उपनिवेश बना दिया गया। भारत ने इसे उपनिवेश बनाने वालों के कारख़ानों के लिए कच्चा माल मुहैया कराया, उनके तैयार उत्पादों के लिए बाज़ार दिया, और इसके अलावा पूरे विश्व में फैले पश्चिमी उपनिवेशों के चीनी और कपास के खेतों के लिए मज़दूर ठेके पर उपलब्ध कराए। परन्तु, द्वितीय विश्वयुद्ध के बाद हमने काफ़ी पूँजीवादी राज्यों में एक तरफ़ तो समाजवादी राज्यों का उदय होते देखा, तो दूसरी ओर लोक हितकारी राज्यों की संख्या में भी बढ़ोतरी देखी।

1990 के दशक में मुख्य परिवर्तन आया। समाजवादी राज्य तब तक विफल हो चुके थे। विश्व में एक नए तरह के पूँजीवाद, जिसे अक्सर नव-उदारवाद कहा जाता है, के व्यापक विस्तार की एक नई लहर आई। नव-उदारवादी समझ, जहाँ बाज़ार को आगे रखती है, वहीं यह केवल और मुख्य रूप से बाज़ार पर केन्द्रित नहीं है। यह बाज़ार को अपना एक विशेष अंश मानते हुए, इसके आदर्शों को सभी संस्थानों और सामाजिक कार्यकलापों तक पहुँचाने और उन्हें इनके अन्तर्गत लाने की पैरवी करती है। भारतीय मीडिया का अध्ययन इसका एक उदाहरण प्रस्तुत करता है। एक उदारपंथी लोकतंत्र के लिए इसके गम्भीर राजनीतिक परिणाम हो सकते हैं। भारत ने भी 1990 के दशक में इस चरण में प्रवेश किया। यह लेख मुख्यत: इस चरण पर केन्द्रित है।

मार्क्स बाद में विकसित होने वाले पूँजीवाद (लेट कैपिटलिज़्म) के नए गुणों का पूर्वानुमान नहीं लगा पाए थे। इनमें से एक गुण है मीडिया का उत्थान और उन छवियों की शक्ति जो हमारी रोज़मर्रा के जीवन में हावी रहती हैं। बड़े-बड़े बिलबोर्डों और हमारे फ़ोन के स्क्रीनों से फ़िल्मी सितारों की तस्वीरें हमें घूरती हैं। इंटरनेट पर सरसरी नज़र डालते हुए वीडियो अचानक सामने आ जाते हैं। जनसंचार माध्यमों द्वारा चलित पूँजीवाद हमारे जीवन के हर पहलू में घुस आया है। चाहे या अनचाहे हम इसे आत्मसात् कर रहे हैं।

महत्त्वपूर्ण रूप से, मीडियाकृत विश्व के इन नए चलनों में महिलाओं की 'अति-दृश्यता' एक नया चलन है। यह दृश्यता, किसी हद तक, महिला आन्दोलनों के दूसरे चरण का स्थायी परिणाम है। आपको याद होगा कि मैंने यह लेख समाज में महिलाओं की 'अदृश्यता' पर चिन्ता जताने से शुरू किया था। 21वीं सदी के दूसरे दशक में लिखते हुए हमें उन प्रक्रियाओं को समझने की ज़रूरत है जिनके कारण महिलाओं की मीडिया में 'दृश्यता' बढ़ी। साथ-ही-साथ हमें यह सवाल करना होगा कि क्या केवल 'दृश्यता'

महिलाओं के जीवन में बेहतरी लाने के लिए पर्याप्त है? या हमें इस 'दृश्यता' में क्या समाया है, उस पर ध्यान देने की आवश्यकता है? यह पाठ यह तर्क देता है कि इस प्रश्न का उत्तर, काफ़ी हद तक, समकालीन भारत के उन तीन परस्पर-व्याप्त सन्दर्भों की समझ में शामिल है जिनके बीच में महिलाओं की अति-दृश्यता का जन्म हुआ है।

तीन परस्पर व्याप्त सन्दर्भ

समकालीन भारतीय मीडिया और प्रचलित सभ्यता में जेंडर इस तरह उपस्थित है कि इसे नज़रअन्दाज़ कर पाना लगभग असम्भव है। जेंडर की यह दृश्यता तीन बुनियादों पर टिकी है—पहली भारत की नई आर्थिक नीति (उदारीकरण), दूसरी भारतीय महिला आन्दोलन, तीसरी आज के भारत में मीडिया की प्रमुखता और उसका विस्तार। पहले दो बदलाव ऐतिहासिक तौर पर विशिष्ट हैं परन्तु वे आज के दौर में आपस में मिल गए हैं। हमारा तीसरा सन्दर्भ, मीडिया और संचार उद्योग की अभूतपूर्व वृद्धि, न सिर्फ़ क्रान्तिकारी तकनीकी खोजों, बल्कि ऐसी राजनीतिक अर्थव्यवस्था जिसमें सम्पर्क और प्रसिद्धि आज की लोक संस्कृति को परिभाषित करती है, की देन है। इसीलिए इन तीन सन्दर्भों का संक्षिप्त विवरण आवश्यक है।

भारत की नई आर्थिक नीति, जिसने वैश्विक पूँजीवाद के साथ और अधिक एकीकरण की ओर क़दम बढ़ाए, औपचारिक रूप से 1991 में लाई गई। यह राज्य द्वारा लम्बे समय से चलाई जा रही ऐसी नीतियों, जो विकास की बजाय आयात के विकल्पों को विकसित करने और न्याय को बढ़ाने पर केन्द्रित थी, से मूल रूप से भिन्न थी। इस समय तक आत्म-संयम को एक गुण के रूप से देखा जाता था जिसे गांधी के भारतीय राष्ट्रवाद पर लम्बे प्रभाव से मान्यता प्राप्त हुई थी। पर यह अगले दो दशक में शीघ्रता से और नाटकीय रूप से बदलने वाला था। मीडिया ने सुख-सुविधाओं और भोग विलासिता को सामाजिक मान्यता दिलाने में अहम भूमिका निभाई (चौधरी, 1998)। इस पूरी प्रक्रिया में, मजबूरी की बजाय विकल्प और किफ़ायत की बजाय फ़िज़ूलख़र्ची, वैश्वीकरण की नई भाषा बन गई थी। पहले के समय से जो नहीं बदली थी वो थी सार्वजनिक चर्चाओं में महिलाओं की केन्द्रीयता, जो कि भारत के 19वीं सदी के सामाजिक सुधारों और 20वीं सदी के राष्ट्रवादी आन्दोलनों में भी दिखती है (चौधरी, 1993)।

उदारवाद के आने के बाद से जेंडर पर सार्वजनिक चर्चाओं पर भारतीय महिला आन्दोलन के दूसरे चरण का भी बड़ा प्रभाव रहा। महिला अध्ययनों का सामने आना और उनका प्रसार और पिछले तीन दशकों में उनके लगातार होते संस्थानीकरण को इस सन्दर्भ में देखने की आवश्यकता है। 1980 के दशक में महिलाओं के मुद्दों पर अध्ययन का एक तरफ़ विश्वविद्यालयों में शैक्षिक संस्थानीकरण शुरू हुआ, तो दूसरी ओर विकास के सेक्टर में और मीडिया में भी अच्छे अनुपात में ऐसा हुआ। 1970 से 80 के दौरान, महिला आन्दोलनों द्वारा उठाए गए दहेज़, बलात्कार और क़ानूनी अधिकारों के मुद्दे मीडिया में लगातार बने रहे और सार्वजनिक चर्चाओं में भी इन पर वाद-विवाद होता रहा।

1990 से हम एक बदलाव देखते हैं। जेंडर की दृश्यता और बढ़ी है पर इसकी दिशा कुछ हद तक बदल गई है। आज़ादी, सामाजिक न्याय और समानता के मुद्दे जो महिला आन्दोलनों ने उठाए थे,[2] वे मुख्यधारा की मीडिया से पूरी तरह से ग़ायब नहीं हुए। पर लगातार बढ़ते हुए चमकीले लेखों और विज्ञापनों में महिला मुक्ति और स्वाधीनता जैसे विचारों ने मुख्यतः निजी आकांक्षाओं और लक्ष्यों पर आधारित नए अर्थ पा लिए। ये ऐसी आकांक्षाएँ थीं जिन्हें तेज़ी से बदलते हुए बाज़ार द्वारा पैदा किए गए अवसर पूरा कर सकते थे। नारीवाद पर पलट हमला (backlash) के कुछ उदाहरण मौजूद थे (चौधरी, 2000)। पर इसके साथ-साथ समाज में इस विचार की मान्यता भी बढ़ी कि महिलाओं के मुद्दे जायज़ थे और उन्हें सुलझाना चाहिए। नारीवाद और जेंडर, अपने नए और पुराने अर्थों के साथ आम बहसों का हिस्सा बने। राज्य, नागरिक समाज और बाज़ार में इन्हें भरपूर इस्तेमाल किया जाने लगा। मीडिया में, अपनी कहानियों और छवियों में ख़ुद को और 'वैश्विक राष्ट्र' को दर्शाने के लिए, इनका इस्तेमाल एक पसन्दीदा विकल्प बन गया।

जेंडर की 'अतिदृश्यता' की तीसरी बुनियाद थी एक ऐसी सभ्यता जिसमें स्वयं का निरूपण, छवि निर्माण, ब्रांड खड़ा करना और दूसरों से सम्पर्क बनाए रखना, अति महत्त्वपूर्ण था। इस प्रकिया को पुराने और नए मीडिया से बल मिला। मीडिया ही इस दिन-ब-दिन हावी होती विचारधारा को बनाने और प्रसारित करने का मुख्य माध्यम भी था। ऐसी सभ्यता में सिर्फ़ यह बात मायने रखती थी कि आप, चाहे एक व्यक्ति के तौर पर, या एक कम्पनी, या एक राजनीतिक दल या ब्रांड भारत के तौर पर, कैसे दिखते हैं और अपने आपको कैसा दिखाते हैं। फ़ेयर एंड लवली के नीचे दिए गए इस जाने-पहचाने विज्ञापन को अगर ध्यान से पढ़ा जाए तो यह हमें इस सभ्यता के बारे में काफ़ी कुछ बताता है :

> भारत में दिखाए गए एक टीवी के विज्ञापन (जिसे एअर होस्टेस विज्ञापन के नाम से जाना जाता है) ने एक साँवली युवती के पिता को इस बात पर दुख जताते दिखाया कि उसका कोई बेटा नहीं था जो उसका भरण-पोषण कर सके, क्योंकि उसकी बेटी का वेतन ज़्यादा नहीं था। इसके पीछे का विचार यह था कि न तो उस युवती को अच्छी नौकरी मिल सकती थी और न ही उसकी शादी हो सकती थी क्योंकि वह साँवली थी। वह लड़की तब यह क्रीम (फ़ेयर एंड लवली) इस्तेमाल करती है, गोरी हो जाती है, एक बेहतर वेतन वाली एअर होस्टेस की नौकरी पा लेती है और अपने पिता की ख़ुशी का कारण बनती है। (अनिल कर्नानी)

यह विज्ञापन उन सभी बिन्दुओं का उदाहरण है जो मैंने ऊपर बताए। पहला, यह एक ऐसा उदारवादी भारत दिखाता है जहाँ महिलाओं के लिए नए रोज़गार के अवसर पैदा हुए हैं;[3] दूसरा, यह महिलाओं के नौकरी करने के विचार को बढ़ावा और बेटे को प्राथमिकता देने के विचार को चुनौती देते हुए, महिला आन्दोलनों के प्रभाव को दर्शाता है।

पर इन दोनों प्रगतिवादी विचारों का इस्तेमाल यह नस्ली और लैंगिक भेदभाव के विधान के साथ करता है। तीसरा यह अच्छा दिखने और 'स्वयं के निरूपण' जैसे विचारों, जो समाज में हावी हैं, की बड़ाई करता है। फ़ेयर एंड लवली के बहुतायत में दिखाए जाने वाले टीवी विज्ञापन अक्सर एक दुखी महिला जिससे कुछ ख़ास अपेक्षाएँ नहीं होती हैं, का चित्रण करते हैं, जो साफ़ तौर पर गोरी होकर एक पति/प्रेमी या नौकरी पा लेती है और अपना अच्छा भविष्य सुनिश्चित कर लेती है। उसका साँवले से गोरा बनने का सफ़र उसके चेहरे की आकृति पर गहरी से हल्की रेखाओं से दिखाया जाता है। यहाँ यह बात दिलचस्प है कि प्रिंट और टीवी विज्ञापनों में जैसे ही वह महिला 'गोरी' हो जाती है वह ज़ाहिर तौर पर पहले से ज़्यादा ख़ुश नज़र आती है। (वही) महिला 'सशक्तीकरण' और 'आज़ादी' के ऐसे विचार मोटे तौर पर लोकतांत्रिक अधिकारों और ख़ास तौर पर महिलाओं की स्वायत्तता के भाव के विरुद्ध जाते हैं।

उदारीकरण, विज्ञापन और जेंडर

उदारीकरण, स्पष्ट रूप से, भारत राज्य के समानता और समाजवादी विचारों पर आधारित विकास के साथ ज़ाहिराना समर्थन से हटकर था। भारत की स्व-घोषित विचारधारा इसके राष्ट्रीय आन्दोलन की विरासत थी। भारतीय राष्ट्रीय आन्दोलन अपने आप में ऐसे विचारों का एक बहुमूल्य भंडार था, जिसमें समाजवाद और वितरणात्मक (Distributive) न्याय मुख्य थे। इसीलिए भारतीय राष्ट्रीय आन्दोलन के आज़ादी के संघर्ष को केवल ब्रिटिश साम्राज्यवाद के विरोध के नकारात्मक रूप में परिभाषित नहीं किया जा सकता। इसे एक ऐसे वैश्विक नज़रिये के सकारात्मक रूप में देखना चाहिए जिसने 'आज़ादी' को विश्व के सभी वर्गों, नस्लों, लिंग और तबकों, ख़ासकर समाज से बेदख़ल किए गए लोगों के लिए राजनीतिक, आर्थिक और सामाजिक आज़ादी के रूप में समझा।

1990 का दशक उपभोग पर आधारित अर्थव्यवस्था की तरफ़ मुड़ गया था और इस बदलाव के साथ आज़ादी के विचार भी नया रुख़ ले रहे थे। भारतीय विज्ञापन उद्योग में उपभोग योग्य माल और सुविधाओं के बढ़ते बाज़ार के साथ ज़बरदस्त वृद्धि आई। यहाँ यह याद रखना ज़रूरी है कि पूँजीवाद/एक बाज़ार पर आधारित अर्थव्यवस्था में विज्ञापन केवल उत्पादन और जीवनशैली ही नहीं बेचते, बल्कि समाज की मुख्य विचारधारा के निर्माण में और लोग क्या सोचते और महसूस करते हैं, इस पर असर डालने में भी अहम भूमिका अदा करते हैं। आज़ादी ने अब एक व्यक्ति की चुनाव करने की निजी आज़ादी का अर्थ अपनाना शुरू कर दिया था।

आधुनिक विज्ञापन प्रणाली में जेंडर की विशिष्ट भूमिका है। यह शायद एक ऐसा सामाजिक साधन है जिसे सबसे अधिक इस्तेमाल किया जाता है। (झाल्ली, 1987, p. 135) इसीलिए विज्ञापनों में जो संवाद का अति-संक्षिप्त रूप इस्तेमाल होता है, वह जेंडर से जुड़े सांस्कृतिक मूल्यों, आस्थाओं और मिथकों को जाँचने का एक बेहतरीन माध्यम है। हम आगे देखेंगे कि इन विज्ञापनों के बनने से पहले इन आस्थाओं को लेकर काफ़ी अध्ययन किया जाता है। भारत में विज्ञापनों ने भारतीय पुरुषों और महिलाओं की

नई छवियाँ प्रस्तुत कीं। इन छवियों ने उदारवाद के बाद के युग के एक आदर्श भारतीय में 'वांछित' आकर्षक मूल्यों और प्रथाओं को प्रसारित किया। मैं नीचे इन्हें विस्तार से बता रही हूँ।

उदारवाद के प्रारम्भ में बड़ी संख्या में अन्तरराष्ट्रीय कंपनियों के भारत में आगमन ने युवकों और युवतियों के लिए कॉरपोरेट जगत में उन वेतनों पर काम करने के अवसर खोले जिनका सपना उनके माता-पिता रिटायरमेंट तक नहीं देख सकते थे। जैसे-जैसे भारतीय मध्यवर्ग सुरक्षा और सलामती के बदले सफलता और ऊपर उठने की सम्भावना को महत्त्व देना सीख गया, वैसे-वैसे भारतीय मानस में एक नए तरह के लोकाचार का प्रवेश होने लगा। मध्यवर्ग के विचारों और जीवन जीने के तरीक़ों में कुछ बदलाव आने लगे।

इस वर्ग में उपभोग को बढ़ावा देने के लिए कुछ साफ़ पहलू छाँटे गए। वैश्विक उदारीकरण ने भव्य भारतीय बाज़ार पर ध्यान केन्द्रित किया और यह चलन अभी भी, कम-से-कम कोविड-19 के आने तक तो बना ही रहा। घर, उसकी सजावट, रसोई, सफ़ाई के लिए नए-नए स्प्रे और पॉलिशें, शरीर, कपड़े, गहने, जूते, गाड़ियाँ, फ़ुरसत के काम, इन सभी को उपभोग की सम्भावना लिये पहलुओं में बदल दिया गया। विज्ञापनों ने मध्यवर्ग की जीवनशैली और तरीक़ों को संयम और कम ख़र्च के मूल्यों पर जिए उसके लम्बे सालों से, पैसे उड़ाने और ठाट-बाट के मूल्यों में बदलने में अहम भूमिका अदा की। इस परिप्रेक्ष्य में भारतीय महिलाओं ने यह सीखा कि 'कम-ख़र्च' अब एक गुण नहीं था, और 'ख़रीदारी' अब एक जायज़ लुत्फ़ था (चौधरी, 2017)। ख़रीदारी के उपचारात्मक (Therapeutic) गुणों पर लेख बढ़ते गए।

भारतीय पुरुषों ने सीखा कि अच्छा दिखना सिर्फ़ महिलाओं का विशेषाधिकार नहीं था। 1990 के बाज़ार में पुरुषों के लिए बिकने वाले पदार्थों का तांता लग गया। "डिज़ाइनर अंडरवियर से लेकर पुरुषों के लिए सौन्दर्य प्रसाधन, ये सब अब मौजूद थे। 1997 में पुरुषों के प्रसाधन के सामान का बाज़ार 150 करोड़ का था। शेविंग फ़ोम, आफ्टर-शेव लोशन, मॉयस्चराइजर, डिओडैरंट, यूडे कोलोन, बालों के लिए क्रीम, स्टाइलिंग जेल, टैल्कम पाउडर, शैम्पू और साबुन। (*The Week*, March 30, 1997. p. 40)। सजना-सँवरना महत्त्वपूर्ण हो गया था। ब्रांडेड कपड़ों और अन्य वस्तुओं ने सेल्फ़हुड के विचार को नए रूप में परिभाषित किया। एक पुरुष की दिलचस्प आकृति जिसे 'ब्रांडेड पुरुष' (*The Week*, March 30, 1997. p. 41) कहा गया, एक चार्ट के साथ प्रस्तुत की गई जिसमें कई तीर उसके 'बालों', 'चश्मे', 'चेहरे', 'शरीर', 'शर्ट', 'टाई', 'सूटों', 'पतलूनों', 'अंडरवियर', 'बेल्टों', 'मोज़ों', 'जूतों' की ओर इशारा कर रहे थे। हर अंग के साथ उससे सम्बन्धित ब्रांड के उत्पादनों की सूची थी, जैसे, 'मोज़े' के साथ 'लुई फ़िलिप्पेस, रीबॉक, नाइकी, प्रोलाइन, बाटा, लकॉस्ट' जैसे ब्रांडों के नाम दिए गए थे।"

शैक्षिक अध्ययनों और प्रचलित मीडिया दोनों में यह सोच सामान्य थी कि उपभोक्ता स्मार्ट है और विज्ञापनों को चुपचाप निष्क्रिय तरीक़े से नहीं स्वीकारेगा। व्यापार जगत द्वारा विज्ञापनों पर बहुतायत में पैसा लगाना यह दर्शाता है कि उन्हें इसमें निवेश करना

लाभकारी लगा। 2017 में एक अध्ययन ने पाया कि लगभग 2000 महिलाओं और पुरुषों में से, जो एक सर्वेक्षण का हिस्सा थे, आधे से ज़्यादा ने त्वचा गोरी करने की क्रीमों का इस्तेमाल किया था और 44.6 प्रतिशत ने ऐसा मीडिया और टीवी विज्ञापनों के कारण किया था। (https://www.dazeddigital.com/beauty/head/article/44710/1/skin-bleaching-concerns-as-miss-india-pageant-promotes-fair-skin-ideals accessed March 28th 2020.)

इसके साथ-साथ यह बात भी ध्यान में रखना ज़रूरी है कि विज्ञापन बनाने से पहले सम्भावित उपभोक्ताओं पर अच्छा-ख़ासा अध्ययन किया जाता है। इसके लिए विज्ञापन निर्माताओं द्वारा यह तर्क दिया जाता है कि वे ग्राहक को जानकारी देने की सामाजिक ज़िम्मेवारी निभा रहे हैं ताकि ग्राहक एक बेहतर चुनाव कर सके। नागरिक होने के नाते हमें ऐसे दावों पर सन्देह करना चाहिए क्योंकि उनका मार्गदर्शन केवल एक ही मंत्र करता है—बाज़ार और मुनाफ़ा। इस बात का अन्दाज़ा हमें यह देखने पर लग जाएगा कि विज्ञापन निर्माता किस तरह अपने स्पॉन्सर की हर ज़रूरत का ध्यान रखते हैं। भारत के उदारवाद की तरफ़ मुड़ने के बाद, विज्ञापन निर्माताओं ने 'नए भारतीय' के उत्थान को किस तरह समझा, उसे जाँचना हमारे लिए उपयोगी होगा। 'पढ़ने वाला' 'ग्राहक' बन जाता है, और विज्ञापन सेक्टर को इस बात पर दिमाग़ लगाना होता है कि हमारा 'ग्राहक' कौन है। नीचे इसका एक उदाहरण दिया गया है।

'सिबल को कौन चलाता है?' एक मार्केट सर्वे का नाम है जो लिंटस विज्ञापन कम्पनी ने 'कन्ज्यूमर प्रोफ़ाइल' समझने के लिए चलाया था। एपी लिंटस यूनिवर्स ने भारतीय उपभोक्ताओं को गुज़ारा करने वालों, बचत करने वालों, समय के साथ अपना ख़र्च बढ़ाने वालों, और पैसा उड़ाने वालों की श्रेणी में बाँटा।[4] "शहरी और ग्रामीण ग़रीब गुज़ारा करने वाले लोग थे, मध्यवर्ग बचत करने वालों की श्रेणी में था। शहरी उच्च वर्ग समय के साथ खर्च बढ़ाने वालों में था और अमीर लोग पैसा उड़ाने वालों में आते थे। (Brand Equity *The Economic Times* 16–22 June, 1999)। गुज़ारा करने वाले और बचत करने वाले विज्ञापन निर्माताओं के लिए उपयुक्त नहीं थे। इसीलिए उनकी कहानियों पर ध्यान नहीं दिया जाने वाला था। इससे हुआ यह कि मध्यवर्ग और उनकी जीवनशैली और आकांक्षाओं पर ध्यान केन्द्रित किया गया, जिससे जो उनसे ग़रीब लोग थे उनकी पूरी दुनिया अदृश्य हो गई और सम्भावित ग्राहकों के तबके को दृश्यता मिली। 'सेलिब्रिटीज़' (जो भारत में 1990 के दशक तक एक असामान्य शब्द था) पर एक नया लेख शुरू किया गया। पेज 3 की संस्कृति का जन्म हुआ।[5]

यह जानना भी आवश्यक है कि एक विज्ञापन अपने आप में अकेले घटने वाली घटना नहीं है। यह समाज और मीडिया में आने वाले बदलावों के साथ एक क्रम में चलता है। नव-उदारवाद में, मुनाफ़े और बाज़ार के सिद्धान्त जीवन के हर क्षेत्र—चाहे वह शिक्षा, स्वास्थ्य या घर बसाने का मुद्दा हो, का मार्गदर्शन करते हैं। 1990 के दशक के बाद से भारतीय मीडिया की विज्ञापनों और कॉरपोरेशनों द्वारा स्पॉन्सरशिप पर निर्भरता दिन-ब-दिन बढ़ती गई। अख़बारों और टीवी चैनलों को चलते रहने के लिए मुनाफ़ा

कमाना था। हर वस्तु को लाभ और कार्यक्षमता, प्रतिस्पर्धा और निजी उद्यम के मूल्यों और स्वार्थ की कसौटी पर परखा जाने लगा। अधिकतर मुख्यधारा के मीडिया ने इस आधार पर कि दर्शक/पढ़ने वाले ग़रीबी और परेशानी की कहानियों में रुचि नहीं रखते, 'ख़ुशगवार पत्रकारिता' कहलाने वाली पत्रकारिता को अपना लिया (चौधरी, 2000)।

इस बदलाव ने न केवल विज्ञापनों बल्कि समाचारों, सम्पादकीय लेखों, विशिष्ट लेखों और यहाँ तक कि रिपोर्टिंग का भी काया पलटकर दिया। मिसाल के लिए 1990 के दशक में, भारत के उदारीकरण के कुछ समय बाद ही, पामोलिव ने अपने विज्ञापन का कैम्पेन मिस यूनिवर्स और मिस वर्ल्ड की विजेता सुष्मिता सेन और ऐश्वर्या राय पर चलाया। न सिर्फ़ वे प्रतिस्पर्धाएँ बल्कि उन तक पहुँचने के उनके सफ़र (छोटे-छोटे विवरण—उनके तनाव, चिन्ताएँ, ख़ुशियाँ) को प्रिंट और टीवी पर जगह दी गई। विभिन्न विजेताओं, जीतने की अभिलाषा रखने वालों, यहाँ तक कि उनके हेयर ड्रेसर, कपड़े डिज़ाइन करने वालों और अन्य के इंटरव्यू पर विशिष्ट कार्यक्रम प्रस्तुत किए गए।

यहाँ मैं यह कहना चाह रही हूँ कि एक आम व्यक्ति किसी उत्पादन जैसे कि शैम्पू के विज्ञापन को विज्ञापन के रूप में ही देखेगा/गी। परन्तु जब एक सेलिब्रिटी का/की हेयर ड्रेसर या एक डॉक्टर किसी इंटरव्यू में एक शैम्पू के गुणों का बखान करता/ती है, तब वह व्यक्ति उस इंटरव्यू को विज्ञापन नहीं मानेगा/गी। क्योंकि विज्ञापन सिर्फ़ उत्पादन नहीं बेचते हैं। वे जीवनशैली और इस जीवनशैली से जुड़ी समझ भी बेचते हैं। वह इंटरव्यू स्पॉन्सर्ड होगा पर वो एक विशेष कार्यक्रम की तरह प्रस्तुत किया जाएगा। यह एक नया चलन है कि विशिष्ट लेखों के साथ कोई यह दर्शाने वाला सूचक दिया जाए कि वह स्पॉन्सर्ड है, जैसा कि इंडियन एक्सप्रेस के विशिष्ट लेखों में लाल सूचक से दर्शाया जाता है।

महिलाओं की छवियाँ इस तरह ज़्यादा नज़र आने लगीं। पर ये वे छवियाँ थीं जो तड़क-भड़क, सफलता और शक्ति पर केन्द्रित थीं। जैसा अगले सेक्शन में दिखाएँगे, सीईओ और मॉडल्स की तस्वीरें; सेलिब्रिटीज़ के साथ इंटरव्यू और बातचीत आम हो गए। वे महिलाएँ जो घर-परिवार के लिए फ़सल उगाती थीं, ईंधन, पानी या जंगल के उत्पाद इकट्ठा करती थीं, घर की मरम्मत करती थीं, उपले बनाती थीं, अचार, चटनी, पापड़ बनाती थीं—वे सभी महिलाएँ जिनके ज़िक्र से हमने यह पाठ शुरू किया था, को अदृश्य कर दिया गया—वे लिंटस के अध्ययन के 'बचत करने वाले' और 'दूसरों के रहम-ओ-करम पर रहने वाले' लोग थे। इसीलिए हमें दृश्यता के भीतर क्या समाया है और यह कैसे प्रदान की जाती है, यह समझना होगा।

संचार, बाज़ार अध्ययन, सेक्सुअलिटी (लैंगिकता) और स्व-उद्यम

वैश्वीकृत समाज में प्रचलित लोक-संस्कृति का यह विचार हावी हुआ कि केवल 'चुनाव', 'स्वतंत्र इच्छा' और 'स्वतंत्रता' ही मायने रखते हैं। इस समाज में नई-नई इच्छाओं का होना और उपभोग की वस्तुओं पर दिखावे के साथ ख़र्च करना स्वाभाविक समझा जाने लगा। इसीलिए मीडिया में छवियों और विचारों का जो नया प्रवाह आया उसे सहज

और निजी स्वतंत्रता की अभिव्यक्ति के तौर पर देखा गया। यहाँ इस बात पर बल देना आवश्यक है कि नव-उदारवाद की विचारधारा के केन्द्र में, एक व्यक्ति होता है, एक स्वचालित 'सेल्फ़हुड' जो अपना विकास बिना राज्य या 'लोगों' की मदद के कर सकता है। इसलिए यहाँ मेरा तर्क है कि नई छवियों का यह प्रवाह ना तो मुक्त प्रवाह था ना ही एक संयोग था। उदारवाद के बाद के भारत की लोक संस्कृति के एक भाग के तौर पर संचार और बाज़ार अध्ययन ने कुछ ख़ास छवियों और विचारों को आगे ज़रूर बढ़ाया, परन्तु ऐसा करने से पहले जेंडर के नए और पुराने विचारों पर अध्ययन और मंथन किया गया था।

जेंडर को दृश्यता मिली मगर उस तरह की नहीं जैसा 1970 के महिला आन्दोलनों ने जब महिलाओं की अदृश्यता पर सवाल उठाए थे तब सोचा था। मार्केटिंग और संचार एजेंसियों की जो बात आप पर सबसे अधिक असर डालती है वह है वे कारण जो ये एजेंसियाँ बड़ी सरलता और खुलेपन से जेंडर को मार्केटिंग में बड़े पैमाने पर इस्तेमाल करने के लिए देती हैं। उदाहरण के तौर पर, मुद्रा, सबसे बड़ी विज्ञापन कम्पनियों में से एक ने 'शहरी युवा के तौर-तरीक़ों को समझने और उनसे एक ख़रीदार के बारे में ज्ञान बटोरने के लिए' किए गए एक अध्ययन में पाया कि जेंडर मार्केट की जाँच-पड़ताल का एक बड़ा मुद्दा रहा है, और इसे ब्रांड को आगे बढ़ाने के लिए और 'सही' ग्राहक तक सीधा पहुँचने के लिए व्यापक रूप से भुनाया गया है (जेटली, 1998)। इसके अलावा यह अध्ययन यह भी बताता है कि मार्केट अध्ययन ने 'नारीवाद के क्षेत्र' और 'जेंडर स्टीरिओटाइप' (रूढ़िवादी छवि) इन दोनों के विचारों का विज्ञापनों में उपयोग करना क्यों ज़रूरी समझा।

एक ही मार्केटिंग एजेंसी एक तरफ़ आज की नई महिला का ध्यान खींचने के लिए नारीवाद की सोच का उपयोग कर सकती है, तो परम्परावादी दर्शकों पर असर डालने के लिए रूढ़िवादी सोच का इस्तेमाल कर सकती है। 'नारीवाद' के ऐसे व्यावहारिक, व्यावसायिक इस्तेमाल का पूर्वानुमान 1970 के महिला आन्दोलनों ने नहीं लगाया था। ना ही उन्हें यह मालूम था कि 8 मार्च, अन्तरराष्ट्रीय महिला दिवस का 'मी टाइम' (मेरा समय), 'स्पोइल्ट फ़ॉर चॉयस (चुनाव के अत्यधिक विकल्पों ने जिन्हें बिगाड़ दिया हो) जैसे वाक्यों का तलब करते हुए महिलाओं को सामान और सुविधाएँ बेचने के लिए इस्तेमाल एक आम बात हो जाएगा।

> ठाठदार ब्रंच, स्पा के तरोताज़ा करने वाले सेशन, या कपड़ों, गहनों और अन्य सामानों पर मिलने वाली आकर्षक छूट, इस रविवार को राजधानी की महिलाएँ क्या चुनें क्या न चुनें इस आकर्षक दुविधा में होंगी क्योंकि बहुत से ब्रांड अन्तरराष्ट्रीय महिला दिवस मनाने के लिए कुछ हटकर प्रयास कर रहे हैं। तो अगर आप खाने की शौक़ीन हैं, या ख़रीदारी की दीवानी हैं, या एक ऐसी महिला हैं जो एक शानदार आरामदेह स्पा में अपने लिए कुछ पल 'मी टाइम' के तलाश रही हैं, तो चिन्ता न करें, क्योंकि

इस ख़ास दिन पर आपकी मदद करने के लिए ढेरों ऑफ़र्ज़ हैं। (https://brandequity.economictimes.indiatimes.com/news/marketing/brands-go-all-out-to-celebrate-womens-day/74536681 accessed March 30, 2020.)

इसीलिए स्वाभाविक अभिव्यक्तियों का अभाव है, और उनकी जगह मौजूद हैं चुने हुए ग्राहकों के लिए विज्ञापन तैयार करने की रणनीतियाँ, लक्ष्य और योजनाएँ। एक और अध्ययन का उदाहरण लेते हैं। महिलाओं की सोच को समझने की ज़रूरत को पूरा करने के लिए, ओगलिवि और माथेर, जो 880 करोड़ की विज्ञापन एजेंसी थी, ने 12 बाज़ारों की एशियाई माताओं का विस्तृत अध्ययन किया (चौधरी, जेटली से 1998)।

पेशेवर व्यक्तियों ने बाज़ार अध्ययन को चलाया और उसे समय-समय पर दुरुस्त और बेहतर भी किया। उदाहरण के लिए, टीएमआरसी, 'पूरे एशिया में कार्यरत एक उपभोक्ता की समझ रखने वाली उन्नतिशील कम्पनी' जिसके पास 'अनुभवी विशेषज्ञों का दल', और 'उपभोक्ताओं के अनुभव, उनके मनोभाव, उनकी समझ और प्रेरणाओं को व्यापक रूप से समझने के लिए उत्सुकता और निपुणता दोनों है', और इस बात की जानकारी भी है कि 'उपभोक्ता के व्यवहार को असल में क्या प्रभावित करता है', ने ऐक्स बॉडी स्प्रे का विज्ञापन बनाया।

ऐक्स डीओडरंट के विज्ञापन की सेक्सुअली चार्ज्ड (कामुक) तस्वीरें 'मेट्रो-सेक्सुअल' और 'महिला सेक्सुअलिटी के लिए मान्यता' जैसे नए विचारों की देन थीं। ये वे मुद्दे थे जिन्हें महिला आन्दोलनों ने उठाया था पर अब उन्हें नए सामाजिक तबकों तक पहुँच बनाने के लिए हथिया लिया गया था। यहाँ हम दो उदारहणों से इसे समझेंगे। पहला एक चॉकलेट पुरुष की तस्वीर है जिसे एक महिला वास्तव में 'खा' रही है, दूसरा एक दफ़्तर में औपचारिक तरीक़े से तैयार पुरुष पर एक महिला उसी तरह से, उसके निर्वस्त्र होने की विभिन्न अवस्थाओं में उस पर 'हमला' कर रही है। दोनों उदाहरण महिला सेक्सुअलिटी, जिसे आधुनिक भारत के इतिहास के अधिकतम भाग में वर्जित (taboo) विषय माना गया है, की खुली अभिव्यक्तियाँ हैं। सेक्सुअलिटी को इरादतन खुले रूप में रखा गया है, क्योंकि इसी से ही विभिन्न एजेंसियाँ महिलाओं की अति-दृश्यता और व्यापार को स्पॉन्सर करना चाहती हैं।

कट्टरपंथी हिन्दू गुटों ने ऐक्स विज्ञापन को स्वीकार नहीं किया, जिसके कारण नैतिक मूल्यों की दुहाई देने और इन मूल्यों को बनाए रखने के लिए समाज पर नियंत्रण रखने (मॉरल पुलिसिंग) की ऐसी बातें शुरू हुईं :

> जब से उन्होंने हिन्दी फ़िल्मों ने चुम्बन दिखाने प्रारम्भ किए, तब से भारत के नैतिक मूल्य गर्त में जा रहे हैं। 'गौ माता' से भरा रूढ़िवादी देश अपने सेक्सुअलिटी के पुरातन मानकों को, कामोत्तेजक विदेशी विज्ञापनों के सामने कमज़ोर पड़ता दिख रहा है। भारतीय सरकार ने हाल ही में ऐक्स के कुख्यात 'चॉकलेट पुरुष' के विज्ञापन पर और देश में जगह-जगह

> अचानक नज़र आने वाले सेक्सी बिल बोर्डों (इश्तहारों) को भारत की सभ्यता के पतन के चिह्न के रूप में देखते हुए, इन पर निषेध लगा दिया है। (http://www.tmrcresearch.com)

माना कि इन प्रतिक्रियाओं को नारीवाद पर हमले के रूप में देखना चाहिए पर यहाँ मेरी मुख्य चिन्ता इस विज्ञापन पर विभिन्न विचारधाराओं की प्रतिक्रियाएँ नहीं हैं। यहाँ मेरा मक़सद एक तरफ़ संचार और महिलाओं की छवि के औद्योगीकरण और दूसरी तरफ़ सेक्सुअलिटी को उत्पादों और सुविधाओं को बढ़ावा देने के लिए इस्तेमाल किए जाने पर ध्यान दिलाना है। यहाँ एक छोटे परन्तु महत्त्वपूर्ण अन्तर पर प्रकाश डालना आवश्यक है। वह अन्तर है 1970 के महिला आन्दोलनों द्वारा मीडिया की यह आलोचना कि यह महिलाओं को सेक्स की वस्तु के रूप में दिखाता है और हाल ही का महिलाओं को उनकी आज़ाद सेक्सुअल ड्राइव के साथ दिखाने का चलन। कुछ लोग इसे महिलाओं की उनकी इच्छाओं की अभिव्यक्ति के रूप में समझेंगे। कुछ इस बात पर सवाल खड़े करेंगे कि क्या ऐक्स का विज्ञापन महिलाओं की असली सेक्सुअल इच्छाओं को दर्शाता है या अभी भी महिलाओं को दरअसल सेक्स की वस्तु के रूप में ही पेश करता है? अगर ऐसा है तो क्या यह महिलाओं के सेक्स की वस्तु होने के पुराने मूल भाव को बस एक नए अवतार में फिर से हमारे सामने रखता है? अध्ययनों ने यह बताया है कि लड़कियों और महिलाओं का अति-सेक्सुअलाइजेशन उनमें उनके रूप-रंग को लेकर कुंठा, शर्मिंदगी की भावना, भोजन सम्बन्धी गड़बड़ियाँ, आत्मसम्मान में गिरावट और उदासी उत्पन्न करती है। (https://www.unicefusa.org/stories/not-object-sexualization-and-exploitation-women-and-girls/30366 accessed 29th March, 2020.)

सेक्सुअलिटी का केन्द्रीकरण पोस्ट फ़ेमिनिज़्म से निकला है। हम देखते हैं कि प्रकाशक और आलोचक दोनों ही 'इंडियन चिक', जिसे पोस्ट फ़ेमिनिज़्म[6] और शहरों में महिलाओं के बढ़ते आत्मविश्वास की एक झलक के रूप में देखा जाता है, के उदय की घोषणा कुछ इस तरह करते हैं :

> वह अविवाहित है, उसका एक कैरियर है, वह मज़े करना चाहती है, रिस्क लेने से उसे परहेज़ नहीं है और वह अपने लिए एक पुरुष अपने तरीक़े से तलाशना चाहती है, न कि अपने परिवार के बताए तरीक़ों से। यह एक ऐसी महिला है जिसके बारे में हमने केवल पश्चिमी देशों की किताबों में पढ़ा है, पर अब हम अचानक उसे भारतीय गलियों में पाते हैं।
>
> भारत में, इससे पहले की पीढ़ी में शादी ही महिलाओं के लिए माता-पिता के नियंत्रण से आज़ादी पाने का एकमात्र ज़रिया होता था। पर अब महिलाएँ शादी करने के भारी दबाव के बावजूद काम करती हैं, शहरों में अकेले रहती हैं, अपनी सहेलियों के साथ बाहर जाती हैं, शराब पीती हैं, पुरुषों से मिलती हैं (डेट करती हैं) और मज़े करती हैं। (लक्ष्मी, 2007)

सेक्सुअलिटी के केन्द्रीकरण के अलावा, मीडिया ने बड़ी सक्रियता से 'सेल्फ़ रियलाईजेशन' (आत्मबोध), आकांक्षाओं, उपलब्धियों और सुख के नए विचारों को बढ़ावा दिया। इन मूल्यों के मिश्रण में हम नारीवाद और नव-उदारवाद दोनों का असर साफ़-साफ़ देख सकते हैं। अगर सेक्सुअल अभिव्यक्ति स्वयं को व्यक्त करने के एक छोर पर आती है तो इसके दूसरे छोर पर है उपलब्धि स्वयं को एक उद्यम, एक कार्य के तौर पर देखने की विचारधारा। हमने देखा है कि नव-उदारवाद के युग में उपभोक्ता अध्ययन इसी 'स्वचालित' (सेल्फ़-प्रोपेल्ड) व्यक्ति, सफलता और आज़ादी के सन्देश को दर्शाने की एक क़ोशिश है।

आज के समय में, कॉरपोरेट जगत जो मीडिया पर पूरी तरह से हावी है, को नव-उदारवाद की विचारधारा के जन्मस्थल और इस सभ्यता के प्रचार-प्रसार के साधन के रूप में देखना ज़रूरी है। इसका एक उदाहरण है मकिंज़ी क्वॉर्टरली, जिसे कोई भी व्यक्ति ऑनलाइन जाकर पढ़ सकता है। इसने 'मूविंग विमेन टू द टॉप' सर्वे जैसे लेख प्रकाशित किए हैं। यह सर्वे यह दिखाता है कि ज़्यादातर इग्ज़िक्यूटिव यह मानते हैं कि कम्पनियों के नेतृत्व में यदि जेंडर विविधता हो तो इससे उनका आर्थिक प्रदर्शन बेहतर होता है, परन्तु कम्पनियाँ महिलाओं को वर्क-फ़ोर्स में प्रोत्साहन देने के लिए बहुत कम क़दम उठाती हैं। भारत के विकास की कहानी में इसके विकास का जश्न मनाने की जो भाषा हावी है, उसमें महिला बॉसेज़ का होना आवश्यक है। पिछले कुछ समय में इस विषय पर लेखों की एक शृंखला आई है।

> लगभग एक दशक पहले, भारतीय वर्क फ़ोर्स में महिला बॉसेज़ पर चर्चा शायद बेतुकी लगती। पर आज, इंडिया इंक ने महिला इग्ज़िक्यूटिव जो कम्पनियों, विभागों और संस्थाओं की बागडोर सँभालती हैं, की संख्या को आश्चर्यजनक रूप से बढ़ते देखा है। ये महिलाएँ जेंडर के अन्तराल को, जो कई सालों से चला आ रहा है, धीरे-धीरे कम कर रही हैं। आइए देखते हैं कि जब ईटी ने टॉप पर पहुँची महिलाओं से उनके कॉरपोरेट जगत में कामयाबी की सीढ़ियाँ चढ़ने के राज़ के बारे में पूछा तो उन्होंने क्या कहा (कौशाम्बी, 2012)।

भारत में खेलों के बढ़ते कारोबार की एक वजह महिला विजेता और महिला बॉसेज़ भी रही हैं। महिला विजेताओं और बॉसेज़ को मीडिया में भी काफ़ी तवज्जो दी गई। इन मीडिया रिपोर्टों में यह बताया गया कि "खेल जगत, जिसमें पुरुषों का वर्चस्व रहा है, में कुछ महिलाओं ने पुरुषों से बेहतर प्रदर्शन किया। कुछ टॉप महिला बॉसेज़ जिन्होंने खेल जगत में नए मक़ाम पाए। गायत्री रेडी डेक्कन चार्जर्ज़ का चेहरा है। (http://sports.in-.msn.com/gallery/female-bosses-in-sportsworld accessed 23rd may 2012)

अधिकतर पारम्परिक समाजों में, जिसमें भारत भी शामिल है, उम्र बढ़ने के साथ-साथ एक व्यक्ति का प्रभुत्व भी बढ़ता जाता है। इसीलिए युवा दिखने की चाहत भारत में एक नया चलन है। मैं यहाँ 'लाइक डॉटर, लाइक मदर' लेख जो 'एंटी-एजिंग (बढ़ती

उम्र को रोकने) के चलन के कारण बेटियाँ और माँएँ-बहनों की तरह लग सकती हैं', के शीर्षक के साथ शुरू होता है, से कुछ विचार ले रही हूँ। रुचिका मेहता लिखती हैं :

> माँएँ ज़्यादा से ज़्यादा अपनी बेटियों की तरह लगना चाहती हैं, वे उनकी तरह व्यवहार करती हैं और जहाँ तक अच्छा दिखने और फ़िगर की बात है तो उनसे मुक़ाबला भी करती हैं। वे दो बहनों की तरह दिखना चाहती हैं। भारत एक ऐसा समाज बनने की राह पर है जहाँ हरेक व्यक्ति अपनी उम्र से छोटा दिखना चाहता है। एंटी-एजिंग कैप्सूल और क्रीमें, एंटी-सेल्युलायट तेल, खुराक (डायट) के सप्लिमेंट्स, स्पा और हेल्थ फूड्स आसानी से मिल जाते हैं। माएँ अपनी ख़ास डायट, जिम, वायएसएल कंसीलर, पर्सनल ट्रेनर, योग क्लासों, आयुर्वेदिक स्किन केयर और प्लास्टिक सर्जन के साथ अपनी असली उम्र से कहीं कम की दिखती हैं। (मेहता, 2004)

यहाँ मैं यह दोहराना चाहूँगी कि विज्ञापन अकेले में काम नहीं करते हैं, वे स्पॉन्सर्ड लेखों, समाचारों, सम्पादकीय लेखों और डॉक्टरों, सुन्दरता विशेषज्ञों, हेयर स्टाइलिस्ट, खेल जगत के सितारों, सीईओ, आदि के इंटरव्यू साथ मिलकर काम करते हैं। ऊपर प्रस्तुत किया गया अंश किसी विज्ञापन का हिस्सा नहीं है, यह एक लेख है और बहुत लोग इसे रिपोर्टिंग समझकर पढ़ेंगे न कि स्पॉन्सर्ड लेख समझकर।

अब हम आर्थिक बदलाव के लगभग 25 साल पूरे करने की कग़ार पर हैं। भारतीय वास्तविकता बदल गई है, साथ-साथ उसकी शकल भी। जैसा हमने इस लेख की शुरुआत में कहा था, वास्तविकता नई छवियों का निर्माण करती है पर इसका उलट भी सत्य है। जो 30 साल पहले विज्ञापनों में अनूठा और अलग हुआ करता था, वह आज घिसा-पिटा और एक आम चलन हो गया है। विज्ञापन एजेंसियों द्वारा विज्ञापनों पर किए गए 'अध्ययनों' का एक बड़ा संग्रह मौजूद है। "क्या पिछले एक दशक में भारतीय विज्ञापनों में पुरुष और महिला की भूमिकाओं में कोई बदलाव आया है?" विज्ञापन के सेक्टर में जेंडर के मानदंडों और इसके विभिन्न संस्कृतियों में मौजूद रूपों पर चर्चाएँ इसी तरह के सवालों के जवाब ढूँढ़ने के लिए की जाती हैं। *सेक्स रोल्ज़ : अ जर्नल ऑफ़ रिसर्च,* के नवम्बर 2000 के प्रकाशन में छपे एक अध्ययन की ओर इशारा करते हुए, चैटर्जी कहते हैं कि कुछ घिसे-पिटे (stereotypical) वर्णन जो ब्रिटिश पत्रिकाओं के विज्ञापनों में आम हैं, भारतीय विज्ञापनों में ज़्यादा नहीं दिखते।

> हालाँकि आज के भारतीय विज्ञापन पहले की तुलना में ज़्यादा मर्दाना प्रभाव लिये होते हैं। जहाँ एक तरफ़ भारत और पश्चिमी देशों में कल तक खेलों में पुरुष महिलाओं की तुलना में ज़्यादा दिखते थे, वहीं आज आप महेंद्र धोनी जैसे क्रिकेटर को विज्ञापनों में लगभग उतनी बार ही देखेंगे जितनी बार सानिया मिर्ज़ा को। महिलाएँ अब भारतीय विज्ञापनों में पुरुषों पर निर्भर रहने वाली भूमिकाओं में कम दिखाई जाती हैं। हर पखवाड़े

में प्रकाशित होने वाली महिलाओं की एक पत्रिका के विज्ञापन में एक वृद्ध महिला को शादी के जोड़े में दिखाया गया। बाद में विज्ञापन में यह दिखाया गया है कि उसकी बेटी उसकी दोबारा शादी करा रही है। यह सकारात्मक विज्ञापन का एक अच्छा उदाहरण है जिसमें बड़ी सावधानी से एक सामाजिक सन्देश भी दिया गया है। हाल के दिनों में बहुत से माँ-बेटी के विज्ञापन महिलाओं के आपसी जुड़ाव को दिखाते हैं, जो धीरे-धीरे उनके जीवन में पुरुषों की भूमिका को कम कर रहे हैं। (चैटर्जी, 2006)।

निश्चित रूप से विज्ञापन और मीडिया का प्रस्तुतिकरण बदला है। पहले की तुलना में अब ज़्यादा महिलाएँ दिखाई जाती हैं। पर इन सब में जो छूट जाता है वह है ग़रीब और अधिकारहीन समुदायों के पुरुषों और महिलाओं की लोकप्रिय संचार माध्यमों में अदृश्यता। इसमें कोई चकित करने की बात नहीं कि सरकार की कोविड-19 को लेकर शुरुआती प्रतिक्रिया भी यह देखना 'भूल' गई कि लॉकडाउन का प्रवासी मज़दूरों और काम करने वालों पर क्या असर होगा। इस प्रतिक्रिया में इससे ज़्यादा महत्त्व इस बात पर दिया गया था कि मध्यवर्ग के मनोरंजन के लिए टीवी पर कौन से कार्यक्रम दिखाए जाएँ।

निष्कर्ष और एक चेतावनी

इस पाठ में मेरा प्रयास रहा है कि मैं महिलाओं की अतिदृश्यता को तीन सन्दर्भों में दिखाऊँ : महिला आन्दोलन, भारत के आर्थिक बदलाव; और एक हमेशा संवाद करने वाले, आपसे हर समय सम्पर्क में रहने वाले मीडिया की बेजोड़ पहुँच। तस्वीरों और जानकारी की बहुतायत चौबीसों घंटे रेडियो, टीवी, इंटरनेट और मोबाइल फ़ोन के माध्यम से अपनी मौजूदगी का एहसास कराती है। मेरा उद्देश्य इस दृश्यता को बाज़ार, मीडिया और संचार की पहुँच के तंत्र, जो वैश्विक पूँजीवाद की विचारधारा के जन्म और प्रचार का केन्द्र है, के सोचे-समझे परिणाम के रूप में दिखाना है।

इसीलिए इस लेख का लक्ष्य सीमित है। मैंने नारीवादी आन्दोलनों की मुख्यधारा के मीडिया के साथ भिड़ने की असाधारण कहानियों की सफलताओं और निराशाओं का ज़िक्र नहीं किया। 2012 से लेकर अब तक भारतीय मीडिया और नारीवाद के बीच के संवाद के तीन विशेष पल रहे हैं जिन्हें मैं यहाँ बताना चाहूँगी। पहला—'निर्भया' के बलात्कार का मुद्दा[7], दूसरा—मी टू आन्दोलन[8] और तीसरा—ऑनलाइन माध्यमों जैसे कि नए वेब पोर्टल 'फ़ेमिनिज़्म इन इंडिया'[9] में एक सुविज्ञ नारीवादी आवाज़ को मिला बढ़ावा। यह सब शायद एक अन्य लेख का विषय है।

सन्दर्भ

1. यू. एन. महिला दशक (1976-1985) के माध्यम से समाचारों में महिलाओं की कम दृश्यता के मुद्दे को उठाया गया। 1970 व 1980 के दशकों में नेताओं ने प्रगतिशील महिलाओं के नज़रिये से बने समाचारों का प्रसार बढ़ाने के लिए यू.एन. पर महिलाओं पर आधारित समाचारों और विशेष लेखों पर पूँजी लगाने के लिए दबाव डाला।

2. महिला आन्दोलनों ने बलात्कार, काम, दहेज़ जैसे उन सभी मुद्दों को उठाया जिन्होंने महिलाओं के घर और बाहर समान और स्वतंत्र नागरिक के अधिकारों में बाधा डाली।
3. भारत में विमानन सेक्टर ने हवाई ट्रैफ़िक में 1993 में सालाना 75 लाख स्वदेशी यात्रियों से 2015 में सालाना 8.1 करोड़ स्वदेशी यात्रियों की बढ़ोतरी देखी है। https://www.livemint.com/Politics/CfaZORfk3qFmOADLdCFSYP/Living-the-high-life.html
4. सम्भावित उपभोग का अन्दाज़ा लगाने के लिए हुए अध्ययनों ने उभरते बाज़ारों पर ध्यान केन्द्रित किया। इन उभरते बाज़ारों में विश्व की कुल जनसंख्या का 40 प्रतिशत से अधिक हिस्सा शामिल था। 2018 के लिए इन्होंने अपना ध्यान भारत पर केन्द्रित किया। 2030 तक भारत पिरामिड में सबसे नीचे मौजूद लोगों पर आधारित अर्थव्यवस्था से मध्यवर्ग पर आधारित अर्थव्यवस्था बन जाएगा। https://www.weforum.org/agenda/2019/01/10-mega-trends-for-india-in-2030-the-future-of-consumption-in-one-of-the-fastest-growing-consumer-markets/
5. पृष्ठ 3 भारत की टैब्लॉइड संस्कृति को दिया गया नाम है। भारत के पार्टी करने वाले, उच्च वर्ग वाले या हाई सोसाइटी वाले, मुम्बई, दिल्ली और बेंगलुरु की महानगरीय संस्कृति, सब पृष्ठ 3 टैब्लॉइड समाचारों के विशिष्ट लेखों में जगह पाते हैं।
6. पोस्ट फ़ेमिनिज़्म उन विचारधाराओं, कूटनीतियों और प्रथाओं का समूह है जो उदारपंथी नारीवाद के आज़ादी, चुनाव और स्वाधीनता के विचारों को मीडिया, मर्चेंडाइज़िंग और उपभोक्ता सहभागिता के लिए इस्तेमाल करता है। पोस्ट फ़ेमिनिज़्म में 'पोस्ट' न सिर्फ़ एक समय, या नारीवाद पर हमले को दर्शाने का ज़रिया है, बल्कि यह उस समझ की ओर भी इशारा करता है जिसके केन्द्र में व्यक्तिवाद, चुनाव, अपने जीवन को प्रभावित करने की क्षमता, जेंडर से जुड़ी असमानताओं पर सवाल उठाने का विरोध शामिल है। साथ ही एक महिला के शरीर को उसकी आज़ादी की अभिव्यक्ति के माध्यम के रूप में देखना और उस पर ध्यान केन्द्रित करना शामिल हैं।
7. 16 दिसम्बर, 2012 को देश की राजधानी दिल्ली में, फ़िज़ियोथेरपी की 23 वर्षीय छात्रा का 6 लोगों ने भयावह रूप से सामूहिक बलात्कार किया। पीड़िता, जो निर्भया (जिसे कोई डर न हो) के नाम से जानी गई, का तेरह दिन बाद देहान्त हो गया। इस दर्दनाक हादसे के कारण दूर-दूर तक विरोध प्रदर्शन हुए। राष्ट्रीय और अन्तरराष्ट्रीय मीडिया ने इस मुद्दे और विरोध प्रदर्शनों पर काफ़ी लिखा। शुरुआती हफ़्तों में मीडिया 'बलात्कारियों को फाँसी' की माँग उठाता रहा। महिला संस्थानों और नारीवादी वकीलों ने मीडिया की चर्चाओं में सक्रिय रूप से शामिल होकर इस कड़ी माँग को कुछ हद तक मद्धम किया (चौधरी, 2017)। पर कहानी यहाँ ख़त्म नहीं हुई। पूरे देश से 400 नारीवादियों ने एक बयान के ज़रिये, भारत के राष्ट्रपति से 2012 के दिल्ली सामूहिक बलात्कार के चारों अभियुक्तों को फाँसी न देने की अपील की। उनका तर्क था कि "न्याय और सुरक्षा प्रदान करने के कोई जुगाड़ (शॉर्टकट)" नहीं हो सकते और महिलाओं के विरुद्ध इन अपराधों को रोकने का केवल एक ही उपाय था कि आपराधिक न्याय की प्रक्रिया को दुरुस्त किया जाए। https://thewire.in/women/delhi-rapist-murderer-death-penalty-president accessed 28th March, 2020. उन्हें फाँसी दे दी गई। देश के प्रधानमंत्री ने कहा, "न्याय की जीत हुई" https://www.indiatoday.in/india/story/justice-has-prevailed-pm-modi-on-hanging-of-nirbhaya-case-convicts-1657747-2020-03-20. और मुख्यधारा के मीडिया का भी इस मामले पर यही रुख़ था।
8. 2018 में भारत में 'मी टू' आन्दोलन का उदय हुआ। महिलाओं ने अभिनेताओं से लेकर, फ़िल्म डायरेक्टरों, विज्ञापन एजेंसियों के बड़े बॉसेज़, कलाकारों, लेखकों और राजनेताओं

द्वारा उनके काम की जगहों में किए गए घिनौने व्यवहार को सामने रखा। दफ़्तर में मिलने वाली अनचाही तवज्जो से लेकर फ़िल्मों के सेट पर सेक्सुअल संकेत तक काफ़ी तरह के इल्ज़ाम सामने आए। भारतीय पत्रकारों ने सेक्सुअल हमलों के ख़िलाफ़ आवाज़ उठाई। द नेटवर्क ऑफ़ विमेन इन मीडिया इन् इंडिया (NWMI) ने 'समाचार स्टूडियो में फैले सेक्सिज़्म (लैंगिक भेदबाव) और मिसॉजनी (स्त्री-द्वेष)' की निन्दा की और यह माँग की कि मीडिया संस्थाएँ इन इल्ज़ामों की जाँच करें और उचित क़दम उठाएँ। जेआईयू और एडिटर्ज़ गिल्ड ने अपना समर्थन दिया। जेआईयू ने माँग की कि वे सभी मीडिया संस्थाएँ जिन पर आरोप लगे हैं, इन मुद्दों के लिए अनिवार्य रूप से आन्तरिक जाँच कमेटी बनाए।

9. पिछले कुछ सालों में आए नए मीडिया में सुविज्ञ मीडिया भी सामने उभरकर आया है। उन पर बात करने के लिए यह जगह नहीं है पर फिर भी मैं फ़ेमिनिज़्म इन इंडिया (एफ़आईआई) https://feminisminindia.com के बारे में बताना चाहूँगी। यह एक डिज़िटल इंटर-सेक्शनल संस्था है जो नारीवादी विचारों के बारे में सीखने, और युवा पीढ़ी में इसकी समझ बनाने का काम कर रही है। "F- शब्द को स्पष्ट करना और इसके इर्द-गिर्द मौजूद नकारात्मकता को हटाना ज़रूरी है। एफ़एफ़आई महिलाओं और अधिकारहीन समुदायों की आवाज़ को आर्ट, मीडिया, कल्चर, टेक्नॉलजी और समुदाय के माध्यम से बढ़ावा देता है।" आज जब कि हम सब पर कोविड 19 का ख़तरा मंडरा रहा है, उन्होंने ने इस बात पर एक बढ़िया लेख प्रकाशित किया कि क्वॉरंटीन और लॉकडाउन बहुत सी महिलाओं के लिए घरेलू ज़िम्मेदारियों के बोझ और घरेलू हिंसा में वृद्धि का कारण हो सकता है।

सन्दर्भ ग्रंथ

Chatterjee Shoma, 2006 "Changing Sex Roles in Advertisement" http://www.indiatogether.org/2006/jul/med-roles.htm 19th July.

Chaudhuri Maitrayee 1993 *The Indian Women's Movement: Reform and Revival* (New Delhi, Radiant)

…2000 "Feminism" in Print Media' *Indian Journal of Gender Studies,* 7:2 pp. 263-288

…2014 "Gender, Media and Popular Culture in a Global India", in ed. Leela Fernandes. Routledge *Handbook of Gender in South Asia,* Routledge, New York, pp. 145-159.

…2017 (first published 2001) "Gender and Advertisements: The Rhetoric of Globalisation", in Chaudhuri 2017 *Refashioning India: Gender, Media and a Tarsnformed Public Discourse.* Hyderabad, Orient Blackswan. pp.

…2017 "National and Global Media Discourse after the savage death of 'Nirbhaya': Instant Access and Unequal Knowledge" in ed. MaitrayeeChaudhuri 2017. pp. 232-257.

Chaudhuri, Utsav 2009 Feminism and Chauvinism for Urban India March 15th 2009

http://www.slideshare.net/utsav_chaudhuri/feminism-chauvinism-for-urban-india

Accessed 2nd June, 2012.

Goffman, Ervin. (1976). Gender advertisements. London: The Society for the Study of Visual Communication.

Hilgers, Mathhhieu 2011 "The three anthropological approaches to neoliberalism" *ISSJ* 202, UNESCO pp. 351-362.

Jetley, Neerja Pawha, 1998 'More Than Just Mothers' *Outlook* 24th August, pp. 46-47.

Jhally, S. (1987). *The codes of advertising.* London: Francis Pinter.

Karnanee, Anil Doing well by doing good—case study: 'Fair & Lovely' whitening cream. https://www.researchgate.net/publication/227617456_Doing_well_by_doing_good-case_study_%27Fair_Lovely%27_whitening_cream[-accessed March 28, 2020.

Kaushambi, 'Women bosses in Indian corporates: What is driving their growth?' March 30th, 2012. http://trak.in/Tags/Business/women-ceos-in-india/ Acessed 23rd May, 2012.

Lakshmi Rama 2007 "India's Cheeky 'Chick Lit' Finds an Audience" *Washington, Post* Foreign Service Friday, November 23, 2007. http://www.washingtonpost.com/wp-dyn/content/article/2007/11/22/AR2007112201415.htmlAccessed 28th May, 2012.

Marx Karl https://www.marxists.org/archive/marx/works/1848/communist-mani-festo/ch01.htm#007) accessed 28th March, 2020.

Mehta Ruchika 2004 "Like Mothers, Like Daughters" *Times of India,* November 6th.

Subramaniam 0Indhu 2007 Is It Post feminism Yet? December 13th, 2007. http://youngfeminists.wordpress.com/2007/12/13/is-it-post-feminism-yet/ accessed 24th May, 2012.

https://www.livemint.com/Politics/CfaZORfk3qFmOADLdCFSYP/Living-the-high-life.html

https://economictimes.indiatimes.com/magazines/panache/lifestyle/retail-therapy-can-now-be-truly-therapeutic/articleshow/65217396.cms?-from=mdr

https://www.weforum.org/agenda/2019/01/10-mega-trends-for-india-in-2030-the-future-of-consumption-in-one-of-the-fastest-growing-consumer-markets/

https://thewire.in/women/delhi-rapist-murderer-death-penalty-president accessed 28th March, 2020.

https://www.dazeddigital.com/beauty/head/article/44710/1/skin-bleaching-concerns-as-miss-india-pageant-promotes-fair-skin-ideals accessed March 28th, 2020.

http://travel.state.gov/travel/cis_pa_tw/cis/cis_1139.html)

http://sports.in.msn.com/gallery/female-bosses-in-sportsworldaccessed 23rd May, 2012.

https://feminisminindia.com

http://www.tmrcresearch.com/
https://www.indiatoday.in/india/story/justice-has-prevailed-pm-modi-on-hanging-of-nirbhaya-case-convicts-1657747-2020-03-20.
The Week, March 30, 1997.
Brand Equity *The Economic Times* 16–22 June, 1999.

महिला और अभिनय

लता सिंह
अनुवाद : निधि अग्रवाल

जेंडर कोई समरूप श्रेणी नहीं है। जाति, वर्ग, कुल, जातीयता, यौनिकता के जुड़ाव जेंडर की श्रेणी को जटिल बनाते आए हैं। इस लेख में महिला कलाकारों को सामने रखते हुए, जेंडर की श्रेणी पर और सवाल उठाने का प्रयास किया गया है। जेंडर की श्रेणी के अन्तर्गत महिला कलाकारों की एक अलग सामाजिक स्थिति होती है, जो बहुत जटिल और उलझी हुई है। इस उलझन को केवल निजी और सार्वजनिक दायरे के अन्तर से नहीं समझा जा सकता। अधिकतर औरतों को अपने व्यवसाय के लिए सार्वजनिक दायरे में अपनी जगह बनानी पड़ती है। उपाश्रित (Subaltern) औरतें श्रम बाज़ार के ज़रिये हमेशा से सार्वजनिक दायरे में मौजूद रही हैं। औपनिवेशी काल के दौरान जब मध्यवर्गीय औरतों ने सार्वजनिक दायरे में क़दम रखा तो उन्होंने उसके साथ-साथ अपनी प्रतिष्ठा बनाए रखने के लिए पवित्र घरेलूपन की आत्म-छवि को अपना लिया। घरेलूपन की यह ताक़त उनके लिए सार्वजनिक क्षेत्र में अपने लिए जगह का दावा करने का सम्मानजनक ज़रिया बन गई। हालाँकि कलाकारों के काम का समय औरतों के लिए निर्धारित काम के समय से अलग होता है। यह औरतों के लिए ग़ैर-पारम्परिक कार्यक्षेत्र है जहाँ काम का समय लम्बा खिंचने के साथ-साथ, देर तक चलने वाला, अनियमित और अनिश्चित भी हो सकता है। महिला कलाकार अक्सर रात में काम करती हैं, जब 'अच्छी' औरतों को घर पर होना चाहिए। घरेलूपन को उनके काम के साथ नहीं जोड़ा जा सकता। महिला कलाकार सबसे अधिक सार्वजनिक औरत मानी जाती हैं। उनके शरीर पर विषम पुरुषों की नज़र हमेशा टिकी रहती है। महिला कलाकारों का काम ही ऐसा है कि उनके पास, पवित्र और वफ़ादार 'अच्छी औरतों' की तरह केवल एक पुरुष के सामने ख़ुद को पेश करने का विकल्प नहीं होता, बल्कि उन्हें कई अपरिचित पुरुषों की नज़र के सामने पेश होना पड़ता है। कलाकार को सबके सामने ऐसे किरदार निभाने पड़ते हैं जो असल में बेहद निजी रिश्तों के बीच होते हैं।

सार्वजनिक कार्यक्षेत्र में उसकी गतिशीलता ने, मध्यवर्ग द्वारा परिभाषित घर और बाहर की दुनिया के बीच बनाए गए नैतिक अन्तर की जड़ें हिला दीं।[1] अभिनेत्रियों की इस गतिशीलता के साथ जुड़े कलंक के और भी कुछ आयाम हैं, जो आपस में जुड़े

हुए हैं। एक समस्या तो अभिनय से ही है, नक़ल करने का लचीलापन—कि अभिनय वास्तविकता नहीं भ्रम है, और वह कृत्रिम किरदार प्रस्तुत करता है, चीज़ें चलायमान बनती हैं, जिन्हें स्थिर होना चाहिए। इसके अलावा, यहाँ अभिनेता मंच से हटकर भी, साधारण, व्यवस्थित, मान्यताप्राप्त रिश्तों के बजाय काल्पनिक रिश्तों के नेटवर्क क़ायम रखते हैं। अभिनेता जाति, वर्ग, धर्म या कुल की सीमाओं के पार रिश्ते स्थापित करते हैं। उनके बीच सामाजिक रिश्ते स्थापित होते हैं जबकि वास्तव में उनके बीच कोई ख़ून का रिश्ता या शादी का रिश्ता नहीं होता। मंच पर (अभिनय) और मंच से हटकर (रिश्तों) पहचान में होने वाले ऐसे बदलाव—जो औरतों और पुरुषों के बीच नियामक रिश्तों से सम्बन्ध रखते हैं—पूरे अभिनय समुदाय को बदनाम करते हुए उन्हें ज़रूरत से ज़्यादा गतिशील और अनियंत्रित होने के लिए कलंकित करते हैं। इसलिए, महिला अभिनेताओं का ऐसे गतिशील रिश्तों में खुलेआम क़दम रखना उन्हें बदनाम कर देता है।[2] सामाजिक पवित्रता के लिए औरतों की गतिशीलता और समाज में घुलने-मिलने पर पाबन्दियाँ लगाई जाती हैं। उनके काम के लिए उन्हें कलाकारों की मंडली के साथ यात्रा भी करनी पड़ती है, जिसमें पुरुष भी होते हैं। कलाकारों का समुदाय कई सामाजिक सीमाओं को पार कर जाता है। अभिनय की गतिशीलता, भौतिकता और पुरुषों तथा औरतों का मेल-मिलाप नियामक यौनिकता की सामाजिक सीमाओं को तोड़ने का डर पैदा करता है। यहाँ तक कि, औपनिवेशी काल में अभिनय के सन्दर्भ में मध्यवर्ग के बीच विमर्श में, महिला कलाकारों और यौनकर्मियों के बीच का अन्तर काफ़ी धुँधला था। हर वर्ग और जाति की औरतें इस व्यवसाय में जाने वाली अपनी जाति और वर्ग की महिलाओं को शक की नज़र से देखती हैं। अगर महिला कलाकार अधीनस्थ वर्गों की होती हैं, तो उन्हें और ज़्यादा नीचा माना जाता है। असल में, अधीनस्थ वर्गों की औरतें भी अपने समुदायों की महिला कलाकारों को नीचा समझती हैं, और मानती हैं कि उनका 'चाल-चलन' ठीक नहीं होता।[3]

हाशिएकरण की पटकथा : औपनिवेशिक और मध्यवर्गीय विमर्श

महिला कलाकारों के विरुद्ध यह नज़रिया, भारत में औपनिवेशी काल में मध्यवर्ग उद्गमन के साथ प्रबल हो रहा था। औरतों से सम्बन्धित मुद्दों के सामने मध्यवर्ग की प्रतिष्ठा का सवाल सबसे पैना हो जाता था। नारीत्व को पुनर्परिभाषित करना मध्यवर्ग को सत्ता में लाने के लिए ज़रूरी था। औपनिवेशिक काल में मध्यवर्ग के विमर्शों में 'आदर्श' औरत की धारणा के निर्माण के कारण, साधारण और सार्वजनिक स्तर पर काम करने वाली औरतों को 'अन्य' औरतों का दर्जा दिया गया, जिन्हें अशिष्ट, अश्लील, भद्दा और स्वच्छंद यौन सम्बन्ध बनाने वाली औरतें माना जाने लगा।[4] औरतों की लोकप्रिय संस्कृति, जिसमें हँसी-मज़ाक़ और खुली कामुकता हुआ करती थी, अब उसे घरेलू व्यवस्था की नई व्यवस्था के लिए ख़तरा समझा जाने लगा।[5] औपनिवेशी काल में नाच-विरोधी अभियान के अन्तर्गत महिला कलाकारों को निशाना बनाया गया।[6] लेकिन, कला के क्षेत्र को 'सामाजिक बुराई' की नज़र से देखना अकेले पुरुषों की समस्या नहीं थी। बंगाल में, 20वीं सदी की शुरुआत

तक, प्रगतिशील पत्रिकाओं की महिला सम्पादक अपनी 'इज़्ज़तदार बहनों' को आगाह करने लगी थीं कि कैसे नाटक जैसे प्रदर्शनों की आदी हो रही औरतों को भीषण नैतिक परिणामों का सामना करना पड़ रहा है। औरतों की न केवल घरेलू ज़िम्मेदारियों के प्रति अपील की जा रही थी, बल्कि राष्ट्र को बचाने में उनकी भूमिका की भी। नाटकों जैसे 'छिछोरे' और 'अनैतिक' आनन्द के प्रति उनके आकर्षण को सच्ची देशभक्ति के विरुद्ध माना जा रहा था। औपनिवेशी भारत में मध्यवर्ग का पूरा विमर्श वेश्यावृत्ति में उलझकर रह गया था। उच्च जाति और वर्ग की औरतें सार्वजनिक क्षेत्र में कला का प्रदर्शन नहीं कर सकती थीं, क्योंकि इसे इज़्ज़तदार काम नहीं समझा जाता था।[7]

19वीं सदी की शुरुआत में स्थापित औपनिवेशी और मध्यवर्ग सुधारकों के 'वेश्याओं' से सम्बन्धित विमर्शों ने पारम्परिक रूप से नाचने और गाने वाले समुदायों, देवदासियों और गणिकाओं को नैतिक निन्दा का पात्र बना दिया था, जिसके कारण उनकी रचनात्मक, सामाजिक और क़ानूनी स्थिति पुनर्परिभाषित हो गई। यह कलाकार समुदाय शास्त्रीय नृत्य, जैसे कि भरतनाट्यम और कत्थक, और हिन्दुस्तानी तथा कर्नाटक संगीत की सांस्कृतिक विरासत का भंडार हुआ करते थे।[8] गणिकाएँ न सिर्फ़ सांस्कृतिक स्तर पर, बल्कि साक्षर औरतों की पहली पीढ़ी थीं, जिन्हें कई भाषाओं का ज्ञान था, वे कविताएँ, महाकाव्य, आत्मकथाएँ लिखा करती थीं।[9] ग्रामोफ़ोन और सिनेमा उद्योग में उनका योगदान अद्वितीय रहा है। सिनेमा की पहली पीढ़ी में उन्होंने फ़िल्मों में अभिनेत्री, गायिका, संगीतकार, निर्देशक और निर्माता की भूमिकाएँ निभाईं।[10] इन औरतों को एकल, कामकाजी और व्यावसायिक औरतों की पहली पीढ़ी माना जा सकता है।[11] गणिकाएँ सबसे अधिक करदाताओं की श्रेणी में शामिल थीं।[12] उनके जीवन ऐसे इतिहास को फिर से देखने का एक महत्त्वपूर्ण बिन्दु प्रदान करते हैं, जो अभी तक मध्यवर्गीय औरतों की शिक्षित, व्यावसायिक औरतों की पहली पीढ़ी के रूप में पहचान स्थापित करता रहा है। साथ ही, विवाह और घरेलूपन, और औरतों के लिए सम्मान के दायरे का क्या मतलब था उसे समझने के लिए भी उनके जीवन से सन्दर्भ मिलता है। वे घरेलू ज़िन्दगी, मातृत्व और बच्चे पालने की ज़िम्मेदारियों से बँधी हुई नहीं थीं। वे शादीशुदा औरतें, जिनके जीवन सीमाओं से घिरे थे, के मुक़ाबले काफ़ी हद तक स्वतंत्र थीं।[13] वे जगह-जगह यात्रा करती थीं और अलग-अलग तरह के लोगों से मिलती थीं। असल में, जब महिला कलाकारों के विषय पर बात की जाती है तो सम्मान का प्रतिमान टूट जाता है। लेकिन, इस बात पर ज़ोर देना ज़रूरी है कि औरतों को पारम्परिक पारिवारिक ढाँचे से बाहर रखकर देखने का मतलब यह नहीं है कि वे पितृसत्तात्मक ढाँचे के बाहर थीं, या कि वे पितृसत्तात्मक विचारधारा को बढ़ावा नहीं देती थीं। उनके जीवन विभिन्न प्रकार के पारिवारिक ढाँचों पर भी प्रकाश डालते हैं। मुख्यधारा में एक ही प्रकार की पारिवारिक संरचना को बढ़ावा दिए जाने के कारण विविध प्रकार के पारिवारिक ढाँचे नज़र नहीं आते। महिला कलाकारों के परिवार आम परिवारों की तरह नहीं थे, जिनमें पुरुष कमाने वाला और औरत घर सँभालने वाली हो। ये ज़्यादातर महिला प्रधान परिवार थे।[14]

लेकिन औपनिवेशी आधुनिकता ने पारम्परिक नाचने और गाने वाले समुदायों को कलंकित और आपराधिक बना दिया। पारम्परिक कलाकार समुदायों की औरतों को सामाजिक कलंक और आर्थिक तथा सांस्कृतिक अधिकारहीनता को लेकर संघर्ष करना पड़ा, जो कि सांस्कृतिक आधुनिकता की ऐतिहासिक दरारों को दर्शाता है। जहाँ क़ानूनी, सामाजिक और नैतिक सुधारों के कारण वंशानुगत संगीतकारों और नृतकों तथा उनकी मंडलियों के देवदासी समुदाय को कलंकित होना पड़ा, वहीं उच्च जाति की ब्राह्मण औरतों को इन कलाओं के लिए स्वीकार्यता प्राप्त थी। उच्च जाति की औरतें, जैसे कि रुक्मिणी अरुन्दले ने भरतनाट्यम को देवदासी की प्राचीन प्रथा जिसे सादिर के नाम से जाना जाता था की 'पतित' स्थिति से 'बचाने' का बीड़ा उठाया और उसे 'भारतनाट्यम' के रूप में पुनर्स्थापित किया। यह भारत में नृत्य परम्परा का प्रतीक बन गया और दर्शाया गया कि स्वयं परमात्मा की यह चाहत थी। यह भी कहा गया कि इस कला को सच्ची भावना से युवाओं को सिखाया जाना चाहिए क्योंकि इसमें कोई अशिष्टता या व्यावसायिकता शामिल नहीं थी। सादिर को भरतनाट्यम बनाने की इस नई 'राष्ट्रीय' सांस्कृतिक समझ के कारण देवदासियों का कला से रिश्ता टूट गया और इस समुदाय के लिए संकट के दरवाज़े खुल गए, जिसने अन्ततः देवदासियों की परम्परा का अन्त कर दिया।[15] यही गणिकाओं के साथ भी हुआ। कत्थक नृत्य, जो ठुमरी और ग़ज़लों से जुड़ाव रखता था, को बाबुओं के राजसी दरबारों और बैठकों में मुख्यतः तवायफ़ों और बाईजियों ने जन्म दिया था। लेकिन कत्थक को ब्राह्मण कत्थक (पुरुष गवैयों द्वारा कहानी सुनाने की कला) की कालातीत परम्परा के रूप में पेश किया जाने लगा, जिसे आगे जाकर महाभारत जैसे संस्कृत स्रोतों से जोड़ दिया गया, और गणिकाएँ इस सांस्कृतिक जगह से विस्थापित कर दी गईं।[16]

इसके कारण राष्ट्रीय सांस्कृतिक विरासत में पारम्परिक कलाकार समुदायों का योगदान इतिहास से मिट गया। देश के विकास में सांस्कृतिक विरासत की पटकथा ने कलाकार समुदायों और उनकी कलाओं के विस्थापन के कथानक को न सिर्फ़ अनदेखा किया, बल्कि उनकी आवाज़ को ही बन्द कर दिया। जड़ों से टूट जाने पर (सामाजिक और भौतिक सन्दर्भ में), कुलीन वर्ग ने इन कलाओं पर अपना स्वामित्व स्थापित करते हुए, पारम्परिक कलाकार समुदायों को विस्थापित कर दिया। जैसे-जैसे देश राष्ट्र बनने की ओर बढ़ रहा था, संगीत और नृत्य के क्षेत्र में सांस्कृतिक विस्थापन हो रहा था। उच्च जाति और मध्यवर्ग की कुलीन औरतों ने पारम्परिक कलाकार महिलाओं को विस्थापित करके उनकी जगह ले ली। यह उनकी कला को हथियाने और साथ-साथ उनको कलंकित करने और उनके हशियेकरण का कथानक बन गया। पारम्परिक महिला कलाकारों को वेश्याओं की श्रेणी में डालकर उनकी सांस्कृतिक शक्ति को ख़त्म कर दिया गया।[17]

अभिनेत्री और सम्मानीयता का प्रश्न

नाटक, कला का एक क्षेत्र है जिसमें औपनिवेशी भारत के काल में किसी भी वर्ग की औरतों ने भागीदारी नहीं की, और इनमें अधीनस्थ वर्ग की औरतें भी शामिल नहीं हैं।

समकालीन समय में भी, ज़्यादातर लोकप्रिय नाटकों में पुरुष ही महिलाओं की भूमिकाएँ निभाते हैं। लेकिन आधुनिक नाटक एक अलग धुरी पर चला है। औपनिवेशी भारत में आधुनिक नाटक के उद्गमन को मध्यवर्ग द्वारा सांस्कृतिक पहचान, सम्मान और राष्ट्र के निरूपण की खोज के रूप में देखा जा सकता है, जिसमें औरतों को निर्धारित जगह दी गई है। महिलाओं की सार्वजनिक स्तर पर मनोरंजन करने की भूमिका तथा पुरुष कामना के साधन के रूप में निरूपण अंग्रेज़ी शिक्षित कुलीन लोगों के लिए बेचैनी का विषय था, क्योंकि वह तो ऐसी स्त्री के स्थान पर सुगृहिणी या नेक घरेलू बहू को स्थापित कर चुका था।[18] सार्वजनिक स्तर पर मनोरंजन के लिए औरतों का प्रदर्शन नहीं किया जा सकता था। पुरुषों को महिलाओं के किरदार निभाने थे।[19] महिला प्रतिरूपण के सौन्दर्य को सम्मान, जाति और जेंडर के सामाजिक स्वरूप द्वारा आकार दिया जा रहा था। मंच पर पुरुषों द्वारा महिला के किरदार करने ने, औरतों के निरूपण और व्यक्तिपरकता के महत्त्व और जटिलता को और बढ़ा दिया। यहाँ तक कि, इस पर ज़ोर देते हुए कि महिला प्रतिरूपक जेंडर औरतों का अभिनय ज़्यादा अच्छी तरह निभा सकती हैं, इसने औरतों की एजेंसी को विस्थापित कर दिया, और न सिर्फ़ औरतों के भौतिक शरीर, बल्कि उसकी दृश्य अभिव्यक्ति पर भी पितृसत्तात्मक नियंत्रण को बढ़ावा दिया।[20]

लेकिन महिला प्रतिरूपण से असहज तनाव और चिन्ता जुड़ रही थी। लड़कों को नाटक के लिए लड़कियों का वेश धरने में असहजता महसूस होती थी। इसका कारण जेंडर के साथ-साथ जाति से भी जुड़ा था—ज़्यादातर लड़कियों की भूमिका करने वाले लड़के निचली जातियों से थे। जैसे-जैसे भारत राष्ट्रीयता की ओर बढ़ रहा था, महिला प्रतिपूरक मर्दानगी की वांछित छवि के लिए ख़तरा पैदा करते दिखाई दे रहे थे। महिलाओं का वेश धरने वाले लड़के पुरुषत्व की अवधारणा को चुनौती दे रहे थे। इससे पुरुषों में कमज़ोरी और हीनता की रूढ़िवादी छवि को बल मिलता था, जो औपनिवेशी वर्चस्व की कड़वी याद दिलाती थी। महिला प्रतिरूपण से जुड़ा एक और डर था समलैंगिक कामवासना को जगाना। इसे न सिर्फ़ नाटकों से जुड़े लोगों, बल्कि पूरे समाज के नैतिक पतन के रास्ते की नज़र से देखा जाने लगा। मध्यवर्ग पौरुषहीनता और समलैंगिक कामवासना को समाज के लिए ज़्यादा ख़तरनाक समझता था। इसे वे नाटकों में महिलाओं की भूमिकाएँ करने के लिए वेश्याओं को लाने से भी ज़्यादा ख़तरनाक समझते थे।[21]

महिलाओं की भूमिकाओं के लिए महिलाओं को लेने के लिए बड़ा दबाव बन रहा था। लेकिन धारणा यह थी कि महज़ अभिनय करने से ही औरत यौनकर्मी बन जाती है। माना जाता था कि इस व्यवसाय में औरतों की पवित्रता सुरक्षित रखना असम्भव है और किसी भी इज़्ज़तदार औरत को वेश्या कहलाने के लिए सहमत नहीं होना चाहिए, चाहे वह केवल नाटक के लिए ही क्यों न हो। यह भी कहा जाता था कि एक पति अपनी पत्नी को किसी दूसरे की पत्नी की भूमिका करने के लिए कभी सहमति नहीं देगा, और न ही दर्शक उस औरत की इज़्ज़त करेंगे। वेश्याओं को लेने के पीछे यह तर्क था कि वे 'अपने विचारों के मुक़ाबले भावनाओं को ज़्यादा महत्त्व देती हैं, जो कि नाटकों में

काम आएगा, क्योंकि नाटकों में भावनात्मक अभिव्यक्ति की आवश्यकता होती है।' अपनी सांस्कृतिक ज़रूरतों को पूरा करने के लिए मध्यवर्ग अपनी औरतों का प्रदर्शन नहीं कर सकता था, लेकिन उन्हें निषिद्ध क्षेत्रों से महिला कलाकारों को लेने में कोई आपत्ति नहीं थी, जिन्हें वे 'चरित्रहीन' समझते थे। मध्यवर्ग अपनी सांस्कृतिक परियोजना के द्वारा यह दावा पेश कर रहे थे कि वेश्याओं को एक शालीन व्यवसाय अपनाने का मौक़ा देकर, वे इन 'गिरी हुई' औरतों का सुधार और उनका उत्थान करने में योगदान देकर, पुनर्वास की नैतिक ज़िम्मेदारी निभा रहे हैं।[22] लेकिन असल में, मध्यवर्ग का सुधार एजेंडा महिला कलाकारों को अनदेखा करने के साथ-साथ उनका विरोधी भी बना रहा।[23]

अभिनेत्रियों का जीवन मध्यवर्ग के सांस्कृतिक निर्माण की नई दुनिया के अन्तर्विरोधों को उजागर कर रहा था। वे मध्यवर्ग के सांस्कृतिक उद्योग का हिस्सा तो नहीं थीं, लेकिन उन्होंने उनकी सम्मानजनक सांस्कृतिक परियोजना को सम्भव बनाने में महत्त्वपूर्ण भूमिका निभाई। यह मध्यवर्ग की सांस्कृतिक ज़रूरतों के प्रति अभिनेत्रियों के श्रम, उत्साह और प्रतिबद्धता और दूसरी ओर उनके हाशियेकरण और शोषण का कथानक है। यही कारण है कि बिनोदिनी दासी जैसी अभिनेत्रियों की आवाज़ में इतना दर्द, विश्वासघात, अपमान, उत्पीड़न और सम्मान प्राप्त करने के लिए तड़प भरी हुई है। सम्मान/नैतिकता का अत्यधिक दृढ़ प्रतिमान अभिनेत्रियों की कलाकारों के रूप में पहचान को अदृश्य करते हुए, उनकी कलात्मक एजेंसी, योगदान, संघर्षों और विरोधों को नज़रअन्दाज़ कर देता है।[24]

सम्मान का विमर्श महिला कलाकारों की आजीविका के प्रश्न को भी नज़रअन्दाज़ करता है। कला का प्रदर्शन उनके लिए महत्त्वपूर्ण आजीविका का स्रोत था। वास्तव में, महिला कलाकारों के जीवन और काम श्रम की अवधारणा को व्यापक बनाते हैं। यह श्रम के दायरे में सांस्कृतिक श्रम को शामिल करता है, जो अब तक मुख्यधारा श्रम के इतिहास में अदृश्य रहा है। मुख्यधारा समाज में, कला का आह्वान मन्दिर के पवित्र स्थल के रूप में किया जाता है, जिसे व्यावसायिकता और पैसे के लाभ से प्रभावित नहीं होना चाहिए। प्रदर्शन का कला के मन्दिर के रूप में आह्वान करने से कला और काम दो अलग धुरियों में बँट जाते हैं। इस परिवेश में, कला के काम के स्थान के स्वरूप पर पर्दा पड़ जाता है, और कलाकारों के श्रमिकों और व्यवसायियों के रूप में संघर्ष और विरोध, और उनके आर्थिक मुद्दे भी नज़रअन्दाज़ हो जाते हैं। कला को काम के स्थान के रूप में सामने लाने पर सांस्कृतिक श्रमिकों और उनकी काम की कठिन परिस्थितियों के मुद्दे रेखांकित होते हैं और उनके जीवन की समस्याएँ तथा संघर्ष उजागर होते हैं। लेकिन, आजीविका के सवाल के साथ कलाकारों के रूप में अभिनेत्रियों की पहचान का प्रतिवाद नहीं किया जाना चाहिए, और हमें कला और काम की अलग धुरियों को तोड़ना ज़रूरी है। वास्तव में, अभिनेत्री की श्रमिक और कलाकार की पहचान आपस में इतनी घुली-मिली हुई है कि उन्हें एक-दूसरे से अलग नहीं किया जा सकता। महिला कलाकारों के विभिन्न पहलुओं और पहचानों को तभी सामने लाया जा सकता है जब हम सम्मानता के विमर्श से आगे बढ़ने को तैयार हों।[25]

संस्कृति में महिला के आधिपत्य का संघर्ष

औपनिवेशी भारत में मध्यवर्गीय औरतों के लिए नाटक एक निषिद्ध क्षेत्र था। जब औपनिवेशी काल में कुछ सम्मानजनक औरतों ने अभिनय करना शुरू किया, तो मध्यवर्ग को इसे स्वीकार करने में असहजता हुई। जिन सम्मानजनक औरतों ने अभिनय करना शुरू किया था वे इससे पैसे कमाने लगीं। अब वे सन्दिग्ध जिज्ञासा की वस्तु बन गईं। वे लम्बे समय तक अपने परिवारों से दूर रहती थीं, पुरुषों के साथ प्रेम के दृश्य करती थीं, फैशन के कपड़े पहनती थीं, यहाँ तक कि अगर उनके पात्र की ज़रूरत होती तो वे सिगरेट और शराब पीने का अभिनय करती थीं। यह सब करने के बाद भी क्या उन्हें 'सम्मानजनक' माना जा सकता था?[26] स्वतंत्रता के पहले दो दशकों के बाद भी, मध्यवर्गीय औरतों के नाटक में काम करने को लेकर विरोध था। हालाँकि, कुछ मध्यवर्गीय औरतों ने व्यावसायिक रूप से नाटकों में काम करना शुरू कर दिया था।[27] जल्द ही कुलीन वर्गों द्वारा किए गए नाटकों में मध्यवर्गीय औरतों के प्रवेश से अभिनेत्रियों की पहली पीढ़ी, अधीनस्थ औरतें, विस्थापित हो गईं। आधुनिक नाटकों के विकास का रास्ता इन अधीनस्थ औरतों के विस्थापन का कथानक है।

70 के दशक की शुरुआत तक बहुत कम महिला निर्देशक थीं। वे ज़्यादातर अभिनेत्रियाँ ही रहीं। स्वतंत्रता के बाद के भारत की शुरुआती महिला निर्देशकों का काम बहुत कठिन रहा होगा। उनकी सबसे पहली चुनौती रही होगी यह स्थापित करना कि वे उनके पुरुष सहभागियों की तरह ही सक्षम और कल्पनाशील हैं। उन्हें ज़्यादातर स्थापित मानकों के अन्तर्गत ही काम करना पड़ता था, और वे स्वीकार्य भाषा तथा नाट्य कथन की विधि से हटकर कुछ भी करने का ख़तरा मोल नहीं ले सकती थीं। बहुत सी औरतों के लिए ख़ुद को कलाकार के रूप में स्थापित करने का मतलब था जेंडर की निशानियों को मिटा देना। वास्तव में, उस ऐतिहासिक समय में, इन औरतों का सबसे बड़ा संघर्ष था ख़ुद को कलाकारों के रूप में और पुरुषों के बराबर स्थापित करना। उनका काम एक सूक्ष्म जगत में मुख्यधारा भारतीय नाट्यकला के 'विकास' को दर्शाता है। यदि उनके काम को जेंडर के दृष्टिकोण से देखा जाए तो पता चलेगा कि उन्होंने कभी भी 'जेंडर को राजनीतिक रुख़' के रूप में नहीं अपनाया।[28]

लेकिन 1970 के नारीवाद आन्दोलन में औरतों के सवाल (विभिन कार्यक्षेत्रों में विषय और वस्तु, कर्ता और सम्बोधित व्यक्ति) की केन्द्रीयता बढ़ने के साथ-साथ, नाट्यकला का क्षेत्र अनछुआ नहीं रह सकता था। 1970-80 के दशकों में नारीवाद आन्दोलन ने संस्कृति के बारे में सोचने और संस्कृति की प्रथाओं में हस्तक्षेप करने तथा उसे लोकतांत्रिक बनाने के विषय पर आलोचनात्मक दृष्टिकोण बनाने पर ज़ोर दिया।[29] यह 70 के दशक के बाद के नारीवादी आन्दोलन के सांस्कृतिक निर्माण की पृष्ठभूमि है, जिसके अन्तर्गत बहुत से नाटक, गीत, पोस्टर, फ़िल्में, मूर्तियाँ, प्रदर्शनियाँ, यहाँ तक कि हस्तकला जैसे कि काँथा और फड़ आदि विकसित हुए, जो कि संगीत और नाट्यकला की विस्तृत शास्त्रीय परम्पराओं पर आधारित थे। महिलाओं के पास कलात्मक अभिव्यक्ति का एक अप्रत्याशित ख़ज़ाना है। कई पीढ़ियों से औरतें विभिन्न

पारम्परिक और लोककला के तरीक़ों से अपनी कहानियाँ बताती आई हैं, और ऐसा करते हुए, न सिर्फ़ उन्होंने उनके लिए निर्धारित पारम्परिक भूमिकाओं को निभाया है, बल्कि अपनी रचनात्मकता की मदद से समाज द्वारा उन पर थोपे गए प्रतिबन्धों से भी बाहर निकलने के रास्ते निकाले हैं। औरतों के बीच अभिव्यक्ति और बातचीत करने के माध्यम के रूप में शिल्पकला एक सशक्त, और कभी-कभी एकमात्र ज़रिया रही है। औरतें ख़ुशी से अपनी एकजुटता और अन्तरंगता को ग़ैर-शाब्दिक तरीक़ों से व्यक्त करती आई हैं, ख़ासकर नाट्यकला, संगीत और नृत्य के माध्यम से।[30]

नारीवादी आन्दोलन में चेतना की जागृति के साथ, औरतें अपने सांस्कृतिक इतिहास की पुनः खोज कर रही हैं। वे न सिर्फ़ मुश्किल परिस्थितियों में जी रही औरतों के बारे में चिन्तित हैं, बल्कि भारत में औरतों के जीवन के सकारात्मक पहलुओं, विशेषकर उनके उल्लास और रचनात्मकता के तरीक़ों को भी उजागर करने की कोशिश कर रही हैं। नारीवादी आन्दोलन में यह अहसास था कि औरतों को जो भी कहना है, उसमें रचनात्मक अभिव्यक्ति के लिए जगह होनी चाहिए। इसे औरतों के मुद्दों को पेश करने की गोष्ठियों और चर्चाओं से अलग एक तरीक़े की तरह देखा गया। जैसा कि 1970 के दशक में नारीवादी आन्दोलन का हिस्सा रहीं कल्पना मेहता का कहना था कि किस तरह उनका जज़्बा उन्हें बड़े-बड़े नेताओं से कुछ अलग करने के लिए प्रेरित करता था। वे अपने विचारों को चित्रों, गीतों, नाटकों, कहानियों, प्रदर्शनियों के माध्यम से व्यक्त करने के तरीक़े ढूँढ़ती हैं। और यह उनके लिए सुविधाजनक भी था, क्योंकि वे कभी भी अच्छी वक्ता नहीं थीं।[31]

1983 में दिल्ली में महिला समूहों ने वैकल्पिक सम्पर्क के माध्यमों पर, 'कृति', एक सांस्कृतिक उत्सव आयोजित किया, जिसमें देश भर के विभिन्न समूहों की औरतों ने हिस्सा लिया और पोस्टर बनाने, गानों, नुक्कड़ नाटकों और रचनात्मक लेखन के माध्यम से एक-दूसरे के साथ सीखने और जानकारी बाँटने के तरीक़े सीखे। कृति के पीछे क्या विचार था, यह उनके पर्चे में लिखे शब्दों से समझ आता है :

> हमने गोष्ठियाँ और सम्मेलन आयोजित किए हैं—बैठकें और चर्चाएँ भी, लेकिन अक्सर शब्द हमें आपस में बाँट देते हैं, हमारी राजनीति हमें बाँट देती है—एक भाषा—जो कि 'तर्कसंगत', विषयपरक है, उसने हमें बाँट दिया है—एक भाषा जिसे हमारे बीच बातचीत का एकमात्र ज़रिया माना जाता है—एक ऐसी भाषा जिसे पुरुषों ने रचा, नियंत्रित और मान्यता दी है, वो हमें बाँटती है। एक दूसरी भाषा भी है—वो भाषा जो हमारे शरीर, हमारी भावनाओं, हमारे हाव-भाव, हमारे चलने-फिरने में छिपी है—वो भाषा जो हमारी डायरियों, कहानियों, कविताओं, गानों में छिपी है, जिन्हें हमने ख़ुद लिखा है—वो भाषा जो हमारे हाथों और हमारे शरीर द्वारा किए गए कामों से व्यक्त होती है—वो भाषा जो आत्मपरक/विषयपरक, तार्किक/अतार्किक, अन्दरूनी/बाहरी, वो/हममें नहीं बाँटती। आइए आज हम उस

भाषा को मान्यता दें जिसे हम ख़ुद बनाते आए हैं, हमारी रचनात्मकता की अभिव्यक्ति के माध्यम से आपस में बाँटें कि हमें औरत होने के नाते कैसा महसूस होता है और हम इस दुनिया को किस नज़र से देखते हैं। भारत के नारीवादी आन्दोलन ने हमें अपनी भावनाओं, चाहतों, उम्मीदों और ग़ुस्से को व्यक्त करने का आत्मविश्वास दिया है। हमें इसके कई रूप मिले हैं—गीत, नुक्कड़ नाटक, नृत्य, प्रदर्शनियाँ, पोस्टर। कृति इन सबको एकत्रित करने का एक प्रयास है। एक सप्ताह के लिए, पूरे भारत की औरतें सम्पर्क करने के उन तरीक़ों को आपस में बाँटेंगी जो पिछले वर्षों में उनके अनुभव से उभरकर आए हैं। [32]

चन्द्रलेखा, एक नर्तकी और नृत्य-निर्देशिका, जिन्होंने कृति को मदद की, ने कहा कि यह कार्यशाला उस सोच को चुनौती देने के लिए है, जो मानती है कि सांस्कृतिक और मीडिया प्रारूप केवल प्रशिक्षित विशेषज्ञों के लिए हैं। चूँकि लोग अपनी रचनात्मकता और क्षमता की खोज करने से हिचकिचाते हैं, यह कार्यशाला लोगों को उनकी क्षमताओं से परिचित कराएगी, और साबित करेगी कि रचनात्मकता कुछ गिने-चुने लोगों का एकाधिकार नहीं है। चन्द्रलेखा मानती हैं कि रचनात्मकता एक ऐसा पहलू है जो राजनीति की विषय सामग्री को मानवीय बना देती है और औरतों को रचनाओं और रचनात्मकता के केन्द्र के रूप में स्थापित करती है।[33]

1990 में महिला एक्टिविस्टों और कलाकारों द्वारा, बम्बई में, *एक्सप्रेशंस*, एक और महिला सांस्कृतिक उत्सव आयोजित किया गया। नाटक, नाट्य दृश्य कला, किताबों की प्रदर्शनी और संगोष्ठी के आयोजन के साथ एक्सप्रेशंस विभिन्न कार्यक्षेत्रों की आवाज़ों और जेंडर की पाठ्य-सामग्री की विभिन्न राजनीतिक और कलात्मक अभिव्यक्तियों के समागम का एक प्रयास था। यह उत्सव इसलिए आयोजित किया गया क्योंकि ज़रूरत महसूस हो रही थी कि पारम्परिक और समकालीन कला के प्रारूपों के ज़रिये महिलाओं की अभिव्यक्ति की वास्तविकताओं और जटिलताओं का सामना किया जाए। इसके माध्यम से औरतों के अनुभवों और चाहतों की अभिव्यक्ति की नई वैकल्पिक समतापूर्ण और सामंजस्यपूर्ण संस्कृति जन्म ले सकेगी। एक और कारण था कि एक्टिविस्टों और कलाकारों के बीच के फ़ासले को मिटाकर वे महिलाओं की संस्कृति के विषय पर संवाद बढ़ाएँ। चूँकि कलाकार और एक्टिविस्ट, दोनों महिलाओं के मुद्दों के प्रति संवेदनशील हैं और वे एक-दूसरे से काफ़ी सीख सकते हैं, इससे एक वैकल्पिक संस्कृति का निर्माण सम्भव हो पाएगा।[34]

इस उत्सव ने इन मुद्दों को सम्बोधित किया : मौजूदा कला के प्रारूपों में महिलाओं की अभिव्यक्ति का क्या रूप है? सांस्कृतिक परिवेश में पुरुषों का वर्चस्व है जिनके पास इसमें उत्तीर्ण करने का समय, सहयोग और प्रशिक्षण है। उन्होंने अपने अनुसार प्रारूप तैयार किए हैं। औरतों के अनुभवों को अक्सर पुरुषों की नज़र, भाषा और प्रतीकों के माध्यम से पेश किया जाता है। औरतों के अपने अलग प्रारूप हैं, जो कि प्रतिबन्धित हैं, अक्सर सिर्फ़ औरतों के बीच ही उपयोग किए जाते हैं और उन्हें बराबर का दर्जा

या मान्यता नहीं दी जाती। तो क्या इसका मतलब है कि पुरुषों की संस्कृति औरतों की संस्कृति से अलग है? क्या दहेज़ प्रताड़ना, बलात्कार आदि जैसे नकारात्मक अनुभव ही औरतों को जोड़ते हैं या फिर कुछ सकारात्मक अनुभव भी हैं, ख़ुशी और प्रकृति के साथ सम्बन्ध, जो कि उनकी जाति या वर्ग के बावजूद उन्हें जोड़ते हैं? क्या औरतें अपनी ज़रूरतों के लिए मौजूदा प्रतिबन्धित प्रारूपों का उपयोग, नए प्रारूपों का विकास, या परम्पराओं को बदल सकती हैं?[35]

ओम स्वाहा (दहेज़ हत्या के ख़िलाफ़ नाटक), मुलगी झाली हो (लड़की पैदा हुई है) जैसे नुक्कड़ नाटकों का जन्म उस समय के आन्दोलन के दौरान हुआ। इस नुक्कड़ नाटक ने महिला आन्दोलन को एक बड़ी आवाज़ प्रदान की। नारीवादी नुक्कड़ नाटक आन्दोलन में औरतों के अनुभवों के आधार पर गहन काम किया गया, जो कि नारीवादी आन्दोलन का ही हिस्सा था, और यह लोगों तक जेंडर के मुद्दे पहुँचाने का एक शक्तिशाली तरीक़ा बन गया। इन नाटकों को सड़कों पर, घरों में, आँगनों में, कॉलेजों में, विरोध प्रदर्शनों में पेश किया गया जिससे कि ये ज़्यादा से ज़्यादा लोगों तक पहुँचें। माया राव, जिन्होंने ओम स्वाहा के लेखन और निर्देशन में मदद की, का कहना है कि इस नाटक ने ज़्यादातर लोगों को चौंका दिया, 'वे पहली बार साड़ी, सलवार-क़मीज़ पहनी साधारण औरतों को सड़कों पर नाटक करते, ऐसे मुद्दों के बारे में बात करते देख रहे थे, जो उनके अनुसार निजी, पारिवारिक मुद्दे थे।'[36]

1970 के दशक और उसके बाद के महत्त्वपूर्ण नारीवादी विमर्श महिला नाट्य कलाकारों के लिए एक महत्त्वपूर्ण सन्दर्भ स्थापित करते हैं। महिलाओं ने नुक्कड़ और अन्य राजनीतिक नाट्य मंचों को अपनी शर्तों पर अपनाया है, और तब से ख़ुद अपनी रचनात्मक और राजनीतिक अभिव्यक्ति पेश की है। फिर चाहे महिला आन्दोलन या नारीवादी राजनीति और नाट्य कला के बीच जुड़ाव न भी रहा हो, परन्तु महिला नाट्य कला में महिलाओं के मुद्दों ने हमेशा जगह पाई है। नारीवादी नाट्य कला का विमर्श नाट्य कला के क्षेत्र में निहित है, और यह आधुनिक भारतीय नाट्य कला के इतिहास और विकास से जुड़ा हुआ है। लेकिन नारीवादी नाट्य कला दूसरे इतिहासों और भूगोल में भी पनपा है, जैसे कि स्वतंत्रता के बाद, 1970 के दशक के अन्त और 1980 के दशक की शुरुआत के जीवन्त नारीवादी आन्दोलन में। 1980 के दशक की पीढ़ी ने नाट्य कला के विषयगत परिदृश्य को बदलकर रख दिया। वास्तव में, अनुराधा कपूर, माया राव और त्रिपुरारी शर्मा, मतलब कि जो भी महिलाओं की नाट्य कला के प्रति समर्पित था, वे समय के उस क्षण के उत्तराधिकारी हैं। वे सभी उस समय नारीवादी आन्दोलन से जुड़े हुए थे जब दहेज़ हत्याओं, बलात्कार क़ानून और अन्य गतिविधियों पर सामूहिक माँगों की देश में लहर चढ़ी हुई थी। इसलिए भारत में नारीवादी नाट्य कला और महिलाओं द्वारा निर्मित आत्म-जागरूक नाट्यकला की किसी भी चर्चा में 1970 के दशक और उसके बाद की महिला आन्दोलन की गति को महिला नाट्य कलाकारों के लिए नज़रअन्दाज़ नहीं किया जा सकता।[37]

1980 के दशक की महिला नाट्य कलाकारों ने अपनी व्यक्तिगत पहचान को महिला केन्द्रित मुद्दों और महिलाओं के नज़रिये के माध्यम से व्यक्त करना शुरू कर

दिया था। जेंडर एक ऐसा जागरूक शब्द है जिसके द्वारा निर्मित नाटकों में कई मुद्दे उभरकर आते हैं—और उन्हें कला प्रदर्शन के स्थापित प्रारूपों से हटकर पेश किया जाता है। महिला निर्देशक निर्देशकों की पितृसत्तात्मक भूमिका को चुनौती दे रही हैं और उनके काम में अन्तिम उत्पाद के बजाय प्रक्रिया पर ज़ोर दिया जाता है। उनके काम में कार्यशालाओं को महत्त्व दिया जाता है। महिला समूहों के साथ कार्यशालाओं में काम करते हुए त्रिपुरारी शर्मा को ज्ञात हुआ कि इन कार्यशालाओं की प्रक्रिया ही औरतों के लिए बहुत महत्त्व रखती है। उनके अनुसार, यह प्रक्रिया ही अपने आप में अन्तिम उत्पाद है। त्रिपुरारी शर्मा के शब्दों में :

> उन औरतों के लिए जिन्हें अपने दृष्टिकोण को व्यक्त करने की आदत नहीं है, जिन्होंने अपने शरीर को कभी रचनात्मक तरीक़े से परखा नहीं, उसकी अच्छाई, उसकी ताज़गी को महसूस नहीं किया। उनके लिए शारीरिक और सांस के व्यायाम करना ही जैसे मुक्ति का अनुभव है। और फिर दूसरों के साथ अपने अनुभव बाँटते हुए जब उन्हें अहसास होता है कि वो पागल नहीं हैं, जब उन्हें पता चलता है कि हर औरत को असन्तोष और नकारात्मक भावनाएँ महसूस होती हैं, जब वे दूसरों की ज़िन्दगी को छूती हैं। जब आप एक जगह में एक-दूसरे के साथ काम करते हैं तो एक विश्वास पैदा होता है, एक-दूसरे के साथ अनुभव बाँटते हैं, और बस उस जगह पर मौजूद होना ही आपको अच्छा लगता है, जहाँ आप गानों और रचनाओं का आनन्द उठाते हैं, आपके अपने अनुभवों का, आपके अपने नाटकों का। इन सब अनुभवों ने नाट्य कला को देखने की एक अलग नज़र दी है, एक बिलकुल अलग नज़रिया। मैं सोचती हूँ कि वे एक सुरक्षित माहौल में हैं, जहाँ कोई सवाल नहीं पूछे जाते, आपके अतीत को कोई नहीं कुरेदता, बल्कि आपस में एक-दूसरे के साथ बाँटते हैं। आप जो हैं और नाटक में आप जो भूमिका निभा रहे हैं, उसमें बहुत बारीक़ फ़र्क़ होता है। यह प्रक्रिया इसमें भाग लेने वाली औरतों के लिए एक मायने रखती है, उनके जीवन में एक ख़ास जगह रखती है—चाहे वे ख़ुद नाटक में भाग ले रही हों, टीम की सदस्य हों, या दर्शक। इसकी बाज़ार से कोई प्रतिस्पर्धा नहीं थी क्योंकि उसका वहाँ से सम्बन्ध नहीं था।[38]

कार्यशाला ने निर्देशकों के पारम्परिक तरीक़े, उनकी सत्ता और उनकी केन्द्रीयता को हिलाकर रख दिया। यहाँ नाटक उत्पाद नहीं, उत्पादकता का परिणाम बन गया। नाटक लेखन की प्रक्रिया और प्रारूप में प्रयोग किए जाते हैं जिनके कारण लेखन और व्यावसायिक रिश्तों में बदलाव आया है। यहाँ पुराने प्रारूप की तरह निर्देशक का प्रभुत्व नहीं होता जिसके नीचे सब काम करते हैं, बल्कि अलग-अलग लोग अलग-अलग ज़िम्मेदारियाँ सँभालते हैं। यहाँ नाटकों के प्रति बिलकुल अलग दृष्टिकोण नज़र आता है—उनके विषय, रचना, सौन्दर्य, पात्रों, और प्रक्रिया में। नए काम करने के तरीक़े

जिनमें सामूहिक और सहभागी कार्यप्रणाली पर ज़ोर दिया जाता है और नाटक-पटकथा के बजाय प्रदर्शन को अहमियत दी जाती है। पटकथा बनाने से लेकर, चित्रांकन और तात्कालिक प्रदर्शन, प्रदर्शन और दर्शकों के साथ एक रिश्ता बनाने तक, सामूहिक कार्यप्रणाली, साँझे संसाधनों, आपसी सहयोग और समूह आलोचना पर ज़ोर दिया जाता है। अत: नाट्यकला की एक अलग भाषा का निर्माण हो रहा है।[39]

जेंडर, जाति और अभिनय

महिला कलाकारों के सवाल पर जाति के सवाल को सम्बोधित किए बिना चर्चा नहीं की जा सकती। यह लेख अभिनय के क्षेत्र में औरतों के जीवन के जाति विशिष्ट सन्दर्भ को निर्धारित करने वाली पितृसत्ता की जटिलता को रेखांकित करता है। इसे प्रचलित नाट्यकला के सन्दर्भ में समझने की ज़रूरत है। चूँकि ज़्यादातर लोकप्रिय नाट्यकलाओं के रूप-जाति आधारित सांस्कृतिक प्रथाएँ हैं जिनकी जड़ें निचली जातियों की सामाजिक और भौतिक स्थितियों में हैं। लोकप्रिय नाट्यकला की ज़्यादातर कलाकार 'निचली' जातियों से होते हैं। ज़्यादातर प्रचलित नाटकों में अभिनय करने वाले पुरुष ही होते थे और कुछ रूपों, जैसे कि तमाशा और नौटंकी में औरतों ने प्रदर्शन करना शुरू किया। लेकिन एक बार औरतों ने जब इन प्रचलित रूपों में प्रदर्शन करना शुरू किया, तो धीरे-धीरे औरतों की इसमें प्रधानता हो गई। चूँकि संगीत और नृत्य इन रूपों में शामिल थे, महिला नर्तकियाँ प्रमुख आकर्षण बन गईं। औरतों की मौजूदगी के कारण दर्शक आते थे और आर्थिक सफलता निश्चित हो जाती थी। ज़्यादातर औरतें कोलहाती, बेड़िया समुदायों की थीं, जिनका जाति-आधारित व्यवसाय रहा है मनोरंजन प्रदान करना। इन समुदायों की औरतें मेलों और महफ़िलों में गाया करती थीं। सार्वजनिक स्तर पर औरतों द्वारा प्रदर्शन करना इन समुदायों के लिए कोई असामान्य बात नहीं थी। ब्राह्मण व्यवस्था की जाति प्रथाओं में, इन समुदायों की बेटियों को शादी करने की इजाज़त नहीं थी, बल्कि मनोरंजन और यौन सम्बन्धों के माध्यम से परिवार में आमदनी लाना उनकी प्रमुख ज़िम्मेदारी थी। असल में, ब्राह्मण जाति विचारधारा ने न सिर्फ़ श्रम का बँटवारा निर्दिष्ट किया था, बल्कि यौन श्रम का भी बँटवारा किया हुआ था।[40]

कोलहाती और बेड़िया की तरह ही, कइयों के लिए यह एक जाति-आधारित व्यवसाय था, लेकिन दलित समुदायों में से कई तमाशा और नौटंकी में आर्थिक कारणों से शामिल हुए, आजीविका के लिए। घोर ग़रीबी ने इन्हें तमाशा और नौटंकी की ओर धकेल दिया था। हालाँकि औरतों के लिए यह आजीविका का स्रोत था, लेकिन इस व्यवसाय में एक और आकर्षण था। वह था मंच का आकर्षण और प्रलोभन, जिसमें दूसरे श्रम की तरह कठिन श्रम नहीं करना पड़ता था, और साथ ही उन्हें एक पहचान भी मिलती थी। मंच की सपनों की दुनिया में, कुछ पल के लिए कलाकार अपने निम्न सामाजिक स्तर के बाहर जी सकते थे। इन महिला कलाकारों को लगता था कि उनके प्रदर्शन के कारण उन्हें व्यावसायिक सम्मान मिलता है और समाज में भी कलाकार के रूप में एक अच्छा स्थान मिलता है। अगर वे तमाशा और नौटंकी में काम नहीं

करते, तो उन्हें आजीविका चलाने के लिए मज़दूरी करनी पड़ती। ज़्यादातर औरतों ने आजीविका के लिए यह काम करना शुरू किया, लेकिन समय के साथ उन्हें नाचने में आनन्द आने लगा, जिससे उन्हें सन्तुष्टि मिलती थी। मंच पर वे जीवन्त और जिन्दादिल हो उठती थीं। प्रशंसा और तालियों से उनका आत्मविश्वास जाग उठता था। औरतों ने न सिर्फ़ नौटंकी और तमाशा के महिला किरदारों को सँभाला, बल्कि उन्होंने कमान सँभालने के पद भी हासिल किए। पितृसत्तात्मक समाज और संस्कृति में महत्त्वपूर्ण और उत्कृष्ट प्राप्ति यह है कि प्रचलित नाट्यकला की महिलाओं ने अपनी ख़ुद की नाट्यकला कम्पनियाँ स्थापित कीं। वे अपनी कम्पनियों की निर्देशक और स्वामी बनीं और उन्होंने अपनी कुलीन समकक्षों के मुक़ाबले काफ़ी पहले प्रदर्शन और निर्देशन के पद सँभालने शुरू कर दिए थे। प्रदर्शनों को चलाने और व्यवस्थित करने के लिए विभिन्न स्तरों पर कौशल की ज़रूरत होती है। तमाशा और नौटंकी में काम करने वाली औरतें होशियार और हिम्मती थीं। उन्हें सार्वजनिक क्षेत्र में पुरुषों के साथ साहसपूर्वक और आत्मविश्वास के साथ काम करना आता था, जो उन्हें 'चरित्रहीन' समझते थे। अब उन्हें पुरुषों के मुक़ाबले बेहतर वेतन मिलने लगा था। असल में, नौटंकी और तमाशा जैसी प्रचलित नाट्यकलाओं में औरतों को पुरुषों के मुक़ाबले बेहतर वेतन मिलता है।[41]

लेकिन उनके कलाकार लोकप्रिय रूपों और मुख्यधारा समाज में हाशिये पर थे। औपनिवेशी और पूँजीपति विमर्श में देशज सांस्कृतिक प्रारूपों को निन्दनीय माना जाता था। उन्हें घृणा की नज़र से देखा जाता था। मध्यवर्ग ने निचली जातियों की प्रचलित संस्कृति से ख़ुद को दूर कर लिया था, और वे उनके मुक़ाबले अपनी संस्कृति को अलग और बेहतर मानते थे। जहाँ कुलीन वर्ग लोकप्रिय नाट्यकलाओं को कलंकित कर रहा था, वहीं दूसरी ओर उन्हें चुरा भी रहा था। इन लोकप्रिय नाट्यकलाओं को देखने वाले दर्शकों को केवल दर्शक नहीं, बल्कि 'चरित्रहीन' और 'निचले वर्ग का' माना जाता था। देशज नाट्यकलाओं के प्रति निन्दा ने लोक नाट्यकला को सम्मान के दायरे से बाहर धकेल दिया। इस कलंक के कारण इनके कलाकार भी हाशिये पर धकेल दिए गए, विशेषकर क्योंकि वे 'निचली जातियों' के थे। तमाशा और नौटंकी की औरतों को 'अश्लील' और 'चरित्रहीन' माना जाता था और अक्सर उन्हें किसी के साथ भी यौन सम्बन्ध बनाने के लिए उपलब्ध माना जाता था। प्रचलित कलाकारों के प्रति सामाजिक रवैया घटिया, असहनशील और रूढ़िबद्ध है।[42]

स्वतंत्रता के बाद के समय में उनकी दुर्गति, इन लोकप्रिय कला के रूपों के प्रति सरकार और सांस्कृतिक संस्थानों की भूमिका की ओर इशारा करती है। स्वतंत्र भारत में पुरानी कला के रूपों के पुनर्जीवन को केन्द्रीयता दी गई थी। मध्यवर्ग के राष्ट्रवादी प्रतिमानक के तहत, महानगरों के सांस्कृतिक परिदृश्य में राष्ट्रीय उत्सव और मेले आयोजित किए गए जिनमें लोक तत्त्वों को शामिल किया गया। इस पूरी प्रक्रिया में लोकप्रिय रूपों का सन्दर्भ, जो कि निचली जातियों की सामाजिक और भौतिक पृष्ठभूमि से जुड़ा था, पीछे छूट गया। अपनी दलित जड़ों से हटकर, कुलीन वर्ग ने इन रूपों पर अपना स्वामित्व स्थापित कर लिया, और पारम्परिक कलाकारों के समुदाय को विस्थापित कर

दिया।[43] वास्तव में सरकारी नीतियाँ और प्राथमिकताएँ हमेशा से लोकप्रिय नाट्यकलाओं और उसके कलाकारों के प्रति उदासीन रही हैं। ज़्यादातर कलाकार ग़रीबी में जीते हैं। अगर सरकार कुछ कलाकारों को पुरस्कृत भी कर देती है, जिससे वे सांस्कृतिक हस्तियाँ तो बन जाते हैं, लेकिन उनके सामाजिक परिवेश को अनदेखा कर दिया जाता है और उसका सम्मान नहीं किया जाता। यह कोई नहीं स्वीकार करना चाहता कि एक पुरस्कृत कलाकार किसी सामाजिक 'असम्मानीय' पृष्ठभूमि का भी हो सकता है। जो कलाकार इस कला को एक गाँव से दूसरे गाँव, एक शहर से दूसरे शहर और राज्य से दूसरे राज्यों, यहाँ तक कि दूसरे देशों तक ले जाने में अपना पूरा जीवन निकाल देते हैं, जिससे कि यह कला जीवन्त बनी रहे और देश के लिए नाम और शोहरत कमाते हैं, वे बुढ़ापे में दर-दर की ठोकरें खाने को मुहताज हो जाते हैं।[44]

जाति, जेंडर और सांस्कृतिक राजनीति आज़ादी के बाद के समय में भी स्थानीय और क्षेत्रीय कलाओं को हाशिये पर रखती है। हज़ारों कलाकार, जो अच्छे लोकप्रिय नाटकों में प्रदर्शन करने के लिए उत्सुक हैं, अपनी आजीविका तक नहीं चला पा रहे हैं। कला के प्रचलित रूप बाज़ारी ताक़तों के हाथों विवश हैं और कलाकार उन रूपों के कारण अपनी स्वायत्तता खो रहे हैं। हिन्दी फ़िल्मी गानों की तर्ज पर मंडलियों को संगीत ऑर्केस्ट्रा के रूप में कास्ट किया जाता है। नौटंकी और तमाशा की महिला नर्तकियों को आइटम नम्बर से जोड़ा जाता था। महिला कलाकारों का कहना है कि नई पीढ़ी उनकी कला की सराहना नहीं करती, उन्हें डिस्को, कैबरे और फ़िल्मी नाच ही चाहिए। कलाकारों को दर्शकों का व्यवहार भद्दा और अपमानजनक लगता है। उन्हें अपनी रोज़ी-रोटी चलाने के लिए इस व्यवहार को सहना पड़ता है।[45]

उनका जीवन श्रम के सवाल पर भी प्रकाश डालता है। तमाशा और नौटंकी इन महिला कलाकारों के लिए काम और रोज़गार की जगह है। यह ऐसा काम है जहाँ औरतें 15 से 35 वर्ष की उम्र तक ही काम कर सकती हैं। इन वर्षों में औरतें बहुत मेहनत से, बिना आराम लिए काम करती हैं। जिस प्रकार का खाना, पीने का पानी, स्वास्थ्य देखभाल की कमी, सारी रात 10 किलो के घुँघरू पहनकर नाचना, सुबह उठकर दूसरी प्रदर्शन की जगह पर पहुँचना—यह सब उनकी जीवनशैली की भयावह शैली बताता है, जो इन महिला कलाकारों पर भारी पड़ता है। सस्ता मेकअप और नकली गहने इन कलाकारों की रोज़मर्रा के नेपथ्य जीवन की कठिनाइयों और पीड़ा को ढक देता है। परन्तु दिन के समय, जब वे मंच से उतरकर बिना मेकअप के रहते हैं, वे अत्यन्त साधारण लगते हैं।[46] इनमें से कई अपने बुढ़ापे में अत्यन्त ग़रीबी में जीते हैं, यहाँ तक कि भीख माँगकर गुज़ारा करते हैं। इन कलाओं को देश की सांस्कृतिक विरासत के रूप में पेश करने के बावजूद, सरकार इन औरतों की रोज़मर्रा की परेशानियों और पीड़ा पर कोई ध्यान नहीं देती। लोकप्रिय नाट्यकला के कलाकार न सिर्फ़ इस सांस्कृतिक कला पर से अपनी स्वायत्तता खो रहे हैं, बल्कि उनका इन कलाओं से अलगाव भी हो रहा है। एक बार कला का स्तर गिर जाता है, तो उसके साथ इन कलाकारों, ख़ासकर महिला कलाकारों का स्तर भी गिर जाता है, क्योंकि वे दलित समुदायों से आती हैं।[47]

तमाशा और नौटंकी की महिला कलाकारों का संघर्ष लोकप्रिय नाट्यकला के गिरते स्तर, हाशियाकरण, कलंकित किए जाने से जुड़ा है। उनके सांस्कृतिक श्रम का अवमूल्यन किया जाता है, जो कि जाति, वर्ग, जेंडर और सांस्कृतिक राजनीति के पहलुओं से जुड़ा है। जाति, जेंडर और श्रम को जोड़ने वाली कड़ियाँ यौनिकता के सवाल को और जटिल बना देती हैं। जिस श्रम को करने के लिए दलित महिलाएँ मजबूर होती हैं वहीं, दलित नारीवादियों के अनुसार, उनके शरीरों को पुरुष के लिए उपलब्ध करा देता है। यह दलितों को सम्मानजनक श्रम से वंचित रखना है।[48] वास्तव में, अम्बेडकर ने अपने अनुयायियों को अपनी पुरानी प्रथाएँ छोड़ने के लिए कहा था, जिनमें पारम्परिक जाति श्रम जैसे कि तमाशा भी शामिल था। जिसे अश्लील माना जाता था, जिसके कारण तमाशा में शामिल औरतों को निचला दर्जा दिया जाता था, और यह उनकी प्रगति में बाधक था। दलित औरतों की नज़र में, तमाशा उनकी कला की प्रतिभा का नहीं, बल्कि उनके शोषण का स्थान था।[49] वास्तव में आज तक, वर्ग, जाति और पितृसत्तात्मक पूर्वधारणाएँ इन लोकप्रिय नाट्यकलाओं की महिला कलाकारों को 'अश्लील', 'यौनकर्मी' या 'चरित्रहीन' की नज़र से ही देखती हैं।

सन्दर्भ

1. Singh, Lata, *Raising the Curtain : Recasting Women Performers in India,* Orient Blackswan, 2017.
2. Seizer, Susan, *Stigmas of the Tamil Stage : An Ethnography of Special Drama Artists in South India,* Duke University Press, 2005
3. Singh, Lata, *Raising the Curtain : Recasting Women Performers in India.*
4. Chatterjee, Partha, 'The Nationalist Resolution of the Women's Question', in *Recasting Women : Essays in Colonial History,* (eds.), Kumkum Sangari and Sudesh Vaid, Kali for Women, 1989.
5. Banerjee, Sumanta, *Parlour and the Streets : Elite and Popular Culture in Nineteenth Century Calcutta,* Seagull, 1989.
6. Srinivasan, Amrit, 'Reform and Revival : The Devadasi and her Dance,' Economic and Political Weekly, 1985.
7. Bhattacharya, Rimli, 'The Nautee in the 'Second City of the Empire' in *The Economic and Social History Review,* 44(2), 2003.
8. Soneji, Davesh, *Unfinished Gestures : Devadasis, Memory, and Modernity in South India, Cambridge University Press,* 2011; Pallabi Chakravorty, *Bells of Change – Kathak Dance, Women and Modernity in India*, Seagull, 2008.
9. Vanita, Ruth, *Gender, Sex and the City : Urdu Rekhti Poetry, 1780-1870,* Orient Blackswan, 2012.
10. Shah, Vidya, *Jalsa-Indian Women and Their Journey from the Salon to the Studio,* Tulika, 2016.
11. Vanita, Ruth, *Dancing with the Nation : Courtesans in Bombay Cinema,* Speaking Tiger Publishing, 2017.
12. Oldenburg, Veena Talwar, *Lifestyle as Resistance : The Case of the Courtesans of Lucknow, Feminist Studies, Volume 16, 1990..*
13. Ibid
14. Dewan, Saba, *Tawaifnama,* Westland, 2019.

15. Soneji, Davesh, *Unfinished Gestures : Devadasis, Memory, and Modernity in South India, University of Chicago Press,* 2011; Amrit Srinivasan, 'Reform and Revival : *The Devadasi and her Dance, Economic and Political Weekly,* 1985.
16. Chakravorty, Pallabi, *Bells of Change – Kathak Dance, Women and Modernity in India,* Seagull, 2008.
17. Singh, Lata, *Raising the Curtain.*
18. Singh, Lata, (ed.), *Theatre in Colonial India : Play-House of Power,* OUP, 2009.
19. Hansen, Kathryn, 'Theatrical Transvertism in the Parsi, Gujarati and Marathi Theatres (1850-1940) in Sanjay Srivastava, (ed.), *Sexual Sites, Seminal Attitudes – Sexualities, Masculinities and Culture in South Asia,* Sage, 2004;
20. Singh, Lata, *Raising the Curtain.*
21. Adarkar, Neera, 'In Search of Women in History of Marathi Theatre, 1843 to 1933' in Economic and Political Weekly 26 (43), 26 October, 1991; Urmila Bhirdikar, 'Begum Barve : Tradition Revisited' in Satish Alekar, (ed.), *Begum Barve,* Seagull, 2003; Mrinalini Sinha, ed., *Colonial Masculinity : The 'Manly Englishman' and the 'Effeminate Bengali' in the late Nineteenth Century,* Manchester University Press, 1995.
22. Singh, Lata, *Raising the Curtain;* Neera Adarkar, 'In Search of Women in History of Marathi Theatre'.
23. Bhattacharya, Rimli, 'The Nautee in the 'Second City of the Empire'.
24. Dasi, Binodini, *My Story and My Life as an Actress, Kali for Women,* 2005.
25. Singh, Lata, *Raising the Curtain.*
26. Kulvadhu play in Shanta Gokhale, *Playwright at the Centre : Marathi Drama from 1843 to the Present,* Seagull, 2000.
27. Singh, Lata, 'Gender and Theatre : Looking Beyond the 'Mainstream' Canon' in Shakti Kak & Biswamoy Pati, (eds.), *Exploring Gender Equations : Colonial and Post-Colonial India,* NMML, 2005.
28. Ibid; Kirti Jain, 'In Search of a Narrative: Women Theatre Directors of the Northern Belt' in Lakshmi Subramanyam, (ed.), *Muffled Voices : Women in Modern Indian Theatre,* Har-Anand, 2002.
29. Kumar, Radha, *History of Doing, Kali for Women, 1993*; Kamla Bhasin, 'Media as a Political Statement : Two Attempts by Women's Groups' in Kamla, Bhasin and Bina Agrawal, *Women and Media: Analysis, Alternatives and Action, Kali for Women,* 1984.
30. Murthy, Laxmi, *Rajashri Dasgupta, Our Pictures, Our Words : A Visual Journey Through the Women's Movement, Zubaan,* 2013; Radha Kumar, *History of Doing.*
31. Mehta, Kalpana, September 11, 2011, *Poster Women : A Zubaan Project.*
32. Brochure, Kriti, Saheli, 1983.
33. Bharucha, Rustom, *Chandralekha : Woman, Dance, Resistance, Harper Collins,* 1995.
34. Expression, *Women's Art Festival,* Mumbai, 1990.
35. Ibid.
36. *Rangkarm mein vismay : Maya* in Sudha Arora, (ed.), *Pankhon Ki Udaan,* Sparrow, 2003
37. Mangai, A., *Acting Up: Gender and Theatre in India,* 1979 onwards, Leftword, 2015.

38. Playwright, Director Activist-An Interview with Tripurari Sharma', Seagull *Theatre Quarterly*, Issue 2021, Dec 1998-March 1999.
39. Subramanyam, Lakshmi, 'In Their Own Voice : In Conversation with Anuradha Kapur, Geetanjali Shree and Vidya Rao', in Lakshmi Subramanyam, (ed.), *Muffled Voice-Women in Modern Indian Theatre,* Har-Anand, 2002.
40. Mehrotra, Deepti Priya, Gulab Bai : *The Queen of Nautanki,* Penguin, 2006; Kishore Shantabai Kale, *Chhora Kolhati Ka,* Radhakrishna Publication, 1999.
41. Singh, Lata, Raising the Curtain.
42. Ibid; Deepti Priya Mehrotra, Gulab Bai; Kishore Shantabai Kale, *Chhora Kolhati Ka.*
43. Bharucha, Rustom, *In the Name of the Secular : Contemporary Cultural Activism in India,* OUP, 1998.
44. Mehrotra, Deepti Priya, Gulab Bai; Lata Singh, *Raising the Curtain.*
45. Singh, Lata, *Raising the Curtain.*
46. Bhandare, Sandesh, *Struggle for Survival Redefined as Violence : Tamasha in Guru Rao Bapat and Lata Singh*, ed., *Performing Arts in India : Performances of/and Violence, IIAS,* 2016.
47. Singh, Lata, *Raising the Curtain.*
48. Pramilani, Kunda, 'Dance Bars Ban Debate : A MaFuAs Stand point'. *Dalit Bahujan Mahila Vicharmanch Prakashan,* Mumbai, 2006.
49. Zelliot, Eleanor, *From Untouchable to Dalit : Essays on the Ambedkar Movement,* Manohar, 1996.

क्वीयर नारीवादी सोच और संघर्ष

चयनिका शाह

जब हम क्वीयर नारीवाद कहते हैं तब हम क्या और किसकी बात कर रहे हैं, इस तरह की सोच ने नारीवाद की समझ को क्या चुनौतियाँ दी हैं और पूरे समाज को समझने के लिए यहाँ से हमें क्या नया मिलता है—इस निबन्ध में हम इन सब चीज़ों पर चर्चा करेंगे। मोटे तौर पर यह वह नारीवादी समझ है जो यौनिकता के सवाल को केन्द्र में रखकर बनी। यौनिकता पर अक्सर खुलकर बातचीत नहीं होती और कई मर्तबा इन बातों को अश्लीलता और नैतिकता के कुंठित दायरे में ही देखा जाता है, इसीलिए मुझे लगा कि इस बातचीत को करने से पहले हमें भाषा पर बातचीत करना निहायत ज़रूरी है।

भाषा की राजनीति

एक सजग दुनिया में भाषा हमेशा गतिशील होती है। परिप्रेक्ष्य के अनुसार, बदलते परिवेश के अनुसार वह हमेशा बदलती रहती है। ख़ास करके जब हम राजनैतिक और सामाजिक परिवर्तनवादी धाराओं से जुड़ते हैं तो हमारी नई सोच के साथ अक्सर भाषा तब्दील होती है। यह बदलाव अपने आप में एक राजनीति के साथ आता है। कई बार हम ऐसी परिस्थिति में होते हैं कि पुराने शब्दों को नए सिरे से इस्तेमाल करना शुरू करते हैं और इसीलिए लगता है कि उन्हें दोबारा से परिभाषित करना आवश्यक है। कभी जिन चीज़ों के बारे में हम बात कर रहे हैं वे अपने आप में एक नई अवधारणा होती हैं और उनके लिए कोई शब्द भाषा में नहीं होता। इसीलिए दूसरी भाषा से नया शब्द चुनना पड़ता है। इसका अच्छा उदाहरण है 'जेंडर' जो आज हम हिन्दी में इस्तेमाल करते हैं और उसे हिन्दी भाषा में शामिल कर लिया है।

कभी नया शब्द इसीलिए लेते हैं कि आम चलन का जो शब्द मिलता है वह वैसे ही जटिल होता है, अनजाना होता है, उसका मतलब अजीब होता है या कई बार किसी दूसरे मक़सद से बोला जाता है। जब हम यौनिकता के बारे में बात करते हैं तब यह अक्सर होता है। जैसे जब नारी आन्दोलन के तहत महिला स्वास्थ्य के साथ-साथ हमने यौनिक चाहत के बारे में बात करना शुरू किया और अपने शरीर से हम, बतौर औरतें, अपने तरीक़े से वाक़िफ़ होने लगीं, तब हमारी पहचान हुई टिटनी से—हमारे शरीर की वह जगह जहाँ से हममें से कइयों को यौनिक आनन्द मिलता है। किताबों में

इसका नाम था भग्न शिश्न (कटा हुआ शिश्न)। इससे ना तो सब परिचित थे और ना ही अपने शरीर के एक हिस्से को किसी और का टूटा हुआ स्वरूप मानना हमें मंज़ूर था। इसीलिए कभी अंग्रेज़ी का शब्द क्लिटोरिस (clitoris) अपनाया गया, कभी आम भाषा में प्रचलित अलग शब्द ढूँढ़ा गया और उसे एक तरह से अपनाया गया, जैसे टिटनी या नया शब्द बनाया गया जैसे 'सन्तोषम बटन'!

कई मर्तबा हम यह पाते हैं कि कुछ लोगों के लिए और कुछ जीने के तरीक़ों के लिए हमारे पास शब्द ही नहीं हैं। ऐसे लोग ज़रूर हमारे बीच हमेशा मौजूद थे और रहेंगे पर उनकी सचाइयों को छुपाते-छुपाते मानो उनके होने का सारा इतिहास ही हम गँवा बैठते हैं। जैसे लेस्बियन और गे लोगों के लिए ऐसा कोई एक शब्द नहीं है। समलैंगिक स्त्री और पुरुष यही शब्द हमारे पास हैं। अगर आम बोलचाल की भाषा में शब्द हों भी तो वे गाली की तरह ही कहे जाते हैं। ऐसे में कई लोगों ने यही बेहतर समझा कि अंग्रेज़ी के शब्दों का ही इस्तेमाल किया जाए।

क्वीयर भी एक ऐसा ही शब्द है। दरअसल क्वीयर शब्द का यहाँ जैसे हम इस्तेमाल कर रहे हैं, वैसा प्रयोग अंगेज़ी में भी आम नहीं है। इसीलिए अंग्रेज़ी समझने वालों के लिए भी क्वीयर नारीवाद पर बातचीत की शुरुआत क्वीयर शब्द को हम यहाँ कैसे इस्तेमाल कर रहे हैं वही समझाने से करना पड़ता है। क्वीयर का शब्दकोश में मतलब 'अजीब' है। पश्चिमी देशों में जो लोग अलग थे, लेस्बियन या गे थे या आम तौर पर अपनी वेशभूषा आदि से अलग नज़र आते थे। उनको प्रताड़ित करने के लिए उन्हें 'क्वीयर' कहा जाता था। इस लांछन से लड़ने वाले लोगों ने इसी शब्द को लेकर उसे अपनी पहचान का हिस्सा बनाकर अपने आपके लिए अपनाया।

तो एक तरह से क्वीयर यह अपने आप में एक विरोध की पहचान बन गया। जेंडर और यौनिकता की प्रस्थापित मान्यताओं का विरोध करने वाले संघर्ष का नाम, जेंडर और यौनिकता के सामाजिक हाशिये से व्यवस्था को चुनौती देने वाली राजनीति का नाम और प्रस्थापित से निराले ढंग से जीने वाले लोगों की ख़ुद की पहचान—इन सभी तरीक़ों से यह शब्द चलन में आया। जैसे-जैसे परतें खुलती गईं, जैसे-जैसे आम ज़िन्दगियों को थोड़ा-बहुत खुलकर जीने के लिए जगह बनने लगी वैसे-वैसे यह पहचान, यह सोच, यह संघर्ष समाज में मज़बूती पकड़ता गया। न सिर्फ़ इसने हम सभी को एक नई शब्दावली से वाक़िफ़ कराया, बल्कि अपनी पूरी सोच को एक नए सिरे से ढालने का मौक़ा भी दिया। हमारे नारीवाद को और गहरा और पुख़्ता बनाया।

भारत के नारीवादी आन्दोलन का शुरुआती दौर

समलैंगिक लोग हमेशा हर समाज का हिस्सा रहे हैं। अपने ही जेंडर के व्यक्ति के प्रति आकर्षित होने का अनुभव कई लोगों का है। पर इस चाहत के बारे में खुलकर बात कर पाना, शादी की संस्था के विषमलैंगिक ढाँचे के बाहर अपनी ज़िन्दगी जीना या उसका ऐलान कर पाना यह हर किसी के लिए सम्भव नहीं था। इस चाहत को समझने के लिए, ऐसे और लोगों को ढूँढ़ पाने का ज़रिया भी बहुत समय तक लोगों के पास नहीं था। ना

तो क़िस्से-कहानियों में, ना ही दंतकथाओं और फ़िल्मों में, ना ही आसपास के लोगों में! इसके बावजूद कुछ लोग अपने तरीक़े से अपनी ज़िन्दगी जीने में कामयाब हुए। लेकिन आज हम दावे के साथ यह तो ज़रूर कह सकते हैं कि इस अदृश्यता के चलते कई लोगों ने अपनी चाहत को पहचाना ही नहीं होगा या उस पर अम्ल करने में हिचकिचाए होंगे।

इसी बात में कहीं यौनिकता को लेकर एक बहुत महत्त्वपूर्ण बात समझ में आती है। वह यह कि हर इनसान की यौनिक इच्छा, चाहत या उसका व्यक्तिगत रुझान जितना उसके ख़ुद के व्यक्तित्व से तय होता है उतना ही समाज के नीति नियमों और ढाँचों से गढ़ा जाता है। इस समझ की परतें जैसे-जैसे उभरती गईं वैसे नारीवाद में यौनिकता को लेकर समझ की परतें जुड़ती गईं।[1]

1980 के दशक के नारीवाद के शुरुआती दौर में ही यह स्पष्ट था कि पितृसत्ता क़ायम रखने का एक ज़रिया औरतों की यौनिकता पर नियंत्रण का है। इस नियंत्रण के द्वारा उनके प्रजनन पर भी नियंत्रण रखा जाता है। जाति और धर्म की शुद्धता बनाए रखने के लिए और यौन सम्बन्धों से होने वाले बच्चे की पैतृक आनुवंशिकता सबको पता रहे और शादी के द्वारा प्रस्थापित रहे इसके लिए औरतों पर शादी के पहले और शादी के अन्दर भी तमाम क़िस्म के बन्धन डाले जाते हैं। यह सोच भी नारीवाद की एक प्राथमिक समझ है। इसीलिए शुरुआत से ही नारीवाद, जेंडर और यौनिकता दोनों को केन्द्र में रखकर समाज के बारे में बनाई गई एक सोच और राजनीति है।

नारीवाद के उन शुरुआती सालों में शहरों में जो छोटे समूह उभर रहे थे, उनमें और कुछ नारीवादी जमावड़ों में भी, औरतों के समलैंगिक सम्बन्धों पर चर्चा होती थी। कुछ लोग अपने रिश्तों के बारे में बात भी करते थे। पर इस पर एक व्यापक तरह से बातचीत करने की हिचकिचाहट भी बहुत ज़्यादा थी। तब यह कहकर इसको समझाया जाता था कि चूँकि नारी आन्दोलन घरेलू हिंसा का सवाल उठा रहा है, इन समूहों और एक्टिविस्ट को ऐसे ही यह कहा जा रहा है कि ये पुरुषों के ख़िलाफ़ हैं और परिवारों को तोड़ने का काम करते हैं। अगर ये समूह और इसमें जो लोग हैं वे समलैंगिक रिश्तों की बात करेंगे तो इस तरह की बातों को और प्रोत्साहन मिलेगा।

आज की हमारी समझ से ऐसा भी स्पष्ट नज़र आता है कि इन बातों में कुछ हद तक समलैंगिकता के मुद्दे से एक बेबुनियाद भय, डर, आशंका (फ़ोबिया) नज़र आती है। इसे आज हम होमोफ़ोबिया कहते हैं। उस समय ना तो ये भाषा थी और ना ही इस सोच की ओर इशारा करने की हिम्मत। प्रस्थापित सामाजिक सोच का मतलब ही यह होता है कि वह हर इनसान के अन्दर घर कर जाती है। सो होमोफ़ोबिया का शिकार ख़ुद समलैंगिक लोग भी होते हैं। समाज में अमान्य विचार जब ख़ुद की सचाई होते हैं तो ज़ाहिर है वह व्यक्ति सबसे पहले ख़ुद पर सवाल उठाते हैं। पर इतिहास के हर पन्ने में ऐसे निरालों के नाम लिखे जा सकते हैं जिन्होंने समाज और दुनिया के रिवाज़ों को नकारकर ख़ुद की सचाई जीने की हिम्मत दिखाई।

1987 में दो ऐसी पुलिस महिलाओं ने अपने रिश्ते को ना सिर्फ़ शादी की रस्मों में बाँधा बल्कि उसे अपने काम की जगह पर बताकर सबके सामने भी लाईं। इस ज़ाहिर

अभिव्यक्ति के कारण उन्हें नौकरी से बर्ख़ास्त कर दिया गया। इस ख़बर को लेकर नारीवादी समूहों में चर्चा हुई। उन्हें नौकरी से निकालने के मुद्दे की उनके मानवीय अधिकार के हनन के रूप में आलोचना की और इस पर ज़ाहिर वक्तव्य भी दिया। पर उनके रिश्ते पर और उनके जैसे रिश्ते रखने वाले व्यक्तियों के इस तरह से जीने के स्वातंत्र्य पर पब्लिक में कोई बयान नहीं दिया। पर कुछ समूहों में इस पर अन्दरूनी चर्चा ज़रूर हुई।[2]

और इसीलिए शायद इसी दौरान नारीवादी स्वास्थ्य आन्दोलन में यौनिकता के मुद्दे पर चर्चा और खुलकर होने लगी। इस चर्चा में औरतों की यौनिक चाहत की बातें पहली बार खुलेआम होने लगीं। यह बातचीत जितनी खुलेपन से की गई उतनी वह शर्म और हया के दायरे को लाँघती गई। जितना लोगों में हौसला बढ़ा, उतनी यह चर्चा मान्यता प्राप्त रिश्तों की हदों को पार कर ज़िन्दगी की सचाइयों को दर्शाती गई। फिर ज़ाहिर है कि इसमें उन सभी रिश्तों और चाहतों पर बात हुई जो तब तक मध्यवर्गीय सभ्यता के तहत खुले में लाए नहीं जाते थे।[3] और इसमें से भी बनी यौनिकता की एक नई समझ। इस पर ज़्यादा विस्तार से बात करने से पहले समाज में होने वाले दो और बदलाव की बात करना चाहूँगी क्योंकि इन्होंने इस समझ को पुख़्ता बनाने में और नई दिशा देने में बहुत मदद की।

1990 के दशक में भारत में AIDS के विरोध में काम तेज़ी पकड़ने लगा था। चूँकि इस बीमारी को रोकने का एक माध्यम सुरक्षित यौन सम्बन्ध था, इसके चलते आम लोगों के बीच यौन सम्बन्धों और यौनिकता पर चर्चा करने का एक मौक़ा मिला। शादी के बाहर के रिश्तों पर बातचीत शुरू हुई क्योंकि इन सम्बन्धों की सचाई से नज़र फेरना बीमारी को शह देने की तरह था। शुरुआती दौर में तो यह बातचीत भी नैतिक रिश्तों वाली भाषा में हुई पर जल्द ही दुनिया भर में समलैंगिक लोग, सेक्स वर्कर के संगठन और वे तमाम लोग जिन्हें अपने यौनिक रुझान और निर्णयों के लिए समाज में दरकिनार किया गया था—इन सभी के संघर्षों के कारण एक अलग बातचीत का माहौल बना।

यही दौर था जब भारत में नव-उदारतावादी (नव-लिबरल) आर्थिक नीतियों को भी अपनाया गया। इन नीतियों ने वैसे तो ज़िन्दगियों को बदहाल बनाने में कोई कसर नहीं छोड़ी और इनका विनाशकारी स्वरूप वक़्त के साथ हम ज़्यादा देख पा रहे हैं। पर बाज़ार के वैश्वीकरण के कारण दुनिया छोटी भी हुई। लोगों का दुनिया भर में आना-जाना बढ़ा, संचार माध्यम भी ऐसे बने कि कम्यूनिकेशन और बढ़ा। इसके चलते दुनिया एक तरह से छोटी हुई और नए विचार फैले, लोग एक-दूसरे के संघर्षों से ना सिर्फ़ जुड़े, बल्कि उनसे प्रभावित भी हुए। इस नए दौर ने यौनिकता की चर्चा को एक नया स्वरूप दिया।

इस समय एक ओर एड्स पर काम के कारण उन लोगों का समूहीकरण हो रहा था जिन पर बीमारी होने का ख़तरा था और जिसमें मर्दों के साथ सेक्स करने वाले मर्द (MSM) का एक बड़ा तबका था। वहीं इस वैश्वीकरण का प्रभाव समझें या महज़ इत्तफ़ाक़, इसी दौर में कई सारे ऐसे लोग भी एक-दूसरे से मिले जो अपनी ज़िन्दगी की सचाई को खुलकर जीना चाहते थे, जो अपने लिए गे और लेस्बियन की पहचान

लेने लगे। ये दोनों समूह एक-दूसरे से अपने सामाजिक स्थान में अलग थे। जहाँ पहला समूह अक्सर समाज के दरकिनार समुदायों से आता था और अपनी परिस्थिति अनुसार समाज में जीने की राह ढूँढ़ रहा था, वहीं दूसरा समूह समाज के विशेषाधिकृत तबके से आता था और अपनी यौनिकता को एक पहचान के रूप में और जीने के नए तरीक़े के रूप में समझता था।[4]

नई आवाज़ों और ज़िन्दगियों का योगदान

इन सभी के संगठित होने से समलैंगिक लोगों के या उनके मुद्दों पर काम करने वाले समूह, संगठन और संस्थाएँ बनने लगीं। इसके चलते वे सारे अनुभव बाहर आने लगे जिनसे मुख्यधारा का समाज वाक़िफ़ तो था पर जिनकी सचाइयों को मान्यता देने को तैयार नहीं था, बल्कि जिनको समाज ने ग़लत करार कर और घिनौना मानकर प्रताड़ित भी किया था।

इन लोगों के इकट्ठा आने से कई बदलाव आए। जो लोग ख़ुद अकेले और अदृश्य तरीक़े से अपनी ज़िन्दगी तब तक जी रहे थे उन्हें अहसास हुआ कि वे अकेले नहीं हैं, ऐसे कई लोग इस देश में और बाहर भी मौजूद हैं। इस ताक़त से उन्होंने समाज के सामने सवाल रखे, उसके नीति-नियमों पर कई सवाल भी उठाए। पहली बार यह बात होने लगी कि वे बीमार या गुनहगार नहीं हैं पर उन्हें इस तरह से देखने वाला यह समाज और उसके नियम और सोच ही ग़लत है। और इससे यौनिकता के बारे में एक नए तरीक़े से समझाने की भाषा और परिप्रेक्ष्य नारीवाद में जगह पाने लगा।

वह यह था कि यौनिकता का मुद्दा सिर्फ़ यह नहीं है कि हर व्यक्ति को अपनी व्यक्तिगत चाहत के अनुसार जीने का अधिकार होना चाहिए या कि यह चुन पाने का खुलापन होना चाहिए। नई समझ यह भी आई कि समाज के विभिन्न महकमे कैसे हर व्यक्ति की चाहत को एक ही तरह से ढालते हैं। इस समाज की नींव में हैं 'अनिवार्य विषमलैंगिकता।'[5] समाज के सभी ढाँचे इसी के साँचे में ढले हैं। इसी के चलते भारतीय दंड संहिता में 377 जैसा क़ानून है और मनोरोग चिकित्सकों ने इतने साल यह कहा कि समलैंगिकता एक मानसिक बीमारी है और इस रुझान को बदला जा सकता है।

धारा 377 के ख़िलाफ़ लगभग 25 वर्षों का एक आन्दोलन चला जिससे उच्च न्यायालय ने सितम्बर 2018 में इस पर एक फ़ैसला दिया और इसमें परिवर्तन किया।[6] इस चर्चा के लिए ज़रूरी है कि हम इस क़ानून को समझें। धारा 377 के अनुसार 'जो भी किसी पुरुष, स्त्री या पशु के साथ प्रकृति की व्यवस्था के विरुद्ध सम्भोग करेगा' वह गुनहगार होगा और उसे इस गुनाह के लिए दस साल से लेकर आजन्म क़ैद तक की सज़ा हो सकती है। ग़ौर करने लायक़ बात है कि इसमें स्वेच्छा से किए गए सम्बन्ध भी शामिल थे। क़ानूनी लड़ाई के बाद अपनी मर्ज़ी से किए गए सम्बन्धों को इस क़ानून से बाहर किया गया है।

यह क़ानून अपने आप में यौनिकता की समझ को लेकर दो बातें करता है जो हमारे लिए यह साबित करती हैं कि इस देश में यौनिक चाहत को ही एक संकीर्ण नज़रिये से

देखा गया है। इसमें ज़्यादा महत्त्वपूर्ण यह है कि आप किसके साथ कैसे यौन सम्बन्ध रखते हैं। कुछ तरीक़ों से किए गए यौन सम्बन्धों को ही क़ानूनी वैधता देकर बाक़ियों को गुनाह या बीमारी का दर्जा दिया गया। 'प्रकृति की व्यवस्था' के मायने यह निकलते हैं कि सिर्फ़ वही यौन सम्बन्ध वाजिब माने जाएँगे जिनमें प्रजनन की सम्भावना है। यह क़ानून बनाया तो अंग्रेज़ों ने था परन्तु इसका रखरखाव और डिफ़ेंस आज़ाद भारत की सभी सरकारों ने किया। सितम्बर 2018 के सुप्रीम कोर्ट के फ़ैसले के बाद अब स्वेच्छा से किए गए यौन सम्बन्धों को कम-से-कम इसके दायरे के बाहर किया गया है।

इसी तरह से एक तरह के विषमलैंगिक सम्बन्धों को प्राकृतिक मानने का एक और मतलब है कि बाक़ी सारी चाहतों को अप्राकृतिक कहा गया और इसके चलते ऐसे लोगों को बीमार घोषित कर उनके तरह-तरह के 'उपचार' भी किए जाते हैं। कभी बड़े-बड़े डॉक्टर और अस्पतालों में बाक़ायदा 'ट्रीटमेंट' देकर, कभी झाड़-फूँक के माध्यम से, कभी घर वालों द्वारा मारपीट कर या ज़बरदस्ती शादी करवाकर एक तरह से मर्ज़ी के बग़ैर सेक्स करने पर मजबूर करने वाली हिंसा के माध्यम से।

सोचने वाली बात यह है कि जिसे प्राकृतिक कहा जा रहा है उसे कितना सामाजिक नीति-नियमों में बाँधा जा रहा है। एक तरह से यह सारी सामाजिक व्यवस्था न सिर्फ़ हमें विषमलैंगिक बनाती है बल्कि विषमलैंगिकता को भी एक बहुत ही संकीर्ण नज़रिये से समझती है। जब हम इसके दायरे के बाहर जी रहे लोगों की ज़िन्दगियों से इसे देखते हैं तभी यह नज़र आता है कि जिसे हम प्राकृतिक मानते आए हैं वही अपने आप में प्यार, चाहत, और परिवार का समाज द्वारा गढ़ा गया एक संकीर्ण और अप्राकृतिक ढाँचा है। सारी सामाजिक व्यवस्था इसी को आधार मानकर बनाई गई है। इस व्यवस्था के मूल में है शादी—परिवार और विषमलैंगिक प्यार को जीने का एकमात्र तरीक़ा।

समाज और परिवार, धर्म, क़ानून, चिकित्सा विज्ञान जैसे सामाजिक संस्थान ये सारे एक तरह से शादी को और उसके ज़रिये एक क़िस्म से जी गई विषमलैंगिकता को कई तरीक़ों से नवाजते हैं। सिर्फ़ विषमलैंगिक होना काफ़ी नहीं है। समाज पूरी तरह से अपनाता सिर्फ़ उन लोगों को है जो समाज के तौर-तरीक़े और मर्यादाओं में जीते हैं—बाक़ायदा धर्म, जाति, वर्ग इत्यादि का ख़याल रख, उसके अनुसार शादी करके वंश, समुदाय और धर्म की शुचिता बनाए रख इसी व्यवस्था को और बढ़ाने में, उसको मज़बूत करने में और आने वाली पीढ़ियों को इसी में ढालने का काम करते हैं। इनको समाज सामाजिक इज़्ज़त और सुरक्षा देकर पुरस्कृत करता है।

यही समाज इस सबके विपरीत जाने वाले को हर तरह से दंडित भी करता है। इसके पीछे उस व्यक्ति को रोकने का मक़सद तो होता ही है पर कई औरों को भी इस रास्ते पर ना चलने की ओर एक इशारा भी स्पष्ट रूप से किया जाता है। जाति और धर्म के नियमों का पालन बहुत ज़रूरी समझा गया है। अन्तर्जातीय और अन्तर्धार्मिक शादियों के ख़िलाफ़ माँ-बाप, भाइयों द्वारा, कभी विस्तृत परिवार द्वारा, कभी समुदाय के लोगों द्वारा और अक्सर पुलिस और क़ानून की सहायता के साथ जगह-जगह पर नियमित रूप से होने वाली हिंसा इन कट्टर नियमों का मानो बार-बार ऐलान भी करती

है। बात हमारे ज़ेहन में इस तरह भरी होती है कि अपनी मर्ज़ी से की गई शादियों में भी अक्सर इन नियमों का पालन होता है।

इस शुचिता को बनाए रखने का एक पहलू दबंग जाति के पुरुषों द्वारा प्रताड़ित जाति की औरतों पर होने वाली यौनिक हिंसा भी है। दलित नारीवाद ने हम सबको जाति, जेंडर और यौनिकता के इस महत्त्वपूर्ण समीकरण से वाक़िफ़ कराया है। इसी की बदौलत आज हम यह समझते हैं कि दलित औरतों को जैसे दबंग जाति के पुरुषों से हमेशा यौन हिंसा का ख़तरा रहता है वैसे ही अन्तर्जातीय शादियों में अगर दलित पुरुष सवर्ण महिला से शादी कर ले तो उस पर हिंसा कहीं ज़्यादा होती है। इसके मूल में विषमलैंगिक यौन सम्बन्ध और प्रजनन ही है क्योंकि समाज में जाति व्यवस्था द्वारा होने वाली संस्थात्मक हिंसा बनाए रखने के लिए यह आवश्यक है।[7] इसके लिए जाति के नियमों के अन्दर शादी को ही समाज और परिवार मान्यता देते हैं।

शादी की व्यवस्था यौनिकता के बारे में एक और मिथक फैलाने में सक्षम है। वह यह है कि वही अच्छा रिश्ता है जो सिर्फ़ एक व्यक्ति से हो। इतना ही नहीं, उसी शख़्स के साथ सारी ज़िन्दगी बिताना यह भी मानो अनिवार्य है। जिन लोगों की शादी की व्यवस्था में जगह नहीं थी, उनके यौनिक सम्बन्धों को देखकर यह स्पष्ट होने लगा कि एक समय पर एक ही व्यक्ति से शारीरिक सम्बन्ध होना चाहिए। यह भी एक तरह से सामाजिक मान्यता ही है। शायद यह मान्यता आई इसीलिए कि एक तरह से किए गए विषमलैंगिक शारीरिक सम्बन्ध में प्रजनन की सम्भावना होती है और समाज ने चाहा होगा कि वंश चलने, बच्चे की ज़िम्मेदारी लेने के लिए एक पूरी व्यवस्था बने जिसे शादी और परिवार का नाम दिया। पर यह करते हुए बात यह बन गई कि वे सारे शारीरिक सम्बन्ध जिनमें प्रजनन की सम्भावना नहीं है वे ना सिर्फ़ अप्राकृतिक हैं बल्कि एक गुनाह हैं और सज़ा के क़ाबिल हैं।

इन सब चीज़ों से यह समझ में आता है कि इस व्यवस्था को जितना भी प्राकृतिक कहा जाए ये दरअसल समाज द्वारा रचित है और यह धर्म, जाति और वर्ग आधारित समाज को बनाए रखने में बहुत महत्त्वपूर्ण है। इस तरह से अलग ज़िन्दगियों से सोचते हुए जहाँ एक ओर इनसान की चाहत को एक बहुआयामी रूप से समझने का मौक़ा मिला वहीं पूरी सामाजिक व्यवस्था को भी समझने का भी एक तरीक़ा मिला। बदलाव के लिए किए गए संघर्ष और राजनीति (transformative politics) का एक आयाम ही है कि वह हर चीज़ पर सवाल उठाए और उसे परखे। ख़ास करके जो समाज से दरकिनार किए गए हैं उनकी ज़िन्दगियों के नज़रिये से जिसे मुख्यधारा कहा जा रहा है उसे देखे और परखे और समझे। इसके बग़ैर कुछ लोगों का समावेश ज़रूर होगा पर समाज कभी भी पूर्ण रूप से सबको शामिल नहीं कर पाएगा और ना ही समाज के ढाँचों में और सोच में एक मूलभूत परिवर्तन आएगा।

यहाँ पर एक टिप्पणी करना बहुत ज़रूरी है। अक्सर जो लीक से हटकर होते हैं उनको अलग करके देखना, उनको एक अजूबे की तरह समझना और परखना यह समाजशास्त्र का एक पुराना तरीक़ा है। इसी तरीक़े से कई सारी सामाजिक संस्थाएँ भी

यही काम करती हैं। वे समाज के नियमों से हटकर जो लोग हैं उनके मानवीय हक़ों की कुछ हद तक हिफ़ाज़त करने की कोशिश करते हैं और इन समुदायों को मुख्यधारा में लाने का प्रयास करते हैं। जो लोग सामाजिक सुरक्षा से वंचित हैं वे भी ज़रूर यही चाहते हैं कि उनकी ज़िन्दगी भी औरों की तरह हो।

उदाहरण के तौर पर जो समलैंगिक व्यक्ति बार-बार यह देखते हैं कि जहाँ उनकी ज़िन्दगी और उनके प्यार को समाज में कहीं भी जगह नहीं है वहीं पर शादी के तहत बुरे-से-बुरे विषमलैंगिक सम्बन्ध को भी बनाए रखने का प्रयास सारी दुनिया करती है। उस जोड़े को बनाए रखने में सभी लोग—परिवार से लेकर क़ानून तक—पूरी कोशिश करते हैं, तब वे समलैंगिक व्यक्ति भी चाहते हैं कि उन्हें भी शादी का हक़ मिले। वो भी चाहते हैं कि वे भी वो सब कुछ आसानी से कर सकें जो बाक़ी लोग कर पाते हैं। जैसे, एक साथ घर बनाना, सबका उनके रिश्ते को मान्यता देना, आपस में मनमुटाव होने पर किसी और से बात कर पाना। वे सारी छोटी-बड़ी चीज़ें जिनसे ज़िन्दगी जीना आसान हो जाता है। और इसमें कुछ ग़लत भी नहीं है।

दिक़्क़त व्यक्तियों के अपनी ज़िन्दगी की ख़ातिर लिये गए निर्णयों से नहीं है। जो ऐसे भी हर तरह से दरकिनार है उसी से समाज के इस विशाल ढाँचे से लड़ने की अपेक्षा करना यह तो नाइंसाफ़ी होगी। लोगों का समावेश करते हुए अपनी राजनीति को और पुख़्ता बनाने का एक तक़ाज़ा है कि इससे जो लोग इस मुख्यधारा में आसानी से शामिल हो पाते हैं वे इस पर सवाल उठाएँ और इसकी संकीर्णता को सामने लाएँ। विविधता की सम्भावनाओं वाली राजनीति को कुंठित करने की जगह उससे प्रेरणा लेकर अपनी राजनीति और जीने के तरीक़े को और खुला बनाएँ। और इसका एक और मौक़ा क्वीयर लोगों की ज़िन्दगी से हम सब लोगों को मिला और वह है जेंडर को दोबारा से समझने का।

जेंडर की एक नई उभरती सोच

1990 के दशक से एक सवाल अलग-अलग समूहों ने नारीवाद से पूछा। जिस 'औरत' को मध्य में रखकर नारीवाद की समझ बन रही थी वह औरत कौन है? यह सवाल वाजिब था क्योंकि समय के साथ यह स्पष्ट हो रहा था कि समाज में हमारी अन्य पहचानों की वजह से पितृसत्ता का अनुभव हर समूह की औरतों के लिए अलग होता है। तो एक तरह से कौन सी औरत को केन्द्र में रखकर हम सोच बनाते हैं यह बहुत ही महत्त्वपूर्ण सवाल है। क्वीयर नारीवाद में जब समलैंगिक औरत को केन्द्र में रखा तब समाज में प्रचलित अनिवार्य विषमलैंगिकता का ढाँचा स्पष्ट हुआ। पर इसी के साथ इस सदी की शुरुआत से क्वीयर नारीवाद की उभरती समझ को एक नए सवाल ने प्रभावित किया। और यह सवाल था, "औरत होने के क्या मायने हैं और हम औरत किसे कहेंगे?"[8]

ये भी आया लोगों की ज़िन्दगी से। जो क्वीयर समूह बन रहे थे वहाँ दो क़िस्म के लोग आ रहे थे। कुछ ऐसे लोग थे जो दुनिया की नज़र में औरत या मर्द कहलाए जाते थे पर वे ख़ुद अपनी पहचान दूसरे जेंडर में पाते थे। जो दूसरा समूह था उसका एक

बड़ा हिस्सा था हिजड़ा समुदाय से जुड़े हुए लोगों का जो ख़ुद अपने मानवाधिकार के लिए संगठित हो रहे थे और जिनकी जेंडर पहचान औरत या आदमी से अलग थी। इनके साथ ही ऐसे और भी बहुत सारे ऐसे लोग थे जो कहते थे कि वे ना औरत हैं, ना मर्द हैं, और अपनी सचाई के क़रीब अपनी पहचान के लिए भाषा और समुदाय भी ढूँढ़ रहे थे।

हम सभी को जन्म पर ही हमारे शरीर को देखकर एक जेंडर दिया जाता है और फिर इसके अनुसार हमें 'आदमी' और 'औरत' की तरह बनाया जाता है। अमूमन ये पहचान हम पर समाज द्वारा थोपी गई है या यह कहें की दुनिया में सिर्फ़ दो जेंडर होते हैं यह भी एक समाज द्वारा बनाया गया मनगढ़ंत सच है। इसको समझने के लिए हमें फिर से एक नया शब्द लाना पड़ता है। अंग्रेज़ी में इसको 'बाइनरी जेंडर' कहा गया सो हम यह कह सकते हैं या फिर 'सिर्फ़ दो जेंडर पर आधारित समाज।' जो लोग बाइनरी में अपनी जगह नहीं पाते हैं वे भी समाज की मुख्यधारा से बेवजह बाहर किए जाते रहे हैं। उनके हक़ों की लड़ाई भी क्वीयर लड़ाई का हिस्सा बन गई।

वे सारे लोग जो अपनी जेंडर पहचान जन्म पर निर्धारित पहचान से अलग मानते हैं वे अपने आपको ट्रांसजेंडर समूह का हिस्सा मानते हैं। आगे जाने से पहले फिर से भाषा पर एक टिप्पणी। अक्सर यह होता है कि मुख्यधारा अपने से अलग को नाम देती है और एक क़िस्म से विशेष बनाकर ख़ुद को आम घोषित करके मुख्यधारा को और मज़बूत बनाती है। ऐसे करने से जो विशेष है वह पहचाना तो जाता है पर हाशिये से हटाया नहीं जाता। इसीलिए बदलाव की राजनीति ने सभी को नाम देकर किसी को भी मध्य में रहने नहीं देने का प्रयास किया है। उदाहरण के तौर पर अगर दलित नारीवाद है तो फिर जो दूसरा है उसे सवर्ण नारीवाद कहना उचित होगा। उसी तरह से कुछ लोग अगर क्वीयर हैं तो जो नहीं हैं वे 'स्ट्रेट' कहलाए जाते हैं। और ऐसे ही जो लोग जन्म पर निर्धारित जेंडर पहचान में ही अपनी पहचान देखते हैं वे 'सिसजेंडर' समूह का हिस्सा बनते हैं।

एक तरफ़ जहाँ ट्रांसजेंडर लोगों ने यह प्रस्थापित किया कि दो से ज़्यादा जेंडर होते हैं वहीं उन्होंने दो और चीज़ों को भी चुनौती दी। एक तो स्पष्ट थी कि जेंडर पहचान बदल सकती है, वह अस्थायी है। चूँकि जन्म पर शरीर के अंगों के अनुसार सबका एक जेंडर निर्धारित किया जाता है, अपने ख़ुद की पहचान अपनाकर उसे बदला जा सकता है। दूसरी बात जो इसी से जुड़ी थी वह यह थी कि शरीर की बनावट से जेंडर तय नहीं होता।

इस बात को पुष्टि मिली ऐसे कई लोगों की सचाई से जिनके पैदाइशी जननांग स्पष्ट नहीं थे। इसके बावजूद उन्हें बाइनरी जेंडर वाले हमारे समाज ने किसी न किसी जेंडर में डाला था और उनमें से कई लोग अपनी जेंडर पहचान से परेशान नहीं थे। लोग उनके शरीर को जैसे देखते थे उससे उन्हें दिक़्क़त थी। ऐसे लोगों को चिकित्सा विज्ञान ने बहुत वर्षों तक एक तरह से शारीरिक विविधता को असामान्य करार कर उनकी सर्जरी भी करनी चाही। नवजात बच्चों की डॉक्टरों द्वारा की गई शल्य चिकित्सा के ख़िलाफ़ आज दुनिया भर में ये 'इंटरसेक्स' लोग एक मुहिम चला रहे हैं। उनकी माँग है कि शिशुओं की सर्जरी ना की जाए और वयस्क व्यक्तियों को उनकी ज़रूरत अनुसार मेडिकल हस्तक्षेप का मौक़ा दिया जाए। ट्रांस और इंटरसेक्स ज़िन्दगियों से यह ज़ाहिर

है कि कुछ लोग अपनी जेंडर पहचान के अनुरूप शरीर में बदलाव चाहेंगे और कुछ नहीं। जो करवाना चाहें उन्हें उनका मौलिक अधिकार समझकर उनकी ज़रूरत अनुसार ये बदलने का सुरक्षित तरीक़ा मुहैया करवाना समाज और सरकार की ज़िम्मेदारी है।

व्यक्तिगत पहचान अपने अनुसार करते हुए इन सारे लोगों ने दुनिया को एक नई सचाई से वाक़िफ़ कराया कि दुनिया में सिर्फ़ दो ही जेंडर नहीं होते। साथ ही यह भी कि ख़ुद का जेंडर और उसके अनुरूप शरीर व्यक्ति ख़ुद तय करते हैं—कोई और नहीं कर सकता। इसके लिए परिवार, क़ानून और चिकित्सा विज्ञान इन सभी के साथ जूझना पड़ा। यह लड़ाई आसान नहीं है। आज भी कई लोग समाज के इन महाकाय संस्थानों की हिंसा को झेल रहे हैं। ये लड़ाई अपनी ज़िन्दगी के एक हिस्से की वैधता स्थापित करने मात्र की नहीं है। ये अपने पूरे अस्तित्व की ही लड़ाई है। इस संघर्ष को मज़बूती मिली सुप्रीम कोर्ट के 2014 के फ़ैसले से (जिसे NALSA जजमेंट के नाम से हम जानते हैं)। इसमें पहली बार जेंडर की इन जीवित सचाइयों को माना और ट्रांस लोगों के हक़ों के संरक्षण की ज़िम्मेदारी सरकार पर और समाज पर डाली। पर इससे निकली समाज की व्यवस्था की एक और महत्त्वपूर्ण परत जो हमारी आज तक की सोच को झकझोर देती है।

क्वीयर नारीवाद

यहाँ हम हमारी आज की समझ तक पहुँचे हैं। बाइनरी शरीर आधारित स्थायी जेंडर में और इसी के साथ अनिवार्य विषमलैंगिकता आधारित इस समाज को विषम-मानकीय (heteronormative) कहा जा रहा है। और इस तरह क्वीयर ज़िन्दगियों, अनुभवों और सोच ने हम सबकी नारीवाद की समझ में यह जोड़ा कि यह समाज पितृसत्तात्मक होने के साथ-साथ जेंडर और यौनिकता के मुद्दे में विषम-मानकीय भी है। नीचे की तालिका प्रचलित सोच और क्वीयर सोच के अन्तर साफ़ करती है।

क्वीयर	प्रस्थापित
कई जेंडर पहचान	दो जेंडर
व्यक्ति अपनी पहचान ख़ुद तय करते हैं	जन्म पर जेंडर निर्धारित किया जाता है
शरीर और जेंडर का सीधा सम्बन्ध नहीं है	जेंडर पहचान शारीरिक बनावट से तय होती है
जेंडर स्थायी नहीं होता	जेंडर बदला नहीं जा सकता
सेक्सुअल चाहत किसी भी जेंडर के प्रति हो सकती है	यौनिक चाहत सिर्फ़ आदमी और औरत के बीच ही हो सकती है
इस चाहत को व्यक्त करने के कई तरीक़े हैं	सही सेक्स वही है जिससे प्रजनन हो

जेंडर और यौनिकता की यह नई समझ बहुत अदृश्य की गई ज़िन्दगियों पर आज भी जारी हिंसा से जूझने के लिए जहाँ एक समर्थन और परिप्रेक्ष्य देती है वहीं समाज के बनाए गए कई नियमों और ढाँचों पर सवाल भी उठाती है। नैतिकता, ग़लत-सही की भाषा से परे हटकर एक नए तरीक़े से सोचने को प्रेरित करती है। परिवार और रिश्ते के ढाँचों पर, जेंडर को हमारे व्यक्त करने के तरीक़ों पर, जो भाषा हम इस्तेमाल करते हैं उसमें भी निहित जेंडर को पहचानकर उसमें परिवर्तन करने पर, सभी को एकरूप बनाने की दबंग प्रवृत्ति से हटकर विविधता को अपनाने और सँजोने की रचनात्मक सम्भावनाओं पर।

नई सोच, नई ज़िम्मेदारियों के साथ भी आती है। इसका एक बड़ा योगदान है स्वयं निर्धारण का। चाहे जेंडर पहचान हो, या यौनिकता, या रिश्ते सभी में जिस तरह से हर व्यक्ति के इनको चुनने के निजी अधिकार पर ज़ोर दिया जाता है, उससे कई बार इसे एक अराजक सोच कहकर ख़ारिज किया जाता है। आज इन मुद्दों पर इतना अधिक नियंत्रण है कि इसके बाहर निकलकर सोचना बहुत मुश्किल लगता है। मानवी सभ्यता का एक अहम् हिस्सा समाज में एक साथ कैसे रहे यह सीखने के बारे में है। तो ज़ाहिर है यह सीखना पड़ेगा कि वैयक्तिक आज़ादी के साथ समाज में औरों के प्रति ज़िम्मेदारी कैसे बरती जाए। पर उतना ही ज़रूरी है कि हर कोई अपना निर्णय खुलेपन से और सुरक्षित रूप से ले सके इसके लिए समाज अनुकूल माहौल बनाए।

नारीवाद और ख़ासकर क्वीयर नारीवाद में व्यक्तिगत आज़ादी और सामाजिक ज़िम्मेदारी के बीच सन्तुलन बनाने पर हमेशा ज़ोर दिया है। जितना समाज की हर व्यक्ति के प्रति ज़िम्मेदारी पर ज़ोर दिया है उतना ही लोगों की सामाजिक ज़िम्मेदारी पर भी बात करी है। इसीलिए पहली बात है कि संवाद हो, सत्ताधारियों के फतवे ना हों। सही सवाल पूछे जाएँ, सही मुद्दों पर सजग बातचीत हो।

आज समाज में कौन किससे सम्बन्ध रखता है, कौन किसके साथ रहता है, कौन अपना जेंडर कैसे लोगों के समक्ष पहरावे से, भाषा से, बालों से दिखाता है, और इस तरह की अन्य चीज़ों पर नियम बनाए जाते हैं और नैतिक आधार तय किए जाते हैं। इसके विपरीत क्वीयर नारीवाद यह कहता है कि ये सवाल ही फ़िज़ूल हैं। असल में हमारे बीच ज़्यादा चर्चा इस बात पर होनी चाहिए कि हमारे सम्बन्धों के आधार कितने गणतांत्रिक हैं, कितने समानतावादी हैं, कितने सम्मानपूर्ण हैं और उनमें सभी की मर्ज़ी को कितना स्थान है। इनसानों के बीच मौजूद सत्ता को समझने, उसका एहसास रख क़रीबी रिश्तों में क्या परिवर्तन किया जाए ये सीखने पर ज़ोर देना है। समाज में हर तरह की विविधता को बनाए रखने के लिए क्या क़दम लेने आवश्यक होंगे इस पर हमारी सामूहिक नज़र होनी चाहिए।

मुख्य बात यह है कि जेंडर और यौनिकता की तरह यह सब भी व्यक्तिगत तो है पर गढ़ा एक सामाजिक सोच और परिप्रेक्ष्य में है। इसीलिए एक नए समाज की परिकल्पना के बग़ैर हर बदलाव अधूरा होगा। आख़िर बदलाव के लिए क़िए गए संघर्ष और राजनीति का तक़ाज़ा यही तो है कि 'सूरत बदलनी चाहिए'!

सन्दर्भ

1. नारीवाद की एक ख़ासियत यह है कि इसमें कई तरह की सोच शामिल है। जब मैं यह कहती हूँ कि नारीवाद की समझ बदली तब साथ ही यह खुलेपन से कहना चाहती हूँ कि यह सफ़र मेरा और मेरे साथ काम करने वाले लोगों का है। आज भी कई ऐसे लोग हैं जो अपने आपको नारीवादी कहते हैं पर यहाँ पर लिखी गई समझ से पूरी तरह से सहमत ना हों या इस समझ से परिचित भी ना हों। मेरा मत है कि यह विविधता हमारी सोच को व्यापक बनाती है बशर्ते कि हम इन विभिन्न धाराओं के बीच संवाद क़ायम रखने में सफल हों।
2. बम्बई में स्थित नारी अत्याचार विरोधी मंच में यह बातचीत हुई थी और 1990 में उनके प्रकाशन 'Moving but not quite there...' में इस पर लिखा भी गया है।
3. Sharma, Maya, *Loving Women : Being lesbian in unprivileged India.* Yoda Books, 2006. माया शर्मा का काम यह बहुत स्पष्ट रूप से दर्शाता है।
4. ये दोनों समूह एक-दूसरे से एकदम अलग भी नहीं थे। ज़ाहिर है कि कुछ लोग दोनों समुदायों में भी हो सकते थे। इसको एक मोटा-मोटी वर्गीकरण के रूप में ही देखें।
5. Rich, Adrienne, 'Compulsory Heterosexuality and Lesbian Existence'. *Signs : Journal of Women in Culture and Society,* Summer 1980, 5 (4): 631–660.
6. इस आन्दोलन के बारे में अधिक जानकारी orinam की वेबसाइट http://377.orinam.net/ पर पाई जा सकती है।
7. उमा चक्रवर्ती की किताब *Gendering Caste through a Feminist Lens,* Stree, 2002 में अनुलोम और प्रतिलोम शादियों की यह चर्चा इस बात को समझने के लिए मददगार है। इस पर और चर्चा इसी किताब में वी. गीता के निबन्ध में भी है।
8. मैं एक अभ्यास का हिस्सा रही हूँ जो लेबिया—एक क्वीयर नारीवादी LBT समूह ने मिलकर किया था। इस हिस्से की बहुत सारी बातों का ज़्यादा हिस्सा उसकी रिपोर्ट में मिलेगा। इसकी हिन्दी रिपोर्ट 'बाइनरी जेंडर व्यवस्था को तोड़ते हुए—जन्म से स्त्री जेंडर निर्धारित क्वीयर व्यक्तियों की अनेक जेंडर पहचानों में जी गई वास्तविकताओं और मुद्दों को समझाने का एक प्रयास' http://orinam.net/breaking-the-binary-labia-study/ इस वेबसाइट पर उपलब्ध है और इस पर आधारित एक किताब *No outlaws in the Gender Galaxy,* 2015 में Zubaan Books ने प्रकाशित की।

क्या जेंडर समानता और न्याय शिक्षा नीति के उद्देश्य हैं?*

साधना सक्सेना

स्वतंत्रता के बाद के वर्षों में लड़कियों और महिलाओं की शिक्षा को 1986 की नई शिक्षा नीति में महत्त्व मिला था (पुनाचा और गोपाल; नेशनल फ़ोकस ग्रुप 2007 b)। लड़कियों की स्कूली शिक्षा में लगातार रही ग़ैरबराबरी, महिला आन्दोलनों से पनपी जागरूकता तथा बढ़ते हुए राष्ट्रीय और अन्तरराष्ट्रीय दबावों के कारण राष्ट्रीय और राज्य सरकारें शिक्षा में लड़कियों की भागीदारी बढ़ाने के लिए विभिन्न प्रतिपूरक (कम्पनसेटरी) योजनाएँ बनाने को बाध्य हुईं। इनमें से कुछ योजनाएँ तो सभी लड़कियों के लिए बनीं पर कुछ विशेष योजनाएँ केवल वंचित समूहों की लड़कियों के लिए। ऐसी योजनाएँ शिक्षा के समान मौक़ों और मेरिट या 1966 के कोठारी कमीशन और बाद में, 1986 की नई शिक्षा नीति के सिद्धान्तों के सन्दर्भ में विरोधाभासी लग सकती हैं। परन्तु, "क्योंकि विभिन्न सामाजिक वर्ग बाज़ार में बराबरी की हैसियत से नहीं आते हैं।" (हैल्से व अन्य 1997:257), मात्र शिक्षा के समान मौक़े सबके लिए समान शिक्षा सुनिश्चित नहीं करते। समानता और न्याय के प्रयासों के लिए प्रतिपूरक (कम्पनसेटरी) नीतियों की ज़रूरत है। ऐसे निर्णय की जड़ में भारतीय समाज में व्याप्त असमानताएँ और अन्याय की गहरी जड़ों की चेतना है जिनका सम्बन्ध दमन के इतिहास से है (वेलास्कर, 2010)। आम तौर पर यह स्वीकार्य है कि भारतीय समाज, जो कि पितृसत्तात्मक है वर्गों, धर्मों और नृजातीय (ऐथिनिक) आधारों पर बँटा हुआ है इसमें वंचित तबकों की लड़कियों को औपचारिक शिक्षा में लाने के लिए प्रतिपूरक योजनाओं की ज़रूरत होगी ही।

संक्षेप में, वर्तमान की प्रतिपूरक योजनाओं में सभी लड़कियों के लिए निःशुल्क आठवीं कक्षा तक किताबें व गणवेश का वितरण, सेकेंडरी और हायर सेकेंडरी की लड़कियों के लिए मेरिट के आधार पर छात्रवृत्तियाँ और सभी दलित व आदिवासी लड़कियों के लिए विशेष छात्रवृत्तियाँ शामिल हैं। इसके अलावा, कक्षा आठवीं तक सभी विद्यार्थियों के लिए मध्याह्न भोजन और मुफ्त शिक्षा का प्रावधान भी है। बिहार और मध्य प्रदेश में जिन दलित और आदिवासी लड़कियों को आठवीं की पढ़ाई के बाद दूर के स्कूलों में जाना पड़ता है उन्हें मुफ़्त में साइकिलें भी दी गई हैं।

---

* यह लेख *इकोनॉमिक और पॉलिटिकल वीकली* के 8 दिसम्बर, 2012 में छपे लेख—'इज इक्वलिटी एन आउटडेटिड कन्सर्न इन एड्यूकेशन' पर आधारित है।

दिल्ली राज्य ने भी ग़रीबी की रेखा से नीचे की लड़कियों के लिए 'लाडली योजना' बनाई थी। इसके तहत प्रतिवर्ष लड़की के बैंक खाते में एक निश्चित राशि जमा की जाती है जो उसे उसकी स्कूली शिक्षा की समाप्ति पर, 18 वर्ष की आयु के बाद, मिलती है। यह योजना लड़कियों को उच्च शिक्षा के लिए प्रोत्साहित करने के लिए शुरू की गई थी। इन सब योजनाओं के अतिरिक्त दलित और आदिवासी लड़कियों और लड़कों की शिक्षा के लिए केन्द्र सरकार एस.सी. और एस.टी. छात्रावास भी चलाती है।

इसी क्रम में केन्द्रीय सरकार की कस्तूरबा गांधी बालिका विद्यालय योजना शिक्षा के क्षेत्र में पिछड़े प्रखंडों की दलित, आदिवासी, ग़रीबी रेखा के नीचे और अल्पसंख्यक समुदायों की लड़कियों को अच्छी गुणवत्ता की शिक्षा देने के लिए बनाई गई एक महत्त्वपूर्ण पहल रही है। आम तौर पर शिक्षाविदों ने इस पहल की प्रशंसा की है। इस प्रखंड स्तरीय योजना की शुरुआत सन् 2009 में हुई थी और सन् 2012 तक यह 3,000 प्रखंडों तक फैल चुकी थी। इस विशेष योजना की ज़रूरत इसलिए मानी गई क्योंकि इन समुदायों की लड़कियों की शिक्षा में भागीदारी की कमी उनकी राष्ट्रीय औसत से कम साक्षरता दर, उच्च जेंडर साक्षरता दर अन्तर और स्कूल छोड़ने की उच्च दर में साफ़ तौर से दिखती है। यह योजना केवल शिक्षा में पिछड़े प्रखंडों में प्रति प्रखंड मात्र 100 लड़कियों के लिए है। इसलिए राष्ट्र स्तर पर शिक्षा में लड़कियों की कम भागीदारी जैसे मसले पर इसके सीमित असर के प्रति चिन्ता भी ज़ाहिर की जाती रही है।

नीतियों का सूत्रीकरण और कार्यान्वयन

राजसत्ता की ऐसी योजनाओं का विश्लेषण दो परिप्रेक्ष्यों से किया जा सकता है। पहला, योजना के कार्यान्वयन का परिप्रेक्ष्य यानी मैदानी स्तर पर योजना का पहुँचना दूसरा परिप्रेक्ष्य योजना का व्यापक सामाजिक, आर्थिक और राजनैतिक सन्दर्भ में विश्लेषण है। योजना के सूत्रीकरण और उसे मैदानी स्तर पर उतारने के बीच के अन्तर का वर्णन बाल (मेर्नाडेज और मार्कीन्डेज, 2009) योजना के 'शाब्दिक रूप और वास्तविक मैदानी रूप के बीच के मोलभाव' के रूप में करते हैं। नीति विश्लेषण का यह एक और स्तर माना गया है।

वेलास्कर (2010) इस सन्दर्भ में नीतियों पर शोध के क्षेत्र की अपर्याप्तता पर ज़ोर देती हैं। वे लिखती हैं कि अधिकतर ये शोध नीतियों के लागू करने और राजसत्ता के द्वारा निर्धारित लक्ष्यों और उद्देश्यों को आँकने/मापने तक ही सीमित रहते हैं। आम तौर पर भारत में नीतियों पर किए गए शोध बहुत कम ही नीतियों में निहित समस्याओं, राजसत्ता की प्रकृति, नीतियों का राजनैतिक सन्दर्भ आदि से जूझते हैं। वेलास्कर कहती हैं कि नीति विमर्श और प्रक्रियाएँ गहरी राजनैतिक घटनाएँ हैं। इसीलिए नीतियों क उत्पादन को विशिष्ट ऐतिहासिक और उस समय के सामाजिक ढाँचे और सत्ता सम्बन्ध के सन्दर्भ में समझने की ज़रूरत है। यह पर्चा कस्तूरबा गांधी बालिका विद्यालय योजना का उपरिलिखित दोनों परिप्रेक्ष्यों के सन्दर्भ में समीक्षा करता है—एक, नीति की मैदानी स्तर पर पहुँच और व्यापक शैक्षिक सन्दर्भ और दूसरा, नीति की आलोचना।

भारत सरकार द्वारा कमीशन की गई राष्ट्रीय मूल्यांकन रिपोर्टों (SSA 2007, 2008 b), यूनिसेफ के एक राज्यस्तरीय अध्ययन (2010) और इस विषय पर लिखे गए अन्य लेखों के आधार पर पर्चे के पहले भाग में नीति के लागू करने की समीक्षा की गई है। इसमें विभिन्न सुविधाओं और प्रशिक्षित मानव संसाधनों की उपलब्धि; विद्यार्थियों के चयन की प्रक्रिया और उनके सकारात्मक और नकारात्मक अनुभवों आदि को समझने का प्रयास किया गया है। समीक्षा में कक्षायी प्रक्रियाओं, शिक्षिकाओं की अकादमिक तैयारी तथा क्षमताओं और शिक्षा की गुणवत्ता को आँकने का प्रयास भी किया गया है।

पर्चे के दूसरे भाग में शिक्षा के समान मौक़ों और वास्तविक समानता के लक्ष्यों के सन्दर्भ में इस नीति के योगदान को आँकने का प्रयास किया है। इस भाग में शिक्षा और सामाजिक परिवर्तनों के द्वंद्वात्मक रिश्ते को समझा है और यह तर्क किया है कि कैसे ऐसी योजनाएँ शिक्षा के समान मौक़ों के लक्ष्य को छोड़ देती हैं और न्याय के उद्देश्य को कमज़ोर करती हैं। यहाँ निम्न प्रश्नों से जूझने का प्रयास है : पिछले छह दशकों में नीतियों की प्रकृति में क्या बदलाव हुए हैं, यानी सबके लिए समान शिक्षा के मौक़ों के उद्देश्य से कुछ चुनिन्दा विद्यार्थियों के लिए ही प्रतिपूरक योजनाएँ बनाने तक। क्या कस्तूरबा गांधी बालिका विद्यालय जैसे न्यूनतम नीतिगत हस्तक्षेपों ने सरकार के सबको अच्छी गुणवत्ता की शिक्षा देने के घोषित उद्देश्य से बचने का रास्ता दिया है? इस योजना पर सवाल क्यों नहीं उठते? यह चर्चा का मुद्दा क्यों नहीं बनता कि सारे सरकारी स्कूलों में, जिसमें अधिकतर लड़कियाँ जाती हैं, सुविधाओं का स्तर नवोदय विद्यालयों, कस्तूरबा गांधी विद्यालयों या अन्य विशिष्ट योजनाएँ, जिनकी शिक्षाविद् भी प्रशंसा करने लगते हैं, क्यों नहीं है? क्या ऐसी योजनाएँ आम सरकारी स्कूलों की ख़राब परिस्थितियों को छुपा देने या उनसे फ़ोकस हटा देने का काम नहीं करती हैं?

नीतियों का कार्यान्वयन

सुदूर क्षेत्रों में रहने वाले ग्रामीण विद्यार्थियों के लिए आवासीय स्कूल और छात्रावास खोलने की नीतियों को हमेशा स्कूलों की असमान पहुँच के हल के रूप में देखा गया। राज्य सरकारों के आदिवासी और जन कल्याण विभाग (अब सामाजिक न्याय विभाग) आवासीय आश्रमशालाएँ और आदिवासी व दलित विद्यार्थियों के लिए छात्रावास चलाते हैं। इन स्कूलों और छात्रावासों के हालात और कामकाज पर विभिन्न दलित/आदिवासी आयोगों, शोध अध्ययनों और समितियों की रिपोर्टों ने अहम् जानकारियाँ दी हैं। आश्रमशालाओं के विस्तृत अवलोकनों से वहाँ जीने की भयानक स्थितियों, ख़राब प्रबन्धन, भ्रष्टाचार, भाई-भतीजावाद, अक्षमता और शिक्षा की ख़राब गुणवत्ता की जानकारी मिलती है। छात्रावासों की समस्याएँ भी इसी प्रकार की हैं जैसे, विद्यार्थियों की अधिक संख्या के कारण रहने के अस्वास्थ्यकारी हालात, ख़राब खाना, बीमारियाँ, कुपोषण और रहवासियों के लिए किसी भी प्रकार की चिकित्सा की अनुपलब्धि (नेशनल फ़ोकस ग्रुप, 2007 क)।

यूनिसेफ (2010) की संक्षिप्त रिपोर्ट भी जो कि मध्य प्रदेश की लड़कियों की शिक्षा की स्थिति के अध्ययन पर आधारित है, रेन्डम ढंग से चयनित सात छात्रावासों पर प्रकाश डालती है। इसी की विस्तृत रिपोर्ट में सक्सेना और अन्य (2009) बताते हैं कि सातों छात्रावासों में ज़्यादा विद्यार्थी संख्या, जर्जर भवनों, अस्वच्छता, असुरक्षा और चिकित्सा सुविधाओं की अनुपस्थिति जैसी गम्भीर समस्याएँ थीं। खाना बनाने की भी पर्याप्त सुविधाएँ नहीं थीं और खाना ख़राब था व उसकी मात्रा बहुत कम थी। छात्रावास के स्टाफ़ की तनख़्वाह अत्यन्त कम थी और शायद इसी कारण से वे खाने-पीने व अन्य सामान की चोरी करते थे जिससे खाने की गुणवत्ता और भी ख़राब थी।

सभी छात्रावासों में 50-100 लड़कियाँ एक या दो कमरों, जिनकी छतों से पानी टपकता था, रहने को मजबूर थीं। इतनी लड़कियों के लिए 2-3 स्नानगृह और शौचालय थे और पानी की अत्यन्त कमी थी। उदाहरणार्थ, इस अध्ययन के अनुसार एक छात्रावास की, "छत से पानी टपक रहा था और लड़कियों की सुरक्षा के लिए बरसात के दौरान मात्र तारपोलीन ही उपलब्ध थी। बरसात का पानी इकट्ठा करने के लिए लड़कियों ने पूरे कमरे में बाल्टियाँ रखी हुई थीं। 100 लड़कियों के लिए मात्र एक स्नानगृह था। हॉस्टल में कोई चारदीवारी नहीं होने के कारण नशे में धुत्त लोगों का छात्रावास में घुसकर लड़कियों को गालियाँ देना और उनसे पैसे माँगना आम बात थी।" (सक्सेना और अन्य 2009:158)।

इसी प्रकार एक अन्य छात्रावास में, "77 लड़कियों के लिए एक ही कमरा था। यह एक अत्यन्त गन्दा, अँधेरा कमरा था जिसमें लड़कियों का सामान, और उनके बिस्तर चारों तरफ़ फैले हुए थे। इस कमरे में मात्र एक पंखा और एक बल्ब था। ये लड़कियाँ 7 गाँवों से थीं जिनके घर 3-7 कि.मी. की दूरी पर थे। ये सभी ग़रीबी रेखा से नीचे वाले परिवारों से थीं। इस छात्रावास में भी मात्र 2 स्नानगृह और 2 शौचालय थे।"

विडम्बना यह है कि स्कूल दूर और कम होने के कारण इन छात्रावासों की माँग बहुत है। परन्तु छात्रावासों में जीवन जीने की इतनी ख़राब परिस्थितियाँ पढ़ाई करने और सीखने के क़ाबिल बिलकुल नहीं हैं।

इस पृष्ठभूमि में कस्तूरबा गांधी बालिका विद्यालय की योजना का आना एक स्वागत योग्य पहल ही कही जा सकती है। हालाँकि इस योजना की शुरुआत 2004 में हुई थी, पर 2007 में इसे सर्व शिक्षा अभियान के एक अलग अवयव के रूप में शामिल किया गया था।

यह योजना वंचित समुदायों की लड़कियों, जो पाँचवीं कक्षा के बाद या उससे पहले ही स्कूल छोड़ देती हैं, उन्हें शिक्षा की मुख्यधारा में पुनः लाने, और दूसरा मौक़ा देने का दावा करती है। इस योजना के तहत लड़कियों का छठी कक्षा में नामांकन किया जाता है और ब्रिज कोर्स के ज़रिये उन्हें इस कक्षा की पढ़ाई करने के लिए सक्षम किया जाने का प्रयास होता है। इन विद्यालयों को चलाने के सभी खर्चे जिसमें विद्यालय के निर्माण से लेकर आठवीं कक्षा तक लड़कियों की आवासी और अन्य सभी ख़र्चे शामिल हैं, केन्द्रीय सरकार उठाती है।

कस्तूरबा गांधी बालिका विद्यालय के तीन मॉडल हैं—हॉस्टल और स्कूल 100 या 50 लड़कियों के लिए (मॉडल I और मॉडल II) और 50 लड़कियों के लिए केवल छात्रावास व पढ़ाई का प्रबन्ध पास के मिडिल स्कूल में (मॉडल III)। हर चयनित प्रखंड में किसी भी मॉडल का एक स्कूल खोला जा सकता है। चयन का आधार प्रखंड की राष्ट्रीय औसत से कम साक्षरता दर और लड़कियों की स्कूल छोड़ने की उच्च दर है।

यहाँ भवन निर्माण से लेकर आधारिक संरचना, कार्यालय, छात्रावास, रसोई, कक्षा सभी के लिए फ़र्नीचर; गद्दे, रजाई, कम्बल, तकिये, रसोई का सामान, लड़कियों के कपड़े व अन्य ज़रूरी सामान, रोज़मर्रा के अन्य खुदरा ख़र्चे, पढ़ाई का सामान इत्यादि सभी के लिए पर्याप्त राशि उपलब्ध कराई जाती है। दलित/आदिवासी छात्रावासों और सरकारी स्कूलों की तुलना में इन विद्यालयों में दी गई सुविधाएँ बहुत बेहतर हैं हालाँकि नवोदय विद्यालयों की तुलना में ये फिर भी निम्न स्तर की हैं। इसीलिए कुमार और गुप्ता (2008) अपने लेख में इन विद्यालयों की नवोदय विद्यालयों की तुलना में निचले दर्जे की, ख़ासतौर से बजट के प्रावधान की दृष्टि से, आलोचना करते हैं। साथ ही वे इन विद्यालयों के पाठ्यक्रम, पाठ्य-पुस्तकें पढ़ाई की पद्धति और शिक्षकों की हैसियत पर भी चिन्ता ज़ाहिर करते हैं।

आधार संरचना (इन्फ्रास्ट्रक्चर) और अन्य संसाधन

कस्तूरबा गांधी बालिका विद्यालय पर मानव संसाधन विकास मंत्रालय द्वारा गठित कमीशन की राष्ट्रीय मूल्यांकन रिपोर्टें (SSA 2007, 2008 b), जो 12 राज्यों में किए गए फ़ील्ड अध्ययनों पर आधारित हैं, बहुत जानकारियाँ प्रदान करती हैं। हालाँकि आम तौर पर ये योजना की प्रशंसा करती हैं और मात्र इसके कार्यान्वयन के मसलों पर टिप्पणियाँ करती हैं, बिना नीति पर कुछ कहे, फिर भी ये इन संस्थाओं के कामकाज पर प्रकाश डालती हैं। ये रिपोर्टें ज़मीन पर इस नीति के कार्यान्वयन की असमानता और असमता को भी उजागर करती हैं। इन रिपोर्टों में संसाधन, बुनियादी सुविधाओं और आधार संरचनाओं जैसे मसलों का दस्तावेज़ीकरण किया गया है। इसके सन्दर्भ में रिपोर्टें रिहायशी के हालातों से लेकर पढ़ने के माहौल सम्बन्धी मुद्दों को उठाती हैं जो बेहतरीन से लेकर बहुत बदतर तक हैं। उदाहरणार्थ, कई संस्थान ऐसे हैं जिनमें सोने, खाने, पढ़ाने और पढ़ने की व्यवस्थाएँ एकदम अपर्याप्त हैं। अध्ययनों में पाया कि कई बार तीन कक्षाएँ एक ही कमरे में लगी हैं, लड़कियाँ ज़मीन पर इसलिए सोती हैं क्योंकि या तो पलंग हैं नहीं या उनके रखने की जगह कमरे में नहीं है। सभी कस्तूरबा गांधी बालिका विद्यालय में स्नानघरों, शौचालयों और पानी की कमी दर्ज की गई, पंजाब को छोड़कर।

उक्त रिपोर्टें परिवार से दूर रहने के कारण आई समस्याओं जैसे अलगाव, घर की याद आना, अकेलापन, अवसाद और उन्माद का ज़िक्र भी करती हैं। फ़ील्ड अध्ययनों के दौरान पाया गया कि बहुत सी लड़कियाँ जगह, पानी, स्नान और सफ़ाई की कमी के कारण पेट, चमड़ी और कई अन्य बीमारियों से ग्रसित थीं। परिस्थिति और गम्भीर इसलिए भी थी क्योंकि संस्थानों में चिकित्सा की कोई सुविधा उपलब्ध नहीं थी।

ये रिपोर्टें वार्डन की स्वायत्तता, परम्परागत तरीक़े की पढ़ाई, अप्रशिक्षित शिक्षक और जेंडर रूढ़िवादिता को मज़बूत करने वाले कार्यक्रमों जैसे, सिलाई, अचार बनाना, कढ़ाई इत्यादि जैसे मुद्दों पर प्रश्न उठाती हैं और चिन्ता ज़ाहिर करती हैं। कुछ रिपोर्टें हिन्दूवाद को बढ़ावा देने वाले कर्मकांडों जैसे भोजन से पहले मंत्रोच्चारण आदि पर भी चिन्ता ज़ाहिर करती हैं जो कि कुछ कस्तूरबा गांधी बालिका विद्यालय में नियमित रूप से होता है।

मध्य प्रदेश की यूनिसेफ रिपोर्ट (2009) में पाँच ज़िलों के पाँच रेंडम तरीक़े से चुने हुए कस्तूरबा गांधी बालिका विद्यालय के अनुभवों पर चर्चा की गई है। विद्यालय खोलने की पूर्व शर्तें सरकार के संचालन निर्देश (2007-08) में लिखी हैं। इसके अनुसार निकट में चिकित्सा सुविधा, रहने की पर्याप्त व्यवस्था, बिजली और पानी की उपलब्धता, लड़कियों के लिए कम-से-कम चार स्नानगृह और चार शौचालय, हॉस्टल कर्मचारियों के लिए अलग व्यवस्थाएँ, पानी की टंकी और पम्पसेट, पुस्तकालय, कम्प्यूटर, इंटरनेट सुविधा, टेलीफ़ोन, खेल सामग्री, प्रयोगशालाएँ, पलंग, बिस्तर, लड़कियों के कपड़े, किताबें-कॉपी और अन्य रोज़मर्रा की ज़रूरत के सामान इत्यादि की पर्याप्त उपलब्धता कस्तूरबा गांधी बालिका विद्यालय बनाने की पूर्व शर्तों में शामिल हैं।

परन्तु आश्चर्य की बात है कि उपरोक्त यूनिसेफ रिपोर्ट के लिए देखे गए पाँचों विद्यालयों में उपलब्ध सुविधाओं का स्तर दलित/आदिवासी छात्रावासों के स्तर से ख़ास फ़र्क़ नहीं था। ये सभी या तो पंचायत भवनों में या टपकती छतों वाले जर्जर स्कूल भवनों में, या सँकरे, छोटे, अँधेरे कमरों में स्थित थे। ये सभी भवन बिना सुरक्षा व्यवस्था, खिड़कियों और पर्याप्त स्वच्छता वाले थे। संचालन निर्देशों की पूर्व शर्तों के ख़िलाफ़, किसी के पास भी नियमित पानी, बिजली या चिकित्सा की व्यवस्था नहीं थी। स्नानगृहों की कमी के कारण लड़कियाँ या तो नहा ही नहीं पाती थीं या खुले में स्नान करती थीं। शौचालयों की कमी भी उन्हें खुले में शौच या पास के नालों आदि के उपयोग के लिए मजबूर करती थी। ज़ाहिर है कि ये अस्वास्थ्यकारक परिस्थितियाँ लड़कियों की सुरक्षा का ख़तरा भी थीं। कमरों की कमी के कारण, दलित/आदिवासी छात्रावासों की तरह, यहाँ भी 50-50 लड़कियाँ एक कमरे में रह रही थीं जिनमें उनका सामान अस्त-व्यस्त ढंग से पड़ा रहता था। जगह की कमी के कारण एक ही कमरा रहने, सोने, खाने और पढ़ने-पढ़ाने के लिए उपयोग में लाया जा रहा था। निम्न दो अनुभव इन विद्यालयों में रहने वाली लड़कियों की परिस्थिति का बयान करते हैं (सक्सेना और अन्य 2009) :

> "88 लड़कियों के लिए मात्र दो स्नानगृह और उनसे जुड़े शौचालय थे। इनके दरवाज़े टूटे हुए थे और निजता के लिए फटे पर्दे लटकाए गए थे। शौचालयों की कभी सफ़ाई नहीं होती थी। दो स्नानगृहों के बीच की जगह को मूत्रालय की तरह भी इस्तेमाल किया जाता था। कोई नालियाँ नहीं थीं इसलिए खुले में कपड़े धोने और बर्तन साफ़ करने से इकट्ठा हुआ पानी मच्छरों का अड्डा था। खाना भी खुले में बनता था। पानी की कमी के कारण पानी ख़रीदना पड़ता था और इसलिए भरी गर्मी में

भी लड़कियाँ हफ़्ते में एक या दो बार से ज़्यादा स्नान नहीं कर पाती थीं।" (154)

एक अन्य विद्यालय की स्थिति ऐसी थी :

> "यहाँ बिजली नहीं थी। चार स्नानगृह और चार शौचालय थे पर बिना नलों के। लड़कियों के लिए न पलंग थे न गद्दे इसलिए बरसात में भी उन्हें ज़मीन पर, पानी टपकती छत के नीचे सोना पड़ता था। खेल के मैदान में पानी भर जाता था जिसमें साँपों और बिच्छुओं का पाया जाना आम बात थी। लड़कियों ने बताया कि एक बार एक लड़की को बिच्छू ने काट लिया तो डॉक्टर के पास ले जाने की बजाय वार्डन ने एक तांत्रिक को बुलाकर झाड़-फूँक करवाई थी।" (154)

मज़ेदार बात यह है कि सरकारी शर्तों के अनुसार सभी विद्यालयों के लिए बेहतर भवन बनवाए गए परन्तु शिक्षा विभाग और पी.डब्ल्यू.डी. के बीच के झगड़ों के कारण ये भवन विद्यालयों को नहीं सौंपे गए। इस दौरान, बिना देखरेख के, इनमें से कई भवनों की हालत इतनी जर्जर हो गई है कि उनकी मरम्मत भी नहीं की जा सकती थी।

इसके विपरीत राजस्थान के दो कस्तूरबा गांधी बालिका विद्यालय जो लेखिका ने देखे। उनके भवन व अन्य संरचनाएँ बहुत सुन्दर थीं। विद्यालय के परिसर ख़ूबसूरत थे और रहने के कमरे, पढ़ाई के कमरे, रसोई, खाने की जगह, वार्डन और अन्य कर्मचारियों के रहने की जगह इत्यादि अलग-अलग और साफ़-सुथरी थी। परन्तु इतना सब होने के बाद भी शिक्षा की गुणवत्ता सुनिश्चित नहीं थी और विद्यार्थियों के चयन में गम्भीर कमियाँ थीं।

शिक्षक व अन्य कर्मचारियों का वेतन/मानदेय

कस्तूरबा गांधी बालिका विद्यालय वंचित समुदायों की लड़कियों तक गुणवत्ता वाली शिक्षा की पहुँच सुनिश्चित करना (SSA 2008) जैसे ऊँचे उद्देश्यों के बावजूद राष्ट्रीय मूल्यांकन रिपोर्टों (SSA 2007, 2008b), सक्सेना और अन्य (2009) और सक्सेना (2011) से यह स्पष्ट है कि शिक्षक, जो शिक्षा प्रदान करने के एकमात्र स्रोत हैं, और अन्य ग़ैर-शिक्षक कर्मचारियों को उनके काम के लिए एकदम अपर्याप्त वेतन/मानदेय मिलता है। यहाँ तक कि न्यूनतम मज़दूरी क़ानून का भी उल्लंघन होता है। यह न्यूनतम वेतन, मज़दूरी या मानदेय भी वक़्त पर नहीं दिया जाता है। कई कस्तूरबा गांधी बालिका विद्यालयों में शिक्षकों और अन्य स्टाफ़ को कई महीनों से वेतन/मानदेय नहीं मिला था।

ऊपर जितने भी लेखों, रिपोर्टों और अध्ययनों का ज़िक्र हुआ है इन सभी में शिक्षकों के कम वेतन पर चिन्ता ज़ाहिर की गई है (SSA 2012)। फिर भी, कस्तूरबा गांधी बालिका विद्यालय के शिक्षकों के निम्न वेतन पर स्कूली शिक्षकों के वेतन और रोज़गार

की शर्तों के व्यापक सन्दर्भ में चर्चा नहीं होती। यह आश्चर्य का विषय है कि कस्तूरबा गांधी बालिका विद्यालय के शिक्षकों/वार्डन के वेतन के मुद्दे को विश्व बैंक की शर्तों (बेलमोंड 2002) के सन्दर्भ में नहीं देखा गया। इस क्षेत्र में बढ़ते निजीकरण और इससे बढ़ते असन्तोष के चलते शिक्षक संगठनों को तोड़ने के प्रयासों (अय्यर 2011) और इस सम्बन्ध में हुए अन्तरराष्ट्रीय विमर्श को नज़रअन्दाज़ करने (ब्राउन और अन्य 1997; बिटी 1997) से शिक्षकों के पेशे को गम्भीर नुक़सान हुआ है।

शिक्षकों की सेवा शर्तों में परिवर्तन के चलते पिछले क़रीब दो दशकों से कई राज्यों में स्थायी शिक्षकों की जगह अस्थायी या संविदा नियुक्तियाँ की जा रही हैं। इन परिवर्तनों के कारण शिक्षक जगत में बहुत रोष, असुरक्षा और असन्तोष है (सक्सेना और महेन्द्रू 2004)। इन नीतियों के तहत ही कस्तूरबा गांधी बालिका विद्यालय की वार्डन, जिनकी लगभग 24 घंटे की ड्यूटी होती है और उनकी पोस्ट मिडिल स्कूल की प्रधान अध्यापिका के समकक्ष होती है, प्रति माह मात्र रु. 4000 से रु. 5000 मानदेय/वेतन पाती हैं। इनकी भी संविदा नियुक्ति ही होती है। हालाँकि राजस्थान की दोनों वार्डनों का वेतन रु. 9000 प्रति माह था फिर भी यह स्थायी शिक्षक के वेतन से कई गुना कम था। दोनों वार्डनों का कॉन्ट्रैक्ट शीघ्र ख़त्म होने वाला था और उन्हें अंदेशा था कि कॉन्ट्रैक्ट नवीनीकरण शायद ही हो। वे सोच रही थीं कि अपने परिवार की उपेक्षा करके इस संस्थान को खड़ा करने से उन्हें क्या हासिल हुआ जब सरकार को इसकी निरन्तरता के प्रति कोई चिन्ता नहीं है।

शिक्षा की गुणवत्ता

इस सबसे महत्त्वपूर्ण बात यह है कि इन संस्थानों में अच्छी गुणवत्ता वाली शिक्षा दी जा रही है इसका कोई प्रमाण नहीं था। कस्तूरबा गांधी बालिका विद्यालयों में शिक्षकों के सामने कई प्रकार की शैक्षिक चुनौतियाँ आती हैं। यह ख़ासतौर से इसलिए भी है क्योंकि अधिकतर विद्यार्थियों की पढ़ाई पाँचवीं कक्षा या उससे पहले ही छूट चुकी होती है और उसके बाद उन्हें पढ़ने के कोई मौक़े नहीं मिलते। इस विद्यालय में आकर इन लड़कियों को ब्रिज कोर्स के माध्यम से सीधे कक्षा छह की पढ़ाई करवाने के लिए शिक्षकों को भी बहुत कुछ सीखने की आवश्यकता होती है। नीति के स्तर पर, शिक्षकों को इस प्रकार की अकादमिक सहायता और प्रशिक्षण देने का कोई प्रावधान या ज़ोर नहीं है। राष्ट्रीय मूल्यांकन रिपोर्ट में यह दर्ज किया गया है कि कस्तूरबा गांधी बालिका विद्यालय में आने वाली अधिकतर लड़कियाँ बुनियादी साक्षरता भी भूल चुकी होती हैं।

इस रिपोर्ट और कई अन्य दस्तावेज़ों में पाठ्यक्रम, किताबों और परम्परागत पद्धति जो कक्षाओं में प्रयोग की जाती है, इस सबको लेकर गम्भीर चिन्ता ज़ाहिर की है। जैसा कि ऊपर कहा गया है कि राजस्थान के दोनों कस्तूरबा गांधी बालिका विद्यालय की बेहतरीन सुविधाएँ और प्रतिबद्ध वार्डन भी अच्छी शिक्षा सुनिश्चित नहीं कर पाईं। यह साफ़ तौर पर दिखा कि शिक्षक कक्षा 6 से 8 तक के विषय; गणित, समाजशास्त्र और विज्ञान नहीं पढ़ा पा रहे थे। कई बार उन्हें समझ में नहीं आता था

कि शुरू कहाँ से करें क्योंकि लड़कियाँ बुनियादी साक्षरता और गणित भी भूल चुकी थीं। ये दिखाता है कि पढ़ाने और सीखने जैसे मसलों पर व्यवस्थित मूल्यांकन और रणनीति बनना ज़रूरी है।

नव-उदारवादी सन्दर्भ, पितृसत्ता और अलगाव

वंचित वर्गों की लड़कियों पर राजसत्ता की चौकीदारी जैसी बहस भी इस योजना को लेकर उठी है। सारदा बालगोपालन कहती हैं कि लड़कियों की शिक्षा और नामांकन पर बढ़ते ध्यान और नव-उदारवादी नीतियों के बीच के सम्बन्धों पर पूछताछ करने पर चुप्पी है। साथ ही, इन नीतियों का वंचितों की ज़मीनों और जीवन पर क्या असर हो रहा है, यह पड़ताल भी नहीं हो रही है और न ही उन दमनकारी सामाजिक और आर्थिक असमानता की जो इन समुदायों की वास्तविकता है (बालगोपालन, 2010)। कई शिक्षाविदों के लिए इन लड़कियों का अपने समुदायों से बढ़ते हुए अलगाव, मध्यवर्गीय मूल्यों का इन पर थुपने, अपने मूल्यों को कमतर मानने और शिक्षा का उद्‌देश्य मुक्ति न होकर जीने के कौशल सीखने पर केन्द्रित होना चिन्ता के गम्भीर विषय रहे हैं। बालगोपालन इस बात की भी आलोचना करती हैं कि राजसत्ता बड़ी आसानी से बच्चों को उनके परिवारों की ग़रीबी से अलग कर देती है और उनके स्कूल न जाने की ज़िम्मेदारी उनके परिवार और समुदाय की परम्पराओं पर डाल देती है। इस प्रकार, यह कहने का प्रयास करती है कि कैसे उसके (राजसत्ता) प्रयास प्रगतिशील हैं।

स्वाभाविक है कि राजसत्ता को पलायन का यह रास्ता नहीं मिलना चाहिए। पर साथ ही परिवार और समुदाय की पितृसत्तात्मक भूमिका, जो लड़कियों की शिक्षा में बाधक बनती है, उसे भी नज़रअन्दाज़ नहीं किया जा सकता। लड़कियों को छात्रावास में रहना अच्छा लगता है क्योंकि इससे उन्हें परिवार और समुदाय के पितृसत्तात्मक बन्धनों से दूर रहने का मौक़ा मिलता है पर साथ ही इन्हें अलगाव भी महसूस होता है और घर की याद सताती है। जबकि सवाल यह है कि क्या पितृसत्ता से छुटकारा इतनी बड़ी क़ीमत चुकाए बिना सम्भव नहीं है? कई सरकारी और ग़ैर-सरकारी रिपोर्टें यह दावा भी करती हैं कि शिक्षा से शादी की औसत उम्र भी बढ़ जाती है। परन्तु बाल विवाह से बचने में मदद से यह ज़रूरी नहीं है कि लड़कियाँ जेंडर असमानता या अन्य असमानताओं के बुनियादी ढाँचों को चुनौती देने में सक्षम हो पाएँ। और लड़कियाँ छात्रावासों में किस प्रकार की नई 'पितृसत्ताओं' का सामना करती हैं इसके बारे में जानकारी नहीं है। यह सम्भव है कि एक प्रकार का प्रभुत्व नये प्रकार के प्रभुत्वों से बदल जाए। इसलिए छात्रावासों में रहने वाली लड़कियों की वास्तविकता जटिल है जिससे अलगाव, अकेलापन, मुक्ति और पितृसत्ता के नए प्रकार भी शामिल हैं। क्या कस्तूरबा गांधी बालिका विद्यालय की संस्थागत प्रक्रियाएँ— शिक्षा और अन्य जेंडर असमानता जैसी दृढ़ अथॉरिटी की चुनौती को पहचानने में भी मदद कर पाई हैं? यह प्रमुख प्रश्न है, जिसकी पड़ताल गहराई से की जानी चाहिए।

चयन के मानदंड या उनकी अनुपस्थिति

कस्तूरबा गांधी बालिका विद्यालय की सुविधाओं को देखते हुए कई पालकों ने कहा कि वे भी अपनी बेटियों का नाम इस संस्था में लिखवाना चाहते हैं परन्तु उन्हें पता नहीं कौन चुना जाता है और कैसे? यूनिसेफ़ (2010) की रपट के अनुसार म.प्र. के कस्तूरबा गांधी बालिका विद्यालय में कुल 9245 लड़कियाँ थीं पर मुसलमान समुदाय की मात्र 57 ही। राष्ट्रीय मूल्यांकन रिपोर्ट में भी चयन में पक्षपात के प्रति गहरी चिन्ता व्यक्त की गई है। रिपोर्टों में दर्ज है कि अधिकतर ज़िले जहाँ फ़ील्ड वर्क किया गया था वहाँ स्कूल छोड़ चुकी लड़कियों तक पहुँच पाने का कोई रास्ता नहीं दिखा। दलित, अल्पसंख्यक और ग़रीबी रेखा के नीचे की लड़कियों तक पहुँचने के प्रयास न के बराबर थे। कई विद्यालयों में सभी लड़कियाँ या तो पास के एक गाँव या कुछ गाँवों की ही थीं। आश्चर्यजनक बात यह थी कि इनमें से कई लड़कियाँ स्कूलों की नियमित विद्यार्थी थीं न कि स्कूल छोड़ चुकी लड़कियाँ।

सबसे महत्त्वपूर्ण बात यह है कि कई विद्यालयों में मात्र कुछेक अल्पसंख्यक और ग़रीबी की रेखा के नीचे वाली श्रेणियों की लड़कियाँ थीं। इसके अलावा बहुत ही कम दलित और आदिवासी लड़कियाँ थीं जो उन प्रखंडों की आदिवासी और दलित लड़कियों की कुल संख्या का बहुत कम प्रतिशत था। उदाहरणार्थ, एक ब्लॉक जहाँ विद्यालय एक ग़ैर-सरकारी ईसाई संस्था चला रही थी वहाँ सभी लड़कियाँ ईसाई धर्म की थीं। इसी प्रकार राजस्थान के दोनों कस्तूरबा गांधी बालिका विद्यालय में केवल आदिवासी लड़कियाँ थीं जबकि दोनों प्रखंडों में काफ़ी संख्या में अल्पसंख्यक और दलित परिवार बसे हुए हैं। इन दोनों संस्थानों की वार्डन चयन प्रक्रिया के बारे में कुछ बताने को तैयार नहीं थीं। बहुत ज़ोर देने पर कहने लगीं कि लड़कियों का चयन जागरूकता अभियानों के द्वारा किया गया। यह पूछने पर कि अभियान किसने और कैसे चलाए और कैसे सुदूर के गाँवों में पहुँचा गया तो इस पर उन्होंने सीधे कुछ नहीं कहा। पर उन्होंने कुछ इशारे किए जिससे समझ में आया कि संस्था चलाने और चयन में उनको कोई स्वायतता हासिल नहीं थी और हर निर्णय पर प्रखंड शिक्षा अधिकारी का पूरा नियंत्रण था। एक-दो अपवादों को छोड़कर, इन दोनों विद्यालयों की सभी लड़कियाँ निकट के गाँवों की थीं। क्योंकि नीति केवल वंचित लड़कियों में से भी मात्र एक छोटे प्रतिशत को ही फ़ायदा पहुँचाने के लिए बनाई गई हैं, इसलिए चयन प्रक्रिया में भ्रष्टाचार और ग़ैर-पारदर्शिता होने की सम्भावना बहुत अधिक है।

सरकारी बनाम ग़ैर-सरकारी संस्थाएँ

और अन्त में SSA के संयुक्त समीक्षा मिशन या ज्वाइंट रिव्यू मिशन (JRM) की 2012 की रिपोर्ट (SSA 2012) के अनुसार उस समय 3,435 कस्तूरबा गांधी बालिका विद्यालय चल रहे थे जिसमें 3.18 लाख लड़कियाँ दाख़िल थीं। इस रिपोर्ट ने CARE और महिला समाख्या, जो कुछ राज्यों में कस्तूरबा गांधी बालिका विद्यालय चला रही हैं, उनके प्रयासों को सराहा है। जहाँ यूनिसेफ़ (2010) की रिपोर्ट म.प्र. के पाँच

ख़राब हालत में चल रहे कस्तूरबा गांधी बालिका विद्यालयों की परिस्थिति का विवरण दर्ज करती है जो सब म.प्र. शिक्षा विभाग द्वारा SSA के तहत चलाए जा रहे हैं, वहीं सक्सेना (2011) राजस्थान के ग़ैर-सरकारी संस्थानों द्वारा चलाए जा रहे दो कस्तूरबा गांधी बालिका विद्यालय की अच्छी सुविधाओं के बारे में बताती हैं। राष्ट्रीय मूल्यांकन रिपोर्ट भी यह इंगित करती है कि ग़ैर-सरकारी संस्थाओं द्वारा चलाए जा रहे कस्तूरबा गांधी बालिका विद्यालयों के भवन और अन्य सुविधाएँ बेहतर हैं।

एक सामान्य निष्कर्ष निकालने के लिए कि ग़ैर-सरकारी संस्थाओं द्वारा चलाए गए विद्यालयों की सुविधा और प्रबन्धन बेहतर हैं, शायद मात्र इतने साक्ष्य पर्याप्त न हों पर कुछ इशारा तो मिलता ही है। इससे क्या यह ज़ाहिर होता है कि सरकारी विभाग ऐसे संस्थान चलाने में सक्षम नहीं हैं? कस्तूरबा गांधी बालिका विद्यालय की पुस्तिका, संचालन निर्देश (2008 A) के अनुसार व्यावसायिक समूहों (Corporate Groups) के लिए इन आवासीय विद्यालयों को गोद लेने का प्रावधान सरकार ने किया है।

इस बात को ध्यान में रखते हुए कि ऐसी पहल का सरकारी स्कूली व्यवस्था के लिए गम्भीर परिणाम होंगे इस विषय पर गहरे विमर्श की ज़रूरत है।

कस्तूरबा गांधी बालिका विद्यालय और ग़ैरबराबरी

इस भाग में दो मसलों को देखा गया है। बराबरी या समानता के एजेंडा पर इस योजना का क्या सम्भावित असर होगा, यह पहला मसला है। इस पर चर्चा स्कूली शिक्षा और समाज परिवर्तन के द्वंद्वात्मक रिश्ते के सन्दर्भ में की गई है। दूसरा मसला इस योजना के उभरने की पड़ताल से सम्बन्धित है। यह पड़ताल शिक्षा के इतिहास और पिछले पचास वर्षों में हुए प्रमुख नीतिगत परिवर्तनों के सन्दर्भ में की गई है। इस सन्दर्भ में 'संचालन निर्देश' पुस्तिका में लिखे कस्तूरबा गांधी बालिका विद्यालय के उद्देश्यों का विश्लेषण भी किया गया है।

शिक्षा और समाज परिवर्तन

शिक्षा की समान पहुँच—शिक्षा के प्रसार, समान मौक़ों और सकारात्मक भेदभाव के द्वारा—और शिक्षा के द्वारा सामाजिक बराबरी हासिल करने की सम्भावना, दोनों ही मुद्दे बीसवीं सदी के मध्य से शिक्षा समाजशास्त्र के विमर्श के अहम हिस्से रहे हैं (कराबल और हेल्से 1977; शुक्ला और कुमार 1985; वेलास्कर 2010)। इस सन्दर्भ में, शिक्षा ढाँचागत ग़ैरबराबरी और अन्याय को चुनौती देने व बदलने के लिए कारगर हथियार है या यह सिर्फ़ प्रभुत्व की विचारधारा और सामाजिक व आर्थिक ग़ैरबराबरी को सशक्त करेगी, ऐसे बुनियादी मुद्दों पर गहराई से बहसें हुई हैं। हेल्से के अनुसार, "बराबरी के समाज का सृजन आर्थिक और राजनैतिक सुधारों से होगा और जब यह हो जाएगा तो शिक्षा की भूमिका ऐसे समाज को बनाए रखने में होगी।" (हेल्से, 1995;82)

पर क्या इसका अर्थ है कि आधुनिक समय में, समानता और न्याय के संघर्ष में, स्कूलों को नज़रअन्दाज़ किया जा सकता है? कराबल और हेल्से (1977) सम्पादित

किताब में क्रिस्टोफ़र जेंक्स की 1972 की रिपोर्ट 'इनइक्वालिटी' पर एक चर्चा शामिल है। ये दोनों सम्पादक जेंक्स की इस बात से सहमत थे कि अर्थव्यवस्था संघर्ष का एक प्रमुख क्षेत्र है पर उन्होंने यह भी ज़ोर दिया कि "स्कूल मात्र 'इनपुट' को 'आउटपुट' में बदलने का काम नहीं करते हैं बल्कि जो स्कूलों से गुज़रते हैं उनके व्यक्तित्वों को आकार भी देते हैं; इसलिए स्कूलों को हाशिये पर पहुँचाने में यह रिपोर्ट यांत्रिक (Mechanical) है न कि द्वंद्वात्मक।" (1977 : 26)

रिपोर्ट पर आगे टिप्पणी करते हुए वे लिखते हैं :

> "हालाँकि यह रिपोर्ट एक अजीब अमेरिकी मिथक कि स्कूल सुधार बुनियादी समाज परिवर्तन का स्थान ले सकते हैं, को शानदार ढंग से ध्वस्त करती है। पर यह रिपोर्ट, दुर्भाग्यवश, एक उतने ही विनाशकारी मिथक की प्रतिस्थापना भी कर देती है कि सामाजिक समानता की व्यावहारिक रणनीति स्कूलों को नजरअन्दाज़ कर सकती है।"

शिक्षा की समझ में टकराव (conflict) और आलोचना (critical) सिद्धान्तों (थ्योरी) के उभरने से शिक्षा के पुनरुत्थानवादी सिद्धान्तों को चुनौती मिली और साथ ही इस समझ को और बल मिला कि शिक्षा और समाज परिवर्तन का रिश्ता जटिल और महत्त्वपूर्ण है।

पर शिक्षा के समान मौक़े और प्रतिपूरक योजनाओं की नीति को छोड़ देने से शिक्षा द्वारा समाज परिवर्तन की सम्भावनाएँ ख़त्म हो सकती हैं और सबके लिए समान गुणवत्ता की शिक्षा की माँग धीरे-धीरे विशिष्ट स्कूलों में दाख़िला पाने की होड़ में बदल सकती है। इसलिए कस्तूरबा गांधी बालिका विद्यालय योजना एक तरफ़ तो वंचित समूहों की लड़कियों को दो समूहों—कस्तूरबा गांधी बालिका विद्यालय समूह और ग़ैर-कस्तूरबा गांधी बालिका विद्यालय समूह में बाँट देती है।

दूसरी तरफ़ यह योजना विद्यार्थियों के निष्पक्ष चुनाव प्रक्रिया का ख़ात्मा करके एक अन्य स्तर की अपारदर्शिता लाती है जिसका ज़िक्र नीति कार्यान्वयन के सन्दर्भ में किया गया है। इस प्रकार सभी विद्यार्थियों के लिए गुणवत्ता की शिक्षा जैसी चिन्ता की बजाय होड़ और विभाजन को लाकर ऐसी योजनाएँ शायद शिक्षा और न्याय के लिए संघर्ष की कड़ी को गम्भीर रूप से कमज़ोर कर देती हैं।

शिक्षा के समान मौक़ों का विस्थापन

भारत के संविधान की जड़ में उदार विचारधारा और मुक्ति, न्याय और समानता जैसे मूल्यों के प्रति प्रतिबद्धता थी। शिक्षा के सन्दर्भ में इसका अर्थ है सबके लिए शिक्षा के समान मौक़ों और इसके अतिरिक्त ऐतिहासिक रूप से शोषित और उत्पीड़ितों के लिए प्रतिपूरक उपायों का प्रावधान था। जैसा कि शुरू में कहा गया है कि प्रतिपूरक उपायों का आधार एक ऐतिहासिक तथ्य की स्वीकार्यता में है कि इन समुदायों ने पीढ़ियों से अन्याय और ग़ैर-बराबरी का सामना किया है जिसके कारण वे शिक्षा व्यवस्था में विभिन्न असमानताओं और वंचनाओं के साथ आते हैं। यदि फ्रांस के समाजशास्त्री पियर बोर्दियो

के शब्दों में कहें तो ये समुदाय बिना सामाजिक और सांस्कृतिक पूँजी व बहुत सीमित आर्थिक पूँजी के साथ शिक्षा व्यवस्था में प्रवेश करते हैं।

परन्तु बावजूद संवैधानिक निर्देशों के कि सभी बच्चों को 14 वर्ष की उम्र तक शिक्षा मिले और कमज़ोर वर्गों के बच्चों पर विशेष ध्यान दिया जाए, में 1964 में शिक्षा आयोग बनने से पहले तक, भारत में प्राथमिक शिक्षा एक उपेक्षित क्षेत्र रहा। समान शिक्षा के विज़न को पूरा करने के लिए दो रणनीतियों की सिफ़ारिश इस शिक्षा आयोग ने की थी : प्राथमिक और उच्च प्राथमिक निःशुल्क सरकारी स्कूली शिक्षा का प्रसार और कॉमन स्कूल व्यवस्था की स्थापना।

दिलचस्प बात यह है कि हालाँकि ऊपरी तौर पर इन सिफ़ारिशों को समर्थन मिला परन्तु आयोग की इस दूरदर्शिता को, ख़ासतौर से कॉमन स्कूल व्यवस्था को, नीति व कार्यान्वयन में बदलने में ऊपरी जाति और वर्गों के नेतृत्व के तीखे विरोध का सामना करना पड़ा। केवल निःशुल्क सरकारी प्राथमिक स्कूल व्यवस्था और उसका प्रसार ही समान शिक्षा के मौक़ों के रूप में स्वीकार्य था। इस प्रकार दो स्तरीय स्कूली व्यवस्था उभरी और मज़बूत हुई : आम लोगों के लिए निःशुल्क सरकारी व्यवस्था और निजी स्कूली व्यवस्था आभिजात्य और ताक़तवर लोगों के लिए। सरकारी प्राथमिक स्कूलों के लिए अपर्याप्त राशि के आबंटन के कारण प्रसार की गुणवत्ता और संख्या में कमी रही। इससे सरकारी और निजी स्कूलों के बीच असन्तुलन और असमानता बढ़ी।

शिक्षा में उदारीकरण का दौर 1986 की नई शिक्षा नीति आने के साथ शुरू हुआ। इस नीति के निजीकरण पर ज़ोर, प्रसार के लिए अपर्याप्त संसाधन और ग्रामीण आभिजात्य वर्ग के लिए नवोदय विद्यालय जैसी योजना से सरकारी स्कूलों का और स्तरीकरण हुआ। जिससे यह व्यवस्था समानता की ओर बढ़ने की बजाय और गैर समतावादी होती चली गई। आदिवासी, दलित, गाँव में रहने वाले बच्चों, प्रवासी मज़दूरों के बच्चों आदि के लिए वैकल्पिक स्कूली व्यवस्था या अनौपचारिक शिक्षा जैसी बदनाम समान्तर व्यवस्थाओं द्वारा प्राथमिक शिक्षा का प्रसार किया गया जिससे असमानता और बढ़ी। असल में 1986 की नई शिक्षा नीति ने समान शिक्षा के मौक़ों के सिद्धान्त, जिसे न्याय और शिक्षा में समानता लाने की प्रमुख रणनीति के रूप में देखा गया था, का परित्याग कर दिया (वेलास्कर, 2010)। चयनित ग्रामीण बच्चों की प्रतिभा को बढ़ाने के लिए ज़िला स्तरीय मॉडल स्कूलों की स्थापना की परियोजना बनी थी जिसके कारण 'कुछ लोगों के लिए गुणवत्ता' ने 'सभी के लिए गुणवत्ता' का स्थान ले लिया था। कुमार (1985) का कहना है कि यह ग्रामीण आभिजात्य वर्ग के लोगों की माँग के आधार पर हुआ था।

नव-उदारवादी परिवर्तनों के चलते 1990 से कल्याणकारी राज्य का आकार घट रहा है और भारतीय राजसत्ता के अन्तरराष्ट्रीय वित्तीय संस्थाओं के साथ गठबंधन ने शिक्षा का राजनैतिक अर्थशास्त्र बदल दिया है। भारतीय सरकार ने शिक्षा में वे सुधार लागू किए जो वैश्विक किरदारों द्वारा निर्धारित शर्तों पर आधारित हैं।

1990 के दशक में विश्वबैंक-अनुदान/क़र्ज़ से प्राथमिक शिक्षा कार्यक्रम, डिस्ट्रिक्ट प्राइमरी एजूकेशन प्रोग्राम या डी.पी.ई.पी. की शुरुआत हुई जिससे समान शिक्षा के

मौक़ों का एजेंडा और भी हाशिये पर चला गया। डी.पी.ई.पी. की गाइड लाइंस जो भारत सरकार की बहुत सावधानीपूर्वक लिखी गई पुस्तिका है, साफ़ तौर पर कहती है कि डी.पी.ई.पी. '1986 नई शिक्षा नीति' का संचालन करना था जो 'राष्ट्रीय अनुभव' पर आधारित था। यह एक निश्चित समय सीमा (पाँच वर्ष) का विशिष्ट हस्तक्षेप का कार्यक्रम था। कार्यक्रम का लक्ष्य स्कूल छोड़ने की दर और नामांकन व उपलब्धि दर में जेंडर भेदभाव को घटाना था। इसकी प्रतिबद्धता शिक्षा के समान मौक़ों का सृजन करना और प्राथमिक शिक्षा का सर्वव्यापीकरण करना नहीं था (कुमार व अन्य 2001)।

डी.पी.ई.पी. के बाद स्कूल व्यवस्था और भी स्तरीकृत हो गई। इस कार्यक्रम से शिक्षा गारंटी स्कूल, कम बजट के निजी स्कूल और गुणवत्ता के नाम पर जिला स्तरीय मॉडल स्कूल व कस्तूरबा गांधी बालिका विद्यालय जैसे सरकारी स्कूलों के कई नए स्तर बनाए गए। ये सब चयनित विद्यार्थियों के लिए गुणवत्ता के स्कूल के नाम पर किया गया। बजाय सबके लिए गुणवत्ता की शिक्षा के। इसके अलावा नीतियों का ज़ोर पब्लिक प्राइवेट पार्टनरशिप पर बढ़ा (सक्सेना 2010)। इन नई नीतियों पर टिप्पणी करते हुए वेलास्कर (2010) लिखती हैं कि निम्न स्तर के स्कूलों की संख्या बढ़ने से स्कूली शिक्षा की पहुँच में शायद इज़ाफ़ा हुआ हो पर वंचितों के लिए सीखने के अर्थपूर्ण मौक़े घटे हैं।

स्पष्टत: पिछले छह दशकों में शिक्षा के समान मौक़ों और हाशिये पर जी रहे समुदायों के लिए प्रतिपूरक योजनाओं की जगह अब स्तरीकृत और असमान स्कूली व्यवस्था ने ले ली है। यह स्पष्ट रूप से समान शिक्षा और न्याय की संवैधानिक प्रतिबद्धता का उल्लंघन है। कस्तूरबा गांधी बालिका विद्यालय इसलिए एक भ्रमित करने वाली योजना है जो संवैधानिक प्रतिबद्धता के उल्लंघन को लड़कियों की शिक्षा के प्रति चिन्ता दिखाकर छुपा देती है। यह इसलिए भी भ्रमित करने वाली है क्योंकि कुछ गिनी-चुनी लड़कियों पर विशेष ध्यान देने वाले कथनों से गुणवत्ता और सभी लड़कियों की भागीदारी जैसे मसलों से ध्यान हट जाता है।

कस्तूरबा गांधी बालिका विद्यालय दिशा-निर्देश

ये दिशा-निर्देश दो प्रमुख समस्याओं को स्वीकारते हैं। पहला, ऐसे बहुत से क्षेत्र भारत में हैं जहाँ बड़ी संख्या में लड़कियाँ या तो स्कूली व्यवस्था से बाहर हैं या स्कूल छोड़ चुकी हैं, "ख़ासतौर से उच्च प्राथमिक स्तर पर लड़कियों और लड़कों की नामांकन दर में बहुत अन्तर है" (SSA 2008 a 1) और दूसरा, "ग्रामीण इलाक़ों में और वंचित समूहों में अभी भी जेंडर भेदभाव है'' (SSA 2008 a 1)। दिशा-निर्देश इस पर भी ज़ोर देते हैं कि कस्तूरबा गांधी बालिका विद्यालय का उद्देश्य है, "समाज के वंचित समूहों की लड़कियों तक गुणवत्ता वाली शिक्षा, प्राथमिक स्तर के आवासीय स्कूलों की स्थापना करके, पहुँचाना।"

उद्देश्य से ऐसी ध्वनि निकलती है जैसे चिन्ता शिक्षा में पिछड़े प्रखंडों की सभी लड़कियों के लिए है न कि मात्र कुछ चयनित लड़कियों के लिए। नीति हालाँकि कुछ चुने हुए प्रखंडों की 50-100 लड़कियों मात्र के लिए ही है। हज़ारों स्कूल छोड़ी हुई

लड़कियों में से 50-100 को विशेष अधिकार या सुविधाएँ सरकारी योजना के तहत मिलने के पीछे कोई ठोस तर्क नहीं दिखता है। उदाहरणार्थ एक प्रखंड स्तरीय शिक्षा अधिकारी की रपट के अनुसार राजस्थान के झाड़ोल प्रखंड में, जहाँ एक बेहतरीन कस्तूरबा गांधी बालिका विद्यालय है, प्राथमिक स्कूल छोड़ी हुई लड़कियों की संख्या सन् 2009-10 में 6,336 थी (सक्सेना 2011)। सवाल यह है कि क्यों इनमें से अधिकतम सिर्फ़ 100 लड़कियों को ही बेहतर शिक्षा का दूसरा मौक़ा मिले? इसी प्रकार जिन समृद्ध राज्य स्तरीय मूल्यांकन रिपोर्टों पर राष्ट्रली मूल्यांकन रिपोर्टें (2007-08) आधारित हैं वे दर्ज करती हैं कि पश्चिमी बंगाल के बाँकुड़ा ज़िले में 13 प्रखंड हैं। यदि हर ब्लॉक में 100 लड़कियों वाले कस्तूरबा गांधी बालिका विद्यालय भी बनें तो मात्र 1300 लड़कियों को दाख़िला मिलेगा। इस ज़िले में सन् 2006-07 में स्कूल छोड़ चुकी लड़कियों की संख्या 19,693 थी। इसी तरह पुरुलिया ज़िला जिसमें 20 प्रखंड हैं उसमें यह संख्या 39711 थी। आसाम के 15 शैक्षिक रूप से पिछड़े प्रखंडों में स्कूल छोड़ चुकी लड़कियों की संख्या 2006-07 के दौरान 11,162 थी। हालाँकि ये आँकड़े भी कितने सटीक हैं यह कहना मुश्किल है क्योंकि स्कूल छोड़ी हुई लड़कियों के बारे में जानकारी इकट्ठा करना मुश्किल होता है और शिक्षा के आँकड़े आम तौर पर दर्शाते हैं कि यह संख्या ऊपर लिखित संख्या से कहीं ज़्यादा हो सकती है। फिर भी इन संख्याओं से अन्दाज़ मिलता है कि वास्तविकता में या तो यह माना जाए कि कस्तूरबा गांधी बालिका विद्यालय जैसी योजनाएँ अपर्याप्त हैं या यह कि इन्हें जानबूझकर अपर्याप्त ही रखा जाता है।

इतनी बड़ी संख्या और कस्तूरबा गांधी बालिका विद्यालय की सीमित सीटें यह सुनिश्चित करती हैं कि चयन और नामांकन प्रक्रिया पारदर्शी हो ही नहीं सकती। स्पष्ट है कि यह योजना सरकारी स्कूली व्यवस्था को समतामूलक बनाने की बजाय नई तरह की असमान व्यवस्था खड़ी करने के लिए है। जिन समुदायों की लड़कियों को फ़ायदा पहुँचाने के लिए योजना बनी या दावा किया उन्हीं लड़कियों में विभाजन कर असमानता की नई दीवार यह योजना या ऐसी सभी योजनाएँ खड़ी करती हैं। क्या विशेषाधिकार और समानता साथ-साथ चल सकते हैं? ऐसी नीतियाँ शिक्षा में समानता या शिक्षा द्वारा समानता के उद्देश्य/विमर्श को सिर के बल खड़ा कर देती हैं और असमता, होड़ व विशेषाधिकार की संस्कृति को बढ़ाती हैं।

यहाँ विशेषाधिकार का मसला, नवोदय विद्यालयों की तरह, मेरिट पर भी आधारित नहीं है। सम्भवतः यह मात्र संरक्षण और भाई-भतीजावाद की संस्कृति पर आधारित है और उसे बढ़ावा देती है। यह ख़ासतौर से इसलिए भी क्योंकि निर्णय लेने का अधिकार या तो प्रभुत्व वाले अधिकारी या स्थानीय राजनैतिक नेता के हाथ में है, न कि वार्डन के। इस प्रकार स्कूल छोड़ देने वाली कुछ लड़कियों की जो कस्तूरबा गांधी बालिका विद्यालय में दाख़िला पा जाती हैं, उनकी दृश्यता हज़ारों अन्य लड़कियों को अदृश्य कर देती हैं। इसलिए यह ज़रूरी है कि शिक्षाविद् ऐसी विशिष्ट योजनाओं की बजाय सरकारी स्कूली व्यवस्था के प्रसार, बेहतर आबंटन और अन्य सुविधाएँ और शैक्षिक गुणवत्ता के लिए पर्याप्त प्रशिक्षित शिक्षकों की माँग करें। एक छोटे चयनित समूह

के लिए बेहतर शिक्षा योजनाएँ व्यापक वास्तविकता से ध्यान हटाने/बँटाने का काम सफलतापूर्वक करती हैं।

निष्कर्ष

सबके लिए समान शिक्षा के मौक़े और वंचित समूहों के लिए प्रतिपूरक योजनाएँ भारतीय संविधान की प्रतिबद्धता थी। पिछले छह दशकों, विशेषकर आर्थिक उदारीकरण के दौर की शुरुआत से, इस संवैधानिक प्रतिबद्धता को हल्का करने की प्रक्रिया जारी है। वेलास्कर (2010) स्पष्ट रूप से कहती हैं कि नई शिक्षा नीति 1986 ने समान शिक्षा के मौक़े के सिद्धान्त को छोड़ दिया था और गिने-चुने लोगों के लिए विशिष्ट योजनाएँ बनाई जाने लगी थीं। असल में 1986 की नीति से सरकारी स्कूलों में नये स्तरीकरण का दौर सशक्त हुआ। 1990 के बाद प्राथमिक शिक्षा के क्षेत्र में अन्तरराष्ट्रीय अनुदान/क़र्ज़ ने कई और स्तर बनाए जिसमें निजी व्यवस्थाओं में भी निम्न गुणवत्ता वाले बजट स्कूल और पब्लिक प्राइवेट पार्टनरशिप वाले स्कूल बने। अब सरकारी नीतिगत दस्तावेज़ों में समान शिक्षा के मौक़ों की बात भी नहीं होती।

सवाल यह भी उठता है कि क्या राजसत्ता को कभी भी कुछ विशिष्ट स्कूलों की स्थापना नहीं करनी चाहिए क्योंकि ऐसी योजनाएँ व्यापक वास्तविकता से ध्यान हटाने का काम करती है? इस प्रश्न का उत्तर इस पर निर्भर करेगा कि ऐसी योजनाओं के दूरदर्शी लक्ष्य क्या हैं?

यदि विशिष्ट शैक्षिक योजना चलाने का उद्देश्य नवाचारी विचारों को छोटे स्तर पर परखने का हो और अनुभवों का ईमानदारी से विश्लेषण करके उन्हें छोड़ा जाए या मुख्यधारा का हिस्सा बनाया जाए तो शायद किसी को आपत्ति न हो। परन्तु राजसत्ता द्वारा निर्मित विशिष्ट योजनाओं/नीतियों के आम तौर पर ये उद्देश्य नहीं रहे हैं। मुख्य कसौटी यही है कि हर नया क़दम सरकारी स्कूली व्यवस्था को कमज़ोर कर रहा है या सशक्त कर रहा है। यानी सरकारी व्यवस्था, जिसका लाभ दलित, आदिवासी और अन्य हाशिये पर जीने वाले समूहों को मिलता है; वह कमज़ोर, बदनाम या अदृश्य तो नहीं की जा रही?

कस्तूरबा गांधी बालिका विद्यालय के उदाहरण से इस पर्चे में यह स्थापित करने का प्रयास किया गया कि विमर्श सिर्फ़ नीति/योजना के सूत्रीकरण और कार्यान्वयन तक सीमित नहीं रह सकता। समझना यह होगा कि नीति क्यों बनाई गई? इसके प्रत्यक्ष और अप्रत्यक्ष उद्देश्य क्या हैं? क्या ऐसी नीतियाँ/योजनाएँ शिक्षा की व्यापक समस्याओं जैसे असमानता और स्तरीकरण, घटता बजट और घटते अन्य संसाधन, शिक्षकों के पेशे की शर्तों का अवमूल्यन, इत्यादि से नीति-निर्माता आलोचकों और शिक्षाविदों को भटकाने या भ्रमित करने का काम तो नहीं कर रहीं? इस परिप्रेक्ष्य में यह समझना ज़रूरी है कि क्यों एक तरफ़ तो नवोदय विद्यालय, प्रतिभा विद्यालय, मॉडल विद्यालय इत्यादि गिने-चुने विद्यार्थियों के लिए बेहतर सुविधा वाले संस्थान हैं तो दूसरी तरफ़ घटते बजट और सुविधाओं वाले सरकारी और ग़ैर-सरकारी स्कूल हैं जिनमें दलित, आदिवासी

और अन्य ग़रीब व पिछड़े समूहों के बच्चे जाते हैं? इस सबके साथ ही यह भी समझा जाना ज़रूरी है कि विशिष्ट नीतियों का ऐतिहासिक सन्दर्भ क्या है? जैसे कस्तूरबा गांधी बालिका विद्यालय योजना वंचित समूहों की लड़कियों की चिन्ता करने वाली योजना के रूप में सामने आई और शिक्षाविदों को भी लगा कि यह एक प्रगतिशील योजना है। इसने सरकार को एक स्वीकार्य प्रगतिशील चेहरा दिया। पर साथ ही शिक्षा से छूट गई लड़कियों के समूह को बाँट दिया।

सन्दर्भ ग्रंथ

1. Ayers, Bill and Rick Ayers, "Education under Fire : Introduction", Monthly Review, 63(3), accessed on 11 November, 2011 : http://monthlyreview.org/2011/07/01/education-under-fire-intoduction, 2011.
2. Balagopalan, Sarada, Rationalising Seclusion : A Preliminary Analysis of a Residential Schooling Scheme for Poor Girls in India", Feminist Theory, 11(3) : 295-308, 2010.
3. Brown, Phllip, A. H. Halsey, Hugh Lauder and Amy Stuart Wells, 'The Transformation of Education and Society: An Introduction' in A. H. Halsey, Phillip Brown, Hugh Lauder and Amy Stuart Wells (ed.), *Education : Culture, Economy and Society,* (New York : Oxford University Press), 1-44, 1997.
4. Halsey, A. H., "Sociology and the Equality Debate" in Sureshchandra Shukla and Krishna Kumar (ed.) *Socilogical Perspectives in Education,* Chanakya Publications, New Delhi, 80-101, 1985.
5. Halsey, A. H., Hugh Lauder, Philip Brown and Amy Stuart Wells, *Education : Culture, Economy, and Society,* Oxford University Press, New York, 1997.
6. Karabel, Jerome and A. H. Halsey, Power and Ideology in Education, Oxford University Press, New York, 1997.
7. Kothari Commission : 'Report of the Education Commission 1964-66 : Education and National Development', Ministry of Education, New Delhi, 1996.
8. Kumar, Krishna, 'Quality over Access : Responding to the Demand of the Elite', Economic & Political Weekly, 20(22) : 948-949, 1985.
9. Kumar, Krishna, Manisha Priyam and Sadhna Sexena : 'Looking behind the Smoke screen : DEEP, and Primary Education in India', Economic & Political Weekly, 36(7) : 560-68, 2001.
10. Kumar, Krishna and Latika Gupta, "What is Missing in Girls' Empowerment?", Economic & Political Weekly, 43(26-27): 19-24, 2008.
11. Mainardes, Jefferson and Maria Ines Marcondes : "Interview Stephen J Ball, A Dialogue about Social Justice, Research and Education Policy", Educacao and Sociedade, 30(106), accessed online on 8 October, 2012, 2009. http://www.scielo.br/scielo.php?pid=S0101-73302009000100015&script=sci_arttext&lng=en
12. National Focus Group : 'Problems of Scheduled Caste and Scheduled Tribe Children', Position Paper 3.1 NCERT New Delhi, 'Gender issues in Education' Position Paper 3.2 2007b: NCERT New Delhi, 2007.

13. Poonacha, Meena and Meena Gopal, Women and Science, An Examination of Women Access to Retention in scientific carrier (Mumbai Research Centre for Women Studies), 2004.
14. Saxena, Sadhna and Kamal Mahendroo, 'Changing Profiles of School Teachers' presented at National Seminar on strategies and dynamics of change in Indian Education, Jointly organised by CARE India and The Institute of Applied Manpower Research 25-27 November, New Delhi, 2004.
15. Saxena, Sadhna, Ramakant Agnihotri, Buddhaditya Das and Shashi Saxena, 'Status of Girls Education in Madhya Pradesh', Unpublished Report UNICEF, Bhopal, 2009.
16. Saxena, Sadhna, 'Para-Teachers, Education Guarantee Scheme and PPP : Road to Dismantling the Public Education system' in Manoranjan Mohanty (ed.), India Social Development Report 2010 : *The Land question and the Marginalize*, Oxford University Press, New Delhi, pp. 88-100
17. 'Report on Field visit two KGBVs in Rajasthan', Sewa Mandir, Udaipur, 2011.
18. SSA 'NATIONAL Evaluation Report on Kasturba Gandhii Balika Vidyalaya' MHRD, New Delhi, 2007.
19. 'Revised Guidelines for Implementation of Kasturba Gandhi Balika Vidyalayas' (KGBVs), Department of School Education and Literacy, MHRD, New Delhi, 2008 a. Retrieved 25 October, 2012. http://ssa.in/girls-education/9FCEED7DF.pdf/view
20. 'National Evaluation Report on Kasturba Gandhi Balika Vidyalaya", MHRD, New Delhi, 2008 b.
21. 'Fifteenth Joint Review Mission, 16th-30th January, 2012: http://ssa.nic.in/monitoring/joint review-mission-ssa-1/joint-review-mission-ssa, 2012.
22. Shukla, Sureshchandra and Krishna Kumar, 'Sociological perspective in Education Reader' Sage, New Delhi, 1985.
23. UNICEF : Girls Education : A Sociological perspective, Bhopal : UNICEF, 2010.
24. Velaskar, Padma, 'Quality and Inequality in Indian Education: Some Critical Policy Concepts : Contemporary Education Dialogue', 7(1) : 58, 2010.
25. Welmond, Michel, Globalisation View from the Periphery: The Dynamic of Teacher Identity in the Republic of Benin", Comparative Education Review, 46(1) : 37-65, 2002.
26. Whitty, Geoffrey, 'Marketisation, Stat the Re-formation of the Teaching Profession in A. H. Halsey, Phillip Brown, Hugh Laude Amy Stuart Wells (ed.) *Education : Culture Economy, and Society*, Oxford University Press, New York, 299-310, 1997.

भारत के नारीवादी आन्दोलन

साधना आर्य

अनुवाद : निधि अग्रवाल

भारत में महिला आन्दोलन का विकास विभिन्न राजनीतिक सन्दर्भों और महिला दमन के विभिन्न रूपों के आपसी जुड़ावों की निरन्तर बढ़ती समझ के आधार पर हुआ है। आज़ादी के बाद के भारत में, 1970 और 1980 के दशक में, महिला आन्दोलन का जो दौर उठा, उसमें महिलाओं के मुद्दों को नए तरीक़ों से उठाया गया, जिसमें जेंडर आधारित दमन के ढाँचों पर सवाल उठाए गए और महिलाओं के मुद्दों को दृश्यता देने पर ज़ोर दिया गया। इन सभी सवालों को मीडिया ने मुखर तरीक़े से उठाया और सरकार द्वारा भी इन पर ध्यान दिया गया। भारत में 1970 के दशक की यह नई नारीवादी चेतना उन नए सामाजिक आन्दोलनों से जुड़ी हुई थी, जिन्होंने 1960 के दशक में राजनैतिक स्तर पर अपनी छाप छोड़ी थी। इसके अन्तर्गत, इस दौरान विकास के तरीक़ों, ग़रीबी, भ्रष्टाचार, महँगाई, बेरोज़गारी, आर्थिक असमानताएँ और परिस्थितिकीय विनाश आदि का समाधान करने में विफल रही सरकारी नीतियों पर विमर्श शुरू हुए। इस समय राजनैतिक दलों से उदासीन युवाओं और महिलाओं की बड़े स्तर पर राजनैतिक भागीदारी बढ़ी, जो कि वैकल्पिक राजनैतिक संगठनों की खोज में थे। इस सन्दर्भ में देश के कई हिस्सों में जिन सामाजिक और राजनैतिक आन्दोलनों का गठन हुआ, वे सामाजिक और आर्थिक समानता के उद्देश्य प्राप्त करने के लिए सामाजिक और संरचनात्मक बदलाव लाना चाहते थे। बिहार, गुजरात, महाराष्ट्र में महँगाई के ख़िलाफ़ आन्दोलन हुए। उत्तर प्रदेश, बंगाल और बिहार के कुछ हिस्सों में दलित, आदिवासी और पहाड़ी लोग अपने भूमि अधिकारों और अन्य प्रकार के शोषण के ख़िलाफ़ उठ खड़े हुए। भारतीय कम्यूनिस्ट पार्टी (एम) से निकले हुए कुछ लोग बंगाल, आन्ध्र प्रदेश, केरल और बिहार के नक्सलबाड़ी आन्दोलन[1] में सक्रिय हो गए। इन आन्दोलनों में औरतों की बड़े पैमाने पर भागीदारी का प्रमुख कारण था कि वे ग्रामीण और आदिवासी समुदायों की आर्थिक व्यवस्था में महत्त्वपूर्ण भूमिका रखती हैं, घर और बाहर दोनों स्तरों पर, और यह ऐसी वास्तविकता है जो नीति निर्माताओं के आर्थिक गणित में हमेशा अदृश्य रही।[2]

प्रगतिशील वामपंथी आन्दोलनों में भी, उनके द्वारा उठाए जाने वाले महिलाओं के मुद्दों पर सवाल किए गए, कि वे 'श्रम', 'उत्पादकता' और 'अनुत्पादकता' की श्रेणियों

का किस प्रकार विश्लेषण करते हैं, जिसमें औरतों द्वारा किए जाने वाले अवेतनीय घरेलू काम या जीविका के लिए किए जाने वाले कृषि के कामों को शामिल नहीं किया जाता। इसके अलावा, पितृसत्तात्मक समाज में उन पर होने वाली हिंसा और निर्णय लेने वाले संस्थानों में उनका प्रतिनिधित्व न होने पर भी सवाल उठाए गए। बिहार में, जयप्रकाश नारायण ने एक आन्दोलन का नेतृत्व किया जो कि 'सम्पूर्ण क्रान्ति' की अवधारणा पर आधारित था, और इसमें सत्ता के ढाँचों पर सवाल उठाए गए। इसके अलावा, पारिवारिक हिंसा, पत्नी को मारना, परिवारों में शराबी पति/पुरुष, घर के काम, उत्पादक संसाधनों तक महिलाओं की असमान पहुँच, उत्पादक संसाधनों और आजीविका के स्रोतों के बीच जुड़ाव, और परिवार में असमान अधिकार आदि मुद्दों पर विमर्श भी इसमें शामिल रहे। बोधगया, शाहदा और चिपको आन्दोलनों ने भूमि सम्पत्ति पर औरतों के अधिकार, परिस्थितिकीय (ecological) सन्तुलन से इसके जुड़ाव और घरेलू हिंसा तथा परिवारों और समुदायों में औरतों की संसाधन-हीनता के मुद्दों को उठाया गया। महिलाएँ अन्य संघर्षों में भी सक्रिय रहीं; जैसे कि महँगाई के ख़िलाफ़ और महाराष्ट्र तथा गुजरात के नव-निर्माण आन्दोलन में, केरल मछुआरा आन्दोलन, 1974 की रेल हड़ताल, असम आन्दोलन और ऐसे अन्य कई संघर्ष।[3] गुजरात की ग़रीब औरतों को महिला सहकारी समितियाँ और बैंक स्थापित करने के लिए संगठित किया गया, और इस प्रक्रिया से 'सेवा' (सेल्फ एम्प्लॉयेड विमेंस एसोसिएशन) संस्था की स्थापना हुई। मध्य प्रदेश में छत्तीसगढ़ माइंस श्रमिक संघ ने महिला श्रमिकों की छँटनी का मुद्दा उठाया। इन सभी को और कई अन्य सामाजिक तथा राजनैतिक संघर्ष, जो कि 1960 के दशक के बाद से भारत के विभिन्न ग्रामीण, आदिवासी और शहरी क्षेत्रों में पनपे, उन्हें भारत में नारीवादी आन्दोलन के प्रणेता के रूप में देखा जा सकता है।[4]

ये सभी आन्दोलन न सिर्फ़ महिलाओं की भागीदारी के नज़रिये से, बल्कि अपने जीवन के अनुभव से जुड़े मुद्दों पर पुरुषों का ध्यान आकर्षित करने और इन आन्दोलनों के कार्यक्रमों, एजेंडा और गठन में इन मुद्दों को शामिल करवाने के लिए इन महिलाओं द्वारा अपनाए गए तरीक़ों की दृष्टि से भी महत्त्वपूर्ण थे। वामपंथी राजनीतिक दलों से जुड़े महिला समूह अपनी पार्टी के नेटवर्क के माध्यम से बड़ी संख्या में औरतों तक पहुँच पाते थे, लेकिन वे मुख्यत: पुरुष नेतृत्व में ही काम करते थे, और पार्टी के ढाँचे के अन्तर्गत महिलाओं की संगठनात्मक शक्ति को विकसित नहीं कर पाए, जैसा कि उस समय (और आज भी) इन पार्टियों की निर्णायक भूमिकाओं में महिलाओं की कमी से स्पष्ट होता है। इस समय के दौरान, कोई भी संघर्ष विशिष्ट रूप से महिलाओं के मुद्दों पर आयोजित नहीं था, ये सब वेतन, श्रम, भूमि अधिकार, मशीनीकरण, परिस्थिति, महँगाई, बेरोज़गारी जैसे व्यापक मुद्दों पर आयोजित थे। औरतों की बड़ी संख्या और उनकी सक्रिय भागीदारी के कारण ये 'राजनैतिक' संघर्ष इनमें शामिल औरतों के निजी जीवन का भी हिस्सा बन गए। इलिना सेन और गेल ऑमवेट ने इन संघर्षों के अपने वृत्तान्त में इस तनाव और उन चुनौतियों का वर्णन किया है कि किस प्रकार औरतों के 'निजी' मुद्दे इन संघर्षों की 'राजनीति' से जुड़े हुए थे जिनके कारण ये मुद्दे इन संघर्षों का हिस्सा बन पाए।[5]

इन प्रक्रियाओं के कारण घरेलू हिंसा, घर के काम, सम्पत्ति और अन्य उत्पादन के संसाधनों के स्वामित्व तथा महिलाओं के दमन की सैद्धान्तिक और संरचनात्मक जड़ों के विषय पर नई चर्चाएँ खुलीं, जिन्हें वर्ग के विश्लेषण के अन्तर्गत समझा नहीं जा सकता था। बोधगया और शाहदा के भूमि संघर्षों, शराब विरोधी और ऐसे कई आन्दोलनों के अन्तर्गत, घरेलू हिंसा, पतियों द्वारा नशा करना, सम्पत्ति और स्वामित्व के अधिकार, श्रम और संसाधनों के असमान बँटवारे, यौन उत्पीड़न जैसे मुद्दों पर विमर्श हुआ। शाहदा, जो कि मूल रूप से भील भूमिहीन मज़दूरों की ग़ैर-आदिवासी भूमि मालिकों की वसूली प्रथाओं के विरुद्ध आन्दोलन था, 1970 के दशक की शुरुआत में, अकाल के समय में शुरू हुआ। चिपको में उत्तराखंड के गढ़वाल क्षेत्र में पेड़ों को कटने से रोकने के संघर्ष में औरतों की ज़्यादा भागीदारी रही। इस क्षेत्र के पुरुष ज़्यादातर पलायन करके बाहर चले जाते थे। पीछे जो औरतें गाँव में रह गई थीं, वे अपनी रोज़मर्रा की ज़रूरतों के लिए बड़े स्तर पर जंगलों पर निर्भर थीं, और इससे उनके घर और परिवार की अहम ज़रूरतें पूरी होती थीं। इसलिए वे बड़ी संख्या में बाहर निकलीं और इस संघर्ष का हिस्सा बनीं। हालाँकि इसे औरतों के जीवन और परिस्थितिकीय तंत्र के संरक्षण के प्रति आम चिन्ता के रूप में देखा गया। असल में इस संघर्ष ने महिलाओं और पर्यावरण के रिश्ते को उजागर किया और यह जुड़ाव भारत में महिला आन्दोलन का भी हिस्सा बन गया। *जो ज़मीन को बोये-जोते, वह ज़मीन का मालिक है,* बोधगया संघर्ष का मठ के विरुद्ध यह नारा बिना जेंडर पर ध्यान दिए ज़मीन अधिकारों के मुद्दे को रेखांकित करता था। बोधगया संघर्ष में बड़ी संख्या में औरतों की भागीदारी के बावजूद, आम धारणा यही थी कि पुरुष ही किसान, घर के मुखिया और सम्पत्ति के मालिक होते हैं। जब ज़मीन के बँटवारे की बात आई, तो स्वामित्व देने के लिए केवल पुरुषों को ही चुना गया। आन्दोलन में हिस्सा लेने वाली औरतों ने इसको चुनौती दी। बोधगया पहला ऐसा महत्त्वपूर्ण संघर्ष स्थान बना जहाँ औरतों के लिए ज़मीन के स्वामित्व की माँग उठी। इसमें दो महत्त्वपूर्ण मुद्दे उठाए गए : पहला, एक मुख्य संस्था के रूप में परिवार जिसके अधीन अन्यायपूर्ण जेंडर व्यवस्था चलती है और जो पुरुषों द्वारा शादी और परिवार के रिश्तों में औरतों पर हिंसा करने की शक्ति के औचित्य को सही ठहराता है। और दूसरा, सम्पत्ति सम्बन्धों के विश्लेषण की आवश्यकता जिन्हें पारिवारिक शक्ति संरचना क़ायम करती है और बनाए रखने में अहम भूमिका रखती है।[6] केरल मछुआरों के आन्दोलन में, महिलाओं के सार्वजनिक यातायात और यूनियन में औरतों की पूर्ण सदस्यता के मुद्दे उठाए गए। निपानी बीड़ी श्रमिक आन्दोलन, निर्माण मज़दूर या कपड़ा मिल श्रमिक संघर्ष महत्त्वपूर्ण रहे क्योंकि इनमें महिलाओं की बड़ी संख्या में भागीदारी के कारण उन्हें अपने मुद्दे उठाने का विश्वास और नेतृत्व पर दबाव डालने का मौक़ा मिला कि उनके मुद्दों को स्वीकारते हुए उन्हें यूनियन के एजेंडा में शामिल किया जाए। छत्तीसगढ़ में उद्योगों के मशीनीकरण के कारण मज़दूरों की छँटनी के ख़िलाफ़ संघर्ष ने रेखांकित किया कि मशीनीकरण के कारण सबसे पहले औरतों पर असर पड़ता है और इस संघर्ष में काम के लिए बराबर अधिकार की माँग उठाई गई। इन संघर्षों में औरतों के हस्तक्षेप के

कारण घर पर जेंडर के आधार पर काम के बँटवारे, मद्यपान, पत्नी को पीटना, विवाह के अन्तर्गत बलात्कार और औरतों की संसाधनहीनता और उनके विरुद्ध हिंसा जैसे मुद्दों को उठाया गया। इसके कारण ट्रेड यूनियनों और राजनीतिक पार्टियों में अलग महिला इकाइयाँ बनाने की माँग उठी, जिससे कि महिलाएँ अपनी विशिष्ट समस्याओं को व्यक्त करके उन पर चर्चा कर सकें और फिर उन्हें व्यापक संगठन के कार्यक्रमों और एजेंडा में शामिल किया जा सके।

1970 के दशक में कई नए महिला संगठनों ने जन्म लिया और कुछ पुरानी संस्थाएँ भी पुनर्जीवित हुईं। इन संगठनों का ज़ोर औरतों के दमन, श्रम के जेंडर आधारित बँटवारे और औरतों की पुरुषों पर आर्थिक निर्भरता के मुद्दों पर था। धर्म, जाति, वर्ग के ढाँचों और औरतों के दमन के बीच जुड़ावों को स्थापित करने और उनके विश्लेषण के प्रयास किए गए। इस समय मार्क्सवादी विश्लेषण की श्रेणियों को चुनौती दी गई, जो कि औरतों के श्रम और काम के विषय पर मूक थीं। 1973-74 में हैदराबाद में महिलाओं के प्रगतिशील संगठन (*प्रोग्रेसिव ऑर्गनाइजेशन ऑफ़ विमेन*) की स्थापना ने जेंडर दमन और सामाजिक, सांस्कृतिक तथा आर्थिक माँगों पर आधारित अलग महिला संस्था की ज़रूरत पर ध्यान आकर्षित किया।[7] इस संगठन के अनुसार, जेंडर के आधार पर काम का बँटवारा और उसे सही ठहराने वाली संस्कृति, महिलाओं के दमन के दो प्रमुख ढाँचे हैं। यह कुछ नया था, जो कि 'पितृसत्ता' के ख़िलाफ़ संघर्ष करने की सबसे नज़दीकी अभिव्यक्ति थी, हालाँकि अभी इस शब्दावली का उपयोग होना शुरू नहीं हुआ था। महाराष्ट्र में, 1970 के दशक के शुरुआती वर्षों में हुए अकाल और सूखे के दौरान काम और राहत की माँग को लेकर बड़े-बड़े प्रदर्शन हुए, और एक बार फिर इन प्रदर्शनों और आन्दोलनों में औरतें ही सबसे ज़्यादा आक्रामक रहीं। औरतों ने पुरुषों के बराबर वेतन का मुद्दा भी उठाया और 1973 के अन्त तक सरकार ने बराबर वेतन को मान्यता भी दे दी।[8] हालाँकि यह आदेश लागू नहीं हुआ। लेकिन फिर भी इससे यह मुद्दा सार्वजनिक विमर्श में शामिल हो गया और इसके कारण बराबर वेतन के मुद्दे पर औरतों के संगठनों के निर्माण का रास्ता खुला। 1973 के अन्त तक, ग्रामीण और आदिवासी औरतों और छोटे कस्बों में पावरलूम श्रमिकों के साथ काम कर चुकी वामपंथी दलों की कई महिलाओं ने मिलकर, मुम्बई में *यूनाइटेड विमेंस एंटी प्राइस राइज फ्रंट* स्थापित किया, जिसने औरतों और गृहिणियों को महँगाई के ख़िलाफ़ संगठित किया। 1974-75 में पुणे में पुरगामी स्त्री संगठन और मुम्बई में स्त्री मुक्ति संगठन की स्थापना हुई।

1973 में, तमिलनाडु में, भारतीय कम्यूनिस्ट पार्टी (मार्क्सवादी) के महिला प्रकोष्ठ लोकतांत्रिक महिला संघ (इडेमोक्रेटिक विमेंस एसोसिएशन) की स्थापना हुई। इसी प्रकार के क्षेत्रीय महिला संघ पश्चिम बंगाल और आन्ध्र प्रदेश में भी स्थापित हुए, जिन्होंने महिलाओं के मुद्दों को उठाने की कोशिश की, लेकिन वे काम और बराबर वेतन की माँग तक ही सीमित रहे। फिर भी इन वामपंथी संस्थाओं में दहेज़, मद्यपान, वैतनिक और अवैतनिक घरेलू काम और बच्चों की देखभाल के दोहरे बोझ[9] जैसे मुद्दे उभरने लगे थे।

इसी दौरान महाराष्ट्र में महिला समता सैनिक दल (समानता के लिए महिला सैनिकों की लीग) की स्थापना हुई जिसने जाति दमन और महिला दमन की समानता को उजागर करते हुए, जाति-विरोधी दलित आन्दोलन और नारीवाद के बीच जुड़ाव स्थापित करने का प्रयास किया। 'जनवेदना', महाराष्ट्र की एक दलित सम्पादित मासिक पत्रिका ने महिलाओं पर एक विशेष अंक निकाला, जिसका शीर्षक था, 'विमेन होल्ड अप हॉफ द स्काई' (आधा आसमान औरतों के कन्धों पर है) जिसके सम्पादकीय में तर्क दिया गया था कि 'आज की दमनकारी विवाह प्रणाली को बदलना ज़रूरी है।' इस संस्था ने ज़ोर दिया कि महिलाओं का दमन उनकी प्रजनन क्षमता पर आधारित है।[10] महिला समता सैनिक दल और जनवेदना दोनों ही ज़्यादा समय तक नहीं चल पाए, लेकिन जाति और परिवार की उनकी आलोचना और ब्राह्मणवादी संस्कृति को उनके द्वारा दी गई दलित चुनौती जेंडर और जाति के मुद्दों को उठाने के पहले उदाहरण हैं। इसके बाद नारीवादी आन्दोलनों में जाति के सवाल को शामिल होने में लगभग दो दशक और लगे।

इस समय में देश के कई शहरी हिस्सों में बलात्कार और दहेज़ से जुड़ी हिंसा के ख़िलाफ़ विरोध प्रदर्शन हुए। वर्ष 1979 में सर्वोच्च न्यायालय के मथुरा के बलात्कार के मामले के फ़ैसले के ख़िलाफ़ देश भर में विरोध प्रदर्शन हुए। मथुरा एक 18 वर्षीय आदिवासी लड़की थी, जिसके साथ दो पुलिसवालों ने हिरासत में बलात्कार किया था। फ़ैसले में पुलिस वालों को इस आधार पर बरी कर दिया गया कि मथुरा ने पर्याप्त तरीक़े से विरोध नहीं किया, जिसका मतलब है कि इस यौन कृत्य में उसकी रज़ामन्दी थी अतः उसका बलात्कार का आरोप झूठा था। फ़ैसले में इस बात पर कोई ध्यान नहीं दिया गया कि मथुरा पुलिसवालों की हिरासत में थी। दूसरा मुद्दा जिस पर शहरी औरतें संगठित हुईं, वह दहेज़ सम्बन्धी हिंसा और मौतों का था, जिसने आगे चलकर निजी स्तर पर और आम तौर पर सुरक्षित माने जाने वाले परिवार और घर पर औरतों के साथ होने वाली हिंसा की समस्या को उजागर किया।

स्वायत्त महिला समूहों का उदय

इन संघर्षों की पृष्ठभूमि में कई नई महिला संगठनों/समूहों का उदय हुआ। इन नई स्वायत्त महिला संगठनों का जन्म, महिलाओं के सवाल की विशिष्टता को मानने से इनकार करने वाली राजनीतिक पार्टियों, जन एवं क्रान्तिकारी आन्दोलनों, ट्रेड यूनियनों तथा अन्य संस्थाओं में काम करके पैदा हुई मायूसी और हताशा से हुआ। मुख्यतः वामपंथी और समाजवादी पृष्ठभूमि से आने वाली इन महिलाओं ने माना कि औरतों के पितृसत्तात्मक दमन को वर्ग के दमन से अलग देखते हुए, औरतों को संगठित करने के लिए अलग और स्वायत्त जगहें बनाने की आवश्यकता है। इनमें से कई संगठनों ने ग़ैर-संस्थागत स्त्रोतों से धनराशि इकट्ठा करके आर्थिक स्वायत्तता और काम करने के सामूहिक तरीक़ों पर ज़ोर दिया।[11] वे ज़मीनी आन्दोलनों के साथ जुड़ावों के प्रति सजग थीं और जन संस्थाओं के साथ मिलकर महिलाओं के मुद्दे

उठाने की सम्भावनाओं तथा औरतों के दमन की जटिलता को समझने की कोशिश कर रही थीं।

1970 और 1980 के दशकों में उदित स्वायत्त महिला संस्थाएँ और वामपंथी पार्टियों से जुड़े महिला समूह उस समय भारत के महिला आन्दोलन की दो धुरियाँ थीं।[12] हालाँकि दोनों ही धुरियाँ सामाजिक सम्बन्धों में क्रान्तिकारी बदलाव लाकर उन्हें लोकतांत्रिक बनाना चाहती थीं, लेकिन दोनों के बीच पितृसत्ता, नारीवाद और स्वायत्तता के मायनों, रणनीतियाँ बनाने और ज़मीनी आन्दोलनों के साथ रिश्ता बनाने के तरीक़ों पर काफ़ी मतभेद था।[13] वामपंथी पार्टियों से सम्बद्ध महिला समूहों में काफ़ी समय तक 'नारीवादी' शब्द के प्रति असहजता बनी रही।[14] इस तनाव में, परिवार, घरेलू काम, यौनिकता, यौनिक सम्बन्धों और संस्थागत ढाँचों, जो कि नारीवादी संगठन निर्माण और उनकी समानता और न्याय के संघर्ष में केन्द्रीय स्थान रखते थे, उन पर मतभेद बना रहा—जिसके अन्तर्गत वामपंथी दल नारीवादियों पर पितृसत्ता पर अत्यधिक ज़ोर देने और श्रमिक वर्ग की एकता में खलल डालने का आरोप लगाते रहे और दूसरी ओर, नारीवादी समूह वामपंथी महिला समूहों द्वारा श्रमिक संघर्षों में औरतों के दमन के मुद्दे को पीछे छोड़ने की आलोचना करते रहे।

फिर भी, स्वायत्त महिला संस्थाओं के शुरुआती प्रयास वर्ग और पितृसत्ता के बीच सम्बन्धों को समझने और ग़रीब, ग्रामीण और आदिवासी औरतों के संघर्षों को जोड़ने की आवश्यकता पर केन्द्रित रहे, लेकिन सबसे अहम, वे इन सभी आन्दोलनों में जेंडर आयामों को समझने की कोशिश कर रही थीं। उनका पुरज़ोर मानना था कि महिलाओं के मुद्दे 'निजी' मुद्दे नहीं हैं क्योंकि वे मुख्यत: उनके परिवार और सामाजिक, आर्थिक तथा राजनीतिक प्रणाली में उनकी स्थिति के कारण पैदा होते हैं। उन्होंने इन मुद्दों को सार्वजनिक क्षेत्र में लाकर उनकी क़ानूनी और राजनीतिक मान्यता की माँग की। ये समूह महिलाओं के ख़िलाफ़ हिंसा के मुद्दों पर काम करते थे, जिसमें उनका ज़ोर दहेज़ हिंसा, घरेलू हिंसा और बलात्कार पर था। दहेज़, घरेलू हिंसा, महिला स्वास्थ्य, लिंग जाँच परीक्षण और औरतों के लिए सम्पत्ति तथा अन्य अधिकारों के कई अभियानों में परिवार और विवाह की आलोचना ने केन्द्रीय जगह ले ली थी। ये सभी अभियान और उनकी सरकार से माँगें विषमनियामक (heteronormative) शादी के रिश्तों और परिवार की धारणाओं के अन्तर्गत ही निहित थीं, जिसमें पुरुषों के मुक़ाबले औरतों को निम्न स्थान दिया गया है, और ये सभी औरतों के उत्पीड़न की समानता पर ज़ोर देते थे। औरतों के शोषण के दूसरे विभिन्न आयाम, और वे आपस में किस तरह जुड़े हुए थे, इनको महिला आन्दोलनों की दोनों ही धुरियों ने काफ़ी लम्बे समय तक सम्बोधित नहीं किया। ऐसा इसलिए हुआ क्योंकि वे अपने नेतृत्व की प्रकृति की सीमाओं के अन्तर्गत काम करते थे (स्वायत्त महिला समूहों का नेतृत्व ज़्यादातर उच्च वर्ग, उच्च जाति, शहरी और समर्थ शरीर महिलाओं के हाथ में था) और वे (वामपंथी दलों से जुड़े महिला समूह) महिला, वर्ग, जाति और यौनिकता के सवालों के विश्लेषण में अलग-अलग वर्गों की औरतों के मुद्दों से नहीं जुड़ पा रहे थे या एक-दूसरे के विशेषाधिकारों और शोषण को नहीं पहचान पा रहे थे।

1980 के दशक के मध्य तक, महिला आन्दोलनों के सामने नई चुनौतियाँ आ गईं। शाह बानो मामला, निजी क़ानूनों का विवाद, पहचान आधारित राजनीति को साम्प्रदायिक रूप देना, बहुसंख्यक समुदाय की औरतों का साम्प्रदायिक राजनीति में भाग लेना, रूप कँवर के सती होने पर विरोध प्रदर्शन और इस समयावधि में हिन्दू दक्षिणपंथियों का उदय—इस सबने दिखा दिया कि औरतों को किस तरह साम्प्रदायिक पहचान, परम्पराओं और संस्कृति के नाम पर विभाजित किया जा सकता है। बढ़ती हुई धार्मिक और साम्प्रदायिक ताक़तों द्वारा प्रतिवाद (backlash), जिसके परिणामस्वरूप उनकी अपनी महिला इकाइयाँ बनने लगीं जिन्होंने 'नारीवादी' भाषा को हड़पने की कोशिश की। इस सबकी वजह से महिला आन्दोलनों के अन्दर की एकता और बहनापे की धारणा पर दबाव आए। समाज और राजनीति का सम्प्रदायीकरण, पहचान आधारित राजनीति और मुसलमान धार्मिक रूढ़िवादिता के आन्तरिक कट्टरवाद ने मुसलमान औरतों के मुद्दों को इस समुदाय की एक रूढ़िवादी छवि में सीमित कर दिया। इस समय अल्पसंख्यक समुदायों के अन्दर असुरक्षा की भावना बढ़ी, ख़ासकर इन समुदायों की महिलाओं के बीच। महिला संगठनों ने इन चुनौतियों को सम्बोधित करने का प्रयास किया, जो कि अब उनकी सार्वभौमिक बहनापे की धारणा पर सवाल उठाने लगी थीं।

इस समय में जाति पर आधारित दलित चेतना और राजनैतिक संगठन निर्माण का भी उदय देखने को मिला। जाति और पितृसत्ता के ढाँचों में निहित, दलित औरतों पर सार्वजनिक स्तर पर होने वाली हिंसा को सम्बोधित करने के लिए हिंसा और दमन की एक अलग अवधारणा बनाना ज़रूरी था। इसके लिए ज़रूरी था कि विभिन्न महिला आन्दोलन अपने सिद्धान्तों और प्रथाओं को जाति, वर्ग और जेंडर के आधार पर बदलते और दलित महिलाओं के जीवन की वास्तविकताओं को उनमें शामिल करते।

1990 के दशक के मध्य तक अन्य हाशिये के समुदायों, यौनिकता और विकलांगता एक्टिविस्टों ने महिलाओं की एक समान श्रेणी बनाने वाली प्रमुख सामाजिक धारणाओं पर सवाल उठाने शुरू कर दिए, और तर्क दिया कि इस श्रेणी में कई औरतों के जीवन की वास्तविकताएँ शामिल नहीं हैं। नारीवादी आन्दोलन पर ज़्यादातर हिन्दू, मध्यवर्गीय, विषमलिंगी और सक्षम शरीर वाली महिलाओं के प्रभुत्व को चुनौती देते हुए, इन एक्टिविस्टों ने दबाव बनाया कि उनके अनुभवों और मुद्दों को भी आन्दोलनों में शामिल किया जाए। उन्होंने आन्दोलन की आलोचना की कि वह महिला दमन की विभिन्न धुरियों और उनके मुद्दों को प्राथमिकता देने में विफल रहा है। इस प्रक्रिया ने महिला आन्दोलनों के अन्तर्गत स्वायत्त आवाज़ों की मुखरता के लिए रास्ता खोला।

यह एक महत्त्वपूर्ण बदलाव था जिसमें दमन के अनुभवों में भिन्नताओं और एक विशिष्ट पहचान के अन्तर्गत होने वाले उत्पीड़न की समानता पर ज़ोर दिया जा रहा था, और दबाव बनाया जा रहा था कि परिवार, विवाह, समुदाय, जाति, यौनिकता, श्रम और हिंसा के मुद्दों पर गहरी, व्यापक और एक अलग अवधारणा तैयार की जाए। साथ ही, व्यापक महिला आन्दोलनों के साथ संवाद और गठबन्धन की आवश्यकता पर भी ज़ोर दिया जा रहा था। अगले अंश में इन विमर्शों पर एक नज़र डाली जा रही है।

यौनिकता, परिवार, विवाह और समुदाय पर संवाद

1980 के दशक के दौरान महिला आन्दोलन द्वारा परिवार और विवाह की आलोचना का प्रमुख ज़ोर विवाह और परिवार के आम तौर पर स्वीकार्य विषमनियामक स्वरूप के अन्तर्गत महिलाओं का स्तर और अधिकार सुधारने पर ही था। स्वायत्त और वामपंथी दलों से जुड़े हुए महिला समूह परिवार और विवाह पर जो सवाल उठा रहे थे, उनमें इन ढाँचों के बाहर जीवन व्यतीत करने वाली महिलाओं की वास्तविकताओं पर ध्यान नहीं दिया गया था। महिलाओं के ख़िलाफ़ हिंसा के मुद्दों पर काम के अनुभव के ज़रिये परिवार, घर और समुदाय में होने वाली हिंसा और सड़कों, कार्यस्थलों, जातीय, जातिगत और साम्प्रदायिक झगड़ों, अशान्ति की स्थितियों और युद्ध के दौरान होने वाली हिंसा के बीच के जुड़ाव और जटिलताएँ उजागर हुईं। इनसे यह स्पष्ट हो गया कि महिलाओं की नैतिकता, पवित्रता, इज़्ज़त और उनकी यौनिकता पर नियंत्रण तथा औरतों की परिवार और समाज में संसाधनहीन स्थिति उन पर हिंसा जारी रखने में केन्द्रीय भूमिका रखते हैं। लेकिन ये आलोचनाएँ विवाह और परिवार की एक प्रकार की समझ पर आधारित थीं—एकविवाही विषमनियामक/विषमलिंगी परिवार, जो स्थिर मानदंडों, मूल्यों और मान्यताओं पर आधारित हैं, जो कि परिवार के बारे में आम सोच को निर्धारित करते हैं। इसलिए, अविवाहित, अलग हो चुकी, तलाक़शुदा और विधवा औरतों को छोड़कर, जो औरतें विवाह और परिवार के आम प्रारूपों से बाहर थीं, जैसे कि वेश्यावृत्ति में शामिल औरतें या हमजिंसी औरतें, वे महिला आन्दोलन के एजेंडा से काफ़ी लम्बे समय तक बाहर रहीं।

यौनकर्मियों के आन्दोलन, जिनका उदय 1990 के दशक के मध्य में हुआ, ने परिवार और पितृसत्ता की धारणाओं पर सवाल उठाया है, जो उनके अनुसार, वेश्यावृत्ति में शामिल औरतों के ख़िलाफ़ हिंसा को और ज़्यादा बढ़ावा देती हैं। यौनकर्म ऐसी पितृसत्ता, जो 'पवित्र नारीत्व' को नैतिक मूल्य की नज़र से देखती है और प्रजनन के उद्देश्य से विवाह के अन्तर्गत एकविवाही विषमलैंगिक रिश्तों पर आधारित है, के लिए चुनौती है। वेश्यावृत्ति में शामिल औरतें परिवार की उस पितृसत्तात्मक अवधारणा को चुनौती देती हैं, जो पुरुषों को परिवार का मुखिया और बच्चों का रक्षक मानती है, क्योंकि वेश्याओं के बच्चे उनके पास रहते हैं न कि पितृसत्तात्मक परिवारों की तरह पुरुषों/उनके पिताओं के साथ। लेकिन परिवार और विवाह की मुख्यधारा अवधारणाएँ उन्हें और उनके बच्चों को कलंकित करती हैं और उनके उत्पीड़न, शोषण और हिंसा को बढ़ाती हैं। उनका तर्क है कि वेश्यावृत्ति में शामिल औरतें परिवार के ख़िलाफ़ नहीं हैं। वे अपने परिवारों से जुड़ी रहती हैं, जो उनकी देखभाल करते हैं और वे अपने परिवारों को आर्थिक व अन्य सहयोग देती हैं। एक ही प्रकार के परिवार—एक विषमलैंगिक पितृसत्तात्मक परिवार जिसके मुखिया पुरुष होते हैं—को मान्यता देने की प्रवृत्ति यह मानने से इनकार करती है कि इन औरतों के बच्चे हैं और वे उन्हें उनके पिता के बिना पाल रही हैं। यौनकर्मी इस धारणा को चुनौती देते हैं। यौनकर्मियों के आन्दोलनों ने महिला आन्दोलनों को विवाह, परिवार और वेश्यावृत्ति पर उनकी समझ, यौनकर्म से जुड़े कलंक और विवाह की

पवित्रता को दी जाने वाली सामाजिक मान्यता के मुद्दों को अपनी बहसों में शामिल करने के लिए दबाव बनाया है।

महिला आन्दोलनों ने हमजिंसी सम्बन्धों के सन्दर्भ में भी यौनिकता सम्बन्धी मुद्दों को स्वीकारने और उन पर चर्चा करने में काफ़ी समय लिया। विभिन्न यौनिकताओं/क्वीयर जेंडर[15] और विभिन्न प्रकार के यौन व्यवहार (जैसे कि हमजिंसी रिश्ते और प्यार) मौजूद होने के बावजूद, हमजिंसी औरतों के बारे में बात करना मुश्किल था। 1990 के दशक तक उनके मुद्दों को सामाजिक स्तर पर समझने के प्रति सभी अधिकार आधारित आन्दोलनों में चुप्पी छाई रही। संस्कृति में सामान्य शरीर और कुछ प्रकार के यौनिक व्यवहारों को ही वैधता देने का मतलब था कि कुछ जेंडर और यौनिकताएँ अन्य जेंडर और यौनिकताओं के मुक़ाबले ज़्यादा 'प्राकृतिक'/या पवित्र माने जाते थे। इस समझ के अन्तर्गत विषमलैंगिकता को प्राकृतिक माने जाने के कारण ऐसे समुदायों के प्रति चुप्पी और आपराधिकता का माहौल बन गया, जो कि सामाजिक नियमों और राजकीय क़ानूनों द्वारा मान्यताप्राप्त विषमलैंगिक सम्बन्धों के ख़ाके में फिट नहीं बैठते थे।[16] लेस्बियन औरतों को परिवार और समाज के स्तर पर काफ़ी हिंसा का सामना करना पड़ता है, जिसमें यौन हिंसा भी शामिल है और इस हिंसा में सरकारी अधिकारी, जैसे कि पुलिस भी शामिल होती है और उन्हें इसके लिए पूरी तरह से दंडमुक्ति मिली हुई है। क्वीयर लोगों के लिए यह उजागर करना महत्त्वपूर्ण रहा है कि क़ानून के अन्तर्गत क्वीयर यौनिकताओं के अधिकारों और दावों को किस प्रकार व्यक्त किया गया है? क्या वे भी 'साधारण' और 'प्राकृतिक' की सामाजिक धारणाओं को ही व्यक्त करते हैं? यौनिक अल्पसंख्यकों/क्वीयर लोगों की पहचान को सामाजिक और क़ानूनी मान्यता देने के लिए उनके गौरव के संघर्ष का यह सन्दर्भ रहा है। भारतीय दंड संहिता की धारा 377, जो कि दो सहमत वयस्कों के बीच 'अप्राकृतिक यौन सम्बन्ध' को अप्रासंगिक कृत्य करार करती है, के ग़ैर-अपराधीकरण के लिए निरन्तर चल रहे अभियान को इस सन्दर्भ में देखा जाना चाहिए।

क्वीयर औरतें विषमनियामकता, जिसके अन्तर्गत एक अन्तरंग और स्वतंत्र रिश्ते के लिए पुरुष की आवश्यकता होती है, के पूरे आधार को चुनौती देती हैं। वे परिवार के ढाँचे के लिए चुनौती हैं क्योंकि उनके यौन सम्बन्धों से सन्तानोत्पत्ति नहीं होती या फिर वे विवाह की नियत क़ानूनी श्रेणी में फिट नहीं होतीं। क्वीयर औरतों का तर्क है कि केवल परिवार की आलोचना पर्याप्त और सही नहीं है, यदि वह केवल असमान जेंडर सम्बन्धों पर सवाल उठाने तक ही सीमित रहती है, क्योंकि यहाँ जेंडर के अन्तर्गत केवल पुरुष और स्त्री या लड़का और लड़की के रूप में समझा जाता है और परिवार में अन्य जेंडर के लोगों या विषमलैंगिक परिवार से अलग प्रकार के परिवार के बारे में नहीं सोचा जाता। इस तरह की चुप्पी विषमनियामक विशेषाधिकार को और दृढ़ बनती है और ऐसे नियामक रिश्तों से हटकर रिश्ते बनाने वाले लोगों के लिए सामाजिक समर्थन के ढाँचों की कमी को अदृश्य कर देती है। क्वीयर नारीवादी समूह विवाह और परिवार के मुद्दों को नारीवादी एजेंडा में वापस लेकर आ रहे हैं और ऐसी जगह ढूँढ़

रहे हैं जहाँ परिवार की धारणा की आलोचना कर सकें और उसे और अधिक व्यापक बना सकें, परिवार के वैकल्पिक स्वरूपों को समझ सकें और जहाँ क्वीयर परिवारों (दोस्त, प्रेमी, माँ-बाप, भाई-बहन—जिनके इर्द-गिर्द वे अपना जीवन बनाते हैं, ऐसा परिवार जिसमें अक्सर जैविक सम्बन्ध शामिल होते हैं, लेकिन वो उसके पार भी होता है), दोस्तियों और नज़दीकी रिश्तों पर आधारित अन्य समर्थन के ढाँचों की आवश्यकता को गम्भीरता से लिया जाए।

इसलिए यौनकर्मियों और यौनिकता अधिकारों के आन्दोलनों की माँग रही है कि परिवार और विवाह के वैकल्पिक स्वरूपों को सामाजिक और क़ानूनी दोनों स्तरों पर मान्यता दी जाए। उन्होंने प्रयास किया है कि जिन अलग-अलग तरीक़ों से लोग अपने जीवन व्यतीत करते हैं उन्हें प्रभावित करने वाले विभिन्न पहलुओं पर प्रकाश डाला जाए और किसी भी मौलिक अधिकारों और गरिमा के संघर्ष में जीवन के इन अनुभवों को समझकर, इन्हें जोड़ा और शामिल किया जाए। उनका तर्क है कि ग़ैर-नियामक यौनिकताओं वाले लोगों को परिवार, समाज और सरकार द्वारा बहिष्कार किए जाने के कारण, उन्हें अपने समुदायों में होने वाली समस्याओं, शोषण और हिंसा के मुद्दे उठाने में मुश्किल होती है। और साथ ही, यही धारणाएँ उन औरतों के जीवन को भी नियंत्रित करती हैं जिन्हें समाज द्वारा स्थापित नैतिकता और पवित्रता के ख़ाके में फिट माना जाता है।

क्वीयर नारीवादियों ने विमर्श को पुरुष और महिला की सीमित जेंडर द्विधुरी से आगे बढ़ा दिया है और जेंडर की श्रेणी को और अधिक व्यापक बनाया है। उनका तर्क है कि जेंडर एक ऐसी पहचान है, जो व्यक्ति अपने लिए ख़ुद निर्धारित करते हैं। यह धारणा कि केवल दो लिंग इसलिए केवल दो जेंडर होते हैं, यह विषमनियामक नियंत्रण हम पर थोपा गया है, जबकि जेंडर एक तरलतापूर्ण अवधारणा है, अतः यदि हम नारीत्व, मर्दानगी और अन्य प्रकार की जेंडर अभिव्यक्तियों की बात करें तो ज़्यादा लाभकारी होगा। जेंडर पहचान बनाम जैविक निर्धारण पर किए गए अध्ययनों ने एल.बी.टी. समुदायों की औरतों के साथ शारीरिक और मानसिक, दोनों स्तरों पर होने वाले उत्पीड़न, उपेक्षा, खंडन, भेदभाव, नियंत्रण, चौकीदारी को उजागर किया है।[17] इन अध्ययनों का उद्देश्य है लोगों की विभिन्न प्रकार की जेंडर अभिव्यक्तियों को सामने लाना, सार्वजनिक चेतना जगाना और 'जेंडर' के विभिन्न मुद्दों पर चर्चा को बढ़ावा देना, और द्विधुरियों की आलोचनात्मक जाँच करना। हालाँकि यह सच है कि नारीवादी 'औरत' की वैश्विक श्रेणी और 'जेंडर' की राजनीतिक श्रेणी को पूरी तरह से त्याग नहीं सकते, लेकिन बेहद ज़रूरी है कि इस श्रेणी में निरन्तर जटिलताएँ और परतें जोड़ी जाती रहें।[18]

दलित महिलाओं के लिए यौनिकता, विवाह, परिवार और समुदाय के मुद्दे अलग-अलग तरह से मायने रखते हैं। दलित महिलाओं के अनुभवों के सन्दर्भ में यह समझना ज़रूरी है कि ऐतिहासिक रूप से ढाँचागत जाति व्यवस्था में उनका यौन शोषण होता आया है और दलित महिलाओं की यौनिक स्वतंत्रता को स्वाभाविक माना जाता है। इसलिए हिंसा, यौनिकता और श्रम के आम तौर पर स्वीकार्य मायनों पर दलित महिलाओं के जाति व्यवस्था के अन्तर्गत हुए जीवन अनुभवों के नज़रिये से पुनः विचार करना होगा।

दलित नारीवादियों ने जाति व्यवस्था क़ायम रखने और निचली तथा उच्च जाति, दोनों की महिलाओं की यौनिकता पर नियंत्रण के लिए हिंसा और ज़बरदस्ती करने में सजातीय विवाह की प्रथा की केन्द्रीयता पर ध्यान आकर्षित किया है। सजातीय विवाह प्रथा न सिर्फ़ पवित्रता, बल्कि उसके ज़रिये जाति/वर्ग की भिन्नता को क़ायम रखती है, और साथ ही एक समूह को दूसरे से अलग और एक-दूसरे की पहुँच से बाहर रखते हुए, भौतिक संसाधनों पर नियंत्रण भी सुनिश्चित करती है। अतः, यौनिकता एक संसाधन का रूप ले लेती है, न सिर्फ़ वैचारिक बल्कि भौतिक संसाधन, जिसके माध्यम से उत्पादकता, प्रजननशीलता और सामाजिक प्रजननशीलता को नियंत्रित किया जाता है। अतः, जहाँ निचली जाति के पुरुषों के लिए उच्च जाति की महिलाओं तक पहुँच निषिद्ध है, वहीं उच्च जाति के पुरुष खुले रूप से न सिर्फ़ निचली जाति की औरतों तक पहुँच सकते हैं, बल्कि निचली जाति की औरतों पर उनके द्वारा की गई हिंसा के लिए दंड-मुक्ति है और इसे दलित समुदायों की 'बेइज़्ज़ती' और नियंत्रण के लिए इस्तेमाल किया जाता है। इसके अतिरिक्त, दलित महिलाओं की बड़ी संख्या में ऐतिहासिक रूप से देवदासी और जोगिनी जैसी प्रथाएँ जाति व्यवस्था का हिस्सा रही है, जहाँ उनके यौन उत्पीड़न को वैधता दी गई थी। उनकी ग़रीबी और जाति स्तर के कारण, यौनकर्म में धकेली गई औरतों में अन्य जातियों की औरतों के मुक़ाबले दलित औरतों की संख्या ज़्यादा है।

दलित नारीवादी दावा करते हैं कि हिंसा, विशेषकर एक जाति विशेष के कारण होने वाली यौनिक हिंसा, के उनके अनुभव सार्वजनिक और सामूहिक हैं और उनके ढाँचागत तथा समाहित रूप को समझना ज़रूरी है। दलित औरतों पर होने वाली इस सामाजिक मान्यताप्राप्त सामूहिक हिंसा का मतलब है कि दलित औरतों के लिए, परिवार और विवाह के अन्तर्गत होने वाली हिंसा जाति आधारित हिंसा के मुक़ाबले गौण रूप ले लेती है। एक महिला के रूप में, दलित औरत को घरेलू हिंसा का तो सामना करना ही पड़ता है, लेकिन उससे भी ज़्यादा, उसे अपनी जाति के पुरुषों के साथ ढाँचागत सामाजिक हिंसा का सामना करना पड़ता है। विवाह के अन्तर्गत चाहे उसे पर्याप्त सुरक्षा न मिले, लेकिन विवाह के बाहर तो वो और भी ज़्यादा असुरक्षित है और सामूहिक हिंसा के डर के सामने, औरतें सुरक्षा के लिए अपने परिवार और समुदाय की ओर ही देखती हैं। इसलिए, दलित नारीवाद में विवाह और परिवार की आलोचना करने की सम्भावना और प्रयास कम ही रहा है। परिवार और विवाह के अन्तर्गत हिंसा और पितृसत्तात्मक दमन के मुद्दों को सुलझाना दलित नारीवाद के लिए एक दुविधा बनी रही है।

अल्पसंख्यक समुदायों की महिलाओं के लिए, साम्प्रदायिकता की राजनीति ने डर और 'अन्य' समुदायों के पुरुषों द्वारा यौनिक हिंसा की वास्तविकता को परिणाम दिया और उनकी सामुदायिक पहचान की सुरक्षा के नाम पर उनके अपने ही समुदाय का नियंत्रण बढ़ता चला गया। सामान्य समय में भी औरतों को समुदाय (बहुसंख्यक और अल्पसंख्यक, दोनों) की संस्कृति और परम्परा के कोश के रूप में अपने ही समुदाय (परिवार के माध्यम से) के हाथों उनकी गतिशीलता, यौनिकता और प्रजननशीलता पर नियंत्रण का सामना करना पड़ता है। महिलाओं के अधिकारों, न्याय और समानता के मुद्दे

सामुदायिक पहचान के मुद्दे के नीचे दब गए। निजी क़ानूनों का पूरा विमर्श महिलाओं की परिवार में अधीनस्थ स्थिति के बारे में ही था, लेकिन इस मुद्दे के राजनीतिकरण और सम्प्रदायीकरण के कारण, यह अल्पसंख्यक/बहुसंख्यक सामुदायिक पहचान का मुद्दा बना दिया गया। महिला आन्दोलनों के कुछ वर्गों ने 1990 के दशक तक समतावादी नागरिक संहिता के मुद्दे से क़दम पीछे हटा लिए थे। इसका यह परिणाम हुआ कि परिवार, विवाह और सामुदायिक नियंत्रण और उसके कारण यौनिकता के मुद्दों पर गम्भीर विमर्श क़ायम नहीं रह सका क्योंकि महिलाओं को अत्यधिक साम्प्रदायिक दो गुटों में बाँट दिया गया था। इसके अतिरिक्त, महिलाओं की स्थिति बेहतर करने के लिए निजी क़ानूनों में सुधारों की रणनीति ने, असल में विषमलैंगिक विवाह और परिवार की मुख्यधारा धारणाओं को वैधता देने का काम किया।

मुसलमान औरतों के लिए सामाजिक स्तर पर साम्प्रदायिक विचारधाराओं के प्रसार से उनके समुदायों में उनकी स्थिति पर गम्भीर परिणाम हुए, और व्यापक स्तर पर भी क्योंकि उनकी धार्मिक पहचान, देश के नागरिक के रूप में उनकी धर्मनिरपेक्ष पहचान पर भारी पड़ रही थी। पहचान आधारित राजनीति ने महिलाओं पर धार्मिक, पारिवारिक और सामुदायिक ताक़तों का दबाव और बढ़ा दिया और उनके लिए पितृसत्तात्मक ढाँचों को चुनौती देना और मुश्किल हो गया, जिसके कारण औरतों की गतिशीलता और यौनिकता पर सामुदायिक नियंत्रण और बढ़ गया। हर एक साम्प्रदायिक दंगे के बाद मुसलमान लड़कियों की कम उम्र में और बेमेल शादियाँ कर दिया जाना और उनकी शिक्षा रोक दिया जाना इसका उदाहरण है। मुसलमान कट्टरवादियों का सामुदायिक पहचान के मुद्दे पर ज़ोर, मुसलमान महिला आन्दोलन के कुछ वर्गों द्वारा मुसलमान औरतों के अधिकारों के मुद्दों पर इस्लाम का रणनीतिक उपयोग और निरन्तर बनी हुई साम्प्रदायिक स्थिति ने धर्मनिरपेक्ष लोकतांत्रिक तरीक़े से मुसलमान औरतों के अधिकारों के मुद्दे उठाने के सामने चुनौतियाँ खड़ी की हैं। मुसलमान औरतों को आन्तरिक और बाहरी, दोनों स्तरों पर कट्टरवाद का सामना करना पड़ा। दो प्रमुख समुदायों के बीच की खाई ने महिला संगठनों के लिए मुसलमान औरतों के साथ साझे मुद्दों पर काम करना मुश्किल बना दिया। जैसे-जैसे मुसलमान औरतों के लिए अधिकारों का दावा करने की जगहें सीमित होती गईं, मुसलमान औरतों को लगने लगा कि उन्हें अलग से संगठित होने की ज़रूरत है, जिससे कि वे अपने समुदाय के भीतर पितृसत्ता को सम्बोधित कर सकें और अन्ततः इसे व्यापक बनाते हुए, देश के नागरिक के तौर पर अपने मुद्दे उठा सकें। यह रास्ता बहुत मुश्किलों से भरा रहा है। जहाँ साम्प्रदायिक राजनीति का विरोध करना महिला आन्दोलनों के धर्मनिरपेक्ष एजेंडा का हिस्सा रहा है, लेकिन ऐसे साम्प्रदायिक माहौल में धर्म और धार्मिक नियंत्रण को, साम्प्रदायिक हिंसा में महिलाओं की भागीदारी और उनकी प्रतिगामी विचारधाराओं की अभिव्यक्ति को कैसे सम्बोधित किया जाए, यह अभी भी उनके सामने प्रमुख चुनौतियाँ बना हुआ है।

विकलांगता के साथ जी रही महिलाओं के अनुभव शारीरिक सामान्यता की धारणाओं के इर्द-गिर्द घूमते हैं, जो कि समाज और परिवार की 'सामान्यता' की धारणा द्वारा

निर्धारित और प्रभावित रहती हैं। जिसके अनुसार, 'सामान्य' शरीर न होने को कलंकित किया जाता है और विकलांगता की इस समझ के अन्तर्गत, जेंडर एक अहम भूमिका रखता है। पारम्परिक समाजों में, जहाँ परिवार द्वारा व्यवस्थित विवाहों में दुल्हन को उसके सौन्दर्य और ससुराल की सेवा करने में उसकी क्षमता के आधार पर चुना जाता है, ऐसे में विकलांगता के साथ जी रही औरतों का कोई पक्ष नहीं है, क्योंकि उन्हें इन दोनों ही भूमिकाओं के लिए अक्षम माना जाता है। अतः, विकलांगता के साथ जी रही औरतों के लिए माँ, पत्नी और करियर रखने वाली/घर सँभालने वाली महिला के रूप में 'साधारण' भूमिकाओं के साथ जीवन जीना एक संघर्ष है, क्योंकि उन्हें दूसरों पर निर्भर माना जाता है जो कि दूसरों/बच्चों की देखभाल नहीं कर सकतीं। यह धारणा उन्हें विवाह और मातृत्व से वंचित रखने का आधार बन जाती है। विकलांगता नारीवादियों का तर्क है कि महिला आन्दोलन ने विवाह और परिवार के ढाँचों की एक मज़बूत आलोचना तो की, लेकिन विकलांगता के साथ जी रही औरतें विवाह और परिवार को अपने जीवन में कैसे अनुभव करती हैं, इस पर पर्याप्त काम नहीं किया गया। चूँकि विकलांगता के साथ जी रही औरतों के पास ग़ैर-विकलांग औरतों के समान विवाह और मातृत्व के विकल्प उपलब्ध नहीं होते, वे समाज द्वारा उनके लिए वंचित इन भूमिकाओं का अनुभव करना चाहती हैं, 'सामान्यता' में फिट होने या फिर एक साधारण मानवीय इच्छा के रूप में। अतः, विकलांगता के साथ जी रही औरतों के जीवन में परिवार, घर और समुदाय के ढाँचों की मौजूदगी द्वन्द्वात्मक है। विकलांगता के साथ जी रहे एक व्यक्ति के लिए, परिवार और घर निर्भरता और उपेक्षा, देखरेख और नियंत्रण, उत्पीड़न और हिंसा, सुरक्षा और परित्याग की जगह हैं और विशेषकर विकलांगता के साथ जी रही महिलाओं के जीवन में इनके प्रभाव उन्हें बेहद कमज़ोर बना देते हैं। इसके अलावा परिवार में विकलांग व्यक्ति की देखरेख के जेंडर से जुड़े जटिल मुद्दे भी हैं, और साथ ही इस देखरेख पर निर्भर व्यक्ति के भी। विकलांग लोगों को आम तौर पर केवल बोझ के रूप में देखे जाने के कारण, विकलांगता के साथ जी रही औरतों का घरेलू और उत्पादक श्रम अदृश्य बना रहता है, जो कि उनके योगदान और क्षमताओं को नज़रअन्दाज़ करता है।

जहाँ तक विकलांगता के साथ जी रहे लोगों की यौनिकता और यौन इच्छाओं का सवाल है, इन्हें आम तौर पर परदे के पीछे ही रखा गया है और लोकप्रिय कल्पना में विकलांगता के साथ जी रहे लोगों को अयौनिक माना जाता है या फिर अत्यधिक यौन सक्रिय। विकलांग यौनिकता के विभिन्न पहलुओं को समझने के लिए यौन इच्छाओं, अन्तरंग रिश्तों, विवाह, माता-पिता द्वारा देखभाल, गर्भ निरोधन, मातृत्व, गर्भ समापन और नसबन्दी तथा प्रजनन से जुड़े अन्य मुद्दों को देखना ज़रूरी है। विकलांगता के साथ जी रहे लोगों के लिए, विकलांगता का पहलू इन प्रक्रियाओं में नई चुनौतियाँ जोड़ देता है। विकलांगता में यौनिकता सम्बन्धित मुद्दों पर चुप्पी, बहिष्कार और अदृश्यता की एक अतिरिक्त परत निहित है। इन मुद्दों को सम्बोधित करने से उनका परित्याग कर दिए जाने और घरेलू हिंसा के अतिरिक्त, मुख्यधारा सामाजिक जीवन से बहिष्कार

और बीमारियों तथा मानसिक स्वास्थ्य समस्याओं की अनदेखी के प्रति संवेदनशीलता और भी ज़्यादा बढ़ जाती है।[19]

विकलांगता के साथ जी रहे लोगों की यौनिकता सम्बन्धी ज़रूरतों को अस्वीकार करना और समाज के इसके प्रति नकारात्मक रवैये के कारण, कोई ऐसी सेवा भी उपलब्ध नहीं है जो विकलांगता के साथ बढ़ते बच्चों के यौनिकता से जुड़े मुद्दों को सम्बोधित कर सके। पिछले एक दशक में, विकलांगता के साथ जी रही महिला एक्टिविस्टों ने इस आम धारणा को चुनौती दी है कि विकलांगता के साथ जीने वाले लोग अयौनिक होते हैं और उन्हें यौनिकता तथा यौनिक स्वास्थ्य की कोई जानकारी देने की आवश्यकता नहीं है। विकलांगता कार्यकर्ता तर्क देते हैं कि इन लोगों के अयौनिक होने का मिथक उनकी देखरेख करने वाले लोगों के उनके प्रति रवैये को प्रभावित करता है, और इसके कारण उनके यौनिकता के मुद्दों को अनदेखा कर दिया जाता है। माता-पिता के सामने जब अपने बच्चों के ये मुद्दे सामने आते हैं, तो वे इनका सामना नहीं कर पाते, क्योंकि वे इसके लिए तैयार नहीं होते। और विकलांगता के साथ जी रही लड़कियों को यौनिकता पर कोई जानकारी उपलब्ध नहीं होती।

दलित, मुसलमान, विकलांगता, क्वीयर और यौनकर्मी नारीवादियों ने यौनिकता और विषम-नियामकता के विमर्श में जो महत्त्वपूर्ण पहलू जोड़े हैं, उनके कारण यौनिकता और अधिकारों के बीच जुड़ावों की खोज करने और पितृसत्ता की समझ बेहतर करने का मौक़ा मिला। इनसे महिला शरीर और यौनिक श्रम, जिसमें यौनकर्म भी शामिल है, के विमर्श को और अधिक व्यापक बनाने में मदद मिली है। ये विमर्श इस पर भी ज़ोर देते हैं कि यौनिकता कोई निजी मामला नहीं है और यह सार्वजनिक विशेषाधिकार और उत्पीड़न से जुड़ा हुआ है तथा स्पष्ट रूप से जेंडर, क़ानून, जाति, धर्म और राष्ट्रीयता से भी। परिणामस्वरूप, यौनिकता, विवाह, परिवार और समुदाय के मुद्दों पर होने वाले विमर्श में जेंडर, जाति, यौनिक प्रवृत्ति और विकलांगता के विषय शामिल होने लगे हैं। हालाँकि यह मुश्किल है, लेकिन इसने विषमलैंगिक विवाह के विशेषाधिकारों, जैविक परिवार और अन्तरंग सहयोगी ढाँचों पर विमर्श को खोला है और ज़ोर दिया है कि परिवार और विवाह की हमारी धारणाओं को और अधिक व्यापक बनाने की ज़रूरत है।

महिला श्रम पर विमर्श

महिलाओं के श्रम और काम के सवाल ने नारीवादी कार्यकर्ताओं और शिक्षाविदों का ध्यान, काफ़ी पहले, 1980 के दशक में ही आकर्षित कर लिया था, जिसके अन्तर्गत उन्होंने सार्वजनिक और निजी दोनों क्षेत्रों में होने वाले श्रम के बँटवारे की अवधारणा और समाज तथा अर्थव्यवस्था में औरतों द्वारा किए जाने वाले काम के आधार पर महिलाओं की अधीनता की व्याख्या की। उन्होंने उत्पादक और ग़ैर-उत्पादक श्रम की श्रेणियों पर सवाल उठाया, जिसके कारण महिलाओं द्वारा किए जाने वाले काम के मूल्य को आँके न जाने, अदृश्य और अवैतनिक घरेलू श्रम पर विमर्श खुला और कमानेवाले पुरुष और उस पर निर्भर पत्नी/घर सँभालने वाली की धारणाओं का परीक्षण किया गया। इस विमर्श

ने घर के अन्दर किए जाने वाले महिलाओं के श्रम को सामाजिक और आर्थिक रूप से मूल्यवान होने के रूप में दृश्यता प्रदान की, लेकिन यह महिलाओं के श्रम के कई अन्य पहलुओं को खोलने में नाकामयाब रहा, जैसे कि, जातिग्रस्त समाज में महिलाओं या फिर अलग यौनप्रवृत्ति रखने वाली महिलाओं या विकलांगता के साथ जी रही महिलाओं या विवाह के अन्दर या बाहर महिलाओं का यौनिक श्रम या फिर परिवार के अन्दर विकलांगता के साथ जी रहे व्यक्ति की देखरेख की जेंडर आधारित ज़िम्मेदारी।

दलित नारीवादियों और यौनकर्मियों ने जाति-ढाँचागत समाज के सन्दर्भ में और यौनकर्मियों द्वारा किए जाने वाले महिला श्रम की जटिलता को उजागर किया। दलित महिला श्रम का मुद्दा उठाते हुए उन्होंने इस बात को रेखांकित किया कि उन्हें कुछ सीमित प्रकार के काम ही दिए जाते हैं, जिन्हें न सिर्फ़ तुच्छ माना जाता है, बल्कि कलंकित भी हैं और उनके लिए पैसा भी बहुत कम दिया जाता है। अभी हाल ही में युवा दलित महिलाओं ने जाति, श्रम और महिला सशक्तीकरण के बीच के जुड़ावों को उजागर किया है और कैसे 'सम्मानजनक' तथा व्यावसायिक क्षमता निर्माण के अवसर जाति द्वारा निर्धारित और विशेषाधिकार प्राप्त हैं। अनु रामदास ने नरेगा स्कीम के अन्तर्गत पंजीकरण करवाने वाली औरतों के नामों के एक विश्लेषण के माध्यम से इस जुड़ाव को उजागर किया।[20] उनका कहना है कि महिला सशक्तीकरण असल में उच्च जाति की महिलाओं के सशक्तीकरण के बारे में है, जिन्हें उनके वर्ग और जाति के कारण बेहतर वेतन देने वाली नौकरियों पर हावी होते देखा जा सकता है। दलित नारीवादियों का तर्क रहा है कि नारीवादी आन्दोलन के अन्तर्गत, महिला श्रम के विमर्श में जाति आधारित श्रम, जैसे कि देवदासी, जोगिनी आदि प्रथाओं को शामिल नहीं किया गया। यह समझना ज़रूरी है कि सामाजिक प्रजनन का एक महत्त्वपूर्ण पहलू, जो कि महिलाओं द्वारा की जाने वाली जीवन निर्वाह और सामाजिक महत्त्व की गतिविधियाँ, जिनमें कई ऐसे हीन समझे जाने वाले कार्य भी शामिल हैं, जिन्हें दलित औरतें अनौपचारिक कार्यक्षेत्र में करती आई हैं। वे सभी जाति-आधारित श्रम की श्रेणी में शामिल हैं और इन अधीनस्थ जातियों द्वारा इस प्रकार के श्रम को जारी रखने में अछूत प्रथा ने केन्द्रीय भूमिका निभाई है। उनका तर्क है कि उच्च जाति परिवारों में औरतों के श्रम का नियंत्रण निचली जातियों की औरतों के अनुभव से बहुत अलग है जिसका कारण है उनकी जाति का स्तर और श्रम करने की उनकी निरन्तर आवश्यकता।

वर्ष 2005 में, डांस बार विवाद ने महिला श्रम और उनके काम के मुद्दे को एक अलग तरह से रेखांकित किया। 2005 की शुरुआत में, महाराष्ट्र सरकार ने डांस बार पर प्रतिबन्ध लगाने का प्रस्ताव रखा, जिसके पीछे युवाओं को बार बालाओं के नैतिक रूप से भ्रष्ट प्रभावों से बचाया जा सके और महिला नर्तकियों को यौन शोषण से। यह प्रतिबन्ध ऐसे समय में आया जब नारीवादी आन्दोलन यौनकर्म के मुद्दे पर विचार-विमर्श कर रहे थे और यौनकर्मियों के संघर्षों को 'काम' की एक नई नज़र से देख रहे थे। यौनकर्मी के श्रम और काम की इस नई समझ के अन्तर्गत, जिसकी तुलना बार बालाओं के काम से की जा रही थी, डांस बार पर प्रतिबन्ध का कई महिला समूहों,

यौनकर्मी अधिकार समूहों और बार बालाओं ने विरोध किया, जिन्होंने महाराष्ट्र सरकार के इस मनमाने और पाखंडी क़दम को चुनौती दी।[21] कई अन्य लोगों ने बार बालाओं के काम को बदलती अर्थव्यवस्था के सन्दर्भ में प्रस्तुत किया जहाँ औरतें विभिन्न प्रकार के रोज़गार ढूँढ़ती हैं और नाचना उनमें से एक है, और इन लोगों ने बार बालाओं को श्रमिक के रूप में मान्यता दिए जाने की माँग के साथ-साथ इस असंगठित कार्यक्षेत्र में उनकी काम की स्थितियों में सुधार की भी माँग की।

इसके विपरीत, कुछ दलित महिला समूहों और कार्यकर्ताओं का मानना था कि यह प्रतिबन्ध जाति-आधारित व्यवसाय में औरतों को ज़बरदस्ती धकेले जाने से बचाने का अच्छा तरीक़ा है।[22] उनका कहना था कि बार नृत्य को वैधता देने से इस शोषक और अपमानित जाति-आधारित व्यवसाय को केवल बढ़ावा की मिलेगा। इन समूहों ने सवाल उठाया कि जब निचली जाति की औरतें वेश्यावृत्ति के काम में आती हैं तब चुनाव/विकल्प या ज़बरदस्ती के मुद्दे को अलग प्रकार से समझने की ज़रूरत है। इसके साथ-साथ यौनकर्म को काम के रूप में कैसे परिभाषित किया जा सकता है जबकि उन्हें यह काम उनकी जाति के कारण करना पड़ता है? इस विमर्श ने जाति और यौन श्रम के मुद्दे को केन्द्रित किया, जहाँ दलित नारीवादियों ने महिला आन्दोलन के कुछ हिस्सों द्वारा आजीविका की सुरक्षा के नाम पर इस प्रतिबन्ध का विरोध करने पर नाराज़गी प्रकट की, क्योंकि उनके अनुसार यह विरोध दर्शाता है कि उन्हें कुछ जाति की औरतों के साथ होने वाले जाति अनुभवों और जाति-आधारित यौन शोषण के अनुभवों की समझ नहीं है। इसने जाति और यौन श्रम, जाति और श्रम तथा यौनकर्म को श्रम के रूप में देखना—इन सब मुद्दों पर विमर्श को खोल दिया। यौनकर्म करने वाली औरतों की आवाज़ों ने इस विमर्श में और जटिलता जोड़ दी। यह तनाव अभी भी सुलझाया नहीं जा सका है।

1990 में बनी यौनकर्मियों के संगठन/यूनियन/संस्थाओं, जो विशिष्ट रूप से यौनकर्मियों की सदस्यता और नेतृत्व में काम कर रहे थे, ने यौनकर्म करने वाली औरतों पर विमर्श को 'गिरी हुई औरतें' या 'शिकार' हुई औरतें जिन्हें बचाने, सुधारने और पुनर्वास की ज़रूरत है, के बदले यौनकर्म को 'काम' के रूप में मान्यता देने की दिशा में बदलने की कोशिश की, बजाय इसके कि उसे नैतिकता के नज़रिये से समझा जाए। प्रयास रहा है कि दमन और यौनकर्म के उन्मूलन के नज़रिये से हटकर यौनकर्म करने वाली औरतों की स्थिति बेहतर बनाने के लिए काम किया जाए।[23] यह तर्क दिया जाता है कि जब तक यौनकर्म को काम के रूप में मान्यता नहीं मिलती, तब तक विमर्श को यौनकर्मियों के अधिकारों और गरिमा के सन्दर्भ में नियोजित नहीं किया जा सकता। यौनकर्मी यूनियनें लेबर यूनियनों के साथ मिलकर काम करने का प्रयास करती रही हैं, जिसके पीछे तर्क है कि यौनकर्म भी अन्य प्रकार के श्रम और काम की तरह काम है, और साथ ही अनौपचारिक व स्व-नियोजित कार्यक्षेत्र के अन्य श्रमिकों के साथ जुड़ाव बनाने की कोशिश कर रहे हैं। यौनकर्म को 'काम' के रूप में किसी भी अन्य आजीविका के साधन की तरह देखना नारीवादी समूहों, यौनकर्मियों के समूहों और श्रमिक यूनियनों

के बीच अभी भी अत्यधिक विवादास्पद मुद्दा बना हुआ है, लेकिन इसने विमर्श की सीमाओं को निश्चित रूप से बदल दिया है और यौनकर्म को श्रम के ढाँचे में शामिल करने का प्रयास किया है।[24]

दूसरी ओर, इस प्रक्रिया ने 'शुद्ध' और 'पवित्र नारीत्व' की धारणाओं और औरतों तथा मर्दों के लिए यौनिक नैतिकता के दोहरे मापदंडों पर सवाल खड़े कर दिए, जो यौनकर्म करने वाली महिलाओं के प्रति सामाजिक नज़रिये को निर्धारित करते हैं। इसके अलावा, इसने महिला आन्दोलनों से भी सवाल किया कि आख़िर यौनकर्मियों पर होने वाली हिंसा, शोषण और भेदभाव को महिलाओं के ख़िलाफ़ हिंसा के ढाँचे के अन्तर्गत क्यों शामिल नहीं किया जाता।

ट्रांसजेंडर समुदायों की आवाज़ों ने भी इन समुदायों के श्रम के मुद्दे को उठाया है, जिन्हें इतना कलंकित किया जाता है कि उन्हें शादियों और बच्चों के पैदा होने पर पैसा माँगने के पारम्परिक रिवाज़ के अतिरिक्त, यौनकर्म या भीख माँगने के अलावा कोई काम नहीं मिलता। ट्रांसजेंडर समुदायों के अन्तर्गत, ट्रांसजेंडर दलितों ने व्यक्त किया है कि उन्हें जीवन में तीन तरीक़ों से कलंकित किया जाता है—पहला, दलित होने के कारण, फिर यौनकर्मी और फिर ट्रांसजेंडर होने के कारण। यौनकर्म के अन्दर भी, दलित ट्रांसजेंडर यौनकर्मी सबसे निचले दर्जे पर रहते हैं।

दलित महिला समूहों, यौनकर्मियों और विभिन्न यौनप्रवृत्ति रखने वाली महिलाओं ने माँग की है कि यौनिकता और श्रम की मान्य परिभाषाओं को दोबारा स्थापित करना ज़रूरी है। उनकी जाति व्यवस्था में स्थिति, यौनकर्मियों के लिए सामाजिक नियमों और मानकों के नज़रिये से, जिसके अन्तर्गत विषमनियामक वैवाहिक रिश्तों की कड़ी सीमाओं में सीमित यौन अभिव्यक्ति को ही मान्यता दी जाती है और 'सभ्य' काम की धारणाएँ, विभिन्न यौनप्रवृत्ति रखने वाली महिलाएँ जो 'साधारण' और प्राकृतिक 'विषमलैंगिक' यौनिकता के मापदंड में फिट नहीं बैठतीं और विकलांगता के साथ जी रही औरतें जिन्हें उत्पादक और प्रजननशील भूमिकाओं के क़ाबिल नहीं समझा जाता।

महिलाओं के विरुद्ध हिंसा का मुद्दा

महिलाओं के विरुद्ध हिंसा का मुद्दा 1970 के दशक से महिला संगठनीकरण का केन्द्रबिन्दु रहा है। जैसे कि ऊपर चर्चा की गई है, शुरुआती अभियानों ने हिंसा को पाबन्दियों, भेदभाव, नियंत्रण और औरतों पर खुले में होने वाली हिंसा को परिवार के अन्दर असमान जेंडर सम्बन्धों और औरतों को परिवार, समुदाय और देश की इज़्ज़त के रूप में देखे जाने के रूप में परिभाषित किया। महिलाओं पर हिंसा और शादी तथा परिवार (जन्म लेने वाले और वैवाहिक, दोनों) में औरतों की शक्तिहीन स्थिति के जुड़ाव को उजागर करते हुए, महिला संगठनों ने घर और परिवार के निजी दायरे में होने वाली महिला हिंसा को मान्यता के साथ-साथ पारिवारिक सम्पत्ति, घर और बच्चों पर अधिकारों को क़ानूनी मान्यता दिए जाने की माँग की। लेकिन इस दौरान महिला संगठनों की माँगों का केन्द्रबिन्दु ज़्यादातर सामाजिक और क़ानूनी रूप से स्वीकार्य विषमनियामक विवाह

और परिवारों के अन्दर ही था, जो कि दूसरी पत्नी या परम्परागत प्रथाओं के अन्तर्गत किए गए वैवाहिक रिश्तों में रहने वाली औरतों जिन्हें क़ानूनी मान्यता प्राप्त नहीं थी, यौनकर्मियों और हमजिंसी औरतों को बाहर रखता था। 1983 में भारतीय दंड संहिता में पहले संशोधन के अन्तर्गत शामिल की गई धारा 498 ए ने परिवार के अन्दर होने वाली महिला हिंसा को मान्यता दी, जिसमें केवल विषमनियामक शादी के रिश्ते में रहने वाली औरतों को शामिल किया गया, यानी कि सिर्फ़ वे औरतें जिन्हें अपने पति या पति के किसी रिश्तेदार के हाथों क्रूरता का सामना करना पड़ता है।

बलात्कार एक अन्य महत्त्वपूर्ण क्षेत्र था जहाँ महिला संगठनों ने पीड़ित महिला के प्रति शर्म की सामाजिक धारणा के कारण इस मुद्दे पर बनी हुई चुप्पी को तोड़ने के लिए प्रभावकारी क़दम उठाए। अदालती मुक़दमों, पुलिस की छानबीन और पीड़ित महिला के प्रति समाज के रवैये के अनुभवों के माध्यम से, उन्होंने प्रक्रियात्मक और सबूत के क़ानूनों में बलात्कार की परिभाषा और बलात्कार में 'सहमति' पर बदलाव की माँग की।[25] हालाँकि यह महत्त्वपूर्ण था, लेकिन यह विश्लेषण और इस प्रकार सरकार से महिला हिंसा से निपटने के लिए क़ानूनों की माँग करना महिलाओं के व्यक्तिगत अनुभवों पर आधारित था। इसमें ऐसी महिलाओं के अनुभव शामिल नहीं थे जिन्होंने यौन हिंसा का सामना किया लेकिन अपराधी को इसलिए दंड नहीं मिला, क्योंकि वह महिला एक विशेष जाति या समुदाय से थी, जिसे सामाजिक और सरकारी समझ के अन्तर्गत, सामाजिक रूप से दरकिनार और कलंकित किया जाता है। अतः, औरतों पर जाति आधारित हिंसा, अस्वीकार्य यौनप्रवृत्ति (sexual orientation) के कारण होने वाली हिंसा, साम्प्रदायिक द्वेष के कारण होने वाली हिंसा जहाँ औरतों को 'दूसरे' समुदाय की होने के कारण निशाना बनाया जाता है, या विवाह और परिवार के नियामक ढाँचों में फिट न होने वाली औरतों पर होने वाली हिंसा, यौनकर्मी औरतें या विकलांगता के कारण औरतों पर होने वाली हिंसा—ये सब मुद्दे इस दौरान की नारीवादी राजनीति में अपने लिए जगह नहीं बना पाए।

दलित महिला कार्यकर्ताओं ने याद दिलाया कि महिला आन्दोलनों का विवाह और परिवार के अन्दर होने वाली व्यापक हिंसा में दलित औरतों की वास्तविकता शामिल नहीं है, जिन्हें परिवार और विवाह के अन्तर्गत होने वाली हिंसा के अतिरिक्त, *ढाँचागत सामाजिक हिंसा* का भी सामना करना पड़ता है। हिंसा के उनके अनुभवों और जाति आधारित सत्ता, असमानता तथा बहिष्कार को दंड-मुक्ति देने वाले समाज में, एक जाति विशिष्ट की होने के कारण, उन पर चुप्पी थोप दी जाती है। दलित औरतों पर जाति और जेंडर के आधार पर होने वाली हिंसा के मुद्दे को सम्बोधित करने के लिए जाति और पितृसत्ता की बारीक़ परतों की समझ तथा उनके दमन और हिंसा की एक अलग अवधारणा बनाने की आवश्यकता थी। पितृसत्ता के विश्लेषण और महिला हिंसा की समझ में जाति का पहलू शामिल नहीं था—यह महत्त्वपूर्ण बिन्दु दलित महिलाओं ने 1990 के दशक में उठाया।

इसे और स्पष्ट रूप से समझा जाए तो, दलित पुरुषों और दलित समुदाय का अपमान करने के लिए औरतों के ख़िलाफ़ हिंसा का उपयोग किए जाने का मतलब है

कि यह हिंसा सामूहिक और सार्वजनिक है, जहाँ सरकार और समाज इसके गवाह हैं। दलित औरतों को निर्वस्त्र करके घुमाये जाने के रूप में की जाने वाली यौनिक हिंसा/ या उच्च जाति के पुरुषों द्वारा उनका बलात्कार, यह सभी दलित औरतों पर अपनी सत्ता स्थापित करने का प्रयास है। जाति समाज में, जाति और जेंडर आधारित हिंसा में 'पुरुषत्व' की धारणा केन्द्रीय भूमिका रखती है, जहाँ पुरुषत्व को पुरुषों के औरतों पर नियंत्रण के रूप में परिभाषित किया जाता है। इसी तर्क से, 'दूसरे' समुदाय की औरतों पर नियंत्रण स्थापित करना उस समुदाय के पुरुषत्व को कम करने का तरीक़ा बन जाता है। ऐसी हिंसा के अनगिनत मामले हैं, कुछ का दस्तावेज़ीकरण हुआ है, लेकिन ज़्यादातर को नज़रअन्दाज़ कर दिया गया। दलित औरतें ख़ुद भी ऐसी हिंसा को रिपोर्ट नहीं करतीं, क्योंकि उन्हें प्रतिहिंसा का डर रहता है, और इसके अलावा, प्रशासनिक, पुलिस और क़ानूनी-तंत्र भी इसके लिए कोई समाधान नहीं देता—इन महकमों के उच्च पदों पर अक्सर उच्च जाति के लोग ही कार्यरत हैं और वे अपराधियों के साथ मिलीभगत करके, इस प्रकार की हिंसा को अदृश्य बनाए रखते हैं।[26]

ऐसी औरतों के सन्दर्भ में होने वाली हिंसा को देखना भी ज़रूरी था, जो स्वीकार्य विषमनियामक विवाह और परिवार के दायरे में फिट नहीं होतीं, जैसे कि यौनकर्मी और हमजिंसी महिलाएँ। हालाँकि महिला आन्दोलनों के अन्तर्गत यौनकर्म को आम तौर पर हिंसा ही माना जाता रहा, यौनकर्म करने वाली औरतों के साथ, उन पर होने वाली हिंसा की समझ बनाने के उद्देश्य से, सम्पर्क बनाने के कोई प्रयास नहीं किए गए। ऐतिहासिक रूप से, क़ानून और समाज दोनों ने यौनकर्म करने वाली औरतों को मुख्यधारा समाज से दूर रखा है, जिससे कि समाज पर उनकी 'अशुद्ध' (loose) यौनिकता का अनैतिक प्रभाव न पड़े, और इसके कारण उनके ख़िलाफ़ होने वाली हिंसा बेरोक-टोक चलती रही। अनैतिक व्यापार रोकथाम अधिनियम, 1986 और भारतीय दंड संहिता की धाराएँ 370, 370 ए—373 व्यक्तियों के व्यापार को रोकने के लिए बनाई गई हैं, जिनमें बच्चों का व्यापार और उनका शारीरिक और सामाजिक शोषण भी शामिल है, लेकिन ऐतिहासिक रूप से इन्हें यौनकर्म करने वाली औरतों के ख़िलाफ़ ही उपयोग किया जाता रहा है। यह वास्तव में यौनकर्मी औरतों का अपराधीकरण करता है। भारतीय दंड संहिता के अन्य प्रावधानों के साथ पढ़े जाने पर, इस अधिनियम जिसका लक्ष्य है 'अभद्र व्यवहार' और 'सार्वजनिक उपद्रव' को नियंत्रित करना और अभद्रता करने के लिए लोगों को हिरासत में लेना, वास्तव में यह सभी औरतों, और विशेषकर यौनकर्म करने वाली औरतों के सन्दर्भ में पुलिस की शक्ति को बढ़ावा देने का काम करता है।[27] पुलिस यौनकर्मियों को 'बुरा' और 'उपलब्ध' मानने वाली सामाजिक धारणाओं से प्रभावित होती है, और सरकार द्वारा बनाए गए क़ानून पुलिस द्वारा यौनकर्म करने वाली औरतों का शोषण और हिंसा करने को वैधता देते हैं।

इसलिए, यौनकर्मियों के अभियानों में यौनकर्म का ग़ैर-अपराधीकरण उनकी केन्द्रीय माँग रही है। हालाँकि यहाँ भी, अलग-अलग समूह अलग-अलग मुद्दों पर ज़ोर देते हैं—कुछ यौनकर्म को क़ानूनी मान्यता देने की माँग करते हैं, और कुछ ग़ैर-

अपराधीकरण की, और कुछ यौनकर्म के उन्मूलन और यौनकर्मियों के पुनर्वास की।[28] इस सबके बावजूद, इन विमर्श और तनावों और यौनकर्मियों के संगठनीकरण ने उनके मानव अधिकारों पर ध्यान आकर्षित किया है, जहाँ वे नागरिक, श्रमिक और औरतों के रूप में सुरक्षा और अधिकारों की माँगकर रही हैं, परिवार और पितृसत्ता की विचारधारा पर सवाल उठा रही हैं जो उनके ख़िलाफ़ शोषण और हिंसा को बढ़ावा देते हैं, यौनिक नैतिकता के मुद्दे और यौनकर्मियों के दमन के जेंडर दमन के साथ जुड़ावों को उजागर कर रही हैं। उनका तर्क रहा है कि यदि नैतिकता और कलंक को हटा दिया जाए, तो यौनकर्म को 'सामाजिक रूप से उत्पादक' काम के दायरे में वैध जगह मिल सकती है—जैसे कि देखभाल और घरेलू काम को—और सम्भव है कि इससे यौनकर्म करने वाली औरतों पर होने वाली हिंसा भी कम हो जाए।

1990 के दशक के बाद से, यौनकर्मियों के संघर्ष यौनिक अल्पसंख्यकों (sexual minorities) के संघर्षों से मेल खाने लगे। दोनों की विषमनियामक संस्थाओं और विचारधाराओं के सन्दर्भ में राजनीति एक सामान थी। दोनों को 'सामान्य', 'प्राकृतिक' और 'विकृत' यौनिकता की प्रचलित धारणाओं और कठोर जेंडर और यौनिक पहचानें थोपे जाने के कारण बहिष्कार और अत्यधिक हिंसा का सामना करना पड़ा है। यौनिक अल्पसंख्यक भी सरकार और समाज के हाथों क़ानूनी तथा नैतिक अपराधीकरण और 'विकृत व्यवहार' के ख़िलाफ़ अत्याचारी नैतिक चौकीदारी का शिकार बनते हैं, जो कि सामाजिक और क़ानूनी सज़ाओं तथा हिंसा, यहाँ तक कि उनकी मौत का भी कारण बन जाती है।

जैसे कि ऊपर चर्चा की गई है, सामाजिक और सांस्कृतिक स्तर पर 'सामान्य' शरीर पर ही ज़ोर दिया जाता है और कुछ प्रकार के यौनिक व्यवहारों को ही वैधता दी जाती है। हमजिंसी औरतों को परिवार और समाज तथा सरकारी अधिकारियों, जैसे कि पुलिस के हाथों काफ़ी हिंसा का सामना करना पड़ता है, यहाँ तक कि यौनिक हिंसा का भी, क्योंकि उन्हें 'अप्राकृतिक' और 'विकृत' माना जाता है। हमजिंसी औरतों के इन मुद्दों को नारीवादी राजनीति में जगह मिलने में बहुत समय लगा, क्योंकि विषमलैंगिक सम्बन्धों के नियामक ढाँचे के बाहर 'यौनिकता' के मुद्दों को सम्बोधित करने पर उनके बीच झिझक थी। इसके अलावा, वे यौनिकता से जुड़े मुद्दों के मुक़ाबले आर्थिक व अन्य जीविका के मुद्दों को प्राथमिकता देते थे। महिला समूह इन मुद्दों को छूने से झिझकते रहे क्योंकि उन्हें डर था कि उन्हें 'पश्चिमी' या 'अनैतिक' माना जाने लगेगा।

इसके अतिरिक्त, जेंडर आधारित हिंसा पर नारीवादी काम के दायरे से जो समूह इस शताब्दी की शुरुआत तक बाहर रहा, वह था विकलांगता के साथ जी रही महिलाएँ। इन औरतों पर नियमित रूप से होने वाली शारीरिक, मानसिक और यौनिक हिंसा, उनके कलंकित करार कर दिए गए जीवन के कारण उनके साथ किया जाने वाला भेदभाव समाज और आन्दोलनों की धारणाओं में अदृश्य बना रहा। 1990 के दशक में उभरने वाले विकलांगता अधिकार आन्दोलन ने 'व्यक्तिगत क्षति या त्रासदी' पर दिए जाने वाले ज़ोर को बदलकर विकलांगता को एक सामाजिक और राजनीतिक समस्या का रूप

दिया। लेकिन फिर भी, विकलांग लोगों के लिए सामाजिक बाधाओं के इस विश्लेषण में विकलांगता का जेंडर-सम्बन्धित पहलू शामिल नहीं था। कोई आश्चर्य की बात नहीं है कि विकलांगता के साथ जी रही औरतों के साथ परिवार और समुदायों, जो कि कोई अन्य वैकल्पिक या सरकारी सहयोग की व्यवस्था न होने के कारण मूल रूप से उन पर निर्भर हैं, में होने वाली हिंसा पर कम काम हुआ है। जो थोड़े-बहुत संस्थागत सहयोग की व्यवस्थाएँ हैं भी, जैसे कि मानसिक स्वास्थ्य केन्द्र, संरक्षण गृह, आवासीय आश्रय, और बेसहारा लोगों के लिए आवास, विशेष ज़रूरतों वाले बच्चों के लिए किशोर गृह और धार्मिक आश्रय, वहाँ भी इन औरतों का शोषण और उनके साथ हिंसा होती है। जहाँ एक ओर विकलांगता के साथ जी रही औरतें और लड़कियाँ अक्सर शारीरिक और यौनिक दोनों हिंसा की शिकार होती हैं, यह हिंसा ज़्यादातर अदृश्य रही है क्योंकि ये मामले रिपोर्ट नहीं किए जाते। उनके सामाजिक अलगाव और परिवार पर उनकी निर्भरता के परिणामस्वरूप उनकी संवेदनशीलता और उसके कारण परिवार के सदस्यों द्वारा की जाने वाली यौनिक हिंसा पर चुप्पी बनी रहती है। इसलिए जेंडर और विकलांगता के आधार पर अलग कोई आँकड़े उपलब्ध नहीं हैं, जिनकी मदद से विकलांगता के साथ जी रही औरतों/लड़कियों के साथ परिवार और संस्थागत आश्रयों में होने वाली यौनिक और जेंडर आधारित हिंसा के अपराधों का विश्लेषण किया जा सके।

बलात्कार क़ानून में बदलावों के लिए महिला आन्दोलनों के अभियानों या सरकार के साथ विमर्श में विकलांगता के साथ जी रही औरतों/लड़कियों के साथ परिवार में उनकी देखरेख करने वालों और आश्रयों के कर्मचारियों और अनजान लोगों द्वारा की जाने वाली यौनिक हिंसा पर कोई दृष्टिकोण शामिल नहीं था। मानसिक रोगों से ग्रस्त औरतों की स्वच्छता बनाए रखने के नाम पर उनके गर्भाशय निकाले जाने के मामलों ने विकलांगता के साथ जी रही पर होने वाली यौन हिंसा को और भी जटिल तरीक़े से सामने लाकर रख दिया। हालाँकि जबरन नसबन्दी एक मुद्दा बन के उभरा जिस पर महिला आन्दोलनों के विभिन्न तबकों ने स्वायत्तता, गरिमा, नैतिकता और निजता की नारीवादी अवधारणाओं के आधार पर सम्बोधित किया। लेकिन मानसिक स्वास्थ्य, मनो-सामाजिक समस्याओं से ग्रस्त औरतों के जीवन पर घरेलू और सार्वजनिक स्तर पर होने वाली हिंसा के प्रभाव, मानसिक बीमारी से जुड़े कलंक, बौद्धिक विकलांगता के साथ जी रही औरतों की देखभाल, उन पर शोध और अध्ययन और विमर्श की कमी से जुड़े अन्य मुद्दे नारीवादी संस्थाओं के ध्यान को आकर्षित नहीं कर पाए। विकलांगता अपने आप में एक विविधतापूर्ण श्रेणी है जिसमें प्रत्येक प्रकार की विकलांगता को अलग-अलग तरह से सम्बोधित करना होता है। चूँकि समाज और राज्य प्रणालियों में इन मुद्दों को सम्बोधित करने का सब्र नहीं है, इसलिए विकलांगता के साथ जी रही औरतों के मुद्दे अभी भी हाशिये पर ही हैं।

मुसलमान औरतों के साथ होने वाली हिंसा को साम्प्रदायिक राजनीतिक सन्दर्भ में समझना होगा, जिस पर धार्मिक पहचान की राजनीति हावी है, जिसके कारण मुसलमान औरतों को अपने समुदाय के अन्दर और बाहरी राजनीतिक तथा साम्प्रदायिक ताक़तों

के हाथों नियंत्रण और दबाव का शिकार होना पड़ा है। 1992 में बाबरी मस्जिद विध्वंस के बाद भड़की साम्प्रदायिक हिंसा ने स्थिति को और अधिक गम्भीर बना दिया जहाँ पहचान का सवाल बाक़ी सभी सवालों पर हावी हो गया और उसने मुसलमान औरतों की असुरक्षा की भावना को और भी बढ़ा दिया। एक ओर उन्हें 'दूसरे' समुदाय के लोगों द्वारा की जा रही यौन हिंसा व अन्य हिंसा का सामना करना पड़ रहा था और दूसरी ओर, उन्हें अपने ही समुदाय के धार्मिक रूढ़िवादी और सामुदायिक नेताओं के नियंत्रण का सामना करना था। साम्प्रदायिक हिंसा के डर ने औरतों पर धार्मिक सामुदायिक पुरुष नेता और आम पुरुषों के नियंत्रण को बढ़ावा दिया और उनके लिए समुदाय के अन्दर पितृसत्ता के मुद्दे उठाना मुश्किल हो गया। 1990 के दशक के बाद, साम्प्रदायिक स्थिति और हिन्दू-मुसलमान समुदायों के ध्रुवीकरण के सन्दर्भ में, मुसलमान औरतों के अधिकारों के लिए समूह और नेटवर्क बहाल हुए। वर्ष 2002 के गुजरात नरसंहार ने मुसलमानों के साथ क्रूरता का उदाहरण पेश किया, जिसमें ख़ासकर औरतों को निशाना बनाया गया। इस हिंसा के स्वरूप ने दर्शाया कि औरतों को पहले तो 'अन्य' समुदाय की होने के कारण और फिर उस समुदाय की जैविक और सांस्कृतिक प्रजननशीलता के कारण निशाना बनाया गया। और उनके शरीरों को उनके समुदाय का प्रतीक बनाकर उन पर हिंसा की गई।[29] गुजरात हिंसा ने मौजूदा क़ानूनी समाधानों की सीमितता को भी उजागर किया, क्योंकि इस मामले में बलात्कार एकमात्र तरीक़ा नहीं था जिससे औरतों पर हिंसा की गई और ये घटनाएँ आकस्मिक, आवेगी और छिटपुट प्रकार की नहीं थीं।

महिला संगठनों ने अपने अभियानों में साम्प्रदायिक हिंसा/राजनीति का औरतों, ख़ासकर अल्पसंख्यक समुदायों की औरतों के अधिकारों और जीवन पर होने वाले नकारात्मक प्रभावों को केन्द्रबिन्दु बनाया। लेकिन दुर्भाग्यवश, पहचान की राजनीति के उदय के परिणामस्वरूप महिला आन्दोलन में समुदाय के स्तर पर टकराव पैदा हो गए और महिलाओं के मुद्दों को संवैधानिक ढाँचे के अन्तर्गत उठाना मुश्किल हो गया। अल्पसंख्यक समुदायों की औरतों को अपने अधिकारों, सामुदायिक नियंत्रण और सत्तारूढ़ पार्टियों के जेंडर न्याय के मुद्दों पर दृष्टिकोण के विषयों पर ख़ुद अपने को संगठित करने पर मजबूर होना पड़ा।

महिलाएँ और सैन्यीकरण

राष्ट्रीय सुरक्षा के नाम पर तथाकथित अशान्त क्षेत्रों में ग़ैरक़ानूनी गतिविधियाँ निरोधक अधिनियम और सशस्त्र बल विशेषाधिकार अधिनियम जैसे दमनकारी क़ानूनों का उपयोग किया जाना भी महिला आन्दोलन का एक महत्त्वपूर्ण मुद्दा बना है। औरतों ने कई संगठनों का गठन और नेतृत्व किया है, जैसे कि नागालैंड में नागा मदर्स एसोसिएशन और जम्मू-कश्मीर में एसोसिएशन ऑफ़ मदर्स/पेरेंट्स ऑफ़ डिसएपियर्ड पर्सन्स, जो सरकार से अपने बेटों और परिवार के सदस्यों के बारे में पूछ रही हैं, जो तलाशी अभियानों में ग़ायब हो गए या फिर पुलिस मुठभेड़ में [illegible]र दिए गए। राजकीय दमन की एक रणनीति के रूप में औरतों पर यौनिक हिंसा का इस्तेमाल भी 20वीं सदी के अन्त में एक गम्भीर

मुद्दे के रूप में उभरकर आया और इसके कारण मणिपुर, जम्मू-कश्मीर, छत्तीसगढ़, झारखंड व अन्य ऐसे क्षेत्रों में अनेकों विरोध पनपे हैं। दुर्भाग्यवश, इन अशान्त क्षेत्रों में राजकीय दमन के मुद्दे उठा रहे आन्दोलनों में हिस्सा लेने वाली असंख्य औरतों और उनके मुक़ाबले अधिक दृश्यमान महिला आन्दोलनों के बीच आपसी संवाद बहुत कम रहा है। वर्ष 2005 के अन्त में, सुरक्षा बलों द्वारा मनोरमा थन्गाराजा के बलात्कार और मृत्यु के बाद मणिपुरी औरतों के असम राइफल्स के मुख्यालय के सामने निर्वस्त्र प्रदर्शन ने आख़िर में महिला आन्दोलनों को अशान्त क्षेत्रों में महिला मुद्दों को सम्बोधित करने के लिए झकझोरा। यहाँ तक कि इरोम शर्मीला के आमरण अनशन की तरफ़ भी इस सबके बाद ही ध्यान आकर्षित हुआ। महिला आन्दोलनों पर सवाल उठाए गए हैं कि आख़िर उन्हें सैन्यीकरण, राजकीय दमन और उसके महिलाओं पर होने वाले प्रभावों को समझने में इतना समय क्यों लगा? और आज भी इन मुद्दों और संघर्षों पर पर्याप्त लिखित सामग्री या पर्याप्त जुड़ाव नहीं है। इन आवाज़ों पर ध्यान देना और इनके साथ सक्रिय एकजुटता अत्यन्त ज़रूरी है। 1990 और 2000 के दशकों में इन संघर्षों से जुड़ाव बनाने के प्रयास देखे गए, लेकिन राजकीय दमन के वर्तमान राजनैतिक सन्दर्भ में और ज़्यादा सहयोग और एकजुटता बनाने की आवश्यकता है। यौन हिंसा और राजकीय दमन के ख़िलाफ़ औरतें, विविध सामाजिक और राजनैतिक आन्दोलनों से जुड़ी महिलाओं का एक राष्ट्रव्यापी नेटवर्क, वर्ष 2009 से यौन हिंसा और राजकीय दमन के मुद्दों को सम्बोधित करता आया है जिसके अन्तर्गत इस संगठन ने ग्रामीण, आदिवासी और देश के संघर्षशील क्षेत्रों की औरतों के साथ ज़मीनी स्तर पर जुड़ाव बनाए हैं। इन संघर्षों को सहयोग देने के लिए ऐसे कई और प्रयासों की आवश्यकता है।

अन्त में

इसके बावजूद कि नारीवादी आन्दोलनों ने ऊपर वर्णित आन्दोलनों द्वारा उठाए गए मुद्दों को सम्बोधित करने में देर की और उनकी प्रतिक्रियाओं में झिझक भी रही, लेकिन यह स्वीकारना होगा कि भारत में नारीवादी आन्दोलनों का विकास अद्वितीय रहा है। उन्होंने अपनी चूक को समझते और अन्य जगहों से प्रभावित होते हुए, अपने अभियानों में बदलाव किए और जाति, विकलांगता, यौनिकता, यौनिक श्रम आदि मुद्दों को अपनाने के प्रयास किए। विभिन्नताओं और विविधताओं के बारे में वे शुरू से सचेत रहे; हालाँकि इसे अपना और अपनी राजनीति का हिस्सा बनाना हमेशा से ही मुश्किल रहा है। और जहाँ अन्दरूनी तौर पर और दूसरे महिला संगठनों के साथ समझ और दृष्टिकोण पर तनाव और मतभेद रहे हैं, लेकिन आन्दोलन में हमेशा यह जागरूकता भी रही है कि आन्दोलन में अलग-अलग नारीवादी आवाज़ें मौजूद थीं और आज भी हैं और साथ ही, उन्हें समझने और उनसे जुड़ने का खुलापन भी रहा है। महिला आन्दोलन कभी भी एक आवाज़ नहीं रहा है; उसने कभी इस तरह की कल्पना भी नहीं की और यही कारण है कि हम 'आन्दोलनों' शब्द का उपयोग करते आए हैं, 'आन्दोलन' शब्द का नहीं। इन अनुभवों ने नई समझ बनाने में मदद की कि नारीवाद केवल लिंगभेद ख़त्म करने का नाम नहीं है, बल्कि इसके

माध्यम से हमें उन सभी आपस में जुड़े दमन के तरीक़ों को ख़त्म करना होगा जो औरतों को अलग-अलग तरीक़ों से प्रभावित करते हैं। इसलिए अब विभिन्न मुद्दों को सम्बोधित करते हुए समझ बन रही है कि किस प्रकार दमन के विभिन्न ढाँचे एक-दूसरे के साथ मिलकर काम करते हैं। जैसे-जैसे परिवार, विवाह, धर्म, जाति और यौनिकताओं की समझ गहरी हो रही है, वैसे-वैसे महिला, एल.जी.बी.टी/क्वीयर, यौनकर्मियों, विकलांगता, दलित और मुसलमान महिला समूहों के बीच गठबन्धन की सम्भावनाएँ बढ़ रही हैं।

यह कहकर, इसे भी स्वीकार करना होगा कि महिला आन्दोलनों और ग़रीब तथा हाशिये के समुदायों, ग्रामीण और आदिवासी समुदायों जिनकी ज़मीनें, आजीविकाएँ और प्राकृतिक संसाधनों को कॉरपोरेट और पूँजीवादियों ने सरकार से मिलीभगत करके लूट लिया है—इनकी आपसी दूरी अभी भी क़ायम है। दूसरी ओर, कृषि संकट है और उसका औरतों पर होने वाले नकारात्मक प्रभाव। नव-उदारवादी नीतियों की पिछली चौथाई-सदी में भारत के आर्थिक जीवन में महिला श्रम पर जितना प्रभाव हुआ है, उतना शायद ही किसी और क्षेत्र में हुआ हो। लेकिन इसके बावजूद, समकालीन भारतीय समाज के नारीवादी विश्लेषण में इन आन्दोलनों का बहुत कम वर्णन हुआ है। इन संघर्षों से जुड़ने और इन आवाज़ों को सुनना ज़रूरी है।

सन्दर्भ

1. नक्सलबाड़ी आन्दोलन एक सशस्त्र किसान आन्दोलन था जो 1960 के दशक के मध्य में बंगाल में शुरू हुआ। यह आन्दोलन सरकार और सामंती ज़मींदारी के ख़िलाफ़ था, जिसके कारण ग़रीबों और भूमिहीन किसानों और उनके परिवारों का दमन हुआ था।
2. देखें : 'टुवड्र्स इक्वलिटी : रिपोर्ट ऑफ़ द कमिटी ऑन द स्टेटस ऑफ़ विमेन इन इंडिया', 1974, गवर्नमेंट ऑफ़ इंडिया।
3. इस समयकाल के महिला आन्दोलनों के इतिहास पर दो अग्रणी अध्ययन किए गए : नन्दिता गांधी और नन्दिता शाह, *द इश्यूज़ एट स्टेक : थ्योरी एंड प्रैक्टिस इन कंटेम्पररी विमेंस मूवमेंट इन इंडिया,* काली फ़ॉर विमेन, नई दिल्ली, 1991। राधा कुमार, *द हिस्ट्री ऑफ़ डूइंग : एन इलस्ट्रेटेड अकाउंट ऑफ़ मूवमेंट्स फ़ॉर विमेंस राइट्स एंड फ़ेमिनिज़्म इन इंडिया* 1800-1990, काली फ़ॉर विमेन, नई दिल्ली, 1993। इसके अतिरिक्त देखें : दीप्ति प्रिया मेहरोत्रा, *भारतीय महिला आन्दोलन कल, आज और कल,* बुक्स फ़ॉर चेंज, 2001। गोपा जोशी, *द चिपको मूवमेंट एंड विमेन,* पी.यू.सी.एल. बुलेटिन, सितम्बर 1982।
4. गेल, ऑमवेट, *विमेन एंड रूरल रिवोल्ट इन इंडिया,* सोशल साइंटिस्ट, खंड 6, अंक 2, सितम्बर 1977, पृ. 32-36।
5. गेल, ऑमवेट, *रीइन्वेंटिंग रेवोल्यूशन : न्यू सोशल मूवमेंट्स एंड द सोशलिस्ट ट्रेडिशन इन इंडिया,* एम.ई. शर्पे, 1993, विशेषकर पृ. 76-99 और 199-231। और इलिना सेन सम्पादित *अ स्पेस विदिन द स्ट्रगल : विमेंस पार्टिसिपेशन इन पीपल्स मूवमेंट्स,* काली फ़ॉर विमेन, नई दिल्ली, 1990।
6. केलकर, गोविन्द और चेतना गाला, द *बोधगया लैंड स्ट्रगल,* इलिना सेन में, op.cit. 1990. पृ. 82-108

7. कुमार, राधा, op.cit. pp. 104-106
8. गेल, ऑमवेट, 1977, op.cit. p. 35
9. उक्त, पृ. 82।
10. कुमार, राधा, op.cit. pp.105-06
11. गांधी, नन्दिता और नन्दिता शाह, op.cit., pp.272-321
12. भारत के नारीवादी आन्दोलनों को प्रगतिशील और वामपंथी माना गया है, जिसमें दक्षिणपंथी राजनीतिक पार्टियों से जुड़े महिला समूह शामिल नहीं हैं। 1980 के दशक के मध्य से, महिला आन्दोलन एक सशक्त ग़ैर-साम्प्रदायिक ताक़त के रूप में उभरा है और इसके अन्तर्गत साम्प्रदायिकता और रूढ़िवादी ताक़तों के ख़िलाफ़ औरतें संगठित हुई हैं। इसने ख़ुद को साम्प्रदायिक दक्षिणपंथी समूहों और पार्टियों से दूर रखा है और उनकी राजनीति, जिसके कारण औरतों के जीवन पर परिवार और समुदाय का नियंत्रण बढ़ता है, और साम्प्रदायिक दंगों में यौनिक हिंसा के उपयोग की कड़ी आलोचना की है। दक्षिणपंथी पार्टियों ने भी महिलाओं को संगठित किया है, लेकिन वे जिस प्रकार परम्परा, संस्कृति, धर्म और साम्प्रदायिक पहचान स्थापित करने के लिए काम करते हैं, उन्हें महिला-विरोधी माना गया है।
13. वाम दलों से जुड़े महिला समूह और स्वायत्त महिला समूहों के बीच तनाव के विषय पर पढ़ने के लिए देखें अमृता बासु, *टू फेसेस ऑफ़ प्रोटेस्ट : कंट्रास्टिंग मोड्स ऑफ़ विमेंस एक्टिविज़्म इन इंडिया,* यूनिवर्सिटी ऑफ़ कैलिफ़ोर्निया प्रेस, बर्कले, 1992; गेल ऑमवेट, *रीइन्वेंटिंग रिवोलूशन : न्यू सोशल मूवमेंट्स एंड द सोशलिस्ट ट्रेडिशन इन इंडिया,* एम.ई. शर्पे, न्यूयॉर्क, 1993। राका रे, *फ़ील्ड्स ऑफ़ प्रोटेस्ट : विमेंस मूवमेंट्स इन इंडिया,* यूनिवर्सिटी ऑफ़ मिनेसोटा प्रेस, लन्दन, 1999।
14. सेन, इलिना, 'फ़ेमिनिस्ट्स, विमेंस मूवमेंट एंड द वर्किंग क्लास', *इकोनॉमिक एंड पॉलिटिकल वीकली,* जुलाई 22, 1989। यह लेख एक दस्तावेज़ की प्रतिक्रिया में लिखा गया था, जिसका शीर्षक था 'फ़ेमिनिस्ट्स एंड विमेंस मूवमेंट', विमल रणदिवे, जिसे अखिल भारतीय लोकतांत्रिक महिला संघ ने छापा था, जो कि भारतीय कम्यूनिस्ट पार्टी (मार्क्सवादी) का महिला प्रकोष्ठ है। इस लेख में वामपंथी दलों का स्वायत्त महिला संस्थाओं की नारीवादी राजनीति के अविश्वास पर सवाल उठाए गए और कहा गया कि दोनों पक्षों को संवाद की तर्कसंगत प्रक्रिया अपनाकर, एक-दूसरे को समृद्ध बनाते हुए, साथ में काम करना चाहिए।
15. क्वीयर का शब्दकोश में अर्थ है 'विचित्र', 'अजीब', 'सन्देहपूर्ण'। यह शब्द उन लोगों के लिए प्रयोग किया जाता रहा है जो जेंडर नियामक और यौनिक आम व्यवहारों की सामाजिक परिभाषाओं में फिट नहीं होते। समय के साथ, विश्व भर के लोगों ने क्वीयर शब्द को उन सभी लोगों को सशक्त करने, उत्सव मानाने और संगठित करने के लिए उपयोग करना शुरू कर दिया जो अपनी विविध जेंडर पहचानों और यौनिकताओं के लिए हाशिये पर धकेले जाते रहे थे और जो पुरुष और महिला की सीमित द्विधुरी में फिट नहीं होते। क्वीयर में लेस्बियन, गे, बाईसेक्सुअल और ट्रांसजेंडर लोग शामिल हैं, और इसे एक पहचान, राजनीति या प्रक्रिया के रूप में समझा जाता है जो मुख्यधारा मानदंडों को चुनौती देती है। एल.जी.बी.टी. के मुक़ाबले क्वीयर को तरजीह दी जाती है, क्योंकि एल.जी.बी.टी. को एक सीमित शब्द माना जाता है जो पहचानों की विविधता को शामिल नहीं कर पाता। दूसरी ओर, 'क्वीयर' शब्द को एक राजनैतिक नज़रिया माना जाता है जो सत्ता, भौतिक वास्तविकताओं, जाति, वर्ग, जेंडर आदि की अन्तरखंडीयता को समझता है।
16. देखें : निवेदिता मेनन इंडिया : सेक्शन 377—हाओ नेचुरल इस नॉर्मल?

http://www.sacw.net/SexualityMinorities/nivedita01Jan2004.html, 1 जनवरी, 2004

17. मोहन सुनील और सुमति मूर्ति, *टुवर्ड्स जेंडर इन्क्लुसिविटी—अ स्टडी ऑन कंटेम्परारी कंसर्न्स अराउंड जेंडर मोनोग्राफ़*, अल्टरनेटिव लॉ फ़ोरम, बेंगलुरु, 2013; *ब्रेकिंग द बाइनरी : अंडरस्टैंडिंग कंसर्न्स एंड रियलिटीज़ ऑफ़ क्वीयर पर्सन्स एसाइंड जेंडर फ़ीमेल एट बिर्थ? अक्रॉस अ स्पेक्ट्रम ऑफ़ लिवेद जेंडर रियलिटीज़*, लेबिया द्वारा अध्ययन, 2013।

18. 2008 में आई.ए.डब्लू.एस. की रजत जयंती गोष्ठी में लेबिया द्वारा संचालित एक सत्र 'जेनरेटिंग नॉलेज अक्रॉस सेक्सुलिटीज़ एंड जेंडर्स' की रिपोर्ट।

19. अद्दलखा, रेनू और महिमा नायर, *सेक्सुअलिटी एंड डिसेबिलिटी : इंटरसेक्शनल एनालिसिस इन इंडिया*, अकेज़नल पेपर नं. 63, नवम्बर 2017, सेंटर फॉर विमेंस डेवलपमेंट स्टडीज़, नई दिल्ली।

20. अनु. रामदास, *कास्टलेस एकेडेमी : नेम कालिंग दलित?* सावरी और राउंडटेबल में 4 अक्टूबर, 2012

21. *सहेली न्यूज़लैटर*, जनवरी-अप्रैल 2005 में प्रकाशित डांस बार पर प्रतिबन्ध के विरोध में महिला समूहों द्वारा जारी संयुक्त वक्तव्य देखें।

22. तांबे, अनघा, *डिफ़रेंट इश्यूज़, डिफ़रेंट वॉइसेस—द आर्गनाइज़ेशन ऑफ़ विमेन इन प्रॉस्टिट्यूशन इन इंडिया* रोहिणी साहनी, कल्याण शंकर, हेमंत आप्टे द्वारा सम्पादित *प्रॉस्टिट्यूशन एंड बियॉन्ड : एन एनालिसिस ऑफ़ सेक्स वर्क इन इंडिया*, सेज़, नई दिल्ली, 2008, पृ. 73-97।

23. गोथोस्कर, सुजाता और अपूर्वा कैवर, *हू सेज़ वी डू नॉट वर्क? लुकिंग एट सेक्स वर्क, इकोनॉमिक एंड पॉलिटिकल वीकली*, 15 नवम्बर, 2014, अंक XLIX, संख्या 46, पृ. 54-61।

24. सोनागाछी, कलकत्ता, पश्चिम बंगाल के दरबार महिला समन्वय कमिटी द्वारा 1997 में आयोजित राष्ट्रीय यौनकर्मियों की गोष्ठी में जारी किया गया घोषणापत्र, सांग्ली, दक्षिण महाराष्ट्र की सम्पदा ग्रामीण महिला संस्था (संग्राम) जिसने 1990 के दशक में यौनकर्मियों को संगठित करने का काम शुरू कर दिया था, ने भी यौनकर्म को श्रम का दर्जा दिया जाने पर ज़ोर दिया है। 2006 में, कर्णाटक यौनकर्मी यूनियन का गठन हुआ। इसके बाद, दो राष्ट्रव्यापी यौनकर्मी नेटवर्क, नेशनल नेटवर्क ऑफ़ सेक्स-वर्कर्स (एन.एन.एस.डब्लू.) और ऑल इंडिया नेटवर्क ऑफ़ सेक्स-वर्कर्स (ए.आई.एन.एस.डब्लू.) का गठन हुआ, जो राष्ट्रीय स्तर पर यौनकर्मियों की आवाज़ उठाते आए हैं, जिसके अन्तर्गत उनकी माँग रही है कि सरकार यौनकर्मियों को श्रमिकों के रूप में मान्यता दे।

25. भारतीय साक्ष्य अधिनियम की धारा 155 (4), जिसके अनुसार बलात्कार के मुक़दमे के दौरान, पीड़ित के पिछले यौन रिश्तों के इतिहास को सबूत के रूप में पेश किया जा सकता है, कि पीड़ित महिला 'अनैतिक चरित्र' रखती है। देखें साधना आर्या, *विमेन, जेंडर इक्वलिटी एंड द स्टेट*, दीप प्रकाशन, 2000, पृ. 216-224।

26. देखें, अनुपमा राव, सम्पादित, *जेंडर एंड कास्ट, में* 'वायलेंस एंड सेक्सुअलिटी', काली फॉर विमेन और विमेन अनलिमिटेड, नई दिल्ली, 2005, पृ. 249-309।

27. 1980 के दशक के मध्य में हुए रमीज़ा बी और मधुश्री दत्ता के मामलों को इस दुरुपयोग के उदाहरण के रूप में देखा जा सकता है। देखें, मधु किश्वर तथा रूथ वनिता की *इन सर्च ऑफ़ आंसर्स : इंडियन विमेंस वॉइसेस फ्रॉम मानुषी*, ज़ेड बुक्स, लन्दन, 1984, में प्रकाशित विमल फ़ारूक़ी द्वारा लिखित *अ वुमन डिस्ट्रॉयड*, पृ. 186-88 और *सेक्सुअल हरासमेंट*

बायद द पुलिस, मधुश्री दत्ता, मीरा कोसम्बी द्वारा सम्पादित *विमेंस ऑपरेशन इन पब्लिक गेज़,* आर.सी.डब्लू.एस., एस.एन.डी.टी. यूनिवर्सिटी, 1994, पृ. 107-119। महिलाओं की सार्वजनिक जगहों में आवाजाही पर चर्चा के लिए देखें, *व्हाई लोइटर? : विमेन एंड रिस्क्स ऑन मुम्बई स्ट्रीट्स,* शिल्पा फड़के, समीरा ख़ान और शिल्पा रानाडे, पेंगुइन बुक्स, भारत, 2011, पृ. 200।

28. जो लोग यौनकर्म को शोषण के रूप में देखते हैं वे इसके ग़ैर-अपराधीकरण की माँग करते हैं क्योंकि उनके अनुसार औरतें मजबूरी में यह काम करती हैं। जो लोग इसे काम की नज़र से देखते हैं, वे इस मुद्दे को 'अधिकारों' के ढाँचे में शामिल करने के उद्देश्य से इसके ग़ैर-अपराधीकरण की माँग करते हैं।

29. *थ्रेटेंड एक्सिस्टेंस : अ फ़ेमिनिस्ट एनालिसिस ऑफ़ द जेनोसाइड ऑफ़ गुजरात,* इंटरनेशनल इनिशिएटिव फ़ॉर जस्टिस, दिसम्बर 2003, पृ. 33-45

❂❂❂

आभार

यह पुस्तक नारीवादी राजनीति और नारीवादी विमर्श की सामूहिकता से तैयार हो पाई है। अभी भी इस विमर्श का कुछ ही हिस्सा हम इसमें शामिल कर पाए हैं और शायद कई महत्त्वपूर्ण चर्चाएँ छूट भी गई हों। इन लेखों और लेखकों को इकट्ठा करना आसान नहीं था खासतौर से इसलिए क्योंकि ये लेखन मूलत: अंग्रेज़ी में ही उपलब्ध हैं या अंग्रेजी में ही लिखे गए हैं। हिन्दी में इस पुस्तक को लाने का उद्देश्य हिन्दी माध्यम के विद्यार्थियों की ज़रूरतें थीं। हम अपने अनुवादकों—मीनाक्षी कपूर, निधि अग्रवाल और सुभाष गाताडे को धन्यवाद देते हैं जिनके द्वारा किए गए अनुवादों और उनके लगातार सहयोग के बिना यह पुस्तक सम्भव नहीं हो पाती। एक भाषा से दूसरी भाषा में अनुवाद करना एक चुनौती भरा काम है। नारीवादी आन्दोलनों और विमर्श पर केन्द्रित इस पुस्तक के लेखों के अनुवाद के लिए ज़रूरी था—आन्दोलनों की पृष्ठभूमि, इतिहास और शब्दावली का ज्ञान होना। अनुवादकों ने पूरी मेहनत से लेखों के भाव और अर्थों को स्पष्ट करने का प्रयास किया है।

हम अपने सभी दोस्तों और लेखकों के आभारी हैं जिन्होंने इस संकलन को लाने में भरपूर योगदान दिया। चयनिका शाह और साधना सक्सेना ने अपने लेख हिन्दी में ही लिखे। हम उन प्रकाशकों के प्रति भी आभार प्रकट करते हैं जिन्होंने अपने आलेख-आलेखांश-पाठ्यांश के अनुवाद और प्रकाशन की अनुमति दी।

हम राजकमल प्रकाशन के प्रबन्ध निदेशक अशोक महेश्वरी और उनकी संपादकीय टीम के आभारी हैं जिन्होंने इस पुस्तक की अहमियत को समझा और इसे मुमकिन किया।

परिचय

सम्पादक

साधना आर्य राजनीतिशास्त्र और महिला अध्ययन की शिक्षिका रही हैं। 2013-15 में इंडियन कौंसिल फॉर सोशल साइंस रिसर्च में सीनियर फ़ेलो रही हैं। हिन्दी में अध्यापन और लेखन उनका शौक़ रहा है। अध्यापन के साथ उन्होंने महिला अध्ययन के क्षेत्र में हिन्दी में अध्ययन सामग्री तैयार करने के लिए कई पुस्तकों को सह सम्पादित किया है। जिनमें 'नारीवादी राजनीति : संघर्ष एवं मुद्दे', 'स्त्री अध्ययन : एक परिचय', और 'भारत में महिला आन्दोलन : विमर्श और चुनौतियाँ' शामिल हैं। उनकी अन्य किताबें हैं—'विमेन, जेंडर इक्वलिटी एंड द स्टेट', 'पावर्टी, जेंडर एंड माइग्रेशन' और 'गेनिंग ग्राउंड : द चेंजिंग कॉन्टूर्स ऑफ़ फ़ेमिनिस्ट ऑर्गनाइजिंग इन पोस्ट 1990s इन इंडिया'। पिछले एक दशक से जेंडर, जाति और विकलांगता उनके शोध, अध्ययन और एक्टिविज़्म के केन्द्र में हैं।

लता सिंह जवाहरलाल नेहरू विश्वविद्यालय के सेंटर फॉर विमेन'स स्टडीज़ में एसोसिएट प्रोफ़ेसर हैं। वह ब्रिटिश अकादमी की विज़िटिंग फ़ेलो, इंडियन इंस्टिट्यूट ऑफ़ एडवांस्ड स्टडी, शिमला और नेहरू मेमोरियल म्यूज़ियम एंड लाइब्रेरी में फ़ेलो रही हैं। वह यू.जी.सी. रिसर्च अवार्डी रही हैं। उनकी प्रकाशित किताबों में शामिल हैं—'रेजिंग द कर्टेन : रेकास्टिंग विमेन परफॉर्मर्स इन इंडिया', 'थिएटर इन कोलोनियल इंडिया : प्ले-हाउस ऑफ़ पावर', 'पॉपुलर ट्रांसलेशंस ऑफ़ नेशनलिज़्म : बिहार 1920-22', 'कोलोनियल एंड कंटेम्परारी बिहार एंड झारखंड'; 'परफार्मिंग आर्ट्स इन इंडिया : पर्फार्मेंसेस ऑफ़ वायलेंस'। वे जेंडर इन कोलोनियल इंडिया, 'इंडियन हिस्टोरिकल रिव्यू' की अतिथि सम्पादक रही हैं।

लेखक

सुरंजिता रे दिल्ली विश्वविद्यालय के दौलत राम महाविद्यालय में राजनीतिशास्त्र की प्राध्यापिका हैं। गरीबी, भूखमरी, जाति और जेंडर की राजनीति उनके शोध के मुख्य विषय हैं। ओडिशा के कालाहांडी क्षेत्र के जनजातीय समुदायों पर उनका महत्त्वपूर्ण

अध्ययन है। उनके लेख कई पत्रिकाओं और किताबों में छपे हैं।

वी. गीता स्वतंत्र शोधकर्ता और अध्येता हैं। जेंडर, जाति, श्रम और शिक्षा उनके शोध के प्रमुख क्षेत्र हैं। उन्होंने अंग्रेज़ी और तमिल में ख़ूब लिखा है। उनके कुछ प्रकाशन हैं—'अनडूइंग इमप्यूनिटी : स्पीच आफ़्टर सेक्सुअल वायलेंस', 'रिलीजियस फ़ेथ, आइडियोलॉजी एंड सिटिजनशिप : द व्यू फ्रॉम बिलो', 'टुवड्र्स अ नॉन-ब्राह्मण मिलेनियम : अयोति तास टू पेरियार', 'भीमराव अंबेडकर एंड द क्वेश्चन ऑफ़ सोशलिज़्म इन इंडिया'। वह तारा बुक्स की सम्पादकीय निदेशक भी हैं।

सुजाता गोठोसकर पिछले चार दशकों से महिला आन्दोलन और श्रम आन्दोलन में सक्रिय रही हैं। जेंडर,महिलाओं के काम और श्रम पर उनका गम्भीर शोध रहा है। सुजाता अनेक संगठनों, जैसे 'फोरम अगेन्स्ट ऑपरेशन, ऑफ़ विमेन', 'कमिटी फॉर एशियन विमेन' और 'इंटरनेशनल यूनियन ऑफ़ फ़ूड वर्कर्स' की सदस्य रही हैं। उन्होंने टाटा इंस्टिट्यूट ऑफ़ सोशल साइंसेज़ और मुम्बई विश्वविद्यालय के अर्थशास्त्र और समाजशास्त्र विभागों के प्राध्यापकों के प्रशिक्षण में हिस्सा लिया है।

अनघा तांबे महिला अध्ययन विभाग, सावित्रीबाई फुले पुणे विश्वविद्यालय में महिला अध्ययन पढ़ाती हैं। उनके शोध के क्षेत्र हैं—लिंग, जाति और यौन श्रम; संगीत, नृत्य और वंशानुगत जाति श्रम, भारत में महिला अध्ययन का विकास; उच्च शिक्षा में असमानता और लोकतंत्र। उन्होंने देवदासी प्रश्न, लावणी और लोककला की राजनीति—इन मुद्दों पर प्रकाशन किया है। महिला-अध्ययन में पाठ्यक्रम और द्विभाषी शिक्षाशास्त्र विकसित करने में उनकी रुचि है। विशेष रूप से मराठी में उन्होंने महिला अध्ययन में कई शिक्षण संसाधनों का सम्पादन, अनुवाद और लेखन किया है। वह 'इंडियन एसोसिएशन फॉर विमेन स्टडीज़' की महासचिव (2017-2020) रही हैं। उनके वर्तमान शोध का उद्देश्य वंशानुगत 'निम्न जाति' की महिला कलाकारों के अनुभवों का अध्ययन और समकालीन भारत में सांस्कृतिक श्रम में परिवर्तन की जाँच करना है। उन्हें 'फुलब्राइट नेहरू अकादमिक और व्यावसायिक उत्कृष्टता फ़ेलोशिप' (2018-19) मिल चुके हैं।

मीना गोपाल टाटा इंस्टिट्यूट ऑफ़ सोशल साइंसेज़ के एडवांस्ड सेंटर फॉर विमेन स्टडीज़ में प्रोफ़ेसर हैं। वे सिडनी विश्वविद्यालय में (सितम्बर - दिसम्बर 2018) विज़िटिंग चेयर रहीं हैं। मुम्बई में एक स्वायत्त महिला समूह 'फोरम अगेन्स्ट ऑपरेशन ऑफ़ विमेन' की एक्टिविस्ट हैं। उनकी दो पुस्तकें हैं—'विमेन इन द वर्ल्ड्स ऑफ़ लेबर : इंटरडिसिप्लिनरी एंड इंटेरसेक्शनल पर्सपेक्टिव्स' और 'स्पोर्ट्स स्टडीज़ इन इंडिया : एक्सपेंडिंग द फ़ील्ड'।

रंजना पाढ़ी नारीवादी एक्टिविस्ट और लेखिका हैं। वह 'दोज़ हू डिड नॉट डाई : इम्पैक्ट ऑफ़ अग्रेरियन क्राइसीज़ ऑन विमेन इन पंजाब' की लेखिका हैं। एन. सदंगी के साथ उन्होंने 'रेसिस्टिंग डिस्पोसेशन : ए ओडिशा स्टोरी' लिखी है। रंजना पिछले चार

दशकों से महिला आन्दोलन, जनतांत्रिक अधिकार और नागरिक अधिकार आन्दोलनों तथा अन्य कई अभियानों और संघर्षों में सक्रिय रही हैं।

कल्पना कन्नबीरन समाजशास्त्री और क़ानून की विद्वान हैं। मानवाधिकार कार्यकर्ता, स्तम्भकार, लेखक और सम्पादक हैं। संवैधानिक अध्ययनों, मानव अधिकारों, समाजशास्त्र, क़ानून, साहित्य, जेंडर स्टडीज़ और सामाजिक आन्दोलनों की अन्त:स्तरीयता को समझना उनके कार्यक्षेत्र हैं। संघर्षरत समुदायों के लिए अधिकारों की शिक्षिका के रूप में उन्होंने तीन दशकों से सामाजिक आन्दोलनों और एडवोकेसी समूहों के साथ संवैधानिक और क़ानूनी शिक्षा के मुद्दे पर काम किया है।

रितु मेनन नारीवादी और वामपंथी लेखिका तथा प्रकाशक हैं। उन्होंने महिलाएँ और धर्म, महिलाएँ और हिंसा, सशस्त्र टकराव की स्थितियों में महिलाएँ और नागरिकता का जेंडरीकरण जैसे विषयों पर विस्तार से लिखा है। 'बॉर्डर्स एंड बॉउंड्रीज़ : विमेन इन इंडिया'स पार्टीशन', 'अनइक्वल सिटिजन्स : ए स्टडी ऑफ़ मुस्लिम विमेन इन इंडिया', 'फ्रॉम मथुरा टू मनोरमा : रेसिस्टिंग वायलेंस अगेन्स्ट विमेन' उनकी प्रमुख पुस्तकें हैं।

शशि खुराना पिछले 50 सालों से दिल्ली विश्वविद्यालय से जुड़ी रही हैं, पहले एक छात्र और फिर एक शिक्षक के रूप में । वह जवाहरलाल नेहरू विश्वविद्यालय से डॉक्टरेट हैं। आल इंडिया रेडियो में इंग्लिश फ़ीचर्स/टॉक सेक्शन में आर्टिस्ट रही हैं। लड़कियों में सामाजिक चेतना और शिक्षा के प्रचार के लिए सक्रिय रहती हैं। वह डिपार्टमेंट ऑफ़ ह्यूमैनिटीज़ एंड सोशल साइंसेज़, नेताजी सुभाष यूनिवर्सिटी ऑफ़ टेक्नोलॉजी, नई दिल्ली में प्रोफ़ेसर एमिरिटस हैं।

उमा चक्रवर्ती नारीवादी इतिहासकार और फ़िल्म निर्माता हैं। वह महिला आन्दोलन और जनतांत्रिक अधिकारों के आन्दोलनों के साथ जुड़ी रही हैं। उनकी प्रमुख पुस्तकें हैं—'सोशल डाइमेंशन्स ऑफ़ अर्ली बुद्धिज़्म', 'रिराइटिंग हिस्ट्री : द लाइफ़ एंड टाइम्स ऑफ़ पंडिता रमाबाई', 'जेंडरिंग कास्ट थ्रू अ फ़ेमिनिस्ट लेंस', 'एवरीडे लाइव्स एंड एवरीडे हिस्ट्रीज़ : बियॉन्ड द किंग्स एंड ब्रह्मानुस ऑफ़ एंशिएंट इंडिया', 'थिंकिंग जेंडर डूइंग जेंडर'। इनके अलावा—'थ्री डेज़ इन द लाइफ़ ऑफ़ अ नेशन', 'शैडो लाइव्स : राइटिंग्स ऑन वीडौहूड' और 'फ्रॉम मिथ्स टू मार्किट : एसेज़ ऑन जेंडर' की सह लेखक हैं। उन्होंने डाक्यूमेंट्री फ़िल्में भी बनाई हैं। जिनमें प्रमुख हैं—'फ्रैगमेंट्स ऑफ़ पास्ट', 'ए क्वाइट लिटिल एंट्री', 'एक इंक़लाब और आया', 'लखनऊ 1920-1949' और महिला राजनीतिक बंदियों पर 'प्रिज़न डायरीज़' व 'यह लो बयान हमारे'।

टी. सौजन्या ने हैदराबाद की इंग्लिश एंड फ़ॉरेन लैंग्वेज़ यूनिवर्सिटी से वायलेंस, जेंडर और कास्ट में पी-एच.डी. की है। वे टाटा इंस्टिट्यूट ऑफ़ सोशल साइंसेज़ में पढ़ाती हैं। दलित औरतों के मुद्दे उनके अध्ययन के केन्द्र हैं जिसमे जेंडर और जाति के अन्त:स्तरीय सम्बन्धों को समझने की कोशिश है। जेंडर, जाति, सिनेमा और मीडिया पर

उनके लेख राष्ट्रीय और अन्तरराष्ट्रीय पत्रिकाओं में प्रकाशित हुए हैं। वे 'एशियन ऐज', 'डेक्कन क्रॉनिकल', 'द वायर', 'द न्यूज़ मिनट', 'द सिटीज़न', 'द प्रिंट', 'यूथ की आवाज़', 'वेलीवाड़ा' और 'राउंड टेबल इंडिया' के लिए नियमित रूप से लिखती हैं।

अनीता घई अम्बेडकर विश्वविद्यालय के स्कूल ऑफ़ ह्यूमन स्टडीज़ में प्रोफ़ेसर हैं। वे 'भारतीय महिला अध्ययन संघ' की पूर्व अध्यक्ष रह चुकी हैं। वह लैंगिकता, जेंडर, स्वास्थ्य और शिक्षा अधिकारों के क्षेत्र में काम करने वाली विकलांगता अधिकार एक्टिविस्ट भी हैं। विकलांगता अध्ययन उनके शोध का मुख्य विषय है। यौनिकता, देखभाल और जेंडर से जुड़े मुद्दों में उनकी विशेष रुचि है। उनकी प्रमुख पुस्तकें हैं—'दिसंबोडिएड फॉर्म : इश्यूज़ ऑफ़ डिसेबल्ड विमेन', 'रीथिंकिंग डिसेबिलिटी इन इंडिया', 'डिसेबिलिटी इन साउथ एशिया एंड एक्सपीरियंस'। वह 'डिसेबिलिटी एंड सोसाइटी', 'स्कैंडिनेवियन जर्नल ऑफ़ डिसेबिलिटी रिसर्च' और 'इंडियन जर्नल ऑफ़ जेंडर स्टडीज़' की सम्पादक हैं।

गज़ाला जमील जवाहरलाल नेहरू विश्वविद्यालय में सेंटर फॉर द स्टडी ऑफ़ लॉ एंड गवर्नेंस में असिस्टेंट प्रोफ़ेसर हैं। इससे पहले उन्होंने दिल्ली विश्वविद्यालय के समाज कार्य विभाग और दिल्ली के स्कूल ऑफ़ प्लानिंग एंड आर्किटेक्चर में भी पढ़ाया है। भारत में विकास के क्षेत्र में अध्ययन का उनका लम्बा अनुभव है। उनकी प्रमुख पुस्तकें हैं—'आकुमुलेशन बाये सेग्रीगेशन' और 'मुस्लिम विमेन स्पीक'। वे इन्तिज़ार हुसैन की 'दिल्ली था जिसका नाम' की सह अनुवादक हैं। हाल ही में उन्होंने भारत में महिला अधिकारों पर केन्द्रित पुस्तक 'विमेन इन सोशल चेंज : विजन्स, स्ट्रगल्स एंड परसिस्टिंग कन्सर्न्स' का सम्पादन किया है।

ख़ौला ज़ैनब यूनिवर्सिटी ऑफ़ ऑक्सफ़ोर्ड के इंटरनेशनल डेवलपमेंट डिपार्टमेंट में भारत की बदलती आर्थिक व्यवस्था में मुसलमानों के श्रम के मुद्दों पर पी-एच.डी. कर रही हैं। इसके अतिरिक्त महिलाओं के उत्पादक और अनुत्पादक श्रम, टेक्नोलॉजी और श्रम जैसे विषयों पर भी कार्य कर रही हैं। उनके कुछ हालिया प्रकाशन हैं—'कंटेक्सचुअलाइसिंग वेजेस फॉर हाउसवर्क फॉर इंडियन सोसाइटी एंड डिजिटलाइसिंग इकोनॉमी' (*इकोनॉमिक एंड पॉलिटिकल वीकली,* वॉल्यूम 56, नम्बर 35, 28 अगस्त, 2021) 'द मैक्रो फ्रेम्स ऑफ़ माइक्रोवर्क : ए स्टडी ऑफ़ इंडियन विमेन वर्कर्स ऑन एएमटी इन द पोस्ट-पैंडेमिक मोमेंट, (इकोनॉमिक एंड पॉलिटिकल वीकली, वॉल्यूम 56, नम्बर 17, 24 अप्रैल, 2021) और 'कम्यूनलिज़शन ऑफ़ कोवि ड-19 : एक्सपीरिएंसेस फ्रॉम द फ्रंटलाइन' (बेबाक कलेक्टिव, 2020)

मैत्रेयी चौधरी ने जवाहरलाल नेहरू विश्वविद्यालय के सेंटर फॉर स्टडी ऑफ़ सोशल सिस्टम्स में अध्यापन (1990-2021) किया। उन्होंने नारीवाद, मीडिया, एकेडेमिया और शिक्षा-विज्ञान पर लिखा है। उनकी मुख्य पुस्तकें हैं—'द विमेन'स मूवमेंट इन इंडिया : रिफ़ॉर्म एंड रिवाइवल', 'द प्रैक्टिस ऑफ़ सोशियोलॉजी', 'फ़ेमिनिज़्म इन इंडिया',

'सोशियोलॉजी इन इंडिया : इंटेलेक्चुअल एंड इंस्टीट्यूशनल ट्रेंड्स', (सम्पादित); 'रीफ़ैशनिंग इंडिया : जेंडर, मीडिया एंड ट्रान्सफॉर्म्ड पब्लिक डिस्कोर्स' और 'डूइंग थ्योरी : लोकेशंस, हायरार्कीज़ एंड डिसजंक्शंस (सह सम्पादित)।

चयनिका शाह क्वीयर नारीवादी एक्टिविस्ट और शोधकर्ता हैं। उन्होंने विज्ञान के नारीवादी अध्ययन, जनसंख्या नियंत्रण और पुनरुत्पादक तकनीकों की राजनीति, सम्प्रदायवाद, यौनिकता और यौनिक अधिकारों पर बड़े पैमाने पर लिखा है। उन्होंने नारीवादी विज्ञान अध्ययन और विज्ञान शिक्षा के स्नातकोत्तर स्तर के कोर्स बनाए और पढ़ाए हैं। चार दशकों से नारीवादी और क्वीयर आन्दोलनों से जुड़ी हैं। उनकी प्रमुख पुस्तकें हैं—'नो ऑउटलॉस इन द जेंडर गैलेक्सी', 'भारत की छाप', 'वी एंड आवर फर्टिलिटी : द पॉलिटिक्स ऑफ़ टेक्नोलॉजिकल इंटरवेंशन'। उनके द्वारा सम्पादित पुस्तकें हैं—'स्पेस, सेग्रीगेशन, डिस्क्रिमिनेशन : द पॉलिटिक्स ऑफ़ स्पेस इन इंस्टीट्यूशन्स ऑफ़ हायर एजुकेशन'।

साधना सक्सेना 1975 में दिल्ली विश्वविद्यालय से भौतिकी में एम. एस-सी. पूरी करने के बाद मध्य प्रदेश के ग्रामीण इलाक़े में काम करने लगीं। उन्होंने 'किशोर भारती' संस्था के साथ लगभग 17 वर्षों तक काम किया। 'किशोर भारती' ग्रामीण शिक्षा और विकास के क्षेत्र में सक्रिय थी। वे संस्था के दो अन्य महत्त्वपूर्ण कार्यक्रमों—विज्ञान शिक्षण और महिला शिक्षण में सक्रिय रहीं। उन्होंने एक दशक तक दिल्ली स्थित शोध संस्थान—राष्ट्रीय प्रौढ़ शिक्षा संस्थान में काम किया। उस दौरान 'राष्ट्रीय साक्षरता मिशन' जैसे सरकारी कार्यक्रमों पर विश्लेषणात्मक लेख लिखे और साक्षरता के बुनियादी सैद्धान्तिक आधारों पर लिखा। उन्होंने करीब डेढ़ दशकों तक दिल्ली विश्वविद्यालय के शिक्षा विभाग में अध्यापन किया। अभी वे IISEA, मोहाली में विज़िटिंग प्रोफ़ेसर के पद पर कार्यरत हैं। विज्ञान शिक्षा और जन विज्ञान आन्दोलन, जन संघर्षों के सन्दर्भ में शिक्षा की राजनीति, जेंडर और शिक्षा उनकी रुचि के विषय हैं।

साधना आर्य

लता सिंह

अनुवादक

मीनाक्षी कपूर शोधार्थी हैं। वे पर्यावरणीय अनुपालन और प्राकृतिक संसाधनों के प्रशासन के मुद्दों पर एक दशक से अधिक समय से काम कर रही हैं। पर्यावरणीय नीति और क़ानूनों पर लिखने के अलावा, मीनाक्षी ने हिमाचल प्रदेश और गुजरात से महिलाओं के कृषि अधिकारों, इन्फ्रास्ट्रक्चर विकास और खनन के विषयों पर रिपोर्टिंग भी की है। उन्होंने इंडोनेशिया और म्यांमार के समुदायों के साथ इन्फ्रास्ट्रक्चर और एक्स्ट्रेक्टिव

परियोजनाओं के मामलों में अर्थपूर्ण उपाय निकालने की दिशा में भी काम किया है।

निधि अग्रवाल जेंडर तथा पर्यावरण अधिकार एक्टिविस्ट हैं। वे नारीवादी आत्मरक्षा के साथ-साथ ट्रॉमा रिज़िलियन्स (मानसिक तनाव—आघात से सुरक्षा/बचाव/उपाय) की प्रशिक्षक, सामाजिक उद्यमी तथा अनुवादक हैं। दूरस्थ-अनजान रास्तों पर यात्रा करने का कोई मौका हाथ से जाने नहीं देतीं और स्थानीय व्यंजनों तथा संस्कृति का भरपूर आनन्द उठाती है और यही अनुभव उनकी रसोई में प्रयोगों और उनके ज़िन्दगी के फ़लसफ़े में ज़ायक़ा भरते हैं।

सुभाष गाताडे वामपंथी लेखक, एक्टिविस्ट और अनुवादक हैं। वे न्यू सोशलिस्ट इनिशिएटिव के साथ जुड़े हुए हैं। उनके द्वारा लिखी गई कुछ महत्त्वपूर्ण पुस्तकें हैं—'मोदीनामा', 'हिन्दुत्व सेकंड कमिंग', 'चार्वाक के वारिस', 'आंबेडकर आणि राष्ट्रीय स्वयंसेवक संघ', 'बीसवीं सदी में अम्बेडकर का सवाल', 'गोडसे की औलाद', 'द सैफरन कंडीशन'। 'पहाड़ से ऊँचा आदमी' बच्चों के लिए लिखी गई किताब है। सुभाष हिन्दी की पत्रिका 'संधान' के सम्पादक मंडल के सदस्य हैं।